收获

NOVEL HARVEST

长篇小说 2020 秋卷

上海文艺出版社

目录 2020 秋卷

002　艺术家们　　冯骥才
　167　两支笔的舞蹈　　程德培

184　我的朋友「冯·唐·吉诃德」　　李陀

196　月相沉积　　李宏伟
　284　月球章动与人间幻象　　方岩

294　个人主义的孤岛　　唐颖

艺术家们　■　冯骥才

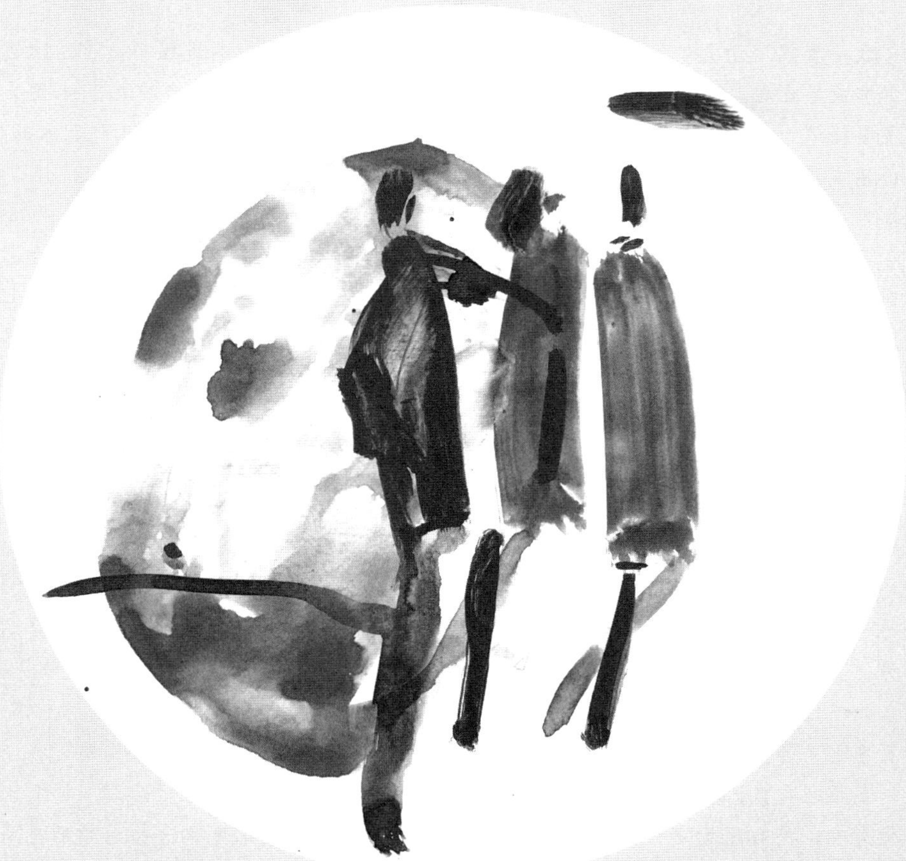

序　言

我一直想用两支笔写这本小说，我的话并非故弄玄虚。这两支笔，一支是钢笔，一支是画笔。我想用钢笔来写一群画家非凡的追求与迥然不同的命运；我想用画笔来写惟画家们才具有的感知。

尽管这群画家纯属虚构，但他们与我同时代，我深知他们的所思所想，苦乐何来，在哪里攀向崇山峻岭，在哪里跌入时代的黑洞，在哪里陷入迷茫，以及他们调色盘中的思想与人性的分量。

艺术家食人间烟火，但由于他们的工作是致力创造一个个永存的审美生命，在思维、感受、想象及至心理上，他们则是非同常人的一群异类。这就迫使我必须使用另一套不同于写本土小说的笔墨。我要用另一套笔墨写另一群人物和另一种生活。

我不回避写作的批判性，这是探讨生活真理之必需。

我不回避自己是一个理想主义者和唯美主义者。我的理想发自心灵，我的唯美拒绝虚伪。

我知道，我的读者一半是我的同时代人，一半比我年轻。我相信，我的同时代人一定会与我感同身受；我更希望比我年轻的读者，通过书中人物的幸与不幸，能成为艺术家们的知己，也成为我的知己。

关于艺术家

人类艺术史的进程中，有两次迈出巨人的脚步：一次是从自发的艺术到自觉的艺术，一次是从自觉的艺术到艺术的自觉。后一次的缘故是艺术家的出现。自此，艺术就变得无比艰难。

艺术家的工作是把艺术个性化。创造的含义就变为独创。艺术中没有超越，只有区别，成功者都是在千差万别中显露自己。艺术家的个性魅力成了他艺术的灵魂。于是，平庸与浅薄被视为垃圾，因袭模仿被看作偷窃，都是艺术的淘汰物。但是如何把个性的魅力变成个性的艺术？艺术家们各有各的秘密。

凭仗着他们的努力，创造一个世界。这世界不是现实世界的复制。智慧到处发光，才华到处流溢；所有颜色都是语言，所有声音都有灵性，所有空间都充满想象。艺术中的一切，都是由无到有，每个人物都是虚构而成，还要同活人一样有血有肉有性格有心灵，可是这些人物的生命却从不依循活人的生死常规。不成功的人物生来就死，成功的人物却能永恒。有时，他们在书中戏中电影中死去，但在每一次艺术欣赏中重新再活一次，艺术有它神秘的规律。由于艺术的本质是创造生命，它一如人的生命本身，是个古老又永远不解的谜。

艺术家活在自己的艺术中，艺术一旦

完结，艺术家虽生犹死。长命的办法惟有不断区别他人，也区别自己。这苛刻的法则便逼迫艺术家必须倾注全部身心，宁肯在人间死掉，也要在艺术中永生。难怪他们在现实生活中七颠八倒，在虚构的世界里却不会弄错任何一根纤细的神经。反常的人创造正常的人物。人们往往能宽恕艺术中的人物，并不能宽恕生活中的艺术家。

真正的艺术常常不被世人理解。在明天认可之前，今天受尽嘲笑；不被理解的艺术与失败的艺术，同样受冷落，一样的境遇，一样的感觉。艺术家最大的敌人是寂寞，伴随艺术家一生的是忽冷忽热的观众、读者和一种深刻的孤独。

这便是我心中的艺术家。他们的苦恼不是缺乏世俗的财富，而是不能创造出更有价值的艺术和精神的财富。所以，他们是天生的苦行僧，拿生命祭奠美的圣徒，一群常人眼中的疯子、傻子或上帝。但如果没有他们，人类的才智便沉没于平庸，生活化为一片枯索的沙漠，好比没山，地球只是一个光秃秃暗淡的球体。

前 卷

荒原上的野花是美丽的天意。

一

他外衣兜里揣着半本没有封面、缺张少页的小画集，却像得到一本天书那样，兴奋得好似浑身冒光。他使劲蹬着一辆老旧的匈牙利自行车，吱吱呀呀穿行在雨后漆黑的街道上。他喜欢驰车在这种晚秋时节雨后冷飕飕的夜里。昏暗的路灯在雨湿的柏油路面反射着迷离的光，并与树隙间楼宇中远远近近的一些灯光柔和地呼应着，让他感受到自己这座城市生活特有的静谧与温馨。只有老的城市才有这样深在的韵致。

在这个没有私家车和高楼大厦的年代，城市的空气中常常可以感受到大自然的气息。房屋老旧，行人很少，纯净的空气里充满了淋湿的树木散发出的清冽的气味，叫他禁不住大口地吸进自己的身体里。他感觉就像穿行在一片无边、透明、清凉的水墨中。

临出来时，妻子隋意几次叫他围上围巾，他还是忘了；脑袋全是口袋中那本画集里各种神奇的画面，其他什么都不重要了。迎面扑来很凉的风从领口一直吹到他的胸膛上，他也没有感觉。他急着要给好友罗潜带去一个剧烈的震动，他要看到罗潜面对这本意外的画集表现出的目瞪口呆。他能想象得出罗潜会是什么样子：他那双小眼，还不从脸上蹦出来！

他进了罗潜家所在的大杂院里，一直把车骑到院子的最里边才下来，急急忙忙把车子倚在树上，锁了车。罗潜在家，他的窗子亮着。

往常，他总会情不自禁在罗潜屋前停住脚步，欣赏一下罗潜这个分外迷人的小屋。他特别欣赏这间小屋如画一般的景象，别看这小屋不过是二三十年代一座老楼后院的一间储藏室，低矮又简陋，一门一窗而已，然而，它远离前边那座拥挤着五六户人家的老楼，独处后院的一角，看上去，好像被历史遗忘在这里。屋顶和门都有点歪，墙皮剥落得厉害，颜色却斑驳又和谐，屋前几株老树有姿有态地横斜遮翳。他——楚云天曾笑着对罗潜说，像一间世外的僧房。

罗潜笑了，他很满足。他喜欢这样的生活——叫人忘了才好。

今天雨后这小屋应该更美。但他下了车，停也没停，急匆匆几步就闯进屋，从衣兜里掏出那半本画集往罗潜手中一塞，什么话也没说，两眼只盯着罗潜的反应。罗潜把画集一翻，果然傻了，一脸惊呆的表情，问他："你从哪儿弄到的？"

他笑道："刚从一个亲戚家一堆发还的抄家物资里捡出来的。"他摆一下手说，"先不说这些。先说这画集怎么样吧？"

"太伟大了！"罗潜按捺不住心里的冲动，"老实说，我从来没见过这些画，也不知道这些画家是谁，但肯定是一本多人集。哎，洛夫马上就要来，他说他借来了几张好唱片。咱叫他看看，这方面他知道得多。噢，他来了。"

罗潜话音刚落，门儿开了，一个年轻男子裹着一股冷风与雨气生气勃勃地闯进来。这男子个子不高，身体结实，像个足球队员。面孔漂亮，头发又浓又密，有点天然的卷发，深陷在眼窝里的眼睛闪着活力。他带着一种冲动说："好啊，云天也来了。罗潜把你叫来听音乐的吧。今天我叫你们听一听——什么是天堂里的声音。"说着，他一掀外衣，从怀里拉出一个挺大的扁扁的纸包。

罗潜却说："你先别急，这里有更厉害的东西先叫你享享眼福！"他把手中的画集递给洛夫，但他不是随随便便递过去的，而是像把一件什么非凡的宝贝交给洛夫，那神气竟有点"神圣感"。

洛夫拿到手里一看，竟然惊奇地叫起来："这是——哎呀，是马蒂斯！梵·高！这也是梵·高啊，还有雷诺阿，这是莫迪里阿尼！这是——这是谁我不知道；但这一张肯定是伟大的毕加索呀！"洛夫是一个太容易激动的人，他说，"这些画家我对你们都说过，全是印象派抽象派的大师！我老师原先珍藏着一套全集，二十四本，日本人印的，我翻过好多遍，可惜抄家时全给烧了。这是谁的？从哪儿借来的？能看几天？"

罗潜和楚云天笑而不答。洛夫愈问，他们愈不急着回答。

洛夫说："你们不告我，我就不叫你们听这唱片。罗潜，你敢说你不想听这唱片吗？你知道这是什么音乐吗？"

罗潜是音乐迷。在这个精神饥荒的时代，他扛不住这诱惑，马上服软了。他笑着对楚云天说："告诉他吧。"

楚云天对洛夫说："这本画集是咱三人的，无限期共同享用。"

洛夫一听，激动得张开臂膀，一下子把楚云天拥在怀里。跟着，他把自己带来的纸包打开，里边是两张黑胶唱片。他先拿出一张，说："这张上边写着中文，你们猜是谁的曲子？肖邦的《波兰舞曲》，顾圣婴弹的。"

罗潜说："顾圣婴弹得很优雅很深切，

6

她内心修养很深,可惜她自杀了。没想到现在还能听到她弹的肖邦。"

洛夫说:"这一张上边是外文。不是英文,是俄文,我看不懂。罗潜,你中学学的是俄文,能认出是谁的曲子吗?"

罗潜接过唱片仔细一看,露出的惊讶不亚于刚才洛夫看见画集时的表情。他张着嘴,一时竟然说不出话来。

"你这神气是什么意思?"云天问他。

"这是老柴的第一啊!"罗潜说。

"什么叫老柴的第一?"云天问。

显然云天不如罗潜和洛夫更懂得音乐。洛夫对他说:"柴可夫斯基的第一钢琴协奏曲呀!他最棒的协奏曲!就像你拿来这本画集一样棒。'文革'前我听过一次,激动得全身发抖。我一直认为这辈子再也听不到这曲子了呢。噢!今天居然听到了。"他的眼睛直冒光,他接着说,"怪不得昨天我对延年说我很想念柴可夫斯基,再也听不到他的音乐了。他听了从柜子下边把这两张唱片掏出来,说借给我听。我一看,一张是肖邦,这张是俄语,我看不懂。我问他这是柴可夫斯基的吗?他说你一听就知道了。我猜是,可没想到竟然真是!延年这家伙,真够朋友!哎,咱们还扯什么啊,快听啊!"

对于楚云天,有两个家。一个是他与妻子隋意的"二人世界",那个世界妙不可言。一个就是好友罗潜这间矮小简陋的僧房,这地方却是他的精神殿堂。他喜欢这个狭仄而贫寒的小屋,所有东西没有一样是刻意放在那里的,全部是随手放在那里的。一种散漫和自由自在的气息融混在一种淡淡的油画颜料和松节油的气味里。连挂在墙上的大大小小的画,也是东一幅西一幅,没有讲究。这些油画、水彩、炭笔的草稿都是罗潜自己画的,他屋里从不挂别人的作品,他只活在自己的世界里。连屋子里的床、桌子、沙发,也全是自制。但他无心把这些东西制作得精致,只是用长长的钉子把一些粗大的木头横竖钉在一起,再配上一些用稻草、棉花和粗布缝制的垫子,上边扔几块杂色的旧毯子,可是坐上去却很舒坦,好像随便倚在土坡或草堆上。桌上几个粗拉拉却有味道的陶罐,搪瓷的水杯,吃东西的盘子,杂书和纸,中央撂着一个橄榄绿釉的空酒坛子,被当做花瓶使用,这便是屋子里最考究的装饰品了。坛子里的花草却是罗潜进出家门走过院子时,看到哪一丛野花或哪几枝叶子有些味道,顺手摘采下来放进去的。有时是一束才刚钻出许多发亮的嫩芽的枝桠;有时是一束变红了的多情的秋草。他的眼光独特,他采摘来的东西总有一种特异的美。有时——他会把这些闲花野草搬到画布上,再挂上墙。他说:"艺术可以把瞬间变做永恒。"

他屋里还有一件东西,在屋角,像一个小小的立橱,上边蒙着一张破旧的军毯,毫不起眼。但军毯下边却是一台老式的柜式唱机,它是罗潜的宝物,也常常是他们三人聚会时的主角。

这唱机应是几十年前租界时代的遗物,原是罗潜一个朋友家里的老物件,没人听了,东西大又占地方,罗潜喜欢,朋友就给了他。唱机里居然还有满满一小铁盒唱针。在那个时代,广播里能够听到的只有语录歌和样板戏。有了这老唱机,对于罗潜他们可就拥有了天堂的一部分。接下来他们要努力做的事情，就是想方设法去搜寻一些老唱片。不管谁弄到一张，三人必约在这里一起来听。听这些被禁的唱片是有风险的，他们屏声静息，把声音调到很小，还不时到窗口看看外边有没有人。然而，偷吃禁果从来都是一种极大的快乐，不管是哪种禁果。现在，当罗潜把"老柴的第一"小心翼翼放在唱机上，再把唱机头轻轻放在唱片上，坐在沙发上的洛夫和楚云天都不觉把身体和脑袋向前探，好似想急切获得这来自天外的神曲。当音乐声一起，他们便立即被老柴无比的魅力，被一种富丽堂皇、壮美雄浑的旋律所震撼、所笼罩、所征服。特别是楚云天，他头一次听到这曲子，感觉一股极其巨大、流光溢彩的洪流由天而降，一瞬间将他裹挟其中，并使他整个人悬浮起来，旋转起来，卷进一片宏大、神奇、优美、让他心灵激荡的轰鸣里。

这里是他们三人的一个小小的沙龙。

当然，他们对外绝对保密。那时人人都活得胆战心惊，特别是由于1956年那个匈牙利"裴多菲事件"，沙龙这个词儿便被视为异端。他们认识的几个酷爱诗歌的年轻人常常聚会，被人告发，就莫名奇妙地被定性裴多菲式的"小集团"关进去了。他们悄悄自称这里为沙龙，只是因为这里是他们甜蜜的精神聚集地，只是用来表达三个艺术好友相聚一起时分外美好的感觉。他们喜欢这种互为知己的感觉，共同沉浸在一种"艺术美"里边的感觉。他们还以"三剑客"表示他们之间这种精神上的密不可分。每当他们从这个被洗劫过的贫瘠又荒芜的城市里，挖到一张禁听的老唱片、一本私藏的画集或一本名著，都会点亮他们的沙龙，带来一顿酣畅的盛宴，成为他们一连多日的中心话题。

楚云天的音乐知识有限，但他有很好的音乐感觉。他很容易被音乐触动、牵动和感动。音乐好像天生与他绘画相关，音乐总焕发出他一些崭新画面的想象。他对罗潜说："你把唱机放到我家去吧。"

一直单身的罗潜笑眯眯地说："它是我妻子。"还说，"你要把它弄去，就不再到我这儿来了。"

现在坐在那里的楚云天一动不动，已经完全融化到音乐中了。洛夫则不时把抑制不住的激动表达出来，有时禁不住站起来，随着一阵高亢的小号一挥手，高声说："一片光照进来了。"他的眼睛亮闪闪，好似真的面对着一片夺目的强光。罗潜则一直在翻那本画集。

洛夫说："你为什么不听音乐？"

罗潜的眼睛一直痴迷地看画集里的一幅画，嘴里却说："我的耳朵一直在听，我更喜欢刚刚的第二乐章，像一曲牧歌，像我理想中的一幅画。"

楚云天这才说话："我也是，第二乐章太美了，还有一点忧郁，一点失落，一点抚慰。"

罗潜看了楚云天一眼说："你的感觉真好。"

听了老柴，他们便说老柴，由老柴说开去。说到列维坦，楚云天马上联想到契诃夫的《草原》。他们三人中更靠近文学的是楚云天，他读的书最多。他说《草原》里那种淡淡的忧伤可以在列维坦的画里边看到，也可以从老柴这支曲子里听到。于是他们讨论起俄罗斯人的性格与气质。洛夫说："我还是更喜欢法国人。"

罗潜说："我们现在在老柴的音乐里，还想不到法国人。"

洛夫说："你手里的画却是法国人画的。"

这一代人的艺术修养很特别，也很畸形。他们成长期间中苏关系好，苏俄文艺几乎占领了中国文化的一半。在中国人眼里，苏俄文学几乎就是世界文学，苏俄艺术的经典就是人类经典。在他们三人中，年长三岁的罗潜尤其如此。洛夫在艺术学院做教师，他眼里的世界自然宽阔了一些。然而，那时代的人都被关在国内，他们的世界只不过都是从所能见到的有限的书本中想象出来的罢了。

楚云天笑着对洛夫说："现在还是多享受一下俄罗斯的忧郁吧，你先把你的法国人收起来。我建议今天咱们先不听那张肖邦，今天心里只带着老柴的感觉回去。"

洛夫很欣赏地看楚云天一眼，说："我赞成，咱们心里的东西不能太杂了，才能记忆得深，消化得好。下次咱们只听肖邦。不过，今天我得把这本画集带回去看。"他不等罗潜反对，便抢着说，"音乐在你这儿呢，绘画先给我。对不对，云天？"

楚云天说："我同意，二者不可兼得，一人一件宝贝。"可是他又说，"那么我呢？我可是一无所有了。"

洛夫说："你是无产阶级啊！"

楚云天不干。

罗潜说："你又不是纯粹的无产阶级，你心里可装满老柴呢。"

楚云天觉得他这句话好。他现在心里的确装满了老柴。

沙龙活动结束了，夜很深了，他们该散了，外边还有点细小的雨，风更大些而且比来时更凉，那时候的人不大在乎这点风雨。他俩——楚云天和洛夫心满意足地从罗潜的小屋走出来，真好像十九世纪从沙龙出来的巴黎的艺术家们，个个都是神采奕奕。一个口袋里执着那半本画集，一个心里揣着美妙的音乐感觉，自我感觉都是富翁。他俩跨上各自的破自行车，吱吱呀呀骑出罗潜这个老旧、黝黑和湿乎乎的院子，然后相互亲切地摆了摆手，分道扬镳，美滋滋地消失在凉得有些发冷的漆黑的雨夜里。

二

上天在把你肆掠一空之后，一定还把一件珍贵的东西藏在你的身边，就看你能不能发现了。

然而，楚云天和隋意发现到了。他们不是用眼睛，而是凭天性发现的。

七年前，当他们被扫地出门，被赶到这座小楼的顶层时，就认定上天并没有亏待他们。

这两个几乎一无所有的年轻人，登着通往老楼顶层的破旧的歪歪斜斜的楼梯，以为从此会苦不堪言。这种尖顶小楼的顶层通常都是一间小屋，间量狭小，一半坡顶，东面和南面各有一扇小窗。这种西式小楼的顶层过去都不住人，用来堆放家中闲置不用的各种杂物，窗子只为了通风。但这房有点特别，有一扇不大的长方形的窗子在坡顶上，是一扇天窗。更特别的是，由于这种楼房是木架结构，顶层至少有六根柱子，根根粗大，它们是支撑整座小楼骨架中间的立柱。可是到了顶层里，就把本来不大的空间切碎。屋里到处立柱，光线射入，柱影横斜，看上去好像在密林深处。楚云天和隋意都是在洋楼林立的五大道地区长大的，各式各样的房子见多了，却也从未见过如此奇特的房间。虽然狭小，却能引发人的想象力。隋意抬头对个子比她多半头的楚云天微笑着说："我喜欢。"

楚云天说："我也是。"他好像来到一个新天地。

这时是他俩之间最美好的生活感觉。夫妻间最好的感觉是共同的感觉。

十九世纪末，英国人最早在天津开辟租界时，向西直抵墙子河东岸，没有过河。这条河是咸丰年间著名的统兵大臣僧格林沁为了护卫天津，筑立濠墙，而筑墙必需取土，自然就形成了这条护墙的河，故俗称墙子河。河面不宽，弯曲逶迤，一度它是天津老城与租界之间的一条界河。租界在河以东，老城在河以西。庚子事变后，强势的英国人便毫无顾忌迈过墙子河，把河西边一大片土地作为自己辖管与享用的推广租界。于是，各式西方风格建筑便在墙子河两岸形姿各异地冒了出来。谁也说不好楚云天现在住进的这座小楼最早的主人是谁。一些城市建筑史的学者认定是早期居住在这座城市的外国人，他们的根据是这时期洋人盖屋顶所采用的多是舶来的瓦棱铁板。这种铁板厚重坚实，表面涂漆；有的涂成深蓝色，有的深红色，直到后来再盖房屋才渐渐改用了本地烧制的瓦片。

如今这种早期的铁板尖顶的房子已经所存无多了，多少带一点这个城市租界时代初期特有的异样的挺生硬的历史气息。

楚云天住进的这座小楼，南边临河，一排三座，全都不高，式样完全相同，都是尖顶三层，灰白的墙，红色屋顶，竖长的铁框窗，铅皮制的泻雨水管，没有什么装饰，反倒有些古朴。租界早期建房土地十分宽裕，每座小楼四边都有挺大的院子，房子中间全是高高的树木。由于时过久远，红顶斑驳陈旧，墙体残损灰黯，与四周的树木或隐或显地融为一体。如果站在河对面犹太教堂的高台阶上远远望去，很像一幅褪了色反倒更富于诗意的老画。

城市的历史美只有诗人和画家才能看到。多年里，楚云天常把画架支在对面河堤上，画了许多幅他家的水彩风景。他还约罗潜和洛夫三个人一起来画过。在他自己这个题材的画中，他最喜欢的是一幅雪景。那是在一次大雪过后，他踩着河堤上厚厚的积雪画这幅写生。当时手脚全都冻僵，但他完全顾不上了，他被眼前的景象迷住，便激情难捺地把这景象留在画中：一片大雪皑皑中，三个暗红色峻拔的屋顶默默地挺立着，周围全是树木黑赭色缭乱又自由的枝条。

罗潜也最喜欢他这一幅。他说："立在雪中这三个红色的尖顶小屋，就是我们三个人。"

洛夫说："哪天我们也搬来，一人住一个屋顶。"

楚云天很高兴他们这么说。

女人总是比男人更着意于生活的情致。隋意迷恋自己这个怪异的顶层小屋。

她说这个小屋"天生就是活的"。为什么呢?因为阳光。房间里只有阳光是变化的。由早到晚,光线不同;屋中的光影连同色彩、氛围,也都在变化。窗子小,照进来的阳光就成了一束。她喜欢静静地在屋里读书或做事时,留心这一束光在屋中无声的行走。光线随同时间移动,不留踪迹,屋中的柱子们却一会儿你亮起来,一会儿我暗下去,有的完全成了黑影。这窗子不仅是用画面来呈现的时钟,还是用诗意呈现的日历。当窗外浓荫遮蔽时,夏天充满魅力,外边蝉鸣一片。然而秋天一来,一定会把这大自然厚厚的窗帘一点点扯开,让秋天的太阳在窗子上愈来愈亮。

奇怪的是,这幢至少应该有五六十岁的木结构老屋,还散发着很浓的木头的气味。在城市里生活的人喜欢闻到这种大自然才有的气味。

最让隋意自豪的还是他们屋顶上的天窗。

她特意把他们一张不大的床放在窗下。她喜欢懒洋洋地躺在床上,面对这面小小的天窗。天窗总是更神奇,不仅有雨点轻轻的敲打,雨水哗哗的冲洗,几片落叶或一片落花来做客,隔窗与她相望;还有大雪封窗,然而在冬天的太阳不懈的努力下,这厚厚的封窗大雪从中间一点点化开,露出这世界最纯净、最高远和无穷的蓝色。如果这蓝天深处还有一只鹰在盘旋呢?

"可惜我无法把它给你画下来。"躺在她身边的楚云天说。

"它不属于绘画,它属于诗、散文、音乐。"隋意说,"你可以把它写下来,用你的另一支笔。"她扭头欣赏地看着他。

她欣赏他,当然他也欣赏她。他们彼此的这种欣赏是没有距离的,由来已久地相互交融在一起。他们的父亲都是医生,是朋友,他们童年时期在长辈的往来中就一起玩耍过;他们住在同一社区,而且是非常特别的社区;他们还是少年时代的同学。上大学时楚云天学绘画,隋意学医。但共同的对文学与艺术的酷爱使他们一直来来往往。楚云天有天生的绘画禀赋,也喜欢写诗和散文。如果他学文学,他一定是握着另一支笔的楚云天。隋意并不画画,也不写诗,但她是艺术超级的享受者。因此,她欣赏云天,欣赏他天生对艺术的非同寻常的感知,还有他的艺术想象。在她眼里,楚云天就是一个艺术的源泉,不竭的源泉。

而云天欣赏她,是她对艺术的悟性。悟性是天性。悟性是看不见的。它是一种直觉与感性,但它是艺术的本质。

也许他们也不明白,为什么他被感动的,她很自然也受到了感动?她为之陶醉的,他一准也是。更重要的是,他把艺术奉若神明,她似乎是天生的精神至上。谁能懂得这对年轻人心里装着这些莫名其妙的东西是什么?有什么用?

在外人眼里,这顶层小屋低矮压抑,一堆柱子,天天要躲来躲去,尤其坡顶的一面,个子高高的楚云天常常会撞头。夏天里晒了一天的铁皮屋顶,到了夜间也很难把热气散净,屋里如同蒸笼,实在睡不着时只能坐在窗台上吹风。冬天里小屋的外墙单薄,室内一如冰洞,天天睡觉前楚云天要先钻进被窝,用身体给隋意把被窝焐暖,再叫隋意笑嘻嘻、不大好意思地钻进来。他们为什么还以自己的陋室自豪？

能够真正明白他俩的还是罗潜。在罗潜眼里，楚云天和隋意在一起是上天的杰作。他羡慕楚云天的幸运。你找到生活上的伴侣不难，要得到精神的知音恐怕一辈子都难找到。罗潜说过，为什么上天把隋意这样好的女人给了楚云天？罗潜这是羡慕，还是有一点嫉妒，那就谁也不知道了。

在外人眼里，这对年轻人整天有说有笑，叫人费解。他们都是从五大道"扫地出门"被赶到这里来的，据说他们原先住在睦南道上一座讲究的英国式的别墅。现在他们蜗居在破屋顶里，生活一落千丈，真的能活得如此快活吗？

那不是一个舒畅的时代，照亮内心的还在于自己。这光亮并不是苦苦寻找来的，而是他们的天性，与生俱来。无论是云天把一幅得意的新画作用图钉按在小屋的木墙上，还是隋意买来些好看的碎布缝成一个又优美又优雅的靠垫或枕套，他们都会一同说一说，表达感受，高兴几天。

楚云天在艺术学院毕业后，被分配到轻工业局的设计室工作。他不喜欢那些单调乏味的工业设计，但他不在乎，因为他真正活在他们的小沙龙里，在社会一些真正的艺术与文学的信徒之间，在他与隋意不断用美来创造的小小又生气盈盈的生活空间里。

隋意从小就是那种抱着一本书一看一天的姑娘。楚云天知道她也悄悄写点东西，但她没有给他看过一个字。不像楚云天，一有得意的文字或句子就念给她听。她少年时曾对云天说，她希望自己将来能成为李清照。她曾经还有一个希望，就是能和云天在同一所大学里念文学。她欣赏他文字里常常冒出来的灵气，她说他的灵气像孙悟空那样一下子就蹿出来。然而，少年时的理想在现实面前总像五光十色的肥皂泡儿，一碰就破。到了高中毕业，她的两个梦想竟然全都落空。一是在云天那里，云天认为自己对绘画的理想超过文学。他还认为做作家不用急，大部分作家全是"半路出家"，所以他报考了艺术学院。二是在自己这里，自己没有遂愿是由于顺从了父亲的意志。父亲是国内一流的眼科专家，父亲认为女儿聪慧、文静又镇定，别看她外表不强，但遇事镇定；镇定是学不来的，天生的。父亲还说，他的爱女穿上白大褂就是一位出色的眼科医生。

他们的选择并不如愿。那时代，大学生毕业要听从组织分配。他虽然是高材生，但家庭背景不够硬气，被分配到轻工业局做产品包装设计。这工作与他心中的艺术无关，甚至背道而驰。隋意虽然做了医生，后来由于受父亲"反动权威"所累，被医院当做一个底层的医务人员使用。可是这对于他们都没有太大的妨碍，因为她心中另有一份珍爱与高贵。

爱艺术的人都追求生活的艺术化，爱美的人更加热爱生活，真正热爱生活的人必定关注每个生活的细节。她没有像云天那样把心放在艺术的进取中，却把小小的木屋做了自己焕发想象的空间，她在乎家中每一件东西的品味。事物真正的品味与它的价格贵重与否无关。关键是它的美的形态、色彩的谐调与文化的韵致。隋意与云天有共同的准则：

"美的敌人不是丑，而是俗。"

他们这样的生活观是否有点苛刻了？

洛夫笑着对他们说："有点精神上的奢侈。"

罗潜说："物质上一无所有，精神上不免奢侈一些。"

云天说："我们并不因此而辛苦，而是因此更快活。"

当他俩各推着一辆破自行车走出红顶小楼的院门时，这对年轻人真有点迷人。云天高高的个子，修长的双腿很直，头发又长又软，有点散乱和不修边幅；一双眼睛略带一点忧郁。在他身边的隋意苗条而轻盈，她从小就喜欢剪短发，穿一条洗得发白的毛蓝布的长裤，扁扁的脚穿着白袜黑鞋。她算不上美艳夺目，却有一种娴雅的美。鼓鼓的脑门下，细眉细眼，微翘的下巴；她很少说话，不轻易地笑，但只要她与云天相视，都会不自觉地露出浅浅的笑容。

那个时代谁会关注这一对普普通通、身在底层的年轻人？谁又知道这对年轻人会怎样地珍爱和追求生活？

三

三天后的晚上，是他们三人约定好的"沙龙音乐会"，云天去了，还拉上隋意。隋意很少参与他们的沙龙，但她不能错过千载一逢的肖邦。那个时代哪里还能听到肖邦？云天神秘地对她说，这是一次天堂声音的泄露，几年未必能碰到一次。

他俩一走进罗潜的小屋，罗潜一对小眼的上眼角就兴奋地吊起来了。显然不是因为云天，而是因为隋意的突然到来。隋意的外衣外边搭一条长长的土红色的围巾，正好衬托她娟秀又娴静的脸儿。确实，只要隋意出现在一个地方，那里的感觉就不一样了。

使云天惊讶的是，仅仅过了三天，罗潜好像换了一个屋子，屋里有什么发生了变化。再一看，原来挂在墙上的画大多变了，大多换上了他的新作。屋子中间还弥漫着一种很浓郁的油画颜料的气味呢！这气味叫人振奋，想画画。

云天和隋意都不自觉地去看他这些新画。云天的眼睛一接触这些新作的画面，立刻感到一种新鲜而有力的冲击。罗潜的画向来是没有冲击力的。他说他不追求冲击力，因为冲击是对着别人，而作画只为了自己。他也不是一个纯粹的现实主义者，他称学院派划不清现实主义与写实主义界限，还称写实主义只是抄袭生活。在别人眼里，他画中的一切全是现实的变异。照云天的理解，他的物象不是他眼里的形态，而是折射着他心里的形态。他有很强的主观主义。至于为什么他的变形总有一点畸形，结构上不谐调，色调冷峻而幽黯，还有一种阴冷感，云天也无法解释。可是，不需要解读的绘画是没有意义的，何况云天很喜欢他这种畸形与晦涩的美，它叫他想到陀思妥耶夫斯基。然而面前这几幅新作怎么一反常态？他从哪里冒出这样一种强劲感与激情？他的画要变吗？因为什么？

隋意却对罗潜说："是不是云天拿给你的那本画册影响了你？"

这句话好像把罗潜一个秘密揭开了。他带着惊讶问隋意："你从哪里看出来的？"

隋意并没有就画说画，而是微笑着说：

"是因为你们看到这样的画册太少了，它才会这么快就影响了你！你是不容易被别人影响的。"

她的话只是一种看法，但这里边有没有批评？

罗潜再也没说什么话，他的目光里露出一种对隋意这些知己般的理解由衷的欣赏。但这目光叫楚云天略略感到一点点不舒服。很快，他们都有意改换了话题，去谈那本画册。现在画册还在洛夫那里，他们便去谈画册中各自印象最深的画。隋意的母亲是外语学院一位英文教师，因此她从小就懂一些英文，那本画册她又仔细看过，凡是楚云天和罗潜能说出来的画面，她大多都还记得画名乃至画家。给楚云天印象最深的是莫奈的几幅风景，最深入罗潜心中的是莫迪里阿尼，还有蒙克，尤其是蒙克那幅《呐喊》和《病室里的死亡》。隋意告诉罗潜这是蒙克最伟大的作品。当然，她不会知道罗潜对这两幅画印象深刻，是他与蒙克有某种精神上的息息相关。

洛夫和罗潜在生活细节上最大的不同是在时间观上，罗潜像德国人那样守时，洛夫总是姗姗来迟。楚云天笑道："如果他按时到了，一定会认为自己吃亏了。"

他们的沙龙音乐会的一个规矩是一定要三人全都到齐，一起欣赏。所以，洛夫进屋时，楚云天对他说："你今天迟到可不能轻易放过，隋意特意为肖邦来的，你不来，她忍了快一个小时了。"

洛夫更像个调皮的男孩子。他听了，居然原地腾空跃起，向后翻空一跳，说："算我赔罪了！"

隋意说："你吓死我了。"

楚云天说："他原先是学校体操队的，这不算什么，按说应该下跪。"

隋意使劲摇着双手，生怕洛夫再做出什么叫她受不住的动作。

洛夫这才解释说："我来得晚，是因为学院里几个画画的都抢着看这本画册。"他一边把画册从衣兜掏出来一边说，"我说好今天把画册交给罗潜，可又不能不让我那几位画友解解馋。"

谁料罗潜说："画册我先不看了。"

洛夫有点奇怪，说："为什么？我可整整看了三天三夜。"

罗潜说："我再看就会跳不出来了。你先还给云天，我过一过再看吧。"说着他看隋意一眼，好像隋意能够明白他的意思。

他这一眼，楚云天也留意到了。云天心中再次出现一个小小的不悦。他不悦，也很自然。谁都不会高兴别的男人与自己的女人知己般地沟通。但是，对于罗潜的想法——要与这本具有强烈魅力的画册保持距离，他心里很赞成。在艺术上，一旦被别人征服，就会失去了自己。

这也是一种艺术上的自我坚守。

当他们完全沉浸在肖邦波兰舞曲华丽灿烂、一如狂飙的乐曲中，这些年轻又敏感的心全都被融化了。本来，乐曲听过，他们会激情洋溢地把各自心中的感受和感动尽情地说出来。但这次有点意外，罗潜一直垂头不语，也不说话。不管他们怎么和他说，他只摇头，还是不说。等了半天还是这样。云天忽然发现他垂头下边的双腿上，有一些水滴，他竟然落泪了？还从来没人见过罗潜落泪，为什么？为了这位演奏肖邦的天才钢琴家顾圣婴用煤气自杀的那个悲剧吗？不会。这样的事在那个时代太多太多。楚云天知道，问他也没用。他是个自我封闭的人。最好的方式是大家现在全都离开这里，先不去打扰他。有些内心的东西还得自己慢慢消化。

当他们轻声向他告别准备离开时，罗潜只说了一句："把唱片带走，还给人家。"这话是对洛夫说的。这句话给云天他们的感觉，好像这张唱片放在这里会给他压力，给他麻烦。没人去问为了什么，洛夫应声取了唱片。

于是大家一起悄悄走了，带上了门，把他一个人连同问号留在这个又老又破的小屋中。

尽管楚云天与罗潜是好友，罗潜知道云天的一切，云天对罗潜却所知寥寥。这原因可能是楚云天是个不大设防的人，他和隋意彼此也不设防。他又是个爱表达的人，喜欢把自己心里的东西告诉别人。罗潜正好相反，他天性缄默，防卫重重。他是因为防备之心太重而守口如瓶，还是因为天性缄默而显得处处设防？反正，他的家庭、父母、经历、爱情或婚姻，没人知道。他有一点河北沧州那边的口音，但再具体一点就没人知道了。他把自己包裹得很严，甚至叫人怀疑他惹过什么麻烦，不得不以半隐居的方式过活。楚云天好交际，朋友很多；罗潜似乎只有云天和洛夫两个朋友。洛夫还是楚云天介绍给他的。当年楚云天是在颜料店里偶然与罗潜结识，至少相识一年之后，才由浅入深渐渐成为朋友。据这店里的伙计说，只知道他在一个家具厂里干活，干什么不知道。楚云天一次失口说到他干木活的事，他虽然没有否认，却显得很厌烦，这叫云天知道他不喜欢别人知道他的私事。他是一个只谈艺术的人，但那个时代还有几个人只谈艺术？

他个子不算矮，不知是不是天天耸肩猫腰地干活，微微有一点驼背。他平头，大手，喜欢叉着双腿站着，跷着二郎腿坐着；平庸无奇的一张面孔，既无缺欠，也没有灵气，只有一双眼角微微吊起的小眼睛算得上特征。他看上去很像一个工匠，但他的画却显露出他并非凡人。

他那种独特的精神个性与大气，笔触的柔和与沉静，变形的诡异和灵动，色彩的出人意料，特别是意蕴的冷寂与深切，楚云天在当时的绘画中是看不到的，当然，他这种画肯定是主流艺术所排斥的。为此云天对他艺术的来历充满好奇，他总不是天上掉下来的。有一次他们聊天，面对着云天转弯抹角又小心翼翼的探询，罗潜听出来了，只说了一句："一个人的来历全在他的艺术里。"

他又一次把自己包严包紧。

既然他们性格如此不同，不少地方截然相反，缘何又总在一起？如果一些天没有见面，楚云天就会跑去看他，或者罗潜就爬上云天那个木构的踩上去吱吱呀呀的小楼顶层。那个时代没有电话，人之间的联系除去写信，就是直接跑到对方家里去找，这也是两千年以来一成不变的人际交往最原始也是最朴素的方式。

他们之间的往来没有任何功利，也很少为了什么具体事情或要求，只不过彼此看看新作，聊聊天，当然多半的话还是由云天来说。

每每聊天，罗潜总是眯着那双小眼，

15

很欣赏他这位大个子朋友动情地表达自己对艺术、对大自然、对生活、对一个人、对刚看过的一本书及其作家的感受。他这些感受里总有独自的发现。他的述说总是有画面感，有细节，有他话语的感染力，还有文学性。他对他说："其实你更适合当一位作家。当然，当作家比画家危险多了。"

罗潜的话并没有否定他绘画的才能，谁也不会看到谁的将来。但他欣赏这位比自己还年轻的朋友身上所拥有的多方面的天赋。他看到，这种天赋在这个尚且一无所成的年轻人的身上隐隐发光。这恐怕是天性孤独的罗潜一直与楚云天来往的原因了，而这原因他们本人都未必明白。

对于楚云天，能够有个知己兴味十足谈谈艺术，已经很知足了。在那个艺术被荡涤一空的社会上，哪里能有这样精神的往来，能够这样释放内心的能量？

楚云天和罗潜都烟酒不沾，没有任何俗世的嗜好。罗潜唯一的生活所好是茉莉花茶和涪陵榨菜，这是他仅有的世间乐趣。每当楚云天到来，他必是兴致勃勃沏一壶香气四溢的茉莉花茶，两人一人一杯，器具毫不讲究。云天通常用的是一只最廉价的白玻璃杯。如果洛夫赶上，他用的是一个磕得满是疤的搪瓷杯。罗潜自己则用他一个不方不正的陶碗，他喜欢这个釉子厚厚的陶碗，他说陶碗里有厚厚的茶锈，茶水味足。他们中间搁一个碟子，放着撕开的一纸包的榨菜。他们就用这些东西来佐他们的精神大餐了。

其实，作为画友，三剑客还有一些风马牛不相及。他们的画风毫不相干。罗潜只画油画，而且是带一点抽象意味的油画。洛夫画的是学院派油画。楚云天画中国画出身，一度对技术性极强的宋画钻研很深，而且只画山水。后来又迷上水彩与水粉风景。他最大的兴趣是在吸水性很强的宣纸上做彩墨的实验，这种实验是寻找更丰富更新鲜的表现手段。尽管他们的艺术视野都十分开放，但他们究竟在不同的天地里奋取，各有追求，彼此无关。他们三人更像一个钢琴家、一个古琴师、一个独唱歌手。他们是在更高的审美境界上交谈。专业朋友的交流是在地上，隔行朋友的对话是在天上。这其中的奥妙使他们在一起时其乐无穷。

四

二十世纪初，当英国人雄心勃勃跨过墙子河开辟他们的"推广租界"的同时，法国人在租界以西的老西开建起这座罗曼式的天主教堂。当时这里还不属租界管辖，只是一片蛮荒之地。丛生的芦苇与草丛杂木一望无际，一马平川，一碧万顷，只有一些大大小小野生的水塘在远远近近反射着明亮的天光，好像谁扔在大地上的镜子。这时候，这个教堂如同一个庞然大物拔地而起，确实令人震撼。特别是它奇特、古怪又威严的建筑形态、高高穹顶上直插入云霄的十字架、伟岸的红白相间的墙体，全带着一股不可一世的架势，叫久居这座城市的老天津人感到一种隐隐的不安，甚至不祥。

这种不祥的预感后来得到应验。据那些聚居在教堂周围的人家说，深更半夜常常可以听到教堂里有小孩的号哭惨叫。自从1870年由于谣传三岔河口的望海楼教堂残害中国的婴孩而引发震惊中外的"火烧望海楼"事件以来，人们对这种神秘莫测的教堂里洋人玩弄的把戏猜测纷纭，心存戒惧，深信那种半夜从教堂里传出的哭声，是被残忍地戕害致死的孩童们不散的阴魂。这些灵异而可怕的流言一直传说不绝，为此，民国年间一位在这座教堂主事的德国神父，由于长得鹰鼻狼目，面目狰狞，被认定就是那个屠宰孩童、剥皮挖肝、嗜血成性的恶魔，于是百姓们一哄而起，生生把这神父打得血肉模糊，一只眼珠子亮闪闪滚在街上。这事曾引起了一场很麻烦的中外纠纷。

然而，这一切都在几年前彻底了结。

在那场浩劫中，教堂对面的市二十一中学的年轻人，狂潮一般冲进教堂，把教堂里的祭坛、圣像、绘画、彩色玻璃窗以及一切饰品捣毁一空，赶走所有神职人员。可是他们无力推倒整座教堂，便爬上又高又险的穹顶拆去了那三个巨大而沉重的十字架。

如今，教堂已多年锁门空置，寂寥无人，有一种废墟感，似乎等待着将来某一天自我塌毁。

昨夜下了一夜的大雪，三个馒头状锈绿了的包铜穹顶上边一半白，下边一半绿，并且与下边老墙红黄相间的颜色和谐搭配，这在楚云天的眼里真是太美了。

天津有九国租界，各国教堂的式样全不同，这是别的城市很少见到的。

忽然一个东西"啪"地打在他的背上，他吓一跳，回头看，洛夫站在离他不远的雪地里，朝他呵呵地笑。他用雪团击中了云天的后背。地上雪的白色把这个年轻人衬托得十分鲜明。他浓黑的头发，血色充足发红的脸，身穿一件绿色的军大衣，一边跑过来，一边说："你想画它的写生吗？"

"画它不是自找麻烦？"楚云天说，"不过真要画它也不一定要写生。"

洛夫说："你净说聪明的话。"

洛夫和云天像兄弟一般，他们中学时代同在一个学校上学。他们是校友，却不同班。云天比洛夫高两个年级，洛夫称云天为师兄，自然也称隋意为师姐。云天作为洛夫的师兄还是双料的，他们不仅在同一所中学，还在这城中同一座艺术学院上学。洛夫钦佩云天的才气、悟性、眼光，云天读过大量中外古今的书，洛夫不爱读书，他属于那种看画册只看画、不看画册中文字的年轻人。当然，他在绘画上天生的禀赋称得上出类拔萃，这正是云天喜欢他的地方。

他们还有一个不同是家境。云天在旧英租界的推广租界——后来称作五大道的地区长大，父亲是国内数一数二的心内科名医，家境很殷实。

洛夫就另一样了。他住在西开教堂后边那一片低矮又破落的平房里，这片平房是当年来到这里定居的人们随机盖出来的，从来没人规划。初来这儿安家的人，都是买一块地，盖三两间小屋，圈一个小院。这些人家只有一个共同的约定俗成的"规矩"，便是互不借墙，也就是彼此的房子中间留出一个三尺宽的空间，为了防火，但渐渐成了走道。这一大片拥挤的住房和网样交织的走道便成了这个原始社区的特色。

由于天津这地方历史上民教相争得厉害，不少教民为了寻求教堂保护而择居至此。多少年过去，这一带社区的居民搬进搬出，不断更新，但至少还有一半是老教民。洛夫的父亲就是虔诚的教徒，但洛夫不信教，他的上帝是米开朗基罗和毕加索。

据说洛夫的父亲并不是他的生父，原是他的叔叔。他的生父有三个儿子，叔叔没有孩子，父亲便把他过继给了叔父，叔父成了他的养父。从他的模样看，就与他的养父相去千里，找不到一点相像的地方。他结结实实像一只年轻的豹子，圆圆胖胖的养父像只懒熊。养父在一家杂货店做会计，会计大都是谨言慎行。养父每天下班回来，吃过饭，收拾一下屋子，便沏一杯茶，坐在院中一张笨重的板凳上，抱着一本厚厚的、黑色封皮的《辞海》，埋头细读。洛夫说他养父读这本辞典之认真无人可比，他从不会跳过一个条目，每行必看，每字必读。不认识的字，就在辞典里查找。洛夫对云天笑道："我父亲看的书没有你多，但他认的字你比不了。"可是《辞海》中的内容许多是彼此无关的，读它有什么意义？为了学习知识？学习哪种知识？这种浩如烟海、一片散沙，有些甚至枯燥乏味的内容怎么能看得下去，他居然看得如此专注！洛夫说他已经读了二十年《辞海》，而且早已从头到尾看过一遍，看过之后从头再来，现在第二遍也看过一多半了。这二十年里唯一的变化是他添了一个放大镜。人老了，辞典的字小，愈看愈吃力了。

这样一个胆小拘谨的家庭，怎么会出现洛夫这样热情奔放、活力四射的艺术家？所以说，艺术家是没有遗传的。艺术家全是从天上掉下来的。

谁给他如此澎湃的热情，如饥如渴的艺术欲望，无所不在的审美的好奇？楚云天还喜欢这个年轻人天性中的憨厚朴实的本质。也许云天身上也有类似的一些东西，他最容易被洛夫打动。进而说，云天更喜欢他的画里那种与生俱来的雄劲而粗粝的生命气质。他一下笔就是这股劲儿，想学可学不来。他这种气质与罗潜的气质截然相反。在罗潜的画中，深邃的生命感平静地隐形于笔触的下边，不动声色地感染着你。他不拉着你一起激动，只求一己的沉思与沉静。洛夫则不然，他的笔触好像生来就是要显示他生命的雄强与厚重，他的色彩也是天生燃烧着他的激情，一切都不是刻意为之。

他与罗潜更大的不同是，罗潜好像已经确定好一条路，只这一条路，非常狭窄，弯弯曲曲，前边幽黯，但他会一直艰难又执着地走下去。洛夫却像常常站在一个四通八达的十字路口上，他对哪一条路上的风光都兴味十足，谁也不知他最终选择哪一条路。

这样两个有才又可爱的朋友自然就被云天视作财富了。

今天是周末，楚云天与洛夫约好去拜访延年。云天没见过延年，他对洛夫嘴里这个钢琴天才充满五光十色的幻想。可是当他随着洛夫走进山西路北端那片老楼，爬上其中一幢，他的心情开始发生变化。那时候，城市很少更新，这样的许多人家杂居的老楼在这座城市里处处皆是。每一层的楼梯间都摆着各家烧饭炒菜的炉子，楼梯的一半堆着各种没用又不舍得扔掉的杂物，上下楼梯必须躲着这些乱七八糟的东西走。墙壁和天花顶全给炉子天天冒出的煤烟熏黑；电线像蜘蛛网那样到处扯着，有的地方绕成一团，从没人管。那个时代，众多人家合住的老楼全是这样。

然而，延年开门一露面，却叫云天感到一种异样。他是一个外国人？虽然他穿着普通的中国人的衣服，但他深眼窝、高鼻梁、浓眉，都分明像一个外国人。他的卷发可比洛夫的"自来弯儿"厉害得多了。他热情地伸出手和云天握手，主动对云天说："洛夫常常和我说起你，我们私下称你'朗费罗'，你对朗费罗这个称呼没有异议吧？"

云天知道朗费罗是十九世纪的美国诗人，但他不知道延年为什么称他为朗费罗。是洛夫告诉他自己喜欢写诗吗？不知道。反正这名字听起来不错，他便笑了笑。

延年握手时非常有力，云天感觉他不是用力握自己的手，而是他的手天然有力。弹琴人的手都这样有力吗？云天还发现，他说话的口气、表情、眼神、手势，明显也像外国人。他们随着他进入了房间。

他住的这种老房子房间都是又高又大。这种楼房的第二层通常都是原先主人的卧房，里外两间的中间是一个拉门，拉门开着。他的房间十分破旧，家具更破，一个柜子没有柜门，式样却都是租界时代的遗物。两个房间的正中各摆一张床，他叫云天和洛夫坐在北边一间，显然这是他的卧室兼起居室。南面一间的尽头是一面大玻璃窗，玻璃很脏，窗帘已经扯散，不能再拉，一条条破破烂烂、灰蒙蒙地挂在那里。屋中的一切在外边透进来的光线中都像剪影。云天感觉到那间屋子中间一个老式的铁栏杆床上躺着一个人。

"我的母亲。她有病，躺在床上很多年了。"延年解释说，"不用管她，我们说话，有事她会叫我。"

楚云天他们便放低声调说话。这时，楚云天对这个屋子有两个印象很深，一是很冷，现在已是"三九"，怎么会这么冷，他家没有生炉子吗？二是他屋子里没有钢琴，钢琴家没有琴怎么行？

延年这个人超级聪明，他虽然没听到楚云天任何问话，却知道云天心里的问号了。他笑着说："我会叫你听到我手中的琴声的，朗费罗。"然后他话锋一转问楚云天，"你知道我为什么称你'朗费罗'吗？因为洛夫给我看过你的一首诗，叫做《春天不能等待》。你有这么几句我还记着——"

他站起来，用有韵律的腔调朗诵道：

尽管春天一定会来，
但你不能等待、等待、总是等待；
你不要再对它沉默
大声呼喊吧，春天——你来！

他真的把云天这几句诗记得一字不差。他朗诵时似乎很激动，嘴巴有些抖，这叫云天感动。延年说："你叫我马上想起那个伟大的美国诗人朗费罗。你很棒！"他控制不住自己的激动，忽然一下紧紧拥抱住云天。在那个时代，人和人还不习惯拥抱，同性之间更不拥抱。云天有一点尴尬。

可是延年不尴尬，他很随性、率性，这是钢琴家必需的吗？楚云天还敏锐地看到，他说话时，他的手不停在动；他的嘴在表达，他的手更想表达。他喜欢两只手十指交叉，不停地捏手上的各个关节。他的手并不算大，手指粗壮、坚韧、灵活、有力。有时他的手好像比他的身体更有力量，比他的感觉还要细微……

这时他母亲那边发出很微弱的呼声，似乎是个外国名字，但听不准。延年对云天他们说："你们稍等，母亲要喝水。"

云天他们怕有不便，起身告辞。到了门口，延年忽然又一次拥抱一下楚云天，并且说："你和洛夫讲的完全一样，我也很喜欢你。"然后他突然说，"你们下午有时间吗？我请你们去听我弹琴。"

楚云天喜出望外。

延年对洛夫说："还是四川路那个地下室，四点钟整。"他略沉吟一下说，"你还可以带上你另一个好朋友，姓罗的吧。但不要再带别人了。"

楚云天离开这破楼时的感觉，可跟刚才进来时完全不一样了。他心里多出一个十分奇特、叫他充满兴趣和好奇的钢琴家的形象。好像十九世纪欧洲小说里的一个人物。

四点钟，楚云天和罗潜来到四川路的街口，只见延年站在路边一棵树下。他们走过去，楚云天把罗潜介绍给延年，实际上他对这位钢琴家的身世与职业还都是一无所知。洛夫还没有到。楚云天说："迟到是他与人约会的内容之一。"

延年笑了，他说他早已习惯，能够忍受。他还说："他不是慢半拍，是慢两拍。"然后他说他们可以先去弹琴的地方。洛夫来过，他来迟了也会自己找来。他引着他们走进一幢古老的红砖楼房。由于年久未修，房基的防水层坏了，受潮的墙面变得深红，墙根都已生霉发黑，院内地面坑洼不平，凹处积水，滋生出许多野草。他们进了楼房，没上楼梯，而是绕到楼梯后边，推开一扇厚重的小门，下了几蹬台阶，便是一间黑暗、潮湿又阴冷的地下室。延年打开灯，空荡荡的房间放着一架破三脚琴。一条断了的琴腿下边用几块砖顶住；没有琴盖，暴露在外的琴键好似老马的牙齿七零八落。这是什么地方？难道他就要在这架破琴上演奏吗？他和这破楼里的人家以及这架琴是什么关系？

就在这时洛夫到了，但他不是一个人，同来还有一位很年轻的姑娘。画家们都对形象敏感，一眼看出这姑娘十分漂亮。延年怔了一下，因为他与洛夫说好罗潜之外不要再带别人。

洛夫很灵，马上向大家一一介绍，说这姑娘是他学院二年级的学生，名叫田雨霏。田雨霏很大方，主动先说："真高兴今天一下子把我最想见到的几位老师都见到了！"她说得真心，笑容灿烂，给大家一种亲和与快活的感觉。她最多二十岁。她对着站在面前高高又潇洒的楚云天说："我老师说，听您讲故事像看电影。"这话一说，大家听了都笑了。

楚云天听了很舒服。他看了她一眼。她俊美的脸有点朦胧感，是因为她五官的线条全都含蓄和柔和，还是她年轻的脸被一种青春的红晕渲染着？她的一双眼的目光好像不大对焦，这使她天生有一种特别的诱惑。

下边的时间应该属于钢琴家了。延年先从怀里掏出一个玻璃罐，他交给洛夫说："你还是先到楼梯口左边找那位俞大爷，找他要一罐热水。我要先暖一暖手。太冷了,手有一点僵。"洛夫接过玻璃罐跑去,很快就拿回热水来。

延年双手抱住热水罐一边不断地转动,一边说:"今天我只给你们弹三支短曲。先弹我想弹的,留一支你们来点,好吧?"

大家说好。延年的热水罐已经放在钢琴上。没有任何仪式性的开始,流水一般明亮、悦耳、极优美的琴音就从这架破烂不堪的钢琴里流泻出来,宛如从乱石磙磳的峡谷里流淌出一条清澈和光亮的泉水。这泉水好像大山流泻的春水,一下子变成满目青山,花开满地,白云飘飞,阳光跳跃。多么熟悉的旋律!这乐曲的曲名忽然从云天记忆深处跳了出来,《少女的祈祷》!这是他许多年前听过、许多年来不再听到的乐曲。他这时非常想隋意也在这里,一同来听。当年这支乐曲正是他和隋意一起听的,隋意要是听到,心儿一定会跳起来。

延年在弹过这支曲子后,没有停歇,马上接上另一支乐曲,但换了一种节奏和风格,立即把他们带入另一个境界:千军万马、刀光剑影、雄强刚猛、迅疾如风。音乐是最神奇的艺术,它可以瞬息之间改变整个空间与环境里的氛围,还有你的心境。它柔和,整个空间也变得细雨春风般地柔和,你的心也充满爱意;它刚猛,整个空间立刻变得狂飙肆虐,你深藏心底的野性也被煽动起来。而演奏中的延年分明已经成为这支乐曲的精灵了,他飞舞的双臂,旋动的身躯,宛如疾风中飞扬的满头卷发,好似两只发疯的鸟儿的一双手,看似他要毁掉这架钢琴,同时你想他怎么能使这架几乎散架的破琴发出如此璀璨、明亮、清纯、神奇的音响?

音响的共鸣有如大海的轰鸣。

纷飞的琴音有如漫天的浪珠。

不断变幻的旋律把他们带进一个又一个画面里。

他们用掌声表示谢意与几近倾倒的赞赏。延年站起身,一手放在那架破琴上,一手抚在胸前,鞠躬答谢。好似一场音乐会结束的谢幕,他做得很正规,叫大家都有一种音乐的神圣感。然后他叫大家再点一支乐曲。云天叫罗潜点,罗潜对延年说:"你刚刚弹的是勃拉姆斯的《匈牙利舞曲第五》吧,我更喜欢第一。"

延年听了很吃惊,他说:"噢,你是懂音乐的!"跟着,他扭身坐在凳子上,立即弹出一曲优雅、深沉而分明很忧郁的乐曲来。虽然云天第一次听这支钢琴曲,但立即被感动了。这支《匈牙利舞曲第一》的确比"第五"更美更深沉更动人。

在延年结束他今天的弹奏时,那个叫做田雨霏的女孩走了上去,双手送上一件东西,远看像一支牙膏大小。田雨霏说:"这是我老师送给您的,这是大家对您的一点谢意。"

延年挺惊讶,他打开包在外边的纸,高兴地叫道:"啊,巧克力!我最喜欢吃的!"说着,他张口便吃。他吃东西的样子有点令人不解,他似乎有很强的饥饿感,不算小的一块巧克力,叫他狼吞虎咽很快吞下去。随后显得更加兴奋,走过来和他们每个人拥抱。

音乐会结束了,他们每个人的心灵都装满伟大的音乐经典走出了这座老楼。愈是干涸而贫瘠的土地,每一颗雨点便愈有一种沁入大地心脾的神奇的感觉，当然还有对这位默默无闻的钢琴怪人倾心的崇拜。

大家走出一个路口就要分手了，罗潜与延年同一个方向，他们过桥向南，云天和洛夫、田雨霏同道西行，他们走在墙子河边，这使云天从洛夫的嘴里得到一些延年的大概。延年的外国人的长相与他的俄国血统有关。据说他父亲是俄国二月革命时逃到天津的白俄，母亲是中国人。原先住在起士林南侧的徐州道上，那里曾是白俄与犹太人的聚居地。后来父亲没了，他和母亲搬到了山西路。母亲常年有病，母子相依为命。

音乐圈里都知道延年钢琴弹得极其出色，可是由于他长相太像外国人，怀疑他的身份，害怕惹事，没人敢请他演出，一些学校也不敢录用他做音乐教师。他一直在社会上做钢琴启蒙的家庭教师。那场史无前例的浩劫一来，很少有人学钢琴，他几乎失业。家里的东西差不多卖光，他有时一天只吃一顿饭，经常处在饥饿中，所以刚才他见到那块巧克力时有点疯狂。

洛夫说，延年的钢琴是他母亲教的。母亲曾在一所小学做音乐教师。他家原先有一架琴，后来也被砸了。这些年他四处找琴弹。这座楼是一户人家落实政策时还的，他曾给这家人做过钢琴家教，人家允许他每周来两次练一练琴，他很怕自己这双神奇的手荒废了。

洛夫说，他知道这些事是因为他和延年是小学同学。那时候延年就因为长得像外国人，被同学当作外国鬼子经常挨打。洛夫常常出面解救他，所以他们自小很好，而且一直有往来。

他们说话时，田雨霏走在洛夫的另一边，一直垂头不语，也没问什么。走到一个岔口，他们也要分手了，她还是垂着头。洛夫说："你不和楚老师说再见吗？你不想看他的画、听他讲故事吗？"

田雨霏这才抬起头来。楚云天发现这姑娘两眼发红，长长的睫毛上亮晶晶好多水珠，原来她刚刚听着延年的身世，一直同情、伤心、落泪。她的善良触动了楚云天。在他们分手后，楚云天两次扭过头看她纤娇小而轻盈的背影。

五

他把一张洁白的宣纸铺在临时搭起的画案上，四角各压一块青石片。他没有镇尺，前年去蓟县盘山写生拾来的这几块石片反倒自然，也更天然。只要把纸铺开，他就是即将出现的一片崭新天地的造物者。

他先用羊毫抓笔蘸足了清水与淡墨一笔笔生气十足地横涂在纸的上方，于是一片寥廓万里、云烟滚动的天空立时呈现。一条条长长的乌云游龙一般、夹风裹雨地在天上奔跑。他没有忘记，在浓淡相间的水墨中特意留出一块空白。这块白便是最后一块没有被乌云吞噬的天空，熠熠发光，分外明亮。他很享受水墨在宣纸上充满偶然性的神奇感，也醉心于濡湿的宣纸散发的清香，这香味远胜于酒。跟着，他从笔筒里抽出一支长锋大笔，散开锋毫，在墨池里一滚，跟着由纸的下端，逆锋斜刺而上。一片风中摇曳的苇荡，洋溢着生命巨大的本能与力量，这力量把他自己都感动起来。

他不觉地喊了一声："呵——！"

屋里没别人，无人应答。只有从小窗射入的一束阳光中，一些被照亮的游尘在浮动。

跟着，他又换了一支长杆的兼毫笔，蘸了浓墨，把苇荡前几根长长的茎叶画出来。不自觉间，他那种早年从研习宋画积累下的功力显示出来，运笔时他感到全身的力量都在经由手腕传递到笔端，如锥画沙，力透纸背；他还感到一种好似长久压抑在心底的东西一下子抒发出来，无限的畅快！于是他情不自禁，把一只孤雁画在那块留作天空的空白的地方，那里是整幅画面惟一透出光亮之地。这孤雁在那里独自徘徊与游荡。他自言自语地背诵起莱蒙托夫《帆》中的两句诗：

你期待什么，在这遥远的异地？
你抛下什么，在你自己的故乡？

"你画中的鸟儿全是你自己。"这是隋意对他的发现。

隋意从来不把他画的山水或风景，看作是种单纯的山水与风景，她把它们看作他心灵中的一篇篇散文。

今天顶层的小木屋归楚云天独有。隋意赶上周末整整一天在医院值班，她知道他要用这一天做什么，早早给他把一天填饱肚子的东西全放在锅里。这足够了！他今天是自己的主人，是小木屋里的君王。他一早就精神抖擞，精力和激情蓄势待发。他打开窗子，先让窗外的晨风吹进来，贯满他的世界。当然，时时还有鸟影在屋里一掠而过。

四月初已进入春天的时光，窗外所有树木的树芽都在逐步变成生气十足的新叶，一天天变得很快，绿叶才是春天开出的花。已经可以听到新生的幼雀细声吱吱的叫，由于他这座小楼四无遮翳，视野开阔，屋顶上便成了麻雀们筑巢最安全的地方，南边和东边都有雀巢。这些麻雀和他一样把这小楼的顶层当做世外桃源，这样一来，天麻麻亮时，他们就可以听到醒来的小鸟在顶棚的巢中走动的声音。他们从不惊动它们，他们有福同享。

四月清晨的风还有一点凉意，但吹在云天身上却分外清爽，叫他神清目朗，超常的敏感，脑袋里好似储备许多灵感。此时宣纸洁白细腻，富于弹性，好像女人的皮肤，笔锋一触便会惹起万种风情；而长长短短的笔不正是他的手指吗？他的手指不是自己心灵的触角吗？他的工作到底是一种包含着技术的艺术行为，还是一种更具灵性的内心的述说？

于是桌上的墨、水、色彩，不再是工作的材料，而是他的情感、心绪、感觉、语言。湿漉漉的洇开的水墨，分明是他放纵的情绪；一条条线都是情感的轨迹；浓浓淡淡的墨的色度里有他精确的语言一般的表述。然而，一旦他随性地、率性地、信由性情地表达出来，便进入了最高的绘画境界。这个境界既是绝对的自我，又是一种忘我。

自由的忘我和忘我的自由。

云天画了整整一上午，画过画，吃过东西，睡一大觉，醒来觉得又像早晨那样精力十足。他像往常一样，撤掉画案，在房中两根柱子之间拴一根细绳，用夹子把今天这幅得意之作挂起来，好叫隋意下班回来一进门正好看见。他由于今天画了一幅心满意足的画而心情高涨，更加自信，他激动得在屋里待不住，要出门转转，可是直到推车走出院子时还没想好去哪里。他只想到洛夫或者是罗潜那儿，他要宣泄一下今天的得意和过剩的艺术情感。他忽然给自己出个好玩的主意：那两个人谁姓氏笔画多就去谁家。他用手指在破车鞍子上写了一下，结果是洛夫的"洛"字九画，罗潜的"罗"字少了一画——八画。他决定牺牲了罗潜，去找小弟兄洛夫。

他骑车跑到西开教堂，洛夫没在家，只有他养父依旧抱着那本黑封皮的《辞海》埋头在读。洛老伯说洛夫去学院了。楚云天今天的心情好，不嫌远，一直蹬着车向西北而去，绕过老城，过桥才到了艺术学院。他在校园里找来找去，最后在教学楼里找到了洛夫。

那时的人很少敲门，他一推开门，很大一间房子四处竖着大大小小的画板，其间还有一些凳子和椅子。洛夫在靠里边一张桌前站着，还有一些年轻人，一看就知道是他的学生。洛夫喜欢带着情绪说话，似乎情绪是他说话的动力。他正比手画脚地说着，扭头时发现了楚云天，他高兴地招呼云天，把云天介绍给同学们。他说："楚老师可是咱们学院十年前毕业的高才生呵，他是我的师哥。"

学生们和他打招呼，有的学生大概听说过他，今天见到本人，露出惊喜的表情。就在这时，他看到这些人中间一个人正在向他微笑，好像树丛中一根俏丽的花枝。

一种熟悉的、亲切的、朦胧的、柔和的、美好的感觉。她不就是几个月前在四川路地下室听钢琴见过的那个叫田雨霏的女孩子吗？不知为什么，他一看到她，就觉得她有一种不可抗拒的存在。接下去，无论他和洛夫说什么，看什么，谈论什么，发表自己对艺术的看法，似乎都像是对她说的，甚至是为她说的。他不明白自己怎么会有这种感觉。洛夫拉着他到一个画架前，架上一幅基本完成的油画，画的是在深郁的杉木映衬下一株盛开的海棠。这幅画色彩很大胆，笔触像唱歌，把大自然春天的蓬勃、鲜活和花香四溢全画出来了。他对楚云天说："这是我这两天在校园里写生画的，你一定又要骂我受你那本画册影响，太像梵·高了。"

楚云天说："那有什么不好。再说你有你自己的感受，我喜欢你这幅画中的激情。春天了，万物都张开嘴说话了。"他打着趣说，"你这海棠花中间好像还飞着蜜蜂，这个梵·高就没有。"

一个有点木讷的男学生说："我怎么没看到蜜蜂？"

这时，田雨霏接过话说："楚老师说的是一种感觉。"

大家笑了。这使得楚云天不由自主看了田雨霏一眼，她的话既有对洛夫画的感受，也有对楚云天话的理解。她有悟性。当楚云天的目光接触她的一瞬，她柔美的脸上那一双不大对焦的眼睛便让他感到一种很特殊的魅力。

他又被她触动了一次。

天晚了，洛夫说要拉着楚云天去一家回民小铺去吃解馋的羊杂碎。几个学生送两位老师出来，其中有田雨霏。田雨霏忽然对楚云天说："老师，我想有时间请您指点一下我的画。"

她是洛夫的学生，他不好答应她什么，只是含糊地"呵呵"两声，同时却感到她有一种对他的主动。这主动惹起了他心中从没有的某种东西。他不知这是什么东西。

回到了家，隋意在小小的木屋里正满面笑容地等候着他，他问她为什么这么高兴。隋意转身打开台灯，台灯正对着挂在房柱间细绳上他白天完成的那幅画，灯光把画照得通亮。当他这时再看这幅画，真棒！画中有种浓烈的情绪，扰拌着极生动的笔墨，非常动人！这时，他白天作画时那种情绪高扬的感觉又回到身上了。晚间，他俩谈论的都是这幅画。

应该说，刚刚田雨霏对他那一点异样的触动，此刻在他的键盘上，还是一个弱音。

六

楚云天用了一整天时间，才把公司所属一家工厂水杯包装盒的彩样和设计图画完。在那个计划经济的时代，产品统购统销，包装好坏自然没有什么竞争性，不需要追求新颖和撩人，只要画舒服就行。不过他今天最吃力的是在纸盒的一个侧面要用宋体美术字写一条语录。写语录要分外慎重，绝对不能出一点错。

他心里一直想着一件事，就是下班后赶紧去找洛夫，打听一下新华中学教美术的徐老师的一个学生，叫作唐尼，哪天从北京过来。他很想见见这位号称"中国的珂勒惠支"的年轻女版画家。唐尼从新华中学毕业后，考上北京的中央美院，学习版画，然后被分配到北京出版社做美编，年纪刚过三十，在京城画家圈子里已经颇有名气，这很不容易。北京那地方画画的人眼界高，很难出人头地。

传说中的唐尼更神乎其神，虽是女子，性情比男子还豪放，画极粗犷，带着野性，风格上有点像那个德国女版画家珂勒惠支。据说她整天在画室里，生活上七颠八倒，有时饭也不吃，口袋里经常揣着半个苹果或馒头，饿了就掏出来咬一口。这种画画不要命的人，应该认识一下。

他整理好桌上的东西，背包下楼，走出设计研究所。这时正是人们下班时候，研究所前边的大街上车多人杂，他刚要上车，只见不远道边一根电线杆下站着一个女子，轻盈标致，朝他微微含笑，带一点梦幻般的感觉。他很快就认出来是田雨霏，她穿得朴素却鲜亮，天青色的上衣映衬着她娟秀而微红的脸，她站在那儿像一株细雨刚刚淋过的梨花小树。她怎么会站在这里？分明是在等他。

他推车走过去问她站在这里干什么。

她笑着说："在等您啊，那天在学院，您不是答应要给我的画做些指点吗？"

"哦，我说了吗？"楚云天说。

"当然，您说'好的好的'。"她说。她把他那天随口应付的"呵呵"变成"好的好的"了。楚云天不好分辩，他望着她，一望到她那双眼睛，就不知该怎么办了。

田雨霏说："就到我家去看吧，那天听说您在这儿上班，才知道您上班这地方离我家这么近，就隔着三个路口。我要在家里大声唱歌，说不定您能听见呢。"说完她就笑。

楚云天好似稀里糊涂地被带到她家。

她住在沿着海河一条很静的小马路上，虽然是一个大杂院，但她家守在院门口，一扇素色的木门上，挂一把小黑锁。她打开锁，推开门，居然是一个挺宽敞的房间。那时人们的家境都不富裕，她的家却整齐、洁净、简洁，看上去生活得井井有条。她说只与母亲二人生活，母亲在绣花工厂工作。房间虽然没有讲究的东西，陈设都很得当而谐调，显示出主人生活的用心。屋里两张床两张桌子，一张是饭桌，还有一个小长桌，上边摆着画具和书，看来就是雨霏的书桌或小画案了。进了她的家，她反而有些局促，又关照楚云天坐下，又斟水，又自责没有为老师的到来做好准备。楚云天说："你不用忙，让我看画就行了。"

田雨霏从小长桌下边的夹层里取出一叠画来，一张张掀给楚云天看，多是些学生阶段的写生习作，水彩、水粉和国画。她笔下似乎有一些天赋，但叫云天更关注的是她对自己所讲一些看法的理解与体悟。这些理解、领悟、感知及其表达正是他们交谈的桥梁。她很善于表达，艺术的感知都发自于心，感知相通自然就有了内心的愉悦。在谈话中，楚云天着意地看了她两次。一个女人的美看不透、琢磨不透，才是真正的美。当她柔嫩的花瓣似的肌肤、长长的好似假的一般的睫毛、微翘而发亮的鼻尖、梦幻一般的眼睛，就与他近在咫尺时，他居然有一点害怕了。他是怕对方，还是怕自己？他说："我走吧，画我看过了，我的看法已全说了。"他似是要逃脱。

谁料她忽然把两只小手大胆地抵在他的胸前，说："不能走，我太爱听您讲的话了，我还想听。"

她的神气真率又可爱。

他感觉自己的脸突然很热。他真有点怕她了，同时也怕自己。他努力使自己冷静，说些话与她拉开距离，直到最后，他答应她再来，她才放他走。

楚云天骑车在路上，愈回味刚才的事情心里愈乱。他和隋意从少时的青梅竹马，直到"文革"后一起生活，彼此更像兄妹，或者干脆就是兄妹。他们好像从来没有经过初恋。没有过天色忽变，电闪雷鸣，到风狂雨骤；没有分明的四季，永远都是大太阳的夏天。他对这一种从未经历过的、尚且似是而非的情感有点恐惧。当然，这是一种甜蜜的恐惧，躲避的诱惑，拒绝的期待……这样，他在回家的道上几次把路走错，差一点又走回到自己的研究所。

第二天晚上，罗潜来到他家，他们说好一同去徐老师家，结识一下唐尼。隋意也去了，本来隋意不想去，罗潜执意拉隋意一同去，他责怪楚云天整日在外边跑，把隋意孤零零"遗弃"在楼顶上。隋意说她一个人在家挺好，她喜欢安闲，他刚从朋友那里借来两本小说，有一本是奥斯汀的《傲慢与偏见》，她早就听人夸赞过这本书，特别想看。罗潜说："可是这并不影响你看书。多结识一个有才气的人物，可以多看一片精神的风景。"

隋意笑了，说："你这句话好。"便随他们去了。

待他们一起走进徐老师家，徐老师平日这间不算小的起居间已经满屋子人了。所有人都是徐老师的晚辈。

徐老师虽然只是一位中学美术教师，

美术课又不是中学的主课，奇怪的是，他培养的爱画画的学生几乎年年都有人考入北京最高的美术学府。教育部曾派人到天津来了解这位深藏在中学教师队伍中并不寻常的美术老师，看看他有何高招，能够把具有艺术潜质的孩子们调教出来。他的回答叫人不解："由着他们的性情吧。"再往美术界深处一问，竟然大多不认识他，极少数看过他的画的人，都说他的画挺有味道，只是含着太多印象主义的成分，不入时流，一直不被重视。他也不参加各种正规的美术展览，直到如今居然还不是美术家协会的会员。二三十年里，他的一些学生都已是登堂入室，成了画坛的佼佼者，他依然如同闲云野鹤一般，在野山野水云间悠闲地飞着。有趣的是现在，那场浩劫把画坛中的大小神仙全都扫荡了一空，却无伤于他，这因为画坛中一直没有他这个人物。他本来在荒野，现在还在荒野。原本没人把他视为画家，他现在却是一群痴迷艺术的年轻人的偶像。

这世界上总有人崇尚艺术。当大树被摧折之后，野草野花却遍地生长。有名有利的功业荒芜了，真正的无功利的艺术反倒自由自在地滋生出来，就像现在聚在这房子里的人，没一个人是有名有姓的画家，但他们每个人心里都把艺术奉若神明。

徐老师照例坐在主人那张圈椅上，抽着烟斗，时不时抚一下自己发亮的光头，笑呵呵望着这些可爱的挚爱艺术的年轻人。他是长辈，无论谁来他也不站起身来相迎，谁走也不送，都是扬一扬手，以应人来人往。

楚云天他们三人进来，先向徐老师点头致意，大家相互打招呼，有的认识有的不认识。他们见到了那位才女唐尼，她皮肤黝黑，短发，动作生硬，看上去有点男子气。她还好，不做作，见面握手，全都自道了姓名。这次洛夫居然先到了。楚云天看到洛夫身边一个女子款款而立，竟是田雨霏。这次他见到田雨霏，可就与之前的两次不一样了。洛夫见了他们，便把田雨霏作为自己的学生介绍给隋意。隋意朝她注目地看一眼，说："你这么好看，像安格尔画的那个女孩。"

田雨霏的脸登时红了。洛夫说："安格尔那个女孩可没穿什么衣服。"

田雨霏更不好意思，双手挡上脸。隋意打了洛夫一下，说："别胡说。人家是你学生，你哪像个老师！我不过想到安格尔画上那女孩儿的美，和她多像！"

田雨霏为了赶快跳过这个话题，她主动和罗潜、楚云天打招呼。隋意这才知道，他们先前就见过了。

屋里有些大小高矮不同的椅子凳子，徐老师叫大家都坐下聊。屋角一张高背的老式的椅子坐着一个男子，三十多岁，徐老师说是他的学生，叫岳鹏。但这位岳鹏的脸上没什么笑容，却带着半个主人的架势，也不起身，坐在那里摆了两下手说："坐、坐。"楚云天心里有点讨厌他。

徐老师很知道今天的话题应该从哪里开始，他叫唐尼把画拿出来给大家看。当唐尼从一个绿帆布画夹中取出四五幅黑白版画，一张张竖放在迎面的一张条案上时，屋内顿时给一种被惊住的气氛所笼罩。一时没人说话，有的人站起来过去弯下背看，洛夫站在这些画的对面，好像被点了穴一动不动；只有那个岳鹏坐在那张高背的椅子上跷腿坐着没动静，也不看画，好像不屑一看。

大家看过画，还是没人出声，是由于这些画太独特太震撼，很难发表意见，还是也怕先开了口，说不到位或说不出高度？

没料到唐尼先开了口，但她说的不是自己，竟然是楚云天。楚云天以前没见过她，完全没想到她会谈他，而且是谈他的画。他对唐尼说："你并没看过我的画，有什么好说的？"

唐尼对他说："你有一个好朋友叫方海涛吧？在故宫专做古画复制的，冯忠莲的学生。去年还是前年，你送给他两幅画，没错吧？从那时我们一些人就知道天津有个画水墨山水的——很棒！"

这"很棒"两个字叫楚云天有点发窘，他忙说："那我就想听听你的意见了。"

楚云天的话很真心，唐尼更直率。她说："我正想，你有很深的传统功力，你的水墨也完全从传统里蜕变出来。你的画更像一种散文，我能看出你很爱文学，你水墨有一种抒情性，内在的意蕴和意境都很棒。我想我已经把你夸到头了，我该给你挑点刺了——你画中的结构有问题。"她脑袋一转，短发在脸两边也像穗子那样一甩，她的目光盯着楚云天说，"你缺乏内在的整体结构上的思考，所以你的画缺少足够的力量。你是很难画大画的。"她的话更像是一种批评。

楚云天很想多听到一些更具体的意见，自己可吸取。他追问道："结构？你能说得更具体些吗？什么结构？"

唐尼下边的话就更直率了，她说："你还不明白？你除去虚实结构不错，可是在整体的结构——形体和黑白结构上，你好像很不在意。这样，虚实在你的画中也变成一种情趣了。"她最后这句话叫楚云天有点不受听。

很少有人当众这么不留情面地批评他。

楚云天没有说话，他怕说不好就会弄成一种辩论，没想到田雨霏忽然插嘴说："我认为楚老师与你的画不一样，他不追求视觉的冲击力，追求的是内心抒发。你不能用自己的艺术观要求别人。"

这个小姑娘的话叫在场的人都有点吃惊，当然，每个人所吃惊的内容都不同。有的人认为她很有分辨力，有的人认为她这几句话，把两个人各自艺术的本质都说清楚了。楚云天却感到田雨霏有一点为自己打抱不平的架势，小小姑娘身上居然有一种侠义的肝胆，此情此意为他所动。洛夫那里却嫌她不懂事，敢在这样的场合多嘴多舌，直朝着田雨霏使眼色，叫她住口。没想到唐尼对雨霏这样说："你说得有理，我太爱用自己的艺术观要求别人。如果别人听了我的意见，很可能就失去了自己。"她对自己原来也同样的直率。这一来，使楚云天对她刚才直言引起的小小不快一扫而空。

跟着，唐尼对楚云天说："说一说，你怎么看我的画？"

"有男子气。"楚云天说。

"这不是对画的看法，这是性别分辨。"唐尼的话把大家逗笑了。她对云天说，"你不要因为我批评了你的画，你就不批评我了。你的批评只表达你对艺术的看法，不一定与我有关。就像我刚才批评你的话，你要不喜欢就扔进纸篓。"

她爽快又有见地的话叫楚云天释然，心情陡然变得痛快，于是把本来就想说的话告诉给她："你的画的粗粝、厚重与野性是天生的，这是你珍贵的本质。但你还需要一点精致的东西，齐白石、八大和毕加索都有这种东西。他们看似豪放不羁，随心所欲，但中间一定有一两个极其精妙，甚至是匪夷所思的细节，很精微，奇妙，妙不可言。我以为粗犷的作品是靠这种东西活下来的！"

唐尼听到这里激动起来，她几次想打断楚云天的话，但被楚云天伸出的一只长长的手拦住了，云天执意要把他一句最重要的话说出来："这个细节又不是人为的、刻意的，还必须是一种偶然，一种灵性——"

唐尼终于把自己的话插了进来："一种天赐！"她想了想，又说，"但这天赐非常难得，一百张画中，天赐一张。"

"是的！这就是为什么即使最伟大的艺术家，一生只有少得可怜的一点精品。"楚云天说。

一下子他们感到满屋光亮，好像他们打开了艺术天堂的大门。他们请徐老师说说看法，徐老师说："你们都是明白人，就不用我说了。"他的表情已经表示出，他很赞同和喜欢这些年轻人。其实这也正是他调教年轻人的一种不露痕迹的方式。

纵使还有许多话题，但时已很晚，这便从徐老师家出来相互告别，纷纷散去。云天与唐尼相互一击手，都高兴地说："再见，再聊！"

洛夫带着雨霏与云天他们分手时，隋意对雨霏说："有时间跟你老师来我家玩。"

洛夫说："她还要拿画请教楚老师呢。"

雨霏只笑不语。她看云天时，目光中也没有任何含意。但她分明把与自己求教过楚云天的事隐瞒下来，瞒了洛夫，也瞒了隋意，惟独没有瞒了她和楚云天。这一来，这件事就成了他俩的私密。她为什么要让它成为一件私密？

私密是个种子，谁也不知它一旦钻出芽来会是什么样子？美好的还是偏激的？但它充满了渴望与欲望，一定会不可遏制地钻出芽来！

七

清晨，艳阳高照。洛夫生气勃勃骑着他那辆老旧的杂牌自行车从家里出来，松散的卷发在头上飘飞。他穿街入巷，东弯西拐，宛转自如。看他这股劲儿，给他一对翅膀，他可以飞起来。这地方的路全是羊肠小道，全都坑坑洼洼，有的地方地面拱起来，有的地方断崖似的塌下去，可是从小在这种地方长大的人，闭着眼走也摔不着。他哼着曲儿，屁股在车鞍上扭来扭去，时不时抬眼从幽暗的破房子的夹缝中，看一看老西开教堂高耸云天的铜绿色穹顶，一群白色的鸟儿在那很高的地方时起时落，这景象一直可以追溯到他孩提时的记忆里。他认为在这城市任何地方，也看不到自己家附近这座废弃的老教堂才有的一种静穆的美。

他已经约好罗潜和楚云天，到学院来聊天。自从那天在徐老师家见过那位才女唐尼，他们三人还一直没有好好谈谈她，对于那个奇特的女子,他们肯定各有各的看法,这个话题大家肯定都有兴趣。十点钟前后,三剑客齐聚艺术学院。这座学院的前身是颇有身份的一座名校,校园的前前后后都还有一些老楼。这次洛夫把他们引进一座方方正正黑灰色的砖楼,这样的老楼前后两排,每排四座楼,都只有两层,走廊宽阔,房间敞亮,原先就是做教室用的,现在大多空闲,没有了一排排桌椅,益发显得开阔和高大。只是房屋中间堆着六七个空木箱,坐在上边聊天蛮不错。房间的一面是一排很大的窗子,外边浓重的树影带着阴凉投射进来,有时微风还会把木叶的气息无声无息地吹到屋中,一种说不出的舒畅感,能够勾引起人们画画的兴致。

"谁要有这么一间画室,我就拜他为师。"楚云天说。

"你就拜我为师吧!这正是我刚刚从校领导那里争取到的画室。"洛夫洋洋自得。

"你是皇上了。"罗潜也克制不住自己的羡慕。

洛夫对罗潜说:"你这话可是犯歹的。"

"什么犯歹,皇上都是要打倒的。"云天笑嘻嘻机警地反驳他。接着问他,"你怎么弄来这么大一间画室?"

洛夫笑而不答。

照常人看,在他们三剑客中,只有洛夫活得志得意满。楚云天从事的不是艺术专业,他只是一个和艺术靠点边儿的产品造型和包装设计师,画画只能算是他的一种业余的热爱而已。罗潜更属于另类,他那种画根本不被主流接受,也不被常人接受,他也不求任何人认可,他仅仅是一个为自己而画的怪人。别人喜欢与否,他毫不关心。然而洛夫是懂艺术的,虽然他身在专业圈子里,在艺术院校教学生,为主流社会工作,在常人眼里他才是专业画家,可是在洛夫心里,罗潜和云天这两个湮没在社会中默默无闻、在野的朋友,却有着极高的地位。好比荒原上两棵巨树,高大峻拔,却荒在那里,孤单落寞,无人知晓,惟洛夫知道它们的高大,还有价值。

在那个重视家庭成分的时代,平民出身的洛夫远比楚云天得天独厚,一马平川,没有障碍。再加上他确实富有才华,技术一流;他擅长的现实主义的画法,又是当时倡导的艺术语言。在老一代画家大多遭到冲击后,他顺理成章成为学院教师的骨干,所有由上而下的命题式的创作任务首先落在他的身上。然而,洛夫可爱的是,他深知在真正艺术的意义上,对艺术的认知和思想的深度上,他与这两位兄长式的朋友差还远。所以,今天他很想听听两位朋友对唐尼怎么看,特别是罗潜,那天他没有说话。

罗潜对洛夫说:"她和你有一样的东西,画都很结实,这结实一半是你们与生俱来的,生命里的;一半是因为你们都讲究结构;但她有一点不如你,她的画太紧,你的画松弛。"

罗潜总是能说出一些新的思考,新的观点。楚云天马上被启发了,他说:"罗潜说到一个很重要的问题——松。画只有'松'了,画中的一切才能呈现出一种自然又自由的状态,生命的状态。"他想一下接着说,"如果太紧,画就死了,而且画里边的东西就全跑到表面上来,变得有限。"

"别人也无从进入你的画中。"罗潜接着说。

洛夫说:"我当时也感觉到了,她的画为什么那么紧?"

"太重视技术吧,学院派的毛病。结构、刀法、版味、形式感,想得太多,算计得太多,她的问题是太专业了,就像我的问题是太不专业了。"罗潜说,说完三人一笑。

洛夫对罗潜说:"你认为这个'松'里,是不是一种主观的东西。"

"这个正是我想说的,就是——客观的东西一定要主观化。"罗潜说,"我们不能做视觉的俘虏。"

楚云天接着说:"中国画很强调这个,所以中国人不用'画',而是用'写',抒写。'写'就是从主观出发,把客观融入主观,也是把主观融入客观。主观包括感情、感觉、审美、意蕴。你再看看那些好的西方画家不也是画得很'松'吗?"

当一个新的话题惹起大家共同的兴趣,谈兴就会愈来愈浓。洛夫早已离开他刚才坐着的那个木箱,一边走一边想一边发表看法或者发问。

可是在他们的交谈之中,惟有楚云天有一点分心。因为他今天进了这座学院,已经过了一个多小时,他一直没有见到田雨霏。田雨霏知道他到来了吗?她是接近老师洛夫的一个学生,他和罗潜来,洛夫会告诉她。如果她知道就一定会来,这是基于他对他们之间一种美好的感觉上的判断。他们聊天时,他多次觉得她就要笑盈盈地推门进来了,并瞬间给这间清爽的大房间带来一片动人的光彩。可是她一直没有出现。

过一会儿,门真的被推开,进来的是油画系一位教师于淼,他也是现在学院里比较重要的油画家。大家彼此都认识,没有寒暄。这人很瘦,面色灰白,头发稀疏,戴一副细边的圆眼镜,不大爱说话,看上去有点像老式的文弱书生。但是,他的画与他的长相却完全相反,他善画肖像,超级写实高手,细节抠得相当细,质感强,他能把形象画得极其逼真。他拿着一卷纸,直奔洛夫过来,说:"我刚去木工那看,画框已经打好了,马上绷布了。北京那边说,所有十一献礼的画,八月中旬都要来人审核一次,九月初验收。时间很紧,我把你起的草图往细处抠了一遍,你先看看。"

洛夫说:"正好他们二位在这儿,一起看看,听听他们的意见。"

于淼很高兴,在一个箱子上把草图打开。他说:"这幅画是要画上山下乡题材的,人物多,内容要求得很具体,要有情节,比较难画。尤其我们俩都没去过大西北。"

罗潜说:"洛夫到火车站送过他堂弟去内蒙。"

洛夫笑道:"那场面连哭带号能画吗?人家要表现知识青年接受内蒙牧民的再教育。"

罗潜笑笑,没说话,也没看草图,显然他对这种宣传画式的画没兴趣。楚云天问洛夫:"这幅多大?"

"横七米,高四米。"洛夫说。他的回答叫楚云天很吃惊。洛夫接着说,"要不能把这间大教室给了我俩用?这幅画指定我俩合作。"

罗潜已经听得不耐烦了，他正要表示告辞，这时门开了，又进来几个男男女女的学生。这些学生中有的和楚云天见过，便热情地和他打招呼。

楚云天马上想到田雨霏。再看，这些人中间没有田雨霏。他觉得她就要来了，便没话找话地与洛夫、于淼扯东扯西，想拖延一点时间，再等一等。可是田雨霏为什么还是没有出现？

罗潜终于开口说要告辞了。

自从上次去她家看画，楚云天以为接下来她还会在哪天下班时，站在那根方形的水泥电线杆下等他。那个景象很像一幅画，灰色的城市背景下一个美丽、纯真和悦眼的女孩。对了，还有——嘈杂闹市中一株淋过细雨的梨花小树……

但是几天过去，这有点期待的景象一直没有再出现。后来他想，这一切是不是来自他过分的敏感，一种自作多情或者错觉？于是，他告诉自己这仅仅是生活的一个似有若无的偶然，一个误解或误判，一种个人近乎愚蠢的假想。回想一下，前前后后，这个女孩与自己什么故事也没有啊。

可是他还是有一点失落感。

两天后，传达室管收发的赵大爷早晨到设计室送报时，递给他一封信。这封信很特别，通常公家信件都是牛皮信封，一般信件则是印着几条填写收发人地址和姓名的绿线的白纸信封，可是这个信封是浅蓝色，比通常的信封小，像是自己糊制的，而且信极薄，好像是空的。信封上除去他单位的名称，中间一行写着"楚云天老师收"，下边既无发信人的地址，也没署名，只有"内详"两个字，好似里边装着什么秘密。信封上的字体娟秀而清新，使这封信有一种温柔的气息，叫他有了一种含着期待的预感。

他赶紧打开，果然是她——雨霏。一张比信封略小、同样是浅蓝色的纸笺上，竖行写着一句话：

"我不舒服了，一直在家。知道您去学院了，没能去见您，真遗憾！"

没有抬头，没有落款。但他和她都在这小小的信笺上。他在这信笺上看见她的表情，一种叫人怜惜的失落的表情。

几句看似再普通不过的话，此时此刻都含意无限。其中一种声音他听得最清楚，就是呼唤他去看她。

当他提前离开研究所去她家时，他还觉得，这封短笺是给他去看她的一个借口。

他敲开门后，一个景象令他很惊奇。她不是他想象的头发蓬乱，身体柔弱，面带病容，她竟然叫他眼睛一亮。欢喜与兴奋使她光彩照人。她穿一件淡粉红色的上衣，一条深蓝布裤，长长的黑发卷在肩后，绯红的脸儿好似雨水刚刚洗过的花朵。他感受到花的香气。在她身后，横七竖八立着一些画板，每块画板上都是一幅新画。新画总带着焕然一新的景象和艺术情感，这使雨霏这房间熠熠生辉。

楚云天问："这是你新画的吗？"

雨霏说："您上次来过之后，我就开始画了。全是新画的！看看您上次批评之后，我有没有改进。"

楚云天说："你不是病了吗？"

雨霏调皮地一笑，说："我要是不说我病了，您能来吗？"

使楚云天没想到的，是雨霏这些新作。

这些新作与上次所看那些画明显发生了变化，无论是远近关系上、色彩构成上、用笔用墨上，这么短的时间里，她从哪里得到的启示、理念、突破？从他上次给她的种种提示吗？她能如此敏锐地感悟到，而且在画中叫人惊喜地看到了？她真有这样艺术的悟性与能力吗？上次他看她的那些习作，没觉得她有这样富于才能的潜质。

她显露出的才能叫她益发美丽与可爱。她已经从楚云天的眼睛里看到他心里涌出来的东西。爱的双方是一种感知，无需话语。

他发现柜子的一层空格有一对小小的陶瓶，造型美又独特，灰釉上有几笔沉着的朱红，率意又大气。他称赞这对小瓶，并说这是日本陶瓷。他告诉她日本人从宋代就由中国把陶瓷艺术学去，现在已经有完全属于自己的风格与陶艺了。

雨霏告诉他，这是她妈妈当年的陪嫁。她说，她妈妈是中国人和日本人的混血。她无意中把自己某些非同寻常的气质里隐藏的缘由告诉给楚云天。楚云天不明白，她为什么如此轻易地把自己血缘中的秘密告诉给自己。

爱会使人丢掉戒备与界限。

她望着他，那双明亮又独特的眼睛里好似有一朵火苗。

忽然，她叫他背靠着墙站着，双臂水平地展开，紧贴着墙。她说她要用尺量一量他双臂的臂幅有多宽。他照她的话做了，但不知她为什么要丈量他的臂幅。

她好似灵机一动，忽然拿起母亲陪嫁的两个小陶瓶，把它们放在楚云天每个手背与墙壁之间，叫他用力压住，他说："你要干什么？"

她说："为了叫你不动，你手一抬，瓶子就摔了。"

他没动，她走到他面前，看着他，忽然扑在他的怀中，抬起通红的、柔软的、湿漉漉的、颤抖着的小嘴，把心中所有的温存与生命的激情都给了他。

他不敢动，怕摔了瓶子，却完全被动地任由她爱的挥洒与宣泄了。

她和他愈贴愈紧，他的身体感受到她身体的热度，她快要和他液体一般地融合到一起了。

八

秋天总是在夏天不经意时，悄悄入侵了夏的世界；把它无所不在、一统天下的绿色一点点消解，然后就在这绿得最最深浓的地方，呈现出秋天最具标志性的色彩——金黄。

秋的到来从来都无声无息，它最初只是叫这小小的不起眼的一片叶儿变黄。谁能想到这一叶金黄，渐渐会在天地之间变成一片浩荡。

人最不能抵抗的是两件事。一是大自然的四季，一是生爱死。前者属于天地，后者则是生命的本身。不管你怎样惜春或挽秋，也不管你如何渴望不死与永生，都无法阻止这上天的意志。那么爱呢？生是起始，死是终结，中间最伟大的事便是爱。爱是生命的一种渴望，一种燃烧，它也无法阻止。可是比起生死，爱又有一点复杂。首先爱是随性的，它变化莫测。其次它是两个人之间的事。它不一定是两个人共同朝一个方向推动车子，有可能各自发力，南辕北辙，最后毁掉了爱的本身，甚至包括自己。

这朵刚刚在楚云天与雨霏间开出的小花，接下来该会怎样？

楚云天的天性纯良，学识丰富，喜欢表达，又正当精力充沛的青春年少，他不缺朋友。当然，在他心里分量最重的一个圈子还是他们"三剑客"。而把三剑客牢牢拧在一起的，是他们共同酷爱的艺术。

但对于楚云天来说，只是这一个圈子还不够，因为罗潜与洛夫都不是他另一个挚爱——文学上的知己。虽然气质优雅的隋意酷爱诗文，文学感觉也相当不错，可隋意终究是妻子，文学需要见多识广。

在文学上能够与楚云天真正聊得来的，就像在绘画上的罗潜和洛夫，恐怕只有苏又生一人。他佩服苏又生，比他年长几岁，读的书也比他多。当其他的人和他坐在一起，就全听他一个人说了。那时代，图书馆内大部分图书都封存了，若想得到一本真正的好书，就得像大雪后的麻雀到处觅食那样。如果一本好书出现了，便一定要在朋友间传来传去，你争我夺，每个人得到的看书的时间都极有限，有时一部长篇只给你一天的时间。这样的好书在这帮朋友中间其实只是像旋风那样飞快地一转，随后就不知跑到哪里去了。在精神上如饥似渴的年轻人当中，满肚子书的楚云天自然就像寒天雪地里的小小一堆篝火。他一出现，大家就会把他围在中间，汲取精神的暖气。

善于讲述、表达、渲染的楚云天便成了一个民间英雄。

他会随心所欲地把他看过的某一本书、某一个精彩的故事栩栩如生地讲述出来。他所讲的大多是听故事的年轻人从没读过的名著。他也不知道自己哪来的这种能耐，他非常善于渲染气氛，能够精巧地剪裁故事，把名著中所有啰嗦与累赘全都删去，精华提炼出来；他是画家，有能力把故事讲得有声有色有画面感，让人物活灵活现，使听故事的人身临其境。当他自己也进入所讲述的故事时，会灵感忽至，冒出一些更绝妙、更感人、更意想不到的情节或细节。有一次，罗潜在场听过，对他笑道："故事结尾是你编的吧。"

他说："你怎么知道？"

"我没看过这本书。"罗潜说，"不过，我是觉得这结尾带着你喜欢的一种结尾——感伤。"

楚云天说："这本书我看到时，后边缺了十几页，我也不知道什么结局，只能顺着情理来编了。"

罗潜忽问他："你认为一个人的结局是生来就定好的？会不会原本有好几种结局，最后由你选择。"

楚云天说："我认为人之所以活着，就是还不知道自己的结局。但我相信一个人最后的结局里一定有他个人的成分。"

"你所说个人的成分都包含什么？"

"时代、性格和选择。"

"有没有偶然因素？"

"偶然中的必然和必然中的偶然。"

罗潜沉吟片刻，说："文学比绘画深刻得多了。"

楚云天近来与苏又生的联系多了一点，主要是他想从苏又生那里借一点西方的文学经典来。苏又生是个修养甚深、人品很正的人，由于比自己大几岁，称他老苏。此人精瘦强干，嘴大健谈，喜欢大声说话和大笑，抽烟很凶。他几乎没见过苏又生手指不夹着烟的时候，他走路也抽烟，走路也要抽烟的人才是真正的烟民。在云天刚刚被赶到这红顶小楼时，原房主被扫地出门，很长时间二层的屋子全是空的。每每老苏来访，云天与老苏就拿着两个凳子、水壶和杯子，到二楼的空屋子里海阔天空地神聊，往往从下午至天黑。天黑就不能再聊了，因为二楼没电。他们聊的全是文学。

老苏毕业于中央戏剧学院，才学很高，记性出奇的好。他自夸堪比"三言二拍"中《王安石三难苏学士》的王安石。遗憾的是父亲身在海峡那边，又做军官，他就难受重用，被贬到了天津的小剧团——豫剧团做编剧。七十年代时自然是无戏可写，无事可做，他的性格爽快又好强，大大咧咧，对生活一切的不顺都若无其事，好像他只要有书看，有烟抽，能聊大天就行。他俩从古到今，从聊斋聊到欧·亨利，从《演员自我修养》聊到梅兰芳，从徐策跑城聊到中国画的空白，一直聊得古今贯通，地阔天宽……从日头穿窗而入，直到太阳西斜，空荡荡的房间一片昏然，连老苏的烟头都发亮了，才收了话题。这时，隋意会把煮好的两大碗肥肉片和菜叶的汤面端下来，再拿上一张方凳当桌子。赶到月初刚发了工资的时候，还会添上一瓶啤酒和一包香喷喷的五香花生。这便是非常快乐的一天，很尽兴又很享受的一天。

老苏待云天的友好表现在借书给他。他从不借书给别人，只借给云天。他借书的规矩向来很严格，严格到了死板的地步。他说好借给你几天，到时必还，到时不还，再借就难。奇怪的是，老苏在西城外针市街上那个家中，只有简简单单几样家具单摆浮搁，没有书架，可是只要云天想读哪本名著，老苏都会拿给他。他的藏书总有一两千本啊。可是这么多的书都放在哪儿了？云天知道这是不能问的。那时这些书都是"四旧"，是违禁品。能如此慷慨地借书给你，天下没有几人。

今天，云天想向他借泰戈尔的《飞鸟集》。

老苏说："这本书你不是看过了，有些句子你不是都会背了吗？"

云天说："重读一遍感受会不一样。"

过两天老苏把这书用报纸包了一下给他送来，他很高兴，因为这并非他要读，他是想推荐给雨霏读。

自从那天——那是怎样的一天，反正是他从未有过的一天，雨霏就是一种"无限温柔的存在"了。他有生以来，第一次有了秘密，甜蜜的、快活的、骤然而至的、不可告人的秘密。由于这秘密藏着一个神奇而大胆的吻，这秘密就有了一种偷吃禁果的快乐。

这一切来得太快。由决不可能，还没有通过可能，就变成了现实。直到现在，他都没来得及去想，更没有去判断自己的行为是对是错，他只是带着无限的快意、梦游一般地往前走。跟着谁走？她吗？她往哪里走？她不是上帝，她是爱神，谁也不知道爱神孰是孰非，会把他引向哪里？

他只想与她联系，见面，再见面。当

他知道雨霏喜欢诗和散文，便有了与她联系的借口。他上次借给她一本《先知》，这是他自己收藏并特别喜欢的一本散文诗。雨霏看了，也非常喜欢，在还书给他时，在书中夹一张纸，按照纪伯伦的句式写了一句话：

"我是一阵风，你怎样才能找到我？"

这句话中有她调皮的笑容。

为此，他给她借来一本与《先知》类似的散文诗集《飞鸟集》。当他把这本诗集交给她时，书中也夹了一张纸，并用同样的句式回复她：

"柳条轻轻摇动，我知道风儿藏在哪里。"

他们都喜欢这样做来把生活诗化，这给他们带来无限的心灵的快意。

尽管偷吃了禁果的人，都想继续下去，并把它想象得更浪漫，但他们并没有什么妄念，也不是简单地被情欲驱动。只因为他们都是艺术的圣徒，都把对方当作一种画中的形象，都把诗意而浪漫的臆想放在两人之间去追求，可是情爱的冲动也会渐渐涉足进来。楚云天想起罗曼·罗兰在《约翰·克利斯朵夫》里的一句话："这不是自私的情欲，而是肉体也要参与一份的珍贵的友谊。"何况，他们还远没有越过这条底线。

他不能总去河边她家，他怕遇上她的母亲，也怕叫洛夫知道。雨霏是自己师弟偏爱的学生，如果洛夫知道了他们的私情，结果不可想象；而她也不能总在研究所附近那个繁华的街头等他，同样会被熟人撞见。他们仅有的方式是通信，偶尔打一个电话，可是，那个时代没有私人电话，她没有固定的座机。这样，他们之间很难见上一面。相思使他们坐立不安。

女人一旦进入爱情，比男人聪明得多。后来她想出一个办法，打发邻家一个嘴严的孩子直接去研究所找他，借口是取一本书或还一本书。如果她太想念他，就写一纸短信，还书时夹在书里，约他去一个极远又僻静的地方见面。但有一次几乎到了城市边缘，忽听一个人喊她，扭头一看，是一个同学，她赶紧想一个理由，把那同学支走了。事后想起来很害怕，因为当时楚云天还没有到，如果撞见了呢？那个学生是认识楚云天的。这么大的城市里，竟然没有给他们一点点的藏匿私密的地方。

一次，他们约在西营门外，太想有一个相拥的吻了。他们钻到几辆停在那里的大货车中间的夹缝里，刚一吻，忽然车上发出一个响动，吓得他们出来骑上车就跑。好像两个逃跑的小偷。直跑出许多路口外，雨霏吓得还是喘不过气来。他们一直也不知道那个货车上什么东西突然一响。

一个周末，下午四点左右，云天和隋意都在家。云天在整理画，隋意则把她从院里拾到的许多好看的落叶摆在镜框里，她对于怎样把这些姿态各异的叶子摆得好看兴致勃勃。这时，楼梯响了，有人来访，隋意跑出屋去看，云天只听隋意惊讶又高兴地说："是你们啊，真没想到，快请进来，不过我家屋里正乱着呢！"

楚云天起身时，客人已经进屋，他完全没想到，竟是洛夫和田雨霏！他们怎么会突然到访？

洛夫一进屋门还没打招呼就叫起来："快看啊，雨霏！这就是楚老师的古城堡！

多棒啊!"

雨霏两手合掌放在胸前,好像真的来到一座书中常常描写到的西方的古堡。她也叫着:"太美太神奇了,我从来没见过这样的房子!像童话里的小屋。"跟着她说她喜欢这些柱子、坡顶、小窗、天窗、木墙、屋里的种种布置和装饰,直到隋意招呼她坐下来,还止不住的赞美与惊奇。

洛夫说:"雨霏磨了我好几天,叫我带她来拜访楚老师,我这些天一直在赶那幅大画走不开,正好今天于森抠细节,有点空儿,就带她跑来了。"

雨霏笑着说:"我老师说,楚老师比他水平高,叫我应该'取法乎上'呢。"她说得很自然。

洛夫叫楚云天拿画给她看。云天的画总有一种生命的气息和美的魅力扑面而来,当他把自己的一些画立在桌上、椅背上、柜上,整个房间的感觉立时变了。那些风雨、云烟、激流、狂飙、阴霾、荒野,以及夺目的夕照,把屋里的人感染得说不出话来,包括云天和隋意他们自己。

"楚老师,我能跟您学画吗?"雨霏说得很恳切。她眼里充满心中的感动。

楚云天不知该怎么回答。

雨霏转过头说:"隋老师,我能跟楚老师学画吗?"她见楚云天没有吱声,就去求助于隋意。

隋意说:"当然行了,我替云天答应了。你常来玩吧。"她单纯又爽快地说,跟着拉过雨霏的手,对洛夫说,"上次在徐老师家第一次见她时,我就挺喜欢她的。她聪明又率直。"她说得情真意切,还扭过头对雨霏说,"关键还要看洛老师是不是同意你另入师门。"

洛夫笑道:"师母都点头了,我哪还敢拦?"

大家笑了。楚云天心里尤其高兴,这一来,再想见到雨霏就一点障碍也没有了。

可是这样一来,究竟福兮还是祸兮?

九

雨霏每次来,踩着云天家通向顶层吱吱呀呀的木楼梯,都有一种登入天堂般的感觉。是因为她喜欢这里独特的美吗?喜欢它世外桃源般的奇境吗?喜欢它高高地耸入繁枝杂条间而充溢着的大自然的气息吗?

她更喜欢这里的一种浪漫。

这里,没有一件庸人的俗物,没有造作与标榜,没有实用主义的粗鄙。整洁、清贫、文雅、精心,连柜子上一组生活物品,也像画家的写生对象那样适度又和谐地摆在一起。她想起他曾夹在书里、写给她的一句话:

"艺术家工作的本质,是在任何地方都让美成为胜利者。"

是这个小屋生活的主人使这里变得很浪漫。

美,不就是精神的浪漫吗?

在这里,她和云天聊天,有时隋意也加入进来。他们一起讨论一幅画、一本书、一首诗、一种特别的生活感受、一个长久未解的疑难;女人喜欢感性的话题,男人则更偏重理性。每次交谈总以云天精辟的解析收尾。雨霏得到的是理性的剖析与探究,云天收获的则是两位女性聪颖、丰盈又鲜活的感知。

他不仅给她讲画，还画给她看。他的水墨在充满灵性的宣纸上的变幻莫测，叫她惊异，叫她赞叹，她发誓要把这些技艺学到手。那时，一切似乎都来得自然又美好。日子长了，她来的次数多了，隋意做家务时还会喊她帮忙；有时一起去买点东西；买过东西回来时，一定是雨霏提着小袋小兜或者小篮。她在隋意身边更像一个聪明、乖巧又漂亮的小妹妹。她俩上楼进屋来时，还总是有说有笑。

他们都喜欢这种气氛。这个小妹妹有时还会带来一小包京糕条、话梅或青橄榄，这都是隋意的最爱，女孩子都爱吃小吃。她与隋意似乎比和云天更亲近，可是到了隋意出去办事或下班还没回来，情况就另一样了，她会情不自禁把头发蓬松而毛茸茸的头靠在云天的肩上，云天激情涌上来时，会把她拥在怀里，干一些偷吃禁果的事。他们没有太过分，可能他们还没有胆量逾越红线，可能他们还有道德上的自律，可能还没有到时候。

事情的变化在当事人那里一任自然，在旁观者眼里却蹊跷频出。最先察觉出这些蹊跷的一定是隋意。

近期，雨霏有时会一连两天或三天，天天晚上都到他们家来。她好像是这家庭的一员，她来得理所当然了，有时待得很晚才走，走的时候居然有一点离不开这里的感觉。为什么？什么叫她离不开？有一次，赶上晚饭，隋意留她一起吃饭时，她吃一块鸡，咬了一半，说很香，好吃，把咬过而剩下的一半夹到云天的碗中。她说要"孝敬老师"，可是什么样的关系可以把咬过的一半夹给对方，这个小小的细节似乎说出背后大的变故。

隋意生长在一个优雅的知识家庭里，单纯又善良，她对人从不设防，遇事也不相争执。他与云天两小无猜，一直风和日丽地在一起，从来没有想到会有什么威胁出现在他们的天地里。当她开始本能地留意起来之后，却又不知如何察看、如何应对，比如她下班回来，看到雨霏的自行车停在院子里，知道雨霏在楼上与云天在一起。他们会怎样地在一起？别人碰到这种事，一准会蹑手蹑脚地上去，忽然出现，看个究竟，但是隋意不会，她没有想到吗？不不，她是怕真撞到什么，她怕猜疑成为事实，她承受不了那种结果。所以，每当碰到这种时候，她反而故意把登楼梯的声响弄得大一些。

这是惧怕，是躲避，是软弱，还是天性的宽厚、善良，以及缘自于自己家庭的一种尊贵与高傲？

于是，她就把自己困在疑惑别人的烦恼里，对一直相爱的人不信任的苦恼里了。谁又能和她分担这种苦恼？这种事不能对任何人说，连她去看妈妈时，对自己的妈妈也不能说，只有自己孤单一人来承受。

很长一段时间，她这样默默地挨着。她这样挨着，就难免郁闷，就会无意地流露出来，云天能没有敏感吗？

一次，她因公务随着几个医生去上海做业务交流。当天晚饭后，云天一人在家，雨霏来了，她和云天把这一天当做可以尽情亲密的日子。可是，正当他们激情洋溢时，忽然听到有人上楼梯的声音。这人的脚步很轻，可是楼梯太老，一踩就响，天晚时声音便分外清晰。

他们吓了一跳,云天赶紧跑出来。只见上来一人,竟是罗潜,正在往上走。他站在屋门口说:

"你怎么来了?"

"没事,找你聊天。"罗潜说。他站在楼梯上抬头看,发现云天头发缭乱,他问,"你这么早就睡觉了?"

"我今天有点累,糊里糊涂睡了。"云天说。说完依旧站在门口,好似守在门口,他要把雨霏守好。那个楼顶上的小屋是无处躲藏的。

罗潜看看他,觉得有点异样,不管他累不累,按道理他都要把来访的好友请进屋,坐一坐。他不请自己进去,这很反常,除非他屋里有什么秘密。罗潜沉一下便说:"那好,我先回去,你接着睡吧。"说完扭头下了楼。

云天被这突如其来的事弄得有点发傻,也没有送他,只说一句:"一半天我去看你。"

楚云天转身回到屋里,感觉自己刚刚太紧张了,他回想一下刚刚见到罗潜的整个过程,觉得自己有些慌乱,不合情理,不合常规,露了马脚。是呵,他怎么能不让到访的好友进屋,可是他又怎么能让他进屋?

原以为老天恩赐给他们的一个节日,现在完全败了兴致。雨霏问他到底出了什么事,他无心再说,便让雨霏快点回去,免得罗潜有什么事再返回来。

等到他静下来再细细一想,觉得事非偶然。罗潜刚刚为什么没有问隋意在不在家?难道是隋意出门前托罗潜到他家来,侦看究竟?隋意遇到什么为难的事,从来都依靠云天来办,可是现在制造难题的恰恰是自己,她一个孤女子,求助何人?惟有罗潜。这个老友为人持重,踏实可靠,与他家的关系也最近。他愈想愈觉得这个猜测靠谱,原来自己已经落到这步田地!明天最重要的事是通知雨霏,隋意出差这几天不要再来了。

隋意回来后,过了几天,事无变化,一切如常。那时代出差如同出国,在南边跑了一圈,心里松弛多了。她给她妈妈带来的梨膏糖和松饼,都是妈妈爱吃的,带给弟妹亚楠一双便鞋,也正好合脚,更叫弟弟一家合不拢嘴。她与云天之间的话,比出差之前也明显多了,最爱说的话题则是在沪上的所见所闻。楚云天暗暗笑话自己原先那些担惊受怕,全是疑神疑鬼,自己吓唬自己,但还是暗暗嘱咐雨霏少来为佳。这样一来很见效果,偶尔雨霏来了,和隋意说说笑笑都很自然。这就使云天紧绷着的心彻底放松了下来。

有一天,云天看着隋意与雨霏坐在那里交谈时,心里忽然冒出一个荒唐的想法。他居然心想,这两个这么姣好的女子都和自己亲吻过。他心中暗暗得意,甚至还有一种成就感呢。

人在做,天在看。他一定要吃这个"罪恶"的想法的后果。

一天,雨霏提一兜金黄色的小橘子来,说是她妈妈同事从广西带来的蜜糖橘,叫她送一些来孝敬老师。她放下橘子就要走,说外边的风已经有些雨味儿,看似要下雨了。

她说了就跑下去。她走了才一会儿工

夫，窗户忽然暗下来，风吹得小木屋很响，甚至有点摇晃，跟着是刺目的闪电和滚雷。大雨点迅疾地由天而降，紧锣密鼓般地敲打着天窗，像要把天窗击碎。随后便是大雨倾盆，小屋一角原本漏雨的地方立刻流下水来。

隋意一边用小盆接水，一边叫道："哎呀，这么大雨，雨霏没有穿雨衣，她刚走不远，你赶紧给她送雨衣去！"她把自己的雨衣递给云天。

楚云天抓过雨衣就往楼下跑。隋意喊道："你自己也得穿雨衣呀！"

他这才转身上来抓起自己的雨衣几步就跑下去，这架势好似英雄救美。

这个细节叫隋意敏感到了。

楚云天在滂沱大雨里用力蹬车，大雨和逆风和他较力，他不断用手抹去脸上的水，眼前的风景好以江河倒挂，他在挣扎。忽然，他听到有人叫他。他以为是隋意，其实怎么可能是隋意？他左顾右看，只见道边有个人在门洞里向他招手，竟是雨霏！她在那里避雨。

他用很大力气，才顶风冒雨到达那里。雨霏已经全身淋透，薄薄的衣衫紧贴身上，头发狼狈不堪，她冷得发抖。他赶紧把带来的雨衣给她穿上，搂住她。她在危险时候得到他的救助，受到感动，抬起嘴唇吻他。他笑道："雨水还在你脸上流着呢！"

她忽然说："我喜欢这样——"她忽然用力拉着他跑到门洞外的大雨中，热烈而激情地吻他，让大雨浇头而下。冰凉的雨水流过面颊，并绕过他们亲吻中发烫的嘴唇流下。他们痛快淋漓享受着这一场人间近似疯狂的浪漫！他们长久地这样站在雨中一动不动，像雕塑那样。

从冷雨疾浇中回到家中，云天很快就发烧病倒。隋意不明白他身上穿着雨衣，缘何浇成这样。她问他，那一瞬他竟然不知如何回答。他们从小彼此从不说谎，面对她那双真纯无邪的眼睛，他一时找不到理由。这使隋意从中突然明白到了什么，当然她绝对想象不出那一幕是何等的浪漫与纵情。她没有再问，原先的种种不实的猜想这一次得到了巩固。

在楚云天病倒的第四天，他躺在床上，头有余烧，隋意请假在家，给他煮药。两人之间很少说话，一个不想说话，一个无话可说。

这时楼梯响了，云天和隋意都能从登楼梯的脚步声听出是雨霏来了。隋意走了出去。楚云天躺在床上，听得见她们在屋外楼梯上的说话。在她们的对话中，明显表现出隋意不同以往了。

雨霏说："我来给您送雨衣，谢谢您，那天雨太大了，多亏了这件雨衣。"

隋意说："给我吧。"只说这三个字，很平淡。

雨霏说："楚老师挨淋了，他没事吧。"

隋意说："他病了。"还是三个字，仍很平淡。

雨霏有点着急，她说话的口气不由得变得急迫。她说："厉害吗？去医院吧，我陪着一块去！"

隋意说："不用了，我是医生。"她出奇地平静，一反常态地不动声色。无论是说话的声调还是脸上的表情，都有一种冷淡的东西。冷淡是一种拒绝。

楚云天在屋里都感到了屋外的气氛。

跟着,就听雨霏说道:"那我就不打扰,先走了。请楚老师好好养病,有什么事您尽管找我。"

没听到外边再说什么,跟着是雨霏下楼的声音,隋意推门进来。

隋意把雨衣挂好,她自斟一杯热水,靠窗坐着,眼睛望着窗外的风景。但她没有感受风景,而是让自己平静下来。她没有经过这样的风波,表面看她平静不语,心里好像刚经过一场战争。

她无法再承受这样的生活。

从这天开始,雨霏不再来了。不知云天上班后是否在用别的方式与她联系,反正雨霏再没有在这里出现过。隋意与云天的生活里不但不再有雨霏,连说话中也没有。隋意只字不提,云天也不敢提。他愈不敢提,她愈觉得他们之间的故事非同寻常。但是究竟雨霏还在这个城市,她是不是躲过她的视线,却依然小鸟依人地隐身于他私下的生活中?

她没有能力去寻问,也不齿于世俗的追问。她认为爱不是争取来的,也不是一个强人的果实,她有她的尊严。于是,这件无处言说的秘密便成了她的一种深切的折磨。

十

他好久没到罗潜这小屋里来了。一个潜在原因是隋意出差、雨霏与他幽会那天晚上发生的事,当时他出于无奈,把罗潜挡了回去。他一直怀疑罗潜猜疑他,可是他又想,罗潜并不知道他与洛夫的那个女学生雨霏有联系,除非隋意找过罗潜,请他帮助。这件事便成了他与罗潜关系中一个说不清、道不明的障碍。他曾经几次有点怀念那个可以谈书论画一起听音乐的小沙龙了。在那个寂寥的时代,那是一个无处可寻的真正敬奉艺术的天国,是精神饥苦者的安慰之乡。

今天下班回家,他在楼梯口发现一张纸条,是罗潜留给他的,约他去玩。他想,是不是罗潜要和他开诚布公地谈谈他的私密了?但他来了之后,罗潜一如既往,没有任何异样。好友多日不见,还多了一些亲切,这使他确信自己曾经的种种猜疑都是疑神疑鬼,有点"小人之心"了。一旦心里这个结解开,便有说不出的愉悦。许多年来,他们三剑客之间,从来都像他家对面那个垂柳四围的小小的河湾——风静波平,闪着柔和的日光或月光。一个人的年轻时期能拥有几个知己好友,是人生的幸福之一。

"我本来还想叫洛夫一起来,一问,他在北京。听说他那幅大画在美术馆展出时,受到了好评,找他的人多,很忙。"楚云天说。

罗潜说:"他刚画完那幅画时,拉我去看了。这个人真是聪明,还记得我们在他那儿说到画要画得'松'吗?他画这幅大画时还真的注意这一点了,画得挺'松',很舒服,大气,又不失整体的气势。要不是于森把几个主要人物的形象抠得太细,整幅画的感觉会更好。"

楚云天听了,心里想,洛夫为什么没有找他去看画呢?这有点不正常。会因为雨霏吗?他知道什么了吗?隋意也会去找他吗?此时的他,一切都变得异常的敏感,甚至有点狐疑。

罗潜不知他想的什么，还在与他聊着，问他这么多天是看书还是画画有什么心得，想和他说说。

楚云天整天满脑袋里塞满了各种想法，他一听，便把前几天与雨霏谈到的关于"意境"的思考说出来。他对自己在这方面的新见解很得意。他要给"意境"一个现代解释——

他说古人所说的"意境"，其实就是现代人说的"文学性"。

他说"意境"这两个字，"境"是指画中的空间境象，"意"就是诗意。"意境"就是把诗意放到画中可视的境象中去。

他还说，意境被中国画家视为最高的标准，这个标准在王维和苏轼那时就确立了，可是西方的绘画不特别强调意境，这因为中国古代的画家多是文人，兼通诗文。另一方面，在中国的历史上，文学成熟在前，绘画成熟在后，这使得文学对绘画的影响有了决定性的意义……

罗潜眯着小眼听着，他一向欣赏这位好友近于夸夸其谈的高谈阔论。在罗潜眼里，很少有人像云天这样，心灵的感悟如此丰盈，脑袋里的思考一刻不停，所以他总是各种高论脱口而出，再加上他天生富于感染力的口才，他也就很容易被异性膜拜。可是，他一旦被迷恋于他的人所感动，就难免身陷困局。因为，容易多愁善感的人都有脆弱的一面，一旦陷入困局就会难以自拔。一次，罗潜对他说："你可千万别给别的女人拖下水。你可要明白，再好的女人也不如你身边的隋意。"

在云天淋漓尽致地表达了他对绘画与文学关系的思考与见解之后，罗潜说："我赞成你的见解，很独特，也站得住脚。不过，我想提醒你，西方绘画中，苏俄绘画是一个独特的体系。或者说在整个欧洲绘画中，苏俄绘画是一个伟大的另类。苏俄绘画也是追求文学性的。"

楚云天怔了一下，他在想。罗潜说："列宾就是绘画中的托尔斯泰，列维坦就是绘画中的契诃夫，这比喻可以吗？你比我更懂得苏俄文学。"

楚云天忽然叫了起来："你这是一个伟大的发现！我从来没有这么想过。我只对老苏说过，每每看列维坦的画就会想起契诃夫的《草原》，看希什金的画就会想起屠格涅夫的《猎人笔记》。听你这一说，我要把苏俄文学和绘画放在一起好好想一想了。罗潜，你想问题总有自己的发现，这个想法棒极了！"

罗潜露出高兴的神情，他说："我没那么棒，我只是受你刚才关于文学性那些话的启发而已。"他站起身来说，"你先看画，我去给你沏茶。"

现在，他又要用他最经典的茶食——茉莉花茶和涪陵榨菜来款待朋友，以助谈兴了。

云天看到，这一段时间里，罗潜黑糊糊的墙上多了两幅小画。这两幅新作一看就不同以往。一幅是抽象的，一堆色彩碎块纵横的交错中，有折断的黑色，也有模糊缭乱的灰蓝灰紫，这中间一些碎玻璃样的暖色闪出光芒。他感觉这画的意蕴有点异样，隐隐之中还有一些迷幻与困惑吧。抽象作品真正的解读者都是画家本人。难道生活中又有什么非同寻常的东西触动了他？

墙上另一幅作品是具象的，却似乎也融入某种特殊的意味。一个歪歪扭扭的小瓶里，插着一束洁白的小花，本该是生气盈盈的花枝却枯萎下来，瘫软无力地向一边倾倒。在这无力自撑中它呼唤着救助吗？罗潜在画中黝黯的背景里放上一块纯净的群青，糅合着一团幽黯的冷色，让他感到一种浩瀚和彻骨的寒凉。病态美是罗潜一贯的表达，他虽然不了解罗潜在什么心理背景下画的这两幅画，但他很欣赏这两幅晦涩不明的画里，色彩的单纯、特异、优美与笔触的老到，还有深在的精神空间。他很高兴，最近一段时间，他们三剑客——尽管画的完全不是一类的画，追求相去极远，却都在明显地提升。应该找时间再聚聚了，相互评议一下，让各自的努力彼此启发。

他刚要把心里的话说出来，忽见地上戳着一摞油画。放在最外边的一幅较大，一看，感觉受到冲击。他没有弄清楚这是艺术的冲击还是情感的冲击，这冲击却分明是雄浑的、猛烈的、突兀的，并带着一种悲壮感。有一种两年前在这屋里听贝多芬的《命运交响曲》那种感觉。他说："这画真猛，给人一种撞击的感觉，不是你的画吧。"他翻动着这摞油画，全是风格一致的风景画，调子阴沉又压抑，不仅压抑，还有一种难以遏制的东西在画中涌动。他很少看到这么强劲有力的笔触，甚至连作画时画笔在亚麻布上猛烈搓动的声音都听到了。他感到不寒而栗。

"这是谁画的？我以前怎么没看过？上边有这么多尘土，这是很多年前的老画吧。"楚云天坐回到椅子上，说，"我敢说，这决不是一般的画！"

罗潜给云天斟了一杯茶，眼睛瞅着他说："为什么不是一般的画？"

"有一种很强烈的情绪，有一种要宣泄、要爆发的东西。我能感到。"楚云天说，"这位画家如果不是一个古怪的人，神经质的人，就是身陷于苦难之中。"

"你很厉害。"罗潜说。他没有接着说，而是慢慢地饮茶，静了一会儿，照旧用他那种平稳的口气说："这是我的一个朋友画的。"

"谁？我见过吗？"

"现在我的朋友只有你和洛夫，再没别的朋友了。这是我十多年前的一个朋友。这画是他存在我这儿的。"罗潜说。

"他人呢？现在在哪儿？"

"不知道。"罗潜又饮了一口茶，说，"你一定想问我这些画是怎么回事吧。我可以讲给你，但只能你一人知道。无论你爱谁，也不能叫对方知道；无论你将来怎么恨我，也不能告诉别人。你能做到吗——"罗潜说话的方式有点怪，有点神秘，他平时不这样说话。

"我能够。"云天应声回答。

"我只能讲给你一个梗概。你先听好，你最好不要打断我，还有，不要追问。"

云天应了。他困惑着。

下边便是罗潜讲给云天这些画后边的一个悲剧——

"他是我中学时的一个好友，叫秦岭。我们同在学校的美术组，他画得比我好。全市几次中学美展，他都得过奖。他上高二时中央美院已经瞄上了他，说高中毕业后不用去参加高考，直接选拔到美院。他写生的能力很强，当时他的画风也不是你现在看的这样，他画得如同清风流水一样的明快。我们美术组有个女孩叫——"讲到这里他停顿了下来，停顿的时间较长，然后才接着说，"她叫吴忧。这女孩儿活泼，好看，明朗，爱笑，除去画画，还能歌善舞，说话声音好听。在美术组里大家都喜欢她，她最喜欢的是秦岭。她崇拜他，更因为他们上小学时就同班。所以他们的感情纯洁无瑕，就像你和隋意——"说到这儿，他的目光中有一种春天一样的东西，可是不知为什么，这春风骀荡的风景忽然变成了冰天雪地。这时，他的目光阴冷又坚硬。他接着说，"你认为世界上真会有什么不变的爱情吗？现实会告诉你，最容易变化的就是爱情。再美好的爱情也靠不住。"这时，他好像不能不停下来一会儿，于是他端起小陶碗喝茶，同时也让云天喝茶。

云天不催他，等着他说。

"后来他们认识了一位有身份的人，这人既是一个官儿，也是画家，年纪比秦岭和吴忧他们大了二十岁吧。他很和善，不像官儿。但他的家里很像样，有客厅也有画室。他老婆有病，去世了，又没孩子，待秦岭和吴忧就像待自己的孩子一样。最初，他俩常去玩，去多了就像到自己家。

"渐渐地，秦岭发现一个不大好的情况，就是吴忧有时自己去那人家，而且次数愈去愈多。秦岭还发现，最初吴忧去那人家时，穿得很整齐，后来竟然很随便了。等到秦岭忍不住，直问吴忧为什么总单独去那人家，并阻止她再去时，吴忧竟然对他哭着说，现在说什么也没用了，我已经答应嫁给他了！"

说到这里，戛然而止。好像放电影时断了胶片，一片漆黑，一点声音也没有。

云天沉默着，继续等待。他感到这个故事是不幸的、艰难的、悲哀的，他有点奇怪，罗潜讲这个过往的朋友的故事时，竟然这么投入和动情。他和这秦岭有那么深刻的关系吗？

渐渐地罗潜重新回到了这段往事里来——

"这对于秦岭好比天塌地陷，就不用说了。再去问吴忧为什么会这样，你怎么想的，你为什么背叛我等等，也全没用了。吴忧真的嫁给了那个人。"他沉了沉，声音转为低沉地说，"那些日子，他要死，要吃安眠药，要去拼了，全被大家拦住。但真正制止住他内心狂飚的最后还是画画。他居然一边画，一边安静了下来，画画叫他活了下来。你现在看的，就是这一批画。"

他草草结了尾，是不堪讲下去，还是无法再讲下去？

楚云天听了这段许久前的往事，就像眼前刚刚发生过的一样。他瞥了一眼立在地上的画，昨日的悲情好像还在那些画上呼啸。

他问罗潜："他现在在哪儿？"

"谁？"罗潜问。他好像在梦里。

"秦岭。"

罗潜说："刚才我说了，不知道。"

"他后来去美院了吗？"

"没有，那一阵他有点神经不正常。不能再上学了，中学都没上完。"

"后来好了吗？你怎么会不知道他现在在哪儿？"

罗潜突然手一摆，说话的口气有点生硬，他说："咱们开始不是说好了吗？你不要追问。"他明显拒绝再说下去了。

说到这里，楚云天忽然明白了，罗潜讲述这段往事，这个秦岭，其实就是他自己！那个曾经被爱情毁掉的秦岭就是现在坐在他对面的罗潜。他惊奇又震撼！自己这个多年的好友竟有这样一个不堪回首的遭遇。人生的灯一旦熄灭，谁能把它重新点亮？

不会有。太阳一旦熄灭，我们的心永远一团漆黑。

可是他为什么直到今天才讲给他听？是为了他，才剖开了一直封闭的自己。他已经不知如何面对自己这个朋友了。

沉了半天，罗潜若有思索地说了下边一段话：

"有的爱如过眼烟云，有的爱刻骨铭心，因此，千万不能伤害真爱你的人。什么叫真爱，就是她失去了你，她就一无所有；或者你失去了她，你也一无所有。如果你伤害了她，就比杀害她还残忍。杀害一个人是消灭肉体；伤害一个人的爱是宰割心灵；就好比扑灭一颗心全部的火焰，叫那个人变成一片死灰。"

楚云天听着，不知这话是不是说吴忧；还是说给云天听的，反正这话一直插入他的心。

十一

罗潜的话是爱情的真理，他确信，但他做不到。

他面前放着两根蜡烛，如果要想叫一根蜡烛放出光明，必须吹灭另一根蜡烛，他感到两难。

他已经渐渐背起了对隋意的歉疚，而且愈来愈沉重，他有了负疚感。几个月里，虽然她什么也没说，但小楼里的空间沉闷了，没有可说的话题了，她似乎也失去了捯饬房间的兴趣，再不去布店里买回几块好看的布头，别出心裁地缝点什么；花瓶里的花早已干掉扔了，空瓶子几乎是他们现在生活的一种象征。生活中的兴致都来自于家庭的情感，原先那些飘荡在这小屋里芬芳和鲜亮的情感呢？

他发现，隋意不让他吻她了。原先他上班前，或下班后，他都要亲吻她，如果他忘了吻她，她会主动笑眯眯地踮着脚把脸蛋向他偏过来。现在她为什么拒绝他？是她感觉到了什么？是的，女人对爱的感觉，出奇地敏锐、微妙与精确，她能精准地知道自己在对方心中的刻度。进而，她再不愿意他拥抱她，睡觉时整夜都是背对着他。有一次半夜他发觉她的肩背一抽一抽在动，他问她是不是畏寒发冷感冒了。她背对着他举起手来摇了摇，便不再抽动。天亮后，她先去上班了，他叠被时，发现她枕头上湿了一片，原来昨夜她在偷偷地哭。当然他知道她为什么哭。

他由此感受到极大的自责。

从小她一直在他的保护下有说有笑，他不许任何人欺负她，他自己更不会欺负她，他从来没有打过她一下，但是，现在他却比任何人欺负她都彻底都绝情。他无论怎样想方设法再去向她示好，都没有意义。爱是可以分享的，但爱情绝对不能。爱情绝对是排他的，也许这正是爱情的纯粹。

当他决心恢复他们的昨天，他的难题是无法去吹灭另一支蜡烛。他太知道那个女孩子的一往情深。雨霏与他之间发生的，应该是雨霏的初恋，再没有比初恋的感情更专一更绝对的了。

雨霏那天送还雨衣之后，便失去了见到云天的途径，她天天巴望着失踪在大海中的帆影。相思太苦之时，她给他打电话，写信，约他在这城中各个僻静的角落一见。每次见面，她都是流着泪，含着笑，望着他。他面对着她那双特别的不对焦的眼睛里痴情的目光，心里更找不到与隋意恢复昨天的希望。

一边是青梅竹马的真纯，一边是初恋的痴爱，他没有权力去选择，也无法选择。一切根由都不在对方，都在自己身上。自己无法改变这既成的现实，只有一天天地忍受。而他忍受的不只是自己的苦恼，更是两个自己所爱的女人的痛苦。自己的过错怎样改过？去问谁？去找罗潜吗？他知道自己在罗潜眼里就是那个负心的吴忧，那个残酷地伤害真爱自己的人，扑灭别人生命中火焰的人，罗潜怎么可能帮他？他还想过去找雨霏的老师洛夫，但他怎么对洛夫说？洛夫会不会瞧不起自己？如果洛夫也喜欢身边这个女学生呢？他一定会恨自己。

原先每每碰到难事，他都有这两个朋友帮助。他们如同船上的两根桨，现在一根都没有了，只剩下自己一条无助的孤舟漂泊在水中央。

又是初夏时分，一件事突然出现，事出意外。

这天是一个周末，那时代很多人家周末习惯把三餐改做两餐，为了省事也为了省钱。云天和隋意在早饭后各抱着一本书看，彼此无话可说，云天看着看着就睡着了。这时，有人登着楼梯上来，脚步又重又快。云天给这脚步声吵醒，起来开门，一张年轻、明亮、富于朝气的面孔，是洛夫！

云天和隋意都有点意外，他许久未来了。云天有点尴尬，半年来，由于他和雨霏的关系，使他有意或无意地避开洛夫了。

洛夫却完全没有任何尴尬，一切依然如故，先说他和于森那幅大画《广阔天地》被美术馆收藏了，但是学院"卸磨杀驴"，在他们画完那幅任务画之后，就把那间大教室收回去，还说那个老楼另有所用，要按照上边的精神办"工人美术大学"，学生从一些工厂的设计人员中抽调。

洛夫对楚云天说："老师也要抽调，听说还要从你们轻工业局的设计研究所抽调老师来呢！你要来多好，咱们就天天见面了。"洛夫傻乎乎咧着嘴笑。

楚云天没敢表示高兴，因为他看到隋意的表情不大自然。如果他被调到艺术学院，就会很容易和雨霏见面了。

可是就在这时，洛夫忽然问他俩："你们最近见到雨霏了吗？"

这句问话之后是片刻的空白。隋意没有说话，她听云天怎么说。

楚云天说："好长时间没见了，她在准备毕业考试吧。"

云天并没说谎，他在春节后就没怎么见她。两个月前，她寄还一本书给他，里边夹着的纸条上写了一句话："没有果实的花，开开就是痛苦的。"此后她又打了一个电话给他，说她准备毕业考试了，从此便没了消息。他也没有主动联系她，他希望他们的事就这样一点点淡下去，淡一点，拉开一点，双方都舒服一些。当然，这要看雨霏的态度；只要她愿意就行，反正他不会有意疏远而伤害了她。

没想到洛夫告诉他们一个消息，他说："你们见到她时得祝贺她，她报考北京美术馆的展览部，已经录取了！她要去北京工作了！"

一下子，他把屋中每个人背在身上的东西都卸下来了。对于隋意好像压在背上的一块巨大的石头突然掉了下去，对于云天好像捆在身上的绳索一下子松开。他们都太老实，从来不会做假，一下子不知该说什么，只是"好、好、好"。

事后，云天愈来愈觉得洛夫告诉他们雨霏赴京的消息，是他这次突然造访的目的。他许久未来，怎么突然到访，而且在说完雨霏进京工作之事后，很快就离开了？

如果真的是这样，洛夫必定对他和雨霏的事全都知道了。那么报考北京美术馆的举动并被录取，一定也有洛夫的帮助与努力，因为洛夫与北京专业的美术单位都熟。可是雨霏怎么会做出这样的决定？决定赴京就是决意从此脱离他，这原本是雨霏很难做到的！

当晚，云天骑车去西开教堂那边。下午洛夫临走时，约他晚间来他家看画。天很黑了，月光显得很亮，他看见这座废弃了的教堂好似一座荒山，默默而静穆地竖立着；在月光映照得通亮的背景上，它漆黑如墨，仿佛一个怪物的巨影在那里不声不语。这里人很少。他忽然看见教堂一侧的小树林边，孤单单立着一个人影，他一眼就看出是雨霏！

他过去。雨霏说："洛老师叫我在这儿等你。"

他明白了，洛夫不但知道了他们的事，而且现在这一切都是洛夫安排的。洛夫不是约他看画，而是安排他和雨霏一个非同寻常的告别。他明白，这是他们故事的一个结尾了。

他尊重她，什么也没问，一切都是雨霏说的："我不该在别人的花园里开花，虽然过往的一切都很美好。但我对不住隋老师，因为我常常忘了她。我也对不住你，因为我不该把自己不切实际的幻想强加给你。说实话，我坚持不下去了，楚老师，我知道你也坚持不下去了！我只有离开你，我们才能重生！"

说到这里，她有一点冲动，说话的声音颤抖起来，但她努力克制住了。

雨霏接着说："我感谢洛老师，他帮助我走出困境。"她最后的几句话，叫楚云天仿佛进了天国，"我也羡慕你们之间是这么好的朋友。洛老师，还有罗老师，为了你，也为了我。"

听了这几句几乎叫他真相大白的话，他感到他的朋友们才是真正的艺术家，他们用爱、美和宽容，修补了他们人生的失误，把他从泥淖边拉了回来；而雨霏做了怎样痛苦的自我割舍，才让他们走出这个几乎走不出来的绝境！

这时，她走上来，轻轻地说："抱抱我吧，最后一次。"

云天张开双臂去抱她时，又闻到她头

发和身体熟悉的味道。但他这次没有再去紧拥她，尽管他的心紧拥了她。他这样做，是为了使这个近乎诀别的分手来得容易一些，他只是略略拥紧，随即松开，他两手扶着她的双肩，帮她转过身去，对着她的后背说，"去吧，雨霏，我的心会永远祝福你。"

雨霏在随后一瞬间的坚强叫云天钦佩。她不再回过身来，而是推起倚在树干上的自行车，上车走了，头也不回。云天站在那里，一下子觉得仿佛失去了很大一片美好的东西。这些东西随着她远去的身影消失在一片夜色里，也消失在即将过去的时光里。

十二

两个月后的一天，楚云天被研究所的主任叫去，说要把他调到艺术学院去筹建"工人美术大学"。这个按照上级命令仓促上马的工人大学，没有地方，暂借了艺术学院闲置的一座两层的老楼，这老楼楼上的一间就曾经是洛夫画那幅《广阔天地》的画室。据说学校的学生们都是从轻工业局下属的各个工厂抽调的设计人员，云天的工作是讲授中国画和美术史，这对于他太轻而易举了。他很高兴，因为这一来，他就与洛夫跑到同一个校园里，见面太容易了。

他是不是也会碰到雨霏呢？但半个月过去，一次也没有碰上，后来听人说雨霏早已离开这里去北京了，他不觉又感到一种失落与空茫，好像一只叫得很好听的小鸟飞走了。

同时，他身边的另一只小鸟至今还没有唱出歌来。

虽然桌上的炒菜渐渐变得有光有色，柜上的东西重新摆放得有模有样；她又像先前那样到老布店饶有兴致地买一些杂色的小布头回来，缝一点什么好玩的东西摆在屋里。逢到此时，他一准夸赞，为她助兴，哄她高兴，其中也隐含着一种难言的歉意。尽管如此，他依然感到某种生疏感。比如晚间睡在床上，她仍旧整夜背对着他，他悄悄拍她的后背，她也不理他，要想重新亲近她还是不容易的。对一种伤害很深的过失产生谅解，是需要时间的。需要多长时间，没人知道。

一条在海上险些倾覆的小船，怎样才能完好地回到自己的港湾？

一天，他带着学生们去七里海那边画芦花。芦花全开了，远远看去遍地飘动的芦花好似浩浩荡荡的连天的雪浪，景象异常独特，也非常壮观。他一直偏爱芦花，这是一种深秋大地上最后的野花。他钦佩这种毫无名气、无人宠爱的野花所拥有的品格，它从入秋时节开始，直到寒风劲吹的初冬，一直顽强地彰显着大地生命里这种无尽的温柔。芦花的花茎很细，花穗轻软，缘何从不吹折？隋意和他一样，也爱芦花。有一阵子他们年年秋深都骑着车远远地到蒹葭苍苍的南郊看芦花，他还带着画夹写生，每次隋意都要采摘几枝带回家，插在他们屋角一个古老的深朱色陶罐里。当他想到这些往事，便情不自禁地叫同学们帮他采了许多芦花带回家。他把这些穗子长长、蓬蓬松松、盛开的芦花布满小屋。

隋意下班回来一进屋,"呀"地叫了一声,这银白色、毛茸茸的芦花不是他们共同之所爱吗?一下子她感到一种往日的温柔铺天盖地把她攫住。她感动起来。感动是人间最美好的感情,这时云天长长的胳膊从身后一点点搂了上来,最后把她紧紧地抱住,她没有拒绝。

于是,美好的昨天不可拒绝地返回来了,情感的伤口愈合了,彼此身体的气味又成为人间最迷人的气味!

当年的年尾,老天给了这对重归于好的年轻人一个期盼太久的礼物:他们有了一个孩子,是个美丽的女孩儿!孩子是巩固家庭的天使。有了天使的生活会有多美好!

当然,楚云天并没有完全忘掉雨霏,他不是一个始乱终弃的男人。他偶然想到她时,心里都在暗暗为雨霏祝福。然而,他不再有她的任何信息,他也决不主动地联系她,再联系她就会再伤害她,也再伤害隋意。这一点他很明白,也很坚决。

渐渐地,他在校园里听到一点不曾知道的关于雨霏过去的事。

据说,洛夫非常喜欢雨霏。洛夫曾想在雨霏毕业后,把她留在系里做自己的助手,后来不知什么原因,事情突然变了,雨霏去了北京,而去北京这件事恰恰又是洛夫给她办的。关于这件莫名其妙的事情的原由,其说不一。楚云天心里清楚,这一切都与他本人有关。

可是,由此他想到,雨霏是洛夫的爱徒,不然洛夫不会在她毕业后要把她留在身边。当洛夫知道雨霏与自己的私情,一定会恼火,依照洛夫的脾气,他应当找云天来发火。但洛夫非但没有这样做,反而改变了主意,把雨霏送到另一个城市去,从而为云天把一个天大的难题平静又圆满地化解了。

他清晰记得那天洛夫跑到他家,告诉他们雨霏将到北京工作的消息,他那神气仿佛帮助他们把罩在身上的一张大网掀去了。

他联想起雨霏与自己分手那天为什么说,她羡慕自己有"洛老师和罗老师"这么好的两位朋友。

楚云天想,特别是罗潜在这件事后边的努力,那天罗潜对他讲述自己曾经的那个悲剧,不正是对他一个委婉的规劝与告诫吗?而且,惟有罗潜能够从洛夫身上调动出朋友之间的情谊,挽回了生活中将要失却的美好,或者说恢复了原本的美好。为了云天,更为了隋意,还有他们的家庭。

经过这一场看不见的风雨,他们三剑客之间,如同生在一起的三棵大树,枝桠穿插得更紧,根须纠结得更深。

一天中午饭后,云天在教研室整理教案,洛夫跑来说:"罗潜叫人送信说,下午咱们去他那儿一趟。"

云天说:"什么事?他很少这么紧急,是不是病了?"

洛夫说:"我问了,送信的人不说。你下午要是没课,咱们就早一点去吧。"

楚云天说:"我没事,现在就走!"

两人匆匆蹬上车就去了,一路上胡猜乱猜,猜得全都不对,待进了罗潜的屋子,感觉有点异样,屋里不知少了还是多了一点东西。定睛一看,墙上所有画都没了,居然在东边还贴了一张语录。屋内的感觉立时变了。罗潜坐在那儿一动没动，脸色比房间还暗，目光有点迷离，神情十分沉郁，显然他才经过了什么。

云天问："这是谁弄的？"

罗潜声音低沉地说："今天上午来的一帮人。"

云天接着问："谁？"

罗潜说："街道革委会的，还有一个管界民警。他们说有人检举我听黑音乐，来搜查，唱片连带唱机全搬走了，还说我画黑画。画的什么他们说看不懂，叫我解释。"

这时，云天他们才发觉原先放唱机的屋角是空的，地上扔着那块蒙盖唱机的深绿色军毯。唱机没了，顿感好像天堂缺了一角。

洛夫说："他们说看不懂你的画，你怎么说的？"

罗潜说："我说我的画没画完，我不会画，我是练画。他们根本屁也不懂，没话说了。只说练也不行，墙上不准挂这些乱七八糟的东西，必须贴语录，叫我马上换上。"

洛夫说："甭管它，回头我从学院给你找两幅画得很漂亮的风景换上就算了。"

罗潜没说话。楚云天知道罗潜的脾气特别，他屋里从来不挂别人的画。

沉默片刻，罗潜低声说："画没了，音乐没了，咱们的沙龙没了。其实我听音乐时声音向来放得很小，谁会告发呢？能去告发的人肯定也得懂得音乐。"

楚云天说："致命的告发从来都是内行。"他随即安慰罗潜道，"墙上的东西咱们调整一下。只挂一块语录牌，但不能挂这种，太像我们的教研室了。我帮你做一块小小的，暗红色的，字小一点。墙上原先挂画那些钉子留在那儿，什么时候想看画了，就挂上去；过后再摘下来。沙龙的关键是人，咱们人在，沙龙就在，想听音乐咱们跟着洛夫去找延年。"

洛夫说："我前几天在街上还碰到过延年，他还说要给咱们办一个专场音乐会呢。"

罗潜当然明白洛夫这话是编出来给自己宽心的，但这并不能挽救他心中的绝望。屋里沉闷的气氛毫不松动。

楚云天心里明白，从此他失去的不仅是他们的沙龙，还将失去一种安全感。这是罗潜最深的忧患，他被人盯上了。在那个时代，一旦出点事，被盯上，就会时时被盯着。他多年苦心经营的避世藏身的一方精神乐土，从此覆灭。

他怎样拯救自己？

自出了这事，楚云天隔三差五往罗潜那儿去一趟，有时坐一坐，闲聊一聊；有时拿一本书给罗潜看。先前，他俩之间，看上去，遇事罗潜更能沉着应对，有定力。可是自从罗潜把自己一段遭遇，特别是闹过一阵精神上毛病的事，告诉给楚云天，云天对他就有点不放心了。特别是眼前的这个冲击，对于罗潜意外又残酷。罗潜的生存方式是遁世于一个角落，销声匿迹，不为人知，这样做只为了做好一个纯粹的自己，而且绝对地活在自己的艺术里。一旦破坏了他这个一己的天地，他承受得住吗？

自这件事之后，比起以前，他更缄默了。云天想尽办法，也无法打破他这种叫人透不过气的沉默。云天借给他一本很好的书，法国人丹纳的名著《艺术哲学》，傅雷先生译的。过两天，他就还给云天了。看来书既不能让他平静，也无法给他出路，哪怕是一点点出路。他甚至还说什么："傅雷称赞丹纳是'为思想活着'的人。现在能叫我们为思想活着吗？"说完，他面朝着云天苦笑，笑得有点可怕。

过后，楚云天对洛夫说："我们无论如何得叫他换个活法了。他一直把自己锁在自己的世界里。现在他的世界出了问题，他却走不出来。"

他们这么说，却苦无办法。

过了一个月，事情忽然发生奇特的变化。

那天又是周日，天气好，风和日丽，隋意带女儿怡然去老维多利亚公园玩。那个古老的英租界中心的公园是他们最喜欢的花园，虽然小，却有古典的英国花园的气质，特别是北边还有那座灰白相间的古堡式的戈登堂映衬着。楚云天原打算与她们一起去，借一台相机给她们母女俩拍几张照片，完事回家的路上，顺道去起士林吃一顿西餐。虽然那时反对崇洋，吃西餐必须用筷子吃，小怡然偏爱西餐的新鲜，特别是西餐最后一道甜点冰淇淋。然而，云天心里放不下罗潜，还是去看罗潜了。

想到刚刚隋意带着女儿和他分手时笑嘻嘻可爱的样子，云天心里溢起一种幸福感。可是如果当时不是罗潜暗中帮助自己，使自己脱出困局，现在恐怕连小怡然都不会出世了。他想，他还要为罗潜尽力。

可是，这次走进罗潜的小屋时，感觉变了，豁然开朗！他一眼瞧见罗潜在迎面的墙上开了一扇窗子。窗子开着，外边绿树浓荫，充盈又通透，云天感到来自后墙外树间的风穿窗而入吹在脸上，令他舒朗。

"你什么时候开的窗子？有了这窗子，别有一番境界了。"云天说，"原来你后墙外还有这么一片绿树，真好！"

罗潜好像换了一个人，脸上有了笑容，他吊起的小眼睛缝着瞧着云天，说："好吗？你过去，到跟前看看。"还挺神秘的样子。

云天走近窗子，大为惊讶，原来这面窗子竟是画上去的！木质的窗框是画的，窗外的景象也是画的。他不过用了一些半抽象的色块和粗阔又自由的笔触，就把窗外夹着光斑的重重绿荫呈现出来了。

"我这些天，天天给屋内换一个风景。昨天我这窗外还在刮风，今天晴了，太阳足，全是光影和浓荫。"罗潜说。

"有点不可思议了，你可以天天随心所欲地给自己改换窗子外的风景！"云天说。

"是啊，我需要什么样，就画成什么样！"罗潜说。

这是多么神奇的想象！他这个窗子，既是屋内的窗子，更是他内心的窗子。他不断改变窗外的风景，也不断呈现自己的心境。

两天后，云天去了他家。从这敞开的窗子，云天看到大雾笼罩中一条发光的河，它在团团雾拥云锁中若隐若现，但他还是可以看到这条河奔往远处的身影。又过几天，下班后回家前，云天拐弯又去他家"冒"一头，想看看他墙上的窗子是否又换了风景。一看，大河没了，换成春色里一团嗫嚅不清、含混不明的梦呓……

他从来没有画得这么勤这么多，这墙上的窗真正成为了他的心灵之窗。云天想起当年从那个悲剧给他的绝境中走出来，靠的是画笔；今天这一次，他靠的还是画笔！

真正能救赎一个艺术家心灵的，还是艺术本身。

云天把这个惊喜告诉洛夫，洛夫要一同看一看这个奇迹，两人一同进了罗潜家。洛夫确实看到墙上这个窗，但窗里没有任何风景，而是一块黑，好似夜空，无星无月，通黑如墨，黑得辽远，没有尽头。洛夫看一眼云天，心中不明其意，云天的心里却是一片无语的苍凉。

云天想，这恐怕是绘画史之外一件最伟大、最不可思议的作品了。

十三

一年后盛夏的一天更深夜半，依旧酷热难当，很难入睡，这个城市的几百万人谁也不会预感到，一个巨大和毁灭性的灾难即将降临。

今年天热异常。云天早早就请人用些木条木板钉了一个很小的床，放在东边小窗旁边通风的地方。隋意从医院弄来一些纱布条，给怡然缝了一个小巧的防蚊的纱帐，把女儿和小床全罩在里边。隋意睡在床上，云天在地上铺一张苇席睡在上边。人挨着人太热没法睡。

这天半夜，云天刚刚睡着，忽觉躺在地板上的身子猛地往上一弹，把他整个人足足弹起来两三公分高，"啪"又掉在地上。他猛然坐起，只见窗外一道极蓝极亮的闪光掠过广阔的天空。那一瞬，他顶上的天窗亮得吓人。这绝非雷雨前的闪电！他脑子闪过半个月前看过的辽宁海城大地震的展览，知道地震前大地先会发出异常强烈的"地光"，他警觉地大声叫："隋意，地震！"

几乎同时，小屋忽然极其剧烈地摇晃起来，他腾身起来时已经站不住，漆黑一片中，周围各处全是各种东西纷纷倒下和摔碎的声音。他本能地扑向怡然的小床，用自己身体把女儿盖在下边。他不知道隋意在哪里，大声喊她，房倒屋塌的声音把他的喊声淹没。他感到整个大地已经完全变成一片波涛汹涌的大海，他们像在一条疯狂摇摆、弱不禁风、马上要倾覆的小船中。他听得到小木屋正在发出崩溃前的嘶吼。忽然头顶上发出两次可怕和沉重的声响。他感觉房顶已经塌了，而大地依然凶猛地起伏和摇晃不停，谁也无法制止大自然发怒。他感到绝对的无助，感到他们要完了，马上要听天由命地葬身这天降的横祸之中了！

可就在这绝望中，突然间地震戛然停止，就像在一辆疯狂颠簸的车子里，心惊万状，马上粉身碎骨，可是突然之间猛地一个急刹车，莫名其妙停住。其实所有大地震全是突发和骤停的。在骤停后的一瞬，万籁俱寂，绝无声息，宛如大地上的一切全死了，跟着就从四周传来呼救喊人的叫声。云天叫着隋意，他听到隋意在不远的地方无力地说："怡然呢，快救她。"

云天说："我抱着呢，我们都没事，你怎么样？"

隋意听到女儿没事就有了气力，她说

她也没事。当他明白了自己一家人都没事，顿时神定目明，也就清楚了自己周围的状况。他旁边的楼正在着火，熊熊的红色的火光映入他的屋中。他看见，他的屋顶已经倾斜，屋内全是横七竖八的黑影，原先那些立柱全倒了，他看见从一堆杂乱的黑影中站起一个人来，正是隋意。在那一刻，他们找到了活着的彼此，才感到生命之间的不可缺少。隋意扑上来要把怡然抱过去，云天说："不行，必须我来抱，走出这里会很难。快把鞋穿上，抓几件衣服跟着我，咱们必须马上走，余震可能说来就来。快！"

下楼时，他才看到地震的可怕。他楼下的邻居全跑了，侧面的大墙连同窗户全倒下去，直对着旁边那座着火的楼，熊熊的火焰十分可怕，夺目的火光照进来，好像他们的楼也着火了，可怕的火光还照亮他们一家人惊恐的眼睛。

云天他们跑出楼，一直跑到侧面树林中间，云天把女儿交给隋意。他叫她们待着别动，他是个脑子灵通、反应很快的人，他围着房子跑一圈，很快就从楼后找到一个很大的空箱子，拖到树林中，立起来，叫隋意和女儿躲在里边；再从楼里找到一个铁壶，接了一壶自来水提过来；然后又从楼里推出自己的自行车，对隋意说："我现在必须去看看你妈妈，还有罗潜和洛夫。看看他们有没有危险，再弄点吃的东西回来！"他嘱咐她说，"咱们现在这个地方离着两边的建筑都远，是安全的，别害怕，等着我千万别动！别急，活下来就是胜利，一切我都有办法！"

他说完骑上车就跑出树林。

他在通过黄家花园穿过洛阳道时，才真正感受到刚刚发生过的地震的严重与恐怖！那时，人们还不知地震的震中在唐山，更没想到这里所遭受的波及竟如此剧烈。可能洛阳道正处在地震板块上，街两边的楼房全毁了，在晨曦的薄霭中像一片刚刚经历战争肆虐后的废墟，电线杆七扭八歪，有的横在街上。在强大的地震波涌动之后，街面如同丘陵一般地起伏，还纵横着一条条巨大的裂缝，叫云天想到地震时地面疯狂翻滚时的恐怖。一些人正在废墟里找人，有人在一声声喊；一具具无主的尸首停放在街边，直挺挺的身体上没有盖布，面孔凝固着一种见到死神那一瞬的神情。云天愈加担心隋意的母亲与弟弟，他们家不远了。

隋意母亲家所住的胡同叫做松竹里，房子全是规整的平房小院，胡同两端通着前后两条街，他们家在胡同的另一端。当云天来到这胡同前，有一种令他惊愕的幸运感。这条胡同挨着洛阳道一端的房子大多倒了，可是里边那一半竟然全都完好，残损也不厉害，好像是人为安排的。隋意母亲的房就在那一端啊，这简直是奇迹！

其实，所有大灾难，不论战争还是天灾人祸全都充满偶然：不幸的极端不幸，幸运的极其幸运。

幸运选择了隋意母亲一家，从外边看，只有房子山墙有些残损，别无大碍。他推门进去，隋意的母亲和弟弟一家全在院中。他向他们报了平安，但是他告诉他们："我们的家算是完了！"

隋意的母亲哭了，叫他们来避难。她说，一家人只要活着，怎么将就都行。直到云天告别出来，隋意的母亲还说她今天一定要看见隋意和小怡然，边说边流泪。云天一边答应把她们送来，一边骑上车。

他从这里出来，直奔教堂后，这样路更顺一些。一路上看到震毁的街景千奇百怪又触目惊心，体育馆后边的一排楼房，沿街一面的墙全部震垮下来，从一楼到四楼的所有房间都暴露在光天化日之下，每个房间里的景象在街上都看得一清二楚，好像舞台上的一个个人家。

到了教堂后，洛夫所住的这片简陋的平房，经过大地一晃，全毁了。倒塌的房屋连成一片废墟，已经把原先窄仄的小道全堵住了。云天把车停在外边，翻山越岭般地越过一堆堆房屋的残骸才走进去。一路上的惨状自不堪言。

当云天看到洛夫时，吓了一跳，他头上缠着白布条子，腰上扎着白腰带，见到云天就跑过来，抱着云天失声痛哭。他的家塌了，父母全砸死在下边。当时他手脚快，刚刚跑到院里，屋子就塌了下来。死神在他身后只一步之遥。

洛夫的父母虽是养父养母，却待他如亲生儿子，他又是个重情义的人，心里受不住，说一会儿哭一会儿。稍稍平静下来，忽对云天说："你腿上怎么会破成这样了？"云天才发现地震中自己也受了些伤，但在生死之间这些皮肉之苦也就不在乎了。他告诉洛夫自己的遭遇。洛夫听了，叫他赶紧回去安排妻儿，自己还有两个堂兄——实际上是亲哥哥帮他料理丧事。云天这才看到院子里站着的一些人中有他的两个哥哥，他都认识，便过去安慰一番。

云天说他还要去看罗潜，罗潜的房子也很破，多半会塌，吉凶莫知。于是他们说好，云天先去看罗潜，然后回去把隋意和女儿接上送到外婆那里，跟着赶过来，给洛夫的父母送葬。

云天回去时，洛夫送他，云天坚持不叫他送。云天踩着震毁的废墟深一脚浅一脚地走出去时，回头只见洛夫远远站在一堆废墟的高处，头上缠着白布条，目送他，一边抹着泪。云天不觉也流下泪来。

他骑车进罗潜的院子时，觉得肚子有点饿。他一想从半夜到现在日上三竿，一点东西没吃，妻儿那里肯定都空着肚子。但是对于现在的他，罗潜的死活排在第一位。

待他赶到罗潜家，呈现在云天面前的景象十分吓人。罗潜院子那座老楼已经被大地震彻底摇垮，完全看不到曾经是一座楼的模样，很像一堆巨大的废墟或一座荒山。垮塌的楼房还向四处散开，压倒了周围的一些杂树。罗潜的小屋在这房子的后边，挡在废墟后边看不见，是不是被埋在下边了？云天害怕了，主楼都震成这样，罗潜凶多吉少。

院子里有两个人在说话，他们都是住在这楼里的居民。他们说这楼里至少死了三个人，现在还有一个人埋在什么地方不知道，家里人正去找人来救。

云天不再听他们说，急匆匆绕过废墟，他首先看到的是罗潜的屋子塌了一半，很惨！他扔下车刚要奔过去，只见一个人坐在一块巨大的水泥与红砖混合的碎块上。那人一抬头，是罗潜！不等他问，罗潜竟然带着一点苦笑，对他说："咱们真棒！又活过来了！"

"是，我刚见到了洛夫！"楚云天说。

不幸的罗潜在地震中也是幸运的。跳动的大地把他从床上掀到地上，又使他滚到房屋另一端。这时，这一端的屋顶才塌落下来，砸在他的床上。他奇迹般躲过一劫，谁不会感谢上天的恩赐？

当罗潜知道云天的小屋已毁，妻儿还在楼外的小树林里，叫他赶紧回去，没有比妻儿更需要他的。罗潜说，他厂子里刚刚来过人了，得知他的情况，一会儿会有人来帮他搭临建，工人们干这种事都是内行。云天与他相交十余年，头一次听说他在什么工厂里工作，还有一些工人同事。

云天上车刚要离开，罗潜忽然想到什么，叫住他，从口袋掏出一把钱塞在云天口袋里。他不等云天拒绝，大声说："快回去，她们饿死了。"使劲推云天走。

云天从口袋掏出钱，竟是几十块，这可能是罗潜全部的钱，他留下十块，剩下的全扔给罗潜，飞快地骑车走了。

他在路上买了几个烤饼，一小包猪头肉。从犹太教堂那个路口拐出来，远远看到自己的家已经面目全非。三座红色尖顶的西式小楼，中间一座已经烧掉上边一半，虽然火已扑灭，依然呼呼冒着黑烟。右边那座尚好，尖顶向东歪了，好似马上要掉下来。左边他家那座尖顶已经不见了，他那小屋狼咬狗啃，破烂不堪，已经不成样子，肯定无法复原，他心里一片黯然。

妻儿还守在小树林里的大木箱中，老老实实等候他，一见到他欢喜地跳出来。他一见她们非常吃惊，一大一小两张脸儿又黑又脏，乍一看还以为她们受了伤，再看原来是地震中屋顶的顶棚落下的尘土。他赶紧跑到楼里找一块布，接了一桶水，把她们的脸和手全洗干净，然后拿出吃的东西来。没想到她们如此饥饿，一边狼吞虎咽，一边朝他笑，好像平时家中"改善伙食"时那样吃一顿美餐！

云天问小怡然："比起士林好吃吧？"

怡然使劲点头，傻傻地笑，顾不上说话。

随后，云天把隋意的母亲和弟弟、罗潜、洛夫的遭遇与境况告诉给隋意。隋意边听边落泪。小怡然问妈妈："罗叔叔和洛叔叔都死了吗？"隋意朝她摇手，自己索性哭出声来。

云天对隋意说，生活的每一天都有吃和睡的问题，他必须先安顿好隋意和怡然。他的想法是先将隋意与怡然送到洛阳道松竹里——她母亲和弟弟那儿，他自己不去那里。他说洛夫已是家破人亡，孤身一人，他想好了，决定与洛夫一起向学院申请，以值班的名义住到学院去。学院有食堂，吃饭没问题，同时他可以回来照看自家这间震垮的小屋。现在许多人家，震垮的家全都没门没墙，大敞四开，需要看守和抢救屋里的东西。

每逢他俩遇到大事，全是云天拿主意，隋意十分相信他的主意。当下两人就定了。

云天要冒着危险跑到危楼上，找一些急用的东西给隋意带上，隋意不叫他去，他执意上去。待登上通往楼顶的楼梯，他有点奇怪，楼梯上插满木梁铁板，到处乱砖和水泥块，他们昨夜是如何从上边下来的？到了屋里，最触目惊心的是，怡然那张小床头上，一根极粗壮的横梁塌了下来，但没有砸在床上。再看原来在这根横梁落

55

下之前，先有一块水泥落下来，随后横梁才下来，正好架在那水泥块上。他想起大地摇得最凶时，他头上发出两声巨响，就是这横梁和水泥块落下时发出的。水泥块刚好架住了横梁，给他们留下一个活命的死角。使他和小怡然幸免于难。这件事叫人想起来后怕，叫他后背发凉！

他不敢迟疑，他知道门后挂着一些口袋，他摘下一个很大的帆布袋，把能够看到的实用的衣服、手巾、钱盒、提包、表、照片、小陶瓶、怡然的布娃娃、桌上的一本书等等全塞进包中。大部分东西是拿不到的，全给乱砖烂木压在下边了。临出门时，他一眼瞥见墙上的日历，上边是7月28日，这是苦难重重的中国人最黑暗的一页，他心一动，撕下来，掖进口袋，赶紧跑出来。

当隋意看到他从自家废墟中找到的每一样东西，都一阵惊喜，都好像是失而复得，尤其小怡然看到她的布娃娃，紧紧拥在她小小的怀间，那好像是她活下来的妹妹，于是一切惊怕与伤害都一扫而空。这便使他很有"成就感"，接下来就是把她俩送到松竹里去。

待把诸事都安顿妥当，便赶到洛夫那里。葬事必须马上办，因为天气太热，尸体不能停放时间太长。

第二天，他们把洛夫父母的遗体送往北仓的殡仪馆。罗潜也赶来给洛夫的父母送行。在洛夫给父母穿好衣服时，把父母各一件平日不离手的东西放在遗体身边，放在母亲身边的是她最喜爱的、天天梳头时必用的一把牛角梳子，放在父亲身边的是那本像一块砖么厚的黑色封皮的《辞海》。洛夫流着泪小声对他说："父亲家传三十亩地，年轻时定成小地主，从那会儿开始吓破了胆，一辈子不敢说话。他爱读书，但怕读书惹事，就读这本《辞海》。他说要是没有这本辞典，活着真没意思。"

云天这才明白他老人家二十年如一日，天天读这本辞典真正的根由。一个人一辈子只读一本书，这也是人类阅读史上的奇迹。当这本《辞海》随同老人家一同进入焚尸炉，云天心里默默祈祷：但愿炉火能够烧掉人间这个荒诞不经的阅读的故事，但愿天国那边能够随意地读书……

云天送走洛夫的父母，赶回他的小楼，爬上去一看，情景更加凄惨。昨日天黑前又来了一次很剧烈的余震，跟着下了一夜大雨，他这没有屋顶的家再遭一劫。经过砖砸雨浇，东西大多毁掉。他用了多半天的时间，奋力抢救出一些东西。很少一些幸免于难，大都残缺不全。许多他们喜爱的、有纪念意义的东西全被粉碎，许多画已砸烂。谁能知道云天此刻真正的感受，没有了画的楚云天才是真正的一无所有的穷光蛋！

自那场浩劫之后，他和隋意从无到有，精心建起来的小巢，又一次被摧毁，重归从有到无。一算时间，前后两次大难之间，恰好十年。

难道这是一个劫数？命定的劫数？

他当时的心理很灰色。他似乎悟到了命运是什么，命运是它决定了你、你无法拒绝的一种东西。他是这样，罗潜似乎也是这样。为什么有人不是这样？为什么人们不一样？这一切与人的地位和贫富并无关系，因为冥冥之中确实有一种力量决定着你。不管你服从也好拒绝也好，最后还是它决定着你，不可抗拒。

可是尽管如此，尽管人们明明知道天意难违，尽管费尽一切心力终将落空，但偏偏还是要挣扎、抵抗、苦斗、奋争，为什么？这也是生命的一种本能吗？

云天和洛夫的单位都待他们还不错，普世的灾难总会调动起平常已经麻木了的人性，学院将洛夫安排去职工宿舍住，云天则在学校值夜班，睡在学校。在学校吃饭睡觉不成问题，值班室有床有被褥，不致浪迹街头，这就是神仙的日子了。云天很知足。那些天，云天一边去看望社会上的朋友，有没有谁需要他伸以援手。这其中，只有两个人的遭遇使他爱莫能助。

一个是新华中学的徐老师。地震时慌忙起身时没有站住，栽在地上，把胯骨的股骨头摔断，这就瘫在床上了。平时周边弟子如云，现在谁也使不上劲了，那个时代股骨头断了没办法治，只有瘫在床上挨着。一个是在豫剧团做编剧的苏又生。老苏的百年屋子建得如铜墙铁壁，地震中人与物都没受任何损失，但他所讲的一件事，却完全如天塌一样！他秘藏的近两千部书，实际上一直保存在一个出身好的朋友那里。但这个朋友家的房子被震垮，全家都砸死，无一幸免。十天后他去看朋友时才知道。听人说，这朋友一家人的尸体早被扒出来烧掉，还有大堆烂书，给收废品的人敛走了。那么浩大的一批人类文明的经典就这么消失掉了！

本来爱说爱笑的老苏，现在木讷不言。不会再有他一趟趟跑到针市街来借书还书了，也不会再有老苏去他家二楼那间空屋里无限快意地大声说笑了。

生活原来说变就变，一变全无。

云天和洛夫协助罗潜的同事一起努力，将罗潜的居室恢复如初。罗潜的同事是一群豪爽的工人，都说罗潜丢了芝麻，拾回来了西瓜；这一翻旧为新，比先前漂亮多了，云天却觉得失去了昔日的味道。

这场大地震，震中唐山失去二十多万人。天津虽在二百多里之外，由于人口稠密，老房居多，家破人亡亦过万，而存活下来的数百万人很长时间一直惊魂未定，不管自家房屋是好是坏，没人敢待在家中，纷纷搭建防震小屋，睡在户外。这些低矮简陋的棚户小屋挤满城市所有露天的空间，从学校的操场、空地、工厂的院子，到大小街头，全被黑压压、乱糟糟地填满。这一来，也就没人再去管罗潜的小屋挂不挂语录或有没有黑画了。他这个复原的小屋，四壁抹上一道崭新白灰，白得刺目。他受不了，又在白墙上罩一层灰色，屋里才安静下来。迎面墙上那幅手绘的窗子不再要了，不知不觉间生活换了一种感觉，这也是那个时代的感觉。在经历一连串时局的剧变之后，生活与社会呈现给人们的是一个又大又空的未来，谁也不知道该在上边画些什么。

那天，街上举行声势浩大的粉碎"四人帮"的游行。楚云天看似向来不关心政治，他那天竟然也走进了游行的队伍，还大声而真诚地呼喊口号。这件事真的叫他如此关切吗？

十四

对于楚云天个人来说,他现在有一种幻灭感,先前从未有过,即使十年浩劫初期他和隋意刚刚结婚九个月,就被"扫地出门",从睦南道父亲的老宅被撵到这陌生的阁楼里。那时他们孑然一双,两手空空,一无所有,也没有幻灭感。现在时过十年,他再次被大地震"扫地出门",比他居家无处更致命的是,他的画全毁了!叫他真正感到绝望的是震后的转天,送走洛夫父母后再次爬上这危楼,抢救家中一些劫后残余,由于这之间还出现过一次强烈的余震,他看到他的家已然不翼而飞。尖尖的房顶没了,他站在屋里,上边是蓝天白云,只有两三根长长的木柱桅杆似的斜指天空。雨水与灰土混成的肮脏的泥浆把一切东西淹没,他房角储画的柜子被砸成一堆碎木片,大卷大卷的画作都已成为烂泥,从一些碎画的边边角角,他还能辨认这是自己哪一幅得意之作。全完了!他全部艺术的历史,近十年里心中的金银绯紫,艺术征程与苦苦探索中的足迹与积累,全部化为乌有。他现在才是实实在在的一贫如洗,自己什么也不是了!

在学校上绘画课时,他本应给学生们做些示范,当他拿起笔来,忽然感觉自己不会画了,他竟然没有兴趣画画了!他从来不会对艺术有厌烦感,现在他万念俱灰!

他的学生们看到老师心情不好,都心急。这些学生都在工厂里干了多年,懂得生活的艰难,但是他们把老师的悲观,认做是大地震使他倾家荡产,并不理解他心灵上的幻灭。女学生们悄悄塞给他一些毛巾、衣服、粮票和布票,男学生自告奋勇要去帮助他"重建家园";然而物质的损毁可以重构,心灵的缺失无法弥补。

大地震后的半个月,城市各个街区都开始排险,拆除那些震后摇摇欲坠的建筑,推倒危墙,清除废墟。那个时代所有房产都是属于公家的,住房由公家统一安排与调配,房子坏了自然由公家修缮,各个房管部门纷纷给老房子安装加固墙体的拉杆,并加紧对损坏的房屋恢复重建。云天的学生们很卖力气,只用了十天时间,就把云天家中震后的遗物清理出来。在那些破砖烂瓦中,倘若挖掘到一件小小的尚且完好的物件就一阵欣喜。他奇妙地感觉很像是考古中的"出土",后来他把家中这些劫后残余的东西称作出土文物。

这其中最大的收获,是一个学生从一堆杂乱的柱石之间,发现他原先挂在墙上的那幅写生画,画上这三座古老的红色尖顶小楼现在不再有了,这幅幸存下来的小画便成了他的人生,同时也是城市历史的一个见证与纪念。这个小小的发现给了他一个不小的安慰。

学生们帮他把仅存无多的东西装箱运到学校暂存,同时将他屋里的那几根古老的木柱放在二楼的楼道里,准备将来这个小屋恢复重建时,再把这几根木柱原样地竖在屋中。他想,隋意会很在乎这几根木柱,他不愿叫她感到失去的太多。

可是,当他把楼顶上的废物清理干净,再将残墙与破碎的顶板推到楼下去,才清楚自己原先的小屋实际上已不复存在。房顶和墙没了,只剩下地板,这地板也是二楼的屋顶。站在这光秃秃空荡荡的屋顶上，他开始担心房管部门还会给他恢复起原先那个小屋吗？不久他就听到一个令他揪心的消息，据说房管部门要"削层"了。就是只保留一二两层，在二层屋顶上抹一层水泥，改做平顶。这样一来，他就真的无家可归了！

他必须鼓足力量，挽回自己的小楼。而且，这个消息决不能叫隋意知道，免得她焦急。他平时认识人多，问来问去，从过去爱听他讲故事的一个名叫郭聪的小伙子那里打听到，掌握他这顶层小屋生杀大权的是一位姓李的管理员。此人脸上总挂着笑，却不好说话，求他办事很难。但是这个人有个软肋是嗜烟如命，只要给他好烟抽，死事也能慢慢活过来。这人一只眼天生混浊不清，故而他有个外号叫独眼老李。

他便去找独眼老李，老李笑着说："我知道你会来找我，你那屋子连块砖都没有了，怎么修复？你这不叫修复破损，是叫国家给你盖一间房。你想想行得通吗？"他第一句话就把路堵死。

楚云天说："我不能从此就成没房户了。我要真成了没房户，你们还得另给我分配一间。"

老李说："大地震毁了多少房子？没房户哪能只你一个，我的管界就一百多号。"

楚云天把烟掏出来，当时的烟分上中下三个牌子，下等是"战斗"牌，中等是"永红"牌，上等是"恒大"牌。云天掏出的是特意买的"恒大"，老李那只好眼登时亮了。云天抽出两支，敬给老李一支，塞在自己嘴里一支，他给老李点着烟，自己也点上。他本来不吸烟，一口就呛了，马上咳嗽起来。老李笑着说："抽不惯就全给我呗。"

楚云天本来就憨厚，不会算计，伸手便把满满一包恒大烟给了老李，老李见这年轻人出手很大方，高兴与他认识了。

从这天起，云天几乎天天找老李，老李很忙，他就到处找，求他、磨他，关键是敬烟给他，每一次独眼都能从他手里弄走一包恒大烟。一包恒大烟三角钱，一般人是没钱天天抽恒大的，这叫隋意有点奇怪，他手里怎么总缺钱？

一天，独眼老李终于对云天说："我看你够实诚，没房子确实没法活。我为你跟领导说情了，领导同意了，给你在二层上边盖个简易房。"

楚云天听了差点给他叩个头，赶紧跑到旁边杂货店，倾尽囊中所有，给他买了一条恒大烟。然后跑到松竹里把隋意和怡然都抱起来，大叫："咱们有房子了！"

晚间又跑到罗潜家，把自己这一个多月辉煌的战果告诉好友。没想到罗潜问他："你知道什么叫简易房吗？"

云天不懂。

罗潜说："四面是单砖墙，上边是薄薄的土板子的屋顶，没灰没瓦，只铺一层油毡。冬天冷死，夏天热死，这就是一个临时工棚。你同意了？"

云天说："我要是不同意，就无家可归了。"

罗潜知道云天是没条件讨价还价的，他说："你不用急，我会帮你盯住施工。"

入冬之前，云天那个空中楼阁终于重现了，但已是面目全非。原先那个古老的深红色的尖顶已经不复存在，化为一个粗鄙的平顶砖房，从下边看，几乎看不到屋顶。其实何止于他这小楼，整个一片地区的风景全然变了，原先相互毗邻的别具风情的三座尖顶小楼大变了模样，中间一座在地震中着火烧毁，已经铲除。他在左边，右边那座和他这座的命运一样，也削去尖顶，改为平房。其实，这原本是震后"危改"制定的方案，独眼老李只是借机从他手里弄走一二十包恒大烟罢了。独眼老李还想弄走他的自行车，多亏他急中生智，说他家里急着用钱，把自行车卖了，实际上是暂时藏在了罗潜家里，才保住这仅有的家财。在这场和独眼老李的交往中，他有得有失，"得"是明白了社会的狡诈，学到了许多的生存智慧，这一智慧是云天过去缺少的；"失"是养成了抽烟的恶习。当然，抽烟的另一半缘由来自于他这一时期重重的压力与烦恼。

这天，他接上隋意和女儿怡然来看新居，天气不冷，开着窗户，怡然跑进来就欢喜地连跑带跳。隋意脸上明显有些失望，这里不再有往日那种深幽、古朴与别有洞天，她感觉像她医院里的一间病房，苍白而无趣。楚云天向她解释，那些清理地震废墟时堆放在二层走道的木柱被房管部门当作建材收走了；原先屋顶的瓦棱铁板这次全砸烂了，这种铁板是一百年前由德国进口的，没处去找。去掉天窗是因为平顶子上不能装天窗，不安全。但不管怎么说，没有了原先的立柱、坡顶、天窗，一切诗意都被实用主义赶跑了。

楚云天滔滔不绝地向隋意解释，隋意忽然明白他是在尽力使自己接受今天的现实，缓解地震带给她的重创。她抬眼看看云天，他那带着疲惫的脸显得有些粗糙，甚至有点老了，下眼皮上的眼袋也出来了，他才这么年轻，就一下子老了吗？她想，半年里整个家庭的毁灭和每个人的困难其实都压在他的身上。她想起他说过的话：

"女人是手心，男人是手背，手背天生是保护手心的。"

她心里涌起一阵温暖的感动，她搂着他高大的身子说："我已经很满足了。"

新生活开始了。

由于朋友和学生们的帮助，小屋里不缺任何实用的东西，可是云天知道隋意更需要什么。

隋意不需要华贵，但一定要有美，有生活的情致。她又从医院拿来一些废旧的纱布条，用云天画画的颜料染成一条条淡蓝、淡粉、淡绿、淡灰、淡黄、淡褐，然后缝成纱帘，轻飘飘挂在窗上。这一来，建设生活的欲望便又一次来到她的心头，此时的他们早已过了三十岁了。

小怡然依旧怀念她原先立柱后边那个角落，云天便利用屋里的防震拉杆，给她小床周围挂一道粗布的幛子。小孩都喜欢藏一点自己的秘密，她终于有了自己万分热爱的屋中屋。云天也从中得到启示，他在房屋的一角立起一个五尺来高的书案，墙上还装上两条横板，放上一些书，以及有品味的艺术品和相片架，他也有了自己的一个空间。隋意说，屋里有三面墙，这三面墙上要挂三个人的画，自然是他们三剑客的。罗潜和洛夫的画由她亲自去要，洛夫给她一幅气势浩荡的风景油画，大江大河，山野林莽，笔触豪迈，她非常喜欢。

罗潜的画依旧是他个人主义的风格，一条雨后湿漉漉而幽黯的深巷，一地白色的落花，有点伤情，她更喜欢。

正面墙上挂着的是云天震后从废墟里"出土"的那幅老画，也就是他刚刚搬到这座小楼时，坐在墙子河对面的河堤上画的那幅写生。隔着静谧的河湾与丛树，三座古老而深红色的尖顶小楼半隐半现。这种诗意已然不在，三个尖顶只在梦里。墙子河的河道早被填上，河堤上的岸柳全部拔除，改为一条终日车来车往的大道。这幅画不是一个昔时诗情画意的纪念，一段令人伤感的记忆和无奈的历史吗？

隋意说她在三幅画中间有一种满足感，还有一种安全感。

可是，他们见面的时间，却不如以前多了。

洛夫的艺术学院那里乱哄哄。那场浩劫刚刚过去，画家的想法很多也很乱，长期捆缚中的脑袋几乎坏死，一旦放开，几乎不会思考了。一些老画家从各地农场落实政策回来，正好又赶上大地震，一惊未平，一惊又起。洛夫拉着云天去看望在农场劳动了七年的老画家唐三间，唐先生原先是学院国画系主任，这七年在农场种地。云天他们去拜访他，坐了多时，无论云天与他说什么，他都说"好"。他现在在家只画梅花，一多半的画上都题着"她在丛中笑"几个字。这叫云天哭笑不得，感觉拘束又乏味，坐不多时即恭敬地作别。

罗潜那里出了麻烦，他那里的主楼震毁后，那堆如山的废墟必须清除，可是清除过后，罗潜的小屋就一览无余地暴露在外。跟着的麻烦更大，这片被清空的阔地和原先的院子连在一起，形成了一个小广场，这便招来很多人盖临建和防震棚，而且愈盖愈多，渐渐和罗潜的小屋门对门了，罗潜原先那种幽深感荡然全无，他天天下班都不想回家。

现在如果他们三人想闲聚一下，就去西郊水上公园后门旁边那片林子里。这片地方最早是云天与罗潜发现的，那场浩劫之初，他们想见面说说话，原想去到公园里边，但那一阵子公园被说是剥削阶级消闲享乐的地方，全封了门。他们就在公园后门外找到了这片几乎了无人迹的地方。一大片小杨树林，林子后边是野生的苇荡，天宽地阔，氧气充沛，最让人惬意的是林间厚厚的青草，有如带着草香的绿毯。没有人的地方是安全的，他们躺在这上边说话，又放松又享受又自由。

他们每年秋天都会来这里玩一玩，现在成了他们失去了罗潜那间小屋之后替代的"沙龙"。

三剑客四肢放松、仰面朝天地躺在上边。

洛夫说："前些年卡得死，没有选择题材的自由，现在好了，没人管了，反而不知画什么了。"

头枕在青草上的楚云天，打着趣说："看来你是家养的，不是野生的。人家不喂你，你就不知吃什么。"他边说边看着上边树隙中慢慢移动的发亮的白云。

罗潜在那边，好像睡着了，但他发出了声音："你以后还是少画那些任务画吧，把时间与精力留给自己。"他的话是说给洛夫的。

"现在也没有任务画了。"洛夫翻身坐

起来接着说,"我和你们不一样,我在学院,有任务就得画。可是,即便我画那些任务画,心里边想着的还是自己的画。"

罗潜说:"那好,一定要守住自己的艺术。不管多难。"

洛夫说:"画自己的并不难,可是谁来认可?"

"有必要非得别人认可吗?"罗潜说,"艺术是自己的心灵和理想,自己认可就足够了。"

洛夫听了有点茫然。罗潜的话在道理上无可置疑,但到了现实中就变得虚无飘渺。他看一眼没有说话的云天,说:"你一直在坚守着自己吧。"

不料楚云天说:"不知为什么,我现在有点画不下去了。"他望着上边树冠与云彩的眼睛里确实有点茫然。

"为什么?"洛夫问他。

云天没有回答。

洛夫问罗潜:"你认为他的问题在哪里?"

罗潜说:"那只有他自己去找到原因了。画不下去也未必不好,或许他快到了该选择道路的十字路口了,也许这路口还没出现。"

罗潜的话唤起了楚云天心里的一种朦胧的感觉,云天不由自主接过话说:"我感觉现在这时候非常像大地震摇着摇着骤然停止的那一瞬。这个时刻,万籁俱寂,一片茫然。我们将何去何从?可正是这个时候,活下来的人要发出声音了。"

洛夫说:"我听到的消息可是要大变了。"

罗潜说:"谁变我们都不变。"

楚云天说:"恐怕我们很难不变。"

他们各有各的道理。

随后,他们陷入沉默,陷入各自的自我。

微风穿过杨树林时十分神奇,杨树叶子的正面是蜡质的,阳光一照,分外明亮。给风一吹,千千万万杨树叶子就像无穷无尽绿色闪光的小手拍着巴掌,只有杨树叶的掌声能发出这样的辽阔而悦耳的哗哗声。风小一些,如同无边的大地在私语;风大一些,便像海潮涌来那样地一片喧哗。他们不约而同地陶醉在这树叶声中。

洛夫说:"你是在看树叶的动态吗?"他问云天。

云天说:"我一直穿过树枝,看天上那些行走的云彩。"

洛夫说:"你在想怎么画云?"

云天说:"不用我画,风是天上的罗丹,天天雕塑着天上的云彩。"

"这话真美。"趴在草地上的罗潜忽然仰起脸,笑眯眯地对云天说:"我就喜欢你这气质,你可千万别改变。"

十五

江河解冻后,所有船只都活动了,它们四处游弋,却一时不知驶向哪里。笼子拆了,鸟儿全都惊呆,望着笼外又大又空、漫无际涯的天空,应该飞往何处?脱缰的野马们,你们快奋蹄跑起来啊,可哪里是你们要奔去的地方?

这便是七十年代末所有人都经历过的时代感受。

他们只是这数百万人的城市里三个心

怀艺术梦想的年轻人，他们的身上没有任何社会资本，没人认识他们，面对着一切都未知的未来，他们要做什么，孰轻孰重？

罗潜似乎还在一己的世界里，洛夫更关注现实的变化。比起罗潜和洛夫，由于云天更接近文学，文学直通着社会，离不开思考，故而对这个尚不明朗的社会的走向，便愈来愈多的忧患、关切、企盼。

有时生活只是重复，有时生活天天在变；现在是后一种，昨天和前天不一样，今天和昨天又不一样，他们的思考跟不上眼睛。

对于云天最大的事情是落实政策开始了，父亲已经从江西干校返回来了，最先住在单位的集体宿舍里，四个人挤在一间小小的屋里，那三个人都抽烟，父亲怕烟，他想把父亲从呛人的滚滚浓烟中接到自己家来。父亲不愿与儿媳同居一室，执意不肯。后来有了一个令人欣喜的希望，他家在睦南道上的那座房子要退还给他们了。父亲是国家用得上的心内科专家，政策落实会更容易一些。据说隋意家的房子也要退还，但隋意的父亲不在了，这些年她家的房子挤进去多户人家，出身都硬气，不肯搬走，或要价很高，事情很胶着。那时代，他们这些人逆来顺受惯了，不敢硬争，只能等着；有希望总比没希望好。

一天，洛夫忽对云天说起一件事——

据说大地震过后雨霏来过天津一趟。她住在海河边的那房子震坏了，她来接母亲去北京住。她也没见洛夫，只通了一个电话。洛夫在电话里把他与云天、罗潜受灾的情况都对她说了。她说自己的时间太紧，无法去看他们，托洛夫问候云天和罗老师，没再说别的。那时洛夫刚刚丧失双亲，又无家可归，便把这简简单单的一个问候忘在了一边。

云天听了，也没有什么触动。经过这样一场生死劫难与时代的更迭，该过去的自然也就过去了。这种事经多了就是人生。

半年来，他在学校给学员开了中国画的技法课。他认为国画中以山水画的技法最为复杂，便从山水起始，把山水的技法分为画树、画石和画水三方面。画树学画线，画石学皴法，画水是掌握用笔的各种变化和渲染；其中画水最难，因为水是动态的，流泻奔涌，变化无穷。最初，他带着学生到海河两岸写生，可是从三岔河口一直走到军粮城，叫他非常遗憾，他感到这条华北平原上的众多河流汇集一起的大河已经失去昔时的生气，水很少，水流又缓，很难作为写生对象。他从校方争取到一些经费，带着学生跑了一趟山西和山东去画黄河。不知为什么，人在黄河边一站，立刻被震撼和感动得大声呼喊起来。

黄河真像由天而降，然后万马急奔般地呼啸而来。它穿云破雾，挟电裹雷，携带着刀锋似凌厉的冷风，喷发着漫天飞溅的浪沫，直扑眼前。洪流、巨浪、险滩、乱石、漩涡……最让他惊愕与不解的，在这之中，还有一种神秘、暴烈、桀骜与凶险暗藏其间。在那波涛的滚动中，震耳的轰鸣中，疾流的绞斗中，他仿佛看到一些灾难的黑洞，苦难的景象，重重叠叠的压抑与负载；他从中听到了一种声音，是绝望的呼喊，求助的哀嚎，还是忿怒的咆哮？

放眼望去，荒山野岭，乱云飞涌，一片苍凉。

他想，黄河不是我们的母亲河吗？为什么一看到她，总会想起我们民族多难的历史？这苦难源自她的本身，还是荒谬的历史对她的强加？不觉间，他把自己种种经受过的百感交集的生活都放进去了。他忽然有了画这条河的渴望与激情！

回到学校的第三天是周日，教室没人，他把四张学生用的画案拼成一张，铺上一张八尺的宣纸。他好像还没有任何构思，却已急不可待，将蘸足水墨的长锋大笔落在纸上，随即腕子向上一扬，一股激荡在心中的情感随之迸发，一股巨浪在大河中流冲天而起，紧跟着，从身心暴发出的波浪层层叠叠落在纸上。社会的苦斗，生活的挣扎，灾祸的骤至，苦难的深渊，境遇的无奈，以及自己心中那种孤独的执着的高贵的坚持，都融入这大河的形态与灵魂中了。

作画时，他已完全忘记自己，甚至忘记自己在作画。空荡荡的屋中只有他一人尽情挥洒，伴随这挥洒，是激动中颤动的笔杆不断撞在水盂的当当作响，四处飞溅的水墨溅在他的衣衫与脸上。

等到他画到心中坚持的那片崇高的精神情感时，他看到画中大河偏远地方，出现一片迷离、灿烂、漾漾不已的波光，他被自己这片波光迷住了。它令自己无限神往。

他心中忽然生出一种从未有过的神奇的境界，他一下子和自己身后的无形、宏大又迅猛涌动的社会大潮融为了一体。

这感觉好似一次升华。

真正的艺术创作，每一次都是一次自我的升华。

升华是一种神奇的质变，它不期而遇。每个艺术家都盼望这样一次升华的出现。

就在同时，一个从未有过的时代正在悄悄来临。

中 卷

闪电从乌云钻出来；
我的歌啊，你也从囚禁于我的心里飞出来吧！

一

两年后，云天一家随同父亲搬回到睦南道那座老宅子里。由于这房子地处路北，家中的花园在最里边。这是一座二十世纪三十年代建造的英式别墅建筑，五大道地区的房子是由东向西一点点拓建出来的，到了四十年代，所建的房子多选取当时西方流行的简约的折衷主义样式，像云天家这种地道的古典英式的房子已经寥寥无几了。又高又大的深灰色的坡顶，锻铁的栏杆，粗粝的石头的墙基，墙上爬满小叶的常春藤。夏日浓绿，秋日火红，夏秋之间红绿斑驳，充满了画意。设计房屋的建筑师多半是一位外国人，原房主已经无从得知。

云天的父亲买下这座房子时已是1943年，此时，五大道这一片社区正进入历史的极盛时代，政治风云中台上台下显赫的政要，大江南北心怀财富野心的豪强，热衷洋务的各路英才，全都蜂拥而至。天津这里，既是扼守京城、中西接触的前沿，还可以享受到最早出现在古老东方大地上少有的舒适和便利的西方生活；有上下水，有电话电灯，冬天还有暖气，一如天堂般的优越。跟随这些权贵而来的，便是不可或缺的名医，云天和隋意的父亲都是在这样奇特的时代背景下进入津门的。当时，五大道的名医至少一半住在睦南道上，而且大都与云天的父亲一样，毕业于美国人创办的北京协和医学院，是近代中国最早一批西医。这批医生到了八十年代个个都是身负盛名、头一流的专家了。隋意的父亲虽不是协和毕业的医生，却曾留学于英国，眼科专业，也是此地拔尖的名医。两家主人的关系好，常来常往，云天和隋意很小就在一起玩耍了。

云天在这房子里长大，并与隋意结婚成家，那时云天的母亲还在世。云天是独生子，他结了婚，楚家人口总共才四人，房子一直显得宽敞。一层三间屋，分别是客厅、书房和餐厅，二层都是卧室，但云天他们没有住到二层，而是安居在一楼半一个方形的十分安静的房间，房间一边还附设一个小卫生间。原设计是做客房用的。这样分开居住，彼此之间都不受影响。

隋意从小常来这里，后来住进这里，喜欢这里的氛围，平和静好，人们说话声音不大，偶尔还有音乐。云天的父亲与隋意都在医院工作，家中的空气里偶尔会有一点硼酸的气味，这是一般家庭里没有的。这气味叫她认定是她家的气味。

十年浩劫把这一切掠夺去了，可是现在又不可思议地神话一般地还给了他们。云天第一次回到这房子，房内到处尘土和垃圾，云天站在房子中间忽然流下泪来。他想起母亲。母亲就是在父亲去江西干校那一年故去的。母亲最喜欢这老宅子，但最终没能再返回来。

他们搬回来后，父亲推说自己年岁大了，不想爬楼，叫云天一家使用二层的卧房，自己住在一层的书房里。其中的缘故只有隋意能够猜到，就是如果父亲还住在先前的房子里，一定常常会见景生情，思念故人，勾起潜在心底的伤痛。故而，隋意对父亲的照顾就分外在意，每个云天母亲的诞辰与祭日她都会想各种办法安慰父亲。她心细，做事很实，喜欢默而不言，用心交流，这使父亲感到分外的安慰。现在再加上乖巧、聪慧又懂事的小怡然总蹦蹦跳跳在身边，他说自己的人生如果现在收尾，应是最完美的了。

云天他们都叫他敲桌子，收回这句不吉利的话，晚饭时还罚他喝半杯红葡萄酒。他喝了酒，笑着说把那句不该说的话收回了，但一个月后心脏病突发，很快就走了。他原本身体不错，怎么会心脏突然发病？后来才知道他在江西干校时过于劳苦，患上这病，曾有两次发病，在急救中起死回生。但他不叫单位的人告诉给他的家人。在那个苦难的时代，谁都不想再把自己的石头压在亲人的背上。隋意想，父亲那天那句不吉利的话，或许真的对自己身体有了什么预感？如果他告诉他们实情，她应当对他再加倍留心才是。父亲究竟是心内科的大夫，对自己的身体会有预估。

现在，这座房子就有点太大，有点荒

凉了。

阳光透过院中高大的冷杉时变成的斑斑光影，穿窗而入，映入屋中，很美很静。她欣赏云天的一句话，建筑中的生命是光线。光线或明或暗，或清晰或朦胧，都是它的性情。她还是在墙子河边那顶层小木屋中就鲜明地感到，阳光还是活的，它能在屋中行走，一天一次走进来，充分展示它带来的美好与魅力，然后离你而去。正如家中的主人——父亲的亲和与母亲的温存，现在都已离去，谁给这空荡荡的老屋一如既往的生机、清醇的滋味与欢欣？

然而，她完全没有准备——这座老房子进入了楚云天的时代，这会是一个什么时代？

当云天在画室里创作一幅大画时，她完全不知道这竟是他们生活改天换地的缘起。他是否敏锐感受到社会与时代的冬去春来？但是凭着他的敏感，他莫名的激情，他不能自已的艺术冲动，把心中这一切迸发似的画出来了。

他再一次想起黄河——这条母亲河，再没有任何大自然的事物具有如此深刻的民族命运的象征意义。但他没有像几年前画黄河时，在那惊涛骇浪中全是重重不绝的苦难，他的笔艰难又凝重，他的水墨混浊又胶着，这一次，他画的是这条万里江河的解冻与凌汛。他的笔墨全然是一种解脱与激扬！他叫漫无边际的雪覆冰封的江面突然裂开；坚冰下边分明有一股强大而鼓胀的力量，雄浑磅礴，不可遏制。跟着，轧轧震耳的声响中，黑色的冰冷的波涛推开巨大而坚硬的冰块，汹涌奔流。大河解冻了，春天来了，天地要为之一新了。

在他十余天作画时，隋意没有走进他的画室，她不能打断他的思考，打乱他必须始终如一的心境。等他画成，他喊她走进画室来看，她才进来。面对着这幅巨幅的新作，她惊愕得半天没说出话来。她明白，他的画不再是古代文人那样抒写一己的情怀，更不仅仅是山水画和风景画，他把那个时代人们共同的渴望画到画中了。

她为她的云天骄傲，但她没有表达。就像她爱他，但她从来没有对他说过爱他。

这幅画送到北京全国美展时，成了画展最聚焦的作品之一，他把社会解冻人们心中的饥渴忘情地呼喊出来。云天一下子也就成了空降到人间的画坛宠儿，他的名声超越画界，为社会广知。他这幅画原名叫做《二月》，但没人再叫它《二月》，都称作《解冻》了。他当初也想叫过《解冻》，由于避讳与苏联作家爱伦堡那本挨批的小说《解冻》同名，才用了《二月》。现在没人管那些事了，社会变化得很快，对十年浩劫的大批判那套已经抛到一边了，叫《解冻》就叫《解冻》吧。各大报纸给予他太高的评价，甚至说他"用画笔打开一个时代的大门"，还有"把中国画前无古人的景象呈现了出来"。

楚云天有点发蒙。

此后相当一阵子，他只有一少半时间在天津，一大半时间在北京，各个专业单位给他开作品研讨会，大学邀请他去演讲，媒体争相访谈。这些他都不怵，他有足够的思考储备，又有极好的口才。隋意笑着说他当年给一些小年轻讲故事时练就的本事现在全都用上了。讲得愈好就愈有人要他讲，愈有人找。这期间，他只要返回天津，就会有一批人跟着来天津找他。他第一次知道名人无处可藏是什么滋味了，他像群鹰围猎下在草原上一只仓皇奔逃的兔子。

但是，他还没有明白，社会所需要的你，和你自己所需要的完全不是一码事，社会一定要按照它的需要安排你。他所在的工人大学对已然声名赫赫的他没有了约束力，社会很多专业的艺术部门在拉他，想把他调动过去，以壮声威。艺术学院也拉他做教师，但他在学院待过一阵子，不喜欢这种非常看重职称和职务的单位人际的复杂。市文联也来拉他，他和文联的人聊聊，感觉这种单位功利性太强，跟他热爱的艺术风马牛不相及。后来市里筹建画院，请他做"驻院画家"，他觉得还好，一周只去开一次会，画院没有房子，画家们平日都在家里画画，他每月只需向画院缴两张"不小于四尺整纸"的画即可，这就自由得多了。他想，在这个公有制的社会里，人不能没有单位，没单位就是另类，于是他就把自己的人事关系从轻工业局调到画院。可是这时，社会已不在乎大名鼎鼎的楚云天安身何处，最希望知道的是他下一步有何非凡的举动。

于是，他又尝受到社会近似荒唐的另一面。

他的画，他画画的来历与故事，他的家庭，他为什么给女儿起名叫怡然，他其他的爱好，他这座仿佛从某个欧洲古镇搬来的老房子，他的童年，他最憎恨的是什么，他对样板戏的看法，他下一幅的主题是什么，他想不想建立自己的画派，他的人生箴言等等等等，都成了媒体和社会关注的要点。他对自己从来没有这么多兴趣。

一天，一个挺文气的中年女子来拜访他，聊天时问他是不是喜欢写诗。这女子是一家文学出版社的编辑，叫曹莹。他说他写过不少古体诗，但多是题画诗，他更喜欢写散文诗，拿出一些来给她看，有些诗还是当年写给雨霏的。没想到这女编辑看了几页竟然高兴地拍起手来，完全失去了刚才的文静，叫道："有些比纪伯伦、泰戈尔一点儿也不差，我敢说。你还是诗人！要不你画得那么好。你常写作吗？"她像发现了一个文学天才。

云天说乱七八糟有一些本子，有诗还有散文，林林总总大概不少，其中一些在地震中损毁了。这位女编辑就向他约稿。待诗稿整理出来，居然不算太薄的一本，竟有四五百句。他给这诗集取名——《对称美》，扉页中还特意写了一句：

"美放在天平上就是平等"。

这句话在当时那个时期，具有特别的意味。

故而，这本书刚一出版，就像一堆柴草"呼"地烧起来。一个如此才气逼人的画家，还能写出这样意蕴隽永的诗，一定是一个险些被时代埋没的天才。如果那场浩劫未了，不仅要毁灭掉那些成名的大师巨匠，还会埋葬多少默默无闻的天才？由于他是一个可以证实历史进步的无可辩驳、叫人心服口服的见证，就更被社会聚焦。

他的文才是被曹莹发现的，曹莹自然要抓紧他，拉他去与读者见面，举行各种签名活动，开研讨会。还常常来他家，坐在院里高大森郁的冷杉树下白色扶圈的藤椅上，一边喝茶，一边聊文学。曹莹是个很出色的编辑，在看似松弛的闲聊漫谈中暗暗寻找云天心中属于文学的生活蕴藏，随机地启发他的文学想象与写作灵感。很快就有一本书信体的中篇小说《情书》冒出来，写出来，出版了。这本小说缘自父亲在那场浩劫期间被押送到江西"五七干校"时，与母亲往来两地的书信。信不多，他看过，深深地感动过。但后来无论是母亲故去，还是父亲身后，始终再没有找见。那些信总共不过十来封，当时不能邮寄，都是悄悄拜托信得过的人来回捎带的。有些话不敢直言，便用一些隐语，甚至夹几句英文，但这正是那个时代的真实。其实写这种信还是很有风险的，无论使用隐语还是夹几句英文都是自己骗自己，倘若被发现，还会招来麻烦。那些英语不就是"特务的暗号"吗？云天在写《情书》这个中篇时，不免想起父母当年的含辛茹苦，想到了父母在寒窗孤灯之下，胆战心惊偷写这些书信时的情景，叫他十分伤心。最最遗憾的是父母已去，没有看到自己现在这般光景。

一天吃晚饭时，聊到曹莹，隋意问云天："其实，第一个发现你的文学禀赋的并不是曹莹，你猜是谁？"

楚云天一怔，小怡然白嫩的小手一指隋意说："我妈妈。"

楚云天笑了，说："还是女儿懂得妈妈！"

不料隋意正色说："是罗潜！还记得在你什么都不是那个时候，他几次说到你有文学才能，他欣赏你，他才是你的知音。"她沉一沉问道，"你们有多久没见了？"

云天说："多半年了吧，上次还是洛夫约我们一起去北京美术馆看他那幅《五千年》时。这中间我两次去他家，他都不在，锁着门，我给他在门缝里留了条子，他也没理我。"云天沉思一下说，"是不是这一阵我太风光了，他有意躲我，他自尊心太强，不愿主动靠近我，我心里明白。"

隋意没再说话。不说话是否含有一种谴责？

如果你忽然风光起来，昔时的穷朋友应该怎么对待？也许你并没有故意去冷淡他，他的心理却变得复杂了，怎么办？这是一个有难度的人生课题。如果你不去认真处理，过去的一切便会渐渐消泯在历史中直到无声无息。

二

他也没想到，那么多五光十色的人物会一下子拥进了他的生活。

那是一个光鲜的时代。

焕然一新的生活，任由你想象的未来，倏忽而至的机遇，意想不到的幸运，颠覆现实的各种可能……一切事物都在被一种无形的力量激活、放大、发光，都在改弦更张。自己好像站在一个四通八达的路口上，向每条路望去都有希望。云天觉得天天跑过来与他握手的人，人人都给他带来一片未知。这些人都是哪里冒出来的呢？以前他们好像藏在哪里，现在怎么呼啦一下全出来了。他转念一想，人家也会想他是从哪里跑出来的呢？从草棵石缝还是老鼠洞里？想到这里他就笑了。

就像天气变暖，那些憋在土地里的生命，必定全要亮闪闪、一片片、争先恐后地钻出头来!

在这终日不绝的出现在他面前的形形色色的人物中,有慕名而来的,有求画求书的,有攀附"名人"的,有夹在里边凑热闹的,也有想借他名气、求他办事的。这些他都没兴趣,真有兴趣的只是与他聊得来的人,真爱艺术和有才气的人。这也是他与人结交的第一标准,是他一向艺术至上的原则。

然而,这标准真拿到社会上,就让他备受挫折。当然这些都是以后的事了。

在画院里真叫他感兴趣的是几个年轻的画家,尤其是毕业于山东美院的余长水,滨州人,山东人憨厚者为多,云天喜欢他不拘小节,拘小节者难成大家。他头发长长,衣装随意,扣子总是一半没扣,比他更不修边幅。这人记性差,做事粗糙,但对笔墨不可捉摸的精妙的变化悟性极高。虽然他还没有什么代表作,但他下笔时那股子大气与从容,叫云天很看重他。与他聊生活、聊社会、聊人,他全无兴趣;只要一谈笔墨,他逸兴遄飞,这和云天很投脾气。而余长水感觉,与这位年长十余岁、气质清逸的楚云天也是意气相投。艺术家之间的交往全凭直觉,感觉对了自然有来有往。

一天,他去画院刚进楼门,迎面一个小伙子愣头愣脑和他撞个满怀,他要是老人,肯定仰面朝天地翻倒地上。他才要发火,那小伙子只说一声:"回头和您道歉!"就跑了。他有什么事这么急?他觉得这小伙子好像是院办新调来的费亮。

过一会儿,这小伙子找他来道歉,果然是费亮。他一边发窘地摸自己的后脑勺,一边向云天鞠躬。他说画院后边是一座居民楼,他隔窗看见一家阳台上有个小孩在爬栏杆,他吓坏了,又不敢喊,怕惊了那小孩反倒酿成祸事,就急着跑去救那孩子。由于跑得太急,险些把云天撞得人仰马翻。

楚云天笑道:"你差点救了一个,撞死一个。"

从此就和这个见义勇为的年轻人熟了。闲聊时,知道他是湖北荆州人,女朋友在天津,画院招考职工时,他报了名被录取了。他画山水花卉,喜欢画大画。那时楼台馆所的大厅都需要挂一些巨幅的画,正是他的擅长。他人实在,笔墨缺些灵气,但结构一幅重岩叠嶂、山重水复的大画能力超强。楚云天对他说:"我就不擅长画大画。"

费亮一听,表现出无地可容的样子,他说:"您的《解冻》就是大画,而且一定会进绘画史的。我们这些画算什么?"

原来楚云天在这些年轻人心里是一尊神。自从他们与楚云天认识了,便不时往云天家里跑,拿画去求教。

楚云天结识余长水是由画到人,结识费亮是由人到画,反正不论是人是画,对他俩印象都还不错。至于本市与各地画坛中大小名家,天天如过往烟云,不单名字记不住,连长相也记不住。除非哪位画家的画非同一般,他一准能记得住。然而,这些新朋与多年前的旧友完全不同,再没有多年前的三剑客那种精神上的相互依赖了。云天发表的文学作品虽然影响很广,但他不涉足文坛。他曾与一些作家接触过,他感觉作家大都有点矜持,不像画家那么率性。他自年轻就一直活在画画的人中间,爱画山水，崇尚自然，受不了一些作家的假自尊、装高贵和相距千里。这也是他后来始终立足于画坛的缘故。

他与画界的交往，从不看人的社会地位与名气，只看他的作品、才气、艺术感觉与独创性，从中分出高下。对于有才华的人他会放在心里最上边的一层，对盛名之下其实难副的人则撇在心外。他有涵养，嘴上不说，心中有数。他虽在画界的殿堂，总还带着当年在草莽之中养成的那种可爱的孤傲。另一方面，由于自小家庭教育好，不会一旦得志便猖狂起来，或不顾别人的感受，一味地自我，叫人难堪。

这几年，南来北往跑多了，结识的人愈来愈广。《解冻》是那个时代的标志，也是他的标志，谁都想与他结识，并拍张照片做为与他相识的见证。这些事多了，有时会感到不堪重负，但有时也会有点得意，这究竟是他非凡价值的一种体现。一些女孩子们含情脉脉的表示也就夹在每天成捆的来信中。有时见到，笑一笑，丢在一边。多年前雨霏那件事留给他的告诫，依旧存在他心里。他曾发过誓不叫隋意再受半点伤。

前年，隋意已经辞掉眼科医院的工作，专心做他的工作和生活的助手。她帮他料理文案，誊抄稿件，接送访者，照顾已经入学的怡然，洗衣做饭和收拾房屋，把各个房间布置得幽雅和惬意，连院子里割草的事也自己来做，事事都做得精心精意。隋意的母亲本想来伸以援手，但他们不想把自己的负担再压在长辈脆弱的肩上。如果哪一天清闲，他们会把隋意的母亲和弟弟一家接来聚一聚，享受一下人生最珍贵的天伦之乐。

云天见人多了，渐渐知道人才遍地有之。现在社会开放，压抑少了，云天很少再感到压抑，但他毕竟是少数，或者是少数的幸运儿。他明白，《解冻》如果早画出来一年，或者晚拿出来一年，都不会有那么强大的社会震撼力，它的时代象征的意义超出艺术的本身。而且，毕竟还有些奇才怪才鬼才，或远在僻地，或未逢伯乐，依然埋没于重重市廛或茫茫山野之间，仍有生不逢时之感，谁能知之，谁能识得？

一次他从洛阳参加一个活动返回，特意从三门峡市，过黄河大桥，去看壶口瀑布。他站在湿漉漉、高高的悬崖坚硬的岩石上，眼看着面前大河直下，落地成雷，洪涛巨流，掀海翻天，那种称霸天下的气势，叫云天完全看呆了，足足叫他直怔怔地站了一个半小时，飞溅上来的浪花与水雾湿了他的衣服也浑然不觉，直到同来的伙伴死乞白赖才把他拉走。如果天再晚离开，跑山路就会有危险。但是他们跑出来不远，天已经黑了，又开始降下小雨，只好就近钻进绛州县城找一个旅店住下。

进了店肚子很饿要吃东西，旅店人员说饭厅有人占用，吃饭改在房间里，云天他们只好将就，店员倒还殷勤，很快热饭热菜就端上来。吃饭时只听外边大声说话，似在吵闹。他们出去一看，饭厅里有十来个人，围着一个用八张四方餐桌拼成的大案子观看什么，远远只见一个人挥动手臂，似在作画，走近一看果然是在作画，云天示意几位同伴默不作声，站在一旁看，尽量不打扰人家。

楚云天先看画，一看一怔。这人画的

正是壶口瀑布。显然他也是刚刚去过壶口,被壶口瀑布震撼了,激情难捺,等不及回去再画,到了旅店就铺开纸干了起来。云天不认识这人,悄悄走到这人身后,伸头一看桌上的画,竟然吃了一惊,画中那种雄强、豪迈、激情、奔放、骄狂,一下子把他攫住。他好似听到了这人放声的呼喊,恣意的狂歌,释放着大自然生命沛然无穷的元气。他从来没见过这样富于感染力的画中瀑布,也没见过如此自如和恣意的笔墨表达。这人明显有很深的传统功力,又完全是个人的再创造。这样罕见的才气,是谁?

这人正低头作画,看不清面孔。

可是这时,已经有人认出云天,悄悄走到作画这人身边俯耳说了一句。这人好像没听见,显然他还在作画时自我陶醉的情境里。等到这人画完,掷了笔,抬起头,云天完全不认识他。他大约五十上下,身材不高,瘦而结实;脸上布满皱纹,手也皱巴巴,像老榆木疙瘩。他有一种沧桑感,头发已花白,很潦乱,还有一点谢顶。他的性格也有点特别,面对众人的称许,竟说:"我画完中间这一块喷云吐雾的地方,才想到这地方应该湿着画,泼墨!让它狂起来!"然后又说一句,"回去再画一张!"

云天觉得这人和自己一定聊得来。他的画,他的话,已经和自己心里想的东西对上话了。

这时,一个人上来,问云天是不是楚云天,云天点点头。问话这人马上拉过画画那人,给他们相互介绍:"这位是大名鼎鼎的楚云天先生,这位是我们黄山的大画家易了然先生。"

原来这些人都是来自安徽的画家。楚云天没听过这人的名字,天下之大,藏龙卧虎,真是不可小觑。这位易了然却朝楚云天拱拱手说:"哎哟,没想到刚才我献丑的时候,叫楚老师瞧见了,惭愧,惭愧。"

楚云天说:"哪里是啊。易老师画得真棒,我还没见过有人这么画水的呢!把水的动感、气势和精神全画出来了!"他说出心里的感觉。

没有应酬,全是真情,这就像一挥扇子,把易了然扇了起来。易了然是个性情中人,像待老朋友那样一拍楚云天的肩膀,说:"你是纯搞艺术的!"跟着把云天推到画前说,"你给我说说,我这画哪点还不成。当年,我专程去北京看你的《解冻》,你比我懂得画水。"

云天边看边说:"你远处这片山有势,不仅横着有势,纵深也有势。这些小树,不过几笔,有姿有态,看得出你有宋画的功底。"

易了然像叫云天点到穴位,很兴奋,说:"你真厉害,看到我的底牌,可是你宋画的功底更深呢!"

他俩这两句对话,周围的人一半没听明白。当今有几个人懂得和学过宋画?

楚云天对跟自己同来的人说:"宋人画远处极小的树,看上去感觉也是大树。这方面马远夏圭尤其厉害。明清的文人画就没这本事了。你们看,易老师远处这些树不都是挺拔的大树吗?把远处的小东西画大了,画面的气象才大。"接着,云天扭过头又对易了然说,"你刚才说,中间一块应用泼墨,非常好。你周围这些水画得很足了,也比较具体,中间应有一块空灵的地方，完全放开，甚至什么也不画，叫人随便去想，画面就更有张力！"他说他的想法时，十分坦率，像艺术研讨。

只有真正的艺术家在一起，谈起话来才过瘾。易了然兴奋地叫人拉过一张桌子，找旅店要几个炒菜和凉盘，一瓶汾酒，非要和云天交个朋友。云天喜欢这个徽州画家的古道热肠，和他同席而坐。易了然嗜酒如命，云天不善喝酒，易了然也不劝酒，只说一句："我敬你一杯！"说完举杯就把酒倒进自己肚里，好像"敬酒"只是自饮的借口。云天抽烟，他也抽烟，两人一个劲儿地相互"敬"烟，直抽得小桌上一团白烟迟迟不散，易了然指着这团烟说："这就是黄山云雾，我人到哪儿，它跟着我到哪儿。"

大家笑起来。易了然酒量并不大，很快就带三分醉意了，忽然他指着楚云天说："你要不要画上几笔，叫我们学两手吗？"他完全不管自己是乡野怪才，人家是当世名家，只像朋友对朋友。

云天向来没把自己高看一等，何况沾了点酒，也有酒兴。一挥手说："画就画，给我纸！"

一张宣纸铺在桌上，云天几笔就画出几块水墨雄劲的巨石，行笔之间，已经把水流泉过的空白全部留了出来，再用一支羊毫大笔连水带墨，一通皴擦点染，一片畅快的清流光溜溜地流淌下来。看他作画真快意，这清湍疾流更像是他心里流淌出来的。在水流迂回旋转之时，变化莫测的笔锋表现出的丰富的才情，更令人赞叹不已。随即楚云天把笔一放，须臾间画已画完。

不等易了然开口，云天便扭过脸对他说："这画是送给你的！"随即换一支写字的笔，题写了四句：

石性顽而灵，
水性柔且劲。
人性复如何？
还须今人说。

在场有三个人称这几句题得意味深长，显然这三人都明白其中的喻意了。

易了然对云天说："我这张壶口虽然拿不出手，秀才人情纸一张吧。"忽又说，"我也得题几个字，我知道你才学好，求你说个词吧。"

楚云天知道这一代画家大多不通诗文，时代如此，谁也不怪，随即客气地说："我也不能说来就来，就题李白那两句'黄河落天走东海，万里写入胸怀间'吧，倒是很贴切你这幅画的气势。"

大家都说好，易了然把字题上。

两人翰墨相赠，各自去睡。转天一早，一起吃了一通山西人的剔尖和莜面窝窝，然后在旅店门前分手相别，此时竟然同时有一点依依之感。楚云天喜欢这个徽州鬼才身上那点仙风鹤骨、放浪不羁和恃才傲物，易了然则喜欢云天虽然名噪于世，却天性宽和，儒雅低调和以才服人。

两人一南一北，所向相反，但此行的收获却是相同，一是壶口奇观，一是意外得到一位知己好友。

三

一早，洛夫就把两个花花绿绿的旅行

箱摆在了客厅里惹眼的地方。

　　大地震后,他家在教堂后那片棚户式的街区全成了废墟。这些破房旧院早就破烂不堪,砖皆酥碱,大地一摇,全散了架,复建等于重建,凭政府的财力难有作为。在废墟清除之后很长一段时间,变为一片挺大的闲置的空地,渐渐成了孩儿们踢球、玩耍、放风筝的乐土。洛夫并不着急,反正父母去了,他已是单身一人。"一个人吃饱,一家子不饿"。他住在学院,教书有教室,画画有画室,吃饭有食堂,睡觉有宿舍,还有一帮学生们陪着,活得挺快活。艺术学院是当时各种信息最流通、思想最活跃的地方之一,这使得他这一棵本来就活力十足的树顺风得水,疯长起来。《五千年》《深耕》《呼喊》等一批力作接连使他声震画坛。特别是《五千年》那个老农被历史的重负压弯却依然坚韧有力的脊背,被评论界称作"沉默着的民族的脊梁",甚至把它与罗中立的《父亲》相提并论。这幅画确是他的一个高峰,艺术家最重要的是代表作,代表作是他的身份证。他出色的写实才能与表现力,使他把"我们古老民族历尽沧桑、犹然负重、坚挺不屈的脊背,刻画得无比逼真与触目惊心";一时,这个脊背就是当代绘画的一个标志性的符号。这使得后来政府落实地震受灾户的住房时,学院和市里主管文化的领导都出面替他说话与出力。他被作为杰出人才,分配到这座城市刚刚出现的高层公寓中九楼上一套三居室的单元,一间客厅,一间卧室,还有一间画室,这在当时真是一步登天了。

　　人要是一旦交上好运,好事就会鱼贯而来。随即他被文化部派出参加赴美交流的画家代表团,刚刚在地球那一半跑了一圈,从美国西海岸跑到东海岸,中间还去了芝加哥。今天是他到家的第三天,就兴致勃勃约楚云天与罗潜来见面。

　　三剑客太久没见了。他一直没忘了当年的"贫贱之交",当年寒天冻地,他们一起抱团取暖;现在晴好风和,更要快活往来,一起把昨天苦苦的梦想变成今天摸得着的现实。

　　门敲开,两位昔时的好友走进来。云天穿着一件深蓝色的风衣,宽大的衣领搭在肩上,腰带垂在身后,现在他风华正茂,人显得英俊又潇洒。罗潜穿着他平时画画时的工作服就跑来了,黑色的长衣上还沾着一些驳杂的油画颜色。走进来时两人脸上都笑,如果留意,笑得略有一点不同,云天的笑轻松而熟稔,罗潜的笑略略有点不自然。

　　那时,艺术家很少出访,洛夫更是头一次开了洋荤。他与云天究竟不一样,云天出生在租界里,在睦南道那个英国式的老房子里长大,父亲在美国人开的学院念书,还在国外的医院工作过,家庭中很自然地融合着一些西方的生活方式与文化。洛夫完全是从本土棚户区里挣扎出来的,这次在一个绝对意想不到的国家里活生生地跑一遭,就像在另一个星球上生活了一些日子,他似乎不知不觉被那种叫他极其震撼的异域文化征服了。今天,他身上穿的麻布衬衫、薄牛皮夹克和粗拉拉的牛仔裤,都是这次带回来的舶来品。他头发天生有自来弯儿,现在再特意地用发胶固定一下。云天笑道:"这么快就成美国人了!"

洛夫的头一句话竟然用的是英语："Please have a seat！"

有点开玩笑，也有点得意，他究竟年轻，又是春风得意的时候。得意洋洋也是一种内心的快活。

不等朋友们问他什么，已经急不可待地大谈美国了。那时中国人最有兴趣的是美国，三剑客只有洛夫真的去过美国，于是摩天大厦、高速公路、超市、爵士乐、堵车、热狗、城市涂鸦、文身，千奇百怪的社会风情，千奇百怪的博物馆，千奇百怪、匪夷所思的艺术……恨不得全要从他嘴里一涌而出。为了叫朋友看到他所看到的，两只手也用上了，不停地比画着，为了表示他现在是一个美国通和美国的艺术通，还不时加进一句英语的人名或术语。说着说着，他已经完全说乱了。最后他说："一天两天绝对说不清楚，反正我们原先知道的那些画家，早都过时了。我跟人家一提，人家都笑我，还说那些过气的人物已经想不起来了。"说到这里，他眼睛里闪着兴奋的光芒，好像只有他上过月球。

罗潜却说："这也并不新鲜，就像他们对我们的绘画，最多知道石涛八大，现在的画家他们还能知道谁？能知道云天吗？"

罗潜这句话叫屋里热烈的气氛略有一点的小停顿，他有点不爱听洛夫带着炫燿的夸夸其谈？可是他为什么要提云天？在昔日亲如兄弟、相濡以沫的三剑客中间，罗潜不仅因为年长几岁，在人品之正、见识之远、思考之深等等方面，更具威信。云天敬重他，洛夫更是如此，可是这七八年来，云天与洛夫都以惊世力作为画坛所瞩目，惟有罗潜依旧默默无闻。三座野山，两座都已丰腴盛大，光鲜夺目，只有他这一座仍是一片荒芜与沉寂。他心里靠什么才能平衡下来？在十多年前那个至暗年代，他们靠着的是对艺术一己的挚爱与自信，现在还行吗？那个年代彼此没有比较，没有差别，没有高低，没有社会认可，现在正好相反，艺术不仅是个人爱好，还是社会事业。谁经得住世俗社会势利的眼光和评价标准？

云天心细，每每与罗潜相见，分外小心与留意，尽力保持昨天相处一起时的那种感觉。洛夫人粗，再加上现在又是自我感觉极好，完全没有顾忌到罗潜的心理。他打开一个箱子，这箱子装的全是画集，有的是博物馆藏品集，也有的是某位画家的专集，他一本本往外拿，同时介绍这本画集的价值，那口气似乎只有他懂。他顺手还把两本画集递给罗潜，说："这两个画家，一个是达利，一个是夏加尔，你必须看，不能不知道！"这话像是对他的学生说的。

罗潜站在那儿，没有伸手去接。云天反应快，马上接过来，笑道："我也想看呢。"

洛夫带回的画册真不少，整整一箱子，大大小小至少四五十本，堆满客厅的沙发与茶几，挺壮观。这些漂亮的洋装的画集散发着一种气味很强的书香，洛夫说："这些画集你们想看，就拿去看，随你们挑。"他很大方，慷慨，又像个富翁。跟着他拉过来另一个旅行箱，箱子上贴满五光十色的城市标记，每个标记都像一枚徽章，奇形异状，十分新鲜。他说："我给你们每人带了一件礼物。"说着把箱子打开。

随着箱子的打开冒出一股很好闻的香味，好像里边全是奇珍异宝。他把千里迢迢带给朋友们的礼物一样样拿出来，他送给云天的是一条领带，理由是云天要应酬的场合多，这条深蓝色的带有紫红色暗花的领带，的确高雅又庄重，云天很喜欢。他给隋意的礼物是一个用细丝带和花纸包装得十分优美的小盒子，他不叫云天打开，要请"嫂子"自己打开，但他忍不住说出里边是什么东西。他说这礼物是一条丝巾，他在大都会博物馆买的，图案是大都会所藏莫奈名作《睡莲》的局部。他说隋意肯定会天天戴。云天笑道："她不一定舍得戴呢！"

送给一个人孩子的礼物，一定比送给他本人礼物更令他欢心，当洛夫从一个漂亮的迪士尼乐园的手提塑料袋中抻出一个很大的米老鼠时，云天忍不住说："我的小怡然这次真的要疯了！现在电视正播米老鼠唐老鸭的动画片呢。"这句话叫洛夫也十分高兴。

这时，洛夫很神秘地从箱子底部抽出一个深灰色的纸袋，递给罗潜，说："送你的，你准喜欢。"

罗潜迟疑一下，好像不是很情愿地拿在手里。他从纸袋里拿出一个纸盒，上边全是外文，只听洛夫说："英国温莎牛顿的油画色！世界上最棒的油画颜料！保管你一挤出来就想画。咱们绝没有这么漂亮的颜色！"

没想到罗潜说："这么好的颜料我用是浪费了，你留着用吧！"他顺手把颜料放在身边的小柜子上。

出现一点小的尴尬。又是云天把话接过来说："干吗客气，他用才是浪费呢。"

随后又扯了一会闲话，洛夫依然兴致未减地大说他此行的各种奇闻。云天看到罗潜脸上有一点不耐烦的神气，便对洛夫说："我们已经来了不少时候了，该走了。反正你一个月的故事，一两天也说不完。找一天我们再来。"

洛夫拿出一个图案新奇、色彩艳丽的塑料大包装袋，把他送给云天一家的东西放进去，云天把洛夫送给罗潜的颜料也放进袋子里。待他们离开时，洛夫说："哦，差点忘了，还有给罗潜看的两本画集呢。"

罗潜说："下次再说吧。"

云天又抢先接过画集放入袋中，顺口说了一句："全交给我拿着吧！"

他俩从洛夫家里出来后，罗潜很长时间沉默着。云天忽然发现他的鬓角有一些发白，他的心一动，没想到身边的朋友头上竟然出现了白发。他今天从罗潜对洛夫的态度上，头一次感觉到他的一种过度的自尊。过度的自尊常常是自卑者自我保护的躯壳。看到自己一向敬重的朋友居然表现出自卑来，心里难过，又无奈。他应该与他披肝沥胆地谈一次，但从何谈起呢？是不是会遭到他的拒绝？可是要真正进行一次深切透彻的交谈，就必须扯开自尊的屏障。罗潜对他是不是也有这样的或明或暗的屏障呢？自从他搬回睦南道，他很少来找他。他约他，他总说他太忙，这是不是有意与他渐渐疏远的一种借口？

在一个路口，两人要分手，云天要把洛夫送给罗潜的油画颜料和画集，从袋子里拿出来给他，罗潜显得很淡然，说："这些画集哪儿都有，我全看过。颜料我用不上，你拿去用吧。"

云天说："你怎么糊涂了，我又不画油画。人家送给你的，你不用谁用？画集我拿去看。"说完，他把油画颜料硬塞在罗潜手里。他觉得罗潜从来没有这样别扭。

罗潜忽然说了一句话，叫他吃惊。他说："洛夫和咱们——"他停了一下接着说，"至少和我愈走愈远了。"

他说完，没有继续解释这句话。

云天还在怔着，罗潜已经走了。

第二天正好是周日，楚云天一家欢欢喜喜去洛夫家，首先是为了表达谢意，云天提着一兜水果，隋意戴着那条莫奈《睡莲》图案的丝巾，小怡然抱着那个不时亲一下的黑鼻头、红裤子的大米老鼠。一家人光鲜靓丽地走在路上，不时地招人观看。

礼物叫人高兴，自己更高兴。洛夫说："说实话，我在迪士尼看到米老鼠就想到了小怡然。"

隋意叫怡然亲一下洛夫作为真心的答谢。

洛夫对隋意说："丝巾喜欢吗？"

云天抢先笑呵呵地说："昨天翻来覆去变换样子戴，差点没戴着这丝巾睡觉。"

洛夫说："嫂子，说真的，这丝巾特别适合你，雅致、柔和又高贵。"

云天笑道："你这是夸你嫂子，还是夸丝巾。"

隋意说："洛夫知道我最喜欢莫奈。我最崇拜梵·高，最喜欢莫奈。莫奈有一种温柔，而且是博大的温柔——叫人感动。"

洛夫说："这是夸云天呀，云天就有一种博大的温柔，又有才气，还能干，不然哪会有那么多女孩子喜欢他呢。"说到这里，他忽然觉得自己有些失嘴，马上改口说："不过云天的温柔只给嫂子一人。"

小怡然插嘴说："还有我呢。"

这把大家逗笑了半天。

随后的话题又是美国。洛夫已是不离美国了，足足聊了两个小时，直到他们高高兴兴地离开。云天顺便说了一句："你有空咱们再去罗潜那儿聊聊。"

洛夫说："我正想和他好好说说国外艺术界的情况。外边真是另一个世界，我们过去知道的只不过是个旮旯，还是一百年前的。"看来，他对罗潜昨天的反常并不敏感。

云天说："不过，我要提醒你，你和他说话时注意一点方式，不要把他当做什么都不知道。"

"就是不知道！"洛夫说，"他也不能闭目塞听，现在世界多开放！我在纽约和波士顿的美术学院还看到了在那儿学画的中国学生，一看他们的画，我都傻了。将来我们的画会是什么样，不可想象！"

云天没说话，他感到，他的两个好朋友的艺术观已经南辕北辙，相去千里了。

他们的话隋意都听到了。回去后，隋意对云天说："你要再去提醒一下洛夫，说话留点心，别伤了罗潜的自尊。"

云天说："我想到了，可现在艺术上最开放的是观念，到处全在争论。你看文学界，最火的杂志是《作品与争鸣》，《大众电影》一半篇幅是争论文章，我们画院里也是各种不同的观点各走极端。观点不同，有争议，有冲突，也许正是好事，愈有争议思想愈活跃，愈坚持己见愈有个性。如果把自己隔绝起来，就会被时代抛掉。毕竟时代不同了!"

云天说话时,心里却浮现出一个影像:三剑客并驾齐驱,终于来到荒原上一个许多条道交叉的岔口,虽然从无夙怨,也未有过节,但他们忽然无缘无故地散开,相互也未作别,却各纵一骑,分道扬镳了。

四

人生如江河奔流不息,年华如季候不断更迭,景象随之转换,物是人非,风光不再,谁也无力挽留。

在春天将去之时,人们一往情深的伤春惜春;在秋色凋零之时,人们再三悲秋挽秋。但是,最终不还是要无奈地目送它们渐行渐远直至消逝吗?

然而,这春去冬来,也许恰恰就是岁月与人生的本质。岁月不能停住,人生无法定格,你能留住头上的青丝和脸上青春鲜亮的容颜吗?即使勉强地留住一些,心里却早已布满了细细的人生的皱纹。

在人生漫漫长途上,童年、少年乃至青年时的挚友能陪伴你多久?当年你们志趣相投,志同道合,歃血为盟,桃园结义,你以为可以终生不弃,永远相好如初。可是随着时代的风云变幻,生活的目标改变,切身的环境更新,再加上这中间个人命运的挫折,这些都会使你曾经的伙伴一个个离你而去,也使一些不曾相识的人物顺理成章地走进你的生活;成为你新的同伴,与你相知相交,甚至与你休戚与共,并在一个新天地里共同奋争与追求。

人生就是这样,在这些新的伙伴与你并肩前行的同时,昔日的好友也就自然而然地与你彼此淡漠、相互疏离、如日西去,最终不知不觉之中退出你人生的路。

不管你是否还去念旧和怀旧,在人生漫漫长途中,不同时代一定有不同的伙伴,你的身边一定不断更换一些新的面孔,参与你不断更新的生活——特别是你对生活充满了全新的希冀和理想的时候,你的人生舞台会一下子跳上来许多笑脸相迎的新人。

楚云天偶尔会关切到一些昔时的朋友们,就像当年从大地震的废墟里爬出来后,做的第一件事就是骑着一辆破车在城中到处奔跑,从一个朋友家到另一个朋友家,害怕失掉每一个朋友。

如今这些朋友大多进入了他个人的历史,被他的心所收藏。

徐老师家那个经常的令人怀念的小小而自由的艺术聚会,像一张发黄的老照片,夹在他记忆大书的某一页里。自从徐老师在地震中股骨头摔断后再没有起来,三年后便撒手人寰。名人的历史清晰地记在文字中,凡人的历史只是可有可无地保存在彼此的记忆里,但那一段艺术家们的生活,究竟曾是城市一个寂寞的角落中的美好,它不会被云天忘掉。

大地震后,有两个人一直未见。一是苏又生,他曾打过电话给云天,说他被北京一个单位借调过去撰写戏剧史。电话中云天向他询问地震中那些葬身在友人家的藏书,后来是否寻回一些?老苏笑道:"不管它了,现在什么书买不到、看不到?"听他轻松的笑声,那一页沉重的历史好像真的掀过去了。老苏自借调到北京后再无音讯,后来听文化局的人说他已被正式调到北京艺术研究所工作，户口也进了北京。他离开天津时怎么也没和他言别，哪怕打个招呼。他也和罗潜那样有一点心理障碍吗？

心理的问题看不见摸不着，没有办法化解，可是如果放在一边不去理它，一切就全过去了。

再一个人是延年。大概是1984年，他在解放路莫斯科影院旁的展览馆看过画展出来，一个人从身后拦腰把他抱住，劲儿很大，尤其两只手特别有力，他扭身看怎么是一个外国人，再一看，叫道："是延年吗？"

这人笑着说："当然是我。朗费罗！你更帅气了。"

至少七八年没见，他非但没有变样，反而更年轻一些。他头上的卷发闪闪发亮，快活的眼神是原先没有的，好像一阵风把他眼睛里的阴云全吹跑了。他告诉云天，他就住在马路对面，非要拉云天去他家坐坐，还举起手指绕一个圈儿，像是要送给云天一个礼物那样。他说："你跟我来吧，我给你弹一支曲子。"

如果没走进延年的家，还真不知道天津有这样的房子，就像他当年住过的墙子河边森林般立满木柱的顶屋那样。解放路在1949年前叫做中街，一百年前是各国租界内最重要的一条街道，由最北边海河起始向南，竖向穿过法、英、美、德四国租界，各国金融、商贸、媒体和行政管辖部门都集中在这条街上，许多建筑门前都是一排高大的石雕的罗马柱或高台阶，看上去严肃又威严。这四国租界之间的分界，单从房屋的样式上也一看即知。延年的房子地处美租界这一段，由于当年美国人忙着南北战争，这里一直由英租界代管，不少建筑都具有英国的古典风格。

这房子很高，基坚壁厚，楼内装饰使用的是灰蓝色大理石。叫人好奇的是，楼道的顶子画满西洋古典风格的花鸟和动物图案的壁画，居然还全都保留着。只是没人爱惜，许多住家做饭用的炉子放在走道内，终日烟熏火燎，大都昏暗发黑。大理石的地面与楼梯大都狼啃狗咬，残破不堪。一百年前这里一准是一座非常漂亮的房子，至于它最初做什么用的，没人能知，这就是历史，历史全经不住细问。

延年开开门，进去后先给云天介绍他的妻子和儿子。哦，他结婚好几年了。他的妻子和儿子是更纯的外国人的模样。妻子叫刘巴，儿子叫维拉。刘巴个子不高，一看就是俄国姑娘。儿子是个标准的洋娃娃，满头金色卷发，亮晶晶的蓝眼睛，十分可爱。

可是，延年现在的住房远不如他原先山西路那里的房间大。虽然房顶很高，但只有窄窄一条，这端是一扇沉重的门，那端是一扇高大而竖长的窄窗，窗内是一道方格状的铸铁栏杆，屋内光线很暗，阴森森，像是一个关人的地方。延年说，他母亲故去后，他换房到这里来，一是因为他和刘巴都是外国人模样，住在接近天津老城的山西路那边总有麻烦，不如老租界区里，总还有一点外国人，不太扎眼。二是为了这架琴。延年说，琴比房子更重要。自从大地震把四川路那房子震毁，放在地下室的那架琴被压垮，他再没有地方找到一架琴，那一阵子他失魂落魄，幸亏这架琴"等着"他。

这架琴在这房子里放了多久，没人知道。房子几易其主，都因这架琴太破又太重，没人要，一直扔在这儿，后来一个房主喜欢音乐，想叫儿子学琴，找到他来教。他非常高兴，他来教琴的目的，并不只是为了赚教课费，更为了饥饿的手指能够触动与神明交流的琴键。可是这房主的儿子不肯学琴，延年怕再也找不到一架钢琴，便想出一个令世人不可思议的办法，用两间大房子换这间小小的"牢房"加上一架谁也不要的破琴。

可是那时代，整座城市的民间恐怕只有这一架琴了！这简直是一个奇迹！

延年说："这样，我可以随时进入天堂了。"

云天听了，感动至极。凡是献身给艺术的都叫云天感动。

延年为他谈了一曲巴赫《平均律曲集》的《C大调前奏曲》。云天顿时觉得自己不是身在斗室，而是坐在飘在空中的白云之上，享受着清风、阳光，惟宇宙才有的永恒的宁静。

所有艺术中，只有音乐能有这样的神奇。

晚间他把巧遇延年的事告诉给隋意，隋意说，为什么不请他给小怡然做钢琴家教呢？云天说这是个好主意，他希望女儿有音乐修养。隋意说，音乐还可以帮助心灵。在她美好的想象里，出现一个画面，在楼下客厅的一角放一架不大的黑色的三角琴，小怡然头上扎着一个粉红色的蝴蝶结坐在琴前，就像自己童年时，妈妈教她练琴时那样。女人的情感总是比男人更浪漫。

把想法变成现实往往不会一蹴而就。等到他们决心买一架琴，就要云天先去找一趟延年，征得延年的同意。可是，这次他敲开延年家的门时，开门的人竟是一个下巴黑乎乎生满胡茬的老汉，一问方知延年几个月前搬走了，再问是"回国"了。他将信将疑，又问那架钢琴，对方回答得很干脆："那东西没用，占地方，处理了！"这口气就像扔了一堆破烂。

云天专门跑去找一趟洛夫。洛夫说："自从地震后咱们去看他那次，我再也没见过他。我不是告诉过你，他爹是白俄吗？现在苏联解体了，白俄的事不再算事了，说不定人家回国继承遗产去了呢。"

人与人的故事有时拖得很久，有时忽然中断，没有原因，充满偶然。

这个人从此也从云天的生活中蒸发了。

只要你在往前走，一定不断有人从你身边掉队，走出去；还会有人加入进来，跟在你的身旁。

谁的生活都是这样。

从你身边悄然离去的，总是不知不觉；不断加入进来的，总是光鲜、新奇、切身、充满魅力。

在八十年代，云天如日中天，几乎每天都至少会认识一位新人，画家、记者、编辑、崇拜者、各色各样的陌客与闯入者，朋友的朋友、熟人的熟人等等。当然，有的人只是一面之交，握一次手而已，但不要以为这种生活会变得轻浅、飘浮、过眼云烟，它也许正是开放的新生活的一种必然。能不能从中找到有分量有价值的东西，还要看你自己。

那个时代，文坛有点发疯，几乎天天都可以听到一位崭露头角的年轻艺术家的名字，听到一本为人称道的新书的书名，听到一个艺术思想上的奇谈怪论。由海外翻译进来的哲学、文学、美学、文艺理论，日见其多地堆积在中外交流的文化码头上。云天已经被推到一个副院长的位置上，在画院主管理论与作品的研讨与批评。他一个月至少组织两次研讨会。有一位在社科院供职的批评家，名叫肖沉，身体强壮，络腮胡子，极其健谈，据说是鄂伦春人。他是个怪人，每次会议上都能发表叫人吃惊的新观点，说出一些闻所未闻的艺术观，还有许多陌生的国外理论家的名字。叫人觉得他学问之大，思考之勤，不可思议。有能耐的人免不了遭人嫉恨，有人说，此人每次在会上所讲的那些奇谈怪论都是为了唬人，都是头一天晚上从某本刚刚翻译出版的新书上看来的。云天笑道："看总比不看强，至少刺激我们去思考。"

在那个标新立异的时代，没人安于现状，没人坐得住，危机感是人们潜在的动力。有一次，云天把研讨会确定为"什么是作品的永恒价值？"。在设定这个题目时，他有一种自我怀疑的潜意识，他想从别人的唇枪舌剑中得到启示。

近来，他开始隐隐地出现一点彷徨。

有一次，肖沉对他说："你该从《解冻》走出来了。"

这话触动了他。他已经想到了这一点，自己不能总站在《解冻》里。可是他怎么从《解冻》走出来？几年前，人家对他一提《解冻》他就有一种骄傲感；《解冻》是他的光环，佛的背光。现在感觉不同了，好像那幅画只是别在一个老兵胸前的一枚彰显昔日战功的勋章而已。反过来这不又是他失去创造活力的一个见证吗？他渴望新的高度，可这高度刻在什么地方？

这些话题他已经无法去和罗潜讨论了，罗潜与他完全不在一个世界里活着。

与他可以经常交谈这些话题的，是画院中那位年轻的画家余长水，这个年轻人正处在一匹骏马突破围栏之前东闯西撞的状态。他每次到云天家来，都带来近期一些完全不同的画，还有一些大胆的思考，他喜欢与余长水追本求源地讨论各种艺术问题。楚云天比他年长，拿他当做忘年之交。

一次，他忽然问余长水："你不断地做各种试验和创新，为什么？我不希望你为创新而创新，你到底想追求什么？"

"不重复自己。重复就是止步不前了。"

云天想了想，对他讲一件事。一次在北京一个活动中，见到吴冠中先生。吴先生问他："你的画从来不重复吗？"

楚云天说："是的，除非对这幅画有了新想法时才再画一次。"

吴先生点点头说："我是从来不重复的。"他沉了沉又问，"你为什么不重复？"

楚云天说："文学就是不重复的，一个作家不可能去写同一篇文章，甚至同一句话。"

吴先生听罢笑了，点点头，走了。

云天讲完这件事。他说："你说得对，重复对于一个艺术家来说，就意味着死亡。这也是现代的中国画一个必须面对的问题。曾经有一位法国艺术家问我，为什么中国画看上去彼此相像？"

余长水问："为什么？"

云天说："这个问题太大，涉及到历史、哲学、审美习惯和国民性等方方面面，我们将来再讨论。我现在想说，不重复不是视觉的需要，是我们内心的需要。元代画家从宋画中蜕变出来，因为他们要'写胸中逸气耳'——这话是倪云林说的。作家要写作，是因为他们心里总有一些活生生的人物、难以遏制的情感、苦苦的思考，给他们压力，叫他们不写不行，不写寝食难安，他们才写。如果心里没有压力，他怎么写？为什么写？"随后两句他是针对余长水说的，"总不能为写而写，为不重复而不重复，你说对吗？"

余长水点点头，他进入思考。

云天喜欢这样谈话，通过交谈，去深究一个问题，或为了使自己心里某些暧昧的东西一点点明晰起来。

他虽然还没有出现危机，但对自己艺术的未来已经开始有一些担忧了。

一个力大无穷的人，用了一生的劲儿，可能搬错了一件东西。如果最终才发现就晚了，这需要旁人早些提点。

于是他需要朋友，真正的朋友不是为你弹冠相庆，而是在人生的岔道上帮你看清去处。

一天，他才刚访问日本回来，忽然接到易了然一个电话。话筒里的声音沙哑却兴奋，明显还有一股酒劲儿，只是话筒里闻不到呛鼻子的酒味儿。他叫云天快到黄山，他画了许多幅黄山烟云，请他去看。从他得意的声调与口气中相信这些画很好，一个人的画叫自己如此激奋，必定有什么特别的心得。云天转天就带着余长水，买了机票飞到黄山。刚到出口，只见易了然和黄山画院几个人已经站在那里等候他了。易了然在中间，双腿叉开站着，交盘着手臂，头上乱发飘拂，那样子真非凡人。

他们下机就上黄山，他急着看画，易了然也急着叫他看。

一看确实叫他震惊。这些画全是四尺或六尺整纸，水墨以外加上一点螺青与赭墨，干笔皴擦，大笔濡染，云影松影和烟形云状都是在宣纸湿的时候画上去的，墨由水洇，笔随水变，却形神俱在。实处伟岸峻拔，虚处飘渺如梦。那些在山崖绝壁上，幽谷深涧中，浮动着的烟雾，全都似有若无，或隐或现，变幻莫测。他惊奇于易了然画出了云烟的厚度；厚如堆雪，薄似轻纱。在这轻纱一般云烟中竟然半隐半显又犹然可辨地透出后边的峰峦树石！如此神奇的烟云谁画过？怪不得他昨天在电话里又喊又叫。

这绝非只把黄山之美逼真地搬到纸上，而是把黄山之奇升华为人间仙境呈现出来。

楚云天禁不住说："别人画眼中的黄山，你画心中的黄山，梦中的黄山。别人画的是形，你画的是神。说一句不虚之言，这些画上了光明顶了！"

易了然忽然两臂一拢，双掌相击，"啪！"地一声极响，几步过来把云天拥抱一下，居然落下泪，但什么话也没说，一扯云天的胳膊说："走，喝酒去！"

酒桌上，全仗着余长水连推带挡，还一杯杯代饮，才使云天没有烂醉。但云天看到了这位徽州鬼才如此卓绝的才气，心里高兴，也禁不住自己几次举起杯来，主动把酒倒进肚中。

虽然都带着醉意，说的话并不糊涂。云天与易了然都说要合作一组画，说到题材，易了然说："我有个好题目，就画那个张明敏歌词里的那四样：长江、长城、黄山、黄河！"

余长水马上说："这好，这四样正好中华民族的象征。要画就画丈二匹的大画！"

楚云天激动得站起来说："长江黄河，一南一北，两条民族的母亲河。黄山是华夏奇山，长城是人类最伟大的建筑。而且，两动两静。黄山长城是静的；黄河长江是动的！"

余长水说："还是两横两竖，黄山长城是竖的，黄河长江是横的！"

"啪！"易了然一拍桌子，他比云天更激动，他沙哑着嗓子叫道："画了！云天画黄河长城，我画长江黄山！"

云天随之大声说："色彩上，长江是蓝的，黄河是黄的，黄山是绿的，长城带点朝霞，偏一点朱红。"

易了然接着叫道："你的黄河长城偏暖色，我的长江黄山偏冷色。"

两人你一句我一句，说得这几大幅画好似已经横在眼前。

这叫大家兴高采烈，豪情万丈，一起举杯，把桌上的杯中酒、壶中酒全喝光。

云天从来没经过这种场面，画画的事竟然如兴兵出师一样豪壮。

云天和易了然互不食言，各在自己家中作画。为了保持四幅画之间的谐调，在他们之间传递一些重要信息的事，全由热心肠的余长水跑来跑去。转年春末，展览在北京美术馆开幕，对画坛的惊动一如惊雷，观看展览的人挤破了头。这是云天在《解冻》之后"第二个春天"，同时，这一来也叫画坛见识到一位不应埋没的翰墨奇人——徽州才子易了然。

五

在外人眼睛里，进入了"第二春"的楚云天风光无限。

他把自己的春天从十多年前一直延长至今天，依旧是旖旎与光鲜，这足以显示他毋庸置疑的实力。一方面又是天天访者不绝，压力十足；一方面是更多各种名誉头衔往他身上挂，他书架最下边一层已经塞满各种荣誉职务的聘书。最叫他烦恼的是，这些社会上各种貌似正经的游戏不能完全拒绝，倘若接受了就必须在自己时间的袋子里塞满别人的各种乏味的玩具。

有时他必须戴上这种社会面具，假模假样地去出头露面，给别人的场面充当花瓶。名人是属于社会的，这是社会生活的一部分。古今中外全都这样。

美协换届时给他一个副主席的头衔，这个光环带给他的又是一系列的出席活动、讲话、颁奖、剪彩、为人写序、题写书名、题字，以及一脸假笑陪同官员们坐在主席台上的差事。这是他当年坐在三剑客的那个自由自在的小沙龙里绝没想到的事，荒诞得叫人发笑的事，也是他现在必须一本正经地来做的公务。虽然世俗，却不能将自己置于俗世之外。你以为你努力的结果是愈来愈主动，现在却愈来愈被动。你清高自许，你孤傲，你超然，你能够真的一点也不食人间烟火吗？与世隔绝吗？身居闹市如在深山吗？除非你像罗潜。可是，

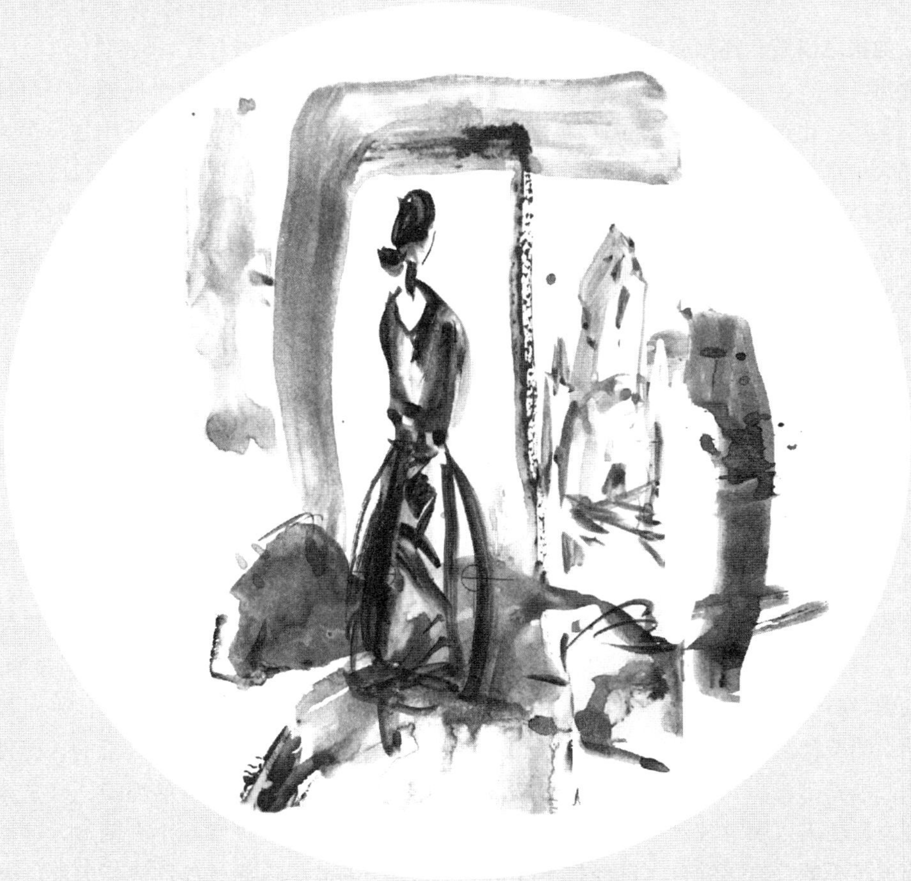

当今的罗潜真的心安理得地接受了他的现实吗？还是不得已把"自尊作为自卑的躯壳"？

没人能知道这个看似志得意满的楚云天内心里最真实的想法。

一次，隋意说他："你可愈来愈有点俗了。"

他报之以笑。连隋意都不知道他笑中的含意。

其实，比这更深一层的苦恼倒是他这次《大山水图》展览之后，他感到自己的一种终结。他有一种终结感。

从《解冻》到《大山水图》，他的确画出一种过去不曾有过的山水，即把对一个时代宏大的精神与气息升华出来，融入一种具有历史和人文意义的大自然景象中。但是下一步他该踏向何处？

他这个人对社会有一种作家的敏感，也有作家那样的思考，所以，他感到这急速发展的社会正在发生一种本质性的改变。在迅速的市场化的过程中，社会愈来愈缺乏整体的精神，缺乏精神的纯粹性，浮躁、功利、拜金、享乐主义、个人主义、庸俗社会观、时尚、流行文化等等渐渐主宰了生活。消费社会的物质至上，使得人们不再关心纯精神的事物。同时，画坛和文坛都在盲目地陷入西方现代主义模仿的热潮中而浑然不觉。他感觉自己已经抓不住这个时代了，找不到时代的精神和生活的魂了；他已无从感知这个已经渐渐变成光怪陆离碎片化的社会了。

有时，他会把这些想法，说给余长水和肖沉。肖沉有时偏激，有时却出奇的准确，有深度，他是少有的能思考的人。肖沉听了没说话，第二天带给他一本书，是弗兰克·富里迪的《知识分子都到哪里去了？》。过些天，他去英国交流，顺访剑桥，他与剑桥的三位教授一起共进午餐时，他说很想与他们谈谈知识分子问题。其中一个教授笑了，说道："还有中国人有兴趣与我们谈知识分子问题吗？你们来剑桥的人与我们大多是想谈合作，谈项目。"

他们也没兴趣谈这个问题。一个社会如果没人关心知识分子问题才是一个大问题，是不是全球化时代的话语权已经跑到权贵一方，没有知识分子发声的席位了。

在这样一个时代背景下，绘画是不是正面临全新的困境？至少他愈来愈感到，自己原先那条路已是到了尽头，成为过去时。

他在审视自己，也在预感自己。

一个人肯定会比别人先敏感到自己，对自己失去自觉的人是另一种死亡。

他面对镜子扎好领带，外边穿好一件银灰色的西服。这身灰西服和深蓝色、有紫红色暗花的领带以及雪白的衬衫搭配起来，爽眼又大气，他觉得自己很英俊洒脱。自我欣赏带给他一种好心情，他平时最烦西服，他认为西服是穿给人看的，而且拘束；他说领带是拴牲口的绳子。可是今天不同，今天是洛夫举办个人画展，请他来参加开幕式，还要致辞。他要为这位老朋友加力使劲，必须郑重其事，把戏唱好。

车子刚到解放路艺术博物馆门口，隔窗已看到那里车水马龙挤满了人。刚刚把车停了，便有人从外边打开车门，猫腰探过来的第一张脸便是喜笑颜开的洛夫，他穿一件很时尚的花格的西装式外衣，没系领带，一头卷发，看上去像个时髦的牛仔，身上还有香水味儿。洛夫一把将他从车子里拉出来。他有点发蒙，这么多人，有的认识，更多人不认识。很多记者端着相机对着他拍照，还有人叫他的名字。

洛夫拉他进了大门，开幕式在门厅，靠墙摆了至少六七十个一人多高的大花篮，他哪里拉来那么多庆贺与后援单位？洛夫对他说："画展在里面，咱先把开幕式搞完，再去看展览。大家都等你呢！"

云天说："听你的。"说完随着洛夫走，一边和人群中伸过来的许多手握个不停。

从主持人介绍的嘉宾，可以听出洛夫今天邀请官场的规格之高和各界名流的力度之大，云天不明白的是怎么还有那么多大企业的老总都来捧场。

当主持人把云天请上去讲话时，高调地渲染他担负的各种荣誉职务。尽管他不喜欢他们这么做，现在为了烘托洛夫也未尝不可。讲话时，他还没有看展览，不知道画展的内容，他想肯定包括洛夫那些成名作和代表作，因此他从《五千年》《深耕》《呼喊》等名作，历数洛夫在当代画坛做出的建树，赞美他的才华和开创性，并给予他的未来送上美好的鲜花般的祝愿。他的口才一向出众，讲得又好，但他从观众的表情上总感觉自己的讲话与今天画展的内容有点隔膜。待到展厅一看，才明白原来自己的致辞与展览的内容有些文不对题。这次洛夫的画作居然改天换地，全是现代的抽象作品。他许久未去他的画室，不了解他对自己发动了如此巨大的一次"艺术政变"。他有点摸不着头绪，但他强烈地感受到他的大胆，他的勇气，他的开放，他本质上的那种粗粝与豪放的才气，尤其在色彩上表现得有点放肆。当一些记者现场采访他的观感，他一时不知该怎么评价这位忽然闯入现代主义的老朋友了。他惊讶洛夫一步跳出去那么远，是艺术观的改变，还是赶时髦？反正如今画坛已是谁想叫人关注，谁就做时尚的弄潮儿。

这时，余长水在旁边正对洛夫说："洛老师您这组《红色年代》标价真够高啊。"

楚云天这才发现，墙上每幅画右下边的说明牌上竟然都有标价，在这样正规的艺术展览上，对画作做出明码标价也算一个创举了。云天细看这幅画，有点荒诞，一块米色的画布只画一块四方的平涂的红色，红得很鲜，但没有任何变化，只是方形红色在方形画布上有些倾斜，看似要倒，这一边的轮廓有两三笔粗野狂放、彰显功力的笔触，如此而已，再一便是下端有一行黑色的外文签名。他看不出所以然。这时，在洛夫扭身应酬一位嘉宾时，云天身后有一个压低的声音说："这幅画几乎就是马列维奇《黑方块》的翻版。"

云天回头一看，是肖沉。肖沉摇摇头。

在画展上，云天见到不少从北京专程赶来的美协和美院的画家，有的人很熟，有些人头一次见。那时代人们见面好递名片，很快手中就有一摞名片。他问洛夫，有没有邀请罗潜，并说罗潜更应该看看他这些画。洛夫说："我专门去给他送了请柬，还说你也来，但他说今天有事。"随后笑一笑说，"这人现在不知怎么，愈来愈怪了。"

云天发现在洛夫身边常出现一个女子，一会儿过来一会儿走去，每次都在洛夫耳边轻声说几句什么话。这女子个子很大，和洛夫差不多高；长得很艳，服装也很艳，眉目很浓，化妆更浓；一看就是精力足、能力强的人。她是这画展的操办人吗？洛夫忽然一拉她的胳膊，对云天介绍说："我的朋友，郝俊。"

云天一怔的时候，这女人马上说："洛夫常把您挂在嘴边。您是他的偶像。"不等云天说什么，她摆摆手就跑进人群。一个敞开、活泼、很外扬的女人。这是郝俊给云天的第一印象。

云天想问洛夫这郝俊怎么回事。洛夫又叫过一个人来，这人不高，四十多岁，黑黑的脸，皮肤挺粗，热情老到，看上去属于在社会上很有办法的那种人。经介绍，这人的名字有点俗，叫做许大有。洛夫说他是北京琉璃厂紫云轩画店的经理，办画展很有经验，人脉很广，非常能拉赞助。北京很多大家的画展都请他策展，他这次画展就是许经理一手操办的。洛夫说："人家许经理一直想结识楚大师，还很愿意给你举办画展呢！"

许经理说："我们都是您的崇拜者，我们店里还有您一位超级的崇拜者呢。"

"那会是谁？"楚云天随后说。有点好奇，但不适合追问，只是一笑而已。

洛夫展览的第二天，云天就带着余长水飞往广州，那里有一个海峡两岸书画交流的活动。云天之所以赶过去，是想看看台北一位名家的画。此人的国画在西方被广为接受。他带余长水来是想叫他多些见识，广交朋友。在广州，他与台北这位名家结识，相谈甚欢。这人人高马大，不像南边人，性情开朗，声音敞亮，无论人还是画气局都挺大。但他的画法并不高深，只是先把宣纸揉皱，再用半湿半干、亦浓亦淡的笔在上边皴擦。利用揉皱的纸的肌理，表现出许多奇异的偶然，也使画面呈现出一些抽象的意味。这种画比起传统画法所呈现的视觉效果全然一新，既是传统国画没有的，也是西方绘画所没有的，恐怕这正是西方人有兴趣的原故。可是云天见多识广，他知道早在七十年代黄永玉画彩墨的荷花就使用过这种画法，后来贝聿铭设计的香山饭店盖好，请法籍华人画家赵无极给香山饭店大厅画了两幅大画，用的也是这种方法，先把纸揉了再画。在云天的眼里，任何依仗技术效果上的出新，还都是表面的雕虫小技。所以他没在广州多耽搁，只待了两天便飞回来。

到家后的当晚用饭时，他兴致勃勃对隋意和怡然讲自己此次南行的见闻。隋意笑眯眯听着，忽然说一句："你不在家时，雨霏看你来了。"

"谁？"他蒙了。

"雨霏还有几个，你那个学生啊。"

"她怎么会来？"

怡然问妈妈："是那个挺好看的阿姨吗？"

隋意没理怡然，而是对云天说："她还是挺好看的，只是胖了一点。"

云天竟有些尴尬。他尽力使自己保持平静，问道："她来干什么？"

隋意说："她来帮洛夫办画展。那天你没见到她吗？"

云天说："洛夫没说她来，我也没见到她呀。我要是见到她，回来怎么会不说。洛夫只对我介绍一位给他办画展的人，一位许先生，北京紫云轩画店的经理。"

隋意依旧笑眯眯地说："前天，这位许经理也一起来了，他是雨霏的丈夫。"说完她看着他的表情。

楚云天露出惊讶，他不知该说什么。他呆呆看着隋意，有点尴尬。

隋意说："洛夫带他们来的，说是来看看我。洛夫说你回来之后给他打一个电话，如果许经理他们没回北京，要你去和他们见个面，他们想给你办画展。你就见见他们吧。"她的话里没有任何含意，只是把事情向他交待得明白而已。

由于有过去那件事，他一时不知应该怎么做。

怡然说："我和爸爸一起去！"

云天说好，隋意也说可以。

当夫妻间出现烟雾时，孩子是一把扇子。

云天与洛夫通过电话，洛夫说正好雨霏他们还在，过一天就要返京，于是他们约定转天下午在洛夫家见面。洛夫只说了一句："他们能帮你把画价卖上去。"

云天对卖画没有兴趣，这也是他与别的画家最不同的地方。那么，他去见雨霏难道是一种旧情使然？他自己也说不清楚。当年那件事使他、隋意和雨霏全都身陷困局，多亏罗潜与洛夫两位好友的帮助，才使大家都解脱出来。当时他决心再不掉回头再望一眼。可是，时过境迁之后，他偶尔也会想起过去。他当然不会再续写那个愚蠢的情爱，但是，过往生活中一些动心的片断进入历史后，便会变成难忘的画面。比如用两条手臂把两个日本陶瓶压在墙上的初吻，一次次相约时她站在什么地方苦苦守候他的样子，大雨中的疯狂，她那双有点斜视的目光中的忧郁……这些多像他读过的某一本小说过后某一个永驻心中的篇章。每当这个时候，他都想知道她的现在。如此而已，没有行动。可是现在她要出现了，是不是她想以给他办画展为借口，和他再见一见？

难道潜在他身上的多愁善感的浪漫本质又要被唤醒？

云天嘱咐自己，无论如何只见这一面，只此这一次。

第二天下午，云天带着怡然来到洛夫家。这时的洛夫家已经显得挺富有了，连沙发和窗帘都换了，繁复精工，追求豪华，略略还有点暴发户的气息。他们进屋时，许经理和雨霏都已坐在客厅里了，见他进来，全站起来。在她站起来一瞬的动作，腰肢微微一扭，叫他立即找到昨天的感觉。还是雨霏先说了一句话："大画家驾到了，我们恭候多时了！"

这句话把历史与现实明明白白分开，本应会发生的尴尬没有出现。许经理再掏出烟一让，一抽，相互一聊，楚云天原先心里那些怀旧的东西全不知跑到哪儿去了。

这屋里还有一个三四岁的男孩，竟是雨霏与许经理的儿子。这孩子圆头圆脑，挺黑挺壮，许经理龇着牙笑道："人都说这孩子不像雨霏，像我！"

雨霏接过话说："再生个女孩就像我了。"她说得爽快又直白。

云天有点吃惊，这完全已经不像当年那个文气、内在、有点害羞的女孩子雨霏讲的话。他注目她一眼，她确实胖了，气色很好，可是原本长脸怎么变圆了，尖尖上翘的下巴和长长的睫毛到哪里去了？当他与她目光相对，那种特别的有点斜视的眼睛里梦幻般的感觉好像也找不到了。当她对他说："现在特别时兴艺术经纪人的说法，我愿意当您的经纪人，我是您的学生，最懂您的画！"

云天笑了，一下子使他从遥远的过去回到现在，从虚幻的往事回到赤裸裸的现实中来。下边便是与许大有充满纠缠和反纠缠的功利性的交谈，从交谈中听出这位许大有完全不懂艺术，他最多知道李可染、黄胄、傅抱石、张大千等等这些在市场中大红大紫的画家名字，别的多不知道。每当说不下去，雨霏就来救急。他们更像一对生意上的搭档，雨霏原来是一个充满精神向往和追求品味的女孩子，她为何选择这样一个十足的小商人作为伴侣。她的人生究竟经过怎样难以想象的经历，究竟为了什么才违心地顺从了现实功利？当然，这和自己已经毫无关系了。

在许大有提出有人想用一辆原装的奔驰换他的《解冻》原作，洛夫居然还说，他如果不愿意，可以复制一张原作给那人时，云天觉得他们这次见面应该结束了。

同时，小怡然也有一点不耐烦，她受不了雨霏的儿子一刻不停地吵闹，乱翻东西，也没人管这孩子。

这次，云天与雨霏的告别，才是人生道路上的真正的告别。他没有嫌恶她，因为他看过太多的人被生活毁灭，他要坚守的是自己的艺术观不在生活的重锤下变形。

六

当一个人的生活很美好、心满意足时，便隐隐会有一点忧虑，担心生出岔头，担心失去现在。这并不一定是遭人妒嫉，被人算计，因为究竟生活不完全听任自己，还会陡生意外，防不胜防，有时根本无法预知和防备。

比如隋意，当初在她嫁到这个家来时，感觉自己是世界上最幸福的女人。她和云天从小就在一起，从来没有向往过另外一个男子。她喜欢云天的家，熟悉他家的一切，包括院里鸟叫的声音。云天的父母看着她从一个活泼的小丫头长成斯文的大姑娘，她也看着云天的父母从眼疾手快渐渐变成慢吞吞，她好像生来就是他家中的一员。没想到结婚不到一年，那场浩劫把她从这里撵了出来，蜗居到墙子河边那个狭仄又奇异的阁楼里。凭着她和自己兄长般的伙伴一起用心用力用美，把那小屋一点点改变为"天堂的一角"，但大地震又把这一切摧毁。她两次由有到无，再由无到有，一次次回到生活的原点。

然而，生活还是公平的，虽然反复而无情地戏弄了她，又一次次把甘甜的仙果恩赐给她。是因为她天性真纯，逆来顺受，从不抱怨生活，总是努力把生活有限的美好变得充盈？是她太爱她的家人和家庭？还是因为她总用着向美向善的心来化解枯燥的现实？

隋意认为现在的她的生活已经再好不过，她再没有任何奢求，只盼上天别再拿走。

她喜欢这座古老的英国式的房子，喜欢花园里几棵巨大的冷杉和湛绿的草地，喜欢和云天坐在树下的藤椅上聊天。那几张白色的田园风格的扶圈藤椅在绿色的院子里优雅又悦目。她从不在院子里栽花，她喜欢单纯而天然的绿色，而这绿草有情，不叫主人寂寞，从春天到秋总是不断开出不同颜色的细碎的小花。他们这座房子的左邻右舍也都有花园和大树，这一带鸟儿就很多，不时还会有鸟儿飞进屋中；更多进入屋中的是草木的气味，而比这草木气味更深郁的是老房子特有的气息，它叫人感到一种岁月的久远、幽深与沉静。

　　在这老房子里，她会恍然感受到夏洛蒂·勃朗特或奥斯汀笔下的某种意味。这些书都是她那个时代爱读书的女孩子们最痴迷的。

　　小怡然已经是大姑娘了，到了忽然变得寡言和矜持的年龄。她深受妈妈的影响，不好粉黛，喜欢素颜，不像一般女孩那样追求时尚，喜好捧着一本书静静地读着。依照她的提议，客厅的一半是上边抵达屋顶、下边落地的书柜。另一半挂着父亲的画，首选并不是《解冻》，仍是地震后从废墟中抢救出来的那幅旧作——三幢红色尖顶小楼的写生。这张画虽小，却在他们家庭中意义非凡。画上承载着太多不能忘却的记忆，是他们家庭的故乡与源头。在怡然看来，在客厅这个地方，有人生纪念意义的画更重要。

　　屋子的里角斜放一架小三角琴，怡然时而会弹一弹。当年错过了延年之后，一度从音乐学院请来一位钢琴老师，教了她一阵子。在隋意心里，她的琴声已是这老房子的一部分了。

　　她长得太像妈妈，清秀的眉目，小小而发亮的嘴，轻巧的鼻翼和光洁的脑门，细气又文气。只有身材像父亲，两条长长的腿，这就使十几岁的她已经亭亭玉立了。在这样的家庭里长大，一定奉艺术为神明。她没有随父亲学画，但对艺术史兴趣极浓。在中国艺术史上，父亲是她交谈的对象；在西洋艺术方面，她常和洛夫争论不休。不过她还不敢与肖沉攀谈。隋意已经开始为她留心海外学艺术史的名校了，打算早早地送她出国去读书和看博物馆，学艺术史必须通读中外。

　　自她上了中学，隋意不用再接送她，全心料理家务。她太在乎屋里每样东西摆放得是否得体，还经常调换房间的装饰，让自己心爱的巢总在更换情致。云天说她是"死不改悔的唯美主义者"。当然，最重要的还是要让云天衣食无忧。她为云天做饭、洗衣、熨衣、寄信、购物、收拾院子，这是他们在多年艰苦的生活中养成的勤劳，她从无怨言，一切一切理所当然。剩菜全由她吃，好吃的都用筷子夹到云天碗里，这样做好比天经地义。

　　朋友笑话隋意，说她太宠云天了。其实云天待她像一个小妹妹，生活中大大小小为难的事都不会叫她出头。

　　谁也无法说清楚他俩之间，谁更依赖谁。

　　隋意明白，当初雨霏的事也不是云天移情别恋，只是云天骨子里有一种浪漫，喜欢把自己的生活变成某部小说中一个美好的章节，他的确没有想过离开她。如果她真的离开了他，他的灵魂就会像一片孤云，四处漂泊。

那天，云天带着怡然从洛夫家回来。当小怡然气哼哼地说，那个黑脸的许大有想用一辆汽车换云天的《解冻》时，隋意大叫起来："他们想什么呢！拿个金山也不能换，除非将来捐给美术馆！"

楚云天很感动，真拿他的艺术当作命的还是隋意，这种价值观不是一般女人能够有的。当然，他也满意女儿。

虽然他们现在经济宽裕了，他们的生活一直保持着一种低调。他们赞成那句话：高调和低调是不同的活法。高调是为了活给人看，低调是为自己活着。他们不喜欢摆阔，炫耀，张扬，惹人注目，从不羡慕别人的富有。他们只喜欢美，因为美是自己心灵的需要。

美与财富无关。美可能是一束蓬松又别致的花，一曲动人的音乐，一种优雅的色调，一件物品摆在一个特殊的妙不可言的位置。家庭中这种美，并不期待所有来客都看到听到，只要自己感受到了就足矣。

怡然从小就接受了父母的一句生活的箴言：美的敌人不一定是丑，还有俗。

能使自己对俗具有排斥力的，是修养，也是一种教养。

这是这个家庭精神上的一个秘密。

为此，云天和隋意对财富从来没有刻意去追求，他的收入已经足够生活之所需。偶尔会卖一两张画，都是有人来找，自己从来不主动去卖，更不会送画到拍卖场。隋意对物质也没有奢侈性的追求，任何奢侈品对她都没有吸引力。她与他在一起几十年，她习惯任由他处理自己的事，她相信他的观点是对的。她记得他讲过的一件事——

云天有位朋友，是位有才气的老画家，名字很浪漫，叫做屈放歌。这名字来自杜甫那句"白日放歌须纵酒"，所以画案上总放着一壶酒，边画边饮。他这个人专画佛道神仙，历代高士，尤精仕女，传统功力很深，造型高古，线条遒劲，有点像明代的陈洪绶。他的画价颇高，是藏家们热捧的人物。

一次，云天去看他。他正发火，呼呼喘着大气，直把下巴的一绺胡子都吹起来。一问才知道，一个一直帮他卖画的人，骗走了他的一批画。这位老画家对云天说，他昨天晚上气得前半夜没睡着觉，后半夜全是噩梦，梦中都是恶鬼，跑来跑去。

这位屈放歌是个性情中人，他说梦里这群魑魅魍魉，全都丑怪至极。有的诡谲，有的怪异，有的狡黠，有的枯瘦如柴。他说："我要画出他们的丑态！扬州八怪的罗两峰不是好画《鬼趣图》吗？我也画一幅，再画个钟馗，把这些厉鬼全都捉住、杀掉！"

云天说："好啊，您的画十分精妙高古，但恕我直言，长期以来您画中的形象太定型了。如果您把这幅画画出来，肯定会冒出一些新东西来，画风也会为之一变。您画吧，我等着看，我充满期待。"

"好，你等着看！这幅画已经在我脑袋里。"屈放歌信心满满地说。

过些天，云天听说他画好了，去他家看，见面就问他："画在哪里？我要看，行吗？"

屈放歌说："当然！你来——"说着把云天拉到画室。

只见迎面的画墙上挂着一幅八尺整纸的大画,他感觉有点不对,定睛一看,原来是"十二金钗",这题材他至少画了一百遍,构图也全是大同小异。云天略带惊讶地说:"您不是说画《鬼趣图》吗?"

屈放歌哈哈一笑,对云天吐露了真言。他拍一下云天的肩膀说:"老弟,这你就不懂了,如果我的画这么一变,谁也没见过,就会认为是我的假画了。你知道如今社会上有我多少假画吗?"他伸出右手,拇指和食指用力一张,说,"至少八千幅!"

云天没再说话,他有点可怜这位犹然洋洋自得的老画家。回家后,他把这事讲给隋意,他说:"一个画家一旦叫市场绑架,就不会再有自由。"他又说,"画画任由自己,一旦卖画就必须听人家的了。"

这是云天一直与书画市场拉开距离的原故之一。

当市场热起来,云天自然就冷了下来。他安于这种"冷"带给他的宁静,使他能够尚心地去研究、画画、写作,过单纯的文人的生活。

他取得的成就使他不可抗拒的社会化。一个社会化的人,表面上盛友如云,实际上这些朋友都是散状的,走马灯似的来来去去,难有深交。尽管他不拿自己这些虚设的社会地位当回事,别人却很当回事,无形中与他就拉开距离。于是,孤独感像一个幽灵,时而会来到他的身上。还好,他有隋意。虽然隋意不能理解他那些深奥的专业思考,并做更深的交谈,但隋意有极好的悟性,能够在一些紧关截要的地方领悟他,成为他不可或缺的知音。所以他这么多年来,每幅画画好,先要听她的感觉;每写一些得意的文字,先请她读。

今天他有兴致画画。

他不喜欢画室太亮,喜欢树影重重时在屋内展纸挥笔。

他运笔在洁白的宣纸上,顿挫有力地画出一根苍劲的墨线,就如一条雄劲而茁壮的枝干伸展开来;然后从这枝干中生出一些长长短短的枝桠,有的清劲峻拔,有的艰涩迟疑;当一条长长的线顺畅无碍地抒展出去,他感到好像一种有灵性的思维那样信马由缰,恣意前行;这条长线行到一处,忽然分成两岔,各奔一边,脱缰而去;这时他意识到自己所画的,并非树枝,而是大脑中思维中图像。

人在思维中,大脑中各种的思维既混乱又有序,时断时续,穿插纵横。在一片繁复与纠结中,忽然从另一边又涌来一些缭乱又有生气的思维,如同一片纷披的枝条插入进来,占取了大脑中一大片空间,也雄踞到了画面的中心。

忽然,他从这相互缠绕和彼此交错的乱枝中看到一个缝隙:在那里,一根俏皮和富于灵性的枝条伸出头来,召唤着他,这不是他企盼中一个清晰的思维头绪终于出现了?

他从来没想到脑袋里理性的思考竟是如此壮美的形象。他把隋意喊来,叫隋意看,听听隋意的直觉。

隋意看画,他看隋意的表情。

他发现隋意的神情渐渐变得好奇。她对他说:"你画的好像不仅仅是一片树枝吧。"

这就是她的悟性。

他很感动,伸出左臂搂着知己的肩膀,

对她讲出自己画这幅画时奇妙的感受。后来，在一个画展上，他给这幅画起了一个画名，叫作《思绪的层次》。

七

自从郝俊进入了洛夫的生活后，洛夫就像长出了一对翅膀。他真需要这对翅膀，他觉得自己真的飞起来了。一切一切都飞起来了。

很多想法都实现了，过去不敢有的想法也冒出来了，也实现了。

这是一个精力饱满、活力四射的女人，永远不安于现状，永远保持进取的姿态，永远勇于索取，永远目光闪闪地盯紧看准的目标，永远行动并不知疲倦。她说坐着比躺着好，站着比坐着好，走比站着好，跑比走好。她干事麻利，自信，记性力强，判断果断，决定了就干，她喜欢同时干几件事，并能够把每件事都做得比圆满更圆满。就像一棵茁壮的植物，它的根须在土地下边扎得又深又远，好似一张大网，把大地的水分养分都吸进体内；它的枝桠极力伸向天空，也像一张大网，去网罗天下所有的阳光和清风。而且她决不会停下来，满足自己的硕果，她永远饥渴般地扑向下一个新的目标。

她这么辛苦，看不出任何疲倦，反倒更饱满更精神。头发又黑又亮，皮肤又红又亮，这一切都源于她先天的体质，也来自丰衣足食给她带来的能量。高高的发根使她露出雪白的粉颈，深陷的眼窝使她更显出鼓鼓的脑门。她小时候一定是个人见人爱的大娃娃。

她的漂亮，属于那种浓眉大眼的漂亮。化妆不求优雅韵致，只求靓丽夺目。她很在意着装的品牌，身上戴的，手里拿的，全要叫人看了眼睛一亮。

她曾在工艺美校学过设计，毕业后加入到一家民营的设计公司，出色的运作能力使她一年后升为副总。由于从事过设计，她懂得什么叫视觉的冲击力，她要使自己具有这种视觉效果，无论站在哪儿，都能扎眼地跳出来。这也是她的性格。

去年，在艺术学院工艺系的活动中洛夫就一眼看到了她，洛夫哪里知道那天她去学院，就是想撞上洛夫。她耳闻洛夫的大名，八方打听过洛夫的方方面面，她的生活需要这样的男人，就像一门大炮需要一个视野开阔的炮台。她二十七岁还没有结婚，就是因为她一直等着洛夫这样的男人出现。

于是，在他们之间，一开始洛夫就是一个猎物，她是超级猎手。这一来，大大咧咧的洛夫高高兴兴就进了她诱人又惬意的笼子。

洛夫缺乏生活能力，她却轻而易举扛起他的生活；洛夫的一些想法不知该如何实现，这些想法到她手里就会立刻变成现实。她还有本事放大他的天地，扩张他的声誉，翻倍他的财富。他佩服她、信任地、由着她。但只有一件事，出现了障碍。她认为他们必须从这个与其身份不匹配的公寓里搬出去。他不能与别人群居，必须独居。她看上了城西南一片新开发的大别墅，通体白色，房前临水，还有很大一个木构的亲水平台，她说这地方很像法国南部地中海边的那种房子。但这别墅价格很高，他们缺钱，唯一变通的办法是卖掉洛夫《五千年》《深耕》《呼喊》这几幅画。去年秋天许大有给洛夫办的商业画展战绩平平，一是因为现代绘画在当时国内还缺少知音，二是油画不如国画好卖。而洛夫这三幅代表作都是写实作品，还是新时期文艺的历史经典，必定能卖出大价钱。郝俊为卖好这三幅画，设计了一场堪称绝妙的专题拍卖会。她要把拍卖会办成一个文化盛事，连主持人都是高价聘请的央视名嘴，更关键的是她连买主都找好了。地点放在北京的一家五星级酒店。

她说这场拍卖会不但可以使他的生活一步登天，还可以再壮昔日的声威，让昨天的光照亮他的今天。

洛夫听了，心情高涨，可是当他把这几幅画从画柜里拿出来，心里就舍不得了。那些当年充满生命感的笔触依然叫他心动，作品是艺术家的生命——这感觉只有本人才有！何况这些画是他自己无法重复的历史，是人生少有的荣光与骄傲，是他曾经站在艺术最高峰上的见证，比他自己更是他自己。他舍不得卖了！

最坚决反对他这样做的是楚云天。云天骂他："拿你的心去换猪肉吃？疯了！"

洛夫陷入了两难之间，这就叫郝俊发火了，郝俊说："他楚云天在五大道有那么大一座别墅，当然什么也不愁。他要是住在咱这鸡笼子里，我不信他不把他那些宝贝画全卖了。"

郝俊最强势的手段是"以退为进"，她说她不干了，要亲手叫停这件离成功只差一步的好事，自己还要从洛夫的生活中撤出来，与洛夫挥手告别。反正她现在与洛夫只是同居，没有结婚。她很坚决，也很大度，她说决不要洛夫的任何东西，只是一走了之。她表现得光明磊落，好像一切都是为了洛夫，与她自己无关。

她这一下，洛夫就垮了，因为，洛夫已经不能没有郝俊了。在哪方面都不能没有，生活上、交际上、情感上、精神上，他说不清为什么，反正没有她，他的地球就真的不转了。他想方设法与她讨价还价，想"留一卖二"，把他最重要的作品《五千年》留下，但郝俊寸步不让。他觉得她要毁掉他的江山，她却说要给他一个有血有肉、前景无限的新生活。她告诉他："《五千年》在谁手里也是你画的，就像《蒙娜丽莎》再过一万年人们也知道是达·芬奇画的，谁能改变？"

洛夫好似身处绝境，最后只有把自己的一切全都交给了郝俊来裁夺。这个决定，他没有告诉楚云天，怕楚云天反对。罗潜那里根本不用去提，这些年罗潜与他已经没什么关系了。

可是，当云天在报上看到洛夫要卖《五千年》的消息，他忽然想起洛夫从美国回来那天，他和罗潜去看他后，罗潜说："洛夫从此和咱们愈来愈远了。"他以为那是罗潜的一种失落的心理在作怪。现在他感觉，真的愈走离得愈远了。

郝俊确实能力超人，那天卖画的成果甚至超出郝俊自己的想象。郝俊比洛夫小六岁，她没有和洛夫同时经历过新时期文艺初期那个激情洋溢的时代，她对人们给予这三幅历史经典超常的热情感到惊讶与不解。盛典结束时，他们不厌其烦地送走一个个嘉宾，洛夫扭头看到他那三幅画孤零零地挂在墙上,他忽然想到这些画已经另有主人,不再属于自己,他有点四壁皆空的感觉。失落,茫然,还有点伤感,他的眼睛忽然一热,视觉模糊。这个场合,没人注意到他这个细节。他赶忙抬手抹一下眼,同时喊来一位摄影师,请他给自己与这三幅画拍一张合影,作为纪念,也是一种诀别。郝俊在一边叫道:"谁要想和洛夫、这三幅画一起合影,快过去啊!机会难得呵!"

这时,洛夫感受到一点郝俊与自己有一种深层的距离。

一个人走过洛夫身边,旁边正好没人,他说了一句:"你真正的朋友还是楚云天。"

洛夫听了这句没头没脑的话,有点莫名其妙。这人五十多岁,瘦高,感觉身体很轻,戴一副金丝边的眼镜,气质文雅。洛夫不认识他,他为什么对他说这句话?等到他想追问一下,那人已经走掉。

在洛夫决定卖掉他那几幅代表作的那几天,楚云天一直闷闷不乐。多少年来,只要云天闷闷不乐,隋意都会想方设法帮他解脱,尽管有些办法想得挺幼稚。一天,隋意说他有个主意,不知他是否愿意。云天叫她说。

她说想叫云天卖掉自己的画,去买洛夫的画。当然,一不是卖掉自己最重要的作品;二是只买洛夫这次拍卖的三幅代表作中的一幅。隋意说出这个主意时小心翼翼,因为云天对自己的画特别在意,而且他没有重复的画。

没想到她这主意一下子吹散了郁结云天心头的愁云,云天笑了。两人商量过后,找来余长水。他们信任长水能帮着办这种事,余长水与社会上各色人等结识较多,见多识广。

余长水深深被云天和隋意的想法所感动,他说:"楚老师很少卖画,如果您的画一出现,会有很多人想要。但是洛老师卖的是代表作,是谁都知道的名作,价钱会标得很高,您可能得多卖两幅才能顶上他的画价。"

云天说:"我不在乎拿几幅换回他的一幅,反正不能叫他把自己的代表作全卖光。"

余长水心里又被感动了一下,他问:"您想留下他哪一幅?"

楚云天说:"我想留《深耕》。"

隋意说:"我也这么想。这幅画虽然只画了黄土地,但喻意很深。这是耕种了几千年已经乏力的黄土地,而且是年年依然深耕着的土地。"

楚云天看了隋意一眼,很欣赏她对画的理解。

余长水说:"我也是认为留这幅画最好。说实话,绝大部分买家是朝着《五千年》去的,很难拍下来。但这幅画标价是多少,我先要打听清楚,我还不知他们找的是哪家拍卖行。"

云天便托余长水一方面去打听洛夫拍卖的底价,一方面找人买自己的画。可是,在他和隋意一起挑选自己要卖的画时,就有点费劲了。真正好的画不舍得卖掉,差一点的又怕拿不出手。

隋意说:"你要真想做成这件好事,就得肯做出牺牲。"

于是,云天从自己的画中选出了几幅上品,做好充分准备,为糊涂一时的朋友挽回损失。洛夫虽然有才，但他缺乏文化修养与历史眼光，又被那个世俗的伴侣扰昏了头。这样一来，云天就不能不做出牺牲，为了朋友，更为了艺术的本身。

余长水事情办得很得力，他探明郝俊这次找的拍卖单位是北京的雅好拍卖公司。这是一家社会声望较好的专事书画拍卖的公司，比许大有的紫云轩强上一二十倍。

他打听到《五千年》底价是一百万，《深耕》和《呼喊》各五十万，这个价钱在九十年代初已经是天价了。很多人怀疑是否会流拍，但愈怀疑就愈被关注。余长水还为云天的画作找到几位买家，大致是十万左右一幅，都是四尺整纸的大画。

云天必须割肉取义了。

最终云天是用五幅自藏的心爱的大画，来为洛夫救下这幅失不再来的《深耕》。

当余长水把《深耕》取来，交到云天手中，云天看着这幅太熟悉的画作，犹然被这幅画所承载的那个从精神桎梏中挣扎出来的时代的激情感动不已。这样的画怎么能落入盈利至上的画商与视艺术为金银财宝的藏家的手中？一旦被锁入这些人的密室里，可能就会永远不见天日。

云天把画交隋意收好，他对隋意与余长水说："这件事只我们三人知道。只有洛夫想它想哭了的时候，我们再给他。"

由此，余长水对云天和隋意更多了一分敬重。

余长水知道，如今世上有这种境界的人已经太少太少，自己也无法达到这样的境界。

一年后，洛夫发出邀请，在那个带亲水平台的宽阔的大宅子里，他和郝俊举行结婚典礼。

楚云天一家三口一起去祝贺。为了表示郑重其事，云天又穿了一次那件银灰色的西装。隋意着一身淡褐色夹着灰绿色竖条纹的薄呢套裙，只在脖子上松松地系一条淡朱砂色的头巾。这两人与洛夫郝俊夫妇那种生龙活虎、披金戴银的装扮一比，就像火热的盛夏与疏朗的中秋，可是郝俊反而觉得自己更胜一筹。她对隋意说："你平时不逛店吗？很多牌子都有新款的套装，可抢眼了，哪天我陪你去逛。"

隋意温和地笑了笑。

审美是一种修养，是没法说服人的。

云天送给他们的礼物，是从巴黎罗丹博物馆定购的一尊青铜雕像，罗丹名作《思想者》的复制品。放在桌上打开之后，一半客人是画家，都说好；一半是不懂艺术的，说不出好。洛夫很喜欢，郝俊只笑了笑。

不过，他们把这两层的大别墅装修得真是华贵、讲究、费尽心机。人突然有了钱，难免想叫人看见钱的价值。紫檀木和黄花梨的柜子，巴洛克风格雕刻繁复的大餐桌，真皮沙发与躺椅，五彩缤纷的羊毛地毯，璀璨夺目的水晶吊灯，进口自鸣钟以及各种华丽和闪光的小物件小摆饰，摆满楼上楼下，楼梯口还不伦不类地摆了一个一米多高的陶瓷的黑花狗。郝俊要把他们的家布置成五星级宾馆，所以地面、门柱、窗台、楼梯和扶手一律用西班牙的大理石。

郝俊不停地问来宾："怎么样，你觉得怎么样？"

她想听到客人们的称许，看到他们的

惊讶与羡慕,更想以引以为自豪的富有压人一头。那时,整个社会已经开始进入财大气粗的时代了。

楚云天心里略有一点不舒服,主观上他为了珍惜朋友的艺术默默做出了牺牲;但客观上他却赞助了这种自己不喜欢的庸俗的生活。隋意从他的表情看到了他的心理,她对他说:"真好,他在这里失去的,被你保存了起来。"

一句话,叫楚云天回到自己的价值观里。

八

不管你的来路如何清晰,去路依然一片茫茫,没有途径,也无路标,大多数人都是从众而行。但艺术是纯粹个人心灵的事业,个人的路只是自己探索。在这野草丛生和乱石峥嵘中,你形影相吊,时而迟疑,时而焦灼,时而苦闷。如果你是一个真正的艺术家,你就永远不会满足自己,也不会放过和饶过自己。任何现世的称许与嘉奖都不算数,因为这中间夹杂着种种世俗的功利与谋划,真正认清你的意义的最终还是历史。肖沉告诉云天,他曾在一份冷僻的资料里看到过印象派画家高更给毕沙罗的一封信。当时,高更跑到南太平洋极其荒远的塔希提岛上,长期住在那里。他要从当地土著中去寻找现代文明中已经荡然无存的原始的率真,但在那个荒岛上,他生活孤独,贫病交加,由于语言障碍无法与任何人交流,更无从知道通过自己的努力所获得的价值,因而他常常怀疑甚至否定自己。他很痛苦。

他在信中对毕沙罗绝望地说,他想自杀。但是从今天来看,这时候正是高更一生艺术的最辉煌的黄金时代。

在如今几百万人拥挤又嘈杂的大都市中,还会有艺术家甘愿承受这种孑然一身般的孤独吗?

在高等艺术学府,舶来的先锋艺术已经取代了现实主义称雄天下的位置。然而在中国,先锋主义并不是一个艺术思潮,更无流派,只是一种时尚。西方人一百年折腾出的各种流派与花样,几乎全有拿来者和仿制者,一股脑地使当代画坛变得异彩纷呈和光怪陆离。先锋文学更是如此,似乎谁不先锋谁就过时,谁不先锋谁就不能进入世界。不管这些想法多么幼稚,但这毕竟是对此前长期艺术禁锢的一种反叛。一条大河决堤时,谁能知道这凶猛的洪流孰益孰损,最终冲决和淹没了什么?

当新潮唱了主角,传统一定被边缘、被冷落、被摒弃。谁还会去想传统艺术的当代意义,谁还会探索传统艺术的当代取向。本土的艺术只有在惯性中毫无生气地延续着。

这一时期,肖沉的兴趣在鼓动先锋艺术上,每有各种先锋文学与绘画的研讨会,一定要出头露面。先锋要惊世,发声要惊人,评论界已经陷入言必先锋,或者"谁愈超前谁领军"的怪圈中。这期间,洛夫和艺术院校的兴趣已经开始转向更极端的装置艺术和行为艺术上。云天偶尔碰到洛夫一聊,他感觉与洛夫愈来愈缺少共同的兴奋点,他与洛夫真的走的不是一条道了。

这期间,余长水对西藏的艺术发生兴趣,他往西藏一连跑了多次,把阿里的七个县全跑过来了，对藏画的画法与色彩产生极大的热情。他近期的画一看就有明显的西藏特征，他致力要攻克怎么样将藏画中使用的矿物颜料，还有金色，与淋漓的水墨谐调起来。

云天说："这是两种不同的文化，你别只想从技术上解决。对于艺术，技术问题是一个问题，但更大问题还是背后的哲学、文学、文化和美学等等。背后的问题没弄明白，单从技术上无法解决。你能把英语和汉语变成同一种语言吗？"

余长水听得有理，但感觉还是有些虚幻和遥远，不解决实际问题。

一天，易了然来电话，他要出画集，求楚云天给他写序。云天立即答道："三天后写给你。"

他说得这么痛快，一是因为他们是彼此直来直去的朋友，一是他觉得从易了然身上能引出一些话题，值得好好写一写。

三天后，他写了出来，自觉很满意。短短三千字，尽数道出他眼中这位徽州才子的笔墨、气韵、天性、胸襟、情致、风格、方法以及非他人能有、非他人能及的才情。他称易了然的山水是"野生山水"，这个称呼先前没人说过。

云天写道："唐宋以来的山水画，无论荆浩关同，还是刘李马夏，都是人工'修葺'过的山水，其山势水态，石形树姿，都有人为的成分。好似公园的花木，都是一种人为的自然。易了然君则不然，他的山山水水，全是一任天然。野山野水，恣意纵横；野木野草，浑沌一气。作画时胸无成竹，信笔为之，随心所欲，自然天成。"

云天在文中还说："这一切都缘自画家对大自然五体投地的敬畏与崇拜！试问，谁还这样作画？"

写到这里，他情不自禁写出一首五言绝句，作为结尾：

笔若狂风柳，墨似深谷烟。
须臾吞万里，满纸是云山。

云天的文字与激情叫易了然读了，感动得马上打来电话，大声说："野生山水四个字正点上我的穴！知我者，云天也！"随后他又反问，"我是野生山水，你呢？"

话赶话，云天没有思考，顺口说出："我是人文山水。"

易了然叫道："这下你也把自己说明白了。人文山水，也是文人山水。你和别的画家不一样，你的画里有文学！"

这两人的几句对话，无意中冒出来的概念，使他开始思考自己绘画中的本质了。自己的画是文人画吗？历史上可没有他这样的文人画。

两年后，日本朝日新闻社的中江社长到访重庆，正赶上楚云天的画展在重庆开幕，中江社长看了非常喜欢，随即邀请云天到东京办展览。日本人做事向来精益求精，他们要为云天的画展专门印制一本考究的画集。当朝日新闻社把云天画集的打样拿给日中友好协会的会长、也是日本的大画家平山郁夫先生看时，平山郁夫也很喜欢，主动要为画集写序文。平山郁夫深谙中国文化，他在序文中说云天精研过宋画，这使云天暗暗吃惊，他居然能从云天笔墨的功力中看到自己艺术的根基与背后的传统。更叫云天一惊的是，平山郁夫直截了当称他的画是"现代文人画"。这个概念过去从来没人使用过。

在这里，他首先认定云天的画是一种文人画，跟着说这不是传统的文人画，而是"现代"的文人画。这就一下子把云天的画放在一个必须进行思辨的语境里。现在，国内已经没有像样子的学术界了，因此没人能提出过这样的理论话题。而这个概念，叫他想起那天和易了然在电话里谈到的"人文山水"，应该说平山郁夫所说的这个概念更具学术意义。他很想与他聊聊，进一步听听他的见解。

在东京办展期间的一天，平山郁夫先生约他在东京艺术大学会面。平山郁夫是日本这座艺术名校的校长，那天他刚好荣获天皇奖，人显得意气风发，格外精神。花白的头发中，白发发亮，黑发也发亮。他身材在日本人中算是高大的，面色红润，一直含笑，握手有力。他这座大学里一些参天大树和屋中一尊肃穆高贵的犍陀罗的佛立像，给云天的印象很深。他喜欢大学有这样的幽深静穆的气息。他知道平山郁夫先生偏爱敦煌，而且爱之太切，一次次跑到莫高窟去观摩，还为敦煌的保护捐了许多款。

平山郁夫是个学者型艺术家，不会客套，几句话就切入中国的历史。学者和艺术家都习惯于谈出他近期思考中自认为最重要的问题。一开始，他并没有说云天的画展，话题由天而降，先说中国的历史文化。他直爽地说，中国的文化尽管发祥甚早，起点极高，可是后来一直停滞不前。

他说，中国历史上有一个很奇怪的现象，就是唐、宋、明、清这四个朝代，全都是三百年，他不明白为什么正好都是三百年。而每个朝代中都有许多皇帝，每个皇帝登极之后都忙着改年号，铸新币，修帝制，更新朝中要员，但社会并没有进步，等于原地踏步。他认为中国耽误了太多的历史时间，很需要从这样的历史怪圈里走出来。他说，他寄希望于中国现在的改革，以中国那么恢宏而深厚的文明为基础，一旦起飞，没人能赶上。

他说得很真诚，批评也很真诚。

云天赞成他的观点，但他也有自己关心的话题。他知道他们会面的时间有限，便直截了当换了问题，问他："您为什么称我的画是现代文人画？"

他说："你不认为你的画中有文人的东西吗？"

云天说："我与传统的文人画已经完全不同了。"

他说："时代不同，画自然也不同，但是你画中骨子里有文人的东西。我知道你也是个作家。中国画很看重画中文学的内含，还有文人的气质，这和西方的传统完全不同。"

云天说："同意。中国人看画不只是看，还要品味和赏读。其实日本画和中国画也有一致性的东西。您的画，东山魁夷先生的画，里边都有文学的东西。"

他笑道："在雪舟的时代，日本画学中国的宋画，到了后来就向着中国的文人画一边倒了。明治维新后我们又受西方的影响，探索一种现代性的东西。没有现代的精神，艺术就要失去生命力。"

云天说："可是我们的问题比较大。"

他问："什么问题？"

云天说:"传统的画家都有很深的诗文修养,讲究触类旁通。可是现在太西方化,专业分工太绝对,画家中文人愈来愈少。文人画的传统发生断裂,绘画的文学性也就愈来愈不受重视。"

他说:"新的时代一定会产生新一代的文人。你是现代文人,你的画不就有很鲜明的现代文人画的特点吗?"

虽然他们很多话只是开了头,没有说,但在这简短的交谈中,楚云天收获重大,那就是开始有了建立起自己的"现代文人画"艺术体系的自觉了。

自东京归来,云天写了许多文章,阐发了他对文人画史的思辨,探究了文人画的本质和特征,论及他对当代文人画之"我见"。他认为当代文人画中的文学性,更应重视的不是诗性,而是散文性。因为散文的文体自由,更适合当代人的思维。他把自己这些文章编好交给曹莹,印成一本书,为了强化自己的声音,书名叫做:《文人画宣言》。

他以为可以给画坛一个冲击,引起一番讨论,然而他的想法太书生气了。待这本书印了出来,如同往大海里扔一块石头,没有任何回响。他只在《艺术报》上看到一篇千字文,说这是"自陈衡恪《文人画之价值》以来仅见的一本关于研究文人画的书籍",但又说"民国年间陈衡恪那篇文章已是文人画消亡的一声哀鸣"了。

看来,已经没人关注文人画了,更没人去琢磨现代文人画为何物。如此冷僻的话题放在时尚文化与先锋艺术喧嚣一时的世界里,好比一只小蚊虫的叫声。于是他陷入了一种艺术和思想的孤独中。

但是他不怕。思想不怕孤独,真正的思想在被普遍认识到其价值之前,一定要固执地坚守在孤独之中。

还有一次关于中西文化关系的谈话,对云天意义颇深。

这一次也是在国外,在维也纳的现代艺术博物馆中,他去看奥地利已故画家马克斯·魏勒的一个纪念展,他喜欢魏勒的抽象绘画,更欣赏这位艺术家一生面对绘画而背对市场的精神。他与魏勒生前没有见过面,但与魏勒的夫人关系甚好。他是在魏勒故去后才认识他夫人的,魏勒夫人是魏勒绘画的推广人。

魏勒这位西方现代画家之所以叫云天关注,是因为他对中国古代绘画十分神往。他经常把中国画的一些神韵放在自己的抽象的艺术里,这种神韵使魏勒独具魅力。

魏勒夫人为了纪念她过世多年而犹然心爱的魏勒,特意举办了魏勒这次画展,展出的画作都是与中国古代绘画神交之作。楚云天从这些完全抽象的现代作品中,居然感受到郭熙、马远、许道宁等两宋大家那种辽远和清阔的意境,他十分惊奇。

他看魏勒的画,也想着自己。

这个画展是情境式的展览。展厅一些地方,放一点明式的官帽椅、花架、条案;案上放一块文人案头的奇石或高古的素胎瓷。陈设简洁又精雅,显然这是要对魏勒画中特有的内含做一点暗示。

看过展览,魏勒夫人邀请楚云天到博物馆的咖啡厅里聊一聊。其中还有一位头发很乱、风度洒脱的先生名叫柯普。

魏勒夫人把这位柯普介绍给云天,她说柯普是这个展览的策展人,他也是欧洲著名策展人。北京一些重要的先锋画展都邀请他去策展，他去过北京上海许多次了。

交谈之间，很快云天就与柯普有了一些共同关心的话题，比如中国古代绘画是具象的，马克斯·魏勒的画是抽象的，他怎么把这两种东西融为独特的一体？

柯普认为，魏勒出生在蒂洛尔州，从小满眼都是阿尔卑斯山纵横起伏的高山与深谷，他天生有一种山民气质，很容易与中国古代山水巨匠笔下的重岩叠嶂、林海丛莽、云烟雾岚，还有宁静高远的气息一拍即合。魏勒不关心具象，他从这一千年前中国古代的绘画里，吸取到的是一种从容、大气、豪迈、灵动与对大自然无上的崇敬。柯普认为，中国山水画真正令马克斯·魏勒倾倒的就是这些东西。西方的风景画没有这种东西。

马克斯·魏勒是用自己抽象的形，融汇了中国人这种神。

云天说："有人说中国宋代的绘画是写实，元代以后变为写意的。其实中国宋代的写实也不同于西方的写实，中国画从来都是主观的，理想主义的。中国画家认为'作画求形似，见与儿童邻'。这是魏勒能够将古代中国的艺术与自己的抽象艺术很自然地融合起来的深层的缘故。"

他们都认真倾听对方的表达，都欣赏对方的观点。这种谈话中的很多话题也都是可以深入下去的。

柯普说："可惜你们的先锋艺术没有珍惜自己这些东西。"

云天："为什么？你不是很热心我们的先锋艺术吗？你以为我们的先锋艺术的走向有偏差吗？"

柯普说："这很简单，你们的先锋艺术不是给你们看的，主要是给我们看的。这也是你们的先锋艺术常常请我去策展的原因，因为我知道西方人的口味。还有，因为他们要——"他举起手指在自己的太阳穴旁边摇了摇，似在寻找一个词儿，最后他才说了出来，"要走向世界。"

云天笑道："这有点荒唐。"

柯普耸一下肩说："是荒唐。其实我们并不想看和我们一样的东西，我们想看和我们不同的东西。"

云天说："可能我们有些人认为——你们代表现代。"

柯普笑了，他说："我们都应该有自己的现代，关键我们要真正弄清楚什么是自己的，或者自己是什么？"

云天在和这个极有见识的策展人聊得兴致颇浓之时，心里边有些想法愈来愈强烈，就是研究中国绘画的文化本质和美学体系。

魏勒夫人忽然对他们笑道："你们聊得这么兴奋，好像喝了许多咖啡。"

九

农历腊月三十，依照国人的习俗，都应守在家里，与家人团圆过年，但这天一早，云天全家却乘着一辆面包车奔往北京，同车还有肖沉和余长水。这两年，云天与社科院协商，把肖沉调到画院，主编一个刊物叫《艺术家》，他想以文艺批评作为创作的推动力。他很欣赏肖沉思想上的进取精神，只要有什么重要的活动，他都拉着他去。

这因为前两天，洛夫和郝俊跑到云天家来，邀请他全家今天去北京，去看洛夫的一件"惊人之作"。洛夫说他这件作品不仅会叫他声名大震，还会使全国画坛大惊失色。云天问他是什么作品，他像魔术师那样事前决不透露半点信息，非要叫他们到现场去感受被震撼的那一瞬。

云天问他："你们的展览为什么偏选在大年三十这天开幕，谁家都在紧张地预备过年呀。这不是强人所难吗？"

洛夫笑呵呵地说："我们就是要反传统。这本身就是一个行为艺术。"

云天说："哪里是艺术，只是一种野蛮的强加。"

虽然这么说，还是被逼无奈，尤其隋意，她对先锋艺术毫无兴趣，却也不好拒绝，他们决定一早跑到北京，看过画展吃了午饭就赶回来，不影响回家吃年夜饭和电视春晚。

展览在京郊一个很大的废置的工厂的厂房里，现在这个厂区已经被改造为一个艺术展览馆。厂区里一些小一些的房屋都被搞当代艺术的艺术家们租去做画室或工作间，这种做法是从纽约的SOHO照抄来的，很流行，经常如火如荼地举办各种名目的当代艺术展。他们把车停在厂外一个停车场中，展览馆内外已经乱哄哄拥着不少人，他们走过去，隋意忽然指着高大的展览馆的房顶说："有人要跳楼！"

那房顶上确实站着一个人，赤裸的身子，只穿一条白色的短裤。那人似乎正处在决心坠楼一死之前的犹疑中。肖沉说："这不是要跳楼自杀，这也是一个行为艺术。"

怡然说："多冷的天！他什么也没穿，不冷吗？"

肖沉说："还有人用刀割自己，在伤口里种草，有人在手背钉钉子，有人挖一个坑，光着身子跳进去，叫助手往身上倒一桶一桶的蟑螂。都是行为艺术，他们也是为艺术献身。"肖沉笑了，笑中含着讥讽。

隋意说："为了艺术？艺术需要这么极端吗？有必要这么极端吗？"

"有！"肖沉说，"只有这么做才被引起注意。"

"艺术只为了被别人注意吗？"隋意笑道，"从病理学上讲，自我戕害是神经病患者的临床表现。"

他们都笑了。

正边走边说着，迎面一个穿得艳丽五彩的女人快步走来。乍一看，她好像围着两条花围巾，是郝俊！她热情地叫道："你们都来了，怡然也来了，太好了！你们准会喜欢。洛夫在展馆里，他叫我来迎你们，马上就开幕了！快跟着我走！"

她确实干练麻利。

开幕式就在展览馆门口，场面完全没规矩，乱七八糟这一团那一片。郝俊一把抓着云天的胳膊把他拉到前面去，向几位看似重要的人物介绍一下。云天究竟是画坛名人，但这几位云天都不认识，面孔有的普通，有的古怪，有的傲慢，有的冷峻，还有两个外国人，使云天想起在维也纳认识的那个柯普。云天和他们握了握手，站在一边。有个人手持话筒走上来，这人装束极怪，披一件翻毛的大氅，脑袋后边梳很多小辫，很大一张脸上有很多竖长的皱纹，以前很少见过这种面孔的中国人，有点像印第安人。他用纯粹的京腔只说了一句话:"里边有那么多经典等着看呢,我再说什么也全是废话。开幕了!"

展览就这么开幕了,这也算别开生面。

云天他们裹在人群中挤进去。没走几步就吓一跳,只见一排通身白色的人走来,大约七个人,仔细一看,原来从头到脚全都缠着纱布,上上下下还从里向外渗着血,好像重伤病人,他们直挺挺向前行走,样子凶厉可怕。隋意曾在医院工作,对缠纱布的人很敏感,本能地后退,怡然更是躲在她身后。云天对她们笑道:"没什么可怕的,这也只是行为艺术而已。"

再往里走,就千奇百怪,闻所未闻了。

郝俊不叫他们看别人这些作品。一边拉着他们,一边叫着:"快、快,就在前边。洛夫的作品是这次展览的重点,被安排在展厅正中。"在很多人中间往前挤了一阵子,她忽然说,"到了,看吧!"

她面如花开似的笑对大家,好像在他们面前出现了百慕大三角。但云天他们看见的只是一个巨大的四四方方的盒子,通体灰色,十几平米见方,一东一西两个门。仅此而已。这算什么呢?

真正的内容在盒子里边,真正的奇迹也在盒子里边。

走进盒子,里边有两个人,一男一女。男的穿一身黑衣服,女的穿一身白衣服。两人都是粉刷工。穿黑衣服的男子手执黑色板刷,手提黑色的浆桶,正站在一个A字形的梯子边刷浆,梯子也是黑色的。白衣女子站在一边,她的板刷、浆桶、梯子,与她身上的衣服同一颜色,全是白的。两人一黑一白,对比分明。

两人的工作方式十分离奇。

当黑衣男子用黑色粉浆,把这方盒子内的四面板壁一点点全涂成黑色之后,白衣女子便登上白梯子,用白色粉浆将这四面板壁改回白色。过一会儿,待这白衣女子刚把方盒子里全刷成白色,黑衣男子重新登上梯子,再涂成黑色。两人循环往复,不停地改来改去,黑了白,白了黑。这便是洛夫作品的全部。

作品的名称叫做《历史》。

当他们穿过洛夫这个离奇的盒子出来,郝俊望着每个人的脸,似乎在等待他们兴奋和惊奇的表情。兴奋和惊奇是装不出来的,但他们纷纷向郝俊礼貌地表示祝贺。隋意问起怎么没看见洛夫,怡然却说那个站在梯子上穿一身黑刷浆的男人就是洛夫。大家听了很惊奇,郝俊说没错,还夸怡然眼尖。隋意问怡然:"洛叔叔看见你了吗?"

怡然说:"看见了,他没理我。"

肖沉笑道:"他不能理你,在展览现场,他是作品的一部分。"

郝俊说:"是啊,他可神了。这些天,他只要钻进那盒子,谁也不理,连那刷白浆的女的也不理。好像着了魔。"她既为洛夫吹嘘,又无知。她说,"洛夫叫我先陪你们到旁边的餐厅里去歇一歇。十二点一过,他就过来。"

他们到了一个很宽敞的餐厅里,坐不多时,洛夫就跑来了,一身黑衣服还没脱呢。他很高兴好友们从天津赶来。看他的表情,他很期待朋友们的赞赏。云天向来很重视别人的心理感受,他说:"你这个方法任何人没用过。你用调侃的方式表达了你的历史观。"

洛夫立刻十分高兴。他弯起右臂一搂云天，说道："我这老兄，一直在撑着我。"

肖沉是不会应酬的，他说："你是不是太图解、太卡通化你的主题了。"

云天经常和肖沉一起参加活动，很了解这位爽直又不留情面的批评家的脾气，但这究竟是洛夫自认为非常重要的作品。云天担心肖沉这句一针见血的批评会使洛夫不快。正想用什么话遮过去，怡然忽对洛夫说："你把黑浆与白浆扰在一起就是灰色，你把你作品的外边涂成了灰色，是不是想说历史最终是灰色的？"

怡然的话使大家包括云天和隋意都吃了一惊。

洛夫一下子把怡然抱起来，叫道："我们伟大的批评家啊，你可比你肖沉叔叔厉害多了！"

他这话也是对肖沉的一个幽默的反击，肖沉并不在意。

大家高高兴兴吃东西，喝饮料，瞎聊。这时，外边似乎很乱。一会儿还有救护车的声音。又过一会儿，有人跑过来与郝俊耳语几句，郝俊的神气有点变化，跟着她对云天和隋意说："看来你们现在就得走了。刚刚在屋顶做《跳楼》的那个艺术家犯了神经，真的跳下来了，可能摔死了。救护车已经赶来了，听说有人还报了警，一会儿要是警车来了，你们就不好走了。"

云天明白他们赶上事了，必须马上离开。他们很快起身，在走出餐厅门口时，外边进来三四个人，从装束和发型上看，像是标榜个性、很极端的先锋艺术家。洛夫马上拦住他们，同时对云天说这几位都是国际知名的当代艺术家，他又向他们介绍楚云天的大名和在美协的职务。没料到这几个人好像没听见，只左边耳朵上戴一个大耳环的中年男子厌恶地看他一眼，另外几个冷着脸、头也没扭一下就走过去了。这叫云天很不舒服，他什么也没说。

此刻展览馆外已经成了出事的现场，跳楼的人正在被抬上车，从人群的空隙间可以隐约看到地上一片殷红的血迹，很可怕。隋意赶紧伸手挡在怡然脸旁，不叫她看见。这时已经有警车闪着警灯正在往里边开，他们加快脚步赶到停车场，赶紧上车，隔着车窗与洛夫郝俊摆摆手，就逃跑似的匆匆穿出乱糟糟的人群，上了大街。

在返津的高速路上，一开始大家都沉默不语。肖沉无话，好像他不知该怎么评价这些乱七八糟的东西？云天不语，似乎还对餐厅门口撞见的那几个傲慢无理的人心存不快。隋意忽然说："像吃一大堆虫子那样恶心。"女人更喜欢说直觉。

隋意的话把云天心里的话勾了出来，他说："我不明白这种反艺术的东西怎么会这么热。"

"我们有这种土壤。"肖沉说，"你以为我们的土壤全是五千年的高度文明吗？全是华夏艺术的精粹吗？那是你脑袋里的东西。现在的土壤是拜金，是功利至上，是无知，是自我文化的自卑感，是西方的皮毛。现在是怎么能出名出大名怎么干，怎么叫西方人看着新鲜怎么干，怎么赚钱怎么干，怎么出奇制胜怎么干。上无真正的追求，下无不能逾越的底线。今天你看到的就是这些。"他停一下接着又说，"刚才看展览时，我在反思，这几年来从形式创

103

新,到现代主义,到先锋艺术,再到当代艺术,我一直是狂热的推动者,我用了十足的力气!但现在看,已经走上歧路,甚至出现了极端。我想我是不是做错了,是不是一种荒谬的潮流推动者?我在问自己,问题具体出在哪儿了?我们必须冷静下来拷问一下自己了!"

他谈他的想法。云天也在焦虑中,他说:"今天这场面,让我挺悲观的。因为我注意到,展厅里除去圈内的人,没一个是真来看艺术的,全是看热闹的。"

肖沉说:"你改变不了这潮流。历史地分析,这也是一种逆反,一种必然。只要你对自己不悲观就好。"

最后一句话对于云天挺有分量。

当一片狂潮铺天盖地席卷而来时,关键看你是否站得住,你是否像一块石头那样有足够的重量使自己稳如泰山,有够粗够长的根脉深深扎在自己的土地里,抓住古往今来文明的根基,否则你一准会被这洪流卷去,灭顶于其中,成为一个时代不幸的牺牲品。时代的潮流是不可逆的,但你不能盲从。如果你乐在其中,随同它一起上蹿下跳,自以为是时代的弄潮儿;在你被巨浪掀上天空时,还真的以为自己真的登上了天,那你就糊涂了!等这潮流过去,你才会明白,这一切全是一种假象一种虚幻!最后你一定会随波逐流地沉没下去,成为没有任何价值的时代的沉渣而已。

如何使自己站得住,那就要"关门即深山",沉下心来,真正地在艺术上参禅问道了。人的力量只有从自己身上去寻找。

十

他完全没有想到,转过一年,会结识到一位惊世骇俗的天才画家,就像当年他在山西绛州偶然邂逅水墨鬼才易了然那样。然而这次结识的画家在艺术精神上更清醒、更纯粹、更彻底、更自觉,对他意义更重大。

这一阵子,他一边思考,一边沿着那本《文人画宣言》思路,继续对中国的哲学、文化、艺术、美学做更深入的理论探讨。作为画家,能有这样广博和深厚的中外文化的素养,还能做这种纯理论研究的人微乎其微。画画是形而下的,理论是形而上的,一个形象思维,一个逻辑思维,难有人兼能。况且他又是作家,文笔好,文字流畅、明晰、好读,故而他的文章渐渐有了一些影响。河南洛阳一家出版社有眼光,向他约稿,要把他的文章结集配图出版,连书名都想好了,叫做《中国画的天性》,新颖又优雅,还偏一些文学色彩。出版社约他去一趟洛阳,研究书籍的样式和插图,借机看看牡丹。此时是四月底,正是"花重锦官城"中的花意与诗意都最浓郁的时候。

他到了洛阳,在出版社开会中间休息时,有一个人在走廊等着见他。一问,是出版社的美编,名叫郑非。这人个矮而壮,胡子拉碴,脑袋中间有点秃,下边一圈头发垂下来很长,略有些怪,但人质朴热情。他说他有一位朋友正在画一幅大画,极大,极棒。他想说出这画究竟多棒,但语言和词汇跟不上,急得他双手不停地比画,眼睛却放出一种神奇的光芒,如说天堂的故事,嘴里吭吭巴巴,一直说不明白,最后心里一急,竟说出这样一句:"你要是不看,终身遗憾!"他还说,"你只要是有时间,我拉你去看。什么时间都行,我有车!"

云天问了出版社的人,都说:"那画可是了不得。不过这人没名。"

有没有名不算事,关键是画得如何。云天请他的编辑通知郑非,明天上午去拜访那位画家。

转天郑非开一辆车来接云天。这辆车好像自己造的,车身像一个很旧的长方形的铁盒子,上边的喷漆疙瘩不平,车皮坑坑洼洼有许多撞痕。里边更是一团糟,坐垫硌屁股,还有一堆靠垫、外衣、背包、空水瓶子、小孩玩的皮毛熊,车内的脚垫上许多果皮果壳。一路上,郑非不断地骂自己的车,不停地向云天道歉。云天笑道:"你这车是土造的老爷车,过一百年也是文物了。"

郑非的车开得还要糟,走走停停,不知他踩不好离合器,还是什么地方的线路有问题。每当车子熄火停下来,他就一边再道歉,一边说很快就到。他很想在车上向云天介绍一下将要去见的这位画家,但他语言能力不行,再加上糟糕的汽车和驾车的技术叫他心里发急,说起话来更加语无伦次。

云天断断续续听到的是这位画家叫高宇奇,岁数和云天差不多。毕业于当地的美院,在一家杂志社做美编。他画人物,画得极棒,连北京来洛阳的一些大画家对他都服气。但世界是不公平的,似乎在北京的画家都是全国的,外地的画家都是地方的。他身居这个早已过了气的古都里,离着北京那样的文化中心数百里地,他从来没参加过全国美展,没拿过奖,榜上无名,他又不肯把画送去拍卖,画无市价,谁认他的画?

他坚信自己是最好的人物画家,可是你认为自己是皇上有什么用,你不还是在街头买早点吃早点,在公厕里上厕所,坐公共汽车回家。你自信、孤傲、忿忿不平,更不管用,在一般人眼里,你只是在大地上走来走去的一只蝼蚁。

幸亏有一位搞金融的企业家看上了他,迷上了他。这企业家上大学时学的是美术,眼光极好,他说他从高宇奇身上"看到了中国画的希望"。一个穷艺术家碰到这样一位有眼光的富翁,是缘分加上幸运。当高宇奇向他吐露心中野心勃勃的一个梦想时,这企业家竟然给他租了一间极大的房子做画室。他的梦想是一幅巨画,两米半高,百米长,题材对外保密,要画五到七年。这位企业家叫他在就职的杂志社办理"停薪留职"的手续,他的生活与工作等一切费用由企业家慨然承担。这幅画完成后,许诺为他盖一座永久性的美术馆,专门陈列他这幅作品。这个敬畏于艺术的承诺,是任何画家都难以得到的。可是私人的承诺,总不免有一些变数和冒险的成分。

但是,为了心中的画,风险再大高宇奇也决心这样做了。他在杂志社办了"停薪留职",也是一种变相的辞职,谁知道七年以后,他想回到杂志社时,杂志社是否还需要他。由此,他开始了由自己的一支笔来开拓的充满理想主义的巨大的艺术工程。他走这一步，是把自己的一切都押上去了，置身家性命而不顾。

这位企业家很真诚地配合他做这件事。在一个工厂给他租下一个闲置的车间作为画室。由于他家离这厂房离市区较远，给他安排一辆小车天天接送他。他在这里的工作和生活一切自理，但这位企业家给他提供足够的费用。

这件事已经干了三年半。

郑非忽然说"到了"，车子猛地停住，好像掉进坑里。这时云天才知道他一路上走走停停，完全由于他用开拖拉机的本事来驾驶这辆破老爷车。

这是一个很大的服装加工厂，很多厂房，很大院子，院子里停着不少货物、集装箱、货车。他们从其中两个厂房中间的一个夹道走进去，来到另一个大院，四边全是规格一样、又大又简易的厂房。

云天随着郑非走进其中一个厂房，中间一条笔直又宽绰的通道，两边两排门。他们走到左边中间一扇门前，郑非叫道："宇奇，我们来了。"门一开，是一位模样年轻的中年男子，个子不高，白皙、谦和、沉静。他穿一身再普通不过的蓝裤蓝褂。云天以为这是高宇奇的助手或其他什么人，没想到他伸出手来竟说："楚老师，谢谢您来，我是高宇奇。"

他就是高宇奇？怎么这么年轻？云天想。

郑非好像已经知道云天心里是哪些问号了。他说："宇奇的模样比自己小十岁。可你看他的画就不一样了！"

说话间，楚云天感觉自己已经置身于一个浩瀚的水墨天地里。未及细看，围绕在这空阔的大车间四壁上的是一幅浩浩荡荡近百米的大画，把他围在中央。还没看清他画的是什么，只觉得一片风疾雨骤、雄壮浑厚、豪迈奔涌、汪洋恣肆的气势，一下子把他吞没。不用去细看，不用去感受，一切全无准备，第一时间就被彻底地冲击、震撼、征服了。古今中外的画看得太多了，他从来不曾有过这样的感受。他一时说不出话来。

他走上前，渐渐看清楚了，画上竟是成百上千农民如潮一般奔涌向前。这是什么主题？

凭着云天对社会和生活的敏感，更凭着高宇奇对人物刻画的真切与准确，他画的是农民工！是近二十年从广大的乡野走进城市建设中的农民工的千军万马，是五千年农耕社会向现代社会史无前例的历史性的转变，他画的是当今最伟大的时代景象与人文主题！

如果罗中立的《父亲》、洛夫的《五千年》表现的是世世代代传统农民不变的令人敬畏的典型，高宇奇所展现的是新一代具有开创性农民崭新而壮丽的群像！

高宇奇向他说明了自己这幅巨作总的构想与大结构。这构想令人惊叹，他这幅画分为三部分，走在前边的农民工以年轻一代为主，他们是敢冲敢闯的一批，农民工中的主力，黄土地新的一代。宇奇向他讲了一个自己亲身的感受，也是这幅画的缘起。在八十年代末一年春节过后农民工刚刚返城的日子里，他看见一群年轻的农民正在穿过马路，有的背着被褥卷儿，有的扛着行李。他们之中有的可能是头一次来到城市，有的充满好奇与希望，有的眼里含着迷茫、有的心情快活、有说有笑。高宇奇说:"他们的新生活就这样开始了,这给我一个很大的触动!有人说农民进城打工,是为了填饱肚子、赚钱养家。别忘了,我们城市现代化的高楼大厦、高速公路、运动场、广场、桥梁、住宅,恰恰全是他们建设起来的啊。没有他们就没有今天中国的城市,这是多么伟大的一代农民!他们是中国今天的创造者和功臣!我想我要为他们画一幅巨型的画,为他们立像!不是一个人,是一代人!"

他的每一句话都带着艺术的激情,都加深着云天的感动。

高宇奇说,这幅画中间的部分以中年农民为多,他们在农忙时候还要兼顾着农村。后一部分是坚守在农村的老一代农民,往往他们在家为年轻的农民工照看孩子,看守家园。这三部分放在一起,才是当代农民工完整和真实的生活。

在当今流光溢彩、变化无穷的社会中,谁会这样精准地抓住时代特有的本质、生活的脊梁、时代沉默而可敬的灵魂,并为之付出自己?当然只有真正的艺术家。

车间放着一张很大的木桌,上边有墨池、水盆、大大小小无数色盘色碗,还有饭盒、饭碗、暖壶,半筐水果和许多满的或空的矿泉水瓶。

大木桌的另一端,堆着大量的参考用的画册、大堆写生本、海量的人物形象的画稿和各部分的草稿。

这就是这位艺术家生命的器具以及全部支撑了。

云天翻看他海量的写生稿,为他如此勤奋又扎实的写实以及素描的功力感到同样的震惊。正因为这样,他画上数不清的人物,没有任何符号性和彼此的雷同,每个形象全有年龄、个性、心情,乃至细微的心理活动。他要倾尽多少精力,才能把这样一个个彼此不同、仿佛能呼之欲出的人物刻画出来。

这是对一个空前浩瀚又驳杂的时代众生多么广博又深厚的包容!

云天看到,他运用皴擦和晕染塑造形象的方法惟其独有;他巨笔泼墨之酣畅之大胆也不曾见过。

云天还发现,车间中间地上堆着许多大纸,都是有画的。有的只画了一部分,有的已经画满。高宇奇说:"我有时忽然不满意某一个人物,或某一部分,就立即撤下来重画,我决不让一点遗憾留在画上边。"

云天问他:"你说这幅画要画五年甚至更长,可是在这么长的时间里,你在技术、方法、人物造型等方面,一定会发生改变,你对自己绘画的认识也会不断加深,这样前后就会不统一了,怎么办?"

高宇奇说:"你这问题非常好,我想过。我会在不断的修改中解决,也可能在整幅画完成之后,再用半年时间把它一口气重画一遍,就统一了。"

云天一惊,这是个多么气魄恢宏的想法,但要用掉生命中多么强大的精力啊!为了艺术掏干自己吗?

云天禁不住问他:"你需要什么帮助吗?"

高宇奇说:"我一直注意着你,看你的画,也看你的文章。在当今,你的艺术观是最纯粹也是最独立的,我想听听你对我这幅画的看法。"

云天把心里的话说出来："我认为这幅画完成后，无论在思想价值，还是艺术的创造性上，都将是二十世纪中国人物画中最伟大的作品。"他想了想又说，"希望你在专注每个细节刻画的同时，始终保持一种整体感，一种酣畅自如的作画心态，你的才华应该使你有足够的自信。相信我，我没有捧你。"

好像有一块石头从高宇奇的背上落下来，他很感动，眼角竟有点闪闪发亮了。他说："谢谢你，我一定把它画完。坦率地说，我这一阵子有点画不下去了，我很需要你这些话！"

云天完全理解高宇奇之所以请他来，是要通过他自己信得过的人来认定一下自己，他需要精神的支持，精神的事物需要的是精神的理解与鼓励。被这位世所罕见的画家视为知己，也令云天感动，他说："作品完成后，我在中国美术馆帮你举办一个盛大的展览！"他把一种坚定不移的信念传递给这位天才的朋友。

他在离开这个偏远又神奇的车间上车之前，两人激动地拥抱了三次。

在车上，郑非像喝醉了酒，把车开成战车，不仅两次开错道，还有一次开进一条死胡同里。他高兴得有点忘乎所以。云天觉得郑非十分可爱，他也是个画画的，却忘我地推崇自己一位画画的朋友。这与那年春节在北京现代艺术展上见到的那些趾高气扬的人完全是一天一地两种人。他想起一句话：

真正的艺术家爱的是自己心中的艺术，而不是爱艺术中的自己。

这两天，他眼看着车窗外这个在现代化改造中已经失去特色的古都，一直在叹息，现在忽然有了一些信心。也许正是历史文明的精魂不散和长生未已，表面好似消泯，无迹可寻；谁料它竟在荒芜之中，悄悄钻出一株健旺的枝头，神采奕奕地开出奇异的花来。

坐在洛夫新买的威风八面的路虎越野车中，听着他得意洋洋地说很快就要带着他那个行为艺术《历史》去意大利威尼斯参加双年展了，郝俊已经先行一步为他去打前站，云天心里不是滋味。他想起一个月前在洛阳郑非开着那辆土造的老爷车，去拜访那位无名的天才高宇奇的情景。这世界真是荒唐，无法公平。

他对洛夫说："你现在是不是全心搞行为艺术，不再画了。"

洛夫说："你知道，行为艺术是不卖钱的。郝俊总叫我送画去参加拍卖，我手里没什么画了。送拍就得现画，可是说老实话，不知为什么，我拿起笔来没什么感觉了。"

云天吓了一跳，画家的笔上布满自己最敏感的神经末梢，如果拿起笔来没感觉，不像一个人失去知觉了？平日，他与洛夫联络不多了，他不大知道这个曾经才气纵横的老弟现在怎么变成这样了。

今天，他们一起出来，尤其是一起去看罗潜，都是多年里不曾有的事。

这事的缘起很美好。那天，怡然在弹钢琴曲《少女的祈祷》时，隋意忽然想起七十年代云天描述过——他、罗潜和洛夫在四川路一座空楼里听延年演奏这支曲子的情景。那天她虽然没在现场，但云天把

108

那个景象描述得栩栩如生，一直记得。往日遥远又清晰，凄然也甜美，这使她忽然很怀旧。怀旧时一定想念昔日的朋友，她问云天多久没见罗潜了，云天想了想，说记不清了。这时，他有一点负疚感。隋意说："你和洛夫应该去看看他。现在这情况，不好等着他来看你们。如果洛夫不去，你自己去。"

这样云天便硬拉上洛夫，去看一看久违的好友。

当他们的汽车转到衡阳路，眼前的情景出乎意外。那里，不只是罗潜这院子，原先周围很大一片老房子全没了。一片开阔的空地上只有一些没清理干净的残垣断壁，东一间西一间破屋，这一棵那一棵东歪西斜孤零零的老树，余下全是瓦砾。他们在路边停车下来，走过去，洛夫眼尖，忽说："罗潜还在，那不是他那屋子吗？"

一间灰黄色、破旧、极简易的平房，孤单地立在空地中央，周围的树木全不见了。它正是罗潜的房子，他们原先那个无限美好的小沙龙，在那湿冷的寒夜里亮着灯的温暖的小屋，现在看起来怎么这么小，小得卑微、可怜、无助，远远看像谁扔在地上的一只鞋。为什么其他房子全都荡除一平，只有他的房子依然还在，他在屋里吗？他们跑过去一看怔住了。墙上门上都划着一个大圈，里边一个凶横的"拆"字。两扇门中间还给几根挺长的木板条钉死，贴了封条。罗潜不在这里了，他搬走了，他去哪儿了？怎么没给他们一个信儿呢？

他们找来找去，找到一个看工地的老头。这老头说："这是最后一个钉子户，三个月前搬走了。"

他们问他去哪儿了。看工地的老头有点犹豫，洛夫赶紧掏出好烟给他。当老头知道他们是罗潜的旧友，便掏出一张纸条说："这上边是他的地址和电话。他叫我给他看着这房子，扒房时叫我通知他，他要这些砖。你们记住他的地址电话，纸条还得留给我。"

他们记下罗潜的联系地址，把纸条还了，谢过老头，上车照地址按图索骥。具体住处是西青道的紫罗兰花园。洛夫说："还是罗潜厉害，硬做了最后一个钉子户，从开发商手里逼出一座豪宅！"

西青大道通着杨柳青，他们走着走着已经离开了市区，道路两边多是田野，少有建筑。他们边跑边找，终于在路边看见一块草草地钉在树干上的木板上边，用墨笔写着"紫罗兰花园"五个字，其中两个字还写错了。洛夫哈哈大笑，说这一定是农民开发的土别墅。云天不喜欢他这样笑话朋友。

这小区简陋又特别，虽然建筑粗糙，格局规划有些乱，但全是很宽敞的平房，灰顶白墙，窗子很大，玻璃闪闪发光，而且树木很多，这地方的土质肯定肥沃，树叶全都湛绿油亮，草也很高。罗潜住的是十九号，他们找到了这门牌，但见他的新房半隐在树木中，叫楚云天感觉有一点他那老房子隐秘的味道，心想罗潜肯定喜欢这房子深藏不露的气氛。于是，有一种重返昔时的温暖的感觉焕发了出来。

洛夫从车子后备箱拿出看望朋友的礼物，朝着这房子大声呼叫罗潜。门一开，罗潜出来，他看到他俩的不期而至，开始有点发傻，跟着他笑嘻嘻上来，一边表示欢迎，一边说："你们是怎么找到我的？谁是福尔摩斯，谁是华生？"

云天马上感觉到罗潜这一变化，他以前很少开玩笑，脸上也很少笑。

洛夫说："我们去找最后一个钉子户，顺藤摸瓜便找到你。福尔摩斯当然是我。"

罗潜说："什么钉子户，他们非要把我塞进一个高层里，我就怕人多嘴杂的地方，坚决不去，开发商和地方官员勾起来可厉害了，对我软硬兼施，有一阵还说要把我关起来，我死也不动，他们最后给我找到这个地方。这地方在郊区，地价便宜，他们以为我不会来，哪知道这正是我想要的地方。"他带着他俩穿过树下的院子，进了屋，说，"看看怎么样吧——"

洛夫认为他成了农民，云天认为他进了另一个小天堂。三间屋，前后都有大片绿地和丛生的树木，很难看到邻家，别人也看不到他。罗潜说，他已和小区说好，允许他在房前屋后垒一道短墙，他正等着原先那老屋拆除时，把砖运过来用呢。云天想，他这里和洛夫那个豪宅差别是什么？不就是豪华吗？可是罗潜最讨厌的正是那种世俗的豪华，此刻的罗潜一定是志得意满呢。

云天还发现一个新现象，他的墙上没有画，是刚刚装修过还没挂吗？屋里的家具也不再是以前那种用大木头横竖钉成的桌椅，自然也没有往日那种粗犷和野味儿；原先桌上那个插花用的橄榄绿色的空酒坛子跑到哪儿去了？往日的痕迹一点也找不到了。屋内的家具全都应和着一般家具日常实用的规范，他闻到了清漆和新木头的味道。他问罗潜是否自己打的。罗潜笑笑，

没等说话，门一开，从外边走进一个女子，提着一兜菜，四十多岁，略高略胖，相貌平平，一看就是个朴实又随和的人。罗潜稍显尴尬，随后向他俩介绍这是他的妻子，名叫夏日莲。这女子并不认生，请他们随便，她去倒茶。

他结婚了？噢，是好事，他的个人的生活显然已经从长久的孤僻中走出来了。他的精神与艺术呢？刚刚他去看罗潜的房间时，一间是卧室，一间半掩着门，他嗅到了一点油画颜料的气味。他很想看看罗潜现在的画，但罗潜伸手把门带上，显然他不想叫他们看，可能更不想叫洛夫看。他深知罗潜心理古怪，不再强求。

在他们闲谈时，有一种生疏感三人都感到了。

这是缘自长久未见带来的疏远，是一时找不到共同的话题，是这中间的一些隐隐的隔膜，还是由于在各自社会位置的不同产生的复杂的心理或屏障，没法说清。无话而谈，只能没话找话。云天想出一个个话题，但什么话题也不能引起共同的兴趣来。他们有点像不同国家的人，用哪一种语言都无法交谈。

楚云天对罗潜说："你这次可以买一台音响了，现在好的音乐比起咱们那个时候多得太多了。"他以为这是他们三人都会谈起来的话题。

洛夫说："要买就买山水的，比飞利浦强。"

他说的不是他们曾经敬畏的音乐，而是现在市场追捧的品牌。罗潜自然没兴趣接过话说。

楚云天又换了话题。他说罗潜妻子的

名字夏日莲很好听，还有画意。他说罗潜可以在院里挖个池子，种上睡莲，像莫奈的花园。

洛夫一边抽烟，一边摆手扇开面前的烟雾说："干吗总是莫奈，莫奈早过时了。在巴黎只有旅客才关心莫奈。"

罗潜说："你从美国回来，带给隋意的丝巾不就是莫奈睡莲的图案？"不过罗潜这次反驳他时也不再气哼哼，而是笑吟吟。

楚云天觉得他们之间已经没有通道，无话可谈了。他起身，从口袋掏出两个罐头说："这是隋意送给你的。不是什么贵重的礼物，只是你爱吃的。"

罗潜拿在手里一看，是四川涪陵榨菜。他像被电击了一下，一下子使他怀旧、使他感动起来。其实这才应该是这次他们来访的主题，也更是隋意期望的那样。罗潜用右手一拍云天的肩膀，有如叹息地说了一句，"替我问她好吧。"

他送他俩出去，上了车，挥手而别。

云天半天没有说话。快进市区时，他忽对洛夫说："我发现今天我们三人有一个话题谁也没谈。"

"什么？"

"画。"云天说，"过去它是我们在一起最热衷的话题。"

洛夫淡淡地说："各干各的，有什么好说的。"

云天没说话，洛夫的话也并不错，但他心里忽觉一片苍凉，从中冒出来一句很冷的话：

人与人，聚是一种必然，散也是一种必然。

但他没有说。

他们本来是山里三条天然的野溪，各自穿木越石，翻坡跳崖，奋力奔流。在一个深谷里他们相遇，在相遇那一刻他们激情洋溢，光亮的浪花彼此相拥，飞溅的水珠相互浇洒，他们用各自的灵感激发起彼此的生命的活力。他们相互凭借，相互依靠，相互感召，相互推动。把原本的孤独化为神奇的丰盈，并从深谷一直冲出大山。

可是当他们来到这无限宽阔的蛮荒大地上，渐渐发生变化。疏离与分手也许是一种必然。于是，你融化到另一条波涛滚滚的黑色的大江里，他注入一池静谧的碧湖中；我则漫漶在光秃秃的大地上，在焦渴的大地的吸吮中，在毒日头的曝晒下，渐渐化为虚无。

昨天是美丽的、难忘的、有情的、伤感的，但谁有力量把昨天召回到今天来？

后　卷

被美照亮灵魂的人，才是真正的富翁。

一

你如果想改变自己的生活，往往十分之难，可是你的生活常常因别人轻易地改变。为什么？因为人人都有一扇门，别人可以走进来。所以在这扇门上，有的人戒备重重，有的人从不设防。前者多是谨小慎微、性情胆怯，或者曾经受过伤害；后者则是天性单纯的人。

权贵们通常理性地活着，门上装着一道道栏杆，还有高高的门槛，很难去接近他们；艺术家们则不然，他们活着全凭直觉，多数只有门框，有的甚至连门也没有。只要感觉好，很轻易就走进了他们的世界。

你知道走进来这人会对你带来多大的影响吗？你知道这人是否心怀什么目的或有怎样高明的算计？

云天头一次听到白夜这名字，是在一个画家的口中，他盛赞这位名叫白夜的年轻女画家不仅画好，人的气质出类拔萃，他用了一个词——清纯非凡。云天很少听人如此赞美一个女子，什么样的人清纯到非凡的境地？云天向来注重人的气质，尤其女人。随后这位画家还说："白夜说她特别想认识您，还说她曾是您的邻居。"

这就叫他如入五里雾中，他什么时候、住在哪里，有过这么一个气质非凡的邻居？这使他有了想见一见她的想法。有一次，上海来两位编辑访他，他想起白夜这个名字，向他们打听。一个戴眼镜、干瘦的老编辑笑着说："那是一个海归的画家，画得不错，人挺漂亮，气质极好。不过，她很厉害。怎么，您想认识一下？"

云天摇摇手，他怎好说想认识人家，尤其是一个女画家。不过，这个戴眼镜的老编辑为什么说她"厉害"——她究竟哪方面厉害？他不便再问，换了话题。还有一次，又有人用夸赞的口气说这个叫白夜的女画家气质"极好"。看来气质好，是她留给人最深的印象了。这使云天对这个未曾谋面的女画家产生一些幻想，这不奇怪，画家总是用形象思维。

一年以后，他画了几十幅关于秋天的画，他画得很得意。一年四季中他最迷恋于秋，秋是最丰富的。从初秋到晚秋，无论秋之充盈、灿烂、明媚与松弛，还是秋之疏朗、萧条、飘零与落寞，都能自然地融合人的情感与心境，寄寓各种人生感触于其中。他这批画都不大，一律是四尺纸对开。这些画的照片到了余长水的手里后，叫上海一位办画廊的人看到了，非常欣赏，上海人的文化品味都不错，这人说每张画都像一篇散文，要给云天办一个画展。这人十分殷切，有一天就来了三个电话。云天拗不过，答应了，条件只有一个——不卖。他向来是自己得意的画一幅不卖，真正的好画都是乘一时之兴，充满偶然性，无法再画。

画展定在十月中旬，这时候上海天气的酷热已经过去，秋高气爽很舒服。画廊的地点也很好，就在淮海路上。云天本想带着隋意一起去，隋意多年没去上海了。可是临行前两天，美协通知他北京有会，这样一来，他在上海参加开幕式的转天就必须飞往北京，这就只好带着余长水去了。

人生的故事一定由老天做编剧，如果北京那边没有会议，隋意随着云天去了，一定另外一样，另一个过程，另一个结局。

给云天举办画展的这个画廊不算大，据说这里举办画展的开幕式通常人都不多，但云天画展的开幕式不同，一是他名气大，上海的朋友多；二是他还有不少文学读者想见到他本人，求他签名；三是他画展的题目借用当时当红的克莱德曼最爱弹的一支钢琴曲的曲名——《秋日的絮语》，这题目叫人浮想联翩。于是开幕式上人十分之多，挤成了一团。

多亏余长水帮他周旋，才使他一次次逃出重围。快到中午时，他送几位上海画家到门厅，说话，握手，告别。待转过身，一个极其清亮又美丽的女孩子站在眼前。这个"清亮"是他的感觉。这女孩子的神情很特别，没有因陌生而拘束，也没有因初见大画家而心怯，而是朝他笑，像见到一位多年未见的老熟人那样十分高兴地笑，直笑得微微弯腰。

她是谁？她穿得简单之极，下边一条长长的、旧得发白的牛仔裤，上边一件浅褐色、很宽松的套头毛衣，仅此而已。素颜无妆，浅浅的红唇，白亮的皮肤，长长的睫毛，全是本色，头发像春草一般向后一卷，系一根细细的朱红的绒绳。还有谁这么一任自然地打扮自己？还有谁这样善于打扮自己？

云天发怔，不知是给这女孩天然、清纯、高洁的美征服了，还是不知她因何用这种熟稔于他的笑？

她一笑，左右两边嘴巴上出现两个细长的酒窝，更增加了她的俊美。

他怔着，不知该说什么。

她对他说："我就是小夜啊，您的邻居小夜啊！"

云天更不知她是谁。他把"小夜"听成"小叶"，他从来不认识一个叫"小叶"的人。这女孩说："您七六年大地震不是住在墙子河边那个红色尖顶小楼的顶层吗？"

云天说："没错。可是非常对不起，我怎么不记得有你这么一个邻居。"

她很遗憾地笑一笑说："您就忘掉那个曾经邻居家的小女孩吧，您就认识一下现在的我吧。"她伸出一只手说，"我叫白夜！"

他握她的手，她的手不大，握上去特别光滑又柔软。手有魅力的人不多。

哦，她就是白夜！就是不止一次别人对他说过的白夜！也是他曾想见到的那个"气质极好"的女画家。她现在就站在自己面前，气质果然非凡，天生一种江南三月一般的淡雅与清纯，但自己却怎么也想不起来这个昔日的邻居。他有些歉意，又不知怎么表达这种歉意，就不免有些尴尬。他这种心理活动，叫白夜看出来了。白夜非常会说话，她爽快地说："这次认识您这位大画家就行了，下次再与老邻居重新回忆往事。"

说完，她向他摆摆手，扭身轻盈地走了，好似一阵微风把她带走了。她竟然这样说走就走了。

然而，她把一个关于老邻居的问号留在楚云天的脑袋里，叫他不能不想。她还把一个罕见的美好又清新的气质留在他心里，叫他总去回味这种很特殊的异性的感觉。

下午他很忙，画廊经理拉着他交谈。经理再三提出有几位真正懂艺术的藏家希望能收藏他的作品，他说协议在先，他不卖画，可是画廊经理纠缠不休，最后说好出手三幅才算罢休。晚间便是几位上海画界的朋友邀他一席晚宴，九点钟才回到宾馆。刚刚洗一洗脸坐下想歇一歇，忽然一楼前台来电话，说有朋友拜访，人在大厅等候。他赶紧换了便装下去。

到了大厅不见有人，环顾四处一看，只见右边咖啡厅那边，有人坐在那里朝他招手，远远他就看出是白夜。他有点意外也有点愉悦感，好像这正是他心里隐隐盼望的。

他快步走过去，白夜站起来，她换了一身墨绿色的衣裙，晚间有点凉，她外边穿一件黑色的薄外衣，头发还是随便地一卷。这身重颜色的衣服使她白皙的脸儿愈加明亮。

没等他开口，她就问道："我这时候来拜访，有点打扰您。可是我不甘心您忘掉那个'小夜'，忍不住来问问您，想起来了吗？"

云天刚一支吾，她就笑了，说："快二十年前的事了，何况又经过一个时代的变迁。不怪您，我来帮您回忆。"

她挺善于使对方很快与自己融洽。云天笑了，说好。

白夜说："您住的房子，一个式样并排三座，上海也有一些这样的房子，都是以前外国人盖的。您在最左边，对吧？"她拿起桌上放调料的小瓶小罐横排摆了三个，她拍拍最靠左边的一个说完，又指一指最靠右边的一个说，"我家住在这一座。我们中间还隔着一座。"

云天说："噢，不在一个楼里。中间还隔一座，怪不得没印象呢。"

白夜说："我对您印象很深。我妈妈总说，那个长腿的叔叔是画画的，一次您在您那边院子的小树林里画画，我妈妈还带我去看呢。您还抱我，亲我。"

说完，她又笑，这次笑里略有一点害羞。这个回忆的细节叫云天有一种亲切的感觉。这时，他对往事确实有一点点印象了，他说："你妈妈好像个子略高，挺苗条。记得我爱人总夸'前楼那个女人很好看'。对了，我想起来了，还说她孩子——也就是你——像个洋娃娃。"

"这就全想起来了。"白夜很高兴，一笑露出长长的酒窝和皓白发亮的牙齿。她说，"记得您夫人很文气。她现在好吧。"

"挺好。"

"您好像还有个女儿。比我小，现在上大学吧。"

"现在波尔多美术学院，不过她不学画，她喜欢艺术史。"

"波尔多美术学院在法国可是数一数二。我也是在法国留学的，毕业于巴黎的凡尔赛美术学院，也念过一段艺术史。现在很多画画的人不懂艺术史，也不读书，那可不行。"

"你们为什么搬到上海来？"

"我爸爸搞金融，上海这边更有发展，我们就跟来了。"白夜说。

本来云天想了解一下她的画，究竟还没见过她的画呢，但白夜更有兴趣的是回忆往事，由此牵出关于那三座小楼里许多美好的记忆。她怀念自己的童年，云天则对那段苦涩艰辛的岁月与生涯难以忘怀，这就使他们有了一个共同的过去。于是，她就不是他生活的一个突如其来的闯入者，而是他人生中一位原本的故人。只不过从已经溜掉的时光里掉过头来，带着相同的珍贵的记忆，自然而然地返回到现实，并迈进他的门框。

已经不知不觉到了十一时，余长水找了半天才在咖啡厅里找到他们。余长水见了白夜相互点了点头，他们认识吗？

余长水告诉云天，明天早晨七时就得

离开酒店，飞机上午十点半起飞。白夜明白她必须走了，她从一个手提袋里掏出两本画集，说是她的作品集，微笑着请云天在飞机上看看解闷。

如果不是余长水在场，他们分手肯定还会生出一种别样的感觉。

在楚云天回到自己的房间后也有一种感觉，那是一种美妙的东西还没有开始就离去的感觉。他有点怅然。

他从上海飞到北京开过会，再回到家里。隋意用一桌丰盛的晚餐加上冰啤酒等候他，过后坐在餐桌的对面，笑嘻嘻看着他一通狼吞虎咽，饭后又听他得意地大谈"秋日的絮语"的反响，人们欣赏他在画展开幕式上讲的关于绘画的文学性的主张。他给她许多好消息，他也喜欢看着她脸上十分满足的神情，这时他忽然想到自己什么礼物也没捎给她，哪怕是一盒她爱吃的云片糕。他去时曾经还想着，并暗暗嘱咐自己记住，可是结果还是忘了，真糟糕！即使头一天没有时间去买，在机场的商店里也能买到。为什么？他脑袋里到底装满什么了？

隋意问东问西，当问道还遇到什么特别的人的时候，好像给他憋着要扔出来的东西，送上了一个筐。

他问她："你还记得咱们住在墙子河边那小楼时，有个邻居的小女孩吗，名叫小夜？"

隋意在想。云天认为她肯定也不记得了，谁料她忽然说："记得、记得！那小洋娃娃。她妈妈很好看，体型好，气质也特别好，像夏梦。"

"你怎么还记得？"

"好看的人我都会记得。她们就住在最靠东边的那幢房子里，有时她带着这小夜在家门口玩，我下班时会碰见。她妈妈好像在话剧团工作，是不是演员不知道。怎么，你碰上这个小夜了，她也去看画展了？她不在天津吗？"

"她家早搬到上海去了，她现在是画家。"云天说。

"噢？她居然也是画家了。她像她妈妈吗？很美吗？"隋意问。

不知为什么，云天感到回答这问题有点难，他想一想说："她妈妈没见到，她挺精神。对了，她也在法国留过学，也学艺术史，是在巴黎。"

"她和怡然差不多大吧。哎呀，不对，她要大四五岁，你看过她的画了吗？行吗？"

云天迫不及待地从随身的旅行包里拿出两本薄薄的画册，递给隋意，隋意一翻，偏头向他露出惊讶。云天说："没想到她的画这么好，很有自己的东西。"

"而且很有品味，非常独特！"隋意说，脸上有一种被感动了的神情。

云天很满足，好像别人在称赞他女儿或隋意。

这两本画集便一直放在他的画室里，他不时会翻一翻，他觉得扉页上的签名"白夜"两个字，就像她初见他时那个清亮的面容。

入冬时候，美协艺委会请他去济南评选新一届全国美展的作品，他是国画部分评选组的组长。余长水有事去深圳了，刚好费亮正在济南为一家宾馆会议厅画一幅大画，画院就打电话叫费亮在济南那边协助楚云天。等到楚云天到了济南车站那天，费亮带车来接他时，交给他一封信。他坐在车上打开信一看。只有短短几行字，写道——

楚老师：

今天您将看到我的画。这是我的幸运！不求您帮助，只想听到您的指点。明晚与您联系。

署名是外文，但不是英文，看一些字母像是法文，因为怡然从法国来信时偶尔也用一点法文。云天立刻判断出这是白夜写给他的。她很聪明，没有任何强加于他的表示，但又有一种希望隐含其中。云天对艺术是严肃和客观的，一切只有看画再说。他问费亮："这信是谁交给你的？"

费亮说："上海美协来送作品的一个工作人员，叫陈非。是个小伙子，我以前没见过他。"

云天说："他和我住在一个酒店吗？"

"不不。"费亮说，"这次你们评委专门住在一个酒店，各地送画来的人都不准和评委们住在一起。评选作品全部在酒店里，你们就在酒店里评，哪儿也不能去，评选过程全部保密。评选总共两天，后天下午结束。您要在济南没别的事，我给您买大后天回去的票。我还住在画画那个宾馆里，有事您叫我。"

云天说："好，有事我电话找你。"

云天担心白夜来酒店大厅等他，或这期间来找他，但都没有，看来白夜不是那种求名求利死磨硬缠的人。不仅影儿没见，连电话也没有。他向来不喜欢功利的女子，他想，她气质品味的确非同一般。气质不只是一种表面的风度，还是实实在在的人品。

入选的作品全都挂在一座大厅内临时架设的一道道展壁上，他和评委们一幅幅边看边评。一边评议，一边在各自手中的一张表格上打分。他们依次而有序地审评着，忽然，白夜的画出现了。

不是他发现了她的画，而是她的画跳进他的眼中，不只跳入他的眼中，也跳入所有评委的眼中。

能叫评委们驻足赏议的，正是隋意曾感受的——她的画非同寻常的独特性。

这幅一米二见方的画上，她采用完全属于自己的绘画语言，完全不见笔触，最多一点淡淡的线条轮廓，也被层层的晕染消融了。她使用的是工笔画中晕染的手法，但从来没有人只用染的技法，既将万物一层层濡染出来；同时，又把这一切烘染到梦一般的虚幻中去。

不见笔痕，不着重墨，淡墨淡彩，若隐若现。她把形象的清晰度控制在似有若无的程度上，一种朦胧的美使她的画意境含蓄而深邃。到底她想与你拉开距离，还是诱惑你一点点进入画中呢？

正如这幅画的画名叫做《期待》。

远处看分明一片花树簇拥的山村，清新、浑厚又温馨，走近看却是各种色彩驳杂又和谐地相互交错与融合。这样一种独创的带着迷幻感觉和鲜明的现代特征的绘画，而画的后边分明又有传统工笔画技法的根基与修养，评委们都表示很欣赏。

一位评委说："这幅画虽然分量不是很重，但给工笔画传统的现代走向打开了一扇门。"这个评价相当高了。

"完全不用笔触，只靠晕染，表现力是不是就变得有限了？"

"这正是画家的一种追求。将染的技术用到极致，也是一种独创。"

"何况很有意境，也有味道。"

"我欣赏它语言的模糊性。"一位广东的评委说。

"画家语言的模糊是为了唤起观众的想象，这不仅仅是一种技术上的革新。"楚云天忍不住说，"这是近期少见的独树一帜的一幅佳作。"不知为什么，在这当口，他情不自禁地给白夜使了一点劲，这是他以前从未做过的。

在画界，楚云天的话，是有权威性的，他一向从艺术出发，只面对作品，客观公正，而且人缘又好，大家都服气他。他这一说，差不多了。谁也没想到，最后在评委们的投票中，白夜获得了很高的分。

在评审结束后，他很少这么高兴，是因为白夜入选了吗？不，是一位有才气又可爱的年轻女画家入选了！他扪心自问过，自己是不是为白夜使了点劲，有没有昧着艺术良心？他想，自己对她的评价虽高，却并不为过，因为白夜确实有才，有想象力，很独特，有品味，尽管由于年轻还有一点单薄。

单薄这种东西不完全是艺术的东西，要靠人生的历练了。

他下午回到宾馆，就接到白夜的电话。

"楚老师，我是小夜！"白夜的声音。

他一听到她清亮的声音，眼前立刻浮现出她笑时面颊上的长酒窝，他很愉快。

"您看到我的画了吗？我上次给您的画册太小，看画必须看原作。"白夜说。这时白夜还不知道评审结果。

"是啊，原作的尺度是画家作画时情感的尺度，一缩小就大大损失原作的感觉了。"云天说，"我赞成你用工笔画晕染的技巧所创造的模糊语言，这是你非常独特的东西。既有独特的技术，也有独特的审美。"

"还是楚老师厉害，几句话就把我许多年来才想明白的道理全说出来了。楚老师，我今天能见到您吗？很想与您多聊聊。"白夜亲切地说，还带着一点殷切。

云天很想见到她，可是不一会儿，山东画院的一些画家，还有济南文化部门的几个官员都要来。白夜是候选作品的作者，她若来了，叫人看见不方便。他把这些为难告诉她。

白夜说："其实，我也很想知道别的人对我的画怎么看。"

云天知道她关心自己的作品命运如何，怕她着急，心一软，就把不该说的话告诉她："大家都赞成我的看法，你放心好了。"他停一下说，"不过你千万别对别人说。"

白夜一听，立刻非常快活。她说："我不会，您也放心。最主要是有楚老师支持，我就敢往下画了。"

随后，白夜就表示，她不来酒店看云天了。晚间，楚云天与山东画家们一聚为快。山东人喝酒太热情，不把客人喝醉喝倒决不罢休。他回到房间后，衣服没脱，一头倒下便睡，早晨电话把他吵醒，他以为是费亮，再听是白夜，声音与先前不同，似乎有点低沉缠绵。他以为她要来送行，不叫她来，无论他怎么说，对方都没有接茬。是不是对方挂了？他"喂喂"问两声，忽然话筒那边传来白夜压低而有点胆怯的声音："我不会送你，我怕人看见。我没事，只想听一听你的声音。"

跟着她把电话挂了，只有"嗡嗡"的忙音。

这句突如其来的话叫楚云天蒙了。他觉得自己的心忽然加快地跳起来。特别是她对自己的称呼，由"您"改为"你"，一下子就使得他和这个有才气又美貌的女孩子关系不一般了。

而这句话，突兀又大胆，意味无穷，叫他事后不时会想起来，却琢磨不透；就像她的画朦胧暧昧，似有若无。

二

几个月过去，倒春寒时候，新一届全国美术大展在北京开幕。这个三年一届的全国大展，吸引着各地画家如候鸟一般纷纷云集京都，开幕式人山人海，轰轰烈烈。楚云天走上台前致词，分外神采奕奕，一件长长的深蓝色的风衣，一贯的不修边幅、有点散乱的头发，庄重又轻松的神态，特别是他那充满灵气的讲话，叫开幕式的主席台分外具有磁性与张力。

摄影记者们的闪光灯在他身上频频闪烁。后来一位记者描述此刻的楚云天——"像一块带着闪电的雨云"。

美协之所以请他致词，除去他的影响力、思想深度、口才，还因为他做了美协主席后给自己定好一条规矩，决不送自己的作品到全国美展，也决不登上美术界任何领奖台。他确实这么做，大家尊敬他的人品。

今天，他说："美术界是不是在进步，就看冒出多少叫人眼前一亮的作品和叫人心头一亮的有才华的年轻画家。"他随后又机警地补充一句，"当然我们也把老画家的新亮相看得分外重要。"

他的话叫大家笑了，特别是老画家都笑了。

他讲话时，看到台下大片观众中，一个穿砖红色长外衣的女子跳进眼中，正是他刚刚说"眼前一亮"那一瞬，他马上认出是白夜。这使他很兴奋，起劲，下边讲的话就更有灵气。

他从接到出席美展的通知，就预料到身在上海的白夜一定会赶到北京，因为画展将展出她的作品。能入选全国美展，是一个画家实力的见证，也是开始为全国画坛关注的标志。她是不是也想趁这个机会见到他？

自济南电话中一别，她留给他那句意味深长的话一直余音袅袅，但此后她却始终未与他有任何联系，既无电话，也无信函。他对那句话当真那么认真吗？

早已步入中年的楚云天已经不会再出现当年的"雨霏事件"，不会再落入一往情深的爱的陷阱。虽然他骨子里仍有浪漫情怀，天性向往生活的诗情画意，可是他毕竟早已度过二十年前生命中的盛夏时代。特别是他叫隋意受过伤害，那条疤至今留在自己的心上。

可是，当这个绝美、有才华又气质出众的白夜突然出现，并对他表现出一种主动的时候，他会不会重蹈覆辙？反正现在还不会！最多不过激活了沉睡在他骨子里那点浪漫罢了。由此引来的仅仅是一些感动，一些欢愉，一些臆想。被异性倾倒是一个人魅力的体现，谁都会从中引为自豪。但现在还非常清醒的他，决不会叫自己陷入昔日那种无以自拔的困境，所以，他不会对她主动。何况现在真正主宰他的，一半是社会艺术的事业，一半是他孜孜以求的艺术的本身，特别是后者。

今天他跑到北京来，为了两件事。上午来参加全国美展的开幕式，下午去五洲大酒店，去看一个大型书画拍卖会的预展。余长水几次向他描述书画拍卖的盛况，由于他从不参加拍卖，对此所知寥寥，今天也想看一看，了解一下当今画家们为之疯狂的书画市场究竟怎么一个局面。他过去从未走进过这样的场合，就像他从未进过夜总会和歌厅。

在画展中他匆匆走一圈，远远看前边聚一些人，从人缝看到一个红衣的人在说话，再看一眼是白夜。电视台记者正在她那幅《期待》前采访她。白夜对他好像有第六感，在他看到她的一瞬，她也看到他。这有点神奇。

她立刻跑过来，穿过人群，一把拉着他的胳膊，把他拉到她的画前。她对一位摄影记者说："劳驾给我和楚老师拍一张合影，我崇拜楚老师。"

云天并不想这样，但他无法拒绝，还好，他们都很自然，轻松地站在一起，微笑着面对着不少照相机和摄像机的强光，于是，这对少女中男漂漂亮亮拍了一张合影。

这时电视台记者扛着摄影机上来，想叫云天谈谈白夜的画。他摇摇手谢绝。白夜很聪明，她明白楚云天要回避这种事。她决不像一般人那样强人所难，非拉着名人给自己捧场。她礼貌地伸手拦住电视记者，请云天离开这里继续去参观画展。这么一来，叫云天看到她气质的高雅不俗。

下午，照原计划，他们到了五洲大酒店来看拍卖预展。酒店没有专业展厅，拍卖公司依照拍品的不同年代与主题，在几个大型宴会厅与会议厅用统一规格的展板分割成不同的展区。各展区看画的人竟然都是摩肩擦背，云天头一次领略到这种阵势，亲眼目睹当今拍卖市场之火爆，决非自己原先的想象。

他上午在美术馆看的是纯艺术的展览，现在看的是纯商业的画展。凭着他的敏感，明显分出两个完全不同的世界。在美术馆看画，人们是感性的，这里是理性的。在美术馆人们主要是看画，这里连题款署名图章全看，在美术馆看画人的眼睛是在欣赏，这里还要用脑子来算计，尤其每幅画下边全有标价。

云天问同来的余长水："这儿的展览和上午美术馆的展览最大的不同是什么？"

余长水憨厚地笑道："这儿全有价钱。"

云天接着问："价钱能说明这幅画的价值吗？"

余长水说："当然不能，但市场有市场的规律，和我们不一样。我们说的价值是艺术的品值，市场的价值就是价格。关键要看价格。"

云天："价格高的画应该好啊。"

长水说："不一定。有时正好是反过来的，卖得好、价格高的画不一定好。"

云天："噢，你这个话题很有意思，回去咱们找个时间好好聊一聊。"

在展厅里走来走去一看，云天看到了许多熟人的画，心想这些画家也都在卖画吗？他忽然看到易了然一幅《黄山绝壁松》，八尺竖幅，一怔，失声说："他也参加拍卖吗？"再看，标价很高。他问余长水，"易老师常参加拍卖吗？"

"拍卖场上总能看到他的画，海外一些藏家喜欢他的画，价钱一直往上升。但不一定是易老师本人送拍的，可能他送给什么人，别人拿来拍卖换现钱。"余长水说，"这儿偶尔也有您的画，但肯定不是您送来的，这是同一个道理。上一次还有您两幅四尺对开的方画，画的是江南水乡，卖价很不错。不过，买画的人并不知道不是您送拍的，兴许以为就是您送来的呢。"

云天说："那就跳进黄河也洗不清了。"

余长水说："为什么要洗？画画的人也要用钱啊，大家还都争着往里跳呢。那边展厅还有我送来的两幅，都是小幅。"

云天："每次都有你送拍的画吗？"

余长水说："楚老师，我得结婚、买房子，将来还得生儿育女啊！我从去年开始送拍，但画价一直不高。"

"好，去看看。"云天说。

他们来到余长水的两幅小画面前。云天说："还是你西藏风格的画，为什么不拿来你擅长的水墨写意，从容大气，又有味道？"

"拍卖公司的人说，现在画水墨的人多，买画的人分不出好坏。这种藏画风格的画特色强，已经有几个南边的买家盯上我这种画，如今我只要把画往这儿一送，弹无虚发。就是价钱低一点，才两万一幅。"余长水说，"他们说卖画一开始定价不能高。等到市场有了一定的存量，藏家们都希望你的画升值时，他们就会一起把你画价抬上去了，好比股票一样。"

云天没说话，他不喜欢这些买卖经。余长水看出来了，他怕云天怪他不用心画画，只折腾卖画。云天忽对他说："两万一幅也挺不错了，一幅画就买四平米房子了。"

长水一怔，两人都笑了。

云天向来这样善解人意，他不强加于人。

两人正说话，忽然有人过来问他："哪一位是楚云天先生？"

云天说："是我，什么事？"

这人说："有您电话，您随我来。"

云天纳闷，电话怎么打到这里，谁会知道自己在这里。他随这人走进一间办公房，拿起电话一问，电话里发出清亮的笑声，一听声音就知是白夜。一听声音就像看到她的面容。她说："别问我怎么找到你的。我要想找到一个人，会找遍整个地球。"

云天不知该与她说什么，好在她自己接着说下来："先告诉你一个秘密，我加入美协了，我是你的兵了。还有一个秘密，很快你就会知道，反正我离你愈来愈近了。你欢迎我吗？"

云天不知该如何回答。

白夜说一句："祝你回去一路平安！"电话就主动挂了。

她总是戛然而止，不纠缠你，叫你轻松；同时给你留下余味，或是类似谜语什么的，叫你去想去琢磨去回味。

云天放下电话，转身看余长水，他满

心奇怪地说："是上海那位画家白夜，她怎么知道我在这儿？"

余长水忽说："噢，那个女的吧，上午在美术馆开幕式时，她找到我，说下午要见您，我说您下午要来这儿看画，她什么都没说就走了。她可真有本事，把电话追到这儿来了。没事吧。"

"没事没事。"云天忙说。

他们正要离开，一矮一高两个人笑嘻嘻走来，前面一个油光光、矮胖的人对云天说："您是楚老师吧。我是嘉和的副总，姓马。前两天，您画院这位余先生说您要来看看，我们十分高兴，万分欢迎，应该远接高迎才是，您是大名人。"说着，胖胖的手递上名片，手指上套着一枚油亮亮羊脂玉的大扳指。

他把云天和余长水请到旁边一间接待室里，坐下来后，他说："我们这儿与您上午那个展览，完全不同吧。"

云天："这是商业画展，当然不同。"

云天这话略含一点贬义。这位马总下边的话就有意思了，他脸上仍挂着笑说："上午美术馆我也去了，还恭听了您的致辞。您说的对，您那边画是作品，到我这边就是商品了，可是作品最终都得变成商品才能流通。进一步说，您那边的展览是画家出名的地方，可是一旦成名就都跑到我这儿来了，干什么？卖画呀！有了名，画就值钱了。谁不想卖钱，甚至卖出好价钱？这么一说，我们和您是一条流水线了。"

云天笑了笑，他心里边肯定受不了这位马总的歪理邪说，但他没必要与他争辩。马总是明白人，他似乎知道楚云天是怎么想的，他接着说："我知道，我这些话有点俗。可是没钱谁也不能活，这才是硬道理！比方你们天津一位老画家唐三间，你肯定认得，他原先清高的很，声称决不和拍卖行打交道，可是打三年前找上门来了，要卖画，而且很和我们配合。最初他的画卖不过一位年轻画家，现在年轻画家卖不到他一个零头了。"

云天说："为什么？"

马总一听，得意起来，一伸胳膊，差点把桌上的茶杯打到地上，弄得茶水哗哗流，一阵慌乱之后，他笑嘻嘻接着说："这就是拍卖行的厉害了。三分画，七分卖。现在，像唐三间这样的画家主要是卖'老'。老就是老一代，老前辈。尤其他在'文革'前就是名画家，隔过了'文革'一个时代，现在人都成古董了，画就更值钱了。我们就拿他当宝贝供着他。古董嘛，愈老愈值钱。他自从'文革'后不画别的，只画梅花。我们就称他的梅花是'唐梅'。唐梅一叫响，现在他的梅花可好卖了，有人说要唐三间按花朵的多少计价，一朵梅花三千块。"说完大笑。

云天开玩笑说："那就画梅树吧，一树全是梅花。"

马总说："还有画梅树的吗？"显然他不懂。

云天说："当然，关山月就善画梅树，元代的王冕不也画梅树吗？'吾家洗砚池头树，朵朵花开淡墨痕'嘛。"

马总说："还是楚老师学问大。哪天请唐老爷子画一幅梅树，创个天价。"

云天没接过话，而是问他："我见您这儿有一幅山水是徽州大画家易了然先生的，他也与你们合作吗？"

马总说："不，他的画都是别人送拍的，他本人从来没和我们联系过。不少藏家找他的画，但据说他这个人脾气怪，行踪不定，一年时间几个月呆在山里边，黄山那么大，哪儿去找他。听说您和他很要好，还和他一起办过画展，托您带个信儿给他，就说我们想给他做代理。我们是中国三大书画拍卖行之一，只要他把画交给我们做，保准给他的画增加含金量！"

云天听了最后这句话，心中生出一种厌恶感。他要尽快结束这种带着铜臭味的谈话，起身的动作很快，匆匆而别。

在返程的汽车上，余长水说："这位马总特别希望您能叫他们做书画代理，很迫切。"

云天说："我怎么没听出来。"

余长水说："您真是不了解商人。他说如何把唐三间做大做强，就是说给您听的。他不把话说明了，是希望您找他们。您找他们，他们就主动了；他来求您，他们就被动了。"

云天敲敲自己的头，说："我真没有这种脑子，也没精力与这些人打交道。"

余长水见他那股子高傲劲儿又起来了，不再说话。

车子在夜间行驶时有一种舒适感，新建成的京津高速公路地面平整又坚实，车子跑起来有点像飞船穿行夜空。云天请司机师傅打开音乐，他车里总放着一些他喜欢的录音带。在夜行的车子里听音乐，可以无限美妙地进入音乐中去。

此间，在这辽阔又深远的音乐情境里，他脑袋里浮现出白天里的种种景象，人山人海的开幕式，致辞的自我感觉，一幅幅让他记住的画，跟着闯进来的是易了然的《黄山绝壁松》，唐三间的"唐梅"，不一样的观众、马总的话。当人群中一块砖红色蹦出来，接下来就是与她合影，她优雅的美，电话里的琢磨起来颇有意味的话……这时正是一个悠长又缠绵的小提琴旋律。她说还有一个秘密，而且要和自己愈来愈近了，会是什么事？

三

自从看了五洲大酒店那个声强气盛的拍卖预展之后，云天才开始认真关注这个用金钱运转的书画世界了。

此前，他的眼睛和耳朵也常常遭遇到这类信息，但他没有兴趣，从不理会，只当与自己钟爱的艺术及事业没有关系，互不相犯，撒在一边，不理它就是了。但是从这一天起，他终于心明眼亮地看到，这是另一个世界，强势的世界，无法回避的世界，而且与自己并非无关。

过去他以为，他在山川大地上工作，那里是海洋，最多只是一些艺术家为了果腹偶尔去打捞食物的地方。现在不同了，他发现大海的潮汐早已气势汹汹卷上岸来，正在淹没自己的土地，许多艺术家已经是那个世界忠心耿耿的臣民了。

为了弄明白这些事，他结交了一位专事艺术品经营拍卖的俞先生。俞先生懂得陶瓷、木器、近代书画，六十来岁，秃头，戴一副圆眼镜，喜欢穿中式上衣，经验很丰富，有头脑，人又老到，在拍卖行里是一个凭眼力吃饭、靠得住的人。这天，他坐在云天的院子里的藤椅上，饮着一杯亮晃晃的绿茶，他对楚云天的一席话，非常值得琢磨。他说——

"您和我们虽然都一辈子和画打交道，但我们是完全不同的两种人。谈不上谁高谁低，只不过各干各的。

"您是画画的，您的劲使在一幅画完成之前；我们是卖画的，我们的劲儿使在一幅画完成之后。

"您求的是艺术价值，我们把它变成商业价值。

"您看画，看画不看人；我们看画，看画也看人。人没有名气，画再好也不值钱；人名气大了，画不好也值不少钱。

"您把画称做作品，我们把画称做拍品。拍品就是商品。

"画在您这里只看好坏，画在我们那里首先是真假。

"您看画家，看水平高下，功力高低。我们看画家，就看他的价位。谁价钱高谁排在前边。

"所以在您这里，功夫用在画里边；在我们那里，功夫都在画外边。"

云天笑道："陆游有句诗是'功夫在诗外'。"

俞先生："您别笑，卖画卖画，关键是卖。现在的画家为什么想方设法搞炒作？请媒体宣传，再买一送一，甚至买一送三，找人打托，现场抬价，假买假卖，这种法子多了，够您写一本书了。为了什么？就是为了抬高价位。"

云天想起洛夫那次办展览大张旗鼓的架势，他说："这我知道，也听人说过许多炒作的招数。但是如果画不行，只把价钱抬上去是不会持久的。"

"持久不持久不是我们的事，我们只管当下卖得如何。"俞先生说，"您没有注意到，我刚刚使用的词儿是'价位'，不是'价钱'。价位是市场价格。说白了，是一平方尺多少钱。价位是相对稳定的，但价位也可以操作。"

云天说："这我不明白。"

俞先生："把价位抬上去需要投资。每次拍卖我都得找一帮人，高价买你的画，渐渐就把你的价位巩固下来。"

云天说："谁肯花钱高价来买？"

俞先生说："我刚才不是说了吗？买一送一、送二、送三，或者假买，完事把钱退回去，画拿回来。当然你得付一笔手续费，也就是市场成本，可是这一来你的价位就落住了。"

云天说："我要这个价位干什么？"

俞先生说："不对呀！比如您，偶尔也卖两张画吧，但都是私下卖出去的。在我们看来——这不行！因为您的画没有固定的市场价位，没价位没法在社会上流通。要想有市场价位就必须上拍，每次拍卖会每个画家的画卖得如何，多少钱一平方尺，大家全都心知肚明，全都认可。可是您的画值多少钱谁都不知道，因为您不参加拍卖，您就没有价位。如果您真的要用一笔钱，必须卖一些画，怎么卖法？所以，画家们都要下一番功夫，弄到一个好的市场价位，这就什么也不愁了。"

云天说："我不在乎这个价位，也不追求太高的价格。"每次谈到这里，云天都有这种自许的清高。

俞先生笑了，他说："我说的只是一个世俗的道理，您姑妄听之。您说这社会上

123

有几个真懂画、真爱画的？咱中国多少人家里挂画？有了钱，装修房子，挂张画，那只是附庸风雅而已，连到我们拍卖会上来买画的人也没几个真正懂画的。谁会花十万八万买一幅当代画家的画？画家还活着，他一边画，你一边买，这不是傻了吗？凡是拍卖场中买画的人大多有利可图。主要就是两种，第一种是赚了多钱的人，指望着名人字画能够升值，拿画当股票买；第二种是做买卖的人买去送礼，拿画当珠宝买、当珠宝送。在他们眼里自然是谁的价位高，谁就是最好的画家！这世界上什么都是愈好的东西愈值钱。是不是？您说。"

云天说："本来应该谁的画好，谁的画贵；现在反过来了，谁的画贵就谁的画好。这是一种商业误导！"

俞先生："市场有市场的规律啊，现在是市场社会，什么都是拿钱说话呀。对于画家来说，名气就是钱。把名气折腾起来，画也跟着值钱了。"

云天说："那就不一定把劲全用在画上边了。"

俞先生把茶杯往桌上一放，说："我认为您现在全明白了。"

这俞先生是在夸赞自己吗？云天苦笑一下。心想，这是多糟糕的一个时代。

在这样的时代里，一定是大批大批的画家向市场悄然地转移。他知道，有的画家已经把一年两次的"春拍"和"秋拍"当成自己的主战场了。市场有它的脾气，它不顺应你，你必须顺应它。比如它推崇名家，它只给买家偏爱的画家放行，它还喜欢脑子灵活、随机应变、共同奉行利益至上的合作者。于是云天看到不少本来年轻有为的年轻画家一头扎进市场，主动向买家挤眉弄眼，主动磨平自己性格的棱角，主动去媚俗，原先动人的才气渐渐荡然无存。他这次从余长水送拍的画，也看出这种商品画的势头来，余长水的解释是马上要结婚了，要买房子急着用钱。这是人生存之必需。可是，那些在书画市场中使出浑身解数卖出天价的"大师"们呢？个个趾高气扬，人人都在炫富，他们已是正在市场里苦苦奋争的年轻画家们心中神往的天王般的偶像。

他听肖沉说，连美院的学生们都热心卖画了，一边学画一边卖画。要学会卖画，必然要精通种种市场上的招数。有一个二年级的学生专画丑画，丑人丑物丑石丑树，卖得挺火。很多学生不向老师学，都向他学，都画丑画。

市场社会一定是奇葩盛开。

一天，费亮打电话给楚云天说，一位华裔的女画家后天在文化中心的美术馆里举办个展，邀他出席，并托费亮告他一定不能拒绝。

他听后一怔，是白夜吗？白夜不是华裔，最多是个海归呀。再说如果是白夜来开画展，怎么他事先一点也不知道。除非她要给自己一个惊奇，这就是她上次说的还有一个"秘密"，而且要与他"愈来愈近"吗？白夜这个人有一点不可思议，她喜欢出其不意。比如，她每次见到他，都表现出一种异性间的暧昧，分开后却音讯皆无。这缘自他对她的某种误读，还是她有意地用一种若即若离的做法来牵制他，再一步步向他贴近？抑或是她的一种猜不透的天性？反正现在的女孩子都喜欢成熟的、成功的、风华正茂的男性。她如此年轻，会有这么多的心计吗？

不一会，费亮来了，把一份黑灰色的请柬交到他的手里。他一看请柬的风格就不对了，浑厚、沉郁、隐秘，这完全不是白夜的风格。再看上边，展览的题目是"古老的东方"，作者的姓名是英文，他不认识这个外国人。忽然英文中有一个中文名字跳进眼帘——唐尼，他马上想起来新华中学徐老师的那个女学生，曾在北京出版社做美编、搞黑白版画、很有才气的女画家。她出国、结婚、入外籍了吗？再一想，倏忽已经二十多年了。二十多年间什么事都会发生，都会变化，他决定去祝贺，看看她现在的画什么样了。

晚间，他把这事告诉隋意，隋意说应该请洛夫一起去，他没说话。这其中的原因隋意知道——

前年法国国际双年展上，洛夫带去一件作品叫做《墙上的画》，是一件行为艺术。现场，立着一面破败不堪的墙，墙上挂着一幅风景画。实际上这幅画和镜框全是画在墙上的。洛夫本人扮演这个破屋墙壁的主人。他每隔一小时，手里拿着一个调色板和画笔走过去，把画框里的风景改成另一番景色。他这样一遍一遍地改下去，表达主人内心的压抑、向往和无法摆脱的不安。

这件作品在双年展上受到好评，还获了奖。

这使云天非常生气，明明这是当年罗潜遭受打击时，赖以从中解脱出来的艺术行为，也是老朋友一个刻骨铭心和苦不堪言的记忆，怎么能剽窃过来成为自己炫耀于海外的作品？如果罗潜知道了会是怎样的感受？当时他想去质问他，还是肖沉拦住了他。肖沉说："你难道没有从这件事情上看到洛夫的原创力已经枯竭了？再说，中国的行为艺术走到今天已经到头了。"

肖沉的话是对的，自此而后，洛夫再没去参加双年展。至少最近一年多，已经听不到洛夫什么消息。如果洛夫真的枯竭了，他的日子会很难过。他是不大会思考的人，不会思考的人很难走出艺术的困境。

他想了想，给洛夫打了电话。洛夫一听唐尼来开画展，便说好他来接云天一起去。

转过两天，洛夫把车子停在云天门口，跳下车按响门铃。云天开门一看吓了一跳，洛夫怎么这样消瘦，脸色很暗，头发很干，肩膀有点干瘪，完全没有先前运动员那样的虎虎生气。

洛夫望着云天吃惊的表情，笑了，问他："这么快就不认识我了？"

"你怎么这么瘦，人也单薄了，没有病吧？"云天问。

"这半年来有点累，没事。"

云天说："没事就好，我们走。"他说着要出来。

洛夫推开云天，说："我总得跟师姐打个招呼，快一年没见了。来了不打招呼，回头她骂我。"他笑嘻嘻跑进去，边喊隋意。

隋意从楼里跑出来，一见洛夫也一怔，"你怎么这样了。"

"刚刚云天也说我瘦，其实没瘦多少，就是每天干活的时间太长。师姐，我可拜过你了,我先和云天去看展览。哪天我专门来看你,你给我弄点好吃的。"洛夫说着转身又往外跑。

隋意说:"好啊,你带郝俊一起来,我给你们做西餐吃。"

洛夫摆着手,跑出门,与云天一起上了车。

车上,两人许久未见,见了挺亲热,一通乱说。

云天说:"现在的人变得厉害,过几年就不知变成什么了,这个唐尼居然成了美籍华人了。"

洛夫:"一天有人来电话说她要来办画展,我一打听,这唐尼的丈夫还是一好莱坞的电影导演呢,厉害!"他又说,"人家的画你决想不到,跟你同行了!"

"画国画了?"

"国画这词儿太老旧了,现在时兴叫水墨,水墨既有东方特点,又好走向国际。"洛夫接着说,"她在国外画油画,搞版画,谁看得上?就得拿水墨才能唬住他们!"

云天笑道:"画还需要唬吗?又不是江湖卖艺的。"他说着,忽然想起一个人,便说,"我想起来,咱们上次在徐老师家见唐尼时,还有罗潜呢,是不是拉着他一起来?"

洛夫说:"也就是你还念旧,人家早不是了。上次咱去他家,出来时我问他电话号码,他说他还没装电话,其实我看见他屋角柜上放着一部电话,我没捅破。人家已经不想和我们联系了,上赶着人家多没劲!"

云天没说话。车子已经开进文化中心。

他们到了文化中心的美术馆,只见费亮远远就举着手打招呼。他们下车,费亮对云天说:"唐尼见您没到急死了。开幕式不能再推迟了,刚开完。"

洛夫对云天说:"人家不是请你看画,是请你大主席来撑台面的。你把人家的事耽误了。"

云天说:"别逗了。不看画我干什么非要来。"说着二人进了大厅。

唐尼迎上来。云天说:"真抱歉,早晨堵车太厉害,迟到了。"

唐尼马上说:"参加开幕式太耽误时间,不如现在来直接看画。"说着露出了微笑。

从见面这两句话,楚云天便感到现在的唐尼和二十年前见到的唐尼,已是两个唐尼。

虽然相貌变化不大,依然还是缺一点女性的感觉,但文静一些了,说话也变得和缓。穿一条黑色的牛仔裤,一件松松的灰棕色的长衣,带着中年人的稳重。现在的唐尼决不会再像当年——饿了就从口袋里掏出苹果咬一口。走进展厅一看,她的画依然那样雄浑有力,有生命感。她所画的是现在海内外流行的试验性的"现代水墨",画都很大,半抽象,大笔阔墨,以及在宣纸洇染出的各种偶然的效果。这中间离不开西方人对中国文化的感觉:深厚、宏大、曲折、晦涩与神秘。画面上常常还出现一些汉字。但这些汉字都是拆解的、无解的、臆造的、不伦不类的。这种带着调侃意味的伪汉字,在现代画家的试验水墨中几乎成了一种荒诞的中国文化的符号。

所以唐尼的画展叫做"古老的东方"。

云天在一篇文章里曾写过:"这是用扭曲自己文化的方式,来和西方人传统的东方观对接。但是，恰恰是这种小儿科的东西，反被西方接受了，这不能不说是一种悲哀。从中我们也看到了中西文化深层的差距有多远，历史的误读有多深！"

今天，这些画对于云天，毫无新意，远不如二十年前在徐老师家看她的版画时感到那么新奇与震撼了。

云天一边看画，一边问她："你这些画是给中国人看的，还是给西方人看的？"

唐尼感觉他的问题很能切中要害，她说："老实说，我在西方生活，面对的当然是西方人。"

云天问："他们能接受吗？"

唐尼听了，头一甩，短发像要甩出去，这个细节叫云天想起当年那个率性爽快的唐尼。她说："何止接受，十分欢迎！我的画非常好卖。一些公司向我定制，放在建筑物的门厅或会客室里边。"

云天扭头对费亮笑着说："听见了吗？你的大画在美国会更吃香。"过后扭过头问唐尼，"美国的画家很看重卖画吗？"

唐尼好像觉得他问了一个儿童的问题，她说："卖画对所有画家都是头等大事。"

"为什么？"

"这是全球化时代！你们难道不是这样！"

洛夫打着趣插进话来："只有云天是一个例外，他是不吃不喝的外星人！"

洛夫显然对唐尼的画卖得很成功极有兴趣，他问东问西，他们谈得投机。洛夫提出中午请她去文化中心对面一家台湾菜馆一起用餐，唐尼很高兴地接受了。

云天心想，如果他去，整整一个中午他听到的，将全是他们彼此卖画经验热烈的交流。他便推说有事，自己打车回家。

唐尼卖画这事，比她的画，更令他思考，因为他从唐尼的画看到，她画中所有的特点都是卖点。他很想和肖沉聊一聊，忽又想到，肖沉去郑州开会去了，他还请肖沉抽时间跑一趟洛阳，代他看望一下高宇奇。他有较长一段时间没有高宇奇的消息，他觉得高宇奇创作的进度放慢了，这只是一种感觉，只有肖沉见过宇奇才能知道。他还托肖沉给宇奇带去十瓶日本墨运堂的"玄宗"墨汁。这种墨汁不但黑，而且很像当年曹素功的油烟墨，颜色很正，掺水后各种灰度十分丰富。

他还有一个目的，是想叫肖沉亲眼见识一下这位罕见却默默无闻的罕世奇才。肖沉见到高宇奇一准会激动起来的。

四

肖沉一踏上洛阳返回天津的火车，就掏出手机给楚云天打电话。他按捺不住刚刚高宇奇的巨作《农民工》给他心灵造成的十二级地震，而这地震的余震还在一直频发不已。高宇奇——这个外表沉静和内敛的画家所表现出的惊天的才气、宏大的气魄和坚定又纯粹的艺术精神，让他激情难捺。他像刚从一座雄山峻岭上走下来，怀间全是豪气，袖里满是清风。

在这个利欲熏心的世上，谁能给你如此一种宏阔又清透的境界？

他在给云天的电话里说："我已经一连给你打五个电话了，是不是打扰你了？我同车的人都烦我了。我现在是在两节车厢中间的隔间打给你的。"

云天的声音："不不，我喜欢听你说，你这时候的感觉最直接、最真实，也最有鲜活的价值。"

肖沉笑道："我手机马上就没电了。"

云天心里有一种说不出的感动与舒畅。他叫肖沉去，就是希望肖沉与自己有同感，没想到肖沉的感受比自己还强烈！

肖沉还传递给他一个极重要的信息，是高宇奇最近找到一种更神奇的笔墨感觉，这感觉令宇奇信心百倍，竟然一连大半年、一口气、不舍昼夜地把已经完成大半的画重画了一遍！这是怎样一次工程浩大的卷土重来，怎样的对艺术至高至美的追求，怎样又一次伟大的自我发现与自我升华！

云天想，怪不得自己觉得他的进度慢了，原来如此！

他仿佛看到了，远在中州那个闲置的被人遗忘的破车间里，一个艺术圣徒孤独地一人发疯般工作的身影。他很惭愧，他没有这种绝对的创作状态。

转天下午肖沉来了，他把对自己的自责告诉肖沉。肖沉说："我们谁也无法和这个人站在同一个高度上。他远离当代文化的闹市，他在世外，在深山里。我们都不能免俗，但我们只要不把美神从自己内心的中心位置挪开就好。"

这句话说得好。云天想，这一点自己还能做到。

他问肖沉，宇奇究竟为了怎样一种画法上的革命，使他决心把如此浩瀚的画面、几百个人物重画一遍。肖沉从背包里取出一个纸袋给他，说："这是宇奇给你的，你看吧。"

他从纸袋里抽出几张七时的照片，一看就惊呆了，全然一新的感觉，强大和雄劲的整体感，长江大河般纵横千里一贯到底的气势，丰富和富于韵律的黑白灰，特别是在那些人物个性深刻的描述中，笔的纵横自如和墨的淋漓挥洒，表明他已进入了自己的自由王国。云天指着照片上的一些细节说："我喜欢这种用笔，看似漫不经心；还有这里——你看！这一大块水墨，好像不知表现什么，好像没有任何内容，但它把这边所有具象的刻画全对比出来了。你看！这些大笔写意的衣服和裤腿，水墨都淌下来了，好像钧瓷的'鼻涕釉'他也不管，多么酣畅……"他忽然抬起头喊隋意，"隋意——你来看啊！"

每到此时，他自然要喊她来一同共享。

云天感慨地说："他完成了一次伟大的自我的飞跃。太值得重画一遍了！就像苏里柯夫的《近卫军临刑的早晨》那幅巨作，前后画了几年，也是在快画完的时候，忽然在构图上有了更好的想法，毅然毁掉原作，重新再画，这才是一个真正的艺术家要做的！"

隋意说："我想去洛阳，去看。"

云天说："可是我们现在不能打扰他，叫他全心去画。他大概还要一年半吧！我们也不能叫别人知道，弄不好，一帮画商全跑去了。"

肖沉说："这话说来，我挺惭愧。"

云天说："怎么回事？"

"这次，我在高宇奇那里说了一句不该说的话。"肖沉说。

"什么话？"

"我问他，将来画好，画算谁的？你的还是那企业家的？"

"他说什么?"

"他说,我只想把孩子生下来!"

"这话真棒。"云天对肖沉笑道,"你这问题问得确实够俗的。"

肖沉笑了,有点不好意思。

这时,云天对肖沉与隋意说:"我想对你们说另一件事。"

"什么事?"

"前两天见到洛夫,我感觉洛夫的状态不好,他消瘦得厉害。那天我无意中拍他肩膀一下时,他的肩膀怎么没劲儿了?原先的肩膀硬邦邦,拍都拍不动,现在怎么像草捆的了,我有点担心。"

隋意说:"那天他来,我也感觉到了。晚上我还给郝俊打个电话,她说他什么事也没有,还说他整天不画画,闲的。我挺奇怪,闲也不会把人闲瘦了呀。"

云天说:"我发现他笑得也不开心了。只是和唐尼谈卖画时,挺有神儿。"

肖沉一直缄默不语,后来像是憋不住了,才说:"我知道你们由于法国双年展那幅《墙上的画》的事,联系少了。我与他还有一些联系,他压力很大。一是因为于森,艺术学院油画系主要是他俩,油画在全国最有影响的也是他俩。过去于森主要是给他打帮手,七十年代每次有'任务画',大场面都是洛夫画,于森帮他抠人物细节。说实话,于森的写实和刻画细节的能力比他强,只是琐碎一些。洛夫的优势是格局大,有气势,整体把握得好。一个管全局,一个攻细节,两人合作,各尽其长。于森人又老实,凡事都听他的,两人关系一直不错。现在到了拍卖市场上,于森那个精雕细刻的本事就成了卖点了,他用不着再去跟洛夫合作,而且远远把洛夫抛在后边了。您对拍卖的事知道得可能不多。"

云天说:"我知道,不就是童子非那样的画吗?那种像上海月份牌画美女题材的商业画,童子非专画清末仕女,他专画三十年代女子。"

"可是他这种超级写实主义现在很时髦,这几年于森画得比照片还逼真,卖得特别好,每幅画都能换一辆宝马。洛夫呢?把他的劲都用在赶时髦上了,抽象画、装置艺术、行为艺术,渐渐将手上原先那些功夫全荒废了,等到现在再想画画卖钱,画不出来了。他着急,压力能不大吗?"肖沉说。

"急什么,商业画也不是一下就画出来。不仅要有能力,还得找到卖点。"云天说。

肖沉说:"洛夫还有另外一个压力呢——"他沉一沉说,"是郝俊。"

云天说:"她怎么会成为压力?"

肖沉笑一笑说:"比洛夫还着急的是她呀,比洛夫更需要用钱的是她呀。可是她又不能替他画,只能给他压力。"

"她能怎么压法?总不能和他打架吧。"

"何止打架,细的咱不说了,艺术学院的人常常借郝俊的话贬他,说他江郎才尽。反正不知是真是假,听说郝俊和他闹过两次离婚了。"肖沉说。

云天和隋意都惊奇得说不出话来。沉了半天,云天深有感触地说:"这和我们刚刚说到的高宇奇,完全是两个世界发生的故事。幸好有一个站在名利场外的宇奇,让我看到艺术的神圣性还在,理想主义没有被消费主义赶尽杀绝。"

两个月后的一天，云天一进画院那座小楼的电梯，正巧费亮在电梯里。费亮对他说："我正要给您打电话，您赶巧来了。"

"什么事？"

"上海画院来了几个画家，要和我们搞横向交流，说要拜访您。他们来的五个人中有三个与您见过。"费亮说。

"那好，现在就去见。"

云天推开会客厅的门，里边的人看见他立刻全站了起来，叫着"楚老师"迎上来。有两个是上海名画家，他认识。带队的是上海画院的副院长，专画海派写意花鸟，他还记得这人名字叫绿池，主要因为名字特别，好记。更好记的是他嘴唇上有两撇发红的小胡子，现今留胡须的人不多了。他们纷纷做自我介绍，递上名片。忽然这几个上海客人彼此相视，好像是失掉什么。跟着大家扭头都看见客厅的里端，一个人在专心看花。

云天他们这里有一位画家画花又爱养花，客厅摆了许多绿植与花。

那边看花的人是个女子，这边只能看到她的背影。她好像听到同伴招呼她，一回头，绿叶丛花映衬着一张好看又靓丽的脸儿——竟是白夜！

她看到他们，立即像风一样轻盈地快步走过来，一边亲密地招呼楚老师。她似乎要给同伴们一个印象，她和楚云天很熟。

大家坐下，绿池对云天说："白夜参加全国画展的那幅《期待》影响很大，我们要特别感谢楚老师的支持。这次白夜与我们画院签约三年，是我们的专职画家了，进入了咱们的画院体系了，今后还要请楚老师多多指点，争取下一届美展继续参展，还要拿奖呢。"

同来的画家们都笑着说是，并感谢云天。

云天心里有点奇怪。心想他们怎么知道白夜作品的入选参展，自己起了作用？虽然自己在评审现场对白夜作品的评语举足轻重，但也不是由他决定而最终是评委们投票的结果。难道这是她的一种自我宣传，还是由于他是评审组的组长，只是对他客气一下而已？

他说："这届全国画展，新涌现的人才很多。"他本想把白夜含糊在众多年轻画家心中，但他的目光正好停在白夜那张叫他不得不动心的脸上，他不由得说，"当然，你们的白夜是其中出色的一位。这和你们上海对她的培养与支持分不开。"他转而对白夜说，"你和画院已经正式签约了？我年轻时是七十年代，那时可没人这么支持我！"

他用一句笑话，使一切都变得很自然。笑话在会说笑话的人那里是一种智慧。

这时，云天叫费亮把画院的联络处、学术部，还有《艺术家》杂志主编肖沉以及几位画家都请来，讨论一下今后怎么开展津沪两地画院的交流。肖沉建议建立一个论坛，每隔一年在一边做一个专题研讨，可以是当前画坛大家都感兴趣的前沿话题，也可以对某一位画家的作品进行有主题的学术研讨。这时，绿池抛出一个题目，他说："明年春天我们打算给白夜搞个研讨会，这就算是我们论坛的第一个活动了，我们联合主办怎么样，到时候楚老师一定出席！"

白夜马上伸出两只白白的手使劲摇着，好像两只小白鸽，她说："我可经受不起。"

这是抛向云天的一个钩子，还是一个温柔的套儿？

在热闹又快活地交谈过后，上海的客人们要回酒店了，云天接下来还有事要办，他送客人上电梯时，白夜一直紧随他身边，她好像一直有一句私密的话要对他说，但前后左右全是人，没机会说。

他送走他们，办完事，开车回家的路上，他手机响了。他接听，话筒里只有一句话："我明天要见到你。"

是白夜！他问她："你怎么会知道我手机的号码？"

对方的手机挂了。

他想一想白夜在手机里的话，有一点压力。

第二天，他从费亮那里得知，昨晚画院已安排上海客人夜游海河，今天上午去娘娘宫和鼓楼一带，看看本地风物，中午在意大利风情区吃饭，下午乘西式马车游五大道，这样一天就把华洋各半的老天津独有的特色全看过来了。他们当晚就乘机回沪，不会有时间再和他见。可是午饭过后两点多费亮忽来电话说，他们正在逛五大道，听说云天就住在附近，还住在一所经典的英式老房子里，很有兴趣来拜访楚老师，真正体验一下津门老租界的味道。

他哪里知道，早先那两位上海编辑来五大道拜访过他，回去告知白夜，这一切看似顺理成章的事，其实都在她精致的安排之中。

他不好回绝，当即告隋意："那个小夜很快就要来了。"

"谁？"隋意一时没听明白。

他说："就是上次我在上海遇到的那个女画家，以前咱们住在墙子河边时的邻居。我对你说时，你还说你记得。她现在已经是上海画院的签约画家。他们画院一行人昨天来的天津。"

"你见到她了？"

"昨天我去画院取书报信件时，碰见了。他们来了几个人，由一位副院长带队，与我们画院搞交流。"

"怎么没听你说呢？"

"一忙就忘了。"

"你约她来了？"

"没有啊。今天画院请他们来逛五大道，费亮刚来电话说，他们听说我就住在这儿，非要来看看。"

隋意想了想，说："那就来吧。我叫小霞赶紧收拾一下客厅，屋里太乱了。"

小霞是他们近一年请来的帮工，二十多岁，安徽铜陵人，一个善良又勤快的女孩儿。

白夜一行人穿过云天家爬满青藤的门洞，踩着石钉铺成的甬道，慢慢进去，很快就被这古老的院落特有的幽深和静谧的气氛所笼罩。岁月感也含着一种尊贵，它由这建筑的每一个样式奇特的细节、斑驳的墙色、浓荫蔽日下木叶深郁的气息，悄然无声地散发出来。历史是积淀出来的，它雄厚又深厚，蔑视着单靠财富炫耀出来的轻浅。这种氛围，迫使得来访者不知不觉连说话声也小了下来。

男主人云天和女主人隋意从一个竖长的楼门内走了出来。在这座房子里长大的人，带着这房子的气质。

没等谁来介绍，白夜忽然跑上去，她没有朝着云天，而是朝着隋意，亲切地称呼隋意："阿姨，小夜看您来了。"

隋意一怔，首先叫她感到震惊的是：这女孩子这么好看！她说："你就是小夜吗？太像你妈妈了，比你妈妈还漂亮！那时你妈妈就很漂亮。"

白夜双手拉着隋意的两只手，说："阿姨和当年一样美，而且还那么年轻！"

"哪能呢，我女儿都二十多了。"

"听楚老师说了，她在波尔多学艺术史，我也在法国念过艺术史。我是她的师姐呢。"

他们轻松地边走边聊，通过花园的平台走进客厅。这些年，这间客厅已经叫云天和隋意收拾得很像样。他们不追求豪华，却着意于这种英式老宅应有的深厚与味道，无论是家具的式样，各种东西的颜色，小物件。云天得意自己从欧洲带回来的几件大理石雕和铜雕，特别是一座石雕的莫扎特像，是意大利人十九世纪初的作品，还有一对泥金彩绘的木雕唱歌的女神，据说来自德累斯顿一座二百年前废祀的教堂；这些西洋雕塑和明代的青花罐子及古陶放在一起更有味道，也更协调。他连在那场浩劫中被破坏的石砌的壁炉也修好，真能烧火呢。隋意最得意的则是屋中的瓶瓶罐罐，每件东西都是她那双爱美的慧眼"发现"而来的。

客人们东看西看，隋意硬叫她们喝茶才坐了下来。

绿池说："没想到天津有这么好的洋房，我们上海也有，您这房子有点像巴老在武康路的房子。"

云天说："我知道巴老那房子，更大一些，而且有前院，我们这座房子是倒座，没有前院。"

隋意说："天津和上海还不完全一样。过去有九国租界，各国租界自治，房子各有各国的风格。现在看很有历史味道了。"

绿池说："你们住这五大道过去是哪国租界？"

隋意说："五大道是英租界的推广租界，这里的建筑和各国租界还不一样，因为最早的住户都是从全国各地搬到天津来的富有的人家，用现在话说都是移民。他们来到这里建房盖屋，样式随其所爱，想盖什么样就盖什么样。从我们这楼后窗户看，有一所很大的白色的房子，是安徽寿州孙家的。外墙分别在大理道、常德道和云南路三条街上，规模很大，里边还有泳池，纯西班牙风格。这孙家的祖上是孙家鼐，光绪皇帝的老师，北京大学的创办人。解放初这房子归公了，五十年代毛主席来天津就住在里边。这种房子在五大道上不算少，很多民国时期的要人在这里都有私宅。"

绿池说："要不你们画院非要我们来这儿逛一逛呢。"

说话这当儿，白夜忽然看到了墙上云天那张墙子河边旧居的写生画，她叫了起来，指给她的同伴看："这三座红色尖顶的房子就是我和楚老师他们曾经住的房子。楚老师和阿姨就住在左边这座房子的顶层。我住在这边——1座1楼。这幅画叫我好怀旧啊！"

绿池说："我们现在才知道你们这层关系。要不全国美展评选时，楚老师给你这么使劲。"

白夜显得挺得意。隋意却暗暗一怔，她并不知道白夜入选全国美展，更不知道云天还给她出了力。她自己怎么一点也不知道？

云天感到绿池的话无意中暴露出一些不利于自己的东西来，他接过话说："哪是我使的劲儿，是她的作品受到了评委们的肯定。"

他这么说，反倒更证实了他评定过她的作品，为什么他从济南回来没说？他从北京全国美展回来也没提过？

隋意心里有了这个问号，对来访的白夜以及那几位上海画家就没那么热情了。

在他们告辞回去时，云天和隋意送他们到门口，白夜拥抱隋意时，隋意也就拍了拍她，说一句普普通通的"再见"了。

这个不起眼的变化，叫白夜的聪明和精明捕捉到了，并且立即明白隋意发现了云天对她隐瞒了曾与自己的接触。他为什么隐瞒？这很微妙。

当然，白夜又很得意这个隐瞒。隐瞒是一种保密，这表明，她已成为他的一种隐私。这正是她需要的。

五

一种不祥之感进入了隋意的心里，无声无息地激活了早已淡忘的一个记忆，就是雨霏那件事。

那件事曾经深深伤害了她，差一点颠覆了她与云天这只多少年风雨与共的小舟。但那一切早都过去了，特别是那天雨霏和她开画廊的丈夫许大有来串门，更是给那件陈年往事画了一个终结的句号。有了句号的事就进入了历史。

但是，一个去了，又一个要来么？

不会吧。尽管云天与白夜之间还有一些什么事她不知道，但未必是什么不好的事故意隐瞒她，也许正因为什么都没有，云天没当回事，才没有告诉她。

隋意天性纯良，自己没邪念，自然也不会去这么疑惑别人。她与云天两小无猜，太信任云天。他在雨霏那件事上那么深深伤害了自己，当时她看到他追悔莫及的样子都可怜他了，还会重蹈覆辙吗？可是那时候种种感受的记忆毕竟太过深刻，自然会使她本能地有了戒备，并生出一些类似的敏感。

还好，白夜和雨霏不同，究竟她人在上海，相隔太远，很难接触。而且在画坛上她还不算一个人物，没人提她。在此之后，很长时间，云天都没提过她。他不去提她，自己何必提？自己又不是那种心里装满小精明的女人。

这件事在云天那里就不一样了。

云天在自己与白夜的关系上的确有意回避了隋意。一是过去有雨霏那事，他怕她敏感生疑。二是白夜这个气质非凡的女孩子，确实叫他有点动心。可是她现在还是叫他有点琢磨不透，她与他之间，莫名其妙地若即若离。她不像雨霏那样对他动了真情，甚至有了依赖。对于白夜，他虽然感受到她的主动，而且在一步步逼近他，却感受不到她的感情。他从来没有遇到这种爱的方式。他想不明白。

不过，他和二十年前的自己全然不同了。他经多世事，与隋意苦乐相伴，愈来愈相靠相依。再说，这些年爱慕于他的异性又何止一个两个，常常会收到各种各样求爱的信件和照片，他都能淡然处之，也不介意告诉隋意。但这一次，也许是白夜太非同寻常了，惹动了他天性中的"情种"，他才会躲闪隋意。然而直到现在，他和这女孩子并没有什么隐私。应该说，这不是故意隐瞒，实际上是躲藏自己的一种心理罢了。然而，躲藏自己是不是一种麻烦将要出现的内因？

他是否真的会陷进来，就全看他自己了。

存在于他和白夜之间有一个障碍，这障碍是不是代沟？

首先，白夜与雨霏不是一代人。两代人之间最大的区别是功利二字。雨霏那个时代是社会平均主义，人没有多少社会功利，情感里边掺杂的功利就少一些。白夜这个时代整个社会变成一个名利场，非名即利，人的功利心已是一种平常心了，情感很难纯粹。一旦爱情和名利捆绑起来，难免真真假假，甚至变为一种追名逐利的工具。当然，每一代人都是各种各样的，世界上最大的不同还是人与人，那么白夜是哪一种人？

云天心中始终存在一个概念，就是在他没认识白夜之前，那个来访他的瘦瘦的戴眼镜的上海老编辑对白夜的一个评价："她太厉害了！"

这厉害究竟指她哪个方面？是画厉害？人厉害？手段厉害？还是能力太强才称她厉害？

判断人最难，何况对人的判断中常常还会夹杂着妒嫉。

她这次离津回沪以后，又像前几次分手后那样，没有消息，她在干什么，是否惦着自己，想自己，叫人费猜。如果她真的像她表达得那样亲密，应当常常主动与他联系。他没有收到过她任何短信、电话、信件，过年拜年也没有。可是如果再见到时，她却会更主动，更大胆，向他再逼近一步。尤其这次，她从费亮那里问到了他的手机号码，她哪怕给他一个短信。开始一段时间，他每次听到短信铃声，都会想到是不是她的短信，甚至都有一点期待了，但每次都不是她，都叫他失望。终于有一天，他收到她的一个短信，又是她那种逼迫性的口气：

"今年十月中旬终于要见面了，别说你不能来。"

同一天，费亮来电话，说："上海那边来电话说，下个月，白夜的艺术研讨会在上海会议中心举行。这次研讨会咱们画院也是主办单位之一，请您务必出席。"

云天回家就把这事告诉隋意，并说："这次你也去。"

隋意一听，挺高兴。这件关于白夜的事他并没瞒她，还拉她同去。可是她又有点犹豫，她说："如果是画展我可以去看看，可是这次是研讨会，我去不合适吧。"

云天很坚决地说："不不，你好久没去上海了，总共才三天，叫白夜找个人陪你逛逛。机票咱们自己买。"

隋意微笑着同意了，随即安排家里家外的事。云天叫肖沉同去，会上一些有价值的发言可用在院刊《艺术家》杂志上，费亮也去，忙些会务的事。他叫费亮与上海画院及白夜沟通一下，很快就确定下来。

白夜肯定知道他要去了，却没来电话或短信表示高兴。她这人真有点费解，是不是因为隋意同去？

到了云天他们要去上海的头一天，隋意忽然感冒发烧，无法去了。云天只好和肖沉、费亮同去。他决定缩短上海的行程，头天到，住下来，转天开了研讨会。研讨会两天，他只参加一天，发言过后，当日即归。隋意发烧在家，他要尽快返回。转天下午他乘机到了上海，在虹桥机场出口那里，本以为白夜会喜笑颜开地迎接他，却没见到。站在那里的几个人为首的一个是留着小胡须的绿池，他们上来欢迎、握手、道辛苦。绿池说："白夜在那边布置会场，还有不少活儿，她说她完事就过来。"

上海方面把楚云天和肖沉、费亮分别安排在两个不同的酒店。云天不知何故，绿池悄悄对他说："这是白夜的好意，您住这酒店是五星级。"

车子开到了酒店，放了行李，绿池在酒店里设席欢迎云天，白夜还是没到。绿池有点不高兴，对一个同事说："你们催她快来，楚老师是为她来的，她哪能迟迟还不露面。我打她手机，怎么关机了。"

可是从宴席开始直到结束，都没见到白夜的影儿。弄得餐厅包间的门儿一动，就觉得是她，但她始终没有出现，连云天都感觉奇怪了，她一定碰到什么意外。费亮打电话，她的手机确实关机。饭后回到房间，自己人干坐在屋里，好像只有一件事，就是等她。说不定什么时候她会来了。于是，这种等待渐渐变成一种期待。

过了十时，忽然有人敲门，敲得很轻。他听这敲门声就听出是她，他说不好是兴奋，还是有点紧张。他穿着件宽松的衬衣，挽着袖子，把门一打开，一怔，迎面过来是一大束雪白、蓬松、清香的满天星，拿花的人躲在花后，这花一直顶在他的胸前，松散、轻盈又芳香的花朵抵在脸上。满天星花小枝细，小小的花朵蹭在脸上，带来瞬间的美妙。他不得不后退两步，送花这人进来，用肩膀顶着门"咔嚓"一声关上；而这人一直躲在这一大束满天星的后边。云天轻声问："你是白夜吗？"

这人在花后边一出声，正是白夜！她的声音又轻又软又小心翼翼而充满性感地问："你能隔着这花，对我说出你最想说的话吗？"

她的声音，她的气息，她的诱惑穿过花束扑在他的脸上。

这太浪漫了！云天已经完全不能自已，他说了原本并没有想过的一句话："我喜欢上你了！"

忽然花儿向四边扔开，她扑在他胸前，吻他，激情四射地吻他。他同样是这样。激吻中，他忽然浑身发烫，已经不知自己清醒时的底线在哪里。他忘乎所以了，按捺不住了，不管不顾了，接下去什么事情全有可能发生了。

她小声说："你为什么这么使劲捏我的耳朵，你弄疼我了。"

这一句话，却无意中叫停了他，使他回到现实。

他轻轻推开她，自己坐到那边的椅子上，努力压制自己浑身翻滚的热浪，他抓起桌上半杯水喝下去，好像要浇灭心头的火。然而，白夜比他更会使这骤起的狂风停歇下来，她什么也没说，猫下腰，把散在四处的满天星一枝枝拾起来。她故意做得很慢。

当一束花重新完好地攥在她手中，他们已经度过了眼前的尴尬。

她看见柜子里摆着一个窑变的瓶子，拿过来将手里这束花插进去，摆弄好，放在桌上，然后整理一下外衣，脸上又恢复她的常态。这次她什么也没说，只朝他含笑点一点头，仿佛一切都在不言之中。然后她出去，带上门，走了。

一切都来得快，去得快。快如闪电，但在这电闪雷鸣中，究竟发生了什么？他不敢想了。他首先是后悔，很后悔，自己做错了！又一次错了！

但是他不明白这一切究竟是怎么发生的？他喜欢她的气质、聪明、才华、能干、善解人意、超群的美貌；她也会爱慕他、崇拜他，他还帮助过她。但仅此而已，最多只是相互有一些好感而已，并没有过深入的交谈，心灵的相通，更没有感情的相予。他静下来想想，他们甚至还没有过真正的爱的表达和彼此深切的感动，没有这种牵魂动魄的细节，更没有曾经与雨霏那样一往情深、手牵手共同的陷入。怎么就这么轻而易举，几步就过了山脊？

在他俩之间，无疑她是主动的。她为了什么？像许多女孩子都向往一位站在事业中天、根基雄厚的男人吗？

如果真是这样，他就要在自己的脚尖前边划一条红线，可是自己已过了红线。怎么办？那就决不能再失足了。他能做到吗？他能管住自己吗？难道已经发生的事不正是他期待的？

当天晚上他在酒店里没睡着觉，一会儿是对刚刚浪漫一幕的回味，一会儿是把电话打回家，询问隋意是否退烧；一会儿自责，一会儿对着桌上那束神奇的满天星发怔。他完全乱了。

在第二天的研讨会上，楚云天作了一个长篇的发言，题目是《模糊美与朦胧诗》。这是他事先做足了功课的发言。他从模糊哲学、朦胧诗、模糊美学、模糊美的价值，一直论及白夜对当代绘画开创性的贡献，一下子就把白夜的绘画定位在一个较高的具有学术意义的层次上。然后再在这个层次上，剖析了白夜的绘画特征，这就把白夜的绘画拔高了。云天讲得合情合理，大家信服，白夜听得心花怒放。但白夜很聪明，开会时，她一直坐在会场的一角，这个位置是云天看不到的地方。她怕云天看见自己，会影响思路，特别是因为昨晚发生那心魂荡漾的一幕。

云天上午发言后，下午就要乘机返回。从昨晚到今天，他不断打电话给隋意，好像只有用关心她才能来为自己"赎罪"。这样一来，他知道她发烧已退，感冒症状缓解了。他想早一点去机场，给隋意买一些上海小吃。他没有忘记上次来沪，给隋意一点小礼物也没带回去，但是，绿池笑道："什么也甭买，白夜都给您买好了。"

在机场，白夜赶来，手里果然提着一大兜花花绿绿的小盒小包，她对云天说："没什么像样的东西，都是给阿姨看电视时吃着玩的。"

云天这才又回到以往那种亲切里。

过闸口时，他回头朝送行的人挥手，他看到白夜站在那里微笑，没能挥手，而是抬起右手捏着自己的耳朵。这正是昨天晚间狂吻时被他捏得叫她叫疼的那只耳朵。

这时，走在身边的费亮把一个又长又轻、挺大的纸包递给云天。云天不知是什么。费亮说："是白夜叫我交给您的，她说是一束花。"

云天透过纸包的缝隙一看，心里一动，是满天星！是昨夜散落一地、又在一种异样的气氛中给白夜一枝枝拾起来的那束满天星！满天星干了之后，可以自然成为一种干花，她是让他作为一种长久的纪念吗？

他带着这样的感觉进了机舱。在万米高空的飞行中，他处于两种相互矛盾心理的困扰中，一个是他对隋意的歉疚，他又多了一件必须严守心中的事，从而欺瞒这个天性纯良的妻子，他心中有愧，而且于心不忍。另一个是白夜对他会是一种爱吗？他对下一代人的爱情观和爱情的方式一无所知。如果她真的倾心于自己，昨晚那一幕会不会是一个轰轰烈烈的开始，又一个"雨霏故事"的卷土重来？不过，还好，他们究竟在津沪两地，相距千里。他唯一的选择，是把这个刚刚破土的迷人的嫩芽留在这遥远的异地，他也不再跑到这儿来了。

他回到家，隋意感冒的烧已经退了，正围着一条毯子在客厅里看电视剧。他用手摸摸她光滑的脑门。她笑眯眯问他："不烧了吧！"

"和我手心一个温度。"云天说。

不管云天什么时候回来，都会给她带一阵高兴。而他每次回到家中，都会先感到一阵惟家才有的安稳与温馨。他把白夜送她的东西给她。她着急地问他："会开得好吗？成功吗？"

云天说："应该不错，参会的人挺多。不过我上午发了言，下午就回来了。会期两个整天，肖沉留下了，他明天还要发言，只有他回来才能知道。"由于心理的缘故，他把研讨会轻描淡写地说过。

隋意一边从兜里一样样拿出她喜欢的上海小吃，一边接着问："小夜好吗？高兴吗？穿得漂亮吗？"

云天说："那还不高兴。不过忙死她了，她事事都要办好。连接机她都没去。"

隋意说："那个纸包是什么？"

云天心里一动，立即说："他们放在酒店房间里的，我觉得挺好看，带回来了。"

隋意叫小霞打开，她叫道："哦，满天星，我喜爱的花！我喜欢它的柔和、清纯、自由自在。小霞，你把楚老师画室里那个黑罐子拿来！满天星适合放在深色的罐子里。"

小霞拿来，放了水，把花插进去，摆在客厅一边的小木几上，雪白又蓬松，在幽暗的背景上，细细的花枝不见了，无数小花如浮在空气中。隋意微笑的看着它。

两人轻松地聊着天。昨天那一页翻过去了，他很希望昨天那一页就这么永远地翻过去了，但谁知道谁会把这一天再翻回来。是白夜，是云天，还是隋意本人？

没人能知道明天。

几天后，肖沉从上海回来就来找他。肖沉说云天的发言反响很大，特别是从哲学、美学、文学等角度对"模糊美"的阐述，有助于对白夜艺术价值的认识。当然，也有人认为不要对她定位太高，她很年轻，现有的作品无论在"质"还是"量"上，还不足以支撑这些评价。肖沉说："我也给白夜提出一些问题，请她思考。"

"噢？你说说，我听听。"云天说。

"我说模糊美确实是一个新命题，也是个太大的命题。我对白夜说，现在这命题落在你身上，你必需要思考，你扛得住吗？现在使用这个模糊美的概念与方法的只有你。但是只用这个概念和方法是不够的，你能走多远？"

"白夜说什么？"云天说。

"她什么也没说。我想，她肯定没深入地想过。女孩子画画往往凭感觉。"

隋意在房间另一边收拾桌上的书。她插一句："干什么刁难人家，她才二十多岁，哪会有你们的深度。"

肖沉笑道："怕她被我难住了？可是艺术家一辈子碰到的全是难题。"

云天说："你这问题问得好，逼着她去思考，人的路都有'山穷水尽'的时候，要早一些想，要有前瞻。"随后问道，"我看这会办得不错，听说白夜很辛苦。"

肖沉说："她确实辛苦，可是给她帮忙的人也不少。"

"看来他们画院团队的精神很强。咱们画院也这样就好了。"云天说。

"哪是画院的人，听说她有很多志愿者。"肖沉说，"一招呼一帮。"

"个人哪有这么多志愿者？我就没有。"云天说。

"她漂亮啊，倾慕者众呗！"肖沉又说一句，"她也有能耐把那些志愿者全都调动起来。"

"她真的很漂亮，漂亮的人就会有很多人愿意给她帮忙。"隋意说。

说到这里，他们都笑了。云天想，自己对这绝色女子的生活还是一无所知呢。

六

两千年来人们一直活在一成不变的生活中，这二三十年里却一下子掉入一个社会的万花筒。不知是生活的变化诱使每个人去求变，还是每个人的求变加速了生活的疾变和巨变，这是一个各种欲望都可能变为现实的时代。于是，所有城市都在疯狂地成长壮大，每个人拥有的物质都在无限度地膨胀，物欲使人们馋涎欲滴，于是人们拜金。

谁能想象画坛中，八十年代开的花，九十年代全结了果，所有绘画都可以按平方尺用一叠叠货币来结算了。在艺术史上，艺术家在活着的时候能够尽享自己果实的，外国人是毕加索和罗丹，中国人是齐白石。大多数画家包括更伟大的八大和梵·高，都是穷愁潦倒。人们如果真的懂画、爱艺术、爱才，为什么在他们活着的时候，没人搭理他们？现在是个千载难逢的时代，只要你愿意，你肯干，你手段多多，你的画便立竿见影地化为锦衣玉食，富贵荣华。这一来，画坛中的千军万马，全都如醉如痴地陷落在市场里了。

市场又是神鬼莫测的，它能把你点石成金，叫你陡成巨富；也能对你冷若冰霜，拒你于千里之外，叫你得不到半点好处。它奥妙、离奇、诡秘、莫测，就像演员，人长得周正，演技也好，未必能够成名；歪瓜裂枣，旁门左道，也许能成为明星。成了明星才有人追星，才有广告费、代言费、出场费，滚滚财源和财源滚滚。可是要想成为明星，一是要深谙市场里的弯弯绕，一边还得有超人的智谋，这就逼着画家们各显其能了。

近五年来，城中画价排第一位是画梅花的唐三间。云天认为他的梅花画得不错，玉骨冰肌，枝干老辣，瓣蕊光鲜，他还能变化出各种情境来。有的繁华满树，有的横斜几枝。宏幅巨制咫尺斗方扇面镜心，花样百出；红梅墨梅绿梅白梅素梅，无所不能。他的画把人的胃口吊足了，画价自然就由着他了。他这几年使出一个高招，每年大年初一都把自己每平方尺的画价向上提升五万元。今年如果不买，明年画价更高。他的画量大，很多人手里有他的画，人人都盼着他的画升值，这样一来，他的画价眼瞅着像大年夜里的烟火一样向上蹿升。

比起唐三间，更厉害的一位云天也认识，就是那位画案上放一壶酒，一边饮酒一边作画的屈放歌。他瞧不上天津的市场，他说留着这一亩三分地给唐三间玩，他的战场主要放在北京和香港。开始给他捧场的人是一些台湾和新加坡的藏家，那时内地的书画市场刚刚起步，这些富有的海外藏家就把他高位的画价确定下来。随着内地热钱大量涌入书画市场，水涨船高，他的拍品时时出现天价。画价对于画家也是一种兴奋剂，他眼里渐渐只有自己。有一次楚云天去电视台录制节目，正巧他从里边刚刚做完一个访谈节目出来。

屈放歌一人仰面朝天、旁若无人地走在前边，后面跟着三四个人，好似随从，气派很大。云天与他恰好正面相遇，谁料他好像没有看到云天，傲然而去。这一瞬间，又叫他想到十多年前去看洛夫参加的现代艺术展，在咖啡厅门口与几个狂妄之极的当代艺术家遭遇的那个场面。原来市场和金钱能如此改变一个人。

余长水说："当今没人比他更牛了，上个月在香港他一幅《扬州八怪图》卖了七千万！"

楚云天说："什么画能值一个工厂？"

余长水说："《扬州八怪图》确实是精品，可是他的话太狂了，他说他和陈老莲中间再没有别人。还说他上边是陈老莲，陈老莲上边是吴道子。"

云天大笑起来，说："这不是疯话吗？一千多年，中国绘画史的人物画家只有三个？再说，绘画史也不能由他说了算！我看他叫自己那个画价弄昏了，画价简直是一种毒品了。"

余长水说："可是现在世道变了，你画得再好，价钱低，没人关注你。"

"画价是活的，经济大萧条时，什么画也没人要，画价决不是艺术标准。"

"可是艺术标准在哪里呢？谁说了算？一人一个标准。"

"你好好读一读绘画史就会明白。"

谁料到长水说："绘画史是过去，现实是拍卖市场。现在画家们比谁高谁低，全看拍卖市场的排行榜。"

云天听了一怔，心想这个整天在自己身边的有才华的年轻人是不是也被市场绑架了？他把这疑惑说给肖沉。肖沉笑道："甭说外边，就说咱画院，画家们天天奔命的还不都是画价？长水已是市场的既得利益者，你看他现在开的是什么牌的车？人家正和女朋友合计在深圳买一套公寓房呢。"

云天说："他会不会去到深圳结婚，离开了咱们？"他似乎有点担忧，"深圳那边的商业气氛就更浓了。"

肖沉说："你忧虑的太多了。高宇奇只有一个，有一个就不错了。你也别把自己的理想主义放在别人身上，有你这么一个理想主义者也很不错了。"

他已经热闹了很多年。早期巨大的成就使他有资本我行我素，但现在他明显有了一点孤独感。孤独感是无形的，是一种身在其中、四周什么也抓不住的感觉。在市场时代，如果你想获利，你就要抓住很多东西很多人；如果你获得了利，又会有很多手来抓住你；你会很热闹，不会孤独。可是如果你无利可求，你对别人无用，谁会来关心你。谁会成为你的知音？只有孤独为伴了！

如果你选择了孤独，就必须坦然面对它。习惯孤独，这不容易。

最近，他常常想起七十年代，怀念昔日的三剑客那个小沙龙。但他只能说给隋意，发些感慨。可是，有一天，一个意外，叫他连这个怀旧的情绪都无处安放了。

那天，他开车跑到图书大厦看看新书，买了几本。在回来的路上，由于堵车他绕到电台道侧面的小街上，忽见道边有个小画廊，门脸不大，倒很清爽。画廊的名字很特别，叫做街边画廊。不故做高深，不求高雅，叫人轻轻松松推门就进去，这也是一个生意经。云天在这画店门前停车下来，推开门进去了。窄窄一条横向的屋子里挂满大大小小的画，都是油画，风格题材不同，一看便知全是一些没什么名气的画家寄卖的，价钱非常便宜。他看到一幅只有十六开纸大小的油画，画的是一些船在水中的倒影，光影、色块、笔触，都很好，才卖二百元。他问店主："这画真卖二百元吗？"

"是。"店主说。店主是个中年男子，背对着他，后背挺结实。

"你能给我摘下来看看吗？"他问。

"你自己摘吧，随便。"店主说，还是没有回过头来，不知在干什么？

"好，我要了。"云天说，"你给我包一下。"

店主不能不回过身来，待转过身，云天看到一个吊着一双小眼睛、朝他微笑的面孔。他绝想不到的一个人：罗潜！他绝对想不到罗潜会做这样的事：开店，卖画！

云天禁不住说："怎么是你？"

罗潜的回答更叫他意外："为什么不能是我。"

云天不知下边的话从哪儿说。罗潜却对他说："你记得当年咱们去徐老师那儿，有一个黑黑的，鼓眼睛，很自负，对人也不客气那个人吗？"

云天想了想，说："好像有这么一个人，咱们去见唐尼那天，他一直坐在那儿没动劲儿。听说是徐老师的一个学生，画得挺好。"

"这幅小画就是他画的，他拿来求我帮他卖。"

"怎么这么便宜？"

"我也不知道，没名吧。愈便宜就愈没人买。不是有句老话'一赶三不买，一赶三不卖'吗？市场有市场的规律，你只要进了市场，就得顺从它的规律。"

"除非远离市场。"

140

"远离市场可以，前提是不缺钱用。为了生存，或生活得好一些，最终还得服从市场。"

罗潜已经把自己为什么开店卖画的原由说出来了。云天与他多年的朋友，太知道他生存的哲理了，因此他惊讶之极。像罗潜这样一个精神至上、傲视一切的人，居然也向现实功利低下他顽石一般的脑袋？

更让他惊讶的是，罗潜领他到画廊另一端，那里有个小门，推开门是一间小屋，很黑。罗潜打开灯，照亮了墙上的六幅画，有横幅也有竖幅，全是静物，瓶花、水果、玻璃水杯和一些陶艺品等等。画得很美，幽雅沉静，色彩与笔触都很讲究，但都是商业画，一种挂在客厅里的装饰画。这几幅画决非出自一般画家之手，画家应具备很好的素养。云天走近再看，忽然看出这几幅商业画的背后站着同一个人，就是罗潜！他太熟悉罗潜的笔触与气质了。尽管他这幅画的题材、调子、内涵，全都不同以往，但依旧是罗潜。使他十分不解的是，他开画廊，是为了谋生；那么他画商业画呢？这就一定要在艺术观上颠覆自己。是什么原因，使他丢弃自己原先信奉的艺术宗旨，而到市场来强颜欢笑了？当今的罗潜，也加入了唐三间、屈放歌、于淼、洛夫等等这支商业画的大军了吗？

他感到一阵寒凉。他没有把事情捅破，没说他看出这些画是罗潜的画，只说这里屋的画比外屋的强，便告辞了。

离开了街边画廊，他后悔刚才走这条小街，他希望自己没有看到这一切。现在，现实告诉他，过去那个可尊敬的孤傲的罗潜已经不存在了。他有点不甘心，这么容易就失去一个源远流长、情深意厚、精神至上的朋友？

人生的朋友，不一定他离开了你，你就失去了他。彼此各在天涯海角，情谊依然地久天长。可是如果他改变了，改变了信仰、追求、品质，改变了你们曾经赖以相依的共同的东西，你自然就失去了他。

这一天对于楚云天真糟糕。

他回到家，没等他把今天悲哀的心情告诉隋意，隋意就焦急地告诉他，一个小时前，郝俊来电话说，下周洛夫有三幅画在北京嘉和拍卖。郝俊给洛夫找到几个有财力的买家，打算现场竞买造势，把画价推上去。谁知这事叫于淼知道了，于淼立刻给嘉和送去一幅超级现实主义作品，极其精细逼真，又是他那种在市场极受宠的民国女人题材的画，题目叫《春风得意》，画中几个时装女人仪态万方地在街头散步，逼真得好像个个都能从画中走出来，这无疑是在市场上一件十分抢手的拍品。郝俊给洛夫找来的这几位买家，恰好都是于淼作品的藏家。可是于淼这件作品一出来，这些藏家肯定都会甩掉洛夫，争着去买于淼。这就使洛夫极其为难了，如果洛夫撤画，不参加拍卖，等于甘拜下风，以后别想再超越于淼；如果不撤，必败无疑。明摆着叫于淼一棒子打翻在地！

"于淼怎么能这么干，这等于故意把洛夫置于死地。"云天说。

"郝俊说了，他们两人早就打得你死我活。洛夫天天想在画价上压过于淼，这次送拍的三幅都是憋足劲画出来的，他输不起。"隋意说，"洛夫先是气得大喊大叫，摔东西，想打人。这两天不吃不喝，整夜

141

睡不着觉，也不说话，郝俊怕他神经出毛病，急得找你。"

"我对卖画的事一窍不通啊。"云天想了想说，"要不叫郝俊再找找那几位买家。"

"都找了，买家口头上都说会帮忙，可是，买画卖画都为了钱，谁能信谁。"

两人都没办法，都没话说。过一会儿，云天忽然站起身说："我有个办法。"

隋意说："你去劝洛夫？"

"谁能劝得动那头犟牛。"云天说出自己的想法，"我去找于淼，劝他撤拍。我请他看我面子，让洛夫这一次。"

隋意一听就笑了，说："你真有好办法。你怎么想出这么一个好办法来呢。"

楚云天没去过于淼家，找人打听到地址，直接去了。他不敢先用电话联系，怕于淼猜到他要去拜访的意图，推说有事把他挡了。

楚云天在城东一片有树有水、风景宜人的别墅区里，找到了于淼的住宅。一片红钢砖、形式简约、看上去很坚实的建筑。他的房子在这片别墅区是最大的，院子也大，栽了一些很大的树，都是从山里移植来的百年老树，反正现在有了钱什么奢侈的想法都能实现。

乍一看于淼，差点认不出来，人居然胖了，爱主动说话了，说起话来指手画脚，难道财富连人的性格也能改变？他的客厅，论气派之大、装修之精、陈设之考究，都远远在洛夫那个亲水别墅之上。只是在这之中，也同样散发着一种人暴富起来之后不自主想炫耀一下的劲儿，叫云天不大舒服。爱美是自己的一种天性，但炫耀是对别人的一种强加，不是人人都分得清楚。

于淼请云天坐下，饮茶。不等云天开口，便说："您楚老师尽管与我相识多年，来往不多，今天您肯屈尊来我寒舍，我诚惶诚恐。不过您一定有事找我，让我想想——"

他这开门见山地一说，云天反而不好说明来意。谁料于淼精明得很，也爽快得很，他问云天："您为下周那场拍卖会来的吧，您为洛夫说情来的吧。"

在云天的印象里，于淼是个偏狭又较真的人，很难把话说进去，没想到今天他变了一个人，说话单刀直入，虽然有点财大气粗的劲儿，但还爽快。他接过话说："是这样的。我知道你们是好朋友，过去许多大画都是你们共同完成的，你们谁也离不开谁……"

于淼大笑，摇着手说："您快别说这话，洛夫早就不认了。自从他画了那幅《五千年》，就说我只能给他打下手。我们现在已经是冤家对头。"说到这儿，他好像有一股气上来。但他把自己这气压了下去，换了一种口气说，"楚老师，我是敬重您的，无论是画品还是人品，您都德高望重。既然您为这事来了，您说吧，您想叫我怎么办？"

云天看得出他说话是算话的，既然话已说到这儿，他也直说了："我请你这次让了他吧。你的画到哪儿也都有人争。"

于淼一听立时高兴起来，他说："您是明白人。我这幅画要是拿到香港去，卖价起码再加上去一倍！您为朋友两肋插刀，我敬重您。今天我听您的了，楚老师——"于淼一挥手叫道，"我撤拍了！一会儿就打电话告诉嘉和。"

"太好了！"云天顿时感到绑在自己一身的石头"呼噜"一下全掉在地上。他激动地说，"你叫我十分感动！"

但是，于森说："您告诉他，我只让他一次，而且是冲着您！"

这叫云天深深感到，如今洛夫与于森关系糟糕到何等地步！特别是在充满功利博弈的市场里，真是另一种你死我活。

他回到家里，把这个结果告诉隋意，隋意含着笑流下眼泪来，连连说："太好了，太好了。"跟着就打电话告诉郝俊。

一会儿，洛夫打来电话。云天在话筒里只听洛夫喊了两声："云天——"就没声音了。云天再呼他，话筒里便传出一种低沉的哽咽声。云天再呼他，电话挂了，响着忙音。

当晚，云天把白天在电台道后边的"街边画廊"撞见罗潜的事告诉给隋意。隋意也大惊不已。她见云天郁郁不欢，她的话便是对云天的劝慰了，她说："他毕竟不像当年，单身一人好坚持自己的想法，现在背着一个家庭，说不定有孩子了呢，他有责任让全家过好日子，不卖画还有什么办法？你不能用昨天的原则去衡量今天，也不能用自己的想法强求别人。人生哪能没有遗憾。"

"很可怕，生活居然可以彻底改变了这个人，连艺术观都变了。"云天感慨地说。

隋意说："你没和他多聊聊？"她想把他从陷进去的话题中拉出来。

云天说："他什么都不说，也什么话都不问我。我和他说了一个艺术的话题，他一边笑一边摇手，不想和我说，好像那是童年的事。"

隋意不再说话，听着云天下边的感慨：

"今天我一连失去了两个朋友。这两个原本都是充满理想和才气的，本来现在他们应该展翅飞翔的时候，却都折戟沉沙。一个被画价逼到绝境，一个顺从了适者生存的道理。他们没有迷失在荒原大漠里，却被金钱收买了艺术的良知。金钱太不可抗拒了，现实太残酷了，我很怕自己也沉沦下去。"

隋意还是没有说话，因为她心里的话，云天刚刚全说出来了。

一天，余长水来了，他刚参加北京嘉和那场拍卖会回来。他满面春风，今年他送拍的两幅画都卖得不错，据说他那种藏画风格的画作已经有了一个相对稳定的收藏圈子。他的画价虽属中等，但有个固定的收藏群体更重要，就像栽花种木，有了土壤才能生根长大。他打算把在深圳的购房再换大一些。

他说，这次拍卖会上洛夫那三幅画卖价虽然不高，但总算都卖出去了，没有流拍。余长水并不知道云天去找于森撤拍的事，他挺神秘地告云天："原先有于森一幅，很精，很漂亮，下的功夫很大，很多藏家都奔着于森这幅去的，但不知为什么，于森临时忽然撤拍了。如果于森不撤，洛夫的画放在那儿一比，就没人买了。于森一撤，算救了洛夫。洛夫的画现在愈来愈不行了。精气神全没了，技术能力也到头了。"他说着，把一本这次拍卖的图录给了云天。

云天翻一翻，里边依然有于森那幅撤拍的《春风得意》，画得确实十分精致逼真，底价极高。但在云天眼里，于森的画再下功夫也是商品画，他没兴趣。洛夫的三幅也在图录上，的确已经江郎才尽。他从《五千年》的时代，突然跳到流行一时的抽象主义，跟着投身到标榜现代的行为艺术和装置艺术，现在重新被郝俊硬拉到商品画上来，目标乱了，方寸也乱了，哪条道都行不通了。原本多么生气勃勃，才华横溢，只因为追名逐利，避开了艰辛的求索，最终在喧嚣的名利场里耗尽了自己的精力，像一棵半枯的树，再生不出生气勃勃的绿叶来。艺术是纯个人的事，谁也没有办法救谁。

云天翻到图录的最后一部分。一幅画忽然跳到他的眼中。朦胧，温柔，含蓄，熟悉——白夜！画的题目是《春天的记忆》。他禁不住说："她也送拍了？"

幸好，此时隋意没在家。

余长水说："是啊。她这次还来北京，也去拍卖现场了呢。"他笑了，还说了三个意味深长的字，"她很行。"

"怎么叫'很行'？"云天问。

"很活跃，很会办事呗！她上拍不过两三次，现在居然一些藏家就挺认她的了。"长水说。

这时，云天还在看白夜的画页。他看到关于白夜的文字介绍中有一句话"著名画家、美协副主席和艺委会主任楚云天说：白夜的模糊美是具有开创意义的审美语言，堪比朦胧诗"。

余长水站在他身边说："这是您给她写的吗？"

云天说："怎么会？这是我在上海研讨会上发言时说的，这也不是原话。"

余长水说："我说她行吧，她拿您给自己做广告了。"

云天笑着支应一句："那我得找她要广告代言费了。"同时，他心里有些不快。

七

渐渐楚云天感到，白夜是一个美丽却捉摸不透的精灵。

自从上海那个意外的夜晚，那花枝飞散中浪漫的一吻，他以为从此自己又要坠入情网，重返二十多年前雨霏时代那个深渊。一方面两情缠绕，愈缠愈紧；一方面心存内疚，追悔莫及，难以自拔。但时间一长，他发现事情并非如此。白夜并不纠缠他。依然不给他打电话，偶尔会有一条短信：

"模糊的问候。"

"忘记过去就意味着背叛。"

"我的耳朵又疼了。"

……

这些短信决不像雨霏夹在书中纸条上的短诗，没有感情的燃烧，没有心在呼叫。这些隔一段时间偶尔出现的短信，好像只为了保持他们一种非同寻常的关系，并没有情爱难捺，难舍难分。当年的雨霏好像一只小猫，渴望天天诗情画意一般依偎在他怀里。现在的白夜却像一只美丽的小鸟，在他身边跳来跳去，偶然飞来，忽又飞去。她并不依赖他。他想一想，她与他之间没有很深的感情，不像是爱情。爱情往往是不管对方的，所以爱情都是一厢情愿，一往情深。这因为，爱比被爱更幸福。可是，如果他与白夜之间没有这样的情感，怎么会有那次——那么忘情的一吻。如果那一刻他们不是都努力地克制住了自己，各种可能都会出现。她不像是在两性之间太随意的女孩子。那么，她是怎样一个人？她对他，是不是像她曾对余长水说的——"我太爱慕楚老师了！"

如果真是这样，他觉得这种关系也不错，比较轻松，互不拖累，最多只是一点温馨的私密。他很喜欢这个气质非凡又美丽超群的女孩子，愿意与她保持这样一种特殊的有点暧昧却又有节制的关系。

有时，他也会忍不住给她发条短信，但是大都是谈论艺术。比如："注意模糊的程度，不要模糊到叫人费解的程度。"

她回给他的短信，却还是往他俩之间扯："是不是指我对你？"

她表现出的这种调皮、幽默、情感上的外露与主动，是不是来自她这一代女孩子在情感上我行我素，不那么沉重了？他毕竟与她是两代人。如果两代人非要活在同一个人生季节里，很可能会出现误判。

一次，在北京评选"中日青年画家交流展"的作品，艺委会又请他担任评委会主任。余长水有画参评，不便随着他来，他就带着费亮来了。这次评委中有几位是从各地美协和画院请来的画家，他从中看到了上海画院的绿池。由于他们相识，津沪两地画院一直有来有往，见面很亲切。绿池说："这次白夜也送来一幅，画得相当好。她说请您注意她这幅画面的空间感，她很得意自己这幅画对空间的表现。画得确实不错。"说完他把云天拉到一边，扬起嘴巴在云天耳边小声说，"我已经和好几位评委都打招呼了。您得给使劲啊！"他还笑嘻嘻地说，"这次也有你们的余长水的画，他打电话给我，请我帮忙，我跟我认识的几位评委也说了。"

云天听了，他对这种找关系拉票的做法挺反感，不过由于他们关系不错，再加上余长水又扰在里边，不好说什么，只能笑笑。但同时他感到，这位上海画院的副院长给白夜很卖力气，这是不是说明白夜"很行"和"很厉害"呢？

等到大家评选作品时，他看到了白夜这幅作品。方形的画，略大，淡彩，朦胧又优雅，十分鲜明是她个人的风格。画中的境象十分独特，意境开阔又空灵。在一大片斑烂又虚幻的背景上，涌现出很大一束花，雪白、蓬松、温柔，如漫天星斗，静静地浮动在烟岚氤氲般芬芳的空气里。这幅画的空间感确实处理得很好，前后拉出了很大的距离，有很强的空间感和立体感。再看，他一怔，这花不是满天星吗？不是他们那一次爱的冲动的象征吗？她为什么画它？惟有这束满天星才是他们那个激情与浪漫的见证与记忆？这是专门献给他的吗？

再看画名——居然是《爱情》！

他陡然心动。是的，她为他画的，为他们画的！

可是评委们不明白，何以要称做《爱情》。在场的人中间里，惟有他知道这幅画后边的故事，他感到自己就在画中。

他听着大家七嘴八舌都称赞这幅画，意境美，空间很立体，色彩也美，有味道。绿池忽然问云天："楚老师，您觉得白夜这次画得怎么样？"绿池实际上是逼着云天表态。

云天情不自禁地说："一幅叫人感动的

画，是精品。"

大家认同他的"精品"之说。这句话对于他并不违心，确实画得好，意境奇美，有灵气。但心里却想不明白，当时自己怎么会说出了"叫人感动"这句话来。

这幅画评上了，余长水的画也评上了。

会后，绿池要拉他去吃饭，感谢他。他谢绝了。他说他有事要赶回去，实际上他不想叫隋意一个人守在那古老而略有点阴凉的大房子里。

在回来的路上，手机就出现了一条短信，只四个字："你感动了？"

她这么快就得到消息了。她确实厉害！

他也确实被感动了。他看得出来这幅画中真切的情感，一束蓬勃的满天星有如从心中喷发的烟花，闪闪烁烁璀璨地布满空间，自由自在地飘浮。他知道她的灵感从何而来，更知道她缘何以《爱情》为题。她知道这幅画他一定会看到吗？这是对他的最美好的一种表白吗？

他第一次用短信向她主动而直白地吐露心声。他惜墨如金，只用了一个字："是！"

她没有短信来了。他们都沉默和享受着沉默，但这也可能只是他自己的一种感受而已。他请司机师傅打开音乐，正好是霍洛维茨弹奏的莫扎特的《回旋曲》。车子在暮色中穿行，这支曲子把他此时心里的感觉，以及被《爱情》唤起的回忆一直带到家。

到了家，与隋意聊起评审的事，当提到白夜的名字时，隋意马上问："你见到白夜了？"

"她怎么能露面，参评的人都要回避，她在上海。咱们这里不也没让余长水去吗？上海方面是绿池去的，他也是评委。"

云天感到了隋意对白夜的敏感，但不知因为什么。在他们的谈话中，已经很久提不到她了，她缘何忽然这样敏感起来？她敏感，他就更敏感。

前些天，山东的画家约他去泰山的后石坞看看。他年轻时曾和一些画友来泰山写生，从南天门的背面下到山谷，才知道后山比前山更好。雄奇中带着一股野性，乱石峻嶒，野松纵横，有一种旷达和放肆的美。他看到一座垮塌了的古庙，十分奇异。当初古庙倒塌时，顶子落地后居然完好，四面墙没了，整个屋顶竟然完整地趴在地上，好像一顶扔在地上的巨大的黑灰色的帽子。还有一口比人还高的大钟，上边铸满了文字。在钟楼垮了之后，它就一直扣在这里。不知这座古庙荒废了多久，一人多高、疯长的野草淹没了一半大钟。他拾起一根树干，使劲敲一下大钟，钟声惊起了古庙废墟中的许多乌黑的大鸟。但走到这里他不敢再往下走，下边更深、更野、更怪、更荒无人迹。

现在不同了，来泰山旅游的人多了，经常有人下去。当地的画家也都下去过，路也很熟，不会迷失。

今天，他自驾着车，一早出来，刚过了德州，一个可怕的电话打来，是郝俊！他以为又是卖画出了问题，或者家庭发生了矛盾，可是这电话是直接打给他的，她从没给他打过电话，可见事情之急。对方一听是他的声音，就像呼喊救命一样，嘶哑地大叫："云天啊，你得救救我们洛夫呀！"

云天脑袋"轰"地一响，怎么了？死了？急病？疯了？拼死去了？他说："你先告我，出什么事了？洛夫现在哪儿？"

"没了！没了！人没了！"对方喊了这三声，就"啪"地挂了。

云天完全不明白，却深信事非一般，他再打电话给郝俊就无法接通了。他转而打给隋意，打了三遍才通了话。隋意说："我正打给你呢。洛夫失踪了！"

"怎么会？"云天叫着，"他什么时候失踪的？"

"郝俊说，他近两个月来一直不正常，晚上不睡觉，经常一个人跑到亲水平台上坐着。今天一早人没了。"隋意说。

"车呢？我问他的车在不在。车不在就是出去了。"云天说，口气很急。

"车不在，可是现在他的手机关机了，据刚才郝俊说，已经报警了！"隋意说。

"先别急。你设法用电话找到郝俊，告诉她我马上掉头回去。你那里有任何消息第一时间告诉我！"云天说。

云天立即找到最近的高速口，出去，掉过头再返回高速，然后疾驰回奔。他猜想了许多可能。当他想到一月前余长水告诉他，洛夫可能得了抑郁症，整天沉默寡言，什么也吃不下，口燥舌干，不停地喝水，夜里不睡觉，人瘦得厉害，脸上全是褶子，学院已经半年没去，上不了课，根本画不了画了。云天知道抑郁症很痛苦，折磨人，担心他会用轻生的方式寻求解脱。他心里暗暗祷告，只要他这次没走极端，他一定拿出时间去陪陪洛夫，帮这老朋友重拾信心，走出困境。可是，半个小时后他接到更可怕的一个电话，是隋意打来的，据说警方发现了洛夫的踪迹。洛夫的车子停在北安桥上，车门打开，但车子是空的，里边没人。警方判定，他从桥上跳下去——投河了！

云天手脚都凉了，他努力使自己静下来，随后问隋意："警方找到人了吗？"

"没有。"隋意有气无力地说，"我很害怕，云天！"

"你别怕，也别急，那只是一种猜测，不一定投河。我再有两个小时就到天津，我先不回家了，直接去找洛夫。我们一直保持联系！"云天说。

"我明白。你的车千万不要开得太快。"隋意说。

路上，他不断接到电话，四面八方打来的，内容全是洛夫投河的事，但所有信息都止于此，没有再进一步的细节。当他的车子进了天津刚下高速，肖沉打来一个电话，问他："你在哪儿？"

"回来了。情况有什么进展？"

"找到了，在金钢桥附近。你听好了，别动感情，你开着车，不安全。"

"我会注意。你必须告我实话，他现在什么情况。"

肖沉沉默了一会儿，声音很低沉："人没了。"

云天猛地一刹车。后边的车差一点撞上他，非常惊险，气得人家使劲地按喇叭，摇下车窗骂他，然后绕着他的车过去。他坐在车里呜呜地出声痛哭、痛哭。他的车子一直停在大道中央，后边的车子放慢了速度一辆辆绕过他的车鱼贯前行……

他的手机一直在响着肖沉的叫声："云天、云天，你听见了吗？云天！"

待他赶到金钢桥，海河边围着许多人，一些警车上闪着警灯，河边阔地上横扯着一些红色的警戒带，气氛十分紧张。云天停了车跑过去，从人缝正巧看到两个人正抬着一个担架上车，在那一瞬，他看到由于尸体浸了水将担架中间沉重地压弯，从没有盖严的布单下边十分刺目地露出一堆湿漉漉、黑色的卷发，一条赤裸的小臂由侧面垂下来。正是洛夫！他无论再怎样做也制止不了他了！他站在那里，不停地流泪！

肖沉发现了他，赶了过来，他一条胳膊勾住肖沉的肩膀，云天的身子已经没有力量，站不住了。肖沉不断地用手拍他的后背，仿佛要给他力量，嘴里说："坚强些云天！这恐怕是他最好的解脱了，他活着是解脱不出来的！"随后他说了三句话，"市场的压力太大了，舆论的压力太大了，郝俊给他的压力太大了！他只能如此。"

有些悲剧是不可避免的，它是各种恶性的原因渐渐积累和叠压的结果。

现场的各种工作人员和围观的人渐渐散了，剩下云天、肖沉、余长水、艺术学院的领导和几位画家，但没有于淼。两个面孔熟悉的中年人悲情满面地走过来。在他们自我介绍之后，方知是洛夫的两位堂兄，实际上是亲兄弟。云天在二十多年前大地震后，给洛夫父母办丧事时见过他俩，没想到再次见面仍是在丧事中，而且一次比一次惨痛和悲伤。大家握手，相对无言，只是不断地抬起手背抹泪。云天问一句："郝俊呢？"

一位堂兄说："用车拉回家了，她在这儿闹得人家没法做事。"

云天听出他们对郝俊的不满，然后大家商量一下给洛夫办丧事的办法。

肖沉对余长水说："楚老师一早去山东又返回来，肯定什么也没吃，你去弄点吃的，送到车上。我开他的车，把他送回去。"

云天上车时，两条腿已经不是自己的了。

洛夫的遗体告别在艺术学院举行，那天来吊唁和瞻仰遗容的人不少，有京城与各地的画家，也有洛夫的学生们。洛夫为人憨厚义气，朋友很多，远远近近都跑来为他送行。他先前的一些弟子们对他感情尤深，也纷纷从不同城市赶来，并一起在他遗体前跪了三分钟，据说这中间有田雨霏。

这一天，云天好像谁也没看到，许多人过来和他握手，具体是谁，他也不知道。白、黑、黄三种颜色、纸花、鲜花、写着墨笔字的大大小小的挽联，从眼前纷纭杂乱地晃过，他甚至连灵堂怎样摆设的也没看见。他牵着隋意在洛夫遗体前深深三鞠躬，作为一生好友情深意切永久的告别。隋意已经哭成泪人，几次站不住，身子一歪撞在云天身上。云天挽着她的胳膊走到郝俊和洛夫两位堂兄前握手慰问，但他一直说不出话来，他感到自己整个身体里全是翻滚的乌云，裹挟着电闪和雷鸣。他知道什么东西夺走了洛夫，这东西是这个市场时代最强势的东西。无法抵抗，无法阻拦，只有顺从。顺从往往是更深刻的悲剧。

他和隋意走出来，准备上车回家，只见余长水跑过来，对云天说："刚刚洛老师的堂兄叫我请您等一等，完事一起到洛老师家里去。"

云天诧异地问:"什么事?"

余长水凑近一些说:"听说他们要谈洛夫遗产的事。"

云天说:"这叫我去干什么,有我什么事?"

余长水:"他们说您是洛夫真正的朋友,您又公正,您的话谁都服。"

云天脸上出现一股怒气,他说:"遗体还在,他们已经想着财产了!"他对长水说,"你告诉他们,我从来不关心、更不管别人的财物。我只记住我和洛夫一生的友情。"

说完,他拉着隋意上了汽车。

一连多日,云天守在家,沉闷不语。他和隋意没有交谈一句洛夫,其实他俩心里都是洛夫,他们都不愿意加重对方心里的痛苦,各自去消化自己心里的悲伤。真正深切的痛苦像严冬,无法躲避,要等着它酷烈的寒凉随着时间一天天过去。

一天,余长水来说,洛夫遗体告别仪式那天,发生一件怪事。在仪式将要结束时,忽然一个陌生的人走进空荡荡的大厅,面对洛夫的遗体默然肃立。这人个子略高,平头,身体结实,穿一身黑,面无表情,眼神空茫。他一动不动站了很长时间,工作人员上去悄悄对他说仪式结束了,他却像没有听见。在场洛夫的亲友没人见过他,不会是很亲密的关系,缘何这样不离不舍地久久而立?大约七八分钟后,才转身独自而去,离去时也没和洛夫的亲属们握手慰问。这人是谁呢?

隋意和云天都知道一定是罗潜了。隋意还猜到一定是云天请人给罗潜送去讣告。除去云天,美术界再没人知道罗潜。但她和云天都没有说,心里明白的事还是放在心里好。

于是这些天,他们心里都是往事,往日的欢乐、笑脸、活力十足的体魄、苦中作乐、抱团取暖、三剑客的小沙龙、地震中相扶相援,当然还有在他俩出现情感的危机时,他伸过来的那只仗义的手。

在云天心里还多一层思考,即是他与生俱来的才气,七十年代的任务画、八十年的《五千年》、九十年的当代艺术、新世纪的商品画,他究竟怎样一步步走到今天。为什么屈放歌和于森是膏粱锦绣,他却是悬崖绝壁?其实他心里一清二楚。他悔恨在很多人生和艺术关键时刻没有给予自己的好友更多关切与提醒。自己已经多久没和他深谈过了?是不是早不再把他当做知己了?自己只是悄悄买下他的画,却最终也没有告诉他自己这个所作所为以及为什么这样做。是自己在精神上疏远了他,还是他疏远了自己?

云天明白,这谁也不怪。在这个金钱主宰一切的时代里,有几个人能够像高宇奇那样遗世而独立?

他眼瞧着一个才华卓绝的艺术家在这个名利场中,一步步陷入其中,渐渐失魂落魄,最终毁掉自己,现在还有多少富于天资的艺术家仍在走这条路,谁又能去阻拦?想到这里,在那个高高冷杉树下僻静的深院里,他发出一声长长的叹息。

八

一个好端端的事物出现裂缝,无非两

个原因：一是原先就有裂缝，修复好了，现在又裂开了。一是原本好好的，不知不觉间裂开一个小缝，随后愈裂愈大。当初它何以裂开，并不知道，也没留意。可是等到它真正裂开，就难以愈合了。

一年之后，当洛夫自尽的阴影慢慢消失之后，云天家庭的裂痕却渐渐显现出来。

最初的蛛丝马迹，出现在那次在绿池和白夜一行人来访那天，谈话中无意说出在济南全国画展入选作品评定时，云天力挺过白夜，这事隋意完全不知。至于后来他在北京全国画展开幕时，见没见过白夜，她更不知道，他也没说。如果他回来告诉隋意，就什么事也没有了。如果他故意不告诉她，就不可理解了。难道这里边还藏着掖着什么？特别是那次隋意见到了白夜本人，她竟是这样一个少有的美丽、气质又非常出众的女孩儿。她看见都喜欢，她更知道云天喜欢什么样的女孩儿。当时这都还只是一种感觉、一种女性的本能，并没有多想。她本来就不是胡乱猜疑的人。

此后，云天要去上海出席白夜的研讨会，这原本是早说好的事，两地画院的交流项目。他又说好带她一起出席，只是因自己行前忽然感冒不能去了，怨不得云天。可是云天回来后，很少提白夜，她问他时，他闪烁其词，好像故意回避。真实的原因是此次他与白夜确实发生了一个短暂的情爱的遭遇，他险些失足。直到他回家后，还不时回味到那种特别异样的冲动。特别是一次，隋意无意间揉了一下耳朵，叫他心里一惊，好像他和白夜狂吻的时候，她在场全看见了。那一刻，他表现出的心惊肉跳的神气，叫隋意好像明白了什么。随后，她从肖沉送来的新一期《艺术家》上，看到了云天在白夜作品研讨会的发言，她感到他对白夜的评价有刻意拔高的意味，云天谈到艺术向来遵循客观的原则，他为什么在衡量白夜的准则上忽然昏昏然了？

其实，这都是一些心理与不解，真正叫她警觉起来是最近一个重要的发现。

他们这个典型的英式老房子，通常一楼是三间房子。前边朝阳一间较大，是客厅，有一扇落地门通向院子；后边一间是餐厅，连着楼后边的厨房；侧边一间是书房。这书房的一面墙是柚木书架，从底座到望板都有雕花，很精致，"文革"期间这里住着革委会一位领导，一直把这间屋子当办公室用，所以书架一直完好保存着。现在，云天把这间屋子当做画室了，书架上琳琅满目放满了大大小小的画集。一天，云天不在家，隋意给他收拾画室，无意间从书架上看到几本放在一起的画集。有厚有薄，都与白夜相关。有的见过，有的头次见。两本很薄，是白夜的作品集。那次云天在上海办《秋日的絮语》画展，初次见到她时，她送给他的。他回来后还把这两本小画册给隋意看过，她有印象。

另两本画集就没见过了，一本很厚很沉，是全国美展的作品集，中间夹着一条淡蓝色标签纸的那页，是白夜参展的作品。画集的扉页上有一行白夜的赠言及签名：永远的感谢。这本画集是他为她尽力以及后来在北京画展上见过面实实在在的证据。

再一本则是上海白夜作品研讨会专印的画册，很精致。扉页上也有白夜写的一句赠言，这句赠言就费琢磨了：你不会丢掉的。不会丢掉什么？画集还是人？这句话里边好像是一个暗示，有一点故事。

还有，她对云天的称呼不是"楚老师"吗？为什么现在写成"你"了？她和云天是两代人，什么关系才会直呼为"你"？

然而，这虽然是猜测，但猜测正在一步步接近现实。

隋意很怕第二个田雨霏将要出现。

如果真是那样，她就会孤立无援。她已经没有当年的罗潜，更没有洛夫了。她想好了，如果他真和她有事，她决不会和他吵架，不会叫外人看他们的笑话。她只有到国外去找她的怡然。世界上不管有几十亿人，个人的生命真正能依能靠的人只有一两个。

所以她没有对云天有任何表现乃至流露，对于常来的几个人如肖沉和余长水也是如此，对小霞更是守口如瓶。现在对女儿怡然那里也不能吐露只字。女儿最在乎的就是他们两个，如果他俩之间出了问题，苦恼对于怡然就是双倍的。

这个裂缝真正张开是在一天傍晚，云天回来，隋意正在院子里用割草机除草。院子割草的事从来都是她自己做，她喜欢割草时散发出的青草沁人肺腑的清香。云天胳膊夹着一本画册，经过院子时和隋意打个招呼就进到楼中了。一会儿隋意也进来，云天坐在客厅喝茶，桌上没见有画集。第二天云天出去，隋意到云天的画室书架前一看，在放着那几本与白夜有关的画集旁边，果然多了一本崭新又精致的画集，抽出来一看，封面是中文和日文。名字是《彩虹一般的桥梁》，副标题是：中国青年画家赴日交流展作品集。中间又有一页夹着一个小小的浅蓝色的标签纸，掀开一看，一种优美、温柔、浪漫的气息扑面而来，一种在宁静中优雅地发散的深情，生动地荡漾着。再一看，这是一大束花，竟然是盛开的满天星！这不就是半年多前云天从上海带回来的那束吗！现在，这束已经成为干花的满天星还在屋角那个黑色的罐子里。画中这束花无疑就是瓶子里那束花！这里边难道还有什么特殊的含义？当她看到画下边的画名——《爱情》，一切全明白了！

这一瞬间，她有失往日做事的风范。在遭受打击之后她有点缺失理性，她跑到客厅抓起电话打给费亮，她说："我问你一件事，你必须向我保证，我问你的话，你决不和别人说，包括楚老师！"

对方怔了半天，好像打来电话的人不是隋意，隋意从来没有这样冲动过。费亮是老实人，他说："您问吧，隋老师，我保证不对任何人说。"

隋意说："去年，你和楚老师从上海回来，楚老师拿的那束满天星是谁交给你的？"

"白夜啊。据说是白夜头天晚上送到酒店的。临走时，白夜用纸包好，叫我给楚老师带上的！"费亮说完，诧异地问，"怎么了，隋老师？"

"白夜具体是什么时间去到酒店的？"

"那就不知道了。我和肖老师被安排到另外一个酒店，我们和楚老师不住在一起。"费亮说。

一切都明明白白。她已经把那个晚上发生了什么全都看得清清楚楚，不是凭着想象，而是女人的天性与第六感。于是，她的世界又一次崩溃了！虽然她知道的不算很多，但她知道这后边的东西肯定更多。这只是冰山的一角，只是在小心翼翼的遮蔽中露出的一只马脚而已。什么样的"爱情"能用如此高洁又含蓄，璀璨而喷发的满天星来讴歌？还需要撩开这道遮盖羞耻的大幕吗？还需要捅破这个精致的骗局吗？

她不想再重复一次雨霏的故事，她要选择自己的将来。想到了这一步，素日的沉静、镇定、理智又回到她的身上。

暮色苍茫时，云天回来，在一楼他没看见隋意。他问小霞："隋意呢？"

小霞说："她说困了，在怡然的屋里睡觉。"

怡然出国后，她在一楼半那间屋子一切照原样保留，以备过年或放假回来时使用。

云天："她干吗不在卧室里睡？"

小霞笑道："她说夜里您打呼噜，早晨院子里鸟叫。她很少睡好觉。她说打今儿起，她搬到怡然的屋里和您各睡各的了。"

云天笑道："随她便吧，反正睡着了也不用聊天，其实从来都是各睡各的。"他并没有任何异样的觉察。

晚饭时，隋意静静坐在那里，温和的微笑，从容的神态，举手投足的稳重，全都一如既往。其实她这种冷静里，透着她心中的苍凉和冷漠。她决心已定，只不过她决不叫他看出来。她对他严守秘密，正如他也向她严守私密。这或许是一种报复，但她认为，这是他应该承受的。

他向她说了大连来了一个画廊的经纪人，想要为他代理全部作品，还说两年时间要把他的画价打进国内市场排名的前三。他说他只用几句话，就把那个人顶走了。

隋意眯着笑眼说："你告她，如果想卖画，早就叫许大有和田雨霏去卖了。"

说完一笑了之。他哪里知道，她有意说出田雨霏。她在用昔日的刀子来割自己今日的伤口。

随后他们又聊到分房睡觉的事。云天说："随你便，咱们结婚时不就睡那屋子吗？那屋子确实挺静。"

隋意说："我更怕早晨那种灰背的山喜鹊叫，天天被它们吵醒。我已经忍太久了，不能再忍了。"

其实，她最后这两句话是一种心理的发泄，但云天不会听出来，依然一笑了之。

跟着，隋意说："今年怡然暑期不想回来了，这里挺热，她想叫我去，她要陪我到法国南部一些古城镇转一转。"

云天说："好啊，要不我也去。我很想去看看艾克斯，那儿有塞尚晚年的画室。塞尚晚年很孤独，一个人在那里画画。"

隋意说："下次吧，我想和怡然多待些时候。你这里忙，在外边也禁不住。"

这倒叫云天有些意外，以往外出，她总是希望他在身边，相互牵着手，你呼我应，就像他们的青年、少年、童年，从来如此。这次她何以要单身了？不过云天没有多想，以为她们娘俩相隔万里，朝思暮想，无非想多多亲热些时候。毕竟怡然不到二十岁就一个人漂洋过海，一直孤孤单单在外边，现在还没男朋友。

他说也好。

隋意拿定主意，做事不出声息，不多时候就把赴法的签证办好，连整理行囊都躲开云天的视线。她一直没有把哪一天出行的决定告知云天。一天，云天告诉隋意一件事，竟然与白夜有关。现在只要提到白夜，都像在隋意心里戳一刀，只不过她自尊太强，决不叫他看到。笑眯眯直面于他。

云天说，白夜通过手机告诉他，她从他发表在刊物的散文《无法挽回的风景》获得一个灵感，她想画一套组画，取名《消失的岁月》，都是过去的风物、过去的季节、过去的人群、过去的城市景观，用她的模糊画法，让画中景物蒙上一层韶华已逝、岁月蒙尘的感觉。她想画好之后，请云天为每一幅画写一段文字，只三五百字，图文结合，文学与绘画的结合，这将是一种新的形式。她说，如果他同意，她想最近来一趟面谈。还说，她有许多极好的想法，愈想愈激动。

云天说这事时挺兴奋，看来她的灵感已经撩起他的创作冲动。这件事无异于在准备离开的隋意的背上，再用力猛推一下。隋意心里明白，若要躲开这即将到来的一场风雨来袭，只有早早脱离。一瞬间，她心里已经想好何时离开，但决不叫他知道。她要走得干脆、突然、一刀两断。

三天后，云天早早地开车去北京了。他北京有事，要去两天。

云天走后，隋意把小霞叫来，说她有事出门几天，也没说去哪里，只嘱咐一下家里应该注意的事。当她说到"最近楚老师血糖有点高，吃饭时你要提醒他吃药"时，竟有点哽咽，这叫小霞不明白怎么回事。然后，她走上楼，直到顶层，站了一会儿，缓缓下来。逐层逐屋，把这座楼整整走了一遍。然后到院子，坐在藤椅上，她最喜欢家中大树下、草地上这几张淡白色宽大的藤椅。她叫小霞给她一杯茶。她望着这爬满青藤、古老沉静、有点疲惫感的老楼，不自觉打开回忆的门，几十年的岁月就百感交集地扑上来，她落下泪来，这更叫小霞诧异和不知所措。她忽然用面巾纸擦一下脸，猛地站起来，把外衣搭在手臂上，过去抱一抱小霞，拉起一只小箱子往外走，门外已经有一辆约定好的出租车在等候她了。

转天中午云天回来了，进门就高兴地喊隋意。这次他在琉璃厂买到一种韧劲很强的皮纸，棉性也好，还是一种又宽又长的卷纸，非常适合他想画的一组画《珍藏四季》。他喊了几声过后，没有回应。小霞跑来说："她昨天就走了。"脸上的表情很奇怪，说不出是惊诧还是困惑。她肯定会想，隋意出门，他怎么不知道呢？

云天说："我从昨天就给她打电话，她一直没接。她去哪儿了。"

小霞说："她没说，我觉得她出远门了。她带两个箱子，一个大的放在车上，一个小的在手里拉着。"

云天这才感到事情不好。她走为什么不跟他说？她不辞而别为了什么？他扔下东西，楼上楼下跑了一圈，她没有留下任何信纸或便条。在匆匆之中，他发现一个细节，他卧室的五斗柜上一个装有他俩年轻时合影照片的立式相框，被放倒，扣在柜上。他跑到画室时，一个景象叫他怔住，再一看所有答案一目了然——

画案上一字排开五本画集，自然都是白夜的画集。那本中日青年画家交流展的画集放在中间，《爱情》一页大敞开来，画册后边是那个漆黑罐子里一大束蓬松而柔情的满天星。光线从窗外透入，散开的花枝花影模糊迷茫，把这大画案和这几本画集全都笼罩在下边……她把无可辩驳的理由全摆在这里，然后离他而去——为了他和白夜！

他抓起电话，他要告诉她，不是那么回事！有误会，有巧合，有的只是猜疑。可是这束他从上海带回来的满天星和画册上的《爱情》怎么说？也是误会、巧合、猜疑吗？他用怎样一个谎言才能再次骗过她，他忍心再一次去欺骗这个天性纯良、死心塌地、傻乎乎爱着自己的女人吗？他无法面对。

隋意的电话拨不通，他拨通了怡然的电话。怡然不等他开口就说："我妈在我这儿！"跟着她用斥责的口气说，"我妈连我出生前您那件事也告我了，您怎么这么对待她呀？哪儿还有比我妈更好的女人？她一辈子心里只有您一个男人。我知道您那个白夜，她画得好不好我不管，好看不好看也跟我没关系。她现在就是我头号的敌人！我们这些留法的同学全知道她就是一个专门利用人的女人！我忠告您，早晚一天她看上一个比您更有用的人，就把您甩了！"怡然仿佛是从心里往外喷火！

对于云天，怡然是他最娇惯的宠儿，第一次遭到她这样怒不可遏、绝情一般的斥责，这时他才明白，现在他将要失去的不仅是隋意，而是这世界上至亲至爱全部两个人！他说："怡然，我明天就去办签证，我去法国，我们当面说，这里边有误会。"

怡然一听，态度更坚决，她说："您千万别来，来也白来。我们明天就去西班牙，而且我要马上搬家。我也不再接您电话了！"跟着电话挂断！

电话一断，他感觉这世界什么都没有了，自己也空了。他忽然大声喊起来："白夜是谁呀！给我滚呀！"

他把那装着满天星的罐子远远扔到客厅里，破碎的黑罐白花飞溅满地。

小霞从后边厨房跑过来，不知发生什么，吓得不知所措，她从没见过儒雅的云天今天像头豹子，以为他要疯了。

一连许多天，他给隋意和怡然打了无数电话。天天手机要充三次电，但没人接听；他发了无数短信，没有任何回应。他知道这次隋意与他断绝之心已定，一时很难回转。二十多年来，他两次负心于她，他对她差不多已经"赶尽杀绝"了。他想起当年的雨霏事件，多亏两位好友出手相援，才挽回了他的家庭。他还记得事后在罗潜家，罗潜对他讲起自己一段带血的往事后，说了一句话："伤害了一个真爱你的人，就是扑灭她心里全部的火焰，叫她的心变成一片死灰！"这次自己是不是又一次扑灭了她心里的火焰，甚至扑灭了她一生心里的火焰？她的心里只有灰烬。

他现在最大的痛苦是无人可说。他想到了罗潜，他有脸再对罗潜讲述自己现在这段更荒唐的故事吗？自己怎么能与一个小一代的女孩儿发生这种暧昧与浪漫？可是，他总要找一个信得过的人，帮他分析一下这个女孩儿是真爱他吗？哪怕骂他一顿！

有一天，他实在按捺不住，到电台道后那条小街去找罗潜。车子开到那儿，没有罗潜那个画廊，他以为找错了地方，再

154

看原来罗潜的那个"街边画廊"关门了，现在变成一个理发店，名叫"俊雅"。他推开玻璃门，店主是个精瘦干练的人。他向店主打听，店主好说话，告诉他的信息又全又可靠。他说原先开画廊的经理姓罗，半年多以前就不干了，因为不赚钱，把铺面盘给他。这罗经理自己也画画，但是天津这地方老百姓家里不挂油画，他去广东了，据说广东那边有画家村，专搞油画加工和批发，挺赚钱。他还说这个罗经理走了好一阵子了，走得很彻底，连他杨柳青那边的房子全都卖了。

他听着听着，感觉自己像一本历史的大书，现在厚厚的一卷全翻过去了。没人知道下边写着什么。

九

还没有到六十岁，楚云天就感受到人生的萧疏，一如秋天的树，风一吹，叶落飘飘，疏阔也寥落。

他早早把画院的副院长辞掉，推荐肖沉来做。美协的职务也辞去了，他推掉这些差事最主要的原因是当今画坛已被商业大潮吞没。正像当年那位拍卖行的俞先生所预言的，没有人再关心画的本质，只盯着画的价位。当优雅的书画转化为世俗的礼物后，它一定要用价位彰显身份。云天不卖画，他的画没有市价，自然没人把他的画太当回事，最后人们看中的只是他的名气与职务。他的影响、才气、威望以及身上各种不凡的经历与花环，都化为一种溢彩流光般的无形资产，被人们尽情地使用和利用着。

这叫他愈来愈厌烦！他站在各式各样的主席台上、聚光灯下、众目睽睽之中，他只是人家一个必不可少的耀眼的装饰品和光鲜的花瓶而已。他开始厌恶自己了！

现在推掉了这些事务，立竿见影，找他的人渐渐少了。现在谁还会来和他谈一谈画呢？他反而能在画室里专心研究画理，琢磨笔墨，平静而有滋味地活着，好像又回到那个无边寂寞却又无功利的七十年代。现在身边唯一缺少的是几个可以来来往往的朋友，还有随时可以说一说的隋意。

只有他自己知道，没有隋意的生活是一种怎样的失落。

连余长水也不会来了，他终于去了深圳，与女友在一幢漂亮的公寓里结了婚。工作也不错，受聘于一所美术学院做了教授。自从到了深圳后，找他买画的人更多了，他的处境叫这边画院里一些年轻人羡慕不已，更确信只要把画卖好才是通往幸福的必由之路。

余长水在去深圳之前，曾带着女友来与楚云天辞行。云天想到这些年来，这位年轻人跟着自己跑东跑西，与他谈笔论墨，相互笃信和帮助，留下了许多美好的记忆。他喜欢这个年轻人的厚道与悟性，这一离开，可能就是人生永远的分手，心里一动，拿出一幅得意之作送给他做纪念。同时，还把心里的话说给他："钱是重要的，但世界上有比钱更重要的东西。凡是钱买不到的东西都比钱重要，比如友谊、健康、真正的爱情，还有对艺术的追求。"然后他加重口气地说，"你要十分清醒地把商品画和个人探索的画分开。"

楚云天这句话对于余长水确实很重要，

155

余长水把这句话听到心里了。尽管由于生存的必需，他离不开市场，但是跟随云天闻道多年，他已经深谙真正的艺术是排斥功利的。特别是今天云天的话，叫他刻骨铭心，他从心里感谢楚老师，同时想到他这一走，楚老师身边能说话和体己的人会更少，尤其隋意离去之后，楚老师很孤单，人都过早地显得老了。心一难过，流下泪来。

他走出门去，不忍回头来，再与站在门口送别的楚老师挥手作别。

一两年后，云天已经习惯了不再给隋意打那种只有忙音的电话了，不过他和怡然渐渐恢复了一些联系，女儿总会惦着父亲。他六十岁生日那天，还收到女儿寄给他的一本印制得非常精美的奥赛博物馆所藏巴比松画派的作品集。这本画集他翻了三天，不知是看画，还是通过那本泛着纸和油墨香味的画集，触摸往日的时光。然而，女儿对隋意的情况却始终闭口不谈，这一定是遵照母亲的意图，这也叫他间接地感受到隋意所受的伤害之深。

他怎么告诉她，他已经切断了与白夜的联系。他无法告诉她，他现在所承受的这种与她"一刀两断"的痛苦。

有人的地方就无法保密，隋意离他而去的事，渐渐圈内圈外的人知道了。云天是名人，名人的轶事和绯闻可供人们消费消闲，幸亏云天平时的口碑很好，传闻中并没有太多恶意。现在更好了，他与外界的联系少了，听到的闲话也就少了。

在隋意离去后，曾出现了两件事。一件是白夜连发来三个短信，要来天津看他。他回信说他太忙，拒绝了她。她却发来一个短信给他："我是春天，冬天是拦不住的。"云天又发一个短信说自己马上要去法国看女儿，对方便再无声息。而且从此之后，白夜好像从人间蒸发了。这叫他非常奇怪，非常不解。

另一件更是离谱。一天，郝俊穿得漂漂亮亮来拜访他。自洛夫遗体告别那天之后，她一直没有音讯，现在怎么忽然蹦出来了？她说，洛夫丧事办完，她和洛夫的两位堂兄大干一场，官司打赢，洛夫的遗产全被她收入囊中。她现在很富有，惟一是缺少一个好伴侣。云天好似听明白她的意思，只是装听不懂，劝慰她人还年轻，来日方长，人生的伙伴早晚会去找她。没想到她居然把话挑明，她声调响亮地说："有你这句话我就放心了，等你多少时候我都不在乎。我想得很清楚，我和你在一起——才是绝配！你有的我没有，我有的你正好也缺少。你原先那个伴儿人是不错，可是没有能力，没本事在你肩上装一对翅膀！我不仅能把你生命搞得五光十色，还能把你的画全盘活了。你看，这些年来，洛夫叫我折腾出多大的产业，可是他没有享福的命。比方说，你这房子虽然讲究，可是年久失修了，得大兴土木翻新了，这些事总得有人给你操办吧……"她说着，忽见楚云天怒目圆睁，有点像老城那边天后宫墙上画的雷公，有点吓人。

"滚，你、你给我滚——"楚云天突然指着大门那边怒吼。

在一边斟水的小霞吓傻了。郝俊也没见过楚云天发这么大的火，她甚至不明白他何以发火。

事后，外边有传闻说，楚云天向郝俊

求婚，被郝俊拒绝了。可是，没等这可气的传闻传到云天这里，一个天崩地裂的坏消息突如一棒子打来！

高宇奇事出意外，在太行山遇到车祸，摔死了！

这事先是郑非从河南打电话来告诉云天的。他听到这消息，脑袋里一片真空。郑非那边泣不成声，说话语无伦次，无法把事情清清楚楚地告诉给云天。没过一小时，肖沉按响门铃，风尘仆仆跑了进来，焦急、悲痛和绝望全写在他的脸上。他说："宇奇是昨晚出的事，车子掉进山谷里，现在还没弄出来。车上只有他们两个人，他和司机，全遇难了！"

云天像傻了一样，听着，怔着。

肖沉接着说："他近来画到最后一部分，都是留守乡村的老年农民和儿童。太行山里山民的形象最典型。他常去收集形象，画素描……太行山太险，山路窄，都是野路，没防护栏，常出事。他们在拐弯的地方，轧上一块石头，一下子就翻到深谷里去了……"

云天用手拦住肖沉，他无法再听下去，同时感到背后一根撑着他的巨大的强有力的支柱断了。沉了半天，他仰起脸问肖沉："什么时候遗体告别？我去！"

肖沉说："遗体告别开不了了，人已经摔得血肉模糊。再说他爱人现在还是接受不了，不停地给他打手机。"

转天，肖沉告诉云天，洛阳那边定下来了，说不搞追悼会了。人们大多不认识高宇奇，也很少有人见过他的画，搞一个追悼会只能是流于形式。出版社的意见是，对河南的美术界开放他的画室——也就是服装厂的那个大车间，请大家去真正领略《农民工》这个时代罕见的巨制。另外，争取年底把这幅百米巨作移师北京美术馆展出，同时召开研讨会。

"这个想法很到位。谁的主意？"云天问。

"郑非。"肖沉说。

云天感慨地说："人生得一知己足矣。多亏他身边有个郑非。"然后对肖沉说，"画室开放那天我们去，送一送他。你代我转告郑非，关于画展与研讨会，北京那边需要我做什么，我全力做。"

三天后，云天和肖沉乘飞机抵洛阳，这天阳光明媚，云天和肖沉的心里一片漆黑。郑非来接他们，见到云天就哭了。郑非失去了一生最崇敬的挚友，云天失去的是一片纯净的艺术的天空，两人都知道宇奇在对方心中的意义，这意义都是无人能替代的。郑非说："死掉的为什么偏偏是他呢，太不公平了！"

这句话云天心里也想过许多遍，不能回答，不能理解。只能说是天意。天意总是这么残酷么？

郑非仍是用他那辆怪异的破车把他们拉到那个工厂、那个车间。进了车间，一切依旧，地上的纸，堆在桌上的作画工具材料、墨罐、水桶、色碟色碗、海量的手稿和书、画册，还有饭盒、勺子筷子、暖瓶，以及那张小小的堆着毯子、被子、衣服的折叠式的行军床……一切保持着画家平时作画时的原生态。屋里惟独在正面墙上多了一张高宇奇的黑白照。不要因此以为画家走了，他就在画上生气勃勃的农民工的千军万马中。云天又一次看到这幅几年里一直心中关切的巨作。今天再次看到，它更完整、更丰满、更自然、更酣畅、更有张力和冲击力、更富一个时代鲜活和独有的激情！没人能想到这个题材，没人关注到这个庞大的底层劳动者的群体，更没有人把他们作为生活的主体，也没有人以如此博大的爱，如此深刻的人性关怀，如此浩瀚而磅礴的艺术才气，把他们如此令人心灵震撼地表现出来！他忽然对郑非说："我有一个请求，请屋里的人暂时都出去，给我一点时间，让我和他单独在一起，只一会儿，只要七八分钟。"

郑非悄悄和屋里的十余个人说一说，他们全都理解，默默地走出去，只剩他一个人和这幅未完成的巨作。忽然，云天给这幅画跪下来，不知不觉地淌下泪水，嘴唇嚅动，无声地说着心里的话。在这一瞬，他相信他的话高宇奇全听到了。

又一会儿，他站起身来，开开门，一边往外走，一边对站在走廊上的人，不断地说"谢谢、谢谢、谢谢"。

只有郑非发现他两个膝盖处有两块土痕，他心里知道刚刚云天在屋里是怎么回事。他心里被深深地感动着。

原本，云天与肖沉打算转天就飞回去了，忽听说，郑非等几位高宇奇生前的好友，打算第二天要进太行山，到宇奇遇难的地方去祭奠。云天要去，郑非说那地方十分险峻，不叫他去，并说他们会代他行礼祷念。云天执意要去，肖沉拦他，他表现得很冲动，红着眼说："跟着他一同去死也应该！"于是大家顺着他。转天一早，郑非特意借来一辆日本三菱的越野吉普，为了安全，还请来一位专跑山路的司机。郑非对肖沉说："完事你们不用再返回洛阳了，我叫司机师傅拉你们横穿太行山，从山西平顺那边出山，上高速到太原，你们再坐飞机回去！"

这样的安排很好，肖沉再三感谢。这样，一早他们开车北上，从豫北新乡那边进入太行山。

车子一进入太行山，就进入另一样的天地里。这支横越冀、晋、豫的山脉，全是崇山峻岭，巉岩绝壁，而且与任何大山都决不一样，岩石全都裸露着，崚嶒粗粝，气象凶烈；每一座山峰，每一块巨岩，都像一张巨大的历经磨难的老农的脸，显得苍老、苦楚和沉雄。

郑非他们的小车跑在前边，云天的小车跟在后面，在这重重大山之间，一会儿直上峰巅，一会儿沉下谷底，一会儿蜿蜒行驶于迂回陡峭的山间，一会在云烟之上光秃秃的山脊上小心翼翼地爬行，两边全是万丈深渊。肖沉已经不敢向窗外看了，他感到下肢发凉。云天却异乎寻常地平静，他双目的神情惘然和空茫，仿佛人在高宇奇的世界里。

车子在一个又高又险、突兀的山头上的拐角处，停了下来，地上果然有一块凸起的石头。郑非就指着路旁下边的深谷说："就是这里。"

探头向下望去，幽蓝冷寂的深谷空空荡荡，好像没有谷底，任何人看了都会胆寒。路边的草木缭乱，小树摧折，仍带着宇奇的车子翻下去的那一瞬间惊魂动魄的气氛。

他们一行人面对空谷深山一字排开，站好。

郑非对着下边空阔浩荡的山谷说:"宇奇,我们都来了,楚老师和肖沉也赶来了。你在这儿升到天堂去了,我们永远还是你的好朋友啊!"说完,鞠躬,落泪,拿出一瓶酒和杯子,每人斟了满满一杯,全都倒下去。这一刻,云天感到眼前的景象神奇,他画了大半生的山水,看过无数山谷,美丽的、空阔的、清透的、悠远的、深邃的,第一次感受到这个辽阔的烟岚飘渺的山谷里装满着一个人的灵魂。

他们在这里流连许久,然后分手。郑非他们掉头返回洛阳,云天他们还要继续前行,穿山越岭,前往晋中。他们分别嘱咐对方的司机谨慎慢行,随即握手、拥抱,山风吹着他们缭乱的头发与衣巾。他们相互挥手作别,上车背道而去。

郑非给他们请来的这位师傅,姓古,河南本地人,是个很朴实的中年人,长得结结实实,车开得稳健。脖子上挂一个用细红绳拴着的玉石小佛,据说是多年前从五台山开光求来的。他一年要在太行山里跑三五十趟,这方圆百里大山中所有的沟沟坎坎、弯弯绕绕全在他心里。他说他在山里开车如走平地,但双手一握方向盘,还得全神贯注,一刻不能走神。因为太行山里太难走了,数不尽的老虎嘴和鬼门关。生活在太行山里边的人,往往一辈子呆在山坳里,没出过山。现在年轻一代出去打工,往往就不回来了。一是山里边太苦,一是进出一趟翻山越岭实在太难,现在山里的村子至少一半空了。还有一些村子最多只剩下几家。过去,古师傅进山如果忘了带吃的喝的,跑路时渴了饿了,随便在哪个村子都可以弄点东西填饱肚子。现在不行了,村里没人了,每次进山前必须把干粮和水带足,不然就苦了。肖沉问他:"如果赶上大雨,是不是得停下来,睡在哪里呢?"

古师傅说:"你问得好,碰到特大的雨,路滑,还会有泥石流,没法跑路。过去遇到这种情况,就近找个人家,求一个地方睡。现在嘛——"他笑道,"更好办,到前边我领你看看。"

跑了一会,有个岔口,古师傅把车拐进去,马上就看见了一个小村。山里边没有大村,都是小小的自然村。他们停车下来一看,这村子已经空了,荒无人烟,只是一些石块石片垒的房子依旧结实完好。山民离开时,把要用的东西都带走了,不用和不好带的东西便扔了下来,比如水缸、石磨、农具,一棵老槐树的树洞里面有一尊小小的石刻的山神,也丢在这里了。所有房门全是开着的。古师傅领他们走进一间房屋,空荡荡的屋内只有大量的干树叶子。古师傅说:"这些房子空了好几年。树叶给风刮进去,只要刮进屋是不会再刮出来的。这些房子全是没主的,我想住哪间就住哪间,进来往干树叶子上一躺,挺软乎,也挺舒服。"

一路上,也能看到一些山村,偶有几个老人晒太阳、抽烟,或者干活,小孩子在玩耍。他们的子女外出打工,自己留在家中,守家种地,照看下一代。他们就是宇奇来搜集和写生的对象。

古师傅说:"我们马上就翻过一道山了。这山很陡,全是峭壁,你们把安全带系好。我常来常往,你们不用担心。过了前边这道山离平顺就不远了。"古师傅还说,"你们可以看看两边的山。这地方的大山一层层,现在正是夕照的时候,这片大山给太阳一照,才叫好看。"

果然如古师傅所说,车子走到下边一段路可称挺身弄险,两边全是直上直下的万丈深渊,叫人心惊胆战。古师傅把车子开到一个极高处,把车子停在一个光秃秃的断崖顶上,这崖顶好像用巨刃削出的一个平台,十分奇妙。古师傅叫他们从车里出来看看。四边层层叠叠的大山,宛如一片浩瀚的向上翻滚的云团。此时,晚霞斜照,大山的岩石裂纹沟壑,其影如墨,凹凸分明。石头上染着赤红的霞光,全如汉子脸上健康的红晕,雄劲、强健、坚韧、粗野。这片无边的、雄壮的、峻拔的、豪气冲天的景象,一下子把云天感染了。五岳虽美,名满天下,却没有这股子原始的野性,没有这样的大自然的纯粹!他禁不住说:"太行山这么棒,这么有个性,这么伟大,居然没有列入五岳之中,我们的古人辜负了太行!"说到这里,不知为什么,心中忽然涌出一种情感,一种对那位刚刚夭折的天才,那位至死还是默默无闻的伟大画家的痛惜、悲哀、不平!这情感一下子与眼前这片了无人迹却无比壮美的山水融为一体。

一种情感与一种景象融为一体!

一种艺术的纯粹与一种大自然的纯粹融为一体!

一种精神的坚强与一种生命的坚强融为一体!

一种人性的美与一种天性的美融为一体!

他有一种创作的冲动,恨不得马上回家,冲进他的画室。此时,他的手上,连蘸足浓墨重彩的大笔在厚厚的丈二匹的大宣纸上皴擦时的感觉都有了。

回去之后,很短的时间,他笔下出现许多近十年来少有的力作。他感觉他和一千年前画过太行的荆浩、范宽、郭熙等等大师们的精魂遥遥相通了。这期间,他又几次跑到河北和山西一带的太行山里去写生。

冬天里,他与一些画家联合河南的郑非等人,在北京一座新建成的美术馆里为高宇奇的《农民工》举办展览。一个巨型的展览只展出一幅画,前无古人。画一露面,惊动画坛,全国很多画家跑到北京去看。面对这种火热的场面,郑非对云天说:"只可惜宇奇自己没看到。"

云天说:"我们替他看到了!"

这场面对于全然不知的宇奇是悲哀的,对于云天他们是一种满足,这满足来自画展上一张张被感动、被震撼的观众的面孔。

这是市场时代一个堪称真正的艺术家的胜利。

在研讨会上,楚云天作了一个发言,题目是《拜金狂潮中艺术的纯粹》,这题目本身就说明了一切。他说:"这幅画将是一件美术史上的《未完成的交响曲》,未完成是一个悲剧。悲剧的主人公在今天之前还是一位默默无闻的画家,但是从今天起他留在中国绘画史上了。他留给我们的不仅是一件具有这个时代特征的永恒的画作,还有一种用生命祭奠艺术的精神。有人问我,他的画多少钱一平方尺,这是最世俗最卑贱的话题。我告诉他,艺术是一种高贵的精神,艺术是无价的。"

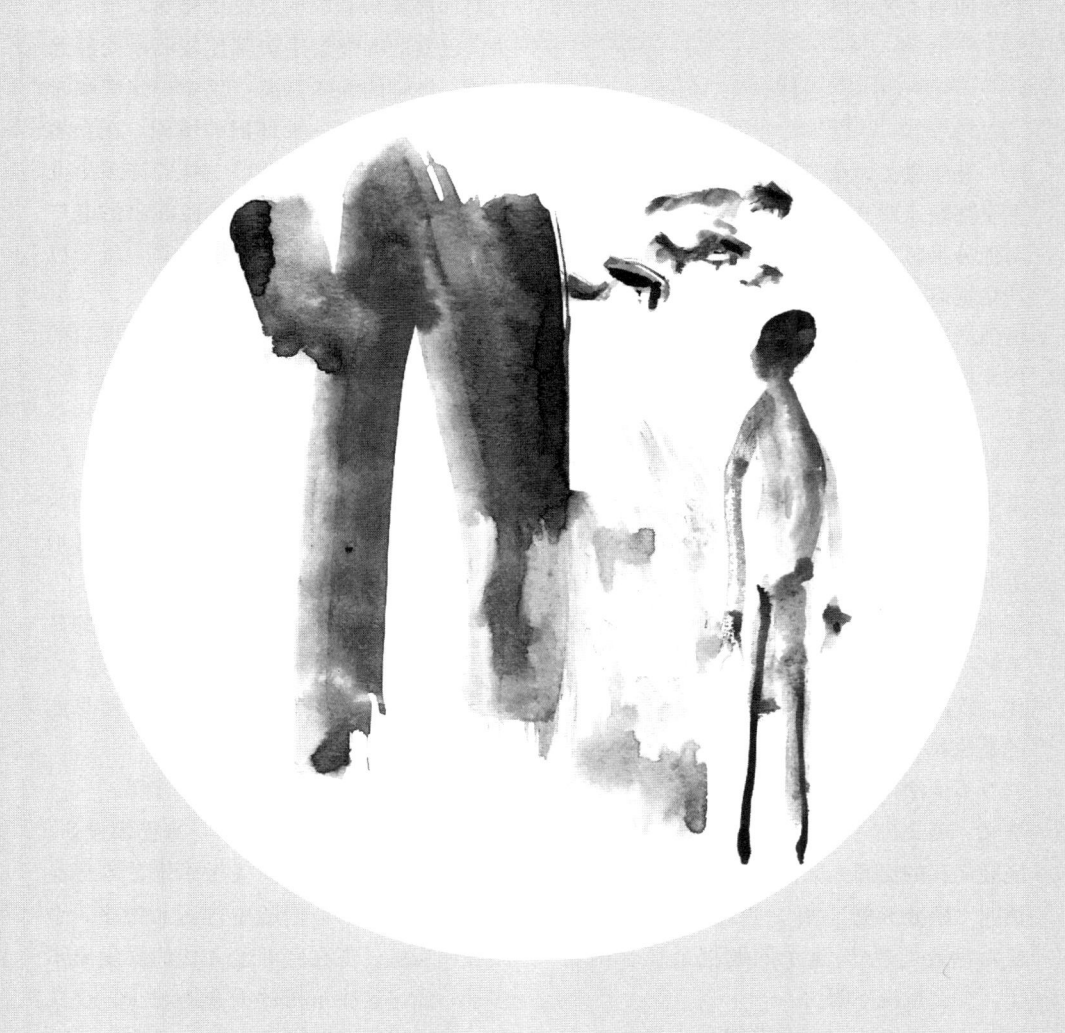

那天，他发言时激情难捺，热血沸腾，讲完话才觉得贴身的内衣像洗过的那样湿淋淋，他的心也像洗过了那样光明透彻。

然而，从心里他感谢高宇奇叫他更纯粹地回到了艺术里。

十

几年过去，余长水在南方事业与生活上全都顺风顺水，但他一直把楚云天那天与他分手时所说的话，当作自己的座右铭，严格把商品画与个人探索的画清晰地分开。清浊二溪，决不混流。他一直站在艺术家的立场上，即使商品画也决不投市场之所好，决不媚俗，坚持自己的审美品位。这就使他一直站在一个高度上，并一步步向上攀登。

这年初夏，巴黎的一个美术馆邀请他去办个展。他准备了四十幅画，不大，都是妙品、精品、上品，没有商品画；不但笔精墨妙，还都是独出心裁、独一无二之作。欧洲人中，最能理解中国人艺术滋味的是法国人。这个展览开幕式刚刚结束，就有不少法国人围着他问东问西，他不懂法文，英文也一般般，一个研究中国画的满脸胡茬的法国人问他："中国画里有一句话叫'墨分五色'，什么叫五色。为什么不是六色或七色？"这个问题把余长水困住了，怎么也说不明白。

这时一个人过来递给他一封信，他太忙，直到中午才打开看。信纸上用中文写着一句话："余先生：您今天很忙，明天下午三时我在美术馆大门对面一家红色门脸的咖啡馆等您，希望能够见到您。"下边没有落名款。这会是谁呢？他在巴黎认识的人有限，用脑子把认识的人过一过，想不出来。

第二天下午三点，他从美术馆出来，到对面那家很惹眼的红色咖啡馆，推门进去。巴黎的咖啡馆里边都比较暗，安静又幽雅，咖啡的香味弥满空气中。这家咖啡馆里的陈设追求一种怀旧的情调，在众多的花草植物中间，各处墙上挂着许多十九世纪初期巴黎的老照片和剧院演出的老广告；广告上的男男女女的老明星，每个巴黎人都说得出来。

他正想寻找约他的人，只见靠里边的窗前一个女子站起来朝他招手。他走过去，那女子微笑地站起身，称他："余老师！"

这女子大概三十岁左右，略高的身子，优雅又斯文。不用去想是谁，单看她细长的笑眯眯的眼睛，他已经认出来，惊喜地问："怡然吗？"余长水过去与她太熟了，那时他去云天家，她是个可爱又聪慧的姑娘。直到她出国留学后，没怎么见过。

这女子点点头，说："是。谢谢您能来。"然后给他点了一杯咖啡。

余长水问："你不是在波尔多吗？"

怡然说："我早毕业了，来巴黎读研，毕业后被一个博物馆聘去做中国艺术藏品的整理和研究。他们的中国藏品很多，全堆在库房里。现在欧洲老一代的汉学家不多了，懂得这些东西的人愈来愈少。这几年，我一直住在巴黎。"

"你妈妈还好吧？"余长水问过这句话，就有点后悔，觉得怡然可能不便说。没想到她不介意，很实在地对他说，"有一阵很不好，做过一次大手术，现在缓过来了。"

她一直和我住在一起，就在拉丁区。"

长水知道她家的事，没想到隋意出来后有过这样一次磨难，还是与那次遭遇有关吧。他心里一下子暗了下来。

怡然发现到了，她对长水说："现在过去了，没事了，余老师您放心。"

怡然和她妈妈爸爸性格都不一样，直率、敞快，这一代人心理负担都少一些。

余长水和她简单说了说自己的事。怡然笑道："我都知道，给您办画展的巴托克是我的朋友。您的画我也看了，很大气，中国的水墨有抽象成分，法国人很喜欢。昨天开幕式上的人多，您没看见我。如果不是我约您来，您也不会一下子认出我来。"随后怡然开门见山地说，"余老师，我今天约您，是想问您一点事，都是我们家的事，也都是过去的事，不会给您找任何麻烦，如果您觉得不方便，自管不说。可以吗？"

余长水说："只要我知道的都会告诉你。我和你家，不是外人。"他没有任何犹豫。

"好，谢谢您。"怡然说，"我爸真和那个白夜好吗？"她问得直截了当。

余长水说："我负责任地说，没有。最初，你爸确实挺喜欢她。她的画挺独特，你爸喜欢有才的人，这你是知道的。另外，她挺会招你爸喜欢。"他停一下，把下边的话说出来，"坦率地说，她挺有心计。我在一边看得清楚，但你爸不一定能看出来。你爸爸会看画，可是不会看人。"

怡然淡淡一笑，说："太喜欢一个人，人就变傻了。但是白夜是个非常会利用人的人，留在这儿的她的一些同学都这么说，没人喜欢她！"她说这话时，带着一些气。

余长水说："现在大家都知道了，她与任何人好，都是因为对方有用。她能同时跟几个人好，可是跟谁也不是真有感情。只是让你觉得她对你有意思，叫你为她出力。她和她的副院长绿池也弄得很热乎，绿池为她傻卖力气，后来还闹出了一些绯闻。"

怡然一怔，问道："我爸知道吗？"

"绿池的副院长都免了，调出了画院，你爸怎么会不知道？"

"我爸还与她来往吗？"

"自打你妈一走，你爸就不再与她联系。绿池不做院长之后，两边画院也没什么往来了。那一阵子，总有些关于白夜和你爸的闲话，你爸很郁闷，不和外界联系。后来听说白夜与香港一个富人结婚了，闲话才没了。"

"什么？她嫁给一个阔佬。"怡然十分惊讶。

"这不奇怪，这社会，真能给她使上劲的一定是钱。"余长水说，"有了钱，都不用再费劲卖画了。"

"她还画吗？"

"她人在香港谁知道，这几年哪儿也见不到她的画了。她本来不是为艺术活着的人，画不画都一样。"

怡然长叹了一口气，说："我爸真糊涂！"

说到这里，一时语塞，杯里的咖啡都凉了，只好重新换了热的。过了一会儿，怡然问余长水："我爸现在一个人吗？"

"孤孤单单一个人！如今，洛夫走了，我也离开他了，只有肖沉常去陪陪他。他

163

还有一个好朋友，叫高宇奇，不知你听没听过这人，他是你爸最看重的画家，前些年车祸也没了。"

"我在一本杂志上看过我爸在他的艺术研讨会上的发言，但这里没人知道这个高宇奇。欧洲人把自己当做中心，关于中国艺术的消息很少。我爸的身体怎么样？"

"还可以吧。我去年到北京办事，拐到天津看他一趟。说实话……他情绪不高。一个人在那么大一个空房子里，能和谁聊天？我觉得他有点……有点老了。"

怡然低下头，泪水滴在桌布上。

他们没再说下去。本来余长水还想问一问隋意，但看到怡然这样子，不好再去触碰这个直到了今天也没有愈合的伤口。他们分手时，怡然没有给他留电话，他以为，她不会再与他联系，但是在画展结束的前一天，画廊一位工作人员把两包东西交给余长水。有一封信，只写了几句话：

"余老师：送去两包东西，一包是给您和您爱人的，一点心意和一点纪念。另一包是我送给爸爸的，请您带给他。您太忙，回国后寄给他就行了。拜托您多关心一下他。我妈问您好。祝您一路平安，为您画展的成功而高兴。怡然。"

长水读了这信，感慨万端。他静下来，从这短短的信中读出来一点信息，就是隋意问他好，却没有托他带好给楚云天。那天他在咖啡馆里告诉怡然关于白夜、关于楚云天现状的信息，不会对过去那个悲剧有所挽回吗？人间的裂痕，缘于错误也好，误会也好，就这么难以弥合吗？

长水回国后就把这包东西寄给了楚云天。几天后，云天用手机发来一条短信，只几个字，不能再短："收到，谢谢你。"别的竟然什么也没有向他询问。

历史还在冻结着。

这么多年，每天午睡醒来，云天大都坐在院中几棵高大的冷杉树下的大藤椅上，看信看报看书。这几年人们有事用手机联系，信少了。他怀念这种老旧的用文字的联系方式，看过的信他都收起来。他仍喝绿茶，他说这是自己人生最后的嗜好。

这家中，他最喜欢的地方就是大树下的几张白色的扶圈藤椅，这里是他和友人交谈的地方，也是曾经和隋意闲聊而最惬意的地方。如今常常只是自己坐在这里，另几张椅子空着。

空椅子有点凄凉，放在那里是一种等待。

从大树缝隙中射下的阳光斑斓地照下来，使景物上这一块那一块明亮的斑块如画一般优美。草木在阳光里生气盈盈，在幽黯处昏昏欲睡。他血糖一直较高，身子容易疲乏，时时会坐在藤椅上睡着了，手里的书或报掉在草地上。

一直是小霞照顾他的生活，小霞心细善良，多年在他家里经历了各种事情，与他感同身受，深知他的苦楚，就像女儿一样关照他生活琐碎的一切。这两年小霞在城中找到一个朋友，是一名职业司机，姓孙，老家在河北南皮，退伍军人，为人朴实可信。他在部队就是汽车兵，现在企业里开大货车跑长途，三天两头在外，回来时云天就叫小孙来与小霞住在一起。小孙很感激云天相助于他们，有空就帮助小霞干一些杂活。云天感觉这样挺好，家里还有一些活气儿。

去年,他把一直搁在心里的一件大事办了,就是把自己个人绘画的代表作捐给了艺术博物馆。他知道自己这些作品如《解冻》《大山水图·黄河》《大山水图·长城》《永远的太行》等等,应该由公共博物馆收藏,才不会流散到社会,被那些唯利是图的人弄去谋财图利。再有一件事——是将洛夫那幅《深耕》也一并捐了。这就为洛夫在当代绘画史上做出的贡献保留了一个见证。这是他为朋友完成的最后的事,也是多年的一个夙愿。他在艺术博物馆为他举行的捐赠仪式上什么也没说,所有漂亮的话都不如一个行动。这时,人们才知道洛夫这幅名作是他悄悄保存下来的,惟洛夫至死也不知晓。这件事叫不少画界的人感叹不已,还有人疑惑近来身体明显有些衰弱的楚云天,是不是在安排身后的事了。但这只是一些俗世俗念而已,出于对他的尊敬,没人乱说。

云天还是习惯上午作画或写作,他从年轻时就感觉早晨起来,身体里充满阳光与氧气,是灵感降临的时候。近来一段时间,他受柴可夫斯基《四季·性格描绘十二幅》的感动,不由自主写了十二篇散文,每篇写一年中一个月的风情与滋味。表面是写对大自然的感受,潜在文字里边的是人生的况味。他每每写东西时,脑袋里都会自然而然浮现出各种画面来。这使他忽然生出个想法,把文字转化为丹青,从一月到十二月,每幅一月,他称为《心中十二月》。这样画起来,大自然的兴衰变幻便与人生种种况味与滋味融为一体,也动情,也排遣,也抒发,也享受。他忽想,这样的画不正是他当年在东京艺术大学和平山郁夫先生所谈的现代文人画吗?他又想,《解冻》和《永远的太行》何尝不是现代的文人画?现代的文人既有小我,也有大我;既有黄钟大吕,也有一弦清音。二者兼有,才是当代文人全部的生命与艺术。

肖沉许多天没有来了,他近来心绪不好,当画坛没有了学术兴趣,评论界便无所作为,发了声也没人听,他们的《艺术家》杂志都快成赠送刊物了。每年里,云天都会有一两次突然收到易了然的一幅画,易了然岁数大一些,不再北上或南下,常常在黄山里不出来。终日与鸟一同晨起,与白云一同暮归,过着神仙一般的生活。他给云天寄画,纯粹是心里想他,在这个时代画是银子金子了,主动给人寄画的人还有谁?他便以诗画作答。近来,他几次要约肖沉一起上山去看易了然,再晚几年就上不去了。尤其近一年他的膝盖力气明显地差了,高一些的台阶登不上去了,他是不是真的未老先衰?

他的老屋可是真正在衰老了。原先每隔两年,雨季到来之前,就得请人来修一遍房顶。那种当年从海外舶来的灰紫色的大瓦,坚实厚重,很少破裂,瓦垄却必需年年检修与勾缝。泄水的铅皮管也会给落叶堵塞,需要浚通,烟囱更要打扫。但这些事都要大折腾一番,他怕麻烦,一拖再拖。逢到夏日里大雨一来,顶层漏得一塌糊涂,忙得小霞拿着脸盆水桶,大筒小罐,一趟趟从楼下往楼上跑。有时雨下一夜,整个楼里滴答乱响,他说像"钟表店"。今天的屋顶不单野草丛生,东边房顶一角还生出一棵指头粗的小榆树来。当年隋意在家时,院里的草地一周用除草机割一次,都是隋意自己来做，她最喜欢青草割过时满院的清新沁人的青草气味。现在有的地方野草已经高到腰间了。

太阳刚刚向西一些，院里已经有一点凉，小霞给他拿来一条薄毯，这毛毯是怡然托余长水带给他的，毛毯的颜色是他最喜欢的橄榄绿色。虽说这是怡然送给他的，但只有隋意知道他喜欢什么颜色，需要什么。他心里明白。

这时，有人敲门。

小霞去开门，有人进来。他正戴着老花镜，抬头看远处时模糊不清，但一个身影却叫他心儿陡然快速地跳起来。这身影在一万个人之中，几百米之外，他也能一眼认出来！他已经看了一辈子了——成千上万次从远处走到他的身边。只是他此时此刻不敢相信，不敢奢望，甚至不敢想象。

她回来了？这好像一种幻觉。可是一瞬间，怎么竟是一瞬间，隋意已站在他的眼前！依旧那么优雅而沉静，依旧那样眯着含笑的眼，可是她怎么有点瘦、有点老了，鬓角居然发白，眼角有了细细的鱼尾纹了呢。她受了很多苦吗？他一点也不知道她在国外患过一场大病，做了手术，闯过一道生死关。

这时，他已经闻到了她身上特有的气息，这一切都是真实的了；当然又是意外的，不可想象的，喜从天降的！她从万里之外回来了。

他好像没有力量使自己站起身来，抖动的手指了指身边另一张空着的藤椅说："你的椅子，坐吧，你累了。"

小霞站在不远的地方，抬着手背抹泪。

她坐下来，望着他有些苍老和憔悴的脸，半天才说："我把昨天给你带回来了。"

一种被谅解和宽恕的感动把他紧紧又温暖地拥抱了起来。他的眼角闪出细碎的光。他说："你给我带回来的，还有明天。"

（特约编辑：王 彪）

两支笔的舞蹈
——读冯骥才长篇小说《艺术家们》
程德培

> 我一直想用两支笔写这本小说,我的话并非故弄玄虚。这两支笔,一支是钢笔,一支是画笔。我想用钢笔来写一群画家非凡的追求与迥然不同的命运;我想用画笔来写惟画家们才具有的感知。
>
> ——冯骥才《艺术家们:序言》

> 这是一场恋爱,任何一个投入其中的人不仅会得到重新的认识,还会了解到爱人鲜为人知的一面。我们的爱人没有改变,变的只是我们看待问题的角度。很难说每个人都珍爱《海浪》。我会说这儿有许多值得去爱的地方。
>
> ——珍妮特·温特森《语言之纱——关于〈海浪〉》

一

小说的故事并不复杂:一群艺术家几十年来的艺术追求和各自不同的命运。其中以楚云天、洛夫和罗潜"三剑客"为主线,以两个时代前后变化为比照；叙述遵守时间顺序从头道来，视角力求客观中立，但叙事者维护楚云天主角地位的用意也是显而易见的。沿着情节的推移，随着洛夫的死亡和罗潜的消失，楚云天的小说地位更是无可撼动。当然，艺术家们的命运也掺杂着诸多不全是艺术的故事，比如情爱与欲望、家庭与社会、名利地位和意识权力的纠葛等等。

然而，作为长篇小说的《艺术家们》又不简单，把两支不同的"笔"捆绑在一起，去追求共同的叙事艺术，将语言化作色彩和线条，谈何容易。作者在序言中说："一支是钢笔，一支是画笔。我想用钢笔来写一群画家非凡的追求与迥然不同的命运；我想用画笔来写惟画家们才具有的感知。"用钢笔可以理解，但将钢笔演绎成画笔，其难可想而知，更不用说用文字写出"惟画家们才具有的感知"。历史上的艺术家们从来都反对对绘画加注文字。亨利·詹姆斯说过："画家对那些写画评的人有着巨大的怀疑"；对绘画一点也不陌生的福楼拜说过："用一种艺术形式来解释另一种，这怪异极了，在全世界所有的博物馆里你都无法找到一幅优秀画作需要加上评注。导游手册里的话越多，那幅画就越糟糕"；马蒂斯更过分，他甚至说："艺术家应该把舌头剪了"。英国作家朱利安·巴恩斯偏偏反其道而行之，引用了上述作家艺术家的话写下了一本关于美术的书《另眼看艺术》。他想干什么，否定和打倒自己的文字？我们只能理解为知难而上，知不可为而为之。其实，冯骥才想用钢笔化着画笔的追求也是如此。可见其不简单。

说叙述遵循时间的顺序，其实也没有那么简单。时间是我们所经历的某种东西。时间是我们的生活世界中的一种现象，时间首要地是一个人生活学的概念。我们生活在时间之中，伦理地看，时间以其不可回转性使我们的行为无法挽回。时间是一种威胁，不可挽回和消灭。与此同时，人类又是对时间开放的生灵，能回忆过去和期待未来。将来是我们展望的可能；而过去是以前的现在，因为它已不存在，所以只得进行不同的回忆和解释。比如，当叙述到1970年代的人与人交往时，叙事者讲到："那个时代没有电话，人之间的联系除去写信，就是直接跑到对方家里去找"，当讲到楚云天和田雨霏因私情需要联系时，小说写道："他们仅有的方式是通信，偶尔打一个电话。可是，那个时代没有私人电话，她没有固定的座机"；还有议及到"三剑客"小圈子在一起的幸福感时，小说议论道："对于楚云天，能够有个知己兴味十足地谈艺术，已经很知足了。在那个艺术被荡涤一空的社会上，哪里有这样精神的往来，能够这样释放内心的能量？"所有这些夹带着今日感叹、怀旧、记忆的叙述议论都不是时间顺序所能解释得了的，甚至还包括构筑这座城市文化记忆的租界遗迹。

艺术家并非总是应时而生，很难简单地说一位艺术家归属哪个时代：他们可能由前一时代而来，身上残留着辉煌往昔的痕迹，又或许他们赶在时代的前面，为模糊难辨的未来发言。从压抑贫困年代共享艺术的志同道合到物质富裕的消费时代的各奔东西，"三剑客"的艺术命运并不是与时俱进的。文学总是让我们对结局有一种想象性的体验和批判性的质疑。它总是以一种反顺序的姿态，以一种既让人喜欢又让人为难的方式达到这一目的的。正如德里达已经指出的：展望未来，危险重重。当功成身退的艺术家楚云天重返泰山，面对人满为患的旅游人群时，不禁留恋起"他年轻时曾和一些画友来泰山写生，从南天门的背面下到山谷，才知道后山比前山更好。雄奇中带着一股野性，乱石崚嶒，野松纵横，有一种旷达和放肆的美。他看到一座垮塌了的古庙，十分奇异。当初古庙倒塌时，顶子落地后居然完好，四面墙没了，整个屋顶竟然完整地趴在地上，好像一顶扔在地上的巨大的黑灰色的帽子。还有一口比人还高的大钟，上边铸满了文字。在钟楼垮了之后，它就一直扣在这里。不知这座古庙荒废了多久，一人多高、疯长的野草淹没了一半大钟。他拾起一根树干，使劲敲一下大钟，钟声惊起了古庙废墟中的许多乌黑的大鸟。但走到这里他不敢再往下走，下边更深、更野、更怪、更荒无人迹"。在记忆的牵引下，这里作为视角的"他"就像是倒置的古庙顶子和大钟，实则是"我"的讲述。更为重要的是，时间在这里似乎已经停止和凝固了，顺序的流动更无从谈起。恰如楚云天的感叹，在这金钱主宰一切的时代里，有几个能够像高宇奇那样遗世而独立。

二

与自然山水相对立的是城市，让我们领略一下作者几十年如一日地用一支笔书写的这座城市："昏暗的路灯在雨湿的柏油路面反射着迷离的光，并与树隙间楼宇中远远近近的一些灯光柔和地呼应着，让他感受到自己这座城市生活特有的静谧与温馨。只有老的城市才有这样深在的韵致。""在这个没有私家车和高楼大厦的年代，城市的空气中常常可以感受到大自然的气息。房屋老旧，行人很少，纯净的空气里充满了淋湿的树木散发出的清冽的气味，叫他禁不住大口地吸进自己的身体里。他感觉就像穿行在一片无边、透明、清凉的水墨中。"一群艺术家出现于城市景观中，而冯骥才笔下的人物成就的则是敏感的艺术家的体验，在自己的心灵中寻找有序和无序来赋予这座城市的意义。现代主义的最大主题是城市中的艺术家或相当于艺术家的人。这里说的相当于艺术家的人，是指那种对城市有非凡领悟能力的观察者，或者敏锐捕捉到都市活动在其他地方所造成的后果的人。

于是"三剑客"乃至不同人等开始浮出画面："对于楚云天，有两个家。一个是他与妻子隋意的'二人世界'，那个世界妙不可言。一个是好友罗潜这间矮小简陋的僧房，这地方却是他的精神的殿堂。他喜欢这个狭仄而贫寒的小屋……"岁寒三友的楚云天、罗潜与洛夫在这小屋凭着一个老唱机、老唱片和一些旧画册等物开始着他们的艺术启蒙和精神之旅。"艺术可以把瞬间变做永恒"，罗潜说。精神则可以把陋室变成殿堂，叙述者小心翼翼地展示着。

贫困时代的"三剑客"小小沙龙是充裕和谐的，他们在一起听音乐欣赏画册，探讨艺术时各抒己见，是一种与时代格格不入的"独处"。他们的个性追求并不相同：洛夫的奔放和罗潜的沉默；"罗潜知道云天的一切，云天对罗潜却所知寥寥"；就是画画也各有所好，"罗潜只画油画，而且是带点抽象意味的油画。楚云天画中国画出身，一度对技术性极强的宋画钻研极深，而且只画山水画。"三人之中，洛夫和罗潜的气质又有动静之别，"在罗潜的画中，深邃的生命感平静地隐形于笔触的下边，不动声色地感染着你。他不拉着你一起激动，只求一己的深思与沉静。洛夫则不然，他的笔触好像生来就是要显示他生命的雄强与厚重，他的色彩也是天生燃烧着他的激情，一切都不是刻意为之。"

洛夫和罗潜不同的艺术追求体现了"显"与"隐"的两端，它们既是个性气质的体现，又是一种图像修辞的异趣。叙事者意在与这两者不同的楚云天的世界，既寄情山水又大象无形，那是一种既绝对的自我又是一种忘我的境界。与之相伴的是楚云天与隋意的二人情感，成了贯穿至结局的开端。作者在楚云天和隋意身上倾注的不仅仅是艺术境界的追求，还寄托着始终不渝的情感理想。这不禁让我们联想起那几十年前引人注目的篇章，那些个在极度压抑下浪漫的爱情故事：《楼顶上的歌手》与《高女人和她的矮丈夫》。

关于什么是爱与爱情，我们听得不少。诸如什么"爱是可以分享的，但爱情绝对不能。爱情绝对是排他的，也许这正是爱情的纯粹"；什么"一边是青梅竹马的真纯,一边是初恋的痴爱";还有罗潜通过和秦岭的故事所得出的劝诫,"有的爱如过眼烟云,有的爱刻骨铭心。因此,千万不能伤害真爱你的人。什么叫真爱,就是她失去了你,她就一无所有;或者你失去了她,你也一无所有……"等等。在我看来,一切爱的语言都是借来的,这里"借"的有两层含义:受到约束;先于我们存在。用已经重复了千万次的句子,来表达情有独钟,情不假,只是乘了公车去私人目的地。"我们所爱的对象并不与我们对立,而与我们融为一体。我们只有借由爱的对象才能看到自己,然而我们和他却有所区别,这是我们永远也无法了解的奇迹。"黑格尔的这一说法看似别致,说到底也是一种悖论的枯燥说辞。楚云天情感生活一波三折贯穿全书,叙事者的意图看似一目了然,但其曲折的过程并非简单的是非判断所能了却的。对隋意来说,楚云天和田雨霏的私情是一个秘密;而经过时代变迁,因《解冻》而大红大紫的楚云天,再遇上这个叫白夜的年轻女画家时,后者却又成了楚云天的不解之谜。两个时代,两段不同的情感波折,前者是"三剑客"情谊的见证,后者加入的"名利"世界的合唱,我们也只能借助隐喻和象征才能委婉曲折地感受到,激情的灰色地带和欲望的摧毁之力。

三

除了艺术追求和情感纠葛外,《艺术家们》最吸引我们视线的便是随着故事发展而不断出没的各类居所建筑。这位曾经以"俗世奇人"的地方志民俗风撰写天津特色的作家,这回又以住宅房屋来勾勒这座城市的地理风貌。楚云天和隋意自被大革命扫地出门后找到的顶层小屋,就是源自庚子事变后,强势的英国人的推广租界。这间铁板尖顶的小屋,多少带点这个租界初期的异样的挺生硬的历史气息。"楚云天住进的这座小楼,南边临河,一排三座,全都不高,式样完全相同,都是尖顶三层,灰白的墙,红色屋顶,竖长的铁框窗,铅皮制的泻雨水管,没有什么装饰,反倒有些古朴。租界早期建房土地十分宽裕,每座小楼四边都有挺大的院子,房子中间全是高高的树木。由于时过久远,红顶斑驳陈旧,墙体残损灰黯,与四周的树木或隐或显地融为一体。如果站在河对面犹太教堂的高台阶上远远望去,很像一幅褪了色反倒更富于诗意的老画。"诗意的叙述取之于观看之道,诗意的栖息来源于生存之道。无家可归的楚云天和隋意在这顶层小屋所创造的居家幸福，全赖人的创造和艺术之流光。

不止于此，小说还介绍了洛夫所住的西开教堂后边那一片低矮又破落的平房。还有钢琴天才延年居住的山西路北端的那片老楼："那时候，城市很少更新，这样的许多人家杂居的老楼在这座城市里处处皆是。每一层的楼梯间都摆着各家烧饭炒菜的炉子，楼梯的一半堆着各种没用又不舍得扔掉的杂物，上下楼梯必须躲着这些乱七八糟的东西走。墙壁和天花顶全给天天炉子冒出的煤烟熏黑；电线像蜘蛛网那样到处扯着，有的地方绕成一团，从没人管。那个时代，众多人家合住的老楼全是这样。"从历史延续的残留之物到那个年代的当下场景都历历在目。居住之地虽各有不同，但其重要性是一样的，因为栖居之地是基本的存在，是家的所在，是认识每个人的必备条件。记得那个年代认识一个人，总免不了问："你家在哪里？"而现在不同了，仅仅只问："你住在哪里？"那是因为现在居住的情况要复杂得多，有的人是临时租房的，有的人可住的房子不止一处，当然还有更复杂的。

唐山大地震不仅使楚云天失去了那顶层小屋，更痛苦的是失去了他的画作。而"解冻"之后的新时代又使得楚云天回到从小长大的旧居，旧英租界的推广租界——后来称作五大道地区的老房子。叙事者不厌其烦三番五次地介绍了这座老房子："到了四十年代，所建的房子多选取当时西方流行的简约的折衷主义样式，像云天家这种地道的古典英式的房子已经寥寥无几了。又高又大的深灰色的坡顶，锻铁的栏杆，粗粝的石头的墙基，墙上爬满小叶的常春藤。夏日浓绿，秋日火红，夏秋之间红绿斑驳，充满了画意。"我们已经注意到，"画意"是叙事者审视这座城市建筑和住宅的观看之眼，哪怕是田雨霏住的大杂院的安静，洛夫家附近废弃的老教堂的静穆之美。就像隋意欣赏云天说的，"建筑中的生命是光线，光线或明或暗，或清晰或朦胧，都是它的性情。"值得继续引述的是，在小说后卷中，白夜一行人从上海来到天津云天家观看老租界的洋房，"穿过云天家爬满青藤的门洞，踩着石钉铺成的甬道，慢慢进去，很快就被这古老的院落特有的幽深和静谧的气氛所笼罩。岁月感也含着一种尊贵，它由这建筑的每一个样式奇特的细节、斑驳的墙色、浓荫蔽日下木叶深郁的气息，悄然无声地散发出来。历史是积淀出来的，它雄厚又深厚，蔑视着单靠财富炫耀出来的轻浅。这种氛围，迫使得来访者不知不觉连说话声也小了下来。"来访者有人比较了上海和天津两租界的洋房，隋意解释说："天津和上海还不完全一样。过去有九国租界，各国租界自治，房子各有各国的风格。现在看很有历史味道了。"

至此,《艺术家们》已通过艺术家的眼光、诗意般的切身体验,历史演变的建筑修辞展示一座城市的地方特色。作者一贯的方法便是以地方换取空间,以传统赢来时间。但值得注意的是,当角度和对逃遁的"现实"交杂在一起时,角度也容易产生谬误。历史积淀并不能荡涤罪恶,作为租界的老洋房的历史,就像替罪羊一样是圣洁的;也是污秽,所以是一种高贵与卑微兼具的现象。

四

《艺术家们》全书分前中后三卷,分别讲述了一群艺术家经历不同时代的命运和人生。人生的意义不是对某个问题的解答,而是关于何种生活方式。它不是形而上的,而是伦理性的。它并不脱离生活,相反,它使生命值得度过,也就是说,它使人生具有一种品质、深度、丰富性和强度,在这个意义上,从某种角度看人生的意义便是人生本身。人生伴随着持续的否定,我们取消一种境况,然后进入另一种境况。这种永恒的自我超越过程叫做历史,只有拥有语言能力的动物才能做到这一点。心是情感、梦想和怀旧的家园,是生命突然给我们某种意外的地方。情爱是引人入胜和声名狼藉的冲动的名字,也是非凡魅力和幻想的代名词。

希望纯粹,渴望自由没有什么可以指责的。贫困压抑年代,"三剑客"抱团取暖,全靠了这份希望和渴望。如今解冻了,"江河解冻后,所有船只都活动了,它们四处游弋,却一时不知驶向哪里。笼子拆了,鸟儿全都惊呆,望着笼外又大又空、漫无际涯的天空,应该飞往何处?脱缰的野马们,你们快奋蹄跑起来啊,可哪里是你们要奔去的地方?"叙述者断言,"这便是七十年代末所有人都经历过的时代感受。"难怪洛夫说,"前些年卡得死,没有选择题材的自由;现在好了,没人管了,反而不知画什么了。"

"要自由意味着选择必然的自由之条件。如果我们想要的是自由,我们对此就毫无选择。因此自由与必然性密不可分。不过还可能通过一种命运之爱将这两者结合起来,拥抱镣铐并且将命运变成选择。这就是将自由当作必然性的知识,用自由选择的形式拥抱注定要发生之事。"[1] 特里·伊格

---

[1] [英]特里·伊格尔顿著,方杰,方宸译,《甜蜜的暴力——悲剧的观念》,南京大学出版社,2007年,第123、124页。

尔顿在其论悲剧观念的著作《甜蜜的暴力》中如此谈论道。他还继续分析说："《德国悲剧的起源》的作者沃尔特·本雅明认为，自由与宿命是相同的，这两者都背离因果关系的机械论领域。在弗雷德里希·尼采看来，这两个领域在艺术中汇聚，因为自由与强制的斗争在艺术中变得胜负难决。你可以说诗人或者画家自由创作，不过这种自由似乎随着一阵浪潮的不可抗拒的力量迸发出来。存在主义者'真实的'行动大致也与此相同。最终对你的自由做出界定的，乃是你无法摆脱的东西。就此而论，你没有那么多的选择。"[1]

艺术的追求和探索永无止境，社会的变化如期而至，而且比你想象的要快得多。与楚云天的功成名就不同，洛夫则"与时俱进"地追求变幻。"在那个标新立异的时代，没人安于现状，没人坐得住，危机感是人们潜在的动力。""焕然一新的生活，任由你想象的未来，倏忽而至的机遇，意想不到的幸运，颠覆现实的各种可能……一切事物都在被一种无形的力量激活、放大、发光，都在改弦更张。"随着《五十年》《深耕》《呼喊》等一批力作的轰动，在能干、聪明、攻于算计的女友郝俊的帮助下，洛夫随着艺术院校，青睐舶来的先锋艺术，重视抽象艺术，甚至兴趣开始转向更为极端的装置艺术和行为艺术上。随着洛夫的画展出现了"标价"和许多企业老总的捧场，随着惊天之作《历史》在北京的展示，"三剑客"的重聚已是无话可说了。

这是个幸福的时代，文化产业靠着幸福蓬勃发展。这种幸福是标准化的，并且预先被包装好的。但真正的艺术是向悲惨的现实做出抗争，它反对预设标准并探讨特定个体的经验。时尚成为时间的刻度，时尚并无内在的稳定性，总是不停地变换花样。知名度是一种反复叙事，知名人士可资荣耀的就在于他的知名度本身，知名这一事实。然而，这种知名度其实只是我们自己被广告崇高化了的一个版本。在对一种反复叙事进行拷贝的同时，我们自己也成了反复叙事，成为了我们自己的候选人，我们寻找着榜样，却凝视着自己的映象。对洛夫来说，激情既是一种记录又是一种狂乱，既是无情的命运又是一种无目标的情绪，受激情蛊惑着又被其撕裂；对洛夫们来说，自由的悖论是，它将你与你实行的自由的世界隔离开来。自我实现再一次涉及自我疏离。自由的代价是永远的无家可归。想象一下，古

---

[1] [英] 特里·伊格尔顿著，方杰，方宸译，《甜蜜的暴力——悲剧的观念》，南京大学出版社，2007年，第125页。

典音乐曾在理查·卓别林的电影中作为背景，而如今时常作为商业广告的衬托。与此同时，反传统的先锋派进入博物馆，其作品此时也可以得到心怀善意的自由之人平静的凝视。商品是一种精神分裂和自我矛盾的形象，在一种你看得见它又看不见它的"神秘逻辑"中，商品既在场又不在场，在与其他对象和形式化的交换关系中，它既是一种有形的统一体，其含义是空洞的非物质性以及存在于其他地方。同时，商品的运作也具有深刻的自恋性，它把其他商品看作它自己的价值的现象形式，急切而狂乱地要把自己的身体和灵魂与他们交换。正是由于丧失了它与自己身体的联系。说到底，金钱和资本都是死亡了的生命形象，一方面有生命却麻木不仁；另一方面，没有生命的东西却活跃着。

所以，当那个在屋顶做《跳楼》的行为艺术家犯了神经，真的跳了下去时，反讽式的转换便成了理所当然；洛夫最终因抑郁症跳河身亡也成个体命运的偶然中的必然。尽管在实际生活大把这样的人日子依然好过，但止不住审美的叙事伦理依然会亮起它的红灯。所以，当楚云天以蔑视的姿态呵斥了郝俊所谓"强强结合"的要求时；当楚云天整日"站在各式各样的主席台上，聚光灯下，众目睽睽之中，他只是人家一个必不可少的耀眼的装饰品和光鲜的花瓶而已。他开始厌恶自己了！"；这种自我怨恨和流放既是对金钱世界的抗争，也体现了唯有艺术家才具有的品质。而洛夫的命运则是人生的悲喜剧，就像喜剧是幸运的象征一样，悲剧乃是厄运的象征。

五

"三剑客"从相互依存的艺术小团体到时代变速的各奔东西是一种反转，从贫困年代的充满活力到富裕的艺术迷茫是一种反差。得失之间引发的询问则是书写艺术所无法回避的。当对于慰藉的需求渐渐减弱，当温馨舒适和无所用心的轻浮虚妄的疗效更加显著，尼采便认为艺术失落了其功用而形同虚假，本来艺术的作用乃是针对那些不可救药的痛苦。归根结底艺术演绎的是一部绵延不断地激荡人心和荡涤人心灵的历史。珍妮特·温特森在评伍尔芙《海浪》的一文中曾提醒说："在低感官的环境中生活会比较容易，这就是世界的法则。何必让艺术以一种卑微的姿态出现在我们面前呢。它可以告诉我们那些超越我们自身的许多东西。艺术显眼又宏伟，是一种跋扈自姿的行为。这是对压迫的精神的一种挑战。这是对每日舒适生活的一种挑战。在艺术中仍然存在某种中世纪的神秘和诱惑。艺术是浩瀚的。炽热的焚化炉、冰冻的湖泊。它召唤着感觉的极致。那些谴责它和它的制造者的人们是那么暴力。那些爱上那幅画、那本书的人们却那么热情，一旦相拥，艺术会得到回应。我担忧的是媒体，它像可怕的监督者，用魁梧的身躯挡在观众和艺术之间，防止进一步对真实的深入交流。我最后关掉电视，逃之夭夭……"[1]

这些劝诫都暗示着金钱所驱动的俗气侵袭着令人敬畏的领域，其中时代的副作用是我们自以为是的艺术呈上神圣不可亵渎的一种嘲弄，还有那一直不曾离席的权力意志。曾几何时，楚云天的权威便被白夜的艺术之路所利用，尽管他历来鄙视金钱，但商品转换的原则还是让他付出了代价。尽管阴谋论是其作祟的根源，但被利用的法则还是金钱的法则。情感并不是信念，而是作为看待世界的方式。它们并不是面面俱到的评价，而是建立在一系列狭隘的利益和目标的基础上。这就是快乐的，但同时又相信，世界整体上处在混乱之中；我们所做之事出发点是善意的，但事实上结果却有益于恶的行径，迎合的是并非善类的诡计之中。

重要的是，我们在几十年时间里，就经历了一个从生产伦理，即一种以节约和自我否定为新的事业积累财富的伦理，让位给消费伦理的时代，这种新的伦理迎合的是不断出产新产品的市场需要。它不再劝诫大家俭省，越省越好，而是以各种方式鼓励大家购买，为了买更新、更贵的型号，甚至用一次就扔掉。如果说消费社会再也不生产神话，那是因为它便是自身的神话。《艺术家们》力图从艺术发展的层面揭示出转型期种种逆转和怪状。同时代人自然心知肚明，后来者虽不是亲历者，但也不会很陌生，因为消费神话有增无减，变现的欲望只能是愈演愈烈。这个令人眼花缭乱的时代，真假难辨、颠三倒四，常常变糟粕为艺术，又变艺术为糟粕，到处是昙花一现的文艺表演和综艺节目，并别出心裁地模仿复制出各种各样渴望变现的"艺术品"，到处是睁大双眼的问候，关注的是价格而不是价值，金钱变成了艺术的旗手，庞氏骗局式的拍卖几乎成了艺术品的旅行线路，它成就的是没有终点的致幻剂，到处都是"用水也能点灯的圣人"。人们被无所不在的焦虑所围困，像梦游人一样茫然若失地游走。就此而言，楚云天的激流勇退的独身修行是有益的，他对余长水的告诫也是可贵的，"现代的文人既有小我，也有大我；既有黄钟大吕，也有一弦清音。二者兼有，

---

[1] 珍妮特·温特森文，洪颐译，《语言之纱——关于〈海浪〉》，载《上海文化》，2015年，3月号。

才是当代文人全部的生命与艺术。"

六

"图像俘虏了我们,"维特根斯坦在《逻辑研究》中如是说,"我们无法逃脱它,因为它处在我们的语言之中。而且语言似乎坚持不懈地向我们重复这幅图像。"相对于日常使用的字词来说,图像的吸引力在于它们是丰富而模棱两可的,它们讲述或暗示着许多故事,但没有一个故事讲得确切。但我们又需要图像来提醒我们所有被语言简化或遗漏的东西。

用一支笔叙述人生命运,用另一支笔绘就展示绘画艺术的追求;用一支笔抵御名利之诱惑,又用另一支笔铺陈图像之修辞;用一支笔讲述生活之不易和曲折变幻,这似乎是叙事之本色,优劣自有定数,但用另一支笔让人感受图像之感染力与震撼,这似乎有点越界行事。两支笔生来难以协调,甚至可以说水火难容,更别说让其成为叙事的共同体。画面之所以成形,之所以吸引我们的视听,自有语言难以为继的功用。现在偏要成就一种叙事艺术中的艺术绘图,这可真是一场值得纪念的对决:以审视回应审视,以颜色回应颜色,以目光回应目光。做一个真正的艺术家已属不易,现在要用另一支笔写出成就艺术家的不易,焉非难上加难。艺术家是英雄,不是因为他们得到或失去什么,而是因为有所作为,他不顾渺茫的希望而忠于一个关于自我和世界的艰难的理念。用梅洛-庞蒂引述塞尚的另一句话来说,就是一切都在邀请我们,去找回作品那几乎无形的印迹,找回沉默者那片无声的世界。就像毕加索对马尔多说的:"您知道一些中国谚语,您算是位中国通。有那么一条谚语,它道出了绘画最妙的东西:不该模仿生命,而应该作为生命而工作。"困惑的艺术生涯给我们的感觉有点像阿多诺描绘的现代音乐,"将彻底的忘却视为其目标"。阿多诺带着鼓励的笔调写道,"它是遭遇船难的人遗留下来的绝望的信息。"

另一支笔的难处还在于,必须了解和把握不同画风画派的特色及长短优劣。别的不说,光"三剑客"各自擅长的油画、国画、山水风景和抽象画就各不相同。当然,我们也看得出,叙事者对楚云天的艺术追求和发展给予了特别的关注,不止是传统山水,而且还灌注以当今时代的人文气息。这是《艺术家们》的主轴,也是小说立意之所在。在贫困年代,"三剑客"的抱团取暖是生存问题;在大灾难面前,他们相互帮助,那是兄弟情谊支撑的，而审美趣向的分歧与不同早已存在。而新的时代所带来的艺术繁荣和发展所导致的各奔东西，既包括了新问题也隐含着老问题，既有非艺术的因素也有艺术分歧的问题。而其中涉及的审美意识和趣味尤为复杂，有些学问和名堂也非我等门外汉所能理解和阐释的。作者在序言中提到这本书的读者有同时代与非同时代的人，一半对一半。我要说的是，对"两支笔"的理解，很可能也同样存在着一半对一半的问题。

别的不说，以中国山水画为例，它就和欧洲的风景画不同。"风景画所展示的世界，所关乎的是投射其视角的一种感知功能，而'山－水'则并不限于完完全全地道出关系，它还同等地消解针对它的一切视点：不再是由一个主体的主动性来推动风景，从自己的位置出发分出一个视域，而是全部意识从一开始就发现自身被包含在这既对立又互补的大游戏里；风景被构造为知觉客体，而'山－水'则不同，它向我们道出的是从一开始就被建立起来的一种沉浸，即沉浸到那构成世界的组成部分相互作用下的生机的东西。"这里引述的是法国当代学者在《大象无形》一书中谈及"山水精神"时所说的，他继续论道："在几个世纪里，中国画论家们热衷于让这些对仗和相互性在各个面向上起作用，在那里，一方往往意味着另一方，回应着另一方，仿佛不会出现哪怕丝毫的意外障碍：山的特征在'大'，而水的特征则在'活'；山以水为'血脉'，得水而活，水以山为'面'，山令水进而感知，水得山而'媚'，山涵括并组织，水循环并流淌；前者当'烟云锁其腰'之时才会显得'高'，后者'掩映断其脉'之时才显得'远'，如此等等。与此同时，两者透过对方而互相表现，贯穿着同样的韵律脉动，海浪的高低起伏在如山峰，而山峰的连绵不绝有如海浪。"[①] 这也是为什么《艺术家们》在铺陈楚云天艺术道路时精心布局了黄河、黄山、长江与泰山四次艺术实践的缘由。

小说中，叙事者是这样书写楚云天在解放思想之际创作其代表作《解冻》的："他再一次想起黄河——这条母亲河，再没有任何大自然的事物具有如此深刻的民族命运的象征意义。但他没有像几年前画黄河时，在那惊涛骇浪中全是重重不绝的苦难，他的笔艰难又凝重，他的水墨混浊又胶着，这一次，他画的是这条万里江河的解冻与凌汛。他的笔墨全然是一种解脱与激扬！他叫漫无边际的雪覆冰封的江面突然裂开；坚冰下边分明有一股强大而鼓胀的力量，雄浑磅礴，不可遏制。跟着，轧轧震耳的声响中，黑

[①] ［法］朱利安著，张颖译，《大象无形或论绘画之非客体》，河南大学出版社，2017年，第258、259页。

色的冰冷的波涛推开巨大而坚硬的冰块，汹涌奔流。大河解冻了，春天来了，天地要为之一新了。"站在一旁的隋意明白，"他的画不再是古代文人那样抒写一己的情怀，更不仅仅是山水画和风景画，他把那个时代人们共同的渴望画到画中了。"

　　祖国山水完成了艺术家的启迪与升华。拒绝选择捷径，这已经构成了升华的基本模式。升华就是用以文化为标志的境界来代替本能力量的目标。可是出类拔萃的文化却并未被包含在创造者的死亡之中。这就说明，文化为什么在我们眼前成为不朽业绩，人类将它们带到世间并使之流芳百世，不管人类遭遇到什么样的命运，也不管文化的哪一部分会掉转矛头与人类为敌。现代艺术品的自主性是对抗、放弃和压制的结果——与大众文化之诱惑的对抗，对获取更多观众之愉悦的放弃，对一切威胁其成为现代性和时间之锋芒的强烈要求的威胁所压制。回忆主要是一个用于自我，与个人相关联的情况的概念；而传统则是一个首先用于文化和历史范畴的概念。"记忆"则是"传统"的回暖、风俗的缄默、流传的复兴。艺术作品把统一性悬置起来，但并不取消它，艺术品既开凿又破坏，同时还拒绝表示反对或提供虚假的安慰。用弗洛伊德的话来说，文学艺术作品成了一面"镜子"，它记录了历史的机缘巧合，以"扭曲"的方式表现了特定的社会或语言系统。

七

　　《艺术家们》中有些人和物虽不起眼，甚至有些人不曾露脸也能让人过目难忘。比如洛夫流着眼泪小声对楚云天讲："父亲家传三十亩地，年轻时被定为地主，从那儿开始吓破了胆，一辈子不敢说话。他爱读书，但怕读书惹事，就读这本《辞海》，他说要是没有这本辞典，活着真没意思"；比如地震后和云天打交道的独眼老李的势利狡诈；还有楚云天那顶层小屋的天窗，罗潜家中画上去的一扇窗，那没有封面的画册和破旧唱机唱片；神奇的要属号称"中国的珂勒惠支"的年轻女版画家唐尼，虽是女子，性情比男人还豪放，画极粗犷，带着野性；还有天才钢琴家延年，随性率性的延年，让人充满兴趣和好奇的地下钢琴家的形象，好像十九世纪欧洲小说中的一个人物。当他在四川路那一幢古老的红砖楼房的地下室，就一架破三脚琴开始他的演奏时，我的阅读也被震撼了。神奇的是虚构小说中的情景和我记忆中的非虚构情节瞬间重合了：差不多同样的年份，同样的境遇，同样的四川路，同样的红砖楼房的地下室，同样听着神奇的演奏。不同的一个是钢琴，一个是小提琴；一个是天津，一个是上海。当年，这些"艺术家们"都是社会中多余的局外人，他们没有工作，靠的是业余教人琴艺度日。这些跨越虚构与非虚构的传奇均称得上"冬天里的童话"。

说老实话，读完《艺术家们》，让我心有不平和不甘的是罗潜的命运。作为"三剑客"之一的罗潜，其出场光彩夺人，罗潜"是个只谈艺术的人，但那个时代还有几个人只谈艺术？……他看上去很像一个工匠。但他的画却显露出他并非凡人。他那种独特的精神个性与大气，笔触的柔和与沉静，变形的诡异和灵动，色彩的出人意料，特别是意蕴的冷寂与深切，楚云天在当时的绘画中是看不到的……"，"在罗潜的画中，深邃的生命感平静地隐形于笔触的下边，不动声色地感染着你。他不拉着你一起激动，只求一己的沉思与沉静"。总之，罗潜的画使人想到陀思妥耶夫斯基，这是楚云天的早期感觉；最深入罗潜心中的是莫迪里阿尼，还有蒙克，尤其是蒙克那幅《呐喊》和《病室里的死亡》，这是大家一致的认识。叙事者的介绍和渲染使罗潜给我们留下了深刻难忘的印象，至少我是怀着无比渴望的心情期待着罗潜的艺术人生。好时代降临了，真正的艺术家应享有其理应的好运。问题是，我们的期望落空了，很长一段时间罗潜全然消失，这可应了他的名字，一个"潜"字。"三剑客"除了一次无话可说的重逢，罗潜进入了一次平凡的婚姻之外，整个中卷再无其他。想想也对，罗潜这种性格仿佛永远停留在那个完全属于他自己的时间秩序之中，倘若他变化，你就会感觉换了一个人似的。而不断变化的生活则属于洛夫以及洛夫们，新事物和新秩序则是他们致命的诱惑。

直到全书后卷的第六节，楚云天在经历了和弟子余长水、肖沉一番关于绘画史谁说了算，绘画史和拍卖市场的讨论后，罗潜出现了，他在街边一个叫"街边画廊"的做小老板。罗潜的转变让楚云天吃惊，也让我们的阅读不解。"吃惊"是叙事者的结构性布局，虚构的权力使然；相反，我的"不解"试图越轨，挣脱小说的罗网。"是什么原因，使他丢弃自己原先信奉的艺术宗旨，而到市场来强颜欢笑了？当今的罗潜，也加入了唐三间、屈放歌、于淼、洛夫等等这支商业画的大军了吗？"楚云天的问题也是我们的疑问。

还有一种理解是罗潜的转变是生计使然。"远离市场可以，前提是不缺钱用。"1918年，当第一次世界大战结束时，毕加索发出严厉的谴责，"经销商是艺术家的对头。"这种对艺术家和经销商之间的关系充满敌意的评判也有助于我们形成关于整个20世纪现代主义发展的观念。同样，毕加索也曾对另一位青年和老年时期的经销商坦率地说道："我希望拥有大量的财富，像穷人那样的生活。"就大多数艺术家来说也不算什么秘密，因为许多人都在追寻着同样的梦想——在金钱上有保证但不受社会期望的限制。这难道是艺术家的第三条道路吗？幻想是一回事，现实又是另一回事，如同虚构是一回事，非虚构又是另一回事。

八

艺术品的评判标准确实有点难说，两件看似一模一样的东西，为何一件是艺术品，而另一件则不是？布里洛包装盒就是布里洛包装盒，而不是别的什么。凭什么杜尚拿出的小便池是艺术作品，别人拿出来的小便池就不是？历史恰如生命，同那种越来越取决于可能的情境所表现的趋势背道而驰，敌对于平庸化过程所指向所聚集的"死亡本能"。艺术家普遍面临的难题，他创造了他自己崭新的意义，但必须反过来以这些意义来支撑自己。这完全是颠倒的对话，因此极不牢靠。因此在后世和声名价值问题，在进行全景的可靠性问题上，产生了弗洛伊德所讲的终身的情感冲突。

艺术品的价值判断远非盖棺论定所能比拟的。澳大利亚的那位当代著名艺术评论家罗伯特·休斯，在其《绝对批评》一书中论及艺术和艺术家时指出："人们不可能凭借未来去评价他自己那个时代什么东西很时髦。而在2090年回忆起来的人物，可能并不是1989年受欢迎的那些人。1890年时，谁又曾料到晦涩难懂而又粗手笨脚的塞尚会引起一场价值观的革命，把布格罗技艺高超、'无可挑剔'的语汇从史料中一举逐出？19世纪90年代北欧最著名的画家不是古斯塔夫·克里姆特，埃贡希尔，甚至都不是爱德华·蒙克，而是一个名叫汉斯·马卡特的奥地利人。他位于维也纳的画室大得像一个飞机棚，里面充满了鹿角、波斯地毯和棕榈树，成了全欧洲收藏家朝圣的一个圣地。他在里面挂着他奇大无比的画作——画的都是战争场面，为了那些更喜欢宇芙仙女的绅士，而变着法儿画一鳞半爪的神话故事。记者听他桌边闲聊，谁也不想离开。公众对马卡特天才的坚信，仅亚于他对自己天才的坚信。他喜欢多愁善感，夸夸其谈，是维也纳环形街的朱利安·施纳贝尔，差别在于，马卡特很会画画。如今，他几乎完全被人忘却——除了维也纳。在那儿，他始终是美好年代的一件文化古玩。"①

　　说到底，两支笔的难处难就难在另一支笔，好像是在做一件无法完成而又必须去完成的事。"福楼拜认为，一种艺术形式是没法用另一种艺术形式来解释的，伟大的画作也根本不需要文字作注。勃拉克认为，如果我们在一幅画前能一言不发，那就达到了理想境界。但我们离那理想境界还远着呢。我们是不可救药的语言生物，我们热爱做解释，说看法，谈主张。把我们放在一幅画前，我们立马就七嘴八舌，喋喋不休，你说你的我说我的。普鲁斯特逛画廊的时候，喜欢评说画里的人都能让他想起现实中的哪些人，这也许是个避免直接审美冲突的好方法，但鲜有画作能镇得住我们，或者辩得倒我们，让我们哑口无言。就算有这样的画，用不了多久，哑口无言的我们就会又想把我们的哑口无言搞清楚，解释一番了。"② 这是小说家朱利安·巴恩斯为自己撰写的一本美术评论集所写前言中的一段话，依据他的一贯风格，这里多少有点嘲讽和辩解的味道，但多少也说出了两支笔难以相处又无法分开的处境。我个人很喜欢这本书，一个著名的小说家坦诚自己"理解现代主义（且享受现代主义，因它而兴奋激动）更多的是通过美术，而非文学"。即便如此，他也不盲目崇拜，一味歌颂。他说道："我也慢慢地明白，有的画家随着你年岁渐长你会腻（比如拉斐尔前派画家）；有的随着你的阅历增加你才会喜欢上（夏尔丹）；有的你一辈子都觉得不咸不淡（格勒兹）；有的你多年来一直没在意，忽然间就注意到了（利奥塔尔、哈莫修伊、卡萨特、瓦洛通）；有的的确是大师，但你总是没法上心（鲁本斯），还有的不管你在哪个年龄段看都伟大，亘古不变，不折不扣（皮耶罗、伦勃朗、德加）。而我这些'进步'里来得最慢的，也许是让我自己相信，或者准确地说是我清楚了，现代主义也不全是精彩绝伦的。我看出它有些地方比其他地方高明些，也看出了毕加索也许有时显得虚荣，米罗和克利有时过于雕琢，莱热有时也重复。我还看出了其他诸如此类的情况。我最终渐渐意识到，就和美术史中其他流派一样，现代主义有其长亦有其短，而且其本质决定了随着斗转星移，它必会过时。不过，这一切

---

① ［英］罗伯特·休斯著，欧阳昱译，《绝对批评：关于艺术和艺术家的评论》，南京大学出版社，2016年，第12、13页。
② ［英］朱利安·巴恩斯著，陈星译，《另眼看艺术》，译林出版社，2018年，第8页。

都无损其魅力,倒让它更有意思了。"① 年龄上朱利安·巴恩斯比冯骥才相差几岁,他们当属同时代人。

在谈及文人画家霍华德·霍奇金和福楼拜时,巴恩斯告诫我们:相信艺术,而不是艺术家;相信故事,而不是说故事的人。艺术总是记得,艺术家则会遗忘。现在作为小说的《艺术家们》的问题是,如果我们相信故事的话,那就必须记住这些艺术家们,因为作为形象的艺术家们正是这部小说所创造的艺术。

楚云天作为艺术家的人生逐渐走向终点,他有些苍老,憔悴孤独地坐在藤椅上,连同那伴随其一生的老房也真正地衰老了。当那离家出走多年,曾被死神关照过的妻子隋意终于回来了,小说也随之落幕。这个结尾使人想起《简·爱》。几十年了,这个多少有点浪漫主义情愫的结局从未离开过作者。正如他在书中提醒我们的,对这一代人来说,夏洛蒂·勃朗特的影响无论如何估计都不为过的。

2020 年 7 月 27 日于上海

(特约编辑:王 彪)

---

① [英]朱利安·巴恩斯著,陈星译,《另眼看艺术》,译林出版社,2018 年,第 5 页。

我的朋友『冯·唐·吉诃德』
——冯骥才印象 李 陀

萨特在说及知识分子的时候，有这么一个看法："知识分子确实是一些插手与他们无关的事的人。"

这很像是在说冯骥才。

1

和冯骥才比较熟的朋友，都叫他大冯，他年轻时候是篮球运动员，身高近两米，手当然比一般人手长，可是，他插手和自己无关的事太多，不是一般的多，而是多到有点离谱。很多人都读过他的小说，特别是近年出版的《俗世奇人》，卖了六百多万册！一本介乎随笔介乎故事之间的散文集子，能有这么多读者，很罕见，是不是？可是，这成千上万的读者里，有几个人听说过，为了插手和自己无关的事，也就是"管闲事"，作家曾经抛书掷笔十几年呢？这是不是更罕见？何况，他公然宣布自己决心要管的"闲事"，可不是小事情，是文化抢救——一个人要抢救文化？文化是多么大的东西啊，谁有能力"抢救"？一个人，一个作家，能干什么？可是，他插手了，他做了。他成功了吗？我不知道。我只能说，他尽心尽意了，拼尽全力了。这我可以举一个例子：在"抢救"当中，他主持做了一套二十二卷的《中国木版年画集成》，其中两卷，《中国木版年画集成·俄罗斯藏品卷》和《中国木版年画集成·日本藏品卷》，完全是他托俄国朋友和日本朋友在境外普查搜集完成的；其中俄国卷，涉及的城市有十多个，博物馆有二十多个。

这样的事他做得太多了，有兴趣的人，可以读一读他写的《漩涡里》。不过，我觉得《漩涡里》的写作有个缺点，细节太少——那到底是怎么样的一个漩涡，跳进这漩涡里，一个人会经历什么样的孤独和艰难，少了细节，是常人难以体会的。幸而，大约2011年，冯骥才给古村落保护的专家阮仪三教授和过一首《阮郎归》的词，这词里多少记录了他身在漩涡里的感受："年来忧心又重重，村村欲变容，你我嘴硬有何用，人作耳边风。文人单，弱如蚁，骨软更无力，只缘我辈心不死，相助且相惜。"

"你我嘴硬有何用，人作耳边风"。

只靠"嘴硬"，孤身一人，竟然为挽救文化遗产向全中国的官僚主义发起了挑战。这让我想起了唐·吉诃德。

一个"冯·唐·吉诃德"。

2

我和骥才——我不习惯叫他的全名——认识这么多年，来往不少，可以说的事情自然也不少，可是有几件事，我不但记得非常清楚，而且就像记忆里几块坚硬的礁石，海浪越是拍击冲刷，轮廓反而越是清晰。

大概是1995年或者是1996年，记不清了，有两年，每逢大年三十，午夜十二点的时候，骥才一定来电话，干什么？让我在话筒里听天津市三十夜里的鞭炮声。"听见没有？这是什么？过年，这才是叫过年！"接下来，就是对北京人的挖苦："你们北京人，还过年吗？连个炮仗都不放，过嘛年？北京有嘛好？来天津吧。"面对他得意洋洋的声音，我能说什么？爆竹声就在耳边，像海潮一样连绵不断，不，比海潮更生动，更有戏剧性，高潮后面是更有烈度的高潮，好像永远没有落幕。我拿着话筒，站在窗前看着北京的夜空，没有星星，没有月亮，只有浓云，偶尔有一两只冲天炮在暗中升起，让这大年三十之夜更为凄清。当大冯把我、把北京人奚落够了，终于放下电话的时候，我会依然留在窗前，一边看着北京寂冷的天空和更寂冷的街道，一边等骥才下一次的电话。我知道，他在轮流给朋友们打电话，让每一个朋友都在话筒里，听他说"听见没有？这是什么？"的快乐，待这样的电话打过一圈之后，骥才还会再打给我，让我再一次羡慕他，羡慕天津的百姓。

这有点孩子气，是不是？"连个炮仗都不放，过嘛年？"这里有一种单纯的只有儿童才能有的快乐。可是，里面掩藏一些更复杂的感情，其中一个是骄傲：天津百姓能这么高高兴兴过年，和他冯骥才有关系，这里有他一份功劳。什么功劳？当时，全国各大城市都在实行一种民主——春节期间，禁鞭炮还是不禁鞭炮？这要听社会的意见，于是禁派和不禁派吵得热火朝天，各派都振振有词，一时成了很多城市政府的难题。不过，大多数城市都很快作了决定：禁鞭炮。就在这时候，作为天津市文联主席的冯骥才，向市政府据理力争，最后获得了一个让全市百姓都高兴的结果，天津春节不禁鞭炮。

这事情的前后经过，当时骥才都和我说过，不过，每次说起都是嘻嘻哈哈，似乎自己只不过顺手做了一件"好人好事"。后来我想过，那时候在他意识里，做这样的"好事"，是在抢救文化吗？我觉得没有。可是，他于嘻嘻哈哈里和我说过的不能禁鞭炮的理由，给我留下了很深的印象，只是过了很久，我才明白，尽管我们俩都反对禁鞭炮，其实我们之间有很大的分歧。在他心里，文化的含义和我不仅有区别，而且在感情层面上不是一回事，可以说是两条河流，我的这边，是一道小溪，清且浅，在他那儿，是一条大河，广阔而湍急。不过让我先把这话题放下，回头说一件往事。

3

大概也是九十年代中，有一次，他从天津来我家聊天。两人正说得高兴的时候，他忽然站起来，伸手把放在很高书架上的一个陶罐拿了下来——这对身高一米九几的"大冯"，轻而易举——自言自语说，嗯，汉物件儿。我说是，大概是装粮食用的，粮罐，贾平凹送我的。他不理我，兀自把罐子在手里翻转摩挲，一双小眼睛把以小鼠作装饰的三个罐足好盯了一会儿，不满意地咕哝了一句，有点残。这完全是和他一起逛潘家园古董市场时的情景：他看上了一件东西，捡到手里，一边面无表情转着圈地摆弄，一边冷冷地不断挑毛病，那时候，他就是这种眼神，一模一样。我觉得不妙，正想为这"残"辩护一两句，人家忽然抬头对我说，你家里留这东西干什么？我拿走吧。

我能说什么？好朋友问你讨件东西，舍不得？不能。

就这么，我"家藏"的一个宝贝，只一句话，被他顺走了。

回想起来，这是件很普通的小事，但是对我认识骥才，或者说误解骥才，有很大的影响。自我和他认识，两人越来越投缘，其中有个缘由，我们俩都迷艺术，只要和艺术沾上一点边，无论什么"物件"，都是我们说不尽的话题。去天津看他的收藏，那更是两人"响必应之于同声"的快乐时刻。有一次，看到他展架上的一件石刻菩萨像，我说这造像的样式有犍陀罗作风，那一刻骥才的喜悦，让人太难忘了，怎么形容？明亮！好像有一团灿烂的阳光突然落到了我们两人中间，把两个人都照亮了——还有什么比朋友间心意相通更好的事？可是，真要心意相通，谈何容易。其实，骥才热爱艺术的这种狂热劲儿，我那时候的看法，是他"玩物"而"不丧志"——当他拿走那个粮罐的时候，我知道那东西在他的眼里并不是一个稀罕物，可是，收藏的强烈欲望让他不能不雁过拔毛。在八九十年代，收藏热正在兴起，而且"收"东西的机会多得今天难以想象。1986年前后，我受《收获》李小林的委托，去西安和贾平凹讨论一个作品修改的时候，贾平凹带我去了一个老先生的家里；这位老先生由于种种缘故，想把自己毕生收集的一些书画精品"让"给有心收藏的同行同好，于是我有了一个大饱眼福的意外机会。至于在老先生家里的所闻所见，这里就不多说了，只说一个细节。老先生先挂出了一幅郑板桥的墨竹中堂，告诉我，这幅是假的，然后又挂出另一幅一模一样的墨竹，又告诉我，这一幅才是真迹，并且说，如果我喜欢，八千元，我就可以把这幅真迹拿走。可是，八千人民币！八千，对我来说那可是天文数字，我上哪儿去找这样的巨款？还有，忍不住再说一个：老先生的一幅李方膺的双鱼图，出价才两千元，可对于我，一样出不起啊。今天再细说这些事，感慨自然太多了，不过我还是回到我和骥才的话题上来——在那一阵子，文化界不少人都在迷收藏，可以说，如今声名显赫的很多藏家，都是那个时候开始沉溺于"收东西"带来的大欢乐中的。所以，当时我看骥才对艺术的热爱，多少是把他和藏家们一视同仁的。可是，我错了。后来骥才的所作所为，那些"藏家"怎么能比？

那时候，我并不了解自己这个朋友。

4

说起来，让我明白骥才是个什么人，真正理解他，大年三十之夜的电话骚扰还真是个关键。不过，那需要一个契机，需要有一个意想不到的小窗忽然在你意识深处被悄悄地推开，于是你忽然看见了过去一直沉睡于心中的一片风景。

大概从九十年代末兴起一阵风，到了春节，北京人都到餐馆去过年了，一家人，一群朋友，订一桌饭菜，一起乱哄哄热闹两三个小时，于是，"年"就这么被"过"去了。这就是过年？是，现代化了，就这么过年。我永远忘不了，第一次这么"过年"，走出餐馆之后，我站在街头是如何惶惑，袭上心头的空落落的感觉是那么轻，好像自己是一片纸人，如果来一阵风，我真就可以飘起来，随风而去。可是没有风，寂寂的大街上只有黑暗和餐馆里的喧闹。

过去怎么过年？

每逢大年初一这天，陈建功、郑万隆和我，三个人会一定聚在一起，去给文学界老辈人拜年；那时候，我和万隆住在朝阳门，陈建功住在南城，离天坛不远，他骑着自行车，赶到朝阳门这边来和我们碰头——我不会骑车，三个人会齐之后，陈建功的车子就"废"了，可我们想过分头行动吗？想过去乘公共汽车吗？没有。自行车不骑，三个人轮流推着走，一路上说文学，说小说，说写作，就这样四处拜年，常常走遍半个北京。那是多远的路啊，说了多少话啊。当时都说过什么？早就忘了，可是，路边没有来得及清扫的一堆一堆鞭炮残屑，清晨的寒气里还弥漫着淡淡的火药味，我可是记得清清楚楚。而且，奇怪的是，从那个觉得自己可以飘起来的一刻之后，每到春节，两个记忆总是会涌上心头，一个，是去拜年路上的鞭炮残屑和清晨寒气里的火药味，另一个，就是骥才在大年三十晚上的电话。为什么这两件事在记忆里会这么紧紧地捆在一起？开始我没深想过，但是，渐渐地，那隐秘的绳索清晰了起来：没有了大年三十鞭炮声的欢乐，我们失去的，仅仅是一种节日习俗吗？仅仅是国泰民安的气氛吗？仅仅是对大吉大利的期盼吗？初一的清晨，空气干净了，人行道干净了，眼前的一切都像舞台布景一样清清楚楚、整整齐齐了，可是一条条大街变得轻飘飘了，人也轻飘飘了，什么都没有了重量感，这到底"有嘛好？"

这些感触很零散，时聚时散，可几乎在每年的三十夜里，都由于骥才那电话铃声的呼唤，重新聚到我的心头，一边怀念听筒里的那海潮一样的鞭炮，一边让我琢磨他这个人，他和我的不同。

同时，这也让我换一个眼光，琢磨他做的很多事情。

为省事，我这里只列举一些他主编的出版物：

2004年：

出版《中国民间文化遗产抢救工程普查手册》；

2008年：

完成与向云驹合作的《羌族文化学生读本》；

2011年：

出版22卷本《中国木版年画集成》；

2013年：

出版14卷本《中国木版年画传承人口述史丛书》；

2014年：

出版《中国口头文学遗产数字化工程全记录》；

2015：

出版《中国民间文化遗产抢救工程档案2001－2011》；

2016年1月：

出版《20个古村落的家底：中国传统村落档案优选》和《中国口头文学遗产数据库总目·河北卷》（上下）。

——看看这目录，冯骥才的手，是不是真够长的？

岂止是手长。我相信，凡读过《漩涡里》的人都知道，这些可以称作大工程的出版物，还不过是他为了抢救文化所作所为的一小部分。

可我有一阵，还以为他不过是有收藏癖好，"玩物而不丧志"的人。

真正了解和认识你的朋友，并不是一件很容易的事。

5

说起我和冯骥才，很多人一下就会想起"四个小风筝"什么的。其实，我和骥才来往，文学和写作虽然重要，可印象最深的，往往都是和艺术有关系的人、事、物，其中有一些经历，会永远在记忆里闪亮，光芒耀眼。

我这里想说其中最耀眼的一个。

1996年8月,中央电视台导演孙增田找我,说央视要和敦煌研究院合作拍一部大型的纪录片,想请我做文学顾问,可以先到敦煌去做调研——罕有的机会啊,可以尽情参观敦煌,而且能看尽所有的洞窟!我马上就想到了骥才,后来又拉上了另一个好朋友,作曲家瞿小松(纪录片的音乐很重要);这样就算是有了个顾问小组,到了九月,孙增田带着我们和央视另外几个人,先乘民航到兰州,然后租了一辆面包车,沿路看过去。

这一路的故事很多,都略去,就说一件:

走到武威的时候,当地人告诉我们附近的天梯山石窟应该去看访,不过由于修了一个水库,石窟实际上已经被库区的大水彻底包围了,周围都是山,也没有公路,要想进去恐怕很艰难。可是,我和骥才马上决定,没有路也要去,尤其是主洞窟的那座大佛,无论如何要去探访。还不错,想法子找了一辆手扶拖拉机。可是一眼看上去,让人想到一匹瘦弱的小驴;后面有个拖斗车,一看就是平日农村里那种"跑运输",专门拉砖、拉蔬菜、拉肥料、拉水泥用的。我真犹豫了,问骥才,怎么样,去不去?可是,骥才用行动回答了我:拉着同昭立刻上了车,这还犹豫什么?瞿小松,孙增田,还有我,自然也都爬了上去——这个拖斗实在太小了,大冯,可不是白叫的,确实体积大,一下子,他和同昭正好坐满了拖斗的前边,剩下我们三个,只能都挤在后边。不过,上路没多久,才发现麻烦的可不是车子小,是颠簸,五个人晃来晃去活像五个大土豆。我想,介绍我们去看访大佛的人,一定也不太熟悉当地的交通状况,不然,大约不会这么冒失地让我们乘手扶拖拉机走这样的一条险路,要知道,当时的冯骥才,已经是全国文联副主席了,那也是个不算小的官吧?

今天回想起那条通向天梯山大佛的路,还是很后怕。那是路吗?当然能算是路:沿着水库,一边是很陡的山坡,一边是烟波淼淼的辽阔水面,所谓路,其实就是山坡中间的一段一段有些模糊车迹、草木稀少的小道。这些小道崎岖不平就算了,四周渺无人烟也算了,让人时时心惊的是,这些疙里疙瘩的路面还往往向水库那边倾斜——载着五个活人(其中还有个体重不一般的"大冯")又摇摇晃晃的拖斗,如果顷刻之间翻到水库里,那是再合情合理不过的事:没翻车,是运气;翻了车,很正常。不想在这里啰嗦那一路上的"险情"了,简单说,骥才带着天津味儿的一个接一个的笑话,让我们不仅化险为夷,还一路谈笑风生,我记忆力不好,那些笑话都随风而逝了,我一个都没记住,真是可惜。我另一个难以磨灭的印象,是同昭，她始终面带微笑，很随和地给骥才帮忙，不断给他的说笑添枝加叶。后来，当冯骥才变成了一个唐·吉诃德，没有马，没有长矛，孤身一人为挽救文化遗产向全中国的官僚主义挑战的时候，我时时会想起同昭的镇静，心里就暗暗为老朋友庆幸：你毕竟还是比唐·吉诃德幸运太多了，因为在你身边不远的地方，永远有同昭悄悄地和你同行。

话说远了，回头说天梯山大佛。

我们兴高采烈到了目的地，可是走下了手扶拖拉机的拖斗之后，每个人都像被迎头打了一闷棍，立刻都闷了下来，大佛倒是立刻看到了，可是那情景不说触目惊心，也可以说十分凄凉，一种让人心生寒意的凄凉：一道半圆的水坝把佛窟和大水隔开，混凝土大坝里头，形成了一个深坑，二十八米高的释迦摩尼像右手施无畏印巍然倚坐在这坑里，尽管宝相庄严，可是这庄严反而让人生出一种伤感和凄然，还有一堆沉重的疑问。人人一起失语，个个心头一片乌云。不过，在我们之间，还是骥才的变化最为强烈，刚才还嘻嘻哈哈的一张明亮的笑脸，一下子变成了一片灰色，而这灰色里叠印着迷惘、惶惑、忧伤、沮丧、沉痛——多少种情绪最后在汇集于他一双不大的眼睛里，也融入到眼边、嘴边每一条变得僵硬的肌肉之中，那是什么样的心痛？难以形容。

我永远不会忘记骥才这惶惑又沉重的表情。

关于天梯山洞窟艺术，今天似乎没有多说的必要，到网上随手一点，就能看到为方便旅游所提供的种种相关知识，而且其中还不缺少对天梯山洞窟艺术重要性和历史意义的介绍，但是我还想说，在我看来这些文字还是太轻薄了，是的，轻薄。且不说在四至五世纪北凉文化曾经怎么大放异彩，而天梯山石窟的开凿正是北凉文化的精髓的表达，只要想一想，伟大的佛家文化东传的路线，特别是犍陀罗——克孜尔——天梯山——麦积山——云冈，然后曲折南下至龙门——响堂山——大足这条石窟艺术的行进路线，想一想这路上的每一站，都不仅是中国人，还是全人类的辉煌的艺术宝藏，而天梯山洞窟群是这宝藏链的第一站，它的重要性还用多说吗？可是，悲剧的发生往往平平淡淡：具有如此重要历史意义的一个艺术宝库，在五十年代末，为了修一座黄羊洞水库，竟然被堂而皇之地公然破坏，很多从五代时期历经千多年劫难流传下来的壁画、佛像、文物又在"抢救"里进一步毁损，到最后，劫余灰烬竟然所剩无几。悲剧到此为止了吗？没有，后边还有荒诞剧：旅行者稍微仔细一点，你还会得知，天梯山艺术宝库的毁灭，究其原因，是因为当年专家对水库的蓄水量和规模作了误判。误判？是误判！——原来，如果专家们仔细一点，水库的蓄水本来可以不用淹没大部分洞窟，也就是说，天梯山石窟本来可以躲过这一劫！

当然，今天再去追究这悲剧和荒诞剧形成的种种细节，已经没有必要。但问题是，在今天，这样的演出并没有停止，不但没有停止，在某种意义上演出的规模更大了，也更理直气壮了——我这么说，也许有人会觉得过分，可是你如果认真读过冯骥才的《漩涡里》这书，我想多半会同意我的看法，并且有理由进一步追问：难道经济的发展一定要破坏文化遗产吗？如果青山绿水是金山银山，文化遗产难道不比金山银山更宝贵吗？不管误判不误判，当年为了几万亩农田就毁掉天梯山石窟这样一个如此璀璨的历史文化明珠，这个决心下得为什么那么容易？你可以说，这决心后面是愚蠢，那可不是一般的愚蠢，而是一个强大的无坚不摧的发展主义的坚硬逻辑。

说实在的，三十年前的我们，孑立于把大佛洞窟和浩渺水波粗暴地隔开来的大堤上，背对着阵阵的秋风，一边面对释迦摩尼像低声细语表示恭敬，一边疑惑地交换彼此的伤心之时，想过这么大的问题吗？有过对"发展"的疑问吗？应该没有。不过，每当回忆当时的情景，冯骥才那灰色的脸庞，还有那一双迷惘而痛苦的小眼睛，总是浮现在我眼前。还有他的一句沉重的叹息：

"他们对得起祖宗吗？"

他们是谁？

6

我还是先把话头收回来，继续说我们的敦煌之行，我说了，"其中有一些经历，会永远在记忆里闪亮，光芒耀眼"，现在我说说其中最耀眼的一幕，那不只是耀眼，应该说是让人永远难以忘记的辉煌一幕。

这事发生在我们礼拜第220洞的时候。

和所有的人一样，进到洞里，我们只能凭借手电筒投出的不大一片光斑，一点一点地探索和发现，而每一次的所见，不管是一道衣褶，一片颜色，一个手势的美妙造型，一组流畅得犹如音乐一样的线条，几乎都引起我们一阵又一阵的兴奋，不断发出欢呼和惊叹；有时候，把几个手电筒的光斑拼在一起，在两尺方圆半明半暗的光晕里，或是出现菩萨头上灿烂的背光，或是出现七宝璎珞映照下的半透明的透体罗衣，我们的惊叹就几乎变成了欢呼。我想，很多人都有过这样的时刻，巨大的喜悦和满足在你心里膨胀起来的时候，你是不可能有现实感的。我们在220洞里究竟逗留了多少时间？几个人已经完全没有感觉，不过，有一件事我记得特别清楚：当我们走出洞门，在明亮的阳光下个个都睁不开眼的时候，冯骥才可是非常清醒，他一眼看见下一层洞窟的栈道上，走着几个人，推着一个小发电机和一些摄影器材——谁想得到，这时候我们的幸运来临了（哎，这是什么样的幸运啊！）——我就不细说过程了，总之，骥才发现他们是敦煌研究院摄影部的，正在拍摄一部纪录片，于是立刻提出了一个请求，能不能为我们刚刚探访过的220窟，用他们的灯源设备作一次全窟的照明？换了我，是绝不敢有这奢望的，记得很清楚，当时我还在心里埋怨大冯，这要求也太过分了，得陇望蜀，你梦想得太多了。然而，对于一个总是在梦想里生活的人，梦想和现实的界限本来就不清楚。得陇望蜀？这不是问题。

下面的故事就是那激动人心的时刻了。

当220窟突然被碘钨灯照亮，全洞大放光明那一瞬间，我们一行人不由得都立刻屏住了呼吸。

每个人都被眼前的辉煌镇住了。

从那以后多少年，每当我想向什么朋友形容那一刻的感受，或者试着用文字表达那一瞬间的印象，我都找不到语言。那也根本不是用语言可以描述的。试想一下，在几分之一秒的一刹那间，黑暗被一片耀眼的光华代替，你于晕眩中什么都来不及分辨，只有一个感觉：眼前的千万意象全都那么富丽堂皇，全都那么光芒四射，想一想，那是什么样的震撼？可是待你稍稍平静下来，南、北、东三壁的经变图已经如梦幻一般涌到眼前，你马上又会心跳加快：碧波荡漾的七宝池水，盛开的莲花，凌云的经幢，高耸的梵宫，蓝色的天空，在五彩祥云里散花的飞天，肃立于以红蓝两色琉璃铺成的富丽堂皇宝台上的药师佛，还有跏趺端坐于七宝池莲台上的阿弥陀佛——一切都如《阿弥陀经》中的景象："有七宝池，八功德水充满其中，池底纯以金沙布地"，"上有楼阁，亦以金、银、琉璃、玻璃、砗磲、赤珠、玛瑙而严饰之。池中莲花大如车轮，青色青光、黄色黄光、赤色赤光、白色白光，微妙香洁"——你觉得自己闯入了人佛共享的佛国极乐净土，甚至为自己这闯入多少感到惶恐，可是，环顾之下，你又发现自己还面临着另一番景象：菩萨的透体罗衣，戏水化生童子的格式花纹的短裤，来自异域深目高鼻的异族王子，在波斯地毯上跳胡旋舞的曼妙舞姬，共二十八人的大型乐队所持中原和西域的各种乐器，巨大的西域式塔形立地华灯，在讲经中意气飞扬、目光炯炯的维摩诘，这一切又都让你一瞬间身处于生气勃勃、充满青春气息的贞观年代。这是如梦幻泡影的梦境吗？这是时代的欢乐颂吗？这就是大唐气象吗？

也许都是，也许都不是。

或者，那是人对美好生活想象的一个极限。

7

关于220窟那辉煌一刻的感受，本来我可以说得更多，我已经说得太多了。

可我不能不说，这不仅是因为，如果没有冯骥才一念之间引来的光明大放，我是不可能有如此的幸运和福分的。他生未卜此生休，就为这一件事，我会对骥才感激终生，虽然感激这词没有一点重量。不过，就本文的目的来说，这里还有一个更重要的理由。我从来没有问过骥才，敦煌之行，特别是我们共同在220窟分享的那辉煌的一刻，对他后来决心投身全国文化遗产的抢救是不是有决定性的影响——我很少在朋友之间讨论有关个人命运重大决定的话题，那很别扭。但是我以为敦煌之行，特别是220窟那辉煌，不但对骥才有非常重大的影响，而且是决定性的。

这有文字为证。

敦煌归来之后，骥才不仅为计划拍摄的纪录片写了一本名为《人类的敦煌》的文学剧本，还另外写了一本书，题目就是《敦煌痛史》。在这书里，他重新检视了历史留下的一道道伤口，发出了这样的呼喊："我清晰地看到它被紧紧夹在精明的劫夺和无知的践踏之间，难以喘息，无法自拔，充满了无奈。我们谁也帮不上历史的忙！然而，这文化悲剧往往是一个民族文明失落后的必然，而这悲剧还有一种顽固性。如今我们所剩无多的文化遗存，不是依然在被那种'王道士式'的无知所践踏着吗？"这声呼喊痛彻心扉。它直接来自220窟，来自那如梦幻泡影的梦境，来自那光芒四射的欢乐气象，然而，没有梦，也没有欢乐，只有无奈和焦虑。可是，有多少人听见了这声音？又有多少人在意了这呼喊？我似乎看到了一个画面：一个孩子挥着红灯，声嘶力竭地喊着前边有险情，一列火车仍然在他面前风驰电掣，呼啸而过。

　　回顾骥才近二十年的努力，我常想，生性乐观的他，是不是想过，他为之付出的事业中有一种悲剧性？是不是意识到，不管他已经获得了多少成绩，他都是一个当代的唐·吉诃德？我猜他没有往这方面想过。有的人就是具备这样令人羡慕的天性：他只对喜剧敏感而完全忽略悲剧。这里我再举一个例子。2006年3月，作为政协委员，冯骥才向"两会"提交了《规划新农村建议要注意古村落保护》的提案。从那以后，古村落保护又成了他"抢救"的另一个工程。然而，他在有关会议上说过这样一段话，一段全是数字的话："首先谈传统村落保护的必要性与紧迫性。我给出一个最新调查统计的数字：在进入二十一世纪（2000年）时，我国自然村总数为三百六十三万个，到了2010年，仅仅过去十年，总数锐减为二百七十一万个。十年内减少九十万个自然村。它显示村落消亡之势的迅猛和不可阻挡。"

　　——你不觉得他做的很多事，都是螳臂当车吗？

　　我有时候会拿冯骥才和马尔罗作比较。

　　这两人的人生经历没有多少相似之处，可是，如果就两个人对文化的厚重感情来说，或者就民族文化保护的所作所为来说，他们又很像。马尔罗对法国文化遗产保护所做的，可以说无所不至，无微不至，从修缮卢浮宫、编制全法国文物总目，到定期维修和清洗巴黎主要纪念性建筑，到推广每十万人口以上的城市都建立"文化之家"，几乎只要涉及文化遗产保护的任何角落，都有他的手印和足迹。但是，他做这一切，不是因为他是作家，还因为他是堂堂文化部长，而且，他有全法国上下对民族文化的热爱作后盾，让他为所欲为。可是再看作为全国文联副主席和中国民间文艺家协会主席的冯骥才，和马尔罗又有多少可比性？不说别的，为了成立一个民间文化基金会，他还需要靠卖画来筹集第一笔资金。话又说回来，难道冯骥才做的，不是比马尔罗更多吗？试想一下，要是让马尔罗面临一个"十年内减少九十万个自然村"的国家，他又能做什么？

　　不，骥才和马尔罗一点都不像。

　　他是一个总是操心与己"无关的事"的"冯·唐·吉诃德"。

（特约编辑：王　彪）

月相沉积　■　李宏伟

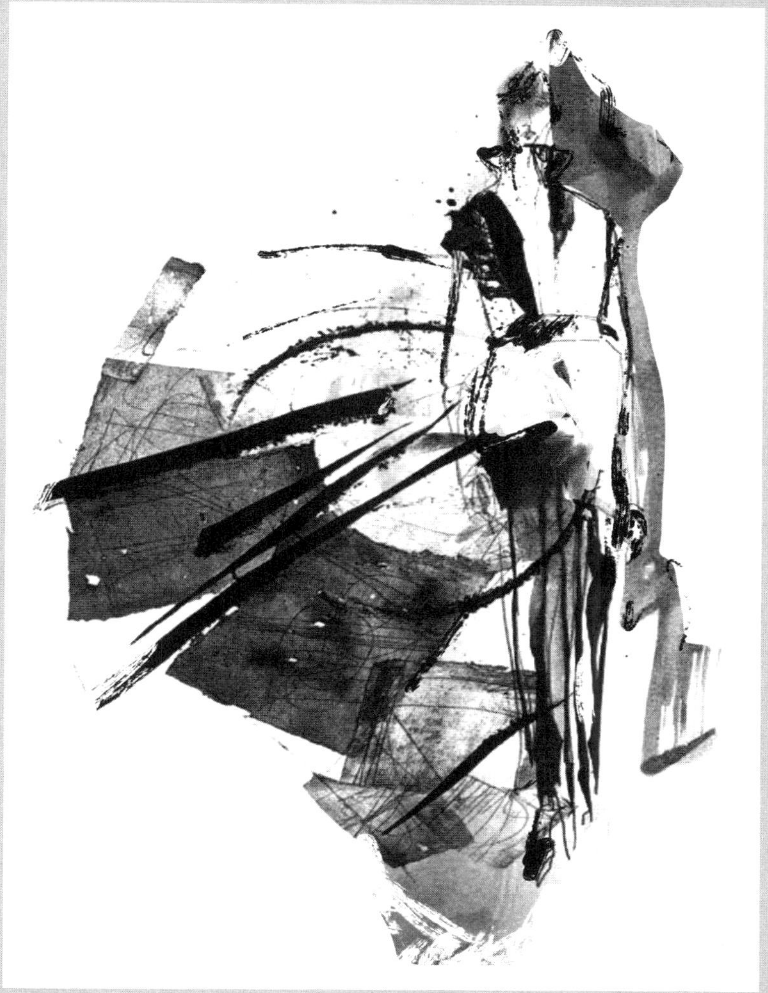

《新文明时期·东方部分》第二百七十五页：新文明历88年，丰裕社会居民徐粒、穆雪成立女性组织"团契"，并以朔月、既朔月、蛾眉新月、峨眉月、夕月、上弦月等二十三月相为月历之纪。

娥眉

司徒绿拉开门，门外站着一个面目姣好、表情严肃的女孩，看起来和她差不多大小。女孩身着部里统一发放的便式工作服，拿着密封的文件袋。"有你一份文件，请出示证件。"

司徒绿拿出证件，交给对方核验后，接过文件袋。女孩微微颔首，"有力量的颗粒，是我们的团契。"说完，转身离开。

司徒绿愣了愣，心跳陡然加速。望着女孩的身影从楼道消失，她反锁好门，回到客厅。文件袋里是一张折了两折、打开后很是详细的地图，另有五张她平常用来撰写勘察报告的空白纸张，白底黑横线。

司徒绿没花多少时间即破解谜团。她将地图在桌上铺开，五张白纸三竖两横，刚好覆盖。透过白纸，经黑横线分割，地图上原有的标志，隐约透出粗细不同、分布不匀的点与线段。找来小夹子，将白纸在地图上夹好，举起朝向灯光。顿时，那些点与线段清晰起来，她一边看一边译出——名称：使者；方位：西线以北；目的：收割；限度：三十；流程：跟进。

司徒绿放下地图，取下夹子，归并好白纸。训练结束以来，第一次接到专项命令，她允许自己兴奋一小会儿。兴奋完毕，回到命令上。内容简单，但指派的任务难度不小：她必须前往西线，再向北深入，实施刺杀——对象是谁，多大年龄，什么身份，甚至人数，都不清楚；她必须立即行动，到达西线前后，等待进一步的命令。

司徒绿看向现成的地图，看向用马赛克遮住，只在上面写有"西线"二字的那一片区域。再往北，就是所有人都不愿意提及的沙漠地带。所谓"西线"，不是边境线，也不是路线，是一座城市，更准确说，一片区域。西线的传说不少，每个丰裕社会的人都会在成长过程中听闻，作为恐吓作为规劝，让他勤谨努力，以免踏足其间。

司徒绿没去过西线，这次总算能探看个究竟。从她所在的东七区到西线，有一趟三天一班，夜间发车，第四日下午到达的火车，但她不可能搞到治安部的证明文件，也就买不到票，就算在黑市上买一份，但应对不了沿途的盘查。团契显然考虑到这一点，给出三十天期限。唯一可行的，就是以一截截的短途，拼凑出这段完整的行程。地图上不同颜色的标识，正意味着不同的出行方式、交通工具。

司徒绿装好地图，略作复盘。自己刚开始休假，团契即下达命令，可见对成员状态掌握之精准。女孩衣着是伪装，但这从侧面证明，团契在部里的力量强大。由是，她决定不做太多遮掩，更不伪造身份，带上便携测量仪以备不时之需即可。三十天耗时计划，基本的衣物、化妆、洗漱物品等还是得备上，但用量减到必须。如此，一个大的随身携带旅行包即可。最后，她塞进去一盒奢侈品，最爱的巧克力。

司徒绿煮好咖啡,坐下来,就着两块面包,算是解决晚餐。随后收拾东西,思忖再三,她决定不携带武器。天色已然不早,她将五张纸烧成灰烬,倾入马桶冲洗净尽后,洗漱睡觉。

司徒绿尚有疑虑的是,行动的名称"使者",究竟有没有特别的意味。如果有,那是什么?

夕

叠加的画面没来由地出现,黑白的,所有事物都在地上拖着浓黑影子,父亲忧愁面具般的脸,母亲响如鸣哨的声音,在叠加的最底层,又是画面的陪衬、声效,中间是她的哭泣。为什么?为什么我是女孩就得这样?问,一遍遍。水波漾起,接下来是稳定的画面,樱桃园的训练,始终只有一个人,一个声音,一个角度。她教会你各种武器的使用,她教会你各种隐秘的联络方式,她教会你如何在人群中辨认自己人,她教会你赋予自己能量,她教会你去找到独一无二的一眼就知道属于你的答案。女人是被他们塑造的,现在,必须自己定义。

搜捕的队伍衔尾而至,手电筒明晃晃,剜得双眼生疼。手电筒背后是什么?看不清楚,高大的黑,宽厚的暗,刺耳的声音响起就再没停歇:就是要等着你定义完成,才过来。大手伸过来,越过手电筒白硬的光,一只两只三只……无法再把精力放在计数上,每一只手钳住身体的一部分,潮湿、黏稠,末端兼有锯齿、指甲、铁钉的锐利,她伸手乱抓,推挡不开,但是凌空的右手忽然被人塞入发烫的物体,一阵挥舞,斩断几只手,身上被人攫拿时的窒息顿时松快不少,再看过去,握着的居然是一长条冰。转身逃跑,能听见脚踏在地板上,咯吱咯吱响,几乎就是踩在铁皮上。眼见得跑进一条狭长的暗道,前方有柔和、温暖的光从缝里漏进来。奔上前,对开的两扇木门,没等伸手,吱呀呀打开,更多的手伸进来,朝她挥舞。

司徒绿猛地坐起来,又梦魇似的倒下去,好一会儿才睁开眼睛,醒过来。她躺在床上,仿佛在水温不定的河上漂流,不敢伸出手去,生怕触手所及,全是梦的碎片。她默想一遍训练时,教给她的噩梦清除办法,放空思绪,又澄澈心神,念诵一遍"远离颠倒梦想",这次真的坐起来,打开灯。墙上的钟指向七点,拉开窗帘,天早放亮。

淋浴完毕,煮碗面吃下,收拾好厨房,做完离开一段时间必须的防护后,司徒绿换上出行的衣服,背上背包,从电梯下楼,走出小区。已是上班高峰,街上的人步履匆忙,没有谁特别不耐烦,也没有谁对他人产生兴趣,大家的脸都在沉郁中带着些麻木。司徒绿跟在几个人身后,上了环线车,她得先到西面的长途站,再从那儿出示证件,购买离开东七区的票。

车上人不少,司徒绿费些力气,才在车厢中部找到一个相对宽裕的地方。旁边一个小女孩挨妈妈坐着,上半身完全倚在妈妈怀里,妈妈目光落在她头上,仿佛在数她的头发。妈妈和女儿没说话,就互相依偎着,仿佛静止了时空。司徒绿看着,想起妈妈。要是……她喊停自己,不想延伸得太开，更不想多愁善感。她双手捏成拳又放开，转动脑袋，看看挤在左右的人。"你们知道吗？我在执行第一次命令，由我主导的专项的命令，只有这些命令才是必要的，才是必须的。"

当然，什么都没说出口，她只是默默地带一点微笑地看着身边的人。如果顺利，她将按照要求，取走一个人的性命，回到东七区，继续她在部里的日常工作，耐心等待下一个命令；如果遇到变故，她将会被人阻止，随之而来的多半是不算短暂的逃亡生涯，时刻留意身边的风吹草动。不，不能这样想，必须完成命令。用手，用锋利的刀刃，用……不，司徒绿再次停止思绪蔓延，不能提前设想如何结束一个人的性命，哪怕是一个自己完全一无所知的人。

复杂思绪下，动作难免慢些，下车、购票，都落在后面。上得长途车，已没全空的座位。司徒绿张望一圈，选了个离后车门不远的位置。座位上靠里的乘客别过头，望着外面，身形瘦小。司徒绿走过去，背包放在行李架上，坐下。那个乘客回过头，很是紧张地看她一眼，十五六岁模样，稚气仍未脱净。司徒绿安慰性地笑一下，女孩反倒更加拘谨，她张张嘴，没说出什么，索性再次看向窗外。司徒绿也顺势看出去，这一带人烟稀薄，只有沿街几家售卖早点的店铺开了门，一家微型超市半开着门，门上贴着一张长条纸，上下写着"因酉"两个大字。类似情况司徒绿在别的地方见过，原本店里销售烟酒，专营管制更加严格后，只好撤下。

"要口香糖吗？"是旁边的女孩，她拿着口香糖罐的手伸到司徒绿面前。

"谢谢。"司徒绿摊开左手，女孩抖出两粒白色口香糖，缩手将糖罐放回随身带着的牛仔小包里。女孩细嫩水灵的手指触动了司徒绿，她把口香糖放进嘴里，凝神细看。女孩比第一眼耐看很多，仍在努力冲破羞涩对自己的束缚，但这种羞涩与突破的尝试结合，让司徒绿对她生出恰到好处的信任。

"这边，还有那边，我以前常来。"女孩指着窗外，是一片别墅区。"这边""那边"是两个建筑风格差异很大的区域，现在都已荒芜。

"常来？"司徒绿忍不住问道。她特别小的时候，这里还有些人住，没多久也全部迁走，留下一大片空荡荡的房屋。随着配套的生活设施被取消，偶尔会有迫不得已的人短暂栖身外，几乎没有谁会在这儿停留。

"是呀。我哥哥常骑着自行车，带我过来，我俩到处跑，在各个房子里跑。找到合适的地方，就停下来，我画画他拉小提琴。太阳快没了，才往家里赶。"回忆美妙，女孩嘴角禁不住漾出笑容，等那甜蜜往下沉了沉，她才注意到司徒绿眼神里的疑惑，随即恍然道："噢——不是你想的那样，我爸爸妈妈只是普通的教师，他们把自己的爱好传给了我俩。小提琴是我妈妈家一代代传下来的，换不起弦，每次拉的时候都特别小心。画画是在哥哥给我做的沙板上……"

"沙板？"

"是呀。他用一块黑漆木板，围上指头宽的木条，找来最细最细的金色沙子，每一次画画，我都把沙子倒在画板上，画完再把沙面抚平，最后装回盛沙子的袋子里。哥哥说，这个画板我可以用一辈子。"

"那好可惜啊！每次的画都留不住……"

女孩笑起来，"不可惜！每一次画完，哥哥都会和我一起看，告诉我他喜欢哪里，哪里还能处理得更好，我们给每一张满意的画都编了号，所以这样的画都保存在我俩心里。哥哥说，等我满十五岁，送我最好的画布、颜料，让我画些别人也看得见的。"

女孩说到后面，声音越来越低。沉默半响，司徒绿伸出手，在她的右手上用力一握。女孩看向窗外，好一会儿才又回过头来。

"谢谢你。没事，就是想哥哥了。爸爸去世后，他说要去挣钱，走了三年多，也没怎么跟家里联系。妈妈身体不好，最近想他想得厉害，我出来找找，要是生日前还找不到，就回去等着他。"

司徒绿松了口气，"你生日是什么时候？"

"还有三个月十一天！"

"你去哪儿找他？"

"西线。"女孩压低声音，"他走后，让人带过两次钱、报了平安，别的没说。带钱的人也说不清他究竟在做什么。两次对照看，是越来越往西边去的。第二个带钱的人说过'他好像要去西线'，又说，'纯粹是猜的'。"

"那你怎么能确定是在西线？"

"我不确定。我沿途找过去，找到西线为止。哥哥以前说起过西线，说一辈子应该去看看。要是有机会，他一定不会放过。"

"你妈妈知道你要去哪儿吗？"

"我和妈妈说要去找哥哥，但没说去哪儿找。妈妈特别想他，但我知道，她是希望哥哥早点回来，这样我俩能互相照顾。妈妈她，她……老是胡思乱想，总觉得身体糟糕透顶，怕是挺不过去。其实……"女孩哽咽起来。

司徒绿再次伸出手，握住女孩的左手，那手冰凉，微微颤抖。"你叫什么名字？"

"小允。"

"小允，你会找到你哥哥，你们一起回到妈妈身边。"司徒绿柔声说。

小允没有说话，她望着窗外，身体不时轻微地惊颤一下。司徒绿也没再说话，她对小允充满同情，心头又总有些微的不安挥之不去。尽管西线令人闻之色变，但从未被宣布为禁区，有人去也算正常，况且这趟车确实往西。只是，偏偏就这么巧？她接到指令上路，同车的就有同去的，而且就坐在她旁边，还这么毫无保留地向自己讲述家庭情况。这预示着什么？

不安让司徒绿沉默。她并未就此怀疑小允，毕竟她只是个不谙世事的女孩，说话的方式、情感流露的自然，都让人相信所言不虚。接下来的路上，司徒绿没再问小允的家事，小允情绪宣泄后，也疲累了，大多数时间都昏沉地睡着。

午饭是在路上的服务区解决的。晚上，则在计划的时间到达东一区。四百公里，走了一天。

车子停在东一区的1号停车站。小允背着硕大的帆布包，还有个用素净的蓝布缝制的拎包，里面支棱出一个木框，一面是黑色的。司徒绿知道那就是小允说起过的沙板，她很惊讶，小允居然带着它出门。

201

"姐姐,再见。"小允说,她又开心起来。"谢谢你。"

司徒绿点点头,她本想问问小允,要去哪儿,和谁在一起,她开始担心起她来。

上弦

东一区曾是屈指可数的大都市,方圆数百里,物阜民丰、水陆两便,财富、消息、人流往来交织,汇聚于此。即便现在,往日光景的残余仍旧撼人心魄。司徒绿从东方之塔上四望,高高低低的大楼、房屋,鳞次栉比排开去,视线的尽头星罗棋布。近处的衰颓肉眼可见,推至远处,一切得以忽略,明晃晃的阳光下,仿佛处处人烟,一片繁华如旧——如同她在得到的资料上瞥见的雪泥鸿爪。

当然,司徒绿知道,视线不需要挪得太远。以外河为界,东一区两岸早就分为无人区和居住区,即使右岸这些年的检测数据证实,仍旧可以居住,但人心惶惶之下,协会还是顺从了民意。如果有个望远镜,从这里将看见空无一人的右岸是何等景象。人的活动退去后,即使受到辐射力量的支配,世界那震怖人心的生机,仍是绝对突破想象的,她对此并不陌生。只不过,规模如东一区右岸这般巨大,让她有所期待。

司徒绿选取五个不同方位,拿出便携式测量仪,测出空气中各项指数,记录下来。情况比她预想的要糟糕,完成团契的任务回去后,她要向部里申请,正式前来进行全面测量。离开之前,她又看了看几乎纯玻璃结构的塔顶内层,通透明亮的旋转餐厅。看得见到处都积满灰尘,看得见灰尘覆盖不住的雅致。可以想象,在它繁盛的往日,每天会有多少人坐电梯上来,在外面的观景层举目眺望,将整个东一区尽收眼底。又有多少人,坐在旋转餐厅的椅子上,享受着美食与美景的双重美妙。都已不再,不止是往日的美好,她从未体会、只能想象的美好,连带那种日子里被视为理所当然的奢靡。

电梯早就停用,司徒绿沿着灰尘、霉菌味道浓烈的楼梯往下。和上来时一样,六十六层的楼数提供没完没了的阶梯,以一再重复的方式,迅速制造出摆脱不了的噩梦幻觉——这现在已经成为东方之塔额外的隐秘的魅力,为少数人私相传诵。阳光猛烈地从楼道高悬的窗户照射进来,增加可见度的同时,也让噩梦的感觉更加浓郁。这样一个阶梯一个阶梯地,一层楼一层楼地,不断抬腿、放下地行进,是催眠的本质,但司徒绿始终保持着大脑的清醒。她在推演,按照部里现有的数据、案例,加上她个人工作以来的实地经验,东一区再有多少年会彻底沦陷,无法居住。绝对不容乐观,这让她很是心痛,同时再度浮现工作中那快成为习惯的虚无感。团契成立的目标什么时候能够实现呢?晚了只怕连施展的地方都没了。想到团契,自然想到这次任务,但她无法往下展开,因为地下二层到了。

这条道是部里前些年来勘察的一位同事告诉司徒绿的。他得意洋洋地回忆,自己如何找到地下一层车库那个入口,绕开水泥、铁丝网、碎玻璃制成的障碍物,从东侧楼梯下到地下二层,再找到西侧楼梯,捅开锁门的挂锁，进入消防通道，拾阶而上。炫耀加上讨好，他对司徒绿有问必答，提供了一份完美的实操手册。尽管将东方之塔纳入"人生必去的十个地方"，但他没忘记告诫司徒绿，治安部抓得越来越紧，"一个人"不要尝试犯禁。司徒绿走在停车场的黑暗中，想着那个同事知道自己无比顺利地上去又下来后，眼睛会瞪得有多大。

小小的喜悦没持续多久。司徒绿侧身从隐秘入口而出，眼睛长闭缓睁，习惯外面的明亮，一眼望见入口前这条步行道的尽头，几十米开外的马路上，停着一辆白底深蓝条纹的车，车身三个深蓝大字"治安部"。紧接着，右侧一声咳嗽，她转过去，是个中年男人，体型甚是魁梧。

"出来啦？上面和你想象的一样吗？"中年男人问。

"还可以。"司徒绿紧盯着对方的移动，又马上醒悟，这不是训练。远处车门开关，下来一人，站在车旁望过来。

中年男人举起双手，在面前的空气中一抹，"别紧张，只是回局里做个记录，缴纳罚款。"

"罚款可以在这儿直接给你们吗？我不需要……"

"哦哦——你要再说下去，就不止是记录和罚款了。"

司徒绿盯中年男人一眼，没再说话。守在车旁的是个三十出头的男子，身量和中年男人差不多，但瘦不少。男子一脸的冷淡，看司徒绿一眼，目光有些凛人。三人上车，男子驾驶，中年男人和司徒绿坐在后座。车上的收音机开着，播音员正在点评什么，"搁置"一词在他嘴里翻来覆去。司徒绿踌躇着，是现在告诉他们自己的身份，还是到分部再说，或者绝口不提？如果透露她是生存部的勘察员，又该如何脱身？如果说了，他们与部里核实，引人猜疑怎么办？就算不核实，留下记录总有后患。犹豫间，她又隐约辨认出播音员话里的另两个高频词"会长""修正案"。

"第十二修正案有结果了？"司徒绿问得急切。

"新闻说，会长决定搁置。"开车的男子答。

"搁置？"中年男子先忍不住，"什么意思，能这么做吗？"

"意思是不再推进，最快三年后才能重启。按照《原则》，会长有权搁置法令、条规，以此暂缓推进或者阻止生效，包括针对《原则》的修正案。不过这是特别措施，随后有详细调查，确定该行为的动机、利益相关，因而整个新文明时期，此前不过两三次。"

"不负责任！""男人皆恶！"中年男人和司徒绿的感慨同时脱口而出，两个人愣了下，没再说话。司徒绿提醒自己，必须集中精神到眼前，可她实在太气愤。

"你的意思是？"开车男子语气冷冷的，仿佛在盘问。

"德不配位。"中年男人的火被拱得更大，"到哪儿去找这样的会长？还最高权力人，推搪敷衍数第一。第十二修正案折腾五六年，理事会总算通过，他给搁置了！他妈的，你是会长啊，你不负责任让谁来负？"

"那他该怎么负责？"

"批准或者驳回，反正不能这么暧昧。

当然，他要是真正负起责任，就该批准。总有人说，第十二修正案是强化男女不平等，要将女人从大多数领域赶回家庭；更刻薄的，说是让女人一生就为繁殖准备、奉献，我不同意。新文明时期，职场上各个层面女性所占比例都在降低，尽管降速很慢，趋势不可逆转。修正案将女性比例强制定为'不低于25％'，这不是退步，是承认事实基础上的有力措施。平等不是最高原则，形式上的平等更不是。"中年男人说到这里，特意侧身对着司徒绿，"你觉得呢？"

司徒绿瞪他一眼，她在心里默念"男人皆恶""拿回世界"等团契教导，以此抑制自己对中年男人口出恶言。当然，她对会长尤其愤怒，愤怒于他不敢跟恶事作对，直接驳回第十二修正案。这愤怒夹杂着庆幸，庆幸自己对协会的运作并不关心，更不寄予希望。同时，还有点茫然，他直接批准不是更恶吗？

"也许——"开车的男子语气毫无变化，"也许搁置就是他的负责呢。"

"你想得太复杂——"中年男人说。

车停下。司徒绿看见右侧挨着路的楼门口，挂着一块牌子，由上到下写着"治安部东一区分部"。

"张哥，你先上去。我和她谈谈——"开车的男子回过头说。

"好。"中年男人迟疑一下，瞥一眼司徒绿，下了车。

司徒绿正琢磨"搁置就是他的负责"，这个角度她还没想过，忽然意识到右侧已空，正要从左车门下，被叫住。

"你是团契的人？"男子转过身，正对着司徒绿。车里光线并不充足，他目光照样剜人。

"我是生存部的勘察员。"司徒绿说。

"哦——"男子并不惊讶，他看着司徒绿。司徒绿拿出工作证件递给他，"所以，你是在东方之塔上检测？"

"对。"司徒绿拿好递回来的证件，她看着对方，也许现在是下车走人的最佳时机。

对方一句话止住她，"'男人皆恶'——没那么绝对。就算成立，也无法由此推导，女人皆善。你知道上一次会长动用搁置权是什么时候吗？几十年前，时任会长……时任代理会长左后石，搁置《性别确认法案》，为继任会长江振华彻底取消该法案，赢得了必要的时间。"

"等等——"司徒绿需要消化这些话，"你怎么知道这些会长的名字？不是历来都只有第几任的说明吗？"

"这些都是基本的事实，不管怎么遮掩，总会露出水面。我真正要说的是，第九任会长姬启是女性。到目前为止，只有这一任会长是女性，但确实有过。88年9月12日，她遇刺身亡，普遍相信，这和她强力推动《性别确认法案》有直接关系。"

"女性会长""遇刺身亡"……司徒绿再度被迎面而来的信息打蒙。她知道协会对各种信息进行筛查，留下"纯净""无害"的部分，但她以为那些隐藏的部分已被团契照亮……司徒绿心里涌起强烈的恐慌，但恐慌中她还是抓住刚才那些话中尖利的部分，"《性别确认法案》什么内容？"

"已经散佚。可以确定的是，比第十二修正案强硬得多。如果通过，丰裕社会将失去巨大的弹性。"

"你是说，这次会长搁置第十二修正案，出于同样的目的？"

"不好说。可以明确的是，明年他就卸任了。"男子说到这里，语气忽然一转，"你还要勘察什么地方？我送你去。"

说着，他越过座椅，伸出右手。"陈聿飞——"

司徒绿盯着他，摇摇头。"不了，谢谢。我可以走了吗？"

"当然。"陈聿飞收回右手，"你很害怕？"

司徒绿收回推开车门的左手，"你很可怕？"

"男人皆恶嘛。"陈聿飞坐回去，"抽象的恶吓倒具体的人。"

砰的一声，司徒绿拉上车门，"先去外河吧，来得及的话，再去内河看看。"

陈聿飞带着司徒绿把东一区沿河地带转了个遍，在每个可以作为样本的地点，都停下来，让她顺利地采集数据。他记忆力惊人，总能在司徒绿采集完数据后，以寥寥数语，描述出这个地方近些年的变化——居住人口的增减、配套商业的盛衰，乃至植物生长的枯荣、种类的更替——这些变化让那些数据在司徒绿心里鲜活起来，让她得到的不是干瘪的数据，而是左右数据的力量。

他们更多的时间花在外河。原本，外河沿岸两侧都有木质步行道，供人们散步、锻炼，但步道的时间太过久远，后来又无法维护，因而破损严重，无法再供人持续行走。陈聿飞开着车，以步行道为基准，带着司徒绿由下游上溯。有时候，能看见一段尚且完整的步行道，就放司徒绿下去，在上面走走，体会一下。只要看见步行道下拐的阶梯，他们就停下，想办法从河里取样，测试河水的质量、数值。和预想的不太一样，不同段位的河水质量差别很大，上游几乎属于安全用水，下游则完全有害。

陈聿飞得知司徒绿的测试结果，很淡然。"正常。上游还是外来的水，下游已经被东一区改造。"

"东一区的水会不经过处理，直接排入外河？"

"要看哪边了。左岸生活区的水会经过基本处理，右岸早就无人居住，谁来处理？尝试过很多次，但右岸就像个大筛子或者浑身都是弹孔的伤员，无法填堵更无法救治，总有污染物从不知道什么地方渗透到水里。你现在明白，为什么越到下游，外河两岸越相像？"

确实。他们作起点的下游，河两岸一样的荒凉，让人心理上一片枯黄。

内河的情况也不乐观，各方面的数据尚在安全范围内，但已逼近上限。在最后一个测量点姮娥桥下取得河水，测得数据后，司徒绿默定了结论，她正要和陈聿飞说，却见第二个桥洞里冒出缕缕青烟。

"那是什么？"

陈聿飞看看天色，"做晚饭吧。"

司徒绿看着他，"有人住在那儿？"不等陈聿飞回答，她起身从河滩来到岸上，但这一侧是光溜溜的条石，上到第一个桥洞都困难，别说第二个。

"这边。"陈聿飞指指另一侧。

司徒绿转过去，一挂拇指粗细的绳子编织而成的绳梯，从第二个桥洞里像藤蔓那样奔下来，她拽都没拽，直接抓住，攀爬上去。青烟绵绵，熏得她眼睛发涩、喉咙发痒，禁不住伸出右手在眼前扇动，好一会儿才适应。桥洞里空间不小，可主体是弧形的，并不实用。现在，依托弧形与竖着的桥体，用木板、砖石铺出高低错落的几个平面，充作不同的生活空间。在最低的邻近这边的空间上，摆放着炉子和简易至极的厨房用具，炉子上一口铝锅翻滚着热气。

高一点的空间，横着一大块木板，充作床，放着叠起来的毯子，毯子旁边坐着一个女人。女人从司徒绿上来后就盯着她，但一动没动。司徒绿稍稍犹豫，绕过炉子，走到女人面前。女人四十来岁的样子，衣着和床铺一样，简陋但仍算整洁，她的眼神毫不浑浊。

"你为什么住在这儿？"

"你走吧。"

"你可以到居住区去，找一份工作，过正常的生活。会有人给你安排房子，即使没有，也可以租。你是因为不愿意嫁人，不愿意委屈自己和男人一起生活，才住在这儿吗？"

"你走开。"

"我们……可以帮你……只要……"

"走开。"

女人打断司徒绿，说完调开目光。司徒绿像根被水长久浸泡的木桩站在那里，她明显感到女人不是因为羞愧或别的情绪不再看她，女人只是不想再和她说下去，仿佛她不是个活物。因此她站着，浑身湿漉漉的空茫，却滴不下一滴清水。等能从空茫中拔足时，司徒绿转过身，沿着绳梯，逃了下去。

陈聿飞还在等着，他抽着烟，望着河面。司徒绿没有理他，疾步向河堤这一侧上下桥的阶梯走去，快要拐弯时，她回过头，绳梯已收上去。强烈的无以名状无从宣泄的情绪涌至鼻端涌进眼眶，她站在原地定了许久，才阻止眼泪流出。随后，她跟在陈聿飞后面，上到车里。

"东一区对她做了什么？"司徒绿不等车开，语气有些恶狠。

"多半是她自己的选择。"陈聿飞不受影响，不紧不慢，淡漠依旧，"东一区像她这样的人不算太少。各个生活区都有……"

"都有不代表可以无动于衷，就算是她的选择，那也是没选择的选择。"

"不一定没有选择，也不是无动于衷……"陈聿飞突然止住，他像是掉进幽深的洞里，许久才爬出来似的说，"不，你是对的。"

司徒绿愣住了，她原本满腔的愤怒被扎了一下，嘶嘶漏气声中，她一时想不明白陈聿飞的"对的"是指什么。

半小时后，他们进到陈聿飞找的一家饭馆，准备用晚餐。一坐下来，陈聿飞又给自己点上一支烟，他抽烟的动作很轻，却少有的专注，仿佛每一口都是最后一口。淡淡的烟雾笼罩着他的脸，让他冷淡的眼变得有些神秘，微皱的眉头见出沉思与沉思的力量。

司徒绿也皱着眉头。她竭力让自己的思绪不粘滞在桥洞里的女人身上，而是再往远推，推到能见到东一区内河外河囊括在内的整体面貌上。是的，在这个推拉结构里，桥洞女人是东一区的一块碎片，极小的碎片。今天的测量结果显示，东一区的状况比她在东方之塔上的猜想更糟糕。按理说，部里的巡回测量组早该留意到，并且上报给部里，提请协会决策。难道是因为东一区人口数量庞大，迁移方案不好决定？

"只好分散到各个居住区。"司徒绿不小心出了声，见陈聿飞望着自己，索性补充道，"东一区这么多人，不可能整体搬迁至一个地方。"

"还有多久？"

"几年时间。早做规划，不会有人被污染，受到次生伤害。你知道？"

陈聿飞摇头，"不清楚详情，但估计差不多。你别太乐观，东一区这么庞大，要能搬早着手了。"

"什么？"司徒绿不可思议地看着陈聿飞一脸如常的淡然，"这不是一句话，是几十万人，咱们今天看到的每张脸在内的几十万人。就让他们等在原地，等着水被污染、食物、土地、空气，统统被污染？等着各种疾病找上来，百般折磨后，要他们的命？"

"能搬到哪儿去？损失谁承担，成本谁负担？"陈聿飞更像在自问。问完，烟雾又拢上他的脸。

"所以，那个女人也应该呆在桥洞里，直到死去也无法获得人的尊严？"

陈聿飞看了司徒绿一眼，没有说话。那一眼的基调仍旧是冷淡，可它让司徒绿镇定下来，让她无话可说。两人就此陷入微妙的沉默，倒还不至于尴尬，只是折损说话的兴致。吃完饭，两人已习惯沉默，更无法在短时间内打破它。于是司徒绿径直坐上车，陈聿飞将她送回酒店。

要下车时，陈聿飞叫住司徒绿。他先点上一支烟，抽到一半，有点发狠有点戏耍地将烟弹出去，看它落在地上。说："好好休息，明天我来接你，咱们换个地方午饭，让你看看另一个东一区。"

司徒绿醒来，已是半上午，回忆得起的，不过一点梦的痕迹。洗漱完毕，舒展筋骨后，她让服务员送了一份东一区驰名的现煮咖啡到房间，品着咖啡，将前一日的测量数据做了整理。

陈聿飞十二点如约来到酒店，司徒绿已在大堂等候。他一身正式的打扮，让司徒绿有些惊讶，她看着那质地优良的西装，收拾得干干净净的头发，整个人洋溢出的抖擞精神，仿佛看到另一个世界的门把手。出了酒店，她才真正惊讶起来——陈聿飞将她领至停车场，走到一辆看起来就很高级的车前，拉开车门。

"你从哪儿找来的车？"车都开了，司徒绿还难以置信，在她认识的人里，还没谁有私家车的。

"我的。"陈聿飞居然有些不好意思。随后，他脸上由里向外，透出司徒绿陌生的神采，"这车好吧？"

"好——"

"岂止好！它就是我的神驹！我十八岁的时候，它就跟着我。知道不再产时，我买了足够的配件，让它能一直陪着我。这么多年——"他抚摸马颈一样，拍拍方向盘，"有它在，就行。"

司徒绿不由得正正身子，初次见面似地看着陈聿飞，"你是什么人？你家里是什么人？"

"没那么夸张。"陈聿飞摇摇头,"不完全是好事。"他意识到什么,住了口,沉默好一会儿,才又说,"都是留下来的,和我关系不大。"

"所以你去当治安员?"

"算是吧。把它开出来不是为炫耀,图个方便,另外也……打个预防针吧。"

司徒绿没明白,但她没往下问,两个人又沉默下来。车经过几条街区和一个荒废的工业园区,进入一段下沉的隧道。隧道没有灯与光亮,开着车灯,还是显得特别深邃、漫长,几乎让人以为进入了黑夜。然后,车在隧道尽头的一堵墙面前停下,陈聿飞关闭车灯,那堵墙发出荧荧蓝光,似乎在以扫描的方式,确认这车和车上的人。漫长的五分钟后,蓝光熄灭,那墙向两边裂开,光涌进来。

开始的眩晕后,司徒绿看明白,眼前是隧道的尽头,是一条正常的路,和他们之前经过的路段差不多。只不过,道路两旁的破败景象一扫而尽,大片的树木、花草,其间掩映着高低错落的建筑,颇为素净。异于常情的是,这些建筑几乎都没玻璃或者采光口,因而更像堡垒。车前行十数公里后,是一片山崖,不算高大,可奇石巨岩错落堆垒。路分作两条,从不同方向通往山的两侧,陈聿飞驾车上了左面的道。沿途,那堡垒般的建筑更密集。

行到山脚下,奇石巨岩之间,筑有与山体同色的铁灰色城垛,形成天然、人工结合的工事。城墙上毫不遮掩地,有身着制服的武装在巡逻,垛口更露着黑洞洞的枪口。

"防护这么严密?"

"真正厉害的你看不见。"陈聿飞说着,车到了城门口,经过更为费事的检查之后,他们才进去。

城墙洞比隧道短得多,前方就有光,开过去别有天地。山崖背后仿佛小型盆地,是方圆数十公里的平地,长势良好的稻田。这一切都具备了超出司徒绿理解的洁净,简直就是刚刚被人洗好,摆放在这里。就连头顶的天空,也纤云不染,蓝得如同被调试好的。车向下继续行驶,数百米后进入一片松树林,林子尽头是又一道门。这次简便些,陈聿飞下车在门口的仪器上核对了瞳孔、指纹,门无声打开。

门背后是盘旋下降的坡道,显然进入了地下世界。到处是数米粗的柱子,到处有垂直或倾斜的采光口。因为整体下凹的设计,更因为面积足够大,这儿并不显得幽暗,反而像是一座巨大的地平面以下的园林。各种司徒绿从未见过的树木、花草,蓊郁挺立、奇艳夺人,甚至还有她未曾见过的鸟类与蝴蝶。树丛间是一栋栋独立的灰色房屋,但车子在仅容两辆车的小道上蜿蜒而行,转了无数个弯之后,停在一栋灰色的三层小楼面前。

车门打开,一位满头银发的老者和两个干练的年轻人,已等在楼门前的台阶上。老者快步下了台阶,看步履、身姿可知其身体硬朗程度,陈聿飞等在车旁,任老者走上前来鞠躬,才点头回礼。

"陈先生,你可许久没来了,我们都很想念。"老者说完,冲司徒绿鞠躬,随后转身引路。

陈聿飞呵呵一笑,也不答话。

上得台阶,老者挥挥手,两个年轻人

分立左右，待司徒绿和陈聿飞上去后，一人跟着一个。司徒绿四望，这片区域如在碗底，上呈圆周与地面相接，直径数公里，下落数十米。远处城墙上，近处关键位置，皆有重兵把守。

"今天将军也在，要不要见一见？"老者站在楼门前，躬身让二人先进去后，才又跟上来，问到。

"今天就不见了，我这朋友认生，见到将军反而拘束。"

"那我们直接到三楼。"老者这次紧跟着陈聿飞，保持半个身位的距离。进到楼里，反而像是外面空间的延伸，一丛丛竹子完全消解掉建筑感。每一丛竹子都不一样，有高大的望不到尽头的，显然是主体，也有分隔空间、自成一片小天地的。幽篁深处，是仿若拟体的电梯。

电梯在三楼再度打开，是另一番天地。仿佛一座庭院内的庭院，白墙灰瓦，廊庑相衔。顺铺着白石的小径，他们进到里面一个房间。房间朝外的一面完全透明，因而如同置身满室的奇花异草之中。房间中央是一张木质圆桌，旁边摆着两把椅子。

"二位请品茗歇息，我去稍作准备。"老者说完，带着两位年轻人走出房间。不一会儿，一个形貌端丽的女孩捧着茶具进来，给两人各泡了一杯绿茶。司徒绿并不懂茶，可那茶气入鼻、茶味入口，她就知道，自己此前的嗅觉和味觉多么残缺。这判断等到老者安排的菜陆续上来时，更加笃定。这笃定背后的怀疑，几乎让她疯狂——这些气息、滋味之前都在哪里？

菜品并不算多，两个凉菜，四道热菜，一道汤。菜的形制很精致，分量不多，可供两人七八分饱。但足够！也许老者认为在陈聿飞面前饶舌未免失礼，每道菜只报了菜名，处在震惊中的司徒绿却一个都没记住。唯一还有点印象的，就是七个字的那道菜似乎出自一首与雪有关的诗。这些根本不重要，重要的是，那些食物进到嘴里时，证明了它们来自一个陌生的或许刚刚诞生的世界，是她从未领略过的。即使她的身体只能感受到其美妙的几分之一，也足够开发出全新的感官。

整个用餐过程，司徒绿都一言不发，外人看来，她沉浸在美食中，却不知道她身体里在持续爆炸。陈聿飞开始还介绍两句，这是什么，那是什么，极其简洁，很快他也被司徒绿感染，不再说话。

饭后，两人又各自品完一杯咖啡，这才由老者送到院子门口。上车后，陈聿飞就掏出烟来，点上一支。感官刚刚被拓展和重塑的司徒绿，闻着前两天还能接受的烟味，忽然整个人都不由自主地感到一阵厌恶，按下半截车窗。

"劣质烟的味道确实不好受。不过，不想天天生活在那个地方，就得习惯这个味道。"陈聿飞说着，使劲吸上一口。

这句话陡然让司徒绿从感官丰沛的眩晕中清醒过来，她暗自责备自己，怎么如此轻易就忘掉究竟是干什么来的。她迅速回想一遍整个过程，要自己记住，训练和真的执行任务，不可同日而语。

陈聿飞再次看破她的心思，"犯不着责备自己，谁都抵御不了，我每次来都会生出不想回去的心。"

"那是什么地方？"司徒绿察觉问得不准确，更正道，"另一个东一区是什么意思？"

"另一个东一区，也可以说是真正的东一区。谁知道真正的意思是什么。传说中的，流传下来的，没谁见过，只能凭借传说和想象臆造的，或者，真实的。见到亲历过的人，听他们说，还能够捕风捉影。对咱们来说呢？就是美好的想象或者臆想。再往后呢？它多半也会消失。

"有人认为，咱们刚才见到的才是生活，才是人应该生活的地方，才是生活应该的样子。所以，他们建造它，保留它，渴望一直生活在里面。那当然是好，可是……"陈聿飞的严肃中掺杂着司徒绿无法明了的情绪，她等着。许久，他也没有继续说下去。

"为什么带我去那儿？"

"主要原因，算是对昨天的话做个说明。那个地方，安保极其严密，各样物质、用品的内循环臻于完善，更有医院、学校等配套设施，数千人生活数十年、上百年甚至更长久，不成问题，维持它可比搬迁、安顿几十万人容易得多。"

司徒绿现在明白，愤怒是最无用的。因此，她听完只是沉默好一会儿，"次要原因呢？"

"你应该知道有这样的地方。丰裕、匮乏之间有很多过渡，哪个区域都有其关于尊严的理解。"陈聿飞话锋一转，"你接下来有什么打算？"

昨天他们去了客运站，东一区前往东三区的车是三天一班，上一班昨天才走，司徒绿还不知道等候的这两天做什么，"……等有车时，去东三区。"

陈聿飞专注地抽完这支烟，等了等，说："明天我送你。"

司徒绿愣了下，看着他，"为什么？"

"第一次这么近距离接触团契的人——"陈聿飞戛然而止，又取出一支烟，先横在鼻子上闻闻，这才点燃，让自己的脸再次被烟雾笼罩。

司徒绿说不清是被这话还是动作冒犯，但怒火升腾的瞬间即被扑灭，她提醒自己不要太敏感。更重要的，这也是她第一次近距离接触陈聿飞这样的人。

"好啊，谢谢！"她看着陈聿飞，"希望你还能带来惊喜。"

九夜

"治安部管理这么松懈，不用上班？"

"要不要从生存部转过来？"陈聿飞难得地笑了一下，即便笑得清汤寡水，"几天的机动任务时间申请得出来。"

司徒绿没再说话。她本想问他，昨天那句让她不快的话如何理解，但她从陈聿飞的笑里感到，虽然他仍旧保持着距离，但冷淡有所减轻。揪着不放，倒显得自己小气。何况，他现在又是人车合一的模样，仿佛安居在驾驶座上。她看着眼前的路、车窗外的景——其实没有什么可称为景的，就是离开东一区不久，城市残骸般越来越荒凉的破败——但她的心思，还是落回昨天。

"昨天你带我去的地方，有多少年了？"

"一开始就有。比新文明早，比……东一区早。"

"我说的是具体的地儿，现在那番模样。"

"那也很早。旧文明时期，各个国家、不同城市，都有地位、贫富差异，一些人的生活条件，对另一些人而言，胜过神仙皇帝，超乎他们的想象。"

"进入新文明时，这些不都消失了吗？"

"短时间内，确实消失了。随后又开始变化，一切都回到熟悉的路上，变本加厉。昨天咱们去的地方，这十年来，每年都变得更加……逸出现实，这一个现实。"

"既然有那样的地儿，你是其中的成员，为什么又要生活在外面？不允许人在里面生活吗？"

"允许，鼓励！有些人一直活在里面——"陈聿飞点上一支烟，悠悠吐出一口，"那也没什么意思。那样的地方，有它在，想去能去，就可以了。还是活在外面好些，外面的世界不可预料。"

这话让司徒绿非常恼火，"不不不，你不是活在外面，你只是在外面猎奇。你这个样子，根本无法体会，活在外面究竟是什么滋味。"

"是吗？"陈聿飞并未如司徒绿料想的那样，深受刺激，他只是带着探究，凝视司徒绿好一会儿，笑了一下。

汽车正开过也许是作为标志也许是作为建筑奠基的一堆剁形混凝土，混凝土的一侧支棱着几根裸露的枯枝般的钢筋，钢筋上站着三只灰色的鸟。在车头和它们站立的位置齐平时，三只鸟蹬腿振翅，飞起来，一只径直向上，两只掠过车头，消失在视线里。

司徒绿的思绪继续回溯。樱桃园里培训时，没谁告诉她，日常生活外，还有另一个世界。新文明以"平等"为根基，她不会幼稚到相信平等已经完全实现，可也没想过，不平等还会达到这个地步。团契认定，现有的糟糕局面，完全由男女之间的不平等造成，是愚蠢、邪恶的男人管理世界，才把它搞成这番模样，因此要用一切办法、手段，从男人那里，把世界拿回来。不过……显然没那么简单。

司徒绿又看看陈聿飞，"你前天提到的那些内容，历任会长的名字、他们的事迹、《性别确认法案》的推动与废除，等等；你昨天带我去的地方，有人在那儿长久经营——这些事，团契都知道吗？"

"团契几十年发展下来，对外仍旧神秘，但它的能量怎么估计都不为过。"

"那它为什么要……要对内遮蔽信息？"

陈聿飞仿佛在等待仿佛在思索，然后以问代答，"你觉得呢？"

"我觉得——团契长期对抗协会，可能被同化了，为自己认定的目标，不拘泥于手段，因此对内同样有选择地提供信息，以便……以便保持成员的向心力。"这番话说完，司徒绿才体认到，她身上电流般战栗的是震惊，"我觉得——团契也可能不是刻意遮蔽信息，而是对信息分层设级，提高接触的难度。很多信息未必适合所有成员，需要知道的、应该知道的，经由机缘也好追索也罢，总会打通关卡，得到它们。"

陈聿飞深看司徒绿一眼，"第二个可能是出于情感，还是判断？"

"两个都是判断，也是我……第一次这样想。"

"什么促成的？"

"另一个东一区……那个女人……你的

话……嗯……那个女人更重要。我以前认为，女人要么是团契的成员，是有力量的颗粒，要么只是尚未进入团契，是需要我们帮助的人。现在……这之间有巨大的裂隙，有些人愿意待在裂隙里……"

陈聿飞沉默了一会儿，"两种可能都有，也有可能是两种掺杂。团契与协会和任何组织一样，有稳定的运行结构，但又由单独的个人组成。每个人都是有力量的颗粒，每一个颗粒都蕴含着变异。"

这话像黑暗里的微火，让司徒绿似有所悟又难以明了，她正要接话问下去，猛然的撞击袭来。那力量同时到达她的腰、肩、背、颈，爆炸一样，在腿上、脑袋里，沿所有的血液和神经，轰然扩散、加剧。与此同时，甚至略微领先片刻，她在后视镜里看到一只黑乎乎、金灿灿的钢铁巨兽，扑了上来，她的左手忽然被另一只手紧紧攥住，仿佛再不会松开。

宵

——月亮。我的月亮。你的冷光请沿着我的手指往下，请让我在沙漠中，在冷的黄沙堆里，看你圆圆鼓鼓地升起。到半空，你膨胀，把自己越撑越肥，越肥越白，然后破裂成碎片，四散开来。不是爆炸，没有响声。

——走不行，只能跑。必须用尽全部的汗水，在这条滚烫的道路上，跑下去。跑尽汗水，就流泪吧，就流血吧。反正只要还跑着，必须有什么从身体里流淌。每跑一步，脚掌的纹路、脚趾的形状，都在路上烙下一层。我知道，它们越来越薄。

——就是那把刀子吗？就是递到手里来，刀柄有着一圈圈螺纹，刀身吐露暗光，刃口如雪，刀尖似电，看一眼都后悔置身于此，又因后悔而对这一选择充满骄傲的那一把吗？你说捅，你说刺，你说扎，你说划，你说要命，你说要敌人的命，你说要那些并不把我们当人的敌人的命，你说要那些并不把我们当人只是当成工具的敌人的命，你说要那些并不把我们当人即使当人也是低他们一等几等的工具的敌人的命。

——火！火！火！火！火！火！火！

——看着我。我要你看进我的眼，里面有一个人，面目不清，你想要是他，那你必须看着我眼睛里黑色的部分，让白色的部分退下。是不是轻而易举就看穿看透，看到我眼睛后面脑子后面的墙，看到墙上空空如也，并无阳光照射投下的影子？还得往回看，从墙上收回目光，只看着我的眼，眼里坚实，无可突破。你为什么要回头？

——以尺子测定距离，一毫米、一厘米、一分米、一米、一公里，时间宽裕，不紧不慢，总会测量清楚，从水面到水中之月，究竟有多远。没人晃荡，大地也不震动，月亮是稳定的。麻绳、皮绳、毛线、电缆……通通系在它上面。一、二、三，轻轻松松，月亮从水里拔出来。

——超越计量的自行延伸的钢铁，横平竖直，铺满原野。取规整而简略的矩形，分割空间，光线与影子由此扁狭，时刻准备走出。各部位同为矩形的人走进来，他们分布在不同空间，据守一方，敲击钢铁传递信息，舔舐钢铁解除饥饿。每次露水降落，钢铁和人都长出鱼鳞状的锈痕。时日推移，渐成通达永恒的废墟。

渐盈凸

"司徒——司徒——司徒——"犹如吟唱，喊声在耳边重叠，司徒绿跟随它的指引，先有微弱的光，然后是绵软的水，再然后，是成片的如实似空的灰色。如风拂过水面，灰色开始伸缩，在某个不预知的瞬间，定格。上面被纵横交错地分割成一个个小格子，几根同样灰色的横梁结构支撑着。意识清明起来，司徒绿明白自己正盯着房顶，随即明白，她正躺在床上。目光下移，能看见一片白，是床罩和床单。陈聿飞的脸伸过来，焦急、悲伤、探询，瞬间更换为欣喜。

他张张嘴，声音延迟好一会儿，从喉咙里出来。"你总算醒了。这三天真是漫长。有没有觉得哪里不舒服？"

"我睡了三天？"司徒绿开口，发现嗓子干得快结痂，连一句话都要送不出来，陈聿飞拿过一杯水，将吸管送到她嘴边。焦渴得到缓解，气力与精神开始恢复，司徒绿吐出吸管，撑着自己坐起来，靠在床头。又问："三天？"

问完，扫一眼室内，它的狭小超乎想象，只另有一张单人床。她问："这是哪里？"

陈聿飞放下水杯，在另一张床上坐下，"是三天。出事那一刻，你就睡过去了。不是晕倒、昏迷，一点硬伤外，各项检查都很正常。可你就是睡着，不睁开眼，喊不醒。偶尔嘀咕几句，我能听清，但不明白，

说是诗不为过。医生说这是保护性睡眠，自我保护。就像进入只能自己从里面醒来的梦乡，那些话是梦话更是梦中的旅程。所以，第二天他们就把你转移到这里，让你睡个够。"

司徒绿想起了大货车从后面撞上来，还有攥住她手的手，她下意识地看眼陈聿飞的右手。

"这里是东三区。待会儿出去，你就能看清楚它的面貌。听说当时区域划分特别仓促混乱，毫无条理——可能有，但绝对只有那些划分的人才掌握——"

门开了，一个护士走进来，她脸上的雀斑富有青春气息，与眼角、嘴角细细的皱纹毫不相称。护士看见司徒绿坐着，并不惊讶，她让陈聿飞出去后，用听诊器在司徒绿的前胸、后背，仔细听了一番。

"没事了，你现在就可以出院。"

走到院门口，司徒绿回头看这栋灰色的二层小楼。她已经知道，这是东三区医院，整个东三区唯一的医院。它被院墙围着，包裹着，像是小小的盒子。

车就停在院门口，还没来得及整修，留有刮擦的痕迹，副驾驶一侧的车窗玻璃有道裂纹。陈聿飞拉开车门，发动车，炫耀或者验证似的，兜一小圈，停在司徒绿身边。

"现在知道这神驹的厉害了吧！要不是它，咱俩就算活下来，也得在医院躺上一两个月。好家伙，当时整个车腾起来，甩出去老远，又在地上滑出好长距离。撞上的当口，气囊就弹出来，别的保护措施也启动，我就在一团白色里，看着天地在眼前加速，只想着……可别受伤。"

司徒绿感到手还被紧紧攥住，她现在知道，那是真实发生的。她问："整个过程你都清醒？"

"运气不错，那货车刹车突然失控，总算速度不太快，咱又坐在这车里。"

司徒绿尽量让自己的语气显得不经意："真是意外吗？"

"调查结果确定是意外。货车的线路，司机的背景，都没问题。出事后，他迅速停下车，跑过来，我掏出证件，他协助我，开车带你到医院。"

司徒绿贪婪地抓住陈聿飞的话，嗅到有用信息：他对调查结果存疑，他治安员的身份起了作用。最坏的猜测，是她的行踪暴露，引起对方——她并不知道这具体是哪一方——怀疑；乐观处在于，即使这样，对方仍不知道她肩负任务的分量——当然，也有可能这个任务本并没多大分量，那个需要被她收割的人并不是什么了不起的角色——虽然这与任务本身的复杂程度并不相符。

陈聿飞等了一会儿，犹如在等司徒绿消化完方才的信息。"本来打算多送你几天，看来不行了，得先回去。"

"现在就走？"

"不，送出东三区，送到桥那儿。东三区太难走，不可能现在丢下你，谁知道什么时候才能碰上车？"

司徒绿没再往下说，陈聿飞说得有道理，不能在东三区耗得太久。

车驶离医院很久，从后视镜或者回头看，哪怕是头伸出车窗回望，都已看不见医院，最多能凭借印象，感到后面靠近地平线上有个灰色点。这并不重要，因为视线所及，全是灰色，生锈的丧失本来颜色的灰，接近灰烬的死寂。并不是说这里毫无人类活动过的迹象，恰恰相反，到处都能看得见人为的痕迹，低矮的连绵的建筑不用说，坑坑洼洼、破烂不堪的道路不用说，就是连绵的田野、田野旁边的树木，还都看得出被人整修、种植、培育的模样。但所有这一切都只提示"曾经"，曾经的规划、繁荣、生机，现在全部蒙上时间的灰烬，灰烬的灰色渗入所有事物的内里，再返出来。

黏稠又浮动的灰色感染力强劲，即使草和树还点缀着绿叶、红花，即使河流还清澈，天空还瓦蓝，都在感官里被灰色淹没，只留有一点理智确认的余音。汽车在这灰色里行进，如同灰鼠爬进沼泽，绵延无尽，泥淖深滞。要不是道路过于糟糕，不时将汽车抛起、掼下、甩动、摇晃，只怕司徒绿、陈聿飞很快就会沉入灰色的梦里。

司徒绿觉得自己说出的话都是灰色的："怎么会这样？"

"东三区傍东河而生，居住区和种植区都依赖东河水，东河污染后没有及时采取措施，整个区域饮用水和工农业用水都被污染，当时疏散了所有的人。一百多年了，汽车偶尔经过没问题，长期居住还是不适合。看这死寂的样子，不知道要经过多少年，才能恢复生机。"陈聿飞说到后面，感慨起来。

司徒绿没应声，她本想说人的自愈能力强盛，只要条件适宜，不用多久，这里又会人烟稠密，可这里的情况和人的自愈并无多大关系；她还想说，大自然才不会在意这些，它自有其运行方式，但如果人类不在其中，也没什么可说的。

她捡了个陈聿飞肯定能说的话题："医院为什么能留下来？"

"有点儿传奇。本来早荒废了，三十年前，有人不想太绕远，穿过东三区。发现医院重新整修，有人居住。是个自称姓卓的七十多岁老人，说他父母都是原来医院里的人，离开之后总是惦念故土。他一把老骨头，得满足双亲遗愿，便带着他们的骨灰，找了回去。埋葬之后，喜欢上那儿，就把医院收拾出来，为过路人诊病给药。慢慢地，医院得到一些资助，在器材、药品上都有质的提升，护士、医生来了好几位，来往的司机、行人方便不少。"

"卓医生后来怎么样？"

"病故了，肝癌。"陈聿飞不安地看看司徒绿，"老人当时八十多，有人说他患病和住在东三区有关，他倒是安慰说，这个年龄，就算生活在保护罩里，也该到点了。"

司徒绿不想再说下去。有种奇异的情绪从她胸腔升起，弥散全身，很难说是悲伤，毕竟她和卓医生素不相识，而且他说得没错，八十多岁，发生点什么都不意外。可她还是心绪难平，仿佛看着事情发生，自己应该做点什么而没做。

沉默就这样不可挽回地充塞在两人之间，加上灰色的延伸，让司徒绿在汽车的颠簸中，睁着眼睛，陷入半睡眠半抽离的状态。灰色中，天光与路旁景致的转换，被她收在眼底，可又漂浮而过。到了检查站，陈聿飞下了车，看司徒绿毫无反应，再次呼唤她时，司徒绿觉得自己既经过了无限的时间，又只是跳跃了一个瞬间。她推开陈聿飞伸过来的手，把着车门，跳下来。

一股热风吹来，身上顿时有汗，让她彻底清醒。检查站在河的这一岸，想要过去的每个人都得排队，检查证件、核实身份，得到一个通行证，凭此过桥。已是黄昏，但检查站前面仍排着长长的队伍，有独自的有结伴的，真不知道这些人是从什么地方冒出来的。

"你回去吧，我拿到通行证就找个地方住下，明天再走。"

"你排队，我去停车，一会儿送你到住的地方。"

司徒绿咬咬嘴唇，没再说话，走过去，排在队伍的后面。队伍虽长，排在里面却并不焦躁，一方面是继续有人加入，没多久就在司徒绿身后接出一条尾巴来，另一方面，队伍的移动不算慢。结伴而来的，自然有说有笑，独自排在里面的，大多数也和前后的人寒暄几句，聊得投机的，就像密友一样，从去哪儿做什么，迅速谈到家里人的状况，表达起思念、忧虑，或者予以理解、宽慰。

司徒绿没想和人交谈，这一气息应该散发了出来，因而没有谁主动和她攀谈。她就这样往前挪动，复盘着过去几天的事。那场车祸真的是意外吗？陈聿飞回答"调查结果确定是意外"，听来是肯定，其实是回避，或者说是"官方回答"。有结论，但这个结论未必能说服他。但一定要说是蓄意，也不确凿。这种方式很笨，容易留下线索，更关键的是，对方并没有要她的命。因为陈聿飞亮明了治安员的身份？至少说明，对方对自己的意图并不完全清楚，或者断定她的目的、目标没那么重要,不值得冒险杀死一名治安员。或者,这根本就是个试探,可试探什么呢?陈聿飞与她和她背后的团契的关系?试探他们会如何反应?

说到反应,陈聿飞回去无疑就是,可这意味着什么呢?司徒绿无法确定。是撇清关系,是由明转暗,甚或是黄雀在后?她摇摇头。陈聿飞是什么人、有什么目的,都还未知。那,不排除陈聿飞以此试探,看看她的反应……

"想什么呢?"陈聿飞站到司徒绿身旁。

司徒绿低下头,"没什么,这几天……恍如梦里。"

"是吧,我也有点。"陈聿飞咳嗽一声,想要再说什么,却卡住了。

两人无话,继续随队伍往前蠕动。离检查站窗口还有二十来米,就听见哀告"求求你,给我个通行证吧。让我过去,我必须找到我哥哥"。声音并不尖厉,拖着长长的哭腔。司徒绿一震,看过去。窗口旁边,挨着正在核验身份的人,站着一个人,半扒着窗户。光看这瘦弱的背影,她就知道是谁。

示意陈聿飞站到队列里来,司徒绿快步上去,正听见有人议论"小姑娘真可怜""一个人往那边走太危险"……窗口的办事员正伸长脖子说:"孩子,回去吧,我只能按规定办事,帮不了你"——她伸手抓住小姑娘扒在窗户上的手,往后一拽,嘴里嚷着——"不是让你等我吗?怎么自己跑这儿来了?再这么淘气不带你了。"

小姑娘一惊,认出是司徒绿,顿时由惊转喜。司徒绿拉着小允,回到陈聿飞身旁,拿出手巾,擦了擦她那张眼泪泡花的脸,示意她先不要说话。陈聿飞看着这一幕,什么都没说。

没多久轮到司徒绿,她拿出工作证件,从窗口递进去。不等对方说话,又指着小允,"这是我的助手,她的通行证也请开出来。"

一张少见的圆滚滚的脸伸到窗口,仔细盯着小允看,小允马上说:"我叫罗小允,协助工作。"

司徒绿看着那张在灯光下尤其发白的脸和那双细小的眼睛,说:"我有权限根据情况,聘请一两个助手。"

那张脸迅速抬起来,盯着司徒绿,沉郁的表情一下子融化,双眼带出笑意。随后,她坐了回去。不一会儿,递过来两张通行证,"女士,给你的助手开了张特别通行证,只要她不离开你,后续检查都没问题。"

司徒绿原本担心会出状况,万一检查站去和部里核实,虽然她在休假,出现在这里以及小允的事都有办法解释,但无谓引起注意总是不好。没想到,事情以如此转折的方式顺利解决,于是,她拿过通行证,由衷地说:"谢谢!谢谢你。"

从检查站出来,小允反而沉默了,她只是紧紧攥住司徒绿的手,生怕她一不小心撒开自己的样子。陈聿飞开车带他们找了一家离得不远,条件还可以的酒店,先在酒店用了餐,这才道别离去。

进了房间,司徒绿这才细打量小允。比起初见时,小允见黑见瘦,可见这几天受了点罪,眼睛倒还是那么亮,盯着人看,让人心里又暖和又惭愧。小允仍旧没怎说话，但人松弛下来，就是特别依恋司徒绿，形影不离地跟着。

洗漱、收拾后，司徒绿见小允瞌睡上脸，自己也委实疲累，便各自上床，说声"好好睡，明天再说"，两个人沉沉睡去。

小望

"哥哥有个好朋友孟哥，他俩一起长到十五岁，那时候经常来家里玩，爸爸妈妈很喜欢他。后来，他爸爸工作调动，去了东一区。但和哥哥还经常通信，攒出钱来，他们也通个电话。他考上大学那个暑假，来家里住了几天，和哥哥好得就像从未分别。我拿着哥哥留下的最近一封信，按照地址找上去，孟哥已经搬走。邻居热心得很，给了新地址，找上去还是不在。不过这次的邻居知道他住哪儿，直接把我送过去——"

从离开酒店，找到一家早餐店，坐下来，小允就开始说。她和司徒绿在一起特别开心，说起来就有些碎。司徒绿喜欢听，小允那清脆的声音招她喜欢，那些碎而密的话让她可以舒心地不去想别的事。

"孟哥家里也不大，有个新冰箱。家里的冰箱坏了后，我再没吃过冰激凌。就没忍住，吃了俩。解了馋，可也没那么解馋——现在的口味比以前少多了，味道也没那么好。我在孟哥家里住了两夜，他四处打探，没任何哥哥的进一步消息。到第三天，我不想再等。孟哥劝不住我，就给了些钱，又托人打听往检查站来的车辆，到下午才找到一辆货车，我就搭顺风车，往东三区来——"

"一辆货车！"司徒绿出了声，她当然知道没这么巧。两人已到桥头，检查员仔细核对了他们的身份证件与通行证，目光在小允的脸与证件上好几个来回，看得司徒绿心慌，到底没说什么就放行了。司徒绿心情大好，背上大包、挎着小包，牵着小允的手，走上桥。尽管桥面宽阔、桥梁结实，但足有四公里长的桥还是越往前走越感悬空，仿佛两头都在现实之外，只剩脚下不知道在风里还是在心里晃动的桥和桥下颜色混杂的江水。司徒绿松开攥得过紧的小允的手，问："货车一路上顺利吗？"

"不顺利。听说一般都走西面，沿着离江不远的平原上的路，这次师傅想节省时间，就走了东面。是能近不少，一段两小时的盘山路外也不危险，可刚上山车就坏了，师傅怎么也修不好，只好原地等着。我陪他等了一天一夜，后来发现他不知道要等多久，决定不等了，又没别的车，只好往前走。姐姐，路上一个人都没有，可我一点儿都不害怕，你知道为什么吗？实在太漂亮了！没多少树木，更没花草，到处一片灰，可那些山的轮廓太漂亮了，就像雕琢出来的，离得近的山上能看见石头，不算巨大，每一块都像刚烧制好的积木，边缘很毛糙。可以把它们想象成任何东西，还有待加工的东西。我在山顶坐了好久，把喜欢的都画了一遍，这才心满意足地继续走。带的吃的吃光了，夜越来越深，到处都是月光，我怀疑自己走错了路，这才害怕起来。再转过一道山梁，看见废弃的石林公园里有火光。我顺着岔道跑上去，是三个哥哥姐姐在野营，他们烤着肉，喝着啤酒，完全不像这个世界的人。他们分给我吃的，还给我罐啤酒，我也没客气。"

已到另一侧桥头，再次检查了她俩的身份证明及通行证，放了行。司徒绿带着小允，在停车场穿梭，想找一辆去东八区的车，准备到那儿再决定如何继续往东二十四区走。听了小允的话，她停下来——正如小允说的，那三个人的悠闲放松，完全不像这个世界的——现在，她得说，完全不像她熟悉的这个世界的——可他们也给她另外的并不相干的启发。

"小允，咱们再抄个近路怎么样？不走东八区去东二十四区，直接走东九区过去。那一片是废弃的工厂，危险是危险，但可以省两天时间。"

"好啊！我听姐姐的。那三个哥哥姐姐，他们是东一区的，就是想过一天不一样的生活。整个晚上，我都和他们玩闹，天快亮时，大家才睡下。睡到中午，他们本来要直接回去，听说我的情况后，就先把我送到检查站了。然后——"

小允说到这里，露出在东一区道别时的笑容，看着司徒绿，说："然后，我就碰见姐姐了。"

东八区是巨型生活区域，其周边密布着各种工业园区——东边是钢铁产区、南边是核电区、北边是汽车制造基地——很多年前，东八区的繁荣无序超乎想象，这一点从它所占的面积、残余的迹象，都看得出来。按原计划，今天乘坐公交车或者顺风车，没特殊状况，晚上能赶到东八区，但司徒绿知道，东八区前往东二十四区的道路常年损毁，协会已经无力维修，只能依靠司机与行人自发地填坑续断，一旦遇上事故，堵起来没完没了。

与其这样，不如冒险走东九区。虽然东九区的钢铁厂在地震中遭到毁灭性破坏，但至少它没有严重的辐射，危险却不致命。打定主意后，司徒绿和小允从停车场旁边超市买上足够一天用的面包、饼干、水，又拿过四个盒装牛奶。原本行李就不少，加上这些食物，更见繁重。好在不去东八区后，顺风车要好搭得多——不管是周边什么地方，大部分都会往东九区的方向走一段——两人在路边等了不到一个小时，一辆红色的敞篷跑车就停下来。开车的是个爆炸头的女人，三十多岁模样。她把包裹、行李放在前备箱，让司徒绿和小允坐在后面。

这一段路况很好，车的性能更佳，即使坐得不是特别舒展，即使车上放着从未听过的躁动音乐，司徒绿仍很快睡着。梦中，她再度回到樱桃园，当初受训的地方。一切都如此清晰，有颜色有声音有明暗，绝不可能是幻境，但没有一个人，各种设施、建筑统统消失了，只留下一棵棵樱桃树，树叶深绿、果实艳红，她踮起脚摘下一把，再要放进嘴里时，发现那是一把晶莹的露珠。这时，樱桃树晃动起来，将她摇醒。车停下了，小允下了车，站在她这一侧。

女人还在驾驶座上，从后视镜看着司徒绿，等她彻底醒过来，才也下了车。女人拿出行李，看着装在塑料袋里的食物，皱了皱眉，拿出一个布袋，将它们装进去。布袋不小，装进食物后，还可以放进司徒绿的小包。

司徒绿感激地接过布袋，斜挎上。正要道别，女人止住她，又从前备箱里掏出一根电棒。

"你俩小心点,听说东九区现在有流浪汉出没。"见司徒绿迟疑,她笑起来,"拿着吧,我有防身的,比这个暴力。"

女人的笑声很好听,司徒绿感到再说什么都多余,接过电棒塞进布袋里。她伸开双臂,女人再度笑起来,有点不好意思地和她拥抱了一下。

"我也要,我也要。"

女人大笑,和小允紧紧地拥抱了好一会儿,摸摸她的头,上车离开。

看着女人的车消失在远处,小允忽然转过来,认真地看着司徒绿,说:"姐姐,我要你抱我。"

司徒绿也大笑起来,索性放下身上的包与布袋,紧紧地抱住小允,感到她咚咚的心跳和自己的合二为一。松开后,她在小允的额头上吻了一下,"这下满意了吧?"

小允开心地蹦跳了两下,往前走去。司徒绿背上包,挎上布袋。起初这一段路还好走,是通往钢厂后门,沥青早已破碎,垫的钢渣也所余不多,间或还有一丛丛杂草,但路的模样还是清楚可辨的。再往前走,就进入钢铁厂的区域。这么些年过去,钢铁厂的界限还在,以一道半坍塌的围墙为标志。不过大门早已摔倒在地,不费什么力气就能进去。

地震对钢铁厂的破坏比想象的严重得多。目力所及,都是震散甚至震垮的建筑,让人怀疑,是不是地震只发生在院墙以内。钢铁厂就像个巨大的独立王国,现在这个王国成了废墟,但还保留着遗骸。纵横几条道,每条道上都有指示牌,交叉路口的尤其明白,有些地方甚至还竖着钢板的厂区详图,标识出"你在这里"。有的路牌与标识已被掩埋,但整体上方位仍旧非常清楚,不需要担心迷路。

司徒绿担心的是不小心触碰什么"机关",引发墙危房倒塌。还没进厂,她就叮嘱小允紧跟上,不要乱跑,尤其别去碰建筑。进厂之后,她专沿主干道走,避开一切可能有危险的东西,连树都离得远远的。

司徒绿的话,小允并没怎么放在心上,她像进了新奇世界,指着这儿望着那儿,嘴里不时吐出一句"姐姐,那是什么""姐姐,怎么会变成这样"之类的话。

钢铁厂又像史前巨兽的家园。不要说冷却塔这样庞大得超过几栋楼的食草动物——当它在地震作用下,轰然倒塌,主要由砖与混凝土组成的部件散落开足有几百米;就是那些纯由钢筋铁骨构成的高炉、焦炉等肉食动物,当它们翻滚在地,钢铁的身躯撕扯着破裂、扭曲着散开,那巨兽遗体般的现场,也动人心魄。

司徒绿一面提醒小允留神,一面尽可能将眼前的废墟看个完整。她很快由衷赞叹,赞叹并不久远却杳然如传说中的旧文明时期人类,他们对大自然的征服,他们凭借智慧,建造出如此宏大的统辖于人的结构;她也感到惋惜,正是他们的智慧,引发地震、海啸、飓风等灾难,更造成超过人类承受限度的污染。看着这些,她想到樱桃园中,团契给予的培训有潦草的地方——固然这一切已经造成,而且主要由男人造成,可她们也应该参与进来,予以拯救。这不是拯救男人或者男人的世界,而是拯救女人自身,是拯救整个人类。

想到这儿，司徒绿很兴奋，但再一转念：如何拯救呢？团契内部不会没人想到这一点，为什么从未提及？她相信不完全是被仇恨蒙蔽心智，而是真的没有更好的办法。算了，暂且抛开这个念头。小允同样被钢铁厂的规模、样式震撼，她忘记提问，不再跑来跑去，而是站在一个地方就把四面都看个够，甚至坐下来，盯住一个细节，目不转睛，仿佛倒塌的设备还有顽强的生命力，还在与她进行最后的交谈。

后来，小允干脆拿出画板，勾画眼前所见。司徒绿知道时间足够，就放任小允。有时，她还会站在小允身后，看着小允灵巧的手指，在金色的沙面上，只几笔，便抓住眼前事物的神。每次画完实景，小允都会在画面的一角画上或圆或缺、或大或小的月亮，再找到某个角落，画出一个坐卧立行的小人儿。

这样完成后，小允会抬头看着司徒绿，说："钢铁厂睡着了，哥哥正陪着它。"

小允的表情，那单纯的思念，眼神中对钢铁厂与世界悄无声息的安慰，让司徒绿心疼。她相信，如果每一张画都存下来，如果最终将它们归并在一起，这钢铁厂一定会在某个清晨，当月亮在晨曦中隐匿身形时，听从少年的一声口哨、一个手势，猛然收拢地上四散的身体站起来，抖抖身上的皮毛、甩去时间的残渣，拿出百分之百的精神，迈开大步跑起来。

这想象中的画面让司徒绿沉醉，一直走到晾水池。晾水池原本应该是湖泊一样的水面，因为地震在地面撕开的长口子，导致厂区相邻的部分整体下沉，晾水池的水也就全部灌进这几百米长二十余米宽的沟里。想要走到对面，必须从一侧绕过去。

"小允，先别画了。咱们——"司徒绿选定了右侧，"从这边绕过去，到了对面，那大伞下，就歇一会儿，吃过午饭再走。"

晾水池边缘被地震撕裂的痕迹还很明显，地面锯齿一样，交错、突起着整块整块的混凝土，有的地方还露出一截断裂的、已然被雨水和时间耗蚀成一包锈的钢筋。脚下很多地方踩上去都开始摇晃，两人不得不往后一撤再撤，退得离晾水池足够远，再往前绕。好不容易走到裂缝只有两步宽处，司徒绿拉着小允迈过去，却见小允直指前面的一棵梧桐树。

正当午，日光强烈，司徒绿搭个凉棚，眨眨眼，才看清树下有团活动的人影。她稳稳心神，握住小允的手，安抚住她——可以绕开，但她估计躲不开，索性向梧桐树走去。梧桐树下的人影动了动，她走到跟前，看清是三个男人，一个站着两个躺着。他们衣衫褴褛，完全是三个季节的衣着。

躺着的两人听见声响，坐起来。他们望过来，却又如望向远方，仿佛眼前不是两个人，而是两个物体。司徒绿压着自己与小允的脚步，留意着和他们的距离——不太远以免被认为畏惧，不太近以免被认为挑衅。小允的手在发抖，但她强压着，再没别的表现。她们就这样慢慢往前，离得最近时，坐着的两人站起来。司徒绿瞥过去，刚好和其中一个目光对上。那人穿件棉短袖，纽扣松开，露出瘦弱的胸膛，一撇小胡子倒修剪得很好。

"请等等。"小胡子说，声音很清爽。

小允浑身一颤，司徒绿捏捏她的手，

220

她们站住。小胡子上前一步,另外两人围上来,"你们从什么地方过来?"

司徒绿左手抓住布袋,右手慢慢伸进去,握住电棒。她正要开口,小胡子又说:"请不要紧张,我们没有恶意。阿胡、阿达,别闹。"

两个围上来的人,小胡子嘴里的"阿胡""阿达"听到这话,大笑起来,其中一个乐得伸手在大腿上拍起来。啪啪的响声松弛了司徒绿的神经,小允也被逗得笑起来。转变虽然陡峭,总还是好的。离梧桐树不远,有一块相对空旷干净的地方,司徒绿以手势示意,带着小允过去。三个男人搬过几块砖,在地上铺成两个"凳子",邀请司徒绿、小允坐下,这才随意地往地上一坐。

"叫我阿五就行。"还是小胡子先开口,他指着最初站着、穿件毛背心的男人说:"阿胡。"又指指另一个穿件运动衣,刚在地上坐下,就顺势手肘撑地,半躺下的男人说:"阿达。"

"你们好。"司徒绿犹豫一下,没有介绍自己和小允,她看着阿五。阿五挠挠头,重复了刚才的问题,"你们从什么地方来?"

"东一区。你们怎么会在这里?"

"东一区?那可不近。我们在这儿很长时间了,觉醒以来就一直在这儿。先是我,然后是阿达,后来阿胡过来。中间还有别的人,他们去了别的地方,和他们觉得舒适的人待在一起。"

司徒绿听到一个熟悉的词语,受训期间得到强化的词语,"觉醒?"

"对!觉醒。"阿五顿时坐直,"不用等协会来宣告,我们是失败者,得不到女性的垂青,必须被扔到匮乏社会去。这些不再重要,我们就想自己呆着,匮乏社会也好丰裕社会也罢,和我们都没什么关系。不用等到三十五岁,我们自己解决自己,反正有大片的,他们认为无益有害、不愿意待的地方,我们来好了。"

这和司徒绿听到与理解的"觉醒"完全是两回事,可她看看地上的三个人,找不出什么反驳的话。"那你们吃什么呢?"

"有什么吃什么,大地会养活生长其上的人。"阿达接过话,"吃饭不是活着的目的,填饱肚子不是最重要的事。"

"什么是你们重要的事?"

"你看!"阿胡说话了,他指着天上,"那朵云流过的样子多美。你再看看四周,你不觉得钢铁厂现在的样子很美吗?你真应该晚上在这里呆呆,看天上的星星,听地上的虫鸣——不要以为协会不让人住在这里,虫子就会跟着搬走——你会知道,这个世界的面目非常美丽,这美丽根本不在乎人究竟怎么样,是不是有辐射,是不是有污染。"

司徒绿并不接受他们这种方式,可阿胡说的美却是摇动人心的,没多久之前,她和小允不也为钢厂的模样而震撼而心颤吗?由此,她甚至觉得他们的选择没有问题,是能理解的。只不过,她自己不想这样。

"是啊,有的人对辐射、污染怕得要命,有的人以此要挟别的人,达成自己的目的。怕的和要挟的,都可以,都有自己的打算,我们不管,也管不了。我们走得远远的,待在这里,只希望不要来管我们就好。"

"协会真的不管你们吗？"

"管！协会派出过治安员，到处搜捕我们，只要抓住，没有任何缘由，不管是不是三十五岁，一律扔到匮乏社会去。可到后来，协会发现这样的人越来越多，如果把精力放在我们身上，根本忙不过来，就睁一只眼闭一只眼。再说，我们无害啊，自己找个地方呆着，不碍任何人的事，更不想自己的血脉延续下去，死就死，死绝就死绝，有什么可提防的？"

协会的反应倒是符合司徒绿的认知，太多挑战十足的事还忙不过来，这些人会碍着谁呢？一心想要死绝的人，又能碍着谁？

"你们要在这里当隐士吗？"

三个男人迟疑地彼此看看，才由阿五说："在这里，在别的地方，都行。我们就想不为那么多事愁苦，顺其自然地活过这一世。隐士不隐士的，没想过。不过……所谓隐士，似乎最终都显了，显了才称之为隐士，我们不要这样。隐士有确定的点，退到那里就不再退，我们无限地退下去。"

阿胡打断阿五，"就算隐士启发了我们，也并不重要。"

话到这个份儿上，没什么好再说的。司徒绿赞同小允，和这三个男人分享她们的午餐。东西本来就不多，阿五他们用得更是节制，只各自取用一小块面包、三个人分一瓶水。吃完之后，他们回到梧桐树下，一个躺着，一个靠树坐着，一个则打着盘腿，不再往这边看，相互也不说话。

望

在东二十四区醒来时，司徒绿首先意识到的，就是阿五他们坐在树下，时间从树叶缝隙漏下的斑斑点点日光中消失。三个人如同三尊雕塑，也不妨想象成钟面上的三根指针，但不约而同地停止了。不是趋向死亡地停止，是生机勃勃地停止，因而有别样的她不熟悉却内在亲切的气息，在其间如潮汐那样不竭进退。

是一个美好的意象。司徒绿告诉自己，因此而欣欣然。她不要那样的生活，但她理解那也是一种生活。另一张床上的小允，鼻翼翕张，嘴唇微启，几颗牙齿俏皮地露出一点白，活脱脱一只小兔子。这是一种完全没有定型，能从其中看到无限可能性的生机。不是具体的小允有无限可能，是这种强劲生长、四处伸展的青春劲头，在一人身上看到无限众人的可能。不用仔细观察，都能想到在这张脸上，晶莹的随时会被太阳镀成金色的绒毛，这具身体内部正噼里啪啦迸发的生长的响声。

司徒绿下床，穿上拖鞋走到窗边，望得见的地方都干净如洗，想必昨晚那场大雨下得非常透彻。东二十四区不大，是一座小小的宜居的镇子。这么一座镇子怎么就有独立的编号，成了一个居住区呢？就算和别的居住点离得远，可真的只有几百人居住。而且，这么美的地方，居然只有几百人居住？

且不管它，先洗漱。司徒绿刷完牙，刚要洗脸，外面房间"啊——"的一声尖叫，是小允。来不及拧上水龙头，她一个箭步冲出去，小允坐在床上，满脸惊恐。

"小允，怎么啦？"门是关着的，窗户开着，但有铁纱窗。

"姐姐，你看——"小允伸出手，两掌沾有暗黑的血迹，指头上尤其黏稠。司徒绿扑上去，抱着小允，电光石火间，她有所醒悟，又松开，退后一步。果然，小允掀开盖在身上的薄毯，下身和紧挨着的床单上有一片红，不是鲜红，是有点粉末状的暗红。

"姐姐，我是怎么啦？会不会死掉？"小允的恐惧由里及外。

司徒绿站在原地，看着小允，仿佛看到多年前的自己。她惊慌失措地尖叫，妈妈赶到房间，妈妈脸上由担忧至微笑的表情变化，妈妈上前拥抱的动作，妈妈那一刻的体温。司徒绿都记得，她只要动念，它们都再现眼前。但是她不能她不愿……

不。小允正望着她。司徒绿上前，拉住小允的双手，在床边坐下。四目相对，"小允，你成人了。从现在起，你必须清醒地意识到，你是一个女人，需要一刻不停地……"她忽然卡壳。

小允眼神变得迷惑，"姐姐，你也是一个女人。"

"是呀。"司徒绿意识到自己太过严肃，她松开小允双手，站起来拥抱她，"我也是女人，这世上有很多的女人。如果你需要，她们……"司徒绿清晰地听到内心深处，仿佛她自己心脏的隔壁，响起"你走开"三个字，顿时无法继续下去。但无论如何，今天都是个重要日子，"这样吧，今天咱们不赶路，四处转转……好吗？"

司徒绿洗好脸出来时，小允已将床单、薄毯折叠好放在一旁。床单下面有一点，用湿毛巾擦擦也就好了。司徒绿先到楼下，在前台续住一天，并让更换一下小允的床单、毯子。女服务员听司徒绿说了情况，很开心地请她转达祝贺。

镇子实在太小，服务员勉强推荐了镇东一处瓷器窑址。早餐后，司徒绿先带小允去镇上喝杯咖啡，看天上的云彩流动，看地上的花草摇曳——出门十天，都在赶路，脑子里全是与任务关联的事，她需要放松。镇子小，镇上的人十分悠闲，不像是夹在丰裕、匮乏这非此即彼的选择中的人。一条小河蜿蜒而过，河水清澈、沙石洁白，两岸各依傍着一条街，就构成整个镇子。

镇上的人多半聚在一起喝茶，几个年轻人围在一张桌子旁玩牌，从咖啡馆的窗户望过去，那静谧如同梦境，水中的伸手一拨就散碎，但总会复原的梦。

"姐姐，为什么大家这样惬意？"

司徒绿并无答案，说出的只是期盼："总有一些人，经历世事，找到桃源，暂时忘掉一切。"

"真是这样。"狭小的咖啡馆掩不住什么秘密，老板兼服务员听见，搭腔并走过来，坦然在桌旁坐下。"你们看到的，不是这镇上的原住民。原来住的人走了，留下房子家具，谁愿意住愿意用都成。有些经过的人，不想再往前，就停下。这样的人不多，镇子还能容纳。再过些年，谁知道呢？说不定大家都不想再往前了。哪儿又是前呢？"

"你是说，这里不是久留的地方？"

"也能也不能。"老板苦笑着摇摇头，

"很早就有专家测定,这个镇子位于地震带上,一旦地震,就会毁灭。能是说,谁也不知道地震什么时候来,晚一天就有一天的悠闲;不能是说,地震确定要来,又不知道具体哪天,这样活成悬念的日子,一般人过不了。"

说完,他站起来,走到窗户边,"这些人都是把每一天当最后一天过。刚才你说'桃源',这里真是,一住下来就会忘掉外面的世界。可你也说'暂时'。谁说不是暂时呢?我带来的咖啡豆快没了,那时我就不在这儿呆着了。"

司徒绿有些错愕,没想到引出这样一番话,小允神色颇为伤感,让她不忍,两人结完账,出门往镇东寻瓷器旧窑址。不需要多远,不需要问路,一直向东不到两公里就到。不是单纯的窑址,旁边倒塌大半的房屋,房屋里的工具,稍远处一块几乎平整光秃的地上,表面一层泥被取用一空,都说明这里曾是完整的瓷器制作地。规模不大,就这么一个作坊,就这么两口窑。

司徒绿和小允走进倒塌大半的房屋。它原本四周敞开,上面铺盖稻草,现在四根柱子余下两根,稻草滑落在地上,但余下的空间还能遮风避雨。一侧是转轮等工具,一侧则摆着几排架子。架子上零星歪着几个残破的盘子、碗,地上不少碎片。小允被架子吸引,走过去扒拉一番残余的瓷器,都是线条与简易的几何图案,笔触很有几分拙劲,稚趣十足,但并不值得细看。她又蹲下,翻检地上的碎片,司徒绿本想提醒她别被划伤,看那专注的神情,再看看从稻草缝里漏进来的缕缕阳光,忍住了。

转轮旁边是刮片,地上还有小刀、颜料、绘笔。想象得出,以前作坊里的生活,悠闲自在。自然,瓷器产量不高,质量也非上乘。司徒绿伸手拨动其中一个转轮,有些滞涩,可好歹还是转了起来。

"姐姐,你看。"小允扬了扬右手。

司徒绿走过去。白色的碎瓷底上,是一朵蓝色的花,细看叶子、花瓣,能断定是略微抽象化处理过的菊花。菊花静穆着落在瓷底上,盛开着,不张扬不热烈,自有内在的端肃。这静穆洇染开来,正似一滴墨滴入一碗水,是缓慢的扩张开来的力量,但这力量一望可知,迟早会消泯,会浸入白色的瓷底。

"美吧!"小允得意地说,"一眼就看中了,简直就是这座镇子才会有、才会开的花。肯定不止这一块,你让我再找找——"

司徒绿一愣,什么是这个镇子才会有、才会开的花呢?符合它"经历世事""暂时忘掉一切"的气息?很难说两者之间有什么关系,可小允一说出,又觉得就是那么回事,无可更易。她蹲下,在地上翻找起来,想看看这一片究竟是从什么样的物品上碎裂开的。这并不容易,别看地上碎片一堆,可几乎都是纯白的,它们不受时间磨损的温润看着非常舒服,却不能提供线索。偶尔带一片、一点或者一缕蓝色花纹的瓷片,都被她们小心翼翼拿出来,擦拭干净,放在一旁。

用掉好几个小时,够得着的碎片都翻检一遍,找出三四十块,抛开那些一眼看去就不是一个完整器皿上的,还剩二十八块。司徒绿和小允把它们分成四排,一块块看过去，有几块的裂痕、图案可以拼在一起，可完全看不出整体面貌。余下都是零碎，有一块和小允之前发现的菊花碎片差不多大小，上面是飘逸的两团青色，说不清是云彩是衣服，还是连绵的山之一角。

"姐姐，这一块你留着，我们各有一块。"

司徒绿郑重接过，擦拭几下，攥在手里。就当它是衣服吧，一个身着青衫的人，面对着一丛或者一枝菊花，有风自南方而来，吹起他的衣袂。

既望

司徒绿和小允在邮政所旁边找到一家简易的家庭旅馆，旅馆提供面食，两人用了一点。路上颠簸一天，还遇到道路封堵，等了一个多小时，但两人状态都还可以——昨天一天的休整是必要的。

回到房间，小允聊天的劲头十足。阳台不小，摆着两把摇椅，司徒绿干脆拉着小允，躺到摇椅上。三层楼而已，可不在中心位置，地势又高，整个东二十五区的夜景能看个七七八八。灯光分布得非常疏阔，绵延十数里，别有一番热闹景象。很久没见这么煊赫的夜景，司徒绿有点激动，她不断回想前一天在东二十四区的所见，深深明白，人到底是群居动物。

"姐姐，你那块好看，还是我这块好看？"小允又拿出她那块有着青色菊花的瓷片。一路上，她没少问这个问题，每一次都管司徒绿要过瓷片，比较半天。现在，司徒绿不等她问，掏出瓷片，递过去。一天不停摩挲下来，瓷片边缘光滑不少。

小允将两块并在一起，对照着看半天，手又伸得直直地，冲着东南方向，分开又并拢，最后留出一点点空隙，保持不动。司徒绿起初并没在意，察觉小允保持的时间过久，才看她一眼，小允那凝固般的表情，眼神的恍惚让她有点惊讶，在小允面前挥挥手，没反应。

"小允，小允——"司徒绿喊道，顺小允手的方向看去，并无异常。"别比划了，再怎么看，都是我那块好。"

这话刺激了小允，她往司徒绿这边瞟两眼，目光恢复之前的清明。她递来瓷片，"姐姐，真的是你这块好看，特别好看。"

司徒绿有点惊讶，拿过来，对照细看。大约受小允那话的暗示，她那块似乎更加朦胧，白瓷片上的蓝色更见飘逸。

"不，要对着月亮。"

司徒绿自己那块瓷片先对准月亮，是心理暗示吧，瓷片上的那团蓝色自浅淡部分始，沿与月亮衔接的边缘，逸散开来，丝丝缕缕的蓝色向月亮把注。定一定神，瓷片自然还是瓷片，月亮还是月亮。可目光一偏离，注意力一分散，蓝色的飘动就继续，连带月亮都变幻不定起来。再以小允那块，对着月亮，做个对照。瓷片上的菊花、皎洁的圆月，仿佛相持相守，悬挂空中，并无互动。再是自己那片。三者都活过来，蓝色的丝缕拂过月亮，漫溢到小允的瓷片上，菊花的花瓣由是舒展，月亮的光芒由是朦胧，三者如同在炼丹炉内，相互追逐，彼此吞吐，要成就一块新的璞玉。

这是无法持久凝视的变化，没多久，司徒绿就双眼灼痛，脑子里闹钟般喧嚣，有锤击般的敲打，有声音莫名喊叫：停止，停止；退出，退出！她只得停止、退出，紧闭双眼，再睁开。疼痛消失，敲打与声音消失，双手也已分开，两块瓷片都不在眼睛、月球之间。司徒绿不愿再试，她把瓷片递回给小允。小允看着她，目光灼灼。司徒绿无法确信，小允看到的感受到的是否和自己一样。如果不，她见到了什么？如果是，她怎么坚持下来的？

小允接过瓷片，放在兜里，仍看着司徒绿，"姐姐，我说得没错吧？你这一块真的好看，比我的好看。"

说罢，小允笑了一下。司徒绿再次怔住，小允的笑里，她见到方才月球上的变化。司徒绿伸手抓住小允，要问个明白。小允的手在她抓住的瞬间颤抖起来，继而整个身体颤抖不已，司徒绿要看清小允，才知道自己在颤抖在摇晃，仿佛她和她置身的世界正被电击。司徒绿蓦地反应过来，扶着摇晃的躺椅站起，拽一把小允。

"快！下楼，地震了。"

已发蒙的小允被这句话叫醒，陷在躺椅里的身体被一拽而起。她冲进房间，要收拾东西，被司徒绿拦住，但司徒绿的小包就放在床头，她顺手抓起。天花板扑簌簌往下落灰，各种物品翻滚着摔落在地，落地声破碎声碰撞声，哗啦一片。灯光明暗相间，晃动不已，楼道如巨兽弯曲的肠子，走在其中左摇右摆，站立不稳。两个人这样踩着楼梯，跌跌撞撞被甩到外面。

整个东二十五区，不，整个世界都被发动了。各处都在轰响，以脚踩的大地深处为酝酿，在喉部反复扒挠，经过奇痒难耐的蠕动，嘶吼出来，喷吐出来。眼见的世界，正被巨手反复揉搓，不断塑形不断毁弃，烟尘从各个地方升起，垮塌声由四面八方传来。随即，大片大片的区域由灯火通明，无规律地熄灭，残余的光明反而平添一股阴森。她回头看去，旅店整个都活泛起来，摇头晃脑，仿佛醉汉，随时都会摔倒在地。

但首先摔倒的是司徒绿。倒地的瞬间，受过的训练起了作用，她双肘撑地，往旁边翻滚几圈，护住头部。大地开始配合她，它的表层翻滚起来，就像狂风袭击下，海面巨大的波澜；或者有人抓住大地的一角，抖动地毯那样，让它被地面的起伏熨过。司徒绿缩手抱头，借这外来的力道，在地上鲤鱼摆尾，卸掉自然的狂悖。随即，又一股力量，将她抛起，往旁边摔去。扛住这轮发作，大地缓和下来，脾气慢慢消退，偶有余绪，但不足以造成伤害。

司徒绿站起来，四周一片狼藉，但大部分建筑还屹立着，包括她们的旅馆。离她不远，小允趴在地上，瘦弱的身体特别无助，如同飓风袭过时，其边缘瑟瑟发抖的小花。稍远一点，腾地而起的粉尘烟雾中，原本蹲着、躺着或者摔倒在地的人，像复原的植物，慢慢站起来。他们模糊的身影挺立，存心要校正被地震击倒的城市的方向，有的人还伸手在身上擦拭，大概是被之前的袭击吓到，或伤及。

没有任何预兆，残余的灯光蓦地熄灭，黑暗笼罩整个世界。原本沉默的散落的人群，呼喊起来，他们叫嚷着亲人的昵称或者姓名，甚或干脆骂上一句，不管是在骂谁。

"小允，你在哪里？"司徒绿惶急喊道。

"姐姐，我在这儿。"回答声不远，是小允之前趴着的地方。

一呼一应间，有如奇迹发生，洁白的光落在她们中间。小允已站起来，正张望四周。那洁白的光从她身上辉散开来，落在每个活动的人身上，落在那些被阴影遮蔽的躯体上。是月光，之前太过着急，看不到它。

月光给整个世界蒙上一层温柔的纱。被摧毁的建筑，有的还在摇晃不休，有的还在烟尘升腾。摇晃也好升腾也罢，一切的一切，都在牛奶般朦胧、丝滑的月光里，得到安抚。一应的灾难，因了这月光，不再那么凄惨。

"姐姐——"小允奔过来，抓住司徒绿的手臂，猛地扑到她怀里。拥抱得足够久，这才松开手。"姐姐，是不是咱们那么看月亮，引起的？"

司徒绿一下没明白，等她反应过来，好笑地捏了捏小允的脸，"你以为咱们捡到的是什么？法宝呀？"

还有余震。人们行动起来，极其熟练地翻出帐篷，在街道两旁等安全的空地上搭建起连营。很快，帐篷里燃起蜡烛，挤进人，溢出聊天、说笑的声音。司徒绿和小允站在一旁，看着他们忙得起劲。很快，她们找到帮得上忙的地方，赶上去搭把手。帐篷搭好，她俩被拉进一顶大帐篷。帐篷里燃着三支蜡烛，不能将每个角落都照亮，也已相当不错。司徒绿和小允被安排在一个地铺上。还有五个人，一个女人四十岁上下，穿一身司徒绿眼熟的衣服，坐在行军床上，缝一件衣服；三个孩子，女孩躺在行军床上，枕着女人的大腿，望着司徒绿和小允；两个男孩在另一个地铺上，蹦跳着，在比赛什么；最后那个地铺上，坐着一个皱着眉头的男人。

司徒绿看缝补的女人，女人恰好也看过来，"你是我们住的旅馆的老板娘吧？"

女人笑起来，"我以为你早认出我了呢……"

"你俩站在楼下，她就看到。"男人插话道。他说完也笑起来，笑容和女人十分相像，"她看你俩站得远，不会受伤，就没管。"

"站得远不远都不会受伤，她俩站得远，不会吓着。"

"为什么不会受伤？"小允按捺不住好奇。

"这地震看着吓人，可它聪明得很，分人分地方，知道什么人该伤，什么地方该避开。"男人说到这里，和女人又笑起来，"这么多年，地震被我们驯服了，乖得很。能怎么驯服？不断试探！哪些房子脆弱，容易倒塌，就离远点；哪些房子再怎么折腾，都稳得住，就住着。光住不行，还得加固，不断加固，挣的钱，所有的心血，都花在这上面。就像把猪养肥才能杀，房子越加固越能吊起地震的胃口。我们驯服地震，又饲育地震，用死的人活的人，用倒塌的房子用不垮的房子。"

男人说到后面，声音低下去，快要听不见，但他的情绪越来越高，最后每个字都像是爆炸在喉咙里。司徒绿等到他喘一大口粗气的关头，插一句："不断加固了，为什么地震时，大家还都往外面跑？"

"总得给地震面子嘛——你跑都不跑，它伤到自尊，不知道会搞出什么名堂。你们这次运气好，震级不低呢。我估计……怎么也得有个8级多，8.3或者8.4，超不过8.5。打这么多年交道，不会估错。这里每个人都会算，根据来时的强烈程度、持续时间等等，心里默一默就知道。"

司徒绿相信男人的话。她成长的地方没这么频繁的地震，但飓风不断，整个居住区域的人早学会了怎么和飓风打交道：看天象知道飓风什么时候来，强度大概是多少；飓风来时如何避免损失，至少将受损程度降至最低……如她们沿途所见，每个居住区的人都自有一套适应环境的本领。

两个男孩停止蹦跳，坐在地铺上，睁大眼睛看着司徒绿和小允。司徒绿想起包里还有吃的，起身要去房间里拿回行李。男人劝阻不住，就拿出手电筒，陪她上楼。包都在，小允的画板歪在地上，但完好无损。

他们回到帐篷时，两个男孩跑出去玩了。司徒绿翻出一盒饼干、三块巧克力，递给女人。小允兴奋地接过画板，铺开沙子，她看看男人又看看女人，画起"合影"来。

"你们怎么会有这么多孩子？协会早就颁布劝说令，要大家最好不要孩子，要也不能超过一个……"司徒绿问。

"不要孩子？"男人激动起来，音量翻了一番，"他们是想让人死绝！不是要所有人死绝，是我们这样的人都死掉。说什么文明延续，扯他妈淡，是他们的文明，他们来延续。他们就想着，让我们死绝，剩下的都属于他们。白痴，从来就没有一个社会，只有上流人士。底层的人都死绝了，哪里还有什么上层社会，没人还延续什么文明？"

司徒绿吃了一惊，男人这番话和她培训时被告知的非常相近，只要把他说的"底层—上层"换成"女人—男人"就行。难道说，整个社会都明白这一点；只不过，每个人都从自己的角度，有着不同的阐释结构？如果是这样，哪个结构才最具现实解剖性呢？

"人家问咱们孩子，你扯那么远干嘛？"女人埋怨道，她咬断线头，放下衣服，安顿好睡得香甜的女儿，这才走过来，挨男人坐下。女人伸出右手，搁进男人左手。

男人再说话就平静得多，"我知道。说的不是咱们一家，说的是只能生活在这种地方，整天和地震打交道的人。不是所有人都这么惨……算了，不说那些高高在上的人，希望他们下辈子生在火山口上吧。"

男人被自己这个诅咒逗乐了，又不好意思起来。"这仨孩子，是我两个朋友和她弟弟。说要驯服地震，谈何容易？这样了，他们还要捣鼓核电。不管核电的规模是不是真的在继续扩大，至少没有停。我知道，要用电嘛，又没别的资源。可以前完全没电，不也活下来了吗？——唉，扯远了。看起来，我们和地震和平相处，它来一下，吓唬吓唬人，就退回去。可这种勉强维持，是用什么代价才达到的？"

男人又有点激动，他轻轻将女人的手搁在她腿上，站起来，踱了两步。停在行军床上发出轻微鼾声的小女孩身边，看着她，他的目光再次柔软下来。"这三个孩子，都是在地震中成了孤儿。这个当时还不到一岁！怎么办？当然得我们养，让他们长大。我都不知道，长大干嘛，像我们一样,在这种地方继续生活?为了养这三个孩子,我们不能要自己的孩子,一个都不能!"

说完,他回到女人身边,颓然坐下,抓住她的手。"我最对不住的就是她,连自己的孩子都不能要,连完整的当母亲的滋味究竟是什么,都品尝不到。"

"不是。"女人红了脸,但她任凭男人抓着自己,"没什么,更谈不上对不住。我有三个孩子呢,我是他们的妈妈。够了,不管怎样都够了,特别是比起他们的父母。"

女人说完,帐篷里的人都沉默了。小允在沙子上作画的声音、行军床上的小女孩的鼾声,相伴相随地响起,不时有余震来袭,摇晃中外面总有什么掉落。这些更加剧沉默,司徒绿快要承受不住时,两个小男孩跑进来。

"爸爸,爸爸,外面的月亮好大啊。"一个说。

另一个说:"爸爸,爸爸,我们一起去外面玩吧。捉迷藏怎么样?"

两个男孩去拉男人,男人没动。女人一手一个,捉住他们,拉到自己身边,"今天就不出去了。不过呢,有礼物,姐姐带给你们的。"

说完,女人起身拿过两块巧克力。两个男孩目光紧紧追随她,得到巧克力后,他们先咬下一小块,迅速被那味道震住。过了一会儿,喜悦浮上脸,他俩比赛似的,把巧克力塞进嘴里。

司徒绿看向小允的画板。看得出来,小允想把沙子的细节表现力榨取净尽,但终归是沙粒,画面仍旧有些粗线条的抽象,这反而让它具有别样的感染力。画面并不复杂,是五口人的生活,他们挤在小小的房间。可是沙子的颗粒、颗粒间的缝隙,又给出另一种暗示,仿佛他们不在同一个空间,只是被拓印到同一个平面。画板不大,画不出五个人的表情,只看到写意的五官。因此,可以说这是他们的现在,也可以说是他们的过去或者未来。更可以说,这不是他们五个人,而是任何五个人。

小允还在耐心地画着,司徒绿的悲伤无法止抑。她躺下来,看着黑色的帐篷顶部,闭上眼睛。

立待

到底没睡好,天蒙蒙亮时醒来。司徒绿坐起,动动手,扭扭脖子,精神一些后,来到帐篷外。空气清凉,吸入肺里,让人一振。晨光朦胧,眼前事物的边界还有些模糊,一团一团地伫立着。她往前走,路过一顶顶帐篷,大多数还沉寂着,偶尔漏出一点鼾声、咳嗽、咬牙声,一两句梦话。

离开这片帐篷,跨过两条路口,往旁边去。这条街道绝对是重灾区,房屋几乎全部倒塌,即使有断壁残垣,被反复摧残的痕迹也特别明显。地上到处都是裂缝,能迈过去,可也迈得胆战心惊,仿佛钢铁厂景象的强化版。不同的是,这里断然不会有人居住,因为毫无保障。她不知道自己要找什么,可就是沿着街道往前。光线更明亮了,事物都从成团的朦胧中被释放,地上影影绰绰有了阴影。街道两旁,能看出往日店铺的迹象。倒塌的砖瓦石里,不时露出一角店招,尘深垢重。

再往里，路更加破烂，有的地方裂口巨大，需要下去再上来。司徒绿执着向前，仿佛有谁在前方候着。走完这条街道，眼前是个体育场，曾经的体育场。现在一半斜插入地下，是船翻后插入水中，水再退去，空留船在沙滩的情形。椭圆形的结构还看得出，座椅破碎大半，完好的都翻着，难以就座。中间是足球场，草还活着，有的生长得极其茂盛。透过草丛，看得到斜下方的球门。等等。那儿不像球门，倒像住户的家门。

司徒绿稳住身形，慢慢地向斜下方，即地平面下走去。下面的草长势差些，有几处已干枯。体育场倒塌时，建筑材料掉得到处都是，她就像蹚过一条不知深浅的河，抬脚落脚都小心翼翼，以免踩着尖锐的东西，或者引发新的坍塌。

不需要保持这一动作太长时间，司徒绿就走到足够看得清的地方。门框和球网还在，但成了住户的家门，门里堆着日常生活用品，还有个人影在蠕动。离得再近些，看得到球网缝补与编织一般，纵横交错，缀满各种绳子，颜色、粗细各不相同，甚至有树枝与铁丝，有的地方之细之密，让人以为是一片屋顶。那蠕动的人影是个须发斑白的老人，他在用纸箱分割成两个区域的球门内来回，从塞着生活用品的左边，不断地拿着东西去放着一张沙发当床的右边。

老人看见司徒绿，停顿几秒，继续他的穿梭。沙发上躺着个人，老人在给他拿吃的，找玩具。司徒绿走下去，是个胡子拉碴的中年人，穿着背心、短裤，眼睛盯着上面，一眨不眨。司徒绿蹲下，往上望，一片黑乎乎中，只有垮掉半个的体育场轮廓。

"嘘——"男人说，"不要说话，再等等就掉下来。"

"掉什么掉，你都等三天了。"老人拿过一只一捏会叫的小黄鸭，塞进男人左手。

男人继续瞪着眼睛，"我数十下！1——2——3——4——5——6——"

他的声音稳定，间隔均匀，没几声就营造出节奏，让司徒绿紧张又期待，她再次仰起脖子。

"7——8——9——10！"数到最后，声音尖厉起来。司徒绿仍旧什么都没看见，她等着，近乎偏执。没多大一会儿，一根洁白的羽毛飘飘悠悠，落进视野。

"我就知道它会落下来！"男人躺着，一动不动，声音雀跃，"三天前鸽子停住，羽毛粘在上面，就知道它会落下来。"

那羽毛摇摆着，打着轻旋，飘飘悠悠，正冲着男人头顶。羽毛落得还剩一手高，男人扔下小黄鸭，伸出手，上身半坐半蹦，要抓住它。起身瞬间，他"哎哟"一声，重重摔回去，沙发吱吱嘎嘎一阵响。这动作带起小风，卷着羽毛。只见它往旁边一闪，在男人和司徒绿的注视下，翻滚一圈，落向男人右手。男人顺从地摊开手掌，接住羽毛。

"嘿嘿……还真是给我的。我的礼物，爸爸。你看，鸽子捎给我的礼物，我收到了。"

"收到了就好，好好躺着吧，不知道疼、不能乱动啊？"老人这次没拿东西，只是站在一旁，叨叨。

"知道。哎哟——"男人这才叫出声，

"疼——疼——"

老人关切地探头张望，不等他说话，男人哈哈笑起来，"骗你呢。鸽子，我的鸽子，带给我礼物，捎给我口信。鸽子，鸽子，你是不是迷路了呀，你是不是也看见太阳像个烙红的铁盘子？"

"鸽子早飞走啦！"老头说。这次男人没理他，专心玩着羽毛。老人看司徒绿一眼，但也只是看一眼，脸上的疲惫、忧伤毫无变化。司徒绿瞥见沙发后有两个铁架凳子，一手一个拿过来，放一个在老人身边。老人又看她一眼，弯腰端着凳子，挪到球门外，坐下。司徒绿跟过去，放下自己的凳子，也坐下。球场倾斜，要坐好不容易，得双腿紧绷，架在两侧。她没法像老人那样，随随便便腿一搭，就在地上生根。

老人看向球场另一侧，那边也在阴影里，但是中场明亮得多，分得清草坪与砖瓦钢条。老人就望着，仿佛沉到时间的底部，毫无波澜，搅不起岁月的沉渣与泡沫。司徒绿陪坐一旁，感到心头沉静，感到沉静深处的空白，感到空白尽头的虚无。

"你怎么找到这的？"老人语气自然，仿佛两人一直在聊天。

"顺着走过来的。你们怎么在这儿呆着，一直都在这儿吗？"

"总得找个地方。孩子病得越来越重，以往我能带着他跑，陪着他藏。现在不行，我越来越老，他越来越小，他要是身子能跟着小，还好一些。"

"你们躲藏很多年了？"

"他二十二岁出的事，治疗不及时，脑子受损，智力只有十二三岁，还能工作，可不会有女孩子喜欢。到三十五岁，只得流放，我想陪着他，反正他妈妈不在了，爷儿俩还有个照应。本来批准了，赶上什么甄别，又不同意。只好带着他东躲西藏，吃的苦就不说了，还不小心进过辐射区，导致他大脑退化严重，身体越来越差。到这儿，实在跑不动，又想他以前那么爱踢球，在球场安顿下来算是天意。就这么住着，住一天是一天。等被找到，爱怎么处置怎么处置。没准儿，地震先收了我们。"

"你们住这儿，吃什么呢？"

"孩子，世上可吃的东西很多，只要你想活下去。"老人看看司徒绿，目光柔和了些，"我一把年纪，可也是逃亡之后才明白，填饱肚子不难，难的是躲避搜捕。还有更难的，就是你要接受，别人可以像猎人搜寻猎物那样，搜捕你。接受不了的话，你会怀疑自己是不是人。是没达到要求，可这要求合理吗？甚至连我想附加惩罚，流放自己都不被同意。"

司徒绿不知怎么回答，她随即发现，毋须回答。两个身影出现在体育场入口，看他们相互间的距离，保持的姿势，步步为营的谨慎，司徒绿猜到他们的身份。她冷冷地看着，留意着他们的双手。老人则视若无睹，他看向他们，目光又穿过他们，看着全然的恒久的废墟。

两个人逼上来。一个鬓角已有白发，另一个年轻得多。年轻的按捺不住兴奋，从身后掏出一根拇指粗细的绳索，双手横举，如鞭似棍。

"请不要妄动。"鬓角已白的说，他站住，望望沙发，又看向老人，"总算找到你们。"他盯着老人，动作极为缓慢地从随身携带的包里，拿出便携式指纹机。"请配合我，验证身份。"

"有必要吗？你追捕了十五年，不知道我们是谁？"

"不是我个人追捕你，我知道没用，必须依照条例确认。"鬓角已白的男人说着，缓步上前，指纹机伸到老人面前，"请验证你的右手拇指、左手无名指。小许——"他对那个年轻人说，"不要这么紧张，到这儿来。"

他指的是司徒绿和沙发之间。小许应声过去，仍举着绳索。司徒绿知道，那绳索可以抽长，可以变作棍子，一旦缠绕在身上，会越收越紧。但她还是稳稳坐在凳子上，留意着老人这边。老人按鬓角已白的男人吩咐，将右手拇指、左手无名指先后放入指纹机，两次都是放入后约五秒钟，嘀的一声，指纹机指示灯由绿变红。鬓角已白的男人情绪起伏明显，在原地肃立十数秒后，他将指纹机放回包里，拿出一根同样的黑色绳索，老人很配合地双手并拢，举在胸前。

"他这个年纪，犯得着吗？"司徒绿忍不住出声。

鬓角已白的男人这才正式地看着司徒绿，目光陡然凌厉，似要剜进心里，"按照条例，必须如此。你是谁，为什么会在这里？"

"我只是路过。"司徒绿不是不知道条例，也清楚到龄逃跑的严重性，只是看老人被这么对待，实在于心不忍。为避免产生误会，她尽可能和缓，"条例是为人制订的。他们父子俩，一个这把年纪，一个那种状态，没必要这样。"

小许抢白道："同情啦？不忍啦？不赖我们。要怪就怪他们父子，当时为什么要逃跑？害得刘头儿这么多年没一天消停。你想帮他们，好啊，有现成的办法，真为他们好你就去做，做不到就别在这儿假惺惺。"

"你说什么？"司徒绿陡然站起，一半恼怒一半疑惑，但出口瞬间，她明白过来。

"我说你，要拯救他们，有的是办法。做不到就闭嘴，那就是——"小许看着司徒绿，有一点警惕，更多是戏谑，一字一顿，"嫁——给——他！"他指着沙发上的男子，"嫁给这家伙！嫁给他你就能救这父子俩，两个赖在丰裕社会的废物！"

"小许！"鬓角已白的男人出口阻止。司徒绿先他喊声而动，她左脚勾住凳子，向小许一甩，同时利用地势，扑下去。小许下意识躲闪凳子，司徒绿随即踹在他的右手。同时，她右拳向上，打中小许下巴。小许摔倒在地，"哎哟"不断，绳索到了司徒绿手中。

司徒绿双眼在双手上瞟过，低头看看在前的左脚。第一次实战并获胜，力量比想象中出得更顺畅，击打得更猛烈，让她有点惶恐，惶恐中又涌起得意，她看向鬓角已白的男人。他还站在老人身旁，毫无意外，甚至不看小许一眼。确信司徒绿看向自己，鬓角已白的男人拿着绳索，套在老人举起的手上，他的动作轻柔，仅仅是捆缚，没使劲往里勒——当然，这已然确保老人不可能挣脱，别人无法解开。

"女士，我们按条例办事，也会在许可范围内与人方便。小许言语冒犯，得到教训，怨不得谁。但你明白，阻拦不了我们，一时拦得住，只是把你自己搭进来。"

说话间，小许爬了起来。他揉着下巴，恨恨地看着司徒绿，没再说话。

司徒绿明白鬓角已白的男人说得没错。对抗下去只有一个结果，她也变成老人说的"猎物"。何况，她还有任务在身。想到这儿，司徒绿将绳索递给小许，"绳子松一点，对你没坏处。"

小许接过绳子，走到沙发边，捉住躺着男人的左手。男人主动伸出右手，那片洁白的羽毛快要杵到他鼻子下。"给你。鸽子捎给我的，现在给你。给你玩，玩了要还给我。也不是我的。鸽子说，过一阵回来，再取走。"

小许一阵慌乱，接过羽毛。

男人又抓起小黄鸭，举到小许面前，先捏得鸭子嘎嘎直叫，再晃晃。"看好鸽子的礼物，鸭子也是好朋友。"

司徒绿转过身，走到静立一旁的老人面前。老人正扭头看着沙发上这一幕，没说话也没表情，只有他的目光复杂无比，里面有释然，有痛苦，有无比坚硬的沉默以及司徒绿领略过的虚无。

"老先生，对不起，没帮上忙。"

老人看司徒绿一眼，又接着看他儿子。司徒绿转身离开的刹那，老人轻声说："孩子，谢谢你。"——司徒绿的眼泪流了下来，她无法冷静判断接下来的行为是否合适，那是她此刻唯一能做的。

司徒绿走到鬓角已白的男人身旁，让自己的话尽可能清楚，"我是生存部的勘察员司徒绿，刚才所做的一切，与老人和他的儿子无关。"

居待、寝待

回到帐篷和小允会合，告别家庭旅馆老板一家后，司徒绿发足狂奔。小允怎么喊也无法止住她，只好努力跟上，要不是包和重物都由她背着，小允的小碎步根本跟不上。居住区没受到太多损坏，但道路的破坏却显而易见，它毕竟没法像房屋那样加固。司徒绿不管这些，遇砖踩砖，见石翻石。

两人就这样沿着尚可辨认的道路，一往无前。停下，不过是进食，喝水。东二十五区不算太大，但一天走不出去。小允好几次拉住司徒绿，想尽可能搭便车走，能快一点是一点，能节约一点时间、体力是一点。没用，司徒绿的目光散乱又凝聚。她的注意力没放在拉住自己的小允身上，只自始至终集中在脚下这一段道路。开始还能正常地行走，过一个多小时，阳光越来越烈，身上汗水越流越多，简直如在蒸笼内，意识逐渐飘忽。

下午，温度在下降，意识的迷乱在加剧。到最后，只剩一个念头，如黑夜里前方的火烛，飘飘悠悠、跳动不已，却绝不熄灭，那就是"走"。最多，有些周边念头萦绕；最多，牵扯进走的目的与目的地。司徒绿就这么走着，带着小允走过人烟稠密的居住区，经过大小各异、新旧不同的帐篷，无视镇静的慌张的愁苦的悲伤的或者无表情的脸；她们经过人烟稀少的村落，那里房舍倾圮，植物生猛，间或还有几条野狗、一头野猪跑出。夜幕降临时，他们来到一条十字街，沿街立着一排排的木质铁皮屋。

司徒绿走过十字街，迈开大步继续向前，完全无视小允快要累瘫在地。小允以几乎崩溃的方式搁下画板，赶到司徒绿面前，双手如翅展开，"姐姐，咱们先歇歇吧，实在走不动了。"

眼见司徒绿魔怔一样，还要绕过去，小允干脆一屁股坐在地上，抱着司徒绿的双腿哭起来，"姐姐，你怎么啦？你不要吓我，你再这样，咱们还怎么去西线呀！"

司徒绿挣扎几次都没挣脱，她像棵风中小树，根基无法动弹，上半身直摇晃，双手一通乱摆后，俯身去推小允。接触到小允身体的刹那，司徒绿停住了，宛如发条终于转完，陷入静止。过一会儿，身上的禁制得以解除，司徒绿瘫软下来，好在有小允可扶，才没摔倒在地。

随身体恢复的，还有神智，"小允，辛苦你。"

说完，司徒绿又站了一会儿，能够迈开步时，拉着小允，好不容易找到一家愿意留她们住下的。那家人还做了一顿饭给她们吃，极为简单，可两个人吃得非常香。又累又困，饭后就上床歇息。

"姐姐，你早上去哪儿了？"躺下后，小允问。

"就在外面走走。"司徒绿不想说，那些画面，尤其是那父子俩的神情还在眼前，让她几乎又得走起来才能排遣。她也不想小允知道这些事。

"快睡吧。"司徒绿说，小允没了动静，转过来一看，睡了。她摇摇头，今天真是对不住这孩子。睡意随即袭来，她也睡过去。可并不平静，她睡着却又听见声音响起，很遥远很单调，如同鼓点。一定是梦。她这么告诉自己，然而并无所见，并非黑暗中看不清，是眼前无物，甚至无以确定有身在的空间。说是梦，不就意味着已睡去？她忽然醒悟，又被醒悟往回推了一层。

然后她就醒了。是有人在持续猛烈地砸门。司徒绿坐起来，房间里黑着，微弱的光从窗户漏进来，不足以看清。她等了等，等眼睛适应黑暗，房间里物品的轮廓若隐若现。再看小允，仍睡着，也许在她自己的梦里探寻。

司徒绿下床，穿好衣物，来不及穿鞋，门被砸开。她伸手一捞，右手抓住枕头，左手接住掉落的枕巾，在床上一滚，到门边。门被推开后，一片寂静，仿佛是自动开的。司徒绿蹲伏着。两三分钟过去，一只手蓦地伸进来，伸向灯的开关。司徒绿一跃而起，右手抓住那手，往里一拽，对方猝不及防，半个身体被拽进来，她再左膝盖向上，用力一顶。听得"啊"一声，再一撒手，那人软在地上。

"厉害！但我劝你搞清楚——"屋外声音响起，是个男人，"我数三声，你扔下武器，打开灯，站到我能看清楚你的地方。否则，我开枪。"

"1——"

司徒绿毫不犹豫，打开灯，站到门外就能看清她的地方。门外男人一步步走进来，果然是小许，他脖子上缠着几圈纱布，下巴托着，脸有些肿。小许拿着枪，对着司徒绿，他身后跟着个结实的男人，手持长棍。小许示意司徒绿往旁边站，自己走到屋里，持长棍的男人跟进来，俯身看躺

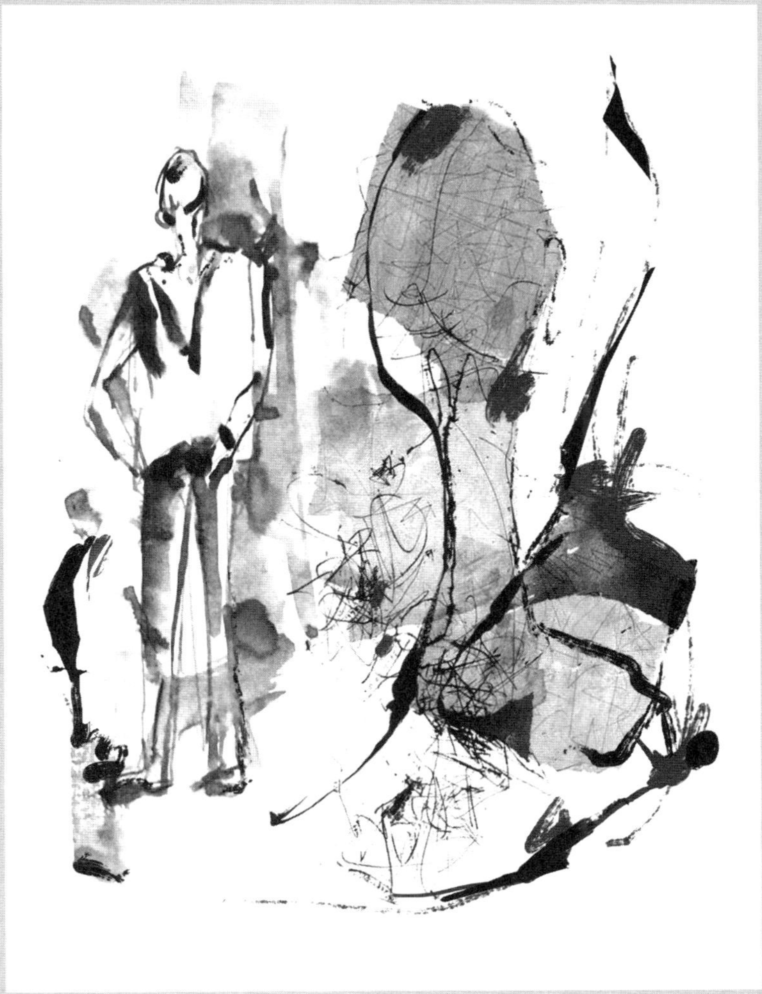

着的男人。两人体型差不多，恍惚间面貌还有几分相似，躺着的男人正捂着左肋部，试图坐起。离他不远，地上扔着一把尖刀。两人低语了两句，持棍的将躺着的扶起来。一串压抑不住的"哎哟"声中，他们走了出去。

司徒绿盯着小许，"你是搜捕员，可以乱开枪吗？"

她又说："没事！他不能把我怎么样。"这句是对小允说的，她总算醒了，坐在床头，看看司徒绿又看看小许，与其说是害怕，不如说是全然的困惑。大概她以为自己做了个特别逼真的梦，逼真到不知如何反应。

"你可以试试。"小许算是回答，他空着左手对着小允虚拍两下，以示安慰，"别怕，和你无关。"

"你说你是生存部的勘察员，证件呢？"

"你只是搜捕员，没有权力查验我的证件。"

"你协助逃亡者，更不要说，攻击搜捕员。不要考验我的耐心，伤着你我无所谓，伤着无辜不好。"

司徒绿指指身后放着包的行李架，"在包里。"

"取出来，放在床上。我只说一遍，不要耍花招，那样我开枪顺理成章。"

司徒绿走过去，拿起小包，取出工作证件，放在床上，再后退几步。这时，扶着同伴离去的持棍男子走进来，小许让他用随身携带的绳索将司徒绿双手反捆在身后。他仔细查验司徒绿的证件后，将它放回小包，将小包斜挎在身上。

"你必须跟我们走一趟，我怀疑你身份造假。你对我的暴力袭击，要进一步调查。"小许说完，示意司徒绿走在前面，持棍男人在一旁押送，他举枪殿后。

司徒绿飞速衡量，决定先跟着他们走，再寻找机会——她可以冒险，让部里知道自己的动向，但不能把时间扔在这里。她看向小允，无论小允是否懂她目光中的含义，希望她至少保持镇定。小允很镇定，但她的目光有点发直。

外面停了辆车，亮着灯。他们住宿的房间是冲着路直接开门，不知道被惊醒的户主一家是否站在窗边观望，司徒绿出门时，还是停顿了一会儿，希望他们不要受到进一步的打扰。脚下路暗加上心怀观望，走得就不快，大概小许也看不太清，或者因为这段路不长，他并没催促。趁夜色，往旁边一蹿、开跑？不行，子弹或许能避开，但她双手被缚，绝难逃掉。再说，她不能扔下小允。

司徒绿脚步继续放慢，但小许注意到了，他跟着慢下来。

"你有权力拘捕非逃亡者吗？"司徒绿索性站住，她没回头。声音并不高，小许能听见，未必听得清楚。持棍男人随即也站住。

"非说不可的话，你声音大点。"小许喊了一嗓子，司徒绿只得大声又问一遍。

"作为勘察员，你应该知道协助逃亡者、攻击搜捕员有多严重。"

司徒绿这才意识到，小许在变更他们前两天龃龉的性质，依他所言，她面对的就不是能不能前往西线、完成任务了。

"你不要夸大其词，说我协助、攻击什么的，这不由你决定。"

236

"更不由你决定。不要拖延，我不会给你机会逃走，你最好也别给我机会开枪。"

司徒绿确实没找到机会。天色已过最黑暗的时刻，正向光明移动。等天光大亮，机会将更渺茫。想明白这点，她不再啰嗦，加快了脚步——上车瞬间，也许是机会。很快走到离车十米左右，那是辆皮卡车，那个受伤的男人，坐在副驾驶座，正望着他们。

巨大的轰鸣忽然响起，如雷暴如嘶吼，且在响起同时，拉开足够的空间，如彗星曳尾，如猛虎扑食，向司徒绿站立的方向袭来。电光石火间，司徒绿反应过来，那声音挟巨大的身形袭向她身后，是扑向小许。她抬脚侧踢，持棍的男人一个趔趄。紧接着，她听见枪响，接连两声。但她无暇多虑，跟上两步，连环踢出，踢开棍子，踢倒丢掉棍子的男人，将他踢晕在地。

一个人欺身上前，不等司徒绿做出反应，就去掉她手上的束缚，递给她一个东西，说："叫上小允，快！"

那声音入耳，是陈聿飞。没来由的，司徒绿心头一宽。递到她手上的，正是之前被小许拿过去的包。她瞥见陈聿飞正冲向皮卡车，仿佛能看见车上男人脸上的惊恐，但她没再停留，而是发足狂奔，回到房间。小允穿好衣服，正靠在门边呆望，看到司徒绿，她一脸醒过来的惊喜，马上明白眼前的处境，收拾好两人的行李。

司徒绿穿好鞋，带上包，拉着小允跑到车前，陈聿飞已坐在驾驶座上，之前持刀的男人被反捆着双手扔在路旁。她俩一上车，皮卡车扬长离去。车灯照亮道路也分开逐渐稀薄的黑暗，跑了不到一个小时，天开始放亮。

有很多疑惑，从何问起？司徒绿几次开口，都找不到最核心的那根线头，一团话就此乱在咽喉。然后，越发浓稠的睡意袭来，仿佛过去的一天一夜不断在她身上涂抹。在这睡意快涂抹成茧之前，司徒绿趁车停下休息，让小允换到副驾驶，一个人蜷在了后座。

更待

这次是自然醒。从炽热而无实质内容的梦里，就像下台阶，来到平地。睁开眼时，天色比入睡前亮一些。司徒绿坐起来，有重生感。

"姐姐，你总算醒了——"小允半个身子趴在椅背上，亲热地喊："猜猜你睡了多长时间？"

本以为只是一会儿工夫，听小允这么说，司徒绿疑惑地盯着窗外，天色似乎在变暗——这也许是心理作用，但外面的景致和入睡前大相径庭是确凿的。之前，还算震区范围，可是一片葱茏、举目皆翠，现在荒漠连天，土林、沙丘望不到头，仿佛被置换进另一个世界。

"我……睡了一天吗？"

陈聿飞回过头，"你呀，睡了一个世纪。"

"真睡一个世纪，就不必醒，醒也没意义。"

"你说什么，姐姐？什么不必醒，怎么就没意义了？"

"我……瞎感慨一句——你想想，一个世纪是多久？一百年！我睡上一百年，不是早就饿死,是死后连皮肉都不存在,只剩一把头发、一堆骨头,在后面椅子上,骨碌碌骨碌碌,滚来滚去。更麻烦的是,我还得先在车上腐烂,身体里爬出无数虫子,钻满整个驾驶室。你们拿这些虫子怎么办?杀死吧,又好像是我的一部分;不管吧,又不停地爬呀爬。"

"啊——姐姐,你不要说了。就算你变成虫子,我也舍不得杀死你。"

小允的样子让司徒绿深感罪过,陈聿飞倒是不慌不忙,"小允,她逗你呢。一百年后,咱们变成什么啦?还不是先一样的虫子,再光光的骨头?虫子时,大家一起爬。骨头时,还像现在这样,咱俩在前面坐着,她在后面躺着。只有这车,一直往前开。它想去什么地儿,就带咱们仨去什么地儿。"

小允被逗得咯咯笑起来,笑着笑着停下,"你撒谎——车怎么能自己开呢?就算它想,也早累死,饿死了。嗯……等我……等我有空,我要画一幅这样的画。车上不止咱们仨,得是四个人。不,五个,不,六个……"

司徒绿知道这"四""五""六"里添了谁,她想安慰两句,肚子却一连串地咕咕作响,"小允,你一说'饿',我可真饿得不行。"

"能不饿吗?你从昨天睡到今天,四十来个小时。小允,把留下的好东西给她吧。"

小允递过一个用纸包裹得严严实实的小包,打开来,里面还有个纸盒子。再打开纸盒子,是两个土豆,盒子的一角还有一些辣椒面。土豆凉了,淡淡的吸引人的香味还在,司徒绿拿起一个,咬上一口,蘸着辣椒面再来一口,顿时整个口腔塞满香味——辣椒面里放有盐——她更饿了。

"吃一个就得了。前面有家酒店,说不定分得到烤羊。"

光"烤羊"两个字,司徒绿就口水横流,她努力克制着,吃掉一个半土豆。但车并没在碰见的饭店门前停下,而是驶入一片土林,在土林背后停住。陈聿飞先下车,敲着车窗说:"咱们得把车扔在这里,徒步走到酒店去。"

"啊——"小允叫道,"离得还有多远啊?为什么要扔在这里?"

"不远,几公里。保证你们不会错过烤羊——"

司徒绿摸摸小允的头发,小允吐吐舌头,拉着司徒绿的右手,两人跟在陈聿飞后面。

果然还有一条烤羊腿。说是酒店非常勉强,不过是倚着一块巨石,搭出来的几间房子。可挨着房子,巨石的空余处,就用饱墨写有"酒店"二字,而且显然隔段时间就重新描过,因此只能说是"酒店"。这并不重要,重要的是,店内有冰凉的西瓜、喷香的烤羊腿。

司徒绿、小允、陈聿飞围坐在酒店二楼露台上一张桌子旁,享用完西瓜,这才用小刀一片片切下羊腿肉。外焦里嫩的肉,酥里裹着鲜,让小允一个劲说"好吃"。司徒绿没有这么夸张,但几块肉下去,饥饿消退,满足感上浮。等大家都有点饱餍后的慵懒,她提议去店外走走。

夜色笼罩,也就四周地平线还有一圈或淡或浓的白,星光由头顶往四周镶嵌。

到处都是土与沙子，他们走上一阵，在一个土丘旁慢下来。

"你怎么来了？"

"你有危险。"陈聿飞开门见山，他语气里的严肃，司徒绿此前未曾领教，"我原本以为车祸是意外，也不排除是冲我来。回去是想别再连累你，还要查一查。但查得的结果，多半不是意外，更有可能是冲你。还有一种可能，你早被人注意到，咱俩碰上，特别是我带你走那一趟，成了引线。"

"为什么要冲你来？你带我去那儿，怎么就成了引线？"

"我只能说，那个地方不是孤立的。那次多半是试探，接下来不会再试探了，极有可能直接下狠手。我决定回来。寻找你俩踪迹时，我发现那三个家伙也在找，就跟上他们。你们没看到我的摩托吧？有速度又自由……"

"多可惜呀，那么好的摩托。"小允说，看来她当时并没被吓懵。

"不可惜。那车不能再骑，不能因为它招来别的事。"

司徒绿尽可能问得自然些，"你究竟是什么人？"

"我是一个人，有人想让我成为'他们'的一部分，我不能同意。但并不是说，这事一定是'他们'干的，有好些别的'他们'。但请你相信，我也好，'他们'也好，对你们没恶意。"

"姐姐，听不懂……"

陈聿飞摸摸小允的头，没解释。司徒绿明白他的意思，"你们"肯定是指团契，"他们"呢？她不确定。至少有一个"他们"是她去过的所谓"真正的东一区"背后的力量，再根据陈聿飞的话，可以推断，还有与这个力量相关或角力的。

"你知道小许的身份吗？"

"知道，搜捕员。"真正让司徒绿吃惊的，是陈聿飞后面的话，他说："小许是搜捕员，可他们这次行动，极有可能不是正式的。起先注意到这一点，是因为他们的车牌，我能断定是假的。他们的行动遮遮掩掩，我猜想并非受命来抓你，至少不是治安部的意思。"

这么一点，司徒绿立即明白，为什么小许的举止让她别扭。之前，她归之于私人恩怨，小许公报私仇，才对自己毫不留情，甚至不惜指认她的工作证件为"伪造"。要是这样，他要把她带去哪儿，意欲何为？不，她随即更正——就算小许前来"并非受命"，可也难说完全为报私仇，陈聿飞背后牵扯着"他们"，小许难保没有。那个鬓角已白的男人包括在内吗？

"你们究竟要去哪儿？"陈聿飞打断司徒绿的沉思。

"西线。"没必要再隐瞒。司徒绿不给陈聿飞留出反应的时间，"小许他们会不会把抓我失败的事报到治安部？"

陈聿飞看着司徒绿，双眼灼亮，"不会。他们如此隐秘，显然不想让你的真实行踪暴露，那样会暴露他们自己。但——"

"什么？"

"他们会更留意你的动向。假如小许背后有股力量，他们对你的真实身份、目的，就算此前漫不经心，现在也高度关注。小许可能是受命抓你回去，也可能和车祸一样，是进一步的试探。现在，试探结束。"

"所以你连夜赶路，扔掉摩托，避免被发现？"

"我想看看前方的惊喜。"

司徒绿笑出声来，随即一阵掩饰性地咳嗽。陈聿飞说得没错，小许只是序曲。之前，她可以只被当作多管闲事的勘察员，没有援手，拖着个小女孩；现在，他们断定她勘察员身份背后另有目的，并且有人暗中襄助——接下来，针对她的动作、力度都会加大。但，继续往前，完成任务外，她不作他想。受训时，她们即被告知，鼓励独立完成任务，必要时，可向组织求援。目前的处境尚不足以让她有丝毫畏惧，或者升起求援的念头，反而激起她的斗志。

"现在——"司徒绿说，"你和小允去酒店休息，养足精神咱们出发。"

"你呢？"

"我在外面守着。睡了两天，没必要回床上躺着。我照看着，以防再来人偷袭，也想想明天的行动。"

陈聿飞没有反驳，他确实很疲惫，有司徒绿在外面巡夜提防，显然更为妥当。他拿出枪来，就是小许那把，递给司徒绿。

"防个身。小允，走吧。"陈聿飞走出两步，又站住，"对了——我请东一区负责的朋友进行排查，住在桥洞等地方的人，愿意进入居住区的，帮着安排房子、工作；不愿意但需要生活物资的，尽可能提供帮助；什么都不愿意不需要的，也不打扰。"

司徒绿正揣枪入兜，听这话怔住了，"所以你当时说，'你是对的'？"

"你确实是对的。"陈聿飞背冲着她，挥挥手。

小允还不舍地等在旁边，司徒绿抱住她，和她贴了贴脸。松开后，小允小跑两步，跟上陈聿飞，往酒店而去。

司徒绿盯着陈聿飞和小允的背影消失在酒店，这才回过神细看地形。她站的地方视野开阔，足够安全，可离酒店太远，真有人来袭，无法看清，更别说预警，甚而解决对方。再看天上，东方云彩已有变化，黑里透出混沌的白，但还得等上好一阵，才能仰仗月光。绕酒店转上一圈，只有那块巨石最合适，它一侧凿下一排台阶，简陋，可够她上到石顶。

上了顶，她才知道上面有多适合。酒店正面就在下方，顶上并非平面，好几处开裂，有一处凹下去一块，坐在凹处正好藏住身影。巨石顶端走一圈，下方三面是石堆，只酒店背后这面是沙堆。

排摸清楚，司徒绿不急于在凹处坐下，反而在一块平滑处躺下——就算月亮出来，下面的人也绝不可能发现她。这一躺，满天星辰犹如垂直下降，铺在眼前，璀璨透明得让人心疼，闪烁不已让人欲伸手，捂住，摘下，私藏。星光落在眼皮上，灵魂追随它们，进入邈远无限的宇宙。要是群星背后，亦有一双眼睛，看下来，会看见什么？

就这么躺着，天象倏忽，星河移动，只觉一瞬间或者无限长，或者一瞬间即是无限长，司徒绿感到脸上有绒绒白光，伸手抹过，再看手上，又白绒绒一片。这白并不晃眼，如凝脂似暖玉，她恍然回神，一下坐起来。是的，眼前一片白，再定定神，是四处铺上一层，近乎白色的光芒。再抬头，月已至中天，明显不圆，可亮度丝毫无有减弱。许久不见如此静谧的一幕，

240

近处的酒店、远处的沙丘土丘，都在薄纱内，影影绰绰、朦朦胧胧，有着神秘的无法测度的召唤性力量。司徒绿有点愧疚，居然一晃就忘了时间，忘了还有两个人的安全需要守候。凭着这静谧与神秘，她又无端确信，这段时间，并无任何事情发生。

是这么想，可她还是离开平滑处，走向凹处。没走上几步，她一眼看见酒店门口有个黑影，没等她采取行动，那黑影晃动，陡然变长，直达天际。整个世界同时晃动，以司徒绿未曾经历的方式和强度。如同一只手在匀速地转动一只盘子，忽然失控，在最短时间内，甚或是同时，对盘子托、拉、拽、举，一气呵成，掼在地上。碎片飞扬，巨石颠簸，司徒绿再站不稳，须臾间，她本能地跑向下面是沙堆那一侧。不是跑，是跑的极限，水上飞一般，身体在腾起，脚下在动荡，每一步都踩在大地的鼓点上。到得边缘，不由她多想，巨石正由地下上升。司徒绿腾空而起，坠向地面，双脚沾地的瞬间，曲腰抱腿，顺着沙丘往下翻滚。

翻滚一停，司徒绿起身发足，往前面奔去。地下的巨兽狂性大发，咆哮未减，一阵阵如闷雷似轰鸣，从她脚下传来，烫得她左蹿右跳。肆虐前所未有，巨石隆隆上升，房屋噼里啪啦倒塌，地面如波浪起伏，这一切在月光的映照下无比诡异，连月光自身都无比诡异。好歹奔到房屋前，已坍塌成一堆，没一处完好。司徒绿直冲过去，左胳膊却被人抓住，她右手挥拳、左腿起蹬，都被对方躲过，拖着那人向废墟冲出几步，耳听得："是我——是我——陈聿飞！"

司徒绿刹住脚，是陈聿飞，脸上有血迹。

"你受伤啦？小允呢？"

"没事，流点血而已。小允在——"陈聿飞一指，小允在不远处的月光下。看到司徒绿，跑过来，扑进她怀里。

"姐姐，咱们的包没啦，埋到房子下面了。"

"没事。你俩没事就好！"

地震最猛烈的一波总算过去。余震不断，等巨兽这一次发作渐趋平和，酒店里逃出的人，借着月光，刨人的刨人，找物的找物。多年地震训导下，用了简易、轻便的建材。因此，受伤难免，但并无死亡。司徒绿、陈聿飞和别的人，找到伤者，清理压在身上的建材，将他们抬出来。人不多，就七个，月光下躺成一排，止血和包扎后，安定下来。

陈聿飞几番翻腾，找到装有证件的小包，大包却无有踪迹。

"咱们现在就得出发。"

司徒绿下意识地看看四周，没见可疑的人。

"不是小许他们找上来了——"陈聿飞抬抬手，"去西线必须从东三十三区经七号隧道到达东八十一区。我担心这次地震会破坏隧道，那麻烦就大了。咱们早点赶到，过了隧道，心里踏实。"

"也就十几公里，现在出发，中午前能到。"

渐亏凸

首先看到的，是连绵不绝的山。山势

不算奇崛,但一座座层叠相衔,如巨型的阵,等待人来破除。山上成片的茂密的树木早被砍伐一光,只剩下杂草、荆棘,最醒目的,还是东一块西一块光秃秃的岩石,因为降水、滑坡、地震等裸露出来的黄土。望过去,如一排排秃顶,站在一起,挤在一块。

还有两公里,陈聿飞就感慨,"情况不妙!"

确实不妙。道路破碎,本来还算宽阔,现在到处停着车辆,大多还算懂事地搁在两旁,少数却不讲理地占据中央,或者干脆横过来。车上落满灰尘,车身破败不堪,轮胎干瘪塌陷,诸如此类,让人一眼看出,是漫长时间的遗弃。勉强还活着的车,挤开一条路,可也不让人乐观。它们挣扎求生,在废弃车辆间找空隙,见缝插针地堵塞。司徒绿和小允跟在陈聿飞身后,找出这些车辆留出的只够人通过的余地,一步一步往前挪去。到处是喇叭声,到处是绝望、麻木掺杂的脸。

离隧道还有几百米,车辆稠密得令人呼吸困难。司机们从车里下来,张望、打探,骂骂咧咧地望着前方,悠闲或苦中作乐的,干脆就着车顶盖玩起了牌,甚或拿出各自不多的食物,彼此分享。一辆大货车,车厢里坐着四个男人,面前居然摆有啤酒。陈聿飞一路跟人闲聊,打探情况,推推搡搡,挤开一条道、一道缝。

但没用,再往前走不到三百米,已经封路,铁马将隧道隔绝,保护起来。毋须抬头,就能见到隧道周边的山体滑坡严重,还有一道巨大的口子,足够种下几人合围的树。铁马后面站着身着不同制服的人,有维护秩序的治安员,有抢修隧道的维护员,还有两个头戴白帽的督察员。

"什么情况?"陈聿飞仰头问旁边站在车顶上,探着身子观望的男人,"大概什么时候能修好?"

"不好说。"男人俯身答道,声音洪亮,如同广播。周边的人不由自主地抬头望,"快则两三天,慢了七八天,十天半个月也说不准。"

"这破隧道,时不时来这么一下。还不如早点另想法子——"旁边一人插嘴。

"能想什么法子?"一个年纪不轻的女人不屑地反驳,"你以为协会真是一帮白痴?但凡有别的法子,早想了。这隧道是老出事,一出事就得重新打通。可是真的有效率,不是这几十公里的隧道,想去东八十一区,门都没有。"

站得稍远的一个老者频频点头,看没谁注意自己,只得抛开矜持,"对!这隧道是老出事,可出不了大事。为什么?这一带的地质构造、山体结构,这个,这个……山里面岩石的体积、质地,保证隧道出事也就是小打小闹。什么地方垮塌一点,什么地方进些水,无非这样。比起别的方式,平常维护,出事维修,这隧道最经济有效。"

被老者吸引的人纷纷点头,有人以夸张的语气配合:"您老懂得这么多,是这方面的行家!"

"那可不,我以前……"

"快看呀!"站在车顶的男人一声大叫,夸张地指着前方,"从隧道里清出来两辆车,拖出来的!车里还有人,哎哟,还是个女的,还挺年轻,看样子危险了……"

陈聿飞没再听下去，他转过身来，示意司徒绿和小允往外走。三个人比挤进去更加费力地挤出来，往旁边一条小道走上一段，呼吸又自如了。

"咱们找个地方先住下，等等看，希望时间不要太久。"

司徒绿也这么想，"找个人多、热闹的地方，有什么变化，好打探消息。"

好不容易找到住处，陈聿飞实在太困，径自睡下。司徒绿和小允在房间里聊了一会儿，看她哈欠连天，便让她也躺下。说自己出去，买点必备的衣物。

衣物当然要买。靠着隧道，大概更靠着隧道不时出状况，这里还算热闹。几条街道并拢，像个小镇。镇上有各样买卖，品类匮乏，但总算能把店里摆满。镇上以受困于此的司机、行人为多，因而住宿兼饮食的酒店、喝茶兼聊天的茶馆不少，日头正烈，没多少人在外面走动。司徒绿走过两条街，如她所想，镇上没电话点。买上换洗衣物、日常用品后，她四处探看，没发现团契的符号，也找不到活动的迹象。但团契无处不在，只要求助，必有人出现。司徒绿找了几个僻静处，左右张望，确定没人注意，才用备好的画笔，画上团契的符号。

三根木柴组成一堆火，腾腾的火焰上方，是一轮圆满的月亮。

下弦

第三天下午，还是没人找上门来。司徒绿知道，她留下了足够的标志，如果附近有团契的人，她的一举一动已被看在眼里。

隧道的修复也没进展，眼见时间涓滴流逝，司徒绿有些焦虑。傍晚，陈聿飞主动说，再去隧道那儿打听。司徒绿带着小允在街上转了几圈，看她还很精神，两人又到一家茶馆，坐下听人说书。说的是"月球隐士铁箭射章鱼"，台上男子眉飞色舞，正说到宇宙章鱼喷出墨汁，乌云蔽月，月球隐士的月光铠甲，能量骤减……上茶的服务员在司徒绿桌面轻扣两下，得到她注意，努了努嘴。

茶馆楼梯旁站着一个年轻男子，身着洁白的衬衣。司徒绿疑惑地站起来，走过去。那个一身洁白衬衣，显得异常干净的男子待她走到面前，拿出一张纸，上面用粉色的笔，画着那个符号。三根木柴搭在一起，烧得正旺，火焰上方是满月。火焰与月亮之间，加上了点点火星。司徒绿知道的团契符号里，没这一圈火星，而且她从未听说，团契里有男人。

但司徒绿还是有些激动，她按捺住情绪，"有什么事吗？"

干净的男子神色比她还激动，他用目光止住司徒绿，偏了偏头。司徒绿见小允正专注地盯着说书先生，便跟着干净的男子下楼。没想到，男子直接出茶馆，往西而去。司徒绿稍稍犹豫，跟了上去。

天色已暗，街上的人多起来。男子走在前面，离司徒绿几个身位，他不回头，也不停下。司徒绿伸手入兜，握住枪，不紧不慢地跟着。

过两条街，快走出人群聚居处，两旁已见荒凉。司徒绿正要叫住对方，男子却停下，转过身，冲司徒绿招招手。不等她如何反应，他再次转身，斜刺里走进一条巷子。司徒绿气乐了，"我倒要看你耍什么花招"，她跟上去。巷子不宽，仅够两人并身而过。男子在前，巷子的暗淡衬得他的衬衣愈发明亮。

司徒绿往里走了几十米，经过两道开在墙上的窄窄的门后，停下，"站住！再不说话，我回去了。"

男子应声站住，转过身来，往回走十来步，站在几米开外，脸上是干净的笑容。他看了司徒绿好一会儿，"你要我说什么？"

"说你带我来这儿，想说的话；说我跟你来这儿，想听的话。"

"我知道要说什么，不知道你要听什么？"

"少啰嗦。你纸上的图案怎么来的？"

"哦，这个啊——"男子露出得意的笑容，干净的得意，"跟你学的！"

"跟我？"

"对！你这两天不是到处画吗？你搞得那么隐秘，要不是你这么好看，简直鬼鬼祟祟。我只能远远跟着你，你走后才能观摩。"男子继续干净地笑着，"女孩子怎么能用那么黑不溜秋的颜色？你看，我给你改成粉色多好！加上一圈火星，是不是更有趣了？"

"无聊！"司徒绿往后退去，"你自己画吧，爱画多少画多少。"

"当然自己画！但我现在想在你身上画，你看哪里最合适？是胸口呢，还是屁股，还是你的脸，或者别的什么地方？"男子随司徒绿后退而前进，语气趋向淫荡，笑声更见猥琐，"你现在想走——"

话音未落，吱嘎两声，司徒绿身后，那两扇门打开，和男子年龄相仿的两个年轻人走出来。三个人站成三角，都冲着她。左边门里出来的手拿明晃晃的匕首，右边的则拿着黑乎乎的东西，像是短棍。

"乖乖的，留下来。让我们尽情地画，管保把你画成这世上最美的女人。"男子也解下腰带作为武器。

必须速战速决。司徒绿掏出手枪，打开保险，先对准男子，然后调转枪口，依次指向身后的两个年轻人，再回到男子。"你们打错算盘了，滚开。"

男子的笑凝结在脸上，几乎垮下来，两个年轻人被施了定身术般，僵在那里。司徒绿一步一步往后退，但没退出几步，就听男子喉咙被谁撕破一般，大喊："玩具枪！兄弟们，她在耍我们。"

紧跟着，一团混沌的光扑上来，司徒绿还没想好，就听见"砰"的一声，持枪的右手一震。时间被喊停，以衬衣作光扑上来的干净男子，仿佛被狂风往回拍了一下，跌回两步，定在那里，血从他的胸口冒出来。在又黑了几分的巷子里，他的血仿佛自成光体，特别显眼、明亮，在他胸口如一朵同时向内向外翻卷着绽放的玫瑰。时间继续，干净的男子向后，摔倒在地。身后左侧的年轻人"啊"地大喊，声音比身影更先到达，足够司徒绿侧身开出两枪，将他撂倒。没看他一眼，枪口就带着司徒绿朝向右侧的年轻人。他站在那里，像是急冻后取出，正在化冻。手枪没留出时间，它以两次司徒绿的右手已然习惯的颤动，点在他的身上。

手枪的行为终止，被子弹与血擦亮的巷子暗下来，直暗到司徒绿的双眼几乎辨认不出黑白，才又往回调了调。她垂下双手，任手枪挣脱，自右手滑落。她像奔向一道重生的关隘，冲向巷子的尽头，冲到大街上。大街被两侧的灯光照得苍白，地上如同冰层闪着寒芒，司徒绿站在上面，感觉脚下随时都会融化，将她吞噬，感觉前后左右都在断裂，要将她抛开。

在无止境下坠开始之前，她最后的求救的目光撒向远处，捞到一张熟悉的脸，又一张熟悉的脸。他们向她奔来，口腔里发出宛若拯救的呼喊。她等着，用意念作支撑，直到小允扑到面前，才双腿发软，顺着陈聿飞搀扶的手往下倒去。几乎同时，两双手从两旁分别扶住她的胳膊与腰，像是撑木扶持将要被狂风掀倒的树。

司徒绿的意识处于漂流状态，她能看见两双手的主人，是两个女人。她们一左一右以搂、抱、抬结合的方式，像对待珍贵的器物，将她带回住宿的酒店。陈聿飞早撒开手，站在一旁。他投过来的目光，目光里的担忧、自责，都被接收，她只是说不出一句话，来作为回应。

"隧道还得一周才能修复，前提是没有强烈的余震。"司徒绿被安置着，靠墙坐在床上，陈聿飞说出打探的结果。

"我们就是为了这个来的。"一个女人说。

司徒绿看着其中一个女人嘴唇翕动，听着话语从她口中出来，可是她一错眼，再辨认不清究竟是哪一个说的。她无法确定，这个在说时，另一个是不是说了同样的话，她无法同时盯住两张嘴。不妨当成是一个人说，一个合两个女人为一体的"女人"——这样一想，她似乎能让这些话语在意识的河流中激起些波纹。

"很抱歉，让你们等这么久。如果只是司徒绿一个人，会早点和她接触。你们是三个，花了些时间确认。陈先生身上有些谜团，但相助的心毋庸置疑。"

"谢谢。解决问题更重要，别的不说，需要的话以后再说。"

"这正是我们要说的。在这里空等不行，白白耗费时间，久了恐怕有变。考虑再三，有个备选方案，目前唯一可行的方案。但我们只能提出来，得你们自己决定，得司徒绿来决定。"

"既然是'唯一可行'，就没别的选择。"

"不，听姐姐的决定。姐姐——"小允走到司徒绿面前，"你听完，可以就说一声，不想说，就眨眨眼。好吗？"

"请说吧。"小允对女人说。

"离开这里，去东十七区。我们安排好快艇，你们乘它渡过五号湖，也就是死湖，在东五十八区上岸，由那里往西线去。这算条捷径，能把之前等的时间赶出来。"

"为什么我们之前不走这条路？"

"这是条死亡之路。你知道五号湖为什么叫死湖吗？它容纳了巨多的放射性物质，任何人靠近它、想要穿过去，都需要穿戴厚厚的防辐射服。更恐怖的是，多年沉积，湖水腐蚀性巨大，人掉进去没命不说，通常的钢铁机器，浸泡超过一定时间，也会受到严重腐蚀。要是你穿着防辐射服，驾着船走着走着，船熄火了，只能呆在原地，等着它迟早沉没。这是什么样的感受？"

"陈先生说得很形象，死湖正是因此被视为禁区。但没这么夸张，至少不再这么夸张。我们找到一种防腐蚀剂，经过测试，可以延缓湖水的腐蚀作用。按快艇的通常速度，十八个小时穿过死湖没问题，与湖水接触的关键部位涂抹这种防腐蚀剂后，快艇可以保持二十个小时的正常运转。"

"我们最多有两个小时的富裕，不管是因为迷路、走错方向，还是快艇故障？"

"对！"

"是你们安排人驾驶，还是我们自己来？"

"对不起，只能你们自己来。"

"这几乎就是送死！"陈聿飞以几近夸张的语气感叹道。然后，他转向司徒绿，"我没问题。"

大家看着司徒绿，房间里一时安静得如同坐着两头大象。不需久等，司徒绿两只眼睛的上眼皮像遮天幕布那样，漫长、轻捷地阖向下眼皮。

有明

娥眉残

做出来死湖的决定关闭了司徒绿和外界交流的大门。在那之后，别人对她说什么、做什么，她能接收到，能明白，但就是没法开口作答。每次只要她想开口，眼前就出现同时向内向外生长的玫瑰。血玫瑰，鲜红的血液翻卷着喷涌，一刻不停地喷溅，找到她意识深处那些语言，将它们浸泡成一团，再滴滴嗒嗒无止境地落向一个永恒空白，她无法辨认无法描述的空间。有时，那血玫瑰还在片片花瓣上，翻折出一张干净的脸，那个身着白衬衣的干净男人的脸，脸部有着精准的时间刻度，到露出那些过分的笑容之前为止。

司徒绿明白，血玫瑰及其背后关联的事，构成她意识的护城河，当她想要以语言或者文字乃至手势，与他人交流时，必须经过血玫瑰的水域。现在，凭一己之力乃至陈聿飞、小允等人的帮助，她无法跨过这条奔腾的波浪时时的河。好在，只要甘愿禁锢意识，不做交流之想，她还能跟随小允他们，完成日常生活之种种事项。就这样，她一个人待着时，和正常人没两样；和他们在一起而避开交流意愿时，她确实在人群中。因此，陈聿飞在和两个女人讨论后，决定先不送司徒绿就医——一方面，他不能违拗她继续赶路的计划；另一方面，得过了死湖，才有可以信赖的医院。

于是，四个人带着司徒绿，乘着找来的车，经过两天的奔袭，得以望见一片深蓝中泛着银白的大水。又前行几小时，在天黑前到达离湖十数公里的一个废弃村子。两个女人说，必须在这里做好一应准备，才能安全地接近死湖。又说，尽可以放心，这里直抵的湖岸是前往东十七区最近的。该说的该注意的都在一路上嘱咐完毕，落脚后，再没什么可说的。两个女人对陈聿飞仍有提防，陈聿飞则担忧着司徒绿。小允则陡然间成熟起来，在几个人之间穿插、搭话，维持气氛。晚饭后，她带着司徒绿在废弃的村子转了两圈。漫天星斗下，司徒绿几乎用尽力气，才将她搂在怀里，抚摸着她的头发——这让小允高兴得蹦起来。

第二天早上，司徒绿在湖水隐隐的声响中醒来。早餐已备好——除开一盒用矿泉水冲淡的牛奶，与他们一路上吃的东西并没区别，几块面包，一点黄油，再加一盒鱼罐头。他们期待地看着司徒绿，又低下头掩饰这期待。司徒绿懂，她刚想说点什么，那血玫瑰就横到眼前，她定定神，意识内缩，才能走过去。

十六岁加入团契后，司徒绿断断续续在樱桃园受训三年，此后依靠信息供给、任务协助等，保持和团契的联系，但首次独立执行任务，她更切实地感受到团契的力量，正如那句话说的，"有力量的颗粒，是我们的团契"。用完早餐，两个女人变戏法似的从后备箱拿出五套防辐射服来，是最轻薄但防御效果最好的新款。赶到湖边废弃码头时，快艇已泊在那里。

两个女人提醒完陈聿飞驾驶快艇时特别注意的事项后，分别与小允、司徒绿拥抱。她们隔着防辐射服，亲吻了司徒绿的脸颊，这才道别。司徒绿看着她们的背影，离去的车辆，在心里道了珍重。

快艇是五个人的标配，陈聿飞在后面驾驶，司徒绿和小允坐在前面，面朝他。中间放着三个人原有及两个女人为他们准备的物品。防辐射服是不可能在中途解开、脱下的，因而没有准备食物，但擦拭溅至身上的湖水的毛巾、以备万一的绳索等都有。两块预备更换的电池，很是压舱。靠近岸边的湖面上到处都是垃圾，各种腐蚀得奇形怪状的易拉罐、塑料袋在水面上沉浮嬉戏，还有材质不明但闪着诡异光芒的块状物品，一些被湖水蚀刻得像艺术品的木板、纸板、残余的树枝、草团……应有尽有。少不了只剩半块躯体的鱼、无法辨认原本是什么的动物残骸，还有一些不忍细看也无法细看的东西。

这样垃圾包围的情况下，忍受着实质上与想象里都很难闻的气息，快艇出发了。发动机的声音有些滞闷，划开的水面有些黏稠。司徒绿知道，这些感受都带有先入为主的印记，但她仍旧生出极其强烈的废墟感，有着未来、末日影子的废墟。随着快艇行进，湖岸远退，他们陷身于湖水和波涛的包围。但还有鸟在水面飞过，且偶尔落下，踩在浮物上，或啄向什么。它们不知道死亡是何物，更不懂得避开辐射，其灰色的翅膀、白色的腹部掠过时，既有生命的跃动，也有无法开解的荒凉，仿佛它们是机械制品，一不小心就会露出内里的能量块。

"姐姐，你好些吗？"小允两只手伸出来，捂住司徒绿的右手。隔着防辐射服，她的声音有一点点失真，"你不要就这么不理我啊。我见到哥哥时，还要介绍你们认识呢。姐姐，我们还有多久就能找到哥哥呢？千万要在生日前见到他，让他和我一起许个愿。我只要见到他，和他回去就好。剩下的所有心愿，都是希望你能好起来。"

小允的眼睛给了司徒绿天真的温暖，她说不了什么，但能握住小允的手。这一握和一握的力量，给了小允想要的回答，她激动地看着司徒绿，眼睛有点湿润，随即不好意思地抱住司徒绿，靠在她身上。

湖面是完全的大水模样，四周渺无涯际，只在水天相接处，有地平线浮沉不已。也不妨说，天地被吞食净尽，只留下水面的弯曲。如此辽阔，垃圾就被忽略，只在碰巧反射阳光时，才让人意识到。湖水有其特性，照样是蓝，却深入天空的底部，而深蓝乃至发黑，乘风跳跃的银色，是细小的斑点，偶尔被拉成一条线。

司徒绿正盯着一只俯冲的鸥鸟，小腹忽然胀痛起来，缓慢、坚固、沉坠，绝不要命，也绝不让人安宁。没别的办法，她只好搂着小允，闭上眼睛，借由快艇的节奏，迷迷糊糊，摇摇晃晃起来。四肢百骸慢慢松弛，意识逐渐模糊，仿佛在水面上越摊越开、越摊越薄，渐趋与水面共振，随水波荡漾。但始终有一缕游丝牵绊着，让她无法睡去，是小腹的疼痛，是贴着意识绽放在水面上的血玫瑰，抑或两者就是一体，搅拌在了一起。她闭着眼睛，听快艇划开水，听分开的波浪在身后复归湖面，听陈聿飞偶尔和小允说上一两句，听小允忽然哼出小调，又在唱完之前戛然而止，嘴里发出掩藏不住的嘿嘿声。到某个节点，她眼前金晃晃的，总算进到某个阶段似的，身上一阵轻松，睁开眼来。

小允正侧着头，盯着司徒绿看，吓了一跳，往旁边一让，随即回过身，紧紧搂住司徒绿。"姐姐，你醒啦。看看那边是什么？"

"什么？"司徒绿随口问道，问完怔住了，她看着小允。

"鱼！大鱼呀！"然后，小允反应过来，搂着司徒绿的双手松开，在快艇上蹦了一下，大叫："太好了！姐姐，你终于肯跟我们说话！姐姐，你再说一句，和我说一句！"

司徒绿笑了，"说什么？"

"说什么都行！"小允心满意足地坐下，冲着陈聿飞，"姐姐想说什么说什么，想干吗就干吗！"

司徒绿睁开眼起，陈聿飞就看着她，没管小允折腾得快艇摇摆不定。司徒绿咳嗽一声，掐掉团契标志等内容，讲了跟随那个干净的男子进到巷子后发生的事。特别是那朵在白衬衣上盛开，无法凋零的血玫瑰。没有粉色的标志作饵，故事缺乏说服力，她为什么要跟他走呢？陈聿飞肯定注意到了这一点，但他没问。

司徒绿也有疑问，"那是些什么人？这么猖獗？"

"不像是团伙，更像自行纠结的不轨分子。"

"看他们的行为方式，不是初犯，说不定有受害者……落在他们手中。"

"那儿人员流动大，这种状况很难避免。"陈聿飞有点难堪，更有点沮丧，"那三个人死了，肯定会有人查找原因，真有人被囚禁，能脱身。"

"类似情况多吗？"

"不算少。不一定是这种方式，但治安状况在持续恶化，已到失控边缘，治安员能做的非常有限。"

"因为这个，才没那么快来人查他们怎么死的，我们才有时间离开？"

"对！人力严重匮乏……要是事先知道这三个是什么样的人，人员充足也不一定会查。"

"这不对啊,不符合《原则》——"司徒绿生生把这句话咽下去。换作她,也不会太在意那三个人的生死。

"姐姐,看大鱼——"小允再度嚷嚷起来,她指着司徒绿右侧,那里有一截鱼鳍般黑乎乎的东西。

"小允,不会是鱼。就算是,也不可能那么大。"

"说不定是鲸,最起码也是鲨鱼啊。"小允的神情,分不清是认真的,还是在逗乐。但她提醒了司徒绿,她看一眼陈聿飞,陈聿飞正看过来。两人眼神一对,快艇向着"鱼尾"而去。

花了半个小时,才到跟前。几百米外,小允就用"原来是艘大船"否定了"大鱼"。船足有两层楼高,多半是撞在岩石或者搁浅在什么东西上,湖水都快漫到船舷,仍旧稳稳当当。船上有两个分开的舱室,陈聿飞驾着快艇绕船一圈,找到锈迹满满的扶手铁梯,他使劲掰了掰,确定稳固后,停下快艇。

司徒绿站起来,把快艇前面的缆绳系在铁梯上,率先爬上去,再回身拉小允。陈聿飞熄掉快艇的火,停靠好,也爬上来。

风与浪把湖水带到甲板上,年久日深,甲板被腐蚀得坑坑洼洼,有的地方露出拳头大的洞,还有几块甲板完全朽烂。司徒绿抓住小允的手,踩着龙骨脊小心向前,不忘提醒跟进的陈聿飞,不要刮破防辐射服。甲板上东一摊西一堆地落着鸟粪,不少鸟毛粘在粪堆上,这船显然成了群鸟的乐园。离他们近的那处舱房,是乐园中的乐园,不高的房顶上鸟粪鸟毛外,还有几只鸟的尸体。其中一只居然靠着一侧,站立着,身子早被风掏出几个窟窿,眼睛的位置是两个洞,望过来更见力量。

"别看了。"司徒绿在小允眼前挥挥手,小允顺势低下头,瞅着脚下的每一步。

舱房的门带上了,但抓住门把手左右摇晃,也就开了。这是驾驶舱,仪表盘和窗户玻璃上都蒙着一层如灰尘似苔藓的灰色物质。顺着楼梯往楼下走到一半,是发动机等设备,光线昏暗,无法再往下去。

另一个舱房门一拉就开,可刚拉开一条缝,就涌出一股浓烈的气味,隔着防辐射服,仍差点让人呕吐。陈聿飞和司徒绿、小允,分立门的两侧,等待许久,才由陈聿飞上前,完全拉开。又等了一会儿,陈聿飞率先走过去,没进两步,他又回过身,挡住司徒绿和小允。

"不用看——"

司徒绿和小允同时问:"是什么?"

"尸体。"

隔着防辐射服,司徒绿看不清小允的表情,可小允的身体摇摆着,欲进又退、欲退又进。最后,两人在陈聿飞的摇头中,走了进去。是尸体,一共十具。像个会客室,中间有张茶几,茶几上摆着十个不同形制与性质的杯子,陶的、瓷的、玻璃的、不锈钢的,还有一只一次性纸杯。十具尸体围着茶几,盘腿坐在地上。他们的衣服还剩下条缕,但皮肤、肌肉消失得差不多了,骨头崚嶒着露在外面,有的部位挂着风干的肉,有的部位长着白色的毛。

"姐姐,这是些什么人,怎么会死在这里?"

司徒绿不知道,但看他们的坐姿,相互间比较均匀的距离,同时朝向茶几,彼此关系应该不差，更像是从容求死。她避开这些尸体，往前走几步——味道仍很强烈——来到茶几旁，茶几上有一张折叠的纸条。纸条展开，巴掌大，上面写着八个黑字：文明何义，延续何为？

黑字已随时间推移，变得浅淡，几处甚至破损出孔，靠前后内容和残余部分，才能推断。司徒绿将纸条递给陈聿飞，向在座十人鞠了三躬，带着小允出来。湖面有风掠过，风中一股金属味，但能让人醒醒神。

"姐姐，你认识他们吗？还是知道他们是谁？"

"不认识，也不知道。不管他们是谁，死在这里，与湖水为伴，都让人同情。看纸条的意思，多半不是为私事而死，更值得尊重。"

"那纸条上写的什么？"

陈聿飞正好出来，听小允问，递给她。小允看后，又递给司徒绿，司徒绿将它攥在手里，回到快艇上，搁进放证件的包里。陈聿飞发动快艇，他仪式性地绕着船转了三圈，这才离去。很长时间，三个人都没说话。直到日头西坠，湖面上的银光看来更甚，陈聿飞提议歇息一会儿。

"别歇息了，我来开吧。"司徒绿站起来，走到驾驶位，"有问题你告诉我。"

"一直往西就行，注意别撞着什么。"陈聿飞走到中间，看司徒绿开了一会儿，没什么问题，这才过去挨小允坐下。

"他们是什么人？"司徒绿等他坐定，问。

"不知道，也没听过这样的事。"

"文明何义，延续何为？"司徒绿回答不了。这八个字和十具尸骨牢牢地长成了一体，散发着幽暗的毛茸茸的白光，让她忍不住探看又无法逼视。

三个人都没再说话。他们于沉默的黎明时分，抵达东五十八区，舍弃快艇，上岸之后也没打破。这趟顺利得异乎寻常的死湖之旅，似乎只为让他们看到那十个死去的人，将他们的消息带回人间。

找到一家旅馆，草草用过饭后，他们决定美美实实睡上一觉，养足精神。进到房间，司徒绿拿掉卫生巾，看见里面一摊黑色的血迹时，那在船上花瓣已然变薄变淡的血玫瑰，又在头脑里遥遥退去几层。

残

"姐姐，那是什么？看到不少。都是这么几间房子，和铁丝网连在一起。"

"我也看到，但不清楚。你知道吗？"

"那就是舌头。"

"那就是舌头？第一次见到，以为比这个大很多呢。"

"舌头是什么？"

"嘴里的器官，这根舌头两面都是嘴。哈哈……你看，那房子一半在铁丝网内，一半在铁丝网外，像不像同时伸进铁丝网两边的舌头？"

"真像！做什么的？"

"你知道铁丝网那边是什么？辐射源。以前，如果地震什么的破坏核电站，出现新的污染，就用铁丝网围起来。光围起来不行，还得派人进去，清理、填埋等等。这些人就从这头进去，穿上防辐射服，坐车到工作地点。每天干完活再出来，换下防辐射服，清理身上的残余，洗澡。"

"真危险！他们像是送到辐射嘴里的食物。"

"没错！这种房子开始没名字，大概就是这些去的人，有这种感受，管它叫'舌头'，慢慢传开。"

三人休息一天后，前往东七十二区，准备在那里核验身份，办理特别通行证，进入西线。坐的是老旧的公交车，按座位售票，司徒绿选的面对面，她和小允坐在一边，陈聿飞坐在另一边。车开出没多久，就能看见大片被铁丝网围住的区域，还有灰色的破败建筑，小允忍不住问起来。

老公交车摇晃，三个人有一句没一句闲聊。司徒绿有点不习惯，这是她出发以来，最日常的一天。到后来，她索性不说话，听小允往下问，陈聿飞接着答。

"舌头为什么废弃了？污染源不需要处理了吗？"

"后来有了快速高效的机器，不需要这么多人，也就不需要这么多舌头了。"

"真能高效处理，怎么会污染越来越严重？"

"因为核电站越建越多啊。能源有限，只能靠核电。可地震完全不受控制，今天这儿震一下，明天那儿震一下，只好不停建，不停增加污染源。现在对核电的利用，就是'饮鸩止渴'的生动阐释。"

"为什么要用这么多电？少用电不就能少建核电站，污染源不就少了吗？"

"小姑娘说得好！"坐陈聿飞旁边的中年男人一直闭着眼，本以为他在打盹，突然插起话来，"为什么要用这么多电？电是必须的吗？人类存在了多少年，电发明了多少年？完全本末倒置！电是会带来便利，可这么搞下去，最大的便利就是人类灭亡的便利。"

他说得激动，声音高起来，最后一句几乎是吼。司徒绿、陈聿飞面面相觑，这是最常引起撕裂的话题之一，引起过不少骚动，因此被协会禁止公开讨论。虽说私下闲聊不会有谁来干涉，可是中年男人这么慷慨激昂，总归不妥。

但话说到这里，不能不接茬，陈聿飞等周围人的注意力转移后，才说："这不是非此即彼的选择题，现在基本的生活便利、文明成果的保存，甚至整个人类的延续都很难离开电能。完全不用电显然不行，可要是在有限范围内使用，又由谁来判断、监督使用情况呢？"

陈聿飞说的是讨论这个问题时的老生常谈，小允听着可能新鲜，中年男人绝不陌生。可中年男人也提不出有力的反驳，他"哼"一声，先表示不屑，"有什么好判断的？一刀切，一律不准用。一个生重病的人，停止不良嗜好，能好起来，应不应该停？哪个不良嗜好不是刺激感官，一时让人快乐？你夸大其词了，几百年前没电，人们不活得好好的？最关键的是什么？是活下去。"

另一番老生常谈。司徒绿示意陈聿飞，别再争论。忽然，"文明何义，延续何为"八个字在她脑海飘过。这不就是他们争论的吗？可答案是什么呢？讨论得出结果吗？

"这样吧——"中年男人的情绪无法平息，他盯着司徒绿，逼她拿主意似的，"下一站你们跟我下去看看，就知道，这不是争论能解决的问题，根本而言，这也不需要争论，只需要解决。"

这出人意料的变化，让司徒绿和陈聿飞发懵，让小允雀跃。

"我们赶时间，怕是没法跟着你……去领略……"司徒绿一时间措辞困难。

中年男人手一挥，打断她，"不是领略，是看见，看见真实情况。"意识到自己太激动，他平静了一会儿，才又说："不至于这么紧迫！下午还有趟车，只耽误两个半小时，晚一点到而已。这点时间，就当是——是死亡的不良嗜好吧，还不能满足一下？"

"死亡的不良嗜好"这个形容打动了司徒绿，她点点头。达成一致后，大家反而没话可说，气氛有点尴尬。中年男人意识到了，他再度闭上眼睛。

好在下一站就到。中年男人先下车，陈聿飞让司徒绿、小允跟着，自己殿后。离站台不远有一条水泥道，往里去一百来米，是座灰色围墙圈起来的院子，面积不小。院门上竖着巨大的牌匾，离得这么远，上写五个大字也清楚可见——"玉热疗养院"，陈聿飞"啊"了一声。

见司徒绿、小允都看向自己，他解释道："刚听车上报站名，玉热山。我一时没想起，玉热疗养院就在这儿。"

"是啊！这就是玉热疗养院，远近皆知、闻风丧胆。"中年男人走过来，伸出右手，"你们好，我叫常青田，车上一时没忍住，得罪了。带你们去玉热疗养院看看吧，一会儿你们不用说话，有人问，就说是我的家人。"

说完，常青田看着疗养院，呆立一会儿，又说："希望你们就来这一次，不管是玉热还是别的疗养院。当然——"

他以低到司徒绿无法确定是否听清，只能猜测的声音，又咕哝了一句，"也希望我是最后一次。"

司徒绿看看陈聿飞，见他一脸肃穆，就没再问下去。玉热疗养院的院墙特别高，可见的地方都刷成灰色，让人压抑中情绪稳定的深灰。两扇对开大铁门，紧锁着，两边都开有侧门。靠左侧，是密闭的房间，门口挂着牌子，灰底子上写三个白字"审核室"。

常青田让他们稍等，走过去，推门而入。他待了足有十分钟，才出来，拿着一张纸。看他神情，疲惫得像待了十个小时。三个人跟着他走到左侧小门，那张纸递给守在门里的年轻人，对方在纸和四个人之间看了几个来回，打开门，放他们进去。

院子里好些，建筑仍以灰色为主，可总算树木花草繁盛。常青田回过头来，苦笑着说："我不知道随告别次数增多，家人的数量必须减少。按规定，最多只能进来三个人，磨好半天，才同意。"

"你告别了很多次吗？"

常青田点点头又摇摇头，"这是第三次，他们说很多。就三次，很多吗？唉，最后一次，这是最后一次。我还算好的，家里第一例，听说从第二例开始，就只能一个人来一次。"

陈聿飞点点头，没再说什么。司徒绿听这黑话般的聊天，一点头绪都没有，小允也茫然地看着她。院子里很多灰色的六层建筑，他们走到编号为7的楼前，仍旧有人核验常青田手里的纸。进到楼里，像是医院的住院部，又像是老式居民楼，光线暗淡，没有电梯。他们从楼梯上到五楼，503。

房间里比外面好很多，灯光明亮，四个角放着四张床。四张床四个人，三个老人，一个小伙子。小伙子侧身躺着，背冲着门。三个老人统一的蓝白条纹衬衫，一个坐在床上，戴着花镜翻看一本书；一个坐在床边，复盘摆在床上的象棋；另一个站在床头，望着窗外。

"爸——"常青田喊一声，走到站着的老人跟前。陈聿飞他们也往老人身前去了去，没那么近，没喊。司徒绿顺老人的目光，看到远处两座巨大的烟囱，其中一个正冒青烟。

"青田啊，"老人转过身，看着常青田，好一会儿才说话。他的神情、语气在这个过程中，经过细微的调整，由热切变得冷漠，"怎么又来了？"

"今天我得来。"汗顺着常青田的脸颊直往下流，"这三位朋友，他们来看你。"

司徒绿、陈聿飞、小允听见，忙冲着老人鞠躬，问好。

老人看看他们三个，点点头，接下来的话仍是说给常青田的，"青田，就这样吧。你看你，跑这几趟，耽误多少事，耗费多少资源？还带朋友来，不值当。我早就不该再活下去，简直就是在跟你夺食，跟巧巧夺食，一想着啊我就羞愧。"

"爸，你别这么说，我们，我们都挺好的。"

"巧巧好吗？想我没？"

"想，每天睡觉前都说'要爷爷讲故事'，起床后第一件事，就是'要爷爷挤牙膏'。要不是不允许，早带她来看你了。"

"千万别来！"老人双手乱摆，"好了，就这样吧。回去和你妈妈说，我这一生有她有你我很知足。巧巧，是梦里才有的福分。走吧，陪我走到告别室，一会儿带我回家。"

常青田再也控制不住，一屁股坐在床上，双手捂住脸。

"嗨——这家伙，永远长不大。"老人苦笑着，求助地看着另外两个老人。两个老人从常青田他们进房间起，就留意着这边，收到常青田父亲的求援，一个放下书，另一个又挪一步棋子。两人下床的下床，穿鞋的穿鞋。

下象棋的老人拍拍常青田，"小常啊，别悲伤。你爸是想通了，可到底骨肉相连，你这么难过，他很为难。"

"是啊——"看书的老人先搭句腔，再走过来，"要高兴，你爸这么快就想明白，决定做最后也是最大的贡献。昨天他教导我俩好半天，让我们早做决定，不要拖拖拉拉，让家里人脸上无光。"

常青田的父亲听了两个人的话，满脸兴奋，望望常青田，又感歉然和不安，几次伸出手想拍拍常青田，临了都缩回去。司徒绿看不下去了，她正要叫常青田，他忽然就抬起头，伸手抹去脸上的泪痕，"爸，是儿子不孝。你别说了，我都明白。"

两个老人把常青田父子送到门口，亲热道别。司徒绿跟在陈聿飞、小允后面，临走前，她看了眼躺在另一张床上的年轻人，他始终一动不动地卧在那里，像是进入了冬眠。司徒绿刚出门，就见常青田的父亲急匆匆赶回来，嘴里念叨着"怎么忘了呢怎么能把这个忘了"，他从床头柜里拿出一根黑色的绳子，绳子下面垂着明晃晃的物件，像是蜜蜡之类的东西。

"差点把它忘了，这可是她唯一送给我的礼物，从十六岁就跟着我了。"老人嘟嘟囔囔，没再看任何人，没再和谁打招呼，走了出去。

司徒绿听见一声撕心裂肺的号啕，回过头，那个年轻人翻过身，朝着天花板，脸上眼泪横飞。那两个老人瞬间化身木偶，呆呆地望着他。

到楼下，常青田冲司徒绿他们挥挥手，扶着老人绕过7号楼，往后面去。后面树木掩翠，林静径深，似乎通往完全别样的所在。司徒绿见旁边几棵苹果树下，有两张空长条椅，率先过去坐下。

"早知道他来这里，就不在车上争了。"陈聿飞感慨起来。

"怎么啦？这里不是疗养院吗？"

"是疗养院，可不是那个疗养院。小允，有没有什么地方，觉得奇怪？"

小允想了想，又挠挠头，"进来手续很麻烦，限制亲人和探望次数很怪。嗯——这些人脸上的表情很不一样——"

"怎么不一样？"

"嗯——情绪很复杂，好像什么都有，表情怪怪的，又想哭又想笑，又想平静下来。"

"你说得太对了，这个疗养院不一样就在这里。一般的疗养院是帮助人恢复身体。这里也帮助人，但帮助人恢复精神。"

"挺好呀——"

"是挺好，但得看恢复精神后做什么。得重病的人，一旦确定无法救治，或者救治成本太高，医院就会开出证明，指定他来疗养院。疗养院花上一段时间，调养好他的精神状况，等到他信服，能够愉快接受之后，再由疗养院指导或者帮助，安乐死。"

"啊！"司徒绿惊呼。

"安乐死是什么意思？"小允拽拽司徒绿的胳膊。

"就是让人……快乐地死去。"

"死去怎么会快乐？"小允看看陈聿飞，又看看司徒绿。

"不一定。如果一个人相信一些东西，比如说他再活下去毫无价值，他能做的唯一贡献，是以死为世界节约资源；比如说他有牵挂的事有深爱的人，他的死有助于事情往好了发展，让家人过上美好的生活；再比如说死亡只是肉体的消殒，精神上他将和更高的存在融为一体；等等——反正只要他有所信，就可能带着信念，快乐地死去。至少，死得安心。"

"要是一直不快乐，也不安心呢？"小允睁大眼睛。

"不可能。"陈聿飞斩截异常，"来了疗养院，没人会死得不安乐。"

太阳正炽烈。寒意仍从司徒绿的脊背升起，迅速上窜，就像网状的刺，包裹着她的身体，向内扎入。

喉头发紧，牙齿发颤，司徒绿使出最大力气，往外挤话，"每个重病人都必须来吗？我之前怎么没听说？"

"发展部的试点，先在偏僻的地方进行，积累经验后逐步推广。长远计划，是扩大到丧失劳动能力或超过一定年龄的人群，无论有病与否。"

司徒绿再说不出话来。陈聿飞拿出烟，

点上后猛抽一口，在呛人的烟雾中，又说："得重病的人，都会给定时间，限期安乐。家人最多能探望三次，最后一次是送别。常青田就是来送别他父亲。"

"啊！送他爸爸去死？"

陈聿飞看着小允，"对，就送到后面。"司徒绿明白那两根烟囱是做什么的了，更加气紧，但陈聿飞没让她喘息，他指着过道。一个女人捧着白色包袱，向他们走来，包袱里的盒状物若隐若现。

司徒绿触电一样，要站而站不起来，差点摔倒在长椅上。陈聿飞和小允赶忙一左一右搀住她，听着她嘴里发出哔哔的"走，走……"。

和捧着白色包袱的女人擦肩而过时，司徒绿听见她念叨，"你最喜欢苹果树的……"

晓

"没有苹果树。"司徒绿站在酒店门口，望着朝暾中散去雾气、清晰起来的山丘，大多光秃秃的，没有一丝绿色。少数几座覆着一层不管是草还是灌木，绿得都有些不真实。她对自己说了三遍，说一遍就把这二十来天发生的事，那些让她夜里无法踏实入睡的画面，统统在心里过一遍。过一遍，就往下压一层。她知道，必须专注眼前，专注任务。她也知道，这一趟还没走完，有些东西已永久改变。

"没有苹果树。"她又默念一遍。这句话究竟是什么意思？她还不能确定，不想确定。只要默念，她就能听见那个女人的话作为回应。也许，她的话是那个女人的话的回应，才更合乎逻辑。的确没有苹果树，你最喜欢的苹果树被人伐倒，叶子掉在地上，果子还没来得及生长。

司徒绿等那棵苹果树在地上干枯，叶子腐烂成泥，果子最终在虚空中成熟并掉落，这才让树在心里后退，向着果核退去。然后，她看见陈聿飞带着小允走来，两人脸上都有笑意。

"看你俩的神情，办成了什么大事？"

陈聿飞四周望望，"进屋再说。"

没想到，酒店那简陋前台后面的姑娘看见他们，招手请司徒绿过去。"你是司徒绿吗？"司徒绿点头后，她拿出一个密封的牛皮纸信封，"有人让我交给你。"

司徒绿张望一圈，整个大厅就他们四个人。"谁？什么时候？"

"没多久，一个女孩。"那姑娘看着她，"她交给我，就走了。"

司徒绿接过信封，仍旧前后没有一个字，"谢谢。"

陈聿飞和小允都没问信封的事。进了屋，陈聿飞从小允背着的包里拿出一个纸袋，打开纸袋，是三张前往西线的特别通行证。

"这个能行吗？"这么顺利，司徒绿有点不踏实。

"放心吧。到了西线，会有人接应。"

陈聿飞的能量再次让司徒绿惊讶，他的意图始终都不明朗，也让她不太踏实。当然，一个以猎奇为生的人，极有可能如他所言，仅仅是被好奇心驱动。如果是这样，她不介意在顺利完成任务的同时，让他知道得更多。毕竟，客观上她得到他不小的助益，更何况……司徒绿看陈聿飞一眼,"你难道不好奇我去西线做什么吗？"

"好奇。"陈聿飞爽快承认,说完笑了,司徒绿跟着笑起来。

"你回房间收拾东西,一会儿告诉你。"陈聿飞离开后,司徒绿当着小允的面撕开信封。里面就一张肖像照,七十来岁的老头,留着寸头,抬头纹和法令纹雕刻般清晰,目光如锥,任何人见过一眼绝忘不了的面容。照片背面,铅笔写有"匮乏社会,现场收割/等"两行九个字。

司徒绿找到火柴,将照片烧成灰烬,倒入马桶冲走。小允看着她做这些,没帮忙,没说话。司徒绿收拾好东西,把出入证放进包里。"匮乏社会"是任务实施的地点,正是"西线以北";"现场收割"是要她亲自动手,形同废话——团契知道陈聿飞、小允和她在一起,实质意思是,她必须独立完成,他俩不能在现场。至于别的,具体场所、如何到达、收割工具等,都只能"等"。

检查站下午三点开放,每次三小时。离得不算远,三个人吃完午饭,稍事休息,两点出发。在路上,司徒绿告诉陈聿飞,自己要从西线前往匮乏社会,完成一项任务。

陈聿飞毫不惊讶,只说:"我和你一起过去。放心,不干扰,不添乱。"

司徒绿心里一暖,没说话。陈聿飞也没再说什么,他点上烟,很是平静地享受起来。小允看着他俩,笑着想说话,被司徒绿的目光挡住。三个人就这样一路默契地沉默,走到检查站。

这里比东三区的检查站更正规,规模更大,楼前的队列得有一里长。从队尾能望见楼周围由围墙、栅栏、铁丝网等构成的分割线。随队伍向前,能看清三层小楼;然后,看到墙上用马赛克镶嵌着"检查站"三个大字;继续,看到少数人从检查站后门出去,大多数人从前门进去,又从旁边的侧门出来。

司徒绿指指出来的人,"他们没通过？"

"对。通过的从后门出,进入缓冲地带,再走上两三公里,进入西线。没通过的,哪里来哪里回。"

"可是……"司徒绿压低声音,"怎么会有这么多人想去西线,还不让去呢？"

"你看看,排队多是什么人。"

之前没当心,一看吓一跳,"怎么会这么多年轻人？"

"就是这意思。年轻人想去西线,大多是寻求刺激。有那么多西线的传说,极端得简直就是地狱的现实版,有多少人见过地狱？有多少人对地狱不好奇？听起来再恐怖,代价再大,想去的大有人在。"

他们到了。楼里一层一字排开,摆着三张椭圆形桌子,上面各有一台电脑。每张桌子后面坐两个人,一男一女,男左女右。陈聿飞带着司徒绿、小允到二号桌前,递上三个人的通行证,女的接过去,在电脑上输入证件号码,进行核对。

"三个人——"男的仔细打量他们,"什么关系,去做什么？"

"表亲,去找我堂叔,她的舅舅、她的姑父,看看他怎么样,奶奶的病怎么医治,得请他拿主意。"

"哦？关系这么复杂？"男的连用两个升调,女的听完刚才那番话,不动声色地抬头瞥陈聿飞一眼,侧过身,对男的耳语两句。

"给你们十天时间。"男的说着,拿起印章,在三个人的通行证第二页"啪啪"各盖了一戳,又在上面手写一番。陈聿飞接过来,见章上"限 日"的中间,写上了"拾"。

"谢谢。"陈聿飞带着司徒绿、小允,从女人旁边的通道走过去。

通道尽头是一扇门,推开后,还有一道栅栏,一个男人站在那儿,仔细查过三人的证件,大手一挥,让他们进入缓冲地带。缓冲地带一片平坦,现在能从这头望见那头,中间是大片的卵石,卵石缝里稀稀拉拉长着野草、蒺藜,被人踩出了三条道——一条对应着一张椭圆桌子。

"这原来是条河吗?"小允又活泛起来。

"是条河,看这宽度,就知道当时水有多大。现在都没了,短短几十年,沧海桑田。"

"你怎么知道短短几十年?说得像亲眼见证。"

"它干涸的时间比你我都早,但这些情况还没湮没。为什么有西线?就是因为这条河的干枯。最开始,又宽阔又湍急,是天然屏障,隔开丰裕社会、匮乏社会,等它变得浅缓,有人试图穿梭这里,两边自由来去。丰裕社会开始在沿岸修建围墙等隔离设施,但架不住总有人出于种种原因,往匮乏社会跑,各种情况、人员纠结到一起,最后两边达成一致,搞了这么个缓冲地带,才算又平衡下来。"

西线入口的检查宽松得多,简单瞄一眼就挥挥手,让人进去。司徒绿过去后,又等了等,没瞧见一个被拦住的。

"好不容易经过丰裕社会的关口,到这里再拦下就太过分了。那边知道这边的情况,也没办法,只能检控得再严些。"陈聿飞走在最后,不忘解释。

过了入口,司徒绿不敢相信自己的眼睛。这面是个缓坡,很长,坡上到处是帐篷,大大小小、横七竖八,色彩鲜艳如新的有,辨别不出本来颜色的有,破破烂烂的更是不少,已然无法挡风避雨。

陈聿飞一马当先,快步向下,走上几步,干脆跑起来,司徒绿、小允跟在后面,控制住身体的倾斜,还算稳当。沿途所见,岂止眼花缭乱。帐篷有差别,但帐篷之间却没多大差别,到处都躺着、坐着各式各样的年轻人,晒着太阳,用不知哪儿来的设备,播放着不知哪儿来的歌曲。个个手拿酒瓶,人人吞云吐雾。那混杂的绝不单单是酒精和烟草的味道,吸引着人又排斥着人。不少人都光着身子,瘦弱的身体在阳光下显得黑黑白白、大大小小,还有公然在阳光下或者帐篷里交媾的——司徒绿几次要提醒小允,"目不斜视、专注脚下",最终觉得顺其自然为好。

偶尔,路过像是被阳光烤熟的人,奄奄一息地躺在地上,不剩多少活力,脸上却洋溢着迷幻的近乎冰冷的笑容,甚至有人直直地瞪着太阳,仿佛那只是金色的花朵。阳光、风、苍蝇,围绕着他们,在他们身上起舞,同时舞动天堂和地狱、冥想与躁动、死亡与生机,长长的鞭子在他们上方甩过,鞭梢闪电般抽动,噼啪作响。

这是段漫长而轻飘的路,到陈聿飞面前,司徒绿恍若隔世,注视着自己的那张脸陌生得不行。

"这是什么地方,这些都是什么人?"

"这里就是著名的骀荡坡。整个西线都是放纵之地,一块恣肆妄为的两边都不统辖的飞地。在这里,所有的欲望都能得到满足,所有的烦恼都会抛在一边,连时间也被抛开。因为,大多数的放纵和大多数人的放纵,都只通往一个去处,死亡。"

"死亡?"

"死亡。你看看这些年轻人,除了死亡,还有什么别的资本?除了死亡,他们也得不到更多快感。他们费尽周折,来到这里,带着全部身家,甚至父辈的家当,买下酒精、烟草、毒品,买下最便捷的刺激物,躺在帐篷里,躺在阳光下。尽情享用,享用完毕就去死,这就是在抵押死亡、享受死亡。"

司徒绿盯着陈聿飞,他抑制不住的兴奋劲头,让她陌生。陈聿飞被盯得住了嘴,他寒战似的,哆嗦一下,救命般掏出烟点上,几口下去,缓缓恢复平常模样,只是冷淡中平添一份神伤。抽完烟,陈聿飞指着不远处的一辆黄色班车,"咱们得坐这车,去西线——嗯,不能说城区吧,至少是比这儿更丰富的地方。"

车上没几个人,之前陈聿飞的话,有点抽象且辞藻过剩,司徒绿又问:"这些年轻人就这么躺着,躺到死?"

"绝大部分是。少数人能够醒过来,起身离开。"

"为什么?为什么一躺下去就站不起来了?"

"你尝过放纵的滋味吗?如果你一直生活其中的环境,说是丰裕,实际上只是没那么匮乏,而且这种'丰裕'都因人而异,你的各种需求都被抑制,甚至尚未开发,等你到了可以随心所欲沉溺于享受的地方,多半都会在还没明白这一切意味着什么、代价是什么的时候,就消耗光钱财、身体,一命呜呼了。"

小允坐在司徒绿旁边,提出了她的问题:"为什么要有这样的地方呢?"

"丰裕社会需要它,匮乏社会需要它。也就是说,协会需要它,人类需要它。这个问题太复杂,简单类比,就像你在学校,老师需要坏同学,好同学也需要坏同学。"

问题和解释也许复杂,但简单类比更复杂,小允一脸茫然地看着司徒绿。司徒绿明白陈聿飞的意思,但她没想到这些需要会如此简单、赤裸,连持续性都被放弃。按照陈聿飞的逻辑推演,只有一个原因:真的需要。为什么?什么变化导致的?

黄色班车开过沙草交织的路段,进入繁华区域。不是高楼大厦,灯红酒绿,是人气旺盛,买卖红火。道路两旁是一层二层为主最多不超过三层的房屋,建材各式各样,不乏凑合而成,但货物琳琅满目,单从班车上望去,司徒绿就能发现,她在丰裕社会所见的,这儿差不多都有。另有些货品,丰裕社会未必找得到。

车开到一个宽阔的广场,停下。陈聿飞三人下车,天色昏黄,各处渐次亮起灯光,偶有蜡烛。一个等候在此的男人,上来和陈聿飞打招呼,说"跟我来",转身向广场西北角而去。

西北角是一排排石头房子,男人带着他们穿过一条巷子,下两次阶梯,推开右手边一栋房屋的门,把他们让进去。

"你们可以管我叫蔡哥。"进了屋,蔡

哥热情了些，他在桌上摆好面包、土豆、水，邀请大家晚餐。"简单了点，不过管饱。不知道你们是第几次来，但这里比你们看到的要复杂，那些美食美物，也不是我们一般人享受得起。"

陈聿飞点点头，招呼司徒绿、小允别客气。

"用完餐就休息吧。明天是自由日，今天整个西线都会尽早休息，以便留出精力，尽享狂欢。"蔡哥说完，离开房间。

晦

"自由日是什么？庆祝人们获得自由吗？"

"我没听说过自由日，对它一无所知。"

"新文明时期历史上，有过名称类似或者以狂欢形式庆祝的节日吗？听起来，这个节日和新文明的总体精神相背，丰裕社会不会搞，匮乏社会没条件搞。"

"我想想。很多年以前，有个日子叫独立日，又叫告别日。'独立''自由'，真要有关系也合乎情理。但独立日不是普遍性的节日，它是年轻人的私密聚会。"

"哪一天？"

"七月第一个星期天。"

——这是早餐时，司徒绿和陈聿飞的交谈。

"每年的自由日都是固定的吗？"

"我来西线，知道有这个节日后，它都是在每年七月的第一个星期天。时间不固定在哪一天，可一年的什么时候举行，是清楚的。"

"它什么来由？"

"各种说法都有，有一种最被认可。说它是先辈到来，决定创建西线的日子——他们决定把这个地方搞得和丰裕社会、匮乏社会都不一样。那时，他们的信念是'自由'。每个人有权安排自己的生活与生命，决定不了怎么活，也要决定怎么死。"

"还有什么说法？"

"有说是挫败丰裕社会、匮乏社会联合进攻的日子，有说是第一位女性到达这里的日子，有说是第一批创建者们集体婚礼的日子，甚至还有说是首次从银冠玉仙人掌提炼出强劲致幻剂玉髓的日子。"

"那你知道独立日吗？又叫告别日。"

"那是什么日子？和自由日有关吗？从哪儿独立，告别什么？"

——这是早餐后，司徒绿和蔡哥的交谈。

聊天之前，司徒绿和蔡哥说，他们今天留下来，感受狂欢节。更重要的是，帮助小允寻找她哥哥——罗小让，小允说了她知道的哥哥的消息，讲了她为什么确定他在西线，然后她描述了哥哥离开家时的身高、样貌、衣着。最后，她拿出珍藏的，有点花了的两寸照片。

"我没听过这个名字，没见过你说的这个人。"蔡哥摇摇头，"按你说的情况，你哥哥未必在西线，有可能他去了别的地方，有可能传话的人听岔了，也有可能……"

司徒绿明白他的意思，小允也明白，她的眼泪流下来。蔡哥有点慌张，忙出言安慰："当然，他也可能在西线。别看西线的核心地带不到十平方公里，但大大小小十七个区域。每个区域由不同的人维持，他们互不隶属，联系也不紧密。他们区域内的人,包括他们的手下,极为混杂,很多人我也不认识。"

"怎么会有十七个区域?"司徒绿忍不住问道。

"还不是丰裕社会那帮家伙搞的!丰裕社会需要西线存在,但不希望西线强大。别说丰裕社会,匮乏社会在西线的力量也不弱。夹缝中哪儿有独立的生存?这样也好,逼得西线越来越纯粹,只有放纵享乐,无所不为,无恶不作!"蔡哥大笑。

司徒绿笑不出来。她必须在一天之内确定罗小让的踪迹,要么确定他没在西线,"那怎么找?"

"我把情况传出去,让各个区域内的朋友帮着打听。是互不隶属,可各区域之间并没什么大不了的冲突,有时候是演给那些人看的。"说到这里,蔡哥一抱拳,"很抱歉,没法陪你们。转转吧,自由走动,哪儿都能去。记得晚上七点回到广场,我带你们去大乐场,那里才是狂欢节高潮的地方。"

三人从石屋出来,先到广场。跳舞的人挤满了,各种完好或者破烂的电子设备以及原始乐器的伴奏下,人们尽情扭动身体。独自沉浸也好,与他人默契搭配也罢,每个人都跳得灵魂出窍、浑然忘我,他们淋漓尽致地,把汗水甩在地上和彼此身上。

没具体的目的地,三人顺着人流往前。开始很新鲜,这里的人有一种司徒绿没见过的舒展,他们待人友善,对自己放纵,看中的东西想买就买,高兴了就把东西随手分给碰见的人,让人不禁产生错觉,以为仍旧生活在传说中普遍富足的时代。但再加辨认,就从他们的舒展中,看到癫狂,那些消费、纵欲隐隐带着狠劲,时时准备毁灭。这狠劲与毁灭被狂欢节的气氛强力遮掩,又被死亡不经意地突显。每个角落,每处荒漠都看到倒毙的人,大街上偶尔还有猝死或自戕的人。每当这时,管理各个区域的人勤谨可见,他们迅速出现,将尸体拖走。活着的人丝毫不受影响,他们走在死者踏足的路上,踩着死者的脚印,甚至直接跨过死者的身体,在血迹里狂欢,在自己与他人的尖叫、笑声中,摆弄欲望。

三个人旁观了大型嗑药现场。由银冠玉仙人掌提炼的半透明白色粉末,人称玉髓的致幻药品,在这里被滥用如水。有人吸食,有人注射,更有人向天空抛撒。现场用坚固的铁栅栏加玻璃围起来,具备整个西线最好的防护。看守的小伙子说,防护栏既保护里面的人,不让他们冲出来,走散在人群中;也给外面的人提醒,让他们进去嗨之前,看清状况。

"如果致幻严重,他们互相伤害怎么办?"司徒绿指着一个看起来要暴走的吸食者。

小伙子老练地摇摇头,"不会。玉髓引起的幻觉里,很少有暴力场景。"他指指护栏上方,两个粗细不一的喷管,"有必要的话,会喷水让他们冷静。"

小伙子问了小允的年龄,邀请司徒绿、陈聿飞进去体验,他们婉拒后离开。

"咱们只是看,不参与其中,体会不到他们的感受,也就不明白这狂欢节的意义究竟在哪儿。"司徒绿不是真的想参与,是无法解决眼前的困惑。

"不需要参与。有些事,看一眼就知道是什么样子。体会不到不一定是因为没参与，是你已经知道它是什么样子。"

陈聿飞这话里的道理兜了好几个来回，司徒绿琢磨着，走着，看着。一天下来，可能是没参与导致的，也可能是琢磨太久造成的，很是疲累。小允还好，比司徒绿、陈聿飞专注得多，她目不转睛地看着出现在面前的一个个人，不管他们在做什么，只看着他们的脸。有时候，她嘴里还念念叨叨"这不是这不是这个也不是……"，司徒绿听得心酸，恨不得罗小让马上出现。然而他们回到广场时，也没看见他。

"哥哥在忙什么事，没出来。"

"小允，你哥哥就算出来，你也未必能看到。狂欢节这么多人，咱们才看到多少。"

"就是。"陈聿飞也应声安慰，"等蔡哥把消息传出去，你哥哥要是在这儿，一定会来找你。"

但蔡哥一见他们就摇摇头，司徒绿和陈聿飞没来得及阻拦，他就直接对小允说："消息传给各个区域了，让大家帮着找。到现在还没回音，你哥哥多半不在这儿。"

小允抬头看着蔡哥，眼睛一转，问："你没说，是我在找他吧？"

"没有。"蔡哥老老实实回答，"西线人太复杂，搞不清什么人在这儿，想做什么。我只说了名字、长相，让大家帮着找。找到了，咱们再过去。"

"那他肯定躲起来，想看看是谁在找他。知道是我，他会出来。"

蔡哥看看司徒绿、陈聿飞，面露苦笑，"好好好，我们等他。现在，我们先去大乐城。"

走的是另一条路，从广场一侧下近百台阶，打开一座门，门背后是两旁树木蓊茸的小道。

"转了一天，有没有嗨起来？"蔡哥走在前面，说话时便转过头来，有点梗着脖子。这话说完，他索性转过身来，倒退着走。

"看了看，这种嗨不适合我们，尤其不适合司徒和小允。"

"那倒不一定，你们肯定看到，西线的女人可不少，每个狂欢节，放得最开的就是从丰裕社会赶来的女人。女人活的时间也更长，两三年很普遍，五六年不稀奇，还有活上十年二十年，留下来生活的。男的就不灵，大多半年一年就没了命。"

"怎么差别这么大？"

"你们买东西了吗？就算没买，总吃过午饭，感觉怎么样？"

"贵。菜品倒是比丰裕社会还丰富，价格足足贵了三四倍。"

"这里东西的种类没有丰裕社会多，不管是日用还是菜蔬，这是肯定的。只不过你平常可能不怎么去，没太多接触。但——"蔡哥竖起一根指头，"贵是真贵！平均下来就是丰裕社会的三四倍，有的贵十倍不止，特别是不符合条例要求的那些东西。来这儿的年轻人，本来就是卷光家财也不富裕，哪儿还经得起这么花。没钱，更活不长。"

"女的为什么能活得久？"

小允又能提问，蔡哥很高兴，可他答得很含糊，"她们总归有办法。"

说完，蔡哥转过身。小允明白了，她脸一下子红了，没再往下说。

大乐场和这个名字给人的想象不一样，

它不是什么纸醉金迷的不夜场所，它是一圈帐篷中间围着一顶大帐篷。每顶帐篷里都有不少人，可没那么喧闹，常常只在寂静之后，夹杂着一阵短暂的哗响，有喝彩、惋惜、大笑，没有痛骂和争吵。每个帐篷都摆有好几张桌子，人们分成群，围在桌旁。桌上，是扑克牌、骰子、牌九、麻将等玩乐工具。

"这是赌场，但不是那种赌场——"蔡哥指着一张牌桌，桌旁坐有六人，每人手里都拿三张牌，"没庄家，不收场地费。赌钱，赌任何东西，你提出来，有人接受，就能坐下来赌一把。形式不拘，可以是这些工具、它们的固定玩法，可以是别的工具、它们的随意玩法。你看他们——"

拿着三张牌的六个人亮出手里的牌，他们比的非常简单，三张牌加起来点数大为赢。围观者的注视下，五个人脱下所有衣裤，交给获胜者，一丝不挂地走开了。获胜者并不拿走，她将它们折叠好放在地上，谁需要谁取用。

"你们要不要赌点什么？没关系，四处转转吧，说不定什么赌局就让你们感兴趣。先在这里等等我——"

蔡哥挤开人群，往大帐篷去。等了好一会儿，他拿着三张粗纤维卡片回来，示意他们随机抽取。司徒绿顺手一抽，卡片上用仙人掌汁写着2117，陈聿飞那张写着1514，小允则是0232。

"收好。零点抽取年度狂欢幸运星，满足抽中者一个愿望。只要在场所有人加起来能实现的，就会帮他实现。"

小允顿时激动了，"每个来的人都有吗？"

"愿意来的都有，在箱子里随机摸取。幸运礼物是很棒，但也没那么多人当回事。大多数人在零点之前，就输掉了自己的号牌，还有人在此之前，把自己的命输掉。所以经常找半天，找不到幸运者。"

"司徒、小允——"蔡哥离开后，陈聿飞把两人叫到帐篷外，"无论如何，咱们明天就得出发，前往匮乏社会。"

司徒绿担心地看着小允，小允倒是很爽快，"出发前还没找到哥哥的话，我跟你们走，但我相信哥哥一定会先找到我的。"

"好——"陈聿飞没多说，"我坐一会儿，咱们零点见。"

说完，他走到不远处一株仙人掌旁，坐下。司徒绿带着小允在外面的八个帐篷挨个转了一圈，和白天一样，她没参与进去，因而没什么特别的感受，不过是白天所见种种放纵感官的转换与变形，其中的虚无感更强而已。她们到过中间的大帐篷，帐篷顶上挂着巨大的八盏枝形吊灯，下面搭了个圆形舞台，舞台中央是一台绿色的摇号机。舞台用白绳子拦着，还有人看守。

小允仍旧专注地看过每一张脸，见她一次次失望又鼓起希望，司徒绿对帐篷里的喧闹生起越来越强烈的厌倦，心里开始呼喊："零点快点到来吧。"

越喊越快，越喊越强。

朔

终于，零点要到了。

所有人往中央的帐篷拥来，司徒绿右手拉着小允，顺着人潮往里去，忽然她的左手被人握住，是陈聿飞。三个人被席卷到离大帐篷中央舞台几米远的地方站定，前面有三层脑袋。

陈聿飞松开手，大家望向舞台。有人站在舞台中央，摇号机旁边，是个两米多高，三百来斤的铁塔大汉。灯光下，短裤、T恤遮挡之外，他的身体黝黑光亮，汗毛如野草纵横。

"各位朋友！"大汉开口，震慑全场，"又是一年狂欢日，到了最期盼的时刻，找出我们的幸运星。希望我们摇出号时，这位朋友还是清醒的，至少希望他是活着的——"

全场哄笑。"好了，现在——"

"等一下——"娇嗲的声音打断大汉，司徒绿三人站立的左前侧，忽然分出一条道来，一个穿着超短裙、吊带背心，性感无比的女人走过，她来到舞台边缘，并没跨步上去，而是伸出双手。

铁塔大汉过去，抓住那双手，往上一提，女人小鸟一样飞上去，飞过舞台，坐在大汉的左肩。托着她，大汉绕舞台走上一圈，女人则搂住他的脖子，俯身在其右耳低语两句。大汉肃穆细听，脸现喜色，再归于肃穆。随后，大汉回到方才立足处，双手托女人双脚，往上一抛，女人在空中翻滚，向下坠落。

众人惊呼。大汉双手却如飞鸟，紧追如箭矢般的女人，在她离地不到一米，双手抚住其两肋，飞鸟、箭矢翩跹起舞，随后稳稳将女人托住放至舞台下。再看大汉，已单膝跪地。这系列动作一气呵成，如演练过千万遍地严丝合缝。

掌声雷动，女人谢幕似的行礼四方，顺着众人让出的道原路返回，消失在帐篷外。

"各位朋友！"大汉站回摇号机旁，"人人尊敬的庞先生，咱们狂欢日的倡导者、主办者，决定今天增加一个回馈环节。现在，有请庞雨春庞先生！"

再一次延宕，让众人意外，"庞雨春"三个字又掀起雷动的掌声。大家寻找无果，回过神，却早有一人站在摇号机的另一侧，身着正装，大方谦和。他矮于常人，往那儿一站，却让大汉顿显平常，谁都辨认得出谁是主谁是仆。庞雨春一头铁灰头发，一脸波折皱纹，看起来一切都正好。正好庄重，正好威严。

"各位——"庞雨春声音不大，正好每个人能听清，"承蒙厚爱，无以为报。今天增加回馈环节，以推波助澜。"

大汉接过话，"庞先生决定，增加三位特别幸运星，随机抽取。幸运者提出要求，庞先生负责奖品。"

现场再次欢呼一片，也有不耐烦潜滋暗长，嘀咕出声。司徒绿听得"三位"，心里一动，预感翻滚，但她还不能判断究竟是何意味。再看陈聿飞，一脸平静地盯着庞雨春。

"现在——开始——摇号！"大汉说完，按下摇号机上的按钮。

绿色摇号机中间，是矩形液晶屏，从左至右分作四格。现在，四个格子0-9的阿拉伯数字在翻飞，欢快的伴音响起。十秒钟，伴音停顿，最左边的数字停留在0上；过去五秒，伴音再停顿，第二个数字停留在2上；又是五秒，第三个数字停留在3上；最后五秒，伴音停止，数字是又一个2。

司徒绿心里咚的一声，预感落实。小允尖叫："啊！是我！"她往上蹦了蹦，双手高举。前面的人面带祝福地转过头来，看看她然后往旁边让开。陈聿飞恰好看过来，他还是那么冷淡，目光似乎在要求司徒绿"平静"。

"第一位幸运星产生，祝贺你，小姑娘！现在寻找第二位。"

同样一番操作，数字是2117。小允要高兴疯了，双手摇摆，喊着"姐姐，姐姐"。司徒绿的预感往"糟糕"倾斜了一下，这反而让她踏实下来，她调头看了一圈，都是人，要想顺利离开，必须制造混乱。忽然，有人一阵摸索后，抓住她的左手。感觉有点熟悉，再看陈聿飞神色，是他没错。司徒绿偏偏头，见陈聿飞左侧站着一个细高个，莫非……正想着，她腰上一硬，有个东西抵上。那是枪。

大汉再次祝贺小允的福气，连姐姐都跟着走运。现在第三个幸运星的第四个数字，正稳稳固定在4上。

"1514！1514在哪里？祝贺你，今晚的第三位特别幸运星。"大汉高声喊道。

陈聿飞松开右手，双手高举，向左侧挤了挤，喊道："这里！"

"好！三位特别幸运星产生了，祝贺他们。"大汉高举双手，已经疲颓的欢呼声就势停下，"庞先生说，特别幸运星的礼物由他准备，三份大礼，为避免三位过于暴露，惹人眼馋，不请他们上台。庞先生给到来的每位朋友准备了一份玉髓，已在外面备好，现在就能领取。"

"谢谢庞先生！请大家有序领取，一刻钟后我们回到这里，抽取唯一的狂欢幸运星！"

大汉说完，原本围在舞台周围的人，从帐篷的四个门往外拥去。

"走吧。"细高个低声说，收起枪，但还揣在衣兜里。司徒绿身后的人收起枪，她往后看，小允背后居然跟着两个人，可见他们吃准了她和陈聿飞。

陈聿飞看司徒绿一眼，两人目光对接，确定暂且忍耐。出帐篷，见左前方一行人，中间正是庞雨春。庞雨春没做任何表示，转身就走，他的步子略急。很快离开大乐场，离开灯光，步入星光下，人影模糊起来。模糊的那一刻，司徒绿他们身后的人，跟随庞雨春的人，直接亮出枪。

前行几百米，绕过一座沙丘，来到另一座沙丘前，庞雨春站住，转过身来。

司徒绿一眼看到离庞雨春不远，地上挖了个大坑。她心知"不好"，却苦于没办法，只好大喊："庞先生，庞先生！"

庞雨春上前两步，一摆手，"没空听你啰嗦！你们受匮乏社会那个老鬼派遣，到这里来捣乱，想搞垮我的大乐场。今天，不是审判，是执行。"

说完，手一挥。有人说"上前"，同时有两把枪，一把抵住脑袋，一把抵住腰。司徒绿只得跟陈聿飞、小允往前。庞雨春根本不给机会，他们刚到坑边，就听他说"执行"，枪声随即响起。司徒绿觉得枪仿佛击中后脑勺，又仿佛击中后脑勺上方的风，扑通三声，是自己又仿佛是别人滚进沙坑。与此同时，听得一声叱喝"谁？"——又是几声枪响。隐隐，还有什么地方传来欢呼。

她定定神，自己还站在坑边，陈聿飞

264

在左、小允在右，沙坑里黑乎乎的有人影。

"胆识过人！"庞雨春鼓着掌走过来，依次拍拍陈聿飞、司徒绿和小允，"特别是这个小姑娘。"

"庞先生——"司徒绿思虑千转，"这是什么情况？"

"有人要我干掉你们，特别是你，司徒小姐。刚好，我手下有三个吃里扒外的东西，就来了一出李代桃僵。"庞雨春突然提高声音，"出来吧！"

果然，面前沙丘的一侧走出个人来。星光下看不清楚，按轮廓，算不得高，偏瘦。那人走几步，停下来，说："听说有人在找我？"

"哥哥！"小允一声尖叫，几步快跑，扑了上去，那人一把抱住她，往上举起，在半空停了停，才放下来。

"主意都是小让出的，找他算账吧。"庞雨春打着哈欠，带走其他人。

"两位，这边请。"罗小让说着，绕回到他刚刚出来的沙丘背后，那里并没有什么布置，只不过完全挡住了大乐场的灯光，连喧闹都降下来。

"两位，谢谢你们不嫌累赘，一路都带着小允。"罗小让抱拳致谢，"我这个妹妹很不省心，一路上又总有人窥伺你们，实在不容易。"

"小让，别客气。"司徒绿单刀直入，"你对我们的行踪了如指掌啊！"

罗小让忙摆手，"别误会，你们进入西线，我才知道。老薛散布消息，说有人找我，我过来发现小允在，就和庞先生合计这么一出。如有得罪，请千万担待。"

"那你怎么说'总有人窥伺'？"

"你们刚进入西线，我们就接到丰裕社会传来的指令，要求将你们留下，无论邀请还是用强。五个小时后，又传来指令，说留不下的话，死伤勿论。"

陈聿飞插话，"你们听命于丰裕社会？还是听命于丰裕社会的某些人？"

"当然是丰裕社会那些有权力的人，他们随时能将西线荡平。当然，这首先得他们内部达成一致，还愿意承受代价。他们知道代价，不会轻易动这个念头；可我们也得记住他们能做到，不轻易给他们由头。"

"这次为什么这么做？"司徒绿把话题带回原来的轨道，"因为我们带着小允过来？没我们，小允迟早也能找过来。而且，我和小允只是半路相逢，这一点只要丰裕社会那些支使得动你们的人去查一下，一清二楚。"

"不仅为这个。最近一段时间，丰裕社会压榨得太厉害，我们必须有所表示，让他们知道不能这么逼迫。"

陈聿飞摇摇头，"西线这么散沙一盘，光你们表示起不到什么作用，只会被迅速除掉。"

"说得好。"罗小让冲陈聿飞竖起拇指，"西线是丰裕社会的宣泄口，是它和匮乏社会之间的缓冲，地理、政治、性别……各方面的缓冲。正因为如此，丰裕社会要牢牢地控制住西线，他们分化出十七个区域，不断挑拨各区域之间的矛盾，不断更换代理人，使得这么多年西线纷争不休，乖乖听命于他们。"

司徒绿明白了，"你说服了十七个区域联合起来？"

"不能算我说服。首先得益于庞先生的个人魅力，多年经营，他在十七个区域广受敬重。庞先生深谋远虑，我提出去联合各家，他鼎力支持。"

"单纯说服很难吧？"

"根子上就两条，利益分配和西线的未来。只要大家认识到，后者是决定性的。西线的未来依赖什么？依赖丰裕社会，丰裕社会崩溃，匮乏社会也难长久，西线更不用说。污染不断扩散，资源捉襟见肘，丰裕社会离崩溃不远。西线怎么办？别无妙招，只能积攒资源与财富，寻找可以退去，生存下来的地方。为此，必须联合起来，还必须与别的力量联合起来，才有一点点生机。"

罗小让这番话抑扬顿挫，想必当初更结合西线实际，具体翔实，才说得动各区域的负责人。

司徒绿捕捉到这番话里的弦外之音，"匮乏社会和你们是什么关系，对你们的联合有什么影响？"

"匮乏社会以前对西线比较冷漠，大概担心我们败坏他们的人心，又担心我们受丰裕社会唆使，向他们渗透。几年前开始，他们对西线热情起来，支持我们联合，这也是我们能够联合的重要原因。"

"哥哥，你们一直说这些，不累吗？"小允插嘴道。和罗小让相见后，她一直静静听着。

"哈哈，小允听不下去了。"罗小让松弛下来，靠着沙丘坐下，"咱们都坐着聊吧。小允，刚才枪毙时，你为什么不害怕？"

"你知道呀！"小允嘻嘻笑，"我知道你会出来找我，就是不知道什么时候。站到沙坑前面，我知道是你安排的，马上就能见到你，你肯定不会让我死掉，为什么要害怕？"

"你怎么知道？"

"你忘了，小时候你带我在沙滩上玩过，坑没那么深，我倒下去啃了一嘴沙子。玩三次，三次都是我倒，三次都啃一嘴沙子。"

大家乐了，司徒绿总算明白小允刚刚为什么那么沉着。

"哥哥，这么长时间，你都不回来看我们？你知道妈妈快病得不行了吗？"

"妈妈病得这么厉害吗？"罗小让一下站起来，"知道你来找我，我以为，以为你们只是想我了。对不起，对不起，这边事情太多，联合还不稳定，一时半会走不开。我以为等我找到适合生存的地方，再回去把你们带过去，就行了。就算这事没解决，再等等，等你十六岁生日，我会带着最好的画布和颜料回来。"

小允哭起来，"我不要画布、颜料，我不要让妈妈再等等。"

司徒绿站起来，走到小允身边，抱住她。小允却被引爆似的，哇地大哭起来。

"小让，你明天就带小允回去吧。妈妈的身体重要，庞先生和十七个区域的管理者能理解。"陈聿飞说。

"回，肯定回。"罗小让也走到小允面前，摸摸她的头，"明天不走，后天走。安排好你们去匮乏社会的事，我们就走。"

罗小让主动提起这事，司徒绿、陈聿飞顿时看着他，虽然星光下看不清他的脸。小允也停止哭泣，看着哥哥。

"明天说不定能给你们介绍一位新朋友，由他带你们去。不早了，回去休息吧。白天只能辛苦你们继续猫在这儿，晚上出发。司徒，你的头发得剪掉。"

"为什么？"这是个话题外的要求。

"匮乏社会没有女人。"

既朔

来人四十多岁，瘦癯，脸狭长，眼圆大，浑身上下，一体黝黑。他神情严肃得近乎麻木，站在灯光下，任司徒绿他们打量。

估摸着差不多，他才开口，又说了一遍："几位好，我叫陶达，接你们去匮乏社会。"——即使有肤色衬托，他的牙齿也没那么白。

司徒绿伸出手，和他握一下。陈聿飞在握手时说"辛苦"，陶达没回应，他只是睁着大眼看着陈聿飞。

"姐姐，你现在的样子真好看——"下午见到司徒绿的新模样后，这话小允说过很多遍，现在又说一遍。她声音发颤，快要哭出来。

司徒绿拉拉她的手，摸摸她的头，最后和她拥抱在一起。"好好为我画张画，等我回来去找你要。"司徒绿擦去小允的眼泪，和她拉了勾。

临上车前，罗小让把司徒绿叫到一旁，递给她一把带鞘的短狭匕首，"防个身吧。"

就这样，和小允、小让、蔡哥、庞雨春道别，离开西线，司徒绿和陈聿飞坐上陶达开的车，由一丛仙人掌旁边的暗道，进入匮乏社会。

陶达让司徒绿、陈聿飞坐在后面，或许就是不想多说话。上车后，他专注于驾驶，似乎没空关注别的。司徒绿本想既来之则安之，到目的地再说，随时间推移，她感到沉默的异样。

"陶达，你什么时候来的这边？"司徒绿问，她能从车内镜看见陶达的一角脸，拼不出他的表情。

"三十五岁。"

"谁派你来的？"

"你为什么要来这边？"陶达不答反问，"我受命接你们，不该多嘴，但女人不能出现在匮乏社会。"

"出现了呢？"

"出现又被发现，女人死于非命，社会动荡不安。"

司徒绿一窒，不知如何接续，听得陈聿飞咳嗽一声，"陶达，你在丰裕社会还有家人吗？"

"我来匮乏社会之前，他们就都死了。"

只能沉默。司徒绿目光顺着车灯而去，是一段段不断接续着铺上的沙子路，灯光下有点发白。照亮的同时，灯光拒斥了别的部分，说撕裂也不为过。

"你可以不开车灯。"

"开车灯不是为照亮路，是为躲避。"

"躲避什么？"

"便于兔子什么的躲避，以免撞到车上来。"

陈聿飞伸过手握了握司徒绿，以示劝慰，司徒绿回握他，表示并没什么。她倚着车窗，望出去。天空幽深，黑中带一点蓝，用最透明最柔软的事物形容它，都不会矛盾更不会错误。明亮或暗淡的星，密布周天，是点缀是镶嵌，让一整块幕布熠熠生辉。心理上，又知道这是无穷数的星辰，从遥远得以光年计的地方，投掷过来的光芒，以在同一个平面上的视像，掩盖它们参差的距离——如此一想，又仿佛从星辰间看上去微小的距离，看到实则辽阔广寒的天宇。顿时生出今夕何夕，此身何在的怅惘。

司徒绿思绪飞出车内，悬在半空，再回首俯瞰。群沙密集如群星罗列，每一粒紧密相连又互不相属，它们拥挤成一道道更替不已的沙梁，堆积成一座座不忘消长的沙丘。此刻，它们让开一条路，让一只两眼放射电光的机械甲虫在上面，贴地而行。这甲虫老实、稳妥地沿着道路最平坦的部分向前。前方等着的，是同样浩瀚的沙海，是刚刚被撕开又自行合拢的并不纯粹的黑暗。突然，机械甲虫停下来，放射电光的眼睛闭上，鸣响不已的寂静迅速从四方合拢，将它牢牢罩住，犹如海水淹没礁石。

"怎么啦？"司徒绿思绪回落。

"听——"陶达说。

听不成出任何异样，风刮过沙丘与坑洼呜咽作响，沙子摩擦沙子簌簌作响，有虫子呼朋唤友，有鸟掠过天空扇动翅膀。"啪嗒"是草折断茎，"滴答"是露水翻过叶，"滋啦"是手指划过座椅，"嗡轰"是发动机提供动力。陶达一定听到什么，他像狮子或猎豹静下来等候猎物犯错。等了很久，等到东方将白，司徒绿和陈聿飞都困意袭身，将睡欲睡时，动起来。车以蹑行的速度，拐下他们一直在行进的道路，往右绕过两座沙丘，伏在第三座沙丘背面。

司徒绿以为还要再次等待，汽车忽然提速，正是狮子扑向羚羊那样，冲刺。几百米过后，远灯忽然打开，强光扫视下，汽车快速窜过几丛密集低伏的植物，尽管车身一度向右倾斜，尽管车体猛烈颠簸，但还是沿着起伏的沙子，冲过一道横挡着的木质铁马，将它撞得稀烂，就要扬长而去。

但斜刺里冲出两辆车，一辆横在前方，别住大半个车头，一辆堵在后面，挤住小半个车尾。两辆车都没开灯，像是两只沉默的兽，蹲伏在黎明前的夜色里。陶达迅速熄了车灯，司徒绿眼前只剩一团虚影，里面有仪表盘留下的红点。最初的将要爆炸的寂静还没过去，前面车辆后车门打开，三个人影先后钻出来，他们脚步沉稳地向这辆车过来，一只手举在胸前。

忽然，一束光从远处打过来，白炽、强力，将三辆车罩住。接着，巨大的轰鸣响起。

"趴下！"陶达猛喝一声，不管司徒绿、陈聿飞是否做好准备，踩动油门。车先后退，撞在挡住车尾的那辆车上，"咣当"一声，几乎与此同时，向前猛冲，撞在前面的车上。枪声响起，"哒、哒、哒"，点射的声音，随后是"哒哒哒"的连击声。陶达的车重复一遍方才的流程，向后向前，撞开前方横挡车辆的同时加速，风驰电掣。

道路极其颠簸，陶达毫无减速的意思，继续在这条路上走一段，才猛地左拐，上到之前偏离的道路。司徒绿这才直起腰，她在后视镜里隐隐看见有胜过星辰的光亮，再从后挡风玻璃看去，三只眼睛紧紧跟随。陶达如臂使指地操作，让车继续奔驰。现在，这辆车成为猎物，三只眼睛是捕食者，但它们没被甩开分毫,也没逼近丝毫,距离一直不变。

这疾驰拉开天幕,东方浮现一缕白,并开始扩散,范围越来越大。前方能看见一粒亮光,越来越明亮,超过星辰。陶达开始减速,后面的车辆逼近,三只眼睛变成六只。随即,司徒绿见到前方数十米道旁伫立着如册页亦如树木的一块巨石,紧挨巨石的路上正趴着两辆与他们相对的车,车已发动、开着前灯,但没打远灯。

陶达一踩刹车,汽车强力摩擦地面,驶过巨石与两辆车之间,停下。也不熄火,就让车灯闪烁,静静等待。司徒绿从后挡风玻璃看着那六只眼睛也慢下来,它们行到几百米开外,停住。她产生了两群巨型肉食动物对视而自己夹在中间的紧张。

然后,那六只眼睛变得暗淡。接着,它们调转身躯,一声不响地离去。

司徒绿这才掉过头,踏实坐下,她抓住陈聿飞的手。谁都没说话,车继续动起来,前行几百米,之前那粒亮光证明是一只巨大的灯泡。灯泡下面,是个汽车充电站,充电站旁边,是家小饭馆。

"你们去用早餐。"陶达说,"我去去就来。"他一调头,向着来路开去。

店里饮食简单,只提供炙饼和仙人掌汤,但足够了。特别是仙人掌汤,翠绿的碎块,浮在冒着热气的汤里,很醒神,喝上一口,一晚上的疲乏、追逐的紧张,大大缓解。

陶达走进来,在对面坐下。司徒绿有异样感,抬头发现陶达正看向自己,目光在盯的专注与失神的涣散间不由自主地切换,但他黝黑的脸上看不出变化。

陶达意识到司徒绿在看自己,低下头,掰一块饼,咬一口。

"开头那些是什么人?"陈聿飞问。

"不知道是谁,拦截你们的。"

"后来的是你们的人?"

"是。"陶达点头,盯着仙人掌汤发了会儿愣,才端起碗,喝一口。

"他们是匮乏社会内部的人,还是内部与外面勾结的人?"

陶达重重看陈聿飞一眼,"不好说,内外勾结更有可能。他们不是要拦截,是要干掉你们。"

"从西线过来,有几条路通往目的地?"司徒绿问。

陶达一怔,"不算特别绕远的,有三条,我们走的是最便捷的。"

"因为他们三条道都会拦截?"

陶达若有所思,"他们猜不透我们走哪条道,多半认为我们不会走这一条。接应我们的人,只需要在这条道上准备就行。"

"要不是你车技了得,要不是接应的人及时出现,我们麻烦大了。"陈聿飞说得真诚,"前面还会有人拦截吗?"

"不太可能。过了那块沉积岩,已进入居住区,人越来越多,被发现、抓住的惩罚严峻异常,他们不敢冒险。"

"你因此断定他们更可能是与外面勾结的?"

陶达给司徒绿一个赞许的眼神,但他旋即烦躁起来,手里的一小块炙饼扔进汤碗里。"我的任务就是把你们送到目的地,再把你们送走,你们从哪儿来就滚回哪里。"

陶达的粗暴特别是那个"滚"字让司

徒绿很诧异，她看着陶达沉郁的脸色，再看看陈聿飞，没再说话。

用完早餐，陶达坚持付自己那份钱，三个人继续赶路。是居住区了，人明显多起来，那些不管是木板还是铁皮搭的简易房子，居然很有序，车上望得见的地方也收拾得干干净净。很多人待在室外，晒着太阳，聊着天，那场景和丰裕社会没什么区别。让她触目惊心的是，所见全是男人，中年的老年的，健康的衰弱的，清一色男人。因为全是男的，他们衣着都很单薄，大多数只遮个羞就够了。赤身裸体的不鲜见，尤其是快要丧失性别特征的老人。

司徒绿第一次来到匮乏社会，这里不像西线，在丰裕社会有那么多传说，但这里才是丰裕社会最初与最根本的对立面，所有无名恐惧的根源与去处。进入之前，她有很多想象，更有巨大的不敢面对的畏缩，因此同意把头发剪短。但现在，这里似乎和丰裕社会没什么两样。她不会这么快下判断，可确实要微调想象给予的印象。

不清楚匮乏社会以什么条件决定聚居地带，也许是水源，也许是仙人掌适宜生长的状况？反正车驶过一个居住区，经过一段荒漠，又进入一个居住区，如此反复。一路上，司徒绿看不见工业生产区，但能见到居住区附近成片的幽绿的仙人掌。

汽车往里深入，所见全是滚滚黄沙，道路大概是很多年前甚至旧文明时期修筑的，缺少养护，早就破烂不堪。但所有的坑洼都有黄沙填满，因而不算颠簸。最重要的是，有一条可以辨认的路。

陶达发过火后，一直沉着脸，但他偶尔会从车内镜看一眼司徒绿，好几次欲言又止。陈聿飞对匮乏社会没那么大的兴趣，他的注意力更多放在司徒绿和陶达身上，留意着他俩的互动。

"陶达，你知道司徒绿去匮乏社会做什么，对吗？"陶达又一次看向司徒绿后，陈聿飞冷不丁问道。

"嗯——"陶达答完，被自己吓住，默默往前开出三五公里，才又说，"谁知道她去做什么，爱做什么做什么。"

司徒绿被两人的对话吸引，她并不在意陶达的语气，"你之前接到的任务是什么？"

"接你们过去，别的不知道。我不能弄清楚了再决定听不听安排。"

"谁让你来的？"

陶达不说话。司徒绿换个方式，"早餐时，你的朋友对你说了什么？守在那里，拦住跟踪车辆的那些朋友。"

车内镜的一角也见得出陶达的诧愕，他望了司徒绿半眼，"你在审问我吗？"

"不是。你有话要问我。"

陶达踌躇着，问："你们真是去杀人？"

司徒绿看陈聿飞一眼，陈聿飞看着前座椅背，像是听到一句最平常的话。她略一思忖，反问："有谁该死吗？"

"谁有权力决定？至少，来匮乏社会杀人的人，肯定该死。"

司徒绿没理会陶达话里的刺，但陶达的话，把她想过很多次，又不断压下的问题，再次推到面前：她如何决定该不该收割？换掉这个词语避讳的事实，她怎么判断该不该杀死一个人？"履行对团契的义务""执行第一次任务时最艰难，必须遵照命令，坚决执行"，她想起受训时的誓言、

270

前辈的现身说法，以此鼓舞自己。

"匮乏社会现在能做到自给自足吗？"陈聿飞插嘴。

"越来越难。以前可以，现在男女比例进一步拉大，听说主动从丰裕社会消失的人在增多，但从流放过来的人数上可看不出来，就算沙漠种植技术提高不少，产量仍跟不上。"

"那怎么办？"

"还能怎么办？只能进一步加强配给，尽量不饿死人。但是，这么下去不是办法。"

"没出乱子？"

"没有。匮乏社会确实匮乏，但真的平等，从上至下，没人能得到超过配额的物资，大家都知道这一点，没谁抱怨。"陶达用一句话总结，"这种情况下，谁都不能闹事。"

"长久怎么解决？"

毫无征兆，陶达再度发作。他使劲拍打方向盘，像个小孩子，"怎么解决，怎么解决，我要知道还在这里开车，还来接你们？"说完他紧抿着嘴，坚决不再让谁撬开似的。

陈聿飞与司徒绿对看一眼，没再说话。就这样沉闷地又开了好多个小时，天黑之前，他们看到一片绿洲。绿洲深处散布着几圈房屋，木质的铁皮的混凝土的都有。一簇蓬松松的绿在前方出现，确定不是幻境时，司徒绿就猜测，那是目的地。果然，车越开越近，绿色面积愈发阔大，得有三四平方公里，还有一湾极其清澈的湖。湖边有芦苇，湖里有水鸟。

离绿洲不到一公里，路旁有一片三叶树林，树木都已枯死，但巨大的树干和赤裸的枝丫仍占据一大片。陶达将车停下，说："你们在这里下车。"

"我们自己过去？"陈聿飞的话，像是早做好准备。

"我来接你们。现在带你们过去太惹眼，等夜深人静，大家都睡了。在此之前，辛苦你们在三叶树林里等。巡查不会到这边，但他们很警醒，要注意。"

司徒绿和陈聿飞下了车。关上车门后，陈聿飞又特意拍拍副驾驶的车门，在陶达打开车窗后，大声说："我们最多等到十一点，你再不来我们就自己过去。"

陶达挥了挥手，开车离去。

司徒绿和陈聿飞带着他们早上买下的炙饼，走到三叶树林里，司徒绿靠着一根树干坐下，陈聿飞则走到一截树枝前，掰下一小截把玩。夜幕正迅速垂下。

"他会回来吗？"

"你看这个可以做武器吗？"陈聿飞走过来，把那一截枯枝递给司徒绿，"面对面使用会不会太短？作为暗器呢？会不会太轻？"

司徒绿接过来，比划两下，"再长一些，作为箭杆很好。他会回来吗？"

"他自己都不知道，我没法判断。"

"他自己不知道？"

"他要确定，你是否真的去杀人。如果是，他又该怎么办。"

"所以把我们扔这儿？"

"扔我们在这儿是早想好的。他说的理由成立，别人不知道他开车出入为什么，把我们放下来等到夜深，非常妥当。但现在，更急迫。"

司徒绿并没因此紧张。显然，陶达不止听闻了她要去杀人，还知道要杀的是谁，那个人和他关系匪浅。他回去核实，将触发连锁反应，对方必然加倍防范，甚至主动出击。但这些事都既来之，则安之，现在她有更关注的事。

"你来过这里，匮乏社会、西线，你都到过。"她说。

陈聿飞退回去，另找了根三叶树枝，折下走过来，递给司徒绿。司徒绿接过来，持剑般挑、刺一番，"可以作箭杆。"

"对。我来过，在匮乏社会待过很长一段时间，西线要短得多。西线很容易腻。"

"怎么样？"

"你看到了。"

"想让你成为其中一部分的那个'他们'，是主宰另一个东一区的力量吗？另一个东一区背后，还有另一个丰裕社会，对吗？这些人走下去，是不是会清除所有别的力量？"

"是，对。力量是伴生、平衡的，但每股力量都想一家独大。我以为自己能够游离其外，现在明白，我不能也不该。谢谢你让我穿透猎奇。"陈聿飞默了默，"尽管仍是猎奇，至少更主动。"

司徒绿一阵慌乱。有什么在向她敞开，而她似乎还没做好看仔细的准备，或者她觑过去的双眼在第一个瞬间就被那敞开之物的光华晃花，以至于她不得不低下头。

好在，陈聿飞只是稍等了等，就又说话了，"你们团契为什么会暗杀？"

"为推翻男人的统治，团契可以使用任何手段。"

"你现在仍这么想？"

"……看情况。"

两人没再说话。陈聿飞在旁边一棵倾倒的树上坐下，夜色遮住大地的四角，再次露出灿烂的群星，尽管有远有近、有明有暗，但每一颗都像刚刚被一双手擦拭过，又像刚刚被放置上去，洁净而摇摇欲坠。

仿佛就这么一瞬间，绿洲那边起了一阵器嚷，望过去，有一片灯光更亮。

司徒绿看看表，"十一点，陶达不会来了。"

"也不会有人过来。"

"他希望我们知难而退？"

"他知道我们不会退，他也不会告诉别人我们在这儿，他现在就是只鸵鸟。"

"等他消停，等到十二点。"

娥眉新

两人一前一后，猫着腰，靠近绿洲深处那些房屋。大部分房屋已混入夜晚的阒寂中，只几处还亮着灯，中间偏北的两层小楼，楼上楼下都很亮堂，如绿洲体内含着的明珠。

陈聿飞先停住，观察一会儿，退回来，"我先过去，没人的话，你再跟上。如果有人，我把他们引开，你趁机上二楼。"

说完，他看着司徒绿。司徒绿看不清他的脸，但感觉得到他目光的灼灼，"你这么坚定真好，无论发生什么，都要继续坚定。还有……回去再说。"说完，他不等司徒绿回答，上了最直接的通往两层小楼的路。司徒绿站在原地，持续深呼吸，默念"有力量的颗粒，是我们的团契"。之前三叶树林里感觉晃眼的物事，现在看得清清楚楚，她不用再回避——这给了她力量。她抬眼望满天星斗，接受它们冷冷的光的凝视。

仪式完毕，司徒绿绕开陈聿飞的路，来到最近的一座木屋旁。木屋里的人已入睡，鼾声穿透了木板。再转到一座铁皮屋一侧，没听见声响，但这儿地势略高，望得见小楼二层四个房间都亮着灯，右侧第一间的窗帘上还衬有活动的人影。这些房屋应该是前前后后一座座建起来的，没什么规划，东一座西一栋。走起来不是很顺畅，有时明明小楼就在前面，一绕又背对它了，但这只耗费些时间，不是问题。

司徒绿摸到只隔两座房屋且可以直接冲过去、上到小楼的地方，她贴着墙，静心等待陈聿飞给出信号。五分钟过去，没有动静，司徒绿决定不再等。小楼的楼梯是以两折折叠，靠在外墙的，因此少一道楼内的关卡。她疾步走到楼梯下，观望一圈，四外无人，只有深夜的微风吹动的声响。蹑步上楼梯，是铁的，动作再轻柔，都一步一响，好歹声音不大更不刺耳。

一级两级三级……司徒绿心里随着声响不自禁数起来，数到九时她不再继续。又四步，到转折处小小的平台上。有个人影在等着，无需细看，她知道是陶达。随她的步子，陶达往平台中间挪动，挡住去路。

抓住楼梯这一侧栏杆，飞身横踹，击倒陶达乃至把他踢下楼梯不成问题。她还可以抓着栏杆，飞身跳跃，上到二楼，冲进有人影的房间。都没有。司徒绿在平台上，隔一肘距离，与陶达对峙。

陶达言简意赅，"退下去，他能活。"

司徒绿盯着陶达，一步一步往下退。楼下已经两圈人，紧密的一圈，有三个，他们扶持或者说挟持着一个人，另有八人手持棍棒，分散站立。她一眼认出被挟持的陈聿飞，他头歪着，似已昏迷。

"他没事。"陶达说，声音压得很低，"你们哪儿来回哪儿去，我送。"

司徒绿没说话。陈聿飞还算平安，她松了口气。她默想一遍流程，打倒陶达，击退挟持陈聿飞的人，打败包围上来的八个人。如果顺利，要花多少时间？在此期间，更多人拥出，就算能解决，陈聿飞怎么办？关键是，惊动目标——多半已惊动——完不成任务，怎么办？但现实不允许长考，她再次看向陶达，准备进击。

正当其时，有声音在高处响起——"住手。"——有光照下，光线成一束，并不强烈，但把纠缠的一群人都拢了进去。每个人的影子投射在地上，更见拥挤。

"陶达，请司徒小姐上来，照顾好陈先生。"那声音平静，在沙漠的夜晚显得干巴，但声音里有着"权威"一词无法涵盖的力量。说完，那束光消失。

"是，赵先生！"陶达像个犯错的孩子，垂头丧气，"司徒小姐，多有得罪。你上去吧，陈先生交给我。"

说完，他冲司徒绿深鞠一躬，"请干脆利落，拜托了。"

变化太过突然，司徒绿愣在那儿，看着陶达他们搀扶陈聿飞进到一楼。不能再耽误，她拾阶而上。刚才深怀警惕，每一阶都如履薄冰；现在头绪纷乱，每一阶都如履浮冰。刚才每一步都慢，现在每一步都飘。楼梯终究不长，上到二楼，司徒绿立定,让夜风将脑袋清凉,吐出一口气,拉开房门,走进去。

房间比想象中要大,也可能是过于空旷。中间有张小茶几,上面有一支手枪、一把长刀、一个手电筒,此外就是墙壁。对着门的墙上,悬挂着很多块屏幕,中间一块大,周围八块小,都没打开。一个瘦长个的人穿着灰色T恤、蓝色牛仔裤,脚下是仙人掌纤维织就的草鞋,站在大屏幕前。他的身姿如玉山,挺拔而并不僵硬,板寸的头发已然花白。他静立着,仿佛在等人喊"开始"。

有窗户那面墙挂着仙人掌纤维的素净窗帘,另两面各自挂着一幅画。左手是色彩堆积的油画,颗粒触手可及的灰色地面,是蜂巢或细胞般互相挨挤、推搡而成的半透明泡沫。泡沫层层累叠,每个里面都装有一个人——只能认定是人,因为大多数的形体都被抽象、简化成线与点——最上面的泡沫里,那人的双手正推那层薄薄的膜,如小鸟要破壳而出。他的脸是清楚的,但表情奇异,不是在用力,而仿佛在聆听。整个画面都是灰黑色,只在远处,悬着一个深蓝为主的球体,它让画面更冷。

右手是大面积留白的水墨画。在一条未明的路上,走着一个一身白衣的人,只有背影,肩着世界那般,孤独、决绝。极淡的墨在他周边洇染,可视作雾视作雨雪,或者干脆就是一团墨,也可以当作风,当作宇宙深处落下的尘埃。再远处,白衣人张望的去向,是另一团起伏的浓重不少的墨,墨间有线条,隐约勾出形体,但一时间并不容易分辨,究竟是山是云气,还是一座工厂,甚至是遥远的另一个天体。左上方,则有几乎圆满的月,它就用线圈一下,但光华满目,铺在纸上,如同生自白衣人的体内。

"挂在这儿,是为提醒一些事。"

说话的人转过来,看着司徒绿。是照片上那个人,司徒绿此行的收割对象。他的皱纹比照片上还重,法令纹如同从两颊砍下去,抬头纹则是带自娘胎一般,如老虎的"王"烙在额头。他的目光锐利更胜照片上,不是锥子,是针尖,是针尖后面连着利剑,随便看过来,就能穿透人心。

他看着司徒绿,十数秒后,伸出右手,"辛苦了。"

司徒绿握了一下,那手比她想象的好一点,比干树皮好一点。

"为见到你,为死一个人,先死了七个。"

"你是指……"

"他们五个,我们两个,这不是算术题,但有些运算必须进行。"那人说着,点点头,"每个很长的故事,都能简短截说。我是赵一,是我找到团契,让你来。"

司徒绿后退两步,再看看对方,"怎么可能……"

"是我。"赵一神情肃然,"是我请团契安排一个人,来杀掉我,砍下仙人掌一样,收割我。"

万千念头在司徒绿的头脑里转动,有的无所关联,有的前后贯通,特别是陶达的态度——当他听说自己前来的目的,当他回来确认却发现这是赵一的命令。思虑辗转,等她稍做调整,再要提问时,那几个显示屏已打开。小的上面是八张不同的脸,正以困惑、愤恨、震惊、错愕等表情

274

凝视这端，她认识的只有团契的首领。大屏幕上，则是房间里的图像，她自己那张脸，正占据画面中央。

"让他们看着吧，我们继续。简短的故事也需要缘由，才能明白。你知道新文明时期的最高管理机构吧？"

"这……谁都知道……是文明延续协会……"

"是文明延续协会。资源快要耗尽，灾害频仍时，人类决定解散旧有管理体系，国家消失，由东西方文明延续协会两个机构负责基本运转，由此开启人类的新文明时期。"不知道是赵一天生的镜头感，还是后天多次演练的结果，他的话语、表情、动作配合得天衣无缝，每个时刻定格都堪称艺术品，让人有信赖的意愿。司徒绿一错眼，大屏幕切换成赵一的脸，镜头与角度偶尔还有变化，但并没让画面显得做作。

"会长是文明延续协会的象征，是首席权力人，虽然这权力是协商性的。协会成立时，人类整体的生存与延续成为头等大事，又鉴于男女比例的严重失衡，《丰裕社会维持原则》以婚姻为立法根基，所有年满三十五岁没得到女性青睐没步入婚姻的人，都会被送到沙漠组成匮乏社会，留下更多的资源，组成丰裕社会。"

司徒绿不知道赵一为什么要讲述这些常识，但她仍旧本能般被它们刺激，团契的判定仍旧浮现——"所谓丰裕，每个毛孔都充满女性沉默的牺牲""婚姻不过是以赞颂物化女性""三十五岁成为售卖的标准"——她几乎要出口反驳，却莫名听到"你走开"。听从地往旁边挪动两步后，司徒绿站住——赵一没对她这样说，但似乎也不是那个女人的声音。

"匮乏社会是人类历史上最伟大的自我牺牲，尽管后来这种牺牲变成强迫。为回报这份牺牲，更为制衡，匮乏社会与丰裕社会达成协议：以十年为期，双方轮流出人，担任东方文明延续协会会长。这是份隐秘协议，只有三级以上会员才能知晓，以防止被滥用。"

说到这里，赵一才停下，转身看着屏幕墙，司徒绿也看过去。八块小屏幕上的人都震惊了，有人震惊中带着惊诧，有人带着迷惘，有人则掩饰不住地愤怒。赵一仔细看完众人的脸，又转过来。

"不要担心，视频传输不会中断，因为我还是会长；不会有武装力量前来攻击，那需要我批准。你没有想到我是会长？"

"你说轮流担任时，闪了一下念头。但还是难以置信……会长是……"

"好，再长话短说，我的十年任期再有半年就结束。四十年前来到匮乏社会，我没想过有一天会担任会长。十年前担任会长，我没想到，会在结束前，破坏所有规则。但不破不行，生存空间日益缩小，再以建核电站维持、泄露后撤退的模式，人类将无空间可退缩。协会之所以成立，是基于一个共识，相互取暖、互相扶持，渡过难关，因此才有人愿意牺牲，这些牺牲才伟大。现在，是重新审视这一共识、牺牲的时刻。"

"因为……牺牲难以为继，共识……即将崩溃？"

"更因为这个共识，牺牲本身需要再审视。新文明迄今快一百五十年，生存条件每况愈下，生存空间日益收缩，如此强大压力下，牺牲奇迹般地持续下来，但余地已被消耗殆尽。相信你一路行来，见到、听闻不少人心离散的事，人类作为一个整体，拥有共同的价值、利益，这一点不再被信奉，各种小群体林立，这是一方面。另一方面，持续一百余年的牺牲，如果要求继续，那不是牺牲，是压榨，是奴役，只是镶嵌了美德和赞颂的花边，这固然考验新文明的道德基础，更留下巨大的将一切爆炸成碎片的隐患。"

说到这里，赵一停顿十数秒，像是以沉默施加压力，以压力要求聚焦，才又接着说："远虑近忧，拢为一体，但近忧迫在眉睫。那些小群体里，强势者要碾压弱势方，直接摒弃共识，忘却他人的牺牲，集中资源，维持极少数人的生活品质，延续他们的生存。这样的群体，这样的力量，不但丰裕社会有，匮乏社会也有，他们绾结一处，肆无忌惮。"

"你作为会长……应该……"

"会长更不能肆无忌惮。"

"那……他们打算在各地建立避难所，把它搞成世外桃源吗？就像……就像东一区的那样？"

"是的，就像你去过的东一区那样，把污染尽可能抵挡在避难所之外。但这还不够，仅仅抵挡是完全消极的，必须进取，必须夺回这一百五十年耽误的时间，必须加速为整体生存而停滞的发展。为此，必须抛弃绝大多数人，让他们进一步牺牲。因为要发展，就得加大使用资源的力度，就得更大规模、力度地使用核能。甚至有人提出并得到不少的附和——以大规模的屠戮，让现有的百分之九十的人尽速死掉，以节约资源。"

司徒绿头皮一紧，凉意顺着脊柱传遍全身，让她禁不住地发颤，潜藏在意识深处的几个字脱口而出："文明何义，延续何为？"

"你说什么？"

司徒绿喘了口气，又说一遍。赵一沉思许久，"这并不是完全贪图享乐的疯狂，它设定了积极与进取，那就是集中所有的资源，聚焦唯一的目标，在耗尽地球的全部能源之前，逃离地球。进到月球、火星，或者任何别的地方，重新建立人类的生存空间。蓝图里，甚至有朝一日，部分人类的后裔能回到地球。这是丰裕社会、匮乏社会的高阶同构，是理性的疯狂，是疯狂的理性。"

"只有这一条路吗？必须死掉百分之九十的人？等等……这不是算术题，但有些运算必须进行……你是这个意思？你早就做了决定？不对——"司徒绿摇摇头，"你要是决定了，就不会让我来……"

赵一一笑，随即收敛，"有些运算必须进行。我们拟定一个基本的计算模型，前提是现有的文明条件不变，并且能够提供持续的向地球之外发展的能量，照此运算下去，必须死掉那些人，节省出那些资源。你觉得'现有的文明条件'是什么？换句话说，你觉得咱们生活在什么样的文明条件下？"

"按照标准的说法……人类文明延续协会成立之初，即确立逐渐削减资源损耗的目标。现在的生活条件，比那时已倒退一百五十年……听说以前达到的文明顶峰，吃穿住行，与生活相关的一切，都极其完美、便利……人和人之间的关系比现在紧密……就像，就像……就像所有人都是一家人……"

"你就像一个孩子，描述着口耳相传的糖果。你说的这些就是'现有的文明条件'，近乎完美的便利，优质的吃穿住行解决方案，大都还在，只不过，仅供极少数人享用。东一区你去过的地方就有，只不过你见识不到。"

这话冲击之大，远甚赵一是会长，司徒绿头晕目眩，感到自己正在深渊里跌落，"这么说，新文明肇始于谎言，一部分人对另一部分人的欺骗？"

赵一凝重地摇头，"不是。那时的形势，还有条件把这些当作文明的火种，在小范围保留。它们当时仅仅是保存，历任会长在内的管理者，都唯恐与它们产生不必要的个人联系，以免辱没前人的信重、托付。直到几十年前，确定按照目前的趋势，人类社会将发生大幅度后退时，这些高耗能的物品反而在一定范围内得到使用，并在使用的人群中诱导出刚才说到的，理性的疯狂。这疯狂有个好听的名字，叫'行者计划'——必须行动起来，从根本的意义上、从文明的最高层，拯救人类，而不是坐以待毙。"

"行者计划""使者计划"，两个概念在司徒绿的头脑里高速碰撞，反而让她冷静下来，极端地冷静，"'使者计划'的反面是什么？……你们不可能只有一个模型，只进行一次运算。"

"当然不可能。没有名称，但'使者计划'确实有反面。我们拟定新的条件，不做人员方面的牺牲，持续削减现有的资源上的消耗，借助地球自我净化的能力，熬过目前的污染，你知道要倒退多少年吗？少则几千年，多则上万年。那还要求，所有人都必须投入体力劳动，温饱成为最迫切的需求。当然，现有的文明成果会以固化的形式留存下来，说不定还能有一两座核电站维持它们的运转，直到人类熬过艰难时期，有精力重新启用它们。这听起来还能接受，对吧？问题在于，这个前景有很多变数，无法预料。按照这一计算模型的大概率细化，这一道路走不通，它将在几十年后，导致地球生态系统彻底崩溃，人类无法承受其重，整体性的灭绝到来。可能有少量的人存活，但遭遇的基因创伤、数量上的绝对劣势，会让他们竞争不过经受辐射变异存续的物种。那时，人类将彻底退出地球的舞台。"

司徒绿呆住了。她盯着眼前的赵一，如同盯着一块朽烂的木板。第二个模型比较下，第一个模型导出的方案，"行者计划"似乎不再那么疯狂，尽管它异常冷酷。可是，这真的不是运算，不要说设想由她去按下按钮，夺走多少人的性命，就是设想这件事本身，她都无法接受。一个人能为整个人类负责吗？一个人该为所有的人负责吗？况且……"文明何义，延续何为？"八个字又兜回来，如果人类迟早……如果一切……

"没有什么……永恒……"司徒绿被自己的话吓住了，她看看赵一，他在自己的情境中，没注意她说了什么，便赶紧收了声。她不怕赵一听见，但她怕他追问，这话背后到底是什么意思，她还不清楚。不对，她清楚，但她清楚的是一句废话，它还在乱麻中，指向不了选择，更指向不了行动。她对赵一产生了深切的同情，同时庆幸自己不是赵一，不是面对按钮的人。接着，她在这庆幸中看到缝隙。她来这里不是做选择题的，是赵一让她来的。她是个"使者"，他必然需要她传达什么。

"我这次过来……是随机的，还是指定的？使者计划……"

"什么？"瞬间的困惑后，赵一明白过来，"有条件。我希望是初次执行任务的人，希望能离这里尽可能远，你大概是这个指定范围内的随机人选。当然，收到指令的那一刻，你就是指定的，指定给我的人被我指定。"

"离得尽可能远……是让我沿途看到丰裕社会的现状；初次执行任务……是让我所见都留下足够深的印象，震惊不轻易散去？"

"对，全新的使者才能完整传递信息。"赵一说完，调转目光，盯着那幅水墨看了许久。他看，司徒绿就等着，她留意着他的表情，只有眉皱得更深。"你知道月球隐士吗？"

"没人不知道吧？那些故事流传得那么广，版本那么多，每一个……"

"你觉得怎么样？"

"很精彩。也能对人……有所安慰，但模式固定，隐藏在月球上的超级英雄，总在危难时刻拯救地球。不管什么问题，他都在最关键时刻出现，一一化解。问题是，这样一来，危难时刻失去了意义。所谓的危险，更像是布置好的场景……"

"你听到的月球隐士故事，作者是谁？"

"所有的故事都声称是赵一平所作，不管它们风格差异多大，人物性格如何不同。赵一平……赵一……你就是赵一平？"

赵一脸上的皱纹绽放，是真正的开心，"不是，我没这么好的想象力。但我可能听过第一个月球隐士故事，赵一平不是我。赵一平是我的叔叔，他甘愿单身。三十五岁前夜，独自走进辐射区。他未必是第一个这么做的丰裕社会到龄男人，但他肯定是第一个因这一行为被大肆宣扬的，以便暗示他人效仿。那段时间，他几乎无人不知，无人不晓。我是他这个行为的受益者。我本名叫赵匀，那之后改为赵一，算是纪念他。"

说到这里，赵一长吁一口气，"我听到的那个月球隐士故事没这么传奇。的确有个超能者，守候在月球上，但他能做的有限，不过是在又一次危机爆发时，从地球上救走一个小男孩，带回月球，以便他将来回到地球，重启人类文明。很巧，这个故事里有一个行者，也有一个使者。"

"所以……你想成为月球隐士？成为……拯救人类的超级英雄？只不过现在需要的不是超级能力，而是……超级意志下的决断，所以你支持'行者计划'，抢救出一个小男孩那样，留下一小群人，享受着高度发达的文明成果，继续进化、提升……直到他们离开地球，在新的空间繁衍生息，重新创造人类文明……直到有一天，污染过去或者被消除，他们再以胜利者的姿态，以始祖的面目，重新回到地球？"

这次，赵一看向那幅油画，"还记得开始那则运算吗？五个，两个，七个，一个……要么一个，要么七个，你会怎么选？

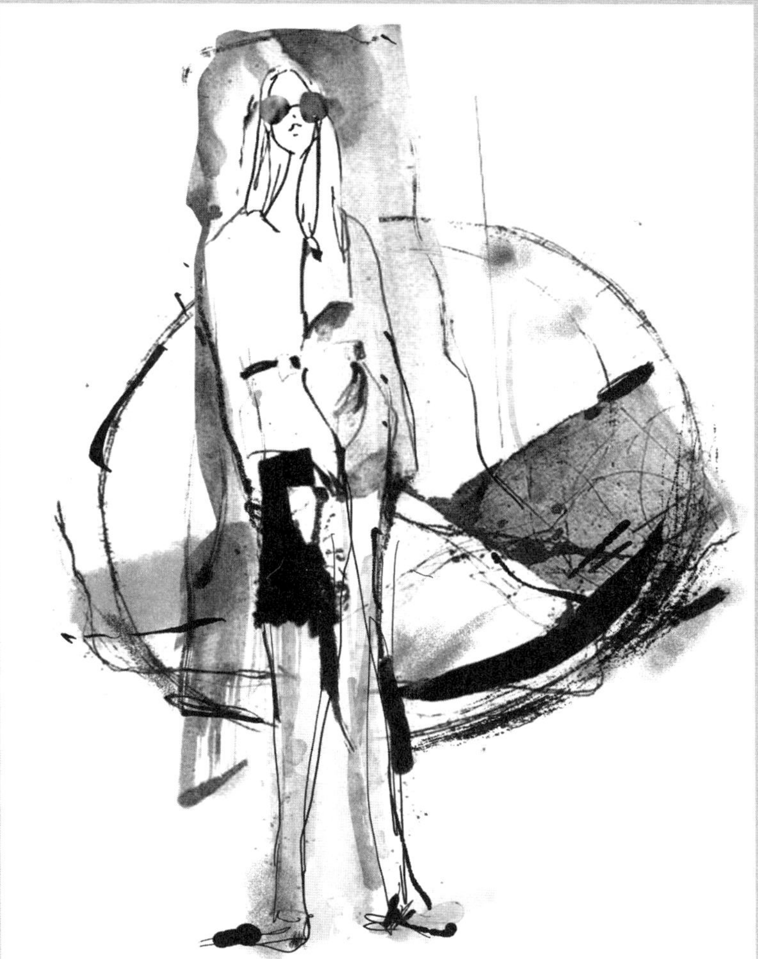

选中的死去，留下的才能活着。"

"你来选。"司徒绿恨不得将目光化成钉子，将赵一钉在墙上，钉进那幅油画里，"不管哪一方，都先想想……你在哪儿……"

"谢谢提醒，我会先行把自己搁进去。""啪啪啪——"赵一鼓了三下掌，鼓完摊开双手，"你看，现在同样是一道选择题。我的左手是'行者计划'，计算模型下，大概率的光明前景在等着。只不过，要先穿过深重、绝望的黑暗，将现有的绝大多数人流放到死亡的领地。而我的右手，是弃绝'行者计划'，所有人都在船上，随着它在必然来临的蒙昧、昏暗中向前漂，也许能漂过这段流域，进入光明、广阔的洋面。沿途当然会有人死掉，但数量不大，更不集中在同一个时间段。就算船沉在中途，所有人跌落水中，在溺水而亡前，总能听见同类的呼喊，总能抓住某人的手。这会是人类的绝唱，莫大的堪称永恒的安慰。这一次，你选左手，还是右手？"

司徒绿任赵一注视着自己，静静站立，决不接他的话。赵一并不意外，但他还是等着，等到似乎有别的人替他演算了一遍，做出决定，这才看看左手，再看看右手，然后双手在空中一拍，啪的一声脆响。"这是我的选择。"

"我不明白……你们明白吗？"司徒绿看向屏幕上的人，他们同样一脸迷惑。

"我的选择，就是放弃选择，把它交出去，交给所有相关者。不管是丰裕社会最有权势的人，还是匮乏社会最卑微的人，不管是遵纪守法、过着清教徒生活的人，还是纵欲无度、随时可能死去的人……所有人参与进来，不是一人一票似的参与，每个人的能量当然不一样，甚至很多人根本不知道这个选择的意义，但是没关系，他们的能量会被释放出来，各种能量最终会达成一致、形成平衡，它指向的结果就是最终的选择。"

司徒绿看着赵一，她终于能毫不避让地看看他了，"你是认真的吗？你知不知道……这个能量达成一致的过程，会死掉多少人？……你是会长，本来必须选择，但你用这种方式放弃你的职责，就像……你不敢批准，更不敢否决第十二修正案……在那上面，你用搁置作为借口……在这上面，你用放弃作为逃避……"

"我在这个时间点上，身处这样的位置，做出最适宜的决定。第十二修正案，目前最好的处理是搁置，将来的人是推动是废止，自有他们的决定。"赵一不羞不恼，"至于这个选择，承担责任并不难，死掉大量的人、文明大幅度倒退，哪一种都有疯狂理性支撑，都兼具被指责被赞美的地方。只要我选，必然有人说我是圣徒，同时有人说我是魔鬼。这不重要，问题是这样足够吗？抵到这一选择咽喉上的可能性，都被穷尽了吗？绝没有。因此，我看不到这上面的最适宜的决定，也因此，我把它交出来。呼唤所有人的参与，呼唤他们的能量，呼唤偶然性的揳入。说不定有更适宜的方案，有更具智慧的人，被偶然性筛选出来。同时，不管是哪个选择，不管人类将来决定走哪条道，都必须被偶然性先行检验、甄别。"

"可是……"

"你说得没错，偶然性的冲撞，能量的重新一致，甚至可能带来更大的灾难，死掉无数的人。我知道,我接受,我先把自己搁进来。无论如何阐释,必须进行运算总是耻辱,我无法以死亡来洗刷,只能用死亡来锚定来接受。死亡不能拒绝任何行为的后果,但可以对视它。但我的死亡并不仅仅是这样,这样就太软弱,它还是强力,是胁迫是要求。我的死亡噱头十足,具备足够的传播力量,《原则》亦有相应约定,二者结合能够保证,咱们这次见面,我说的一切将公之于众,同时要求所有人在选择之前,慎重。光把自己搁进来是不够,但我现在连把自己搁进来这个过程也交出。"

"所以,我是给你带来死亡的使者,也是将你死亡传递出去的使者?"

赵一非常温和地笑了,"我担任过一次使者,传递过一次信息。也许正是那一个使者的传递,导致这一个使者的出现。现在,我们合作成为一个使者,传递一个信息。是什么呢?传递人类被逼到一个境地,必须做出选择,必须行动起来。此时此地,人类把自己置于如此悖谬、荒诞的境地。这是难堪的终点,但起因早就埋下,假如人类能熬过去,应该检索来路。对,这是郑重其事的传递,你是伟大的使者。但这并不充分!刚才我说的,你要求我选的,不是在我的两只手上,它只在我的左手。我的右手,空空荡荡,连空气都有限。它是讥讽,是嘲笑,是对人类孜孜求发展的否定,是对人类本身的否定。生而为人,我单凭自己否定不了人,阐释不了否定的意义,但我可以有这个行为。所以,当我左右手一拍,你就见证那句话:不是砰的一声,而是啪的一声。"

说到这里,赵一再次伸出双手,手掌朝上摊开,仿佛邀请司徒绿查验不久前那啪的一声脆响留下的痕迹。"无论左手,抑或右手。无论肯定,还是见证。无论肃剧,还是谐剧。我都交出死亡,留下一个标记,只有死亡才能保证其真诚,只有死亡才能领会其哂笑。但我不能自行其是,必须由你,自外而入的使者,来完成,来将这一标记另存。这才让此时此刻,具备基本分量,要求未来的人,想明白。或者……"

赵一又说了句什么,司徒绿没能听清。他说完,转过去和八个屏幕上的八个人一一对视。然后,他转过来,问道:"这样可以吗?"

问出的瞬间,司徒绿看见赵一的嘴角挂上一抹笑意。是放松,是冷嘲,是热情,是托付,是戏谑,是等待,是郑重托底,是留置悬念。这一切之外,另有纯然的放空。

那托底的放空让司徒绿眩晕,在起初的信赖之上,催生出敬意并带着强烈的召唤,她持着临别时,罗小让赠送的匕首,一步一步,向赵一走去。相距还有五步之远,她已然看清赵一正以凝视等候死亡的入驻,忽然心头再次响起"你走开",是那个女人的又是这一路所见每一张面孔告诉她的。她停住,看着赵一,带着眩晕,要极力突破笼罩着她的那些话语合围而成的疑惑,"恐怕……不可以……你把自己先搁了进来,把自己……算作牺牲……把我……当成你的祭司……"

她在吃力地寻找每一个词语,毋宁说她在努力让自己被每一个词语找到,因而声音低沉,断断续续,身子也随之摇摇晃

281

晃，但在摇晃中，她毕竟站稳了，度过了最初的艰难，然后，司徒绿看见鲜明的形象。"有一个女人……生活在桥洞里……她维护着自己的尊严……不知道她怎么成现在这样，不知道她是否了解外面的世界，是否了解……你所说的这些危机，是否了解人类到了你所说的关键时刻……但她过着她力所能及的生活，不需要改变。我可能……说得太绝对了，但不能否认，如果不遭遇强制性的改变，她愿意维持现在的状态……"

司徒绿深呼吸一口，她看过去。赵一仍旧凝视着她，但还没法从等候抵达的境地抽身，屏幕上八个原本等待终局的人，却被这意外的延宕搞得困惑，他们甚至有几分疲惫。

"我说的也不是一个女人，而是……像她那样的生活，她对尊严的理解和自持……对，哪一种生活状态的人都有其关于尊严的理解，他的维护都应该受到尊重。"对这句话有了体会，给了司徒绿力量，"不，我说的就是一个女人，一个具体的活生生的女人。你太郑重其事……太将自己所处的时刻当成关键时刻……"

赵一迎着司徒绿的目光，似乎已经返回。司徒绿继续下去，她语气仍有迟疑，一方面在斟酌词语，另一方面在自我提醒，这只是自己的喉咙，"你的安排很好……运算周密，郑重无比……以至于牵涉其中的每一个人每一处牺牲，都如此精准。但……它毕竟是运算，两千种模型是运算，两种模型也是运算，如果凭计算机就推演得出、就能断定人类的未来，那人类早就没了未来。依据计算机运算模型的再运算，更是独断的泡影，必须到此为止……"

眼见屏幕上八个人的神情由疲惫转向厌倦，司徒绿更加明了要说的，她现在只看着赵一，"来的路上，我在死湖见到围坐一圈的……骸骨，他们提出了那个问题……文明何义，延续何为？我无法给出确切的回答，这个问题一直在也远比找到确定的答案更重要。但我想，取消每个人对尊严的探求，一定不是文明的方向；把每个人概括成一个数字，简化成条件设定，纳入一种计算模型，一定不是文明的方向。其实……匮乏社会与丰裕社会的分化也好，团契的出现也好，如果它们维持不变，本身就是一种计算模型，是一种僵化。"

司徒绿长出一口气，仿佛漫长的泗渡终于见到岸，"对不起，扯得太远了……我不是要用保障每个人的理想，来悬空你面临的选择。我只是明白，我大约就是你呼唤的偶然性的率先揳入。偶然性怎么会按照我们的预期降临呢？你认为，把自己的死亡和死亡过程放在天平上，就能平衡计算模型的暴力，至少坦然面对。不，从来没有置身事外的面对，更没有预先筹划的偶然。我决定不杀死你，这个选择是我对偶然性的理解，也是不确定在你身上的运行。"

赵一并没被这些话击倒，他仍旧看着司徒绿，目光中有她不能理解的东西。司徒绿有一点恼怒，语速加快，"有些运算必须进行，是这样。但在这个运算中，偶然性的揳入，要求你成为除不尽的余数，除不尽也是运算的必然。你的死亡是一次性支付，但你的不死，你活着，才成为能量重新达成一致过程中的提醒，长久鲜活的骨鲠在喉的提醒。有一天,人们或许会唾弃、咒骂你放弃选择,让他们深陷痛苦,但只有知晓并领受这一切,才能让你的行为严肃起来,才能让你成为不管是圣徒还是魔鬼。"

这些话出口宣泄了那一点恼怒,让司徒绿在变得疲倦的同时,忽然又明白一点,她补充道:"其实,你的目的已经实现。这些视频都是证据,现在的局面,所有的困境,你想传递的东西,都在其中。此刻的流血是不必要的,团契的任务,作为你的使者,我已从实质上完成。现在,我得走了,我必须成为自己的使者。"

说完,司徒绿最后看了赵一一眼。他凝视着她,神情比刚才更见肃穆与漠然,但之前他身上那让她眩晕的托底的放空依稀在落向实处,在澄澈碧蓝。那实处她无法明了,那澄澈她无法明白,可迷蒙间,司徒绿恍然想到,如果赵一连她的放弃都预料到了呢?那是不是意味着,他接受任何结果,但……不能也不应该主动选择?她不是要否定自己刚才的话,她只是不确定,如果连偶然性本身都纳入了偶然呢?更坚决一点,偶然性当然是偶然的。想到这里,她似乎更理解了赵一,又似乎更不能理解他。

恍惚中,司徒绿总算笃定了一点:这些现在已经与她无关。于是,她鞠躬致敬,将匕首插回鞘中。

(特约编辑:余静如)

月球章动与人间幻象
——李宏伟《月相沉积》及其他

方 岩

一、土壤与环境

一次贯穿故事始终的刺杀行动及其引发的连锁反应，让《月相沉积》成为迄今为止李宏伟最具故事性、戏剧性的一部长篇小说。故事发生在未来，其时资源枯竭、环境污染、核能滥用导致了一系列不可逆转的社会、经济、政治问题，一种新的社会治理方案被实施，整个社会被区分为"丰裕社会"与"匮乏社会"。

资源快要耗尽，灾害频仍时，人类决定解散旧有管理体系……由东西方文明延续协会两个机构负责基本运转，由此开启人类的新文明时期。

……

协会成立时，人类整体的生存与延续成为头等大事，又鉴于男女比例的严重失衡，《丰裕社会维持原则》以婚姻为立法根基，所有年满三十五岁没得到女性青睐步入婚姻的人，都会被送到沙漠组成匮乏社会，留下更多的资源，组成丰裕社会。

这样的设定，使得小说像是一个带有恶托邦色彩的科幻小说。通常说来，典型的科幻往往有着明晰的知识铺垫、理论假设作为支撑，即便是那些称之为软科幻的作品，其背后也潜伏着较为确定的人文社科理论作为叙事基础。换而言之，知识、理论在这些文本中是叙事动力，并在一定程度上决定了叙事的走向、结构和基本形态。而《月相沉积》这样的作品除了表明故事发生于未来的某个时空外，其故事的构成要素、进程、旨趣再没有与所谓的"科学"发生任何逻辑联系。恰恰是我们熟知的各种现实状况、因素的变形和组合造就了这个新的故事。小说中提及的资源匮乏、环境污染等社会问题不正是遍布全球的当代世界基本症候吗？所以，小说中经常被提及的"旧文明时期"更接近于今日世界的基本状况，而"新文明时期"无非是前者各种症候恶化的结果。因此，当与"旧文明时期"有关的话题不断在"新文明时期"中被重新提起时，恰恰表明"新文明时期"与"旧文明时期"之间的分野，说到底是李宏伟行使"虚构"特权时欲盖弥彰的说辞。所以，不妨将《月相沉积》视为李宏伟对今日世界现状进行推演和想象的结果。要知道，有关小说介入、描述当代世界的实力和潜能，"虚构"一直就是必不可少的伪装和托辞。

正是在一点上，《月相沉积》与阿特伍德的《使女的故事》有着异曲同工之妙。在《使女的故事》中，新的社会治理方案针对的是女性。通过对基督教教义原教旨式的解读，"基列国"对有着"道德原罪"的女性进行了甄别和惩罚，有的被当做"有用的容器"成为权力阶层繁衍后代的工具，有的则被流放"隔离营"承担苦役。"隔离营"之于"基列国"，正如"匮乏社会"之于"丰裕社会"。阿特伍德把蕴含于1980年代美国社会中的某些趋势、现象进行推演和组合，编织出一个新的故事。于是，1980年代的美国历史便成了恶托邦的基本背景。阿特伍德之所以要虚构这个在22世纪末被讲述的1980年代的故事，是因为，与关于未来的远忧相比，阿特伍德更关心现实隐患随时转变为真实动荡的可能性。对此，阿特伍德曾说："只要有相应的土壤和环境，任何事都可能发生。"[①] 而李宏伟的《月相沉积》，恰恰事关"土壤"和"环境"的描述和想象。

---

① [加拿大]玛格丽特·阿特伍德：《使女的故事》，陈小慰译，上海译文出版社2017年版。

二、语言和社会

当"丰裕社会"生存部勘察员司徒绿接到指令要执行一次刺杀任务时,"丰裕社会"秩序井然的和谐面纱就被瞬间撕下。因为这命令来自潜伏于"丰裕社会"内部的秘密结社组织"团契",这个组织全部由女性构成。虽说前述提及的留在"丰裕社会"的标准和条件是针对男性,但是对留下的女性而言,这其实是将女性的生殖功能工具化、物化、政治化了。因此,"团契"无疑是个带有女权色彩的反抗组织。但这并不意味着,李宏伟将要对女权主义或女性权益话题展开讨论。当"杀人"这种事情被"收割"这样的词汇指代并营造出令人愉悦的正义感时,反讽的意味扑面而来。这里体现出的是"丰裕社会"典型的官方语言及其思维方式。当一个抵抗组织的话语方式开始模仿对手的时候,其思维、言行的正义感、道德感在多大程度上异于对手便成为巨大的疑问。正是在这个意义上,"团契"成为"丰裕社会"制造出的私生子,是其种种症候中最为艳丽的罂粟花。

"女性会长""遇刺身亡"……司徒绿再度被迎面而来的信息打蒙。她知道协会对各种信息进行筛查,留下"纯净""无害"的部分,但她以为那些隐藏的部分已被团契照亮……司徒绿心里涌起强烈的恐慌……

作为"团契"的一员,司徒绿无疑是某种单一语言以及意义塑造的结果,所以,在歧义信息、异质事物及其意义的面前难免感到"恐慌"和"打蒙"。她的任务本是消除那些歧义和异质,却在与之纠缠、搏斗的过程中面临被说服、纠正的可能。换而言之,刺杀的过程,其实亦是对"团契"及其单一语言规训的反思过程,这是"成长小说"的某种变形。

引文中的提及的"纯净""无害"这些看似单纯、直白的词汇及其用法,大概会让熟悉李宏伟写作的读者想起《来自月球的黏稠雨液》(以下简称《雨液》)。它既是独立成章的小说,又可以与《月相沉积》一起构成系列作品。这部小说的主体是一份调查报告,并夹杂着关于报告内容的信息分级筛选、审读意见,并在调查报告后面附上了处理意见、领导批复等文件。简单说来，它以戏仿官僚语言和行政文书的形式呈现了"丰裕社会"和"匮乏社会"的基本状况：取消了"国家"建制的"新文明时期"，却以更加严苛的方式保留了"旧文明时期"的"国家"运行所需要的官僚机构、暴力手段、文牍形式和语言等，只不过这些旧事物都被语言描述、塑造成其他事物的样子，看上去邪恶而荒诞。比如，行使国家功能的机构被称之为"文明延续协会"；公职人员被称为"会员"并设立科层等级和信息获取权限；"净化方案"被用以指代消弭异端言行的强制措施。类似种种并不指向具体的情境和事例，而是揭开了现代社会某种根深蒂固的文化症候：知识和语言不是让世界的复杂和暧昧变得清晰、透明或趋向可知，而是让世界变得愈发幽暗、神秘，成为掩盖真相和真理的技术手段。小说中有个细节，协会禁止使用"统治"这个词汇而用"管理"取代之，正如《月相沉积》里用"收割"来指代杀人。无疑，前者代表了那种带有意义、价值、情感倾向的词汇，这本是语言在交流中的正常状态。而后者则是宣称中立、客观态度的描述性技术词汇或专业术语。当前者被视为"已经从词典清除"的"死词""生僻词""污染源"而禁止使用时，"技术统治"彻底垄断一切的社会景观便出现了。这里不是要谈论某个类型的知识及其语言的具体功能，而是强调知识/语言与权力捆绑之后，对意义、价值多元的压制和排斥，这最终导致关于"唯一"真相或真理的绝对尊崇。很多时候，"唯一"和"谎言"只是描述某种处于宰制地位的语言/知识的同义词。"谎言"成为"信仰"，便是人类用语言为自己挖掘深渊的时刻，在幻觉中迷离狂欢，以为将纵身自由的海洋。所以，也就不难理解，身处"匮乏社会"的人何以会说："在我们认识，匮乏社会是丰裕社会的提升，是丰裕社会金字塔的最尖端。作为丰裕社会基石的种种规章要求，在这里当然得到更加严格的执行。"[1]

加拿大的政治学者约翰·拉尔斯顿·索尔在讨论欧美社会的相关情况时，曾说："我们的语言一向被分为两个部分。一是公用语言——数量巨大、丰富多彩、变化多端，多少软弱无力。然后是附着于权力和行动的法团主义语言[2]……法团主义语言本身又分为三类：修辞、宣传用语和专业术语——三种用于阻止交流的意识形态工具。很难描述将前两者区分开来。修辞描绘的是意识形态的公开面孔。宣传语言售卖修辞。两者的目的都在

---

[1] 李宏伟：《来自月球的黏稠雨液》，《假时间聚会》，作家出版社2015年版。
[2] ［加］约翰·拉尔斯顿·索尔：《无意识的文明》，邵文实译，南京大学出版社2019年版，第73页。

于使谎言正常化。"① 单一的语言意味着定于一尊的价值和秩序，它可以随意涂改任何在权力辐射范围之内的事物及其意义。正像《雨液》描述的那样，"匮乏社会"中所有的荒诞、残忍和不伦的事情，都在"洁净""净化""互助公社""互助机制"等中性且偏向明亮的词汇的重新描述下，成为具有"社会的荣誉感"的历史宏大事件。

由《雨液》来反观《月相沉积》，便不难发现，司徒绿的刺杀行动过程，其实是一次逐步远离权力中心的冒险之旅。这便意味着，在这趟旅途中，"丰裕社会"语言覆盖不到的那些风景、人物、事件，将以沉默的真实形成某种抵抗或纠偏的力量。语言与沉默的对峙，将撕开一条窥见真相的裂缝。

"我觉得——团契长期对抗协会，可能被同化了，为自己认定的目标，不拘泥手段，因此对内同样有选择地提供信息，以便……以便保持成员的向心力。"这番话说完，司徒绿才体认到，她身上电流般战栗的是震惊，"我觉得——团契也可能不是刻意遮蔽信息，而是对信息分层设级，提高接触的难度。很多信息未必适合所有成员，需要知道的、应该知道的，经由机缘也好追索也罢，总会打通关卡，得到它们。"

三、动作与静默

回到《月相沉积》开头。当司徒绿带着对"团契"的忠诚出场时，便已经注定，她是由被筛选过的信息、被灌输的信仰以及虚幻的热情所形塑的组织的工具，正如女性也只是"丰裕社会"的工具。事后证明，她也确实只是一场阴谋棋局中路线和作用都早已被规定好的棋子。"工具"或"棋子"倒是与司徒绿在小说中的功能极其契合，因为时空、人物、事件、场景之间的切换和关联都需要依靠司徒绿的行动串联起来。

所以，从司徒绿在叙事进程中的作用来看，倒不妨把《月相沉积》视为"公路小说""成长小说"的混合与变形。追捕、逃亡、飞车、枪战，李

---

① [加] 约翰·拉尔斯顿·索尔：《无意识的文明》，邵文实译，南京大学出版社2019年版，第91页。

宏伟的小说从未出现过如此戏剧性的情节。运动是为了凸显定格的意义，这些情节的跳动带来的是时空的扩张，于是"丰裕社会"的种种溃败迹象在这些事件、动作的间歇中显露出来。废弃的钢厂、污染的湖、沉船里的尸首、用铁丝网围起的污染区、被废弃的城镇和自我流放的人……皆是"未来、末日影子的废墟"。无疑，这是今日世界显现在未来的样子，或者说，在未来时空里的今日世界已成废墟。如果考虑到这些场景已经在今日世界里显露蛛丝马迹，那么，不妨把今日世界视为昨日历史幽灵参与建构的结果。比如，那个疗养院，其实是对罹患重疾的"丰裕社会"成员进行安乐死的机构。"远处两座巨大的烟囱，其中一个正冒青烟"这样的场景其实是在提醒，奥斯维辛所隐喻的现代历史、文明的创伤和罪恶，经过乔装，已在不经意间溜进了现实世界。

阿特伍德曾说："所有的叙事性写作（甚或所有的写作），其深层动机都是源于对死亡的恐惧和痴迷——作家们都渴望冒险去地府，然后从死者的手里带回某些东西或某个人。"[①] 当然，她的意思是说，那些弥足珍贵的记忆和精神经由写作保存下来，使得它们能够参与我们当下的精神生活："死者可能保管着宝藏，但这些宝藏必须带回人间，使其再次进入时间——进入到观众、读者的世界，进入到变化发展中的世界，否则他们毫无意义。"[②] 与死者交换，需要献祭生者的"生命、牺牲、食物和死亡"[③]。但不妨将阿特伍德的观点再引申一下：有一类作家，他们有着强烈的生存危机感，他们的写作就是要在周遭世界的"生命、牺牲、食物和死亡"中辨认出历史的恶魔和创伤，以提醒可能降临的末日。

虽说《月相沉积》的小说形态确实与李宏伟此前的作品有所不同，小说中的人物终于有了能够牵引叙事的剧烈动作以及与之相关的戏剧化情节，马不停蹄的奔突带动的是场景和事件的不断闪现和发生。但是在司徒绿一路奔突的间隙中，总是会出现这样静穆、颓败的场景和时刻。

---

① ［加］玛格丽特·阿特伍德：《与逝者协商》，赵俊海、李成文译，人民大学出版社2019年版，第167页。
② ［加］玛格丽特·阿特伍德：《与逝者协商》，赵俊海、李成文译，人民大学出版社2019年版，第190页。
③ ［加］玛格丽特·阿特伍德：《与逝者协商》，赵俊海、李成文译，人民大学出版社2019年版，第174页。

> 钢铁厂就像个巨大的独立王国，现在这个王国成了废墟，但还保留着遗骸……
>
> ……
>
> 钢铁厂又像史前巨兽的家园。不要说冷却塔这样庞大得超过几栋楼的食草动物——当它在地震作用下，轰然倒塌，主要由砖与混凝土组成的部件散落开足有几百米；就是那些纯由钢筋铁骨构成的高炉、焦炉等肉食动物，当它们翻滚在地，钢铁的身躯撕扯着破裂、扭曲着散开，那巨兽遗体般的现场，更加动人心魄。
>
> ……
>
> 小允的表情，那单纯的思念，眼神中对钢铁厂与世界悄无声息的安慰，让司徒绿心疼。她相信，如果每一张画都存下来，如果最终将它们归并在一起，这钢铁厂一定会在某个清晨，当月亮在晨曦中隐匿身形时，听从少年的一声口哨、一个手势，猛然收拢地上四散的身体站起来，抖抖身上的皮毛、甩去时间的残渣，拿出百分之百的精神，迈开大步跑起来。

沉默的风景，散发鬼魅而坚毅的力量。李宏伟偏爱的那种工笔般的静态描摹和思辨语言在其中交织。李宏伟有着敏锐的观察能力、批判意识，却从不正面冲锋。赤身肉搏、电光石火固然能体现出英雄的豪迈。但是在庞然大物呼啸而来的飓风中，所有的星火都逃不过瞬间寂灭、了无痕迹。他更愿意模拟一个平行宇宙，排除枝蔓、杂音和迷雾，把庞然大物具化为具体可感的巨兽，静观凝视，以发现那些不易觉察的溃烂之处，一遍遍预演巨兽崩溃的各种场景。换而言之，李宏伟处理经验的典型方式是：把今日世界的某些状况在整体上挪移至未来时空中进行推演，让蕴含其中的带有表征性的症候在错置的时空中显现、膨胀；由此，他对今日世界的总体性理解，便转变成带有寓言或预言意味的故事。这便意味着他的写作更依赖于智识推演和命题思辨，而非倾心于情节编织、事件发生和人物行动。

这在其第一部长篇小说《平行蚀》中已初见端倪，他以梦呓般的语言，描摹了一群青春记忆从历史断裂处开始生长的年轻人的精神肖像，而那些创伤及其发生的过程被远远地退隐到幕后。在寂寥的广场上一遍遍宣讲故事本身，并不能阻挡遗忘的速度，飘散的魂魄只有流徙于精神的森林中才有重新扎根、野蛮生长的可能。到了第二部长篇小说《国王与抒情诗》的时候，他以戏仿科幻和悬疑这两种类型小说的形式开场，让人以为这将是一部奇观和传奇不断上演的小说。然而这部小说所表现出的气势磅礴并不来自事件的铺排和人物的剧烈行动，而是小说主角持续不断地抵抗无物之阵的同化和控制所掀起的内心风暴。最终，这种精神奔涌化为关于"寻找"和"召唤"——有着充沛情感、丰富智识的人类抒情史诗——的象征性行为。这些抒情的碎片弥散于无物之阵的空间，感应着风暴中心向心力的召唤，以期生成浑厚恢弘的精神巨像与庞然大物对峙。李宏伟对于智识和思辨的迷恋在他的第三部长篇小说《灰衣简史》中继续深化。本以为这位21世纪的梅菲斯特会像他的浪漫主义原型那般，带领读者纵横时空，借以展示当代世界光怪陆离的社会景观。然而，李宏伟还是最大程度地省略了欲望实现的戏剧性过程，把叙述导向关于欲望及其多种面相的辨认、评价和溯源等，他甚至重述了创世纪的故事，在一切的源头，与"神"展开了一场注定没有答案、也无法终结的质疑和问询。

简而言之，很长时间以来，李宏伟的目光总是绕过事件、行动的猎奇和喧嚣，而试图探索这些表象背后的神秘驱动力量，并在自设律法的宇宙中不断地演绎它们的张力关系及其可能的前景。盛世，末日，抑或毁灭，重生，都是关于现实秘而不宣的寓言或留待未来证实的预言。

四、神话与出路

终于，司徒绿与他的刺杀目标"东方文明延续协会"会长赵一正面相撞。只是最后一击却成为一场刺客与君王的辩论。卡尔·施米特关于政治决断的道德性命题似乎在这里被重新提起，它将成为"丰裕社会"继续延续下去的一种方案。简单说来，到底是以抛弃道德追问的方式保留一小部分群体以换取人类重启的可能性，还是由剩余的人类共同参与人类命运共同体的延续方案。与其说李宏伟试图在"虚构领域"重新讨论这一至今在现实政治领域和政治学讨论中聚讼纷纭的命题，倒不如说他再次揭示了今日世界的恐怖真相：日常世界一直深陷于历史利维坦的围困之中，所有的政治都与每一个个体息息相关，只是大部分时候，我们浑然不知，也无力、无法参与。

小说的结局是暧昧的。当司徒绿意识到"这些现在已经与她无关"时，她放弃了刺杀。仿佛所有的行动只为取消、否定行动,这样的时刻反倒引爆了种种积蓄、压抑的力量,一切变得未知。权力的失控和计划的脱轨所导致的意外状况,大概来自李宏伟理性上关于未来的彻底绝望与情感上关于现实的不甘心之间的冲突和交织。就像罗杰·加洛蒂对卡夫卡的评价:"这是一个令人窒息的世界、不人道的世界、异化的世界,然而它有着对异化的强烈意识,也有着一种不可摧毁的希望;使我们透过这个被神奇和幽默弄得支离破碎的世界的裂缝,瞥见了一线光明,也许是一条出路。"[1] "裂缝"与"光明"、"也许"和"出路"这样的词汇组合在一起,本身就是个强颜欢笑的悲观结论。

如果注意到这场辩论曾提到流传于"丰裕社会"的超级英雄"月球隐士"的故事,那么,《月相沉积》的暗黑底色将变得愈发黏稠。顺便插一句,这个故事在李宏伟的另一部小说《月球隐士》(《十月》2020年第5期)中得到了更为详细的描述,它既可以独立成章,亦可与《月相沉积》《雨液》一起构成系列作品。

其实无需了解超级英雄故事的详细信息,却依然可以看清真相。将超级英雄故事与事关人类社会前途的政治决断进行对比,这种对话本身就是极端绝望导致的极端荒诞的举动,它使得毁灭这样的话题都轻盈得像是一场漫不经心的玩笑。几乎所有的超级英雄故事都是现代生存危机的产物;是人类对于各种社会症候深深的绝望和恐惧,被大众文化修辞、改写的结果。倘若不是对种种社会症候及其解决方案极端不信任,经过无神论和科学知识重新构造的现代人,怎么会编织出那种无视一切物理定律和自然规律的现代神话?这些超级英雄代表的正是那种将世界格式化、重新制定宇宙法则的秩序和力量。这种话语一方面源自人类用希望伪装起来的极端绝望,另一方面未尝不是人类生存欲望背后残暴、戾气的集体无意识体现。要知道,将毁灭视同重建的人类自我拯救的幻想,并不比施米特所推崇的那种政治决断更具有道德高度。

所以,在司徒绿放弃刺杀那一刻,关于未来的一切都隐藏在未知的黑暗中……再次借用罗杰·加洛蒂对卡夫卡的评价:"他的作品表现了他对世界的态度。它既不是对世界原封不动的模仿,也不是乌托邦的幻想。它既不想解释世界,也不想改变世界。他暗示世界的缺陷并呼吁超越这个世

---

[1] [法]罗杰·加洛蒂:《无边的现实主义》,吴岳添译,百花文艺出版社2008年版,第102页。

界。"① 这句话同样也适用于评价李宏伟的写作,只是"超越"这个词汇太暧昧了,太像一个闪烁其词的政治决断了。

(特约编辑:余静如)

① [法]罗杰·加洛蒂:《无边的现实主义》,吴岳添译,百花文艺出版社2008年版,第106页。

个人主义的孤岛

唐　颖

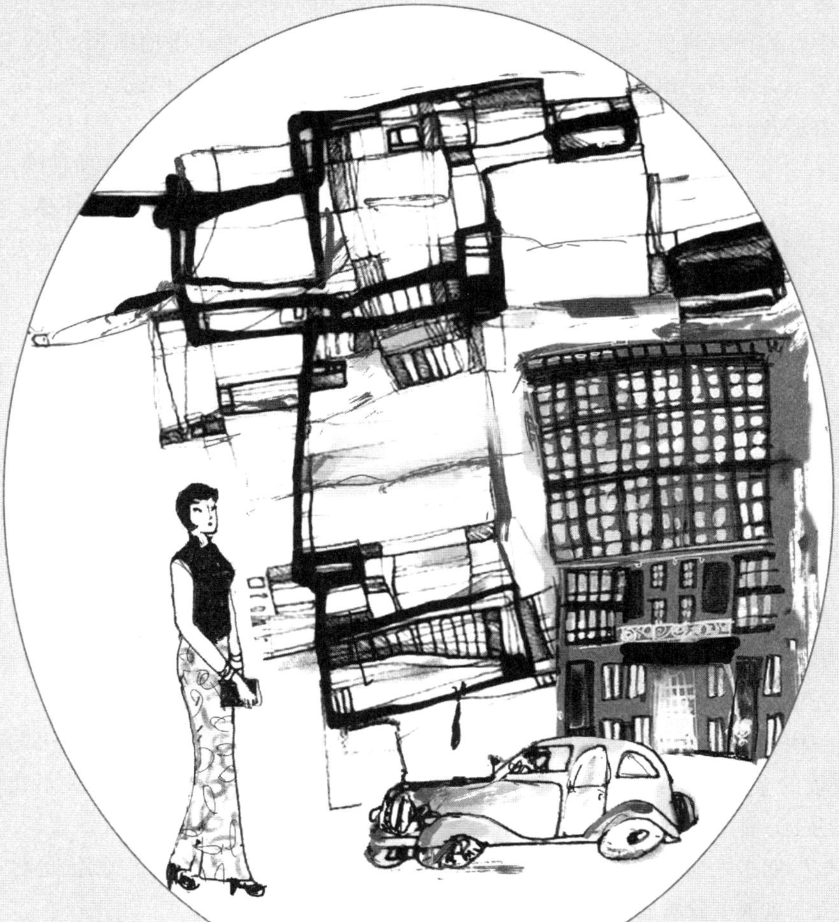

这是最早出现在上海的公寓楼,坐落在西区海格路,入口对着马路,四周无楼房,宛若孤岛,浓密的攀援植物几乎盖住了公寓外墙。

租客中有外侨、演员、金领、身份难辨的民国男女,单身,出生地不明,独门独户,自由来去……

一

1930年深秋的一个夜晚,海格路几无行人,一辆小汽车疾驰而来,停在转角的公寓楼门口。

马路对面躺着乞丐,见到小汽车一骨碌爬起身。

此时,明玉打开公寓门,从里面出来。

小汽车停在她的黄包车后面,她的车夫阿海斜倚在车杠上,半梦半醒之间。

车门打开,小汽车里掉出一条腿,然后,一个男人的身子从车里滚出来。

走出公寓大门的明玉,脚步停了一秒。

这是一辆美国奥尔兹车,驾驶座上坐着化了浓妆的金发女子,正欲踩离合器,眼角瞥见明玉。

"娜佳?"明玉吃惊,"怎么回事?"

金发女子朝明玉耸耸肩膀。

"他……在夜总会,喝多了……被打了,我……送他回来,还要去演出。"金发女子说着带东北口音的汉语,朝明玉摇摇手,车子又疾驰而去。

此时十点不到,海格路这一段静得如同深夜。

小汽车里滚出的男子挣扎着试图从地上起身。

明玉走下公寓台阶,乞丐迎面捧上洋铁罐,她扔了几枚角子,眼睛在看地上男子。

男子很年轻,发色略浅,他的目光与她撞上,眸子褐色,眼梢细长上斜,她一愣,目光旋即落在他的左手,他的左手下意识地握着。

他试着坐起身,但身体不听使唤。

明玉从他身边经过,酒气扑鼻。她径直走到黄包车旁,拍醒阿海,让他去扶倒地男子。

"那个人需要我们帮助。"

阿海看看明玉,眼中有疑虑,"那个人"是谁?

明玉冷静冷淡,一贯的神情,阿海是她的雇工,他不会直接问:"为什么?"

阿海蹲下身帮着挣扎的男子起身,青年男子用上海话向车夫道谢,彬彬有礼。他躲开明玉目光,努力起身,可是身体不争气,沉重无力,动一动便被疼痛遏止,他痛得龇牙咧嘴。

在身体瘦小力气却不小的车夫的帮助下,男子终于起身,他咬紧牙关不让自己发出呻吟。

明玉去挡住公寓门,她跟他们一起进楼。

在狭小的电梯间,青年男子无法躲避明玉的注视,他向明玉伸出手,介绍自己:

"我姓格林,戴维·格林。"

"是的,戴维·格林。"

她像在自语。

金玉突然出现在侧,含血丝的眸子怔怔地看着明玉,明玉一个冷战,伸手欲推开金玉似的,奇怪的动作让阿海一愣。姓格林的年轻人已经垂下手，眼皮跟着垂下，似睡非睡。

四楼的小套房，很久不通风，房间里烟气酒气和隔夜气，气味刺鼻。四墙空白，没有照片和任何装饰，辜负了大楼外观的精雕细琢。

小套房外间只有一张双人沙发，孤零零的，没有配上茶几，歪向一边，好像被随意扔置。

沙发旁的地上，放了几个空酒瓶和烟缸，烟缸里塞满了烟头，一房间的潦倒。

青年欲扑倒在沙发上，被明玉止住。

"去平躺在床上！"她用近乎严厉的口吻命令，倒是让阿海吃了一惊。

男子躺到床上嘴里嘀咕着谢谢，眼睛已经闭上。

明玉放了一张名片在他枕边。

"明天我带医生过来，戴维·格林！"

她强调地叫着他的名字似要唤醒他。金玉的面孔又出现在侧，她的眸子被泪花遮住，明玉的身体一闪，似乎要躲开金玉的面孔，她撞到阿海，金玉消失了，阿海却在向她道歉。

明玉出门时看了一眼房门的号码。

在一楼门厅有整齐排放的信箱，她瞄了一眼这间公寓的信箱，信箱外贴着一个中国名字：周飞飞。

什么怪名字？明玉皱起眉头。

回家路上，阿海忍不住嘀咕："以为是外国人，再一看像中国人。"

"一半中国人，一半外国人。"

"那就是杂种！"

"难听哦？杂种是骂人的话。"明玉训斥道。

"人家就是这么叫的。"阿海嘀咕着为自己申辩。拉着明玉回家路上，他心里还在吃惊今天雇主的"多管闲事"超出她平时为人处世的界限。超出太多，而且是为一个"杂种"。

戴维·格林，前上海大班、英国人格林先生和金玉的儿子，一个混血儿。

明玉暗暗摇头，社会上的人对混血儿有着莫名的恐惧和偏见，连车夫也跟着鄙视。她蹙紧眉尖，沉浸在自己的心事里。

那双眼梢细长的单眼皮眼睑活脱遗传了金玉。金玉怀孕时的恐惧还历历在目。

明玉去探望她，金玉发出歇斯底里的怪笑声。

"我会生出一个浑身长毛的怪胎！"

金玉拿出一张小报，报上刊登一幅漫画：神情恐惧的中国女人看着接生婆抱着的婴儿，那婴儿身上汗毛像动物毛，屁股后面有根小尾巴，一个小妖怪般的婴儿。长着一管大鼻子的洋人爸爸害怕地缩在角落，半只眼珠使劲斜向另一边，不敢直视自己的孩子。

明玉在想，公寓楼是否阴气太重？竟然看见金玉了！她去世四年整，从来没有出现过，哪怕在梦里。

她不会无缘无故出现！

她在回想那个瞬间，当她念着小格林的名字时，金玉兀然出现！含血丝的眸子，然后被泪水遮住……

金玉生前，明玉没有见过她流泪，倔强强悍的女人。

她是看到了将要发生的灾难？小格林又撞魔窟运了？明玉一个冷战。

他不是应该在英国读书？什么时候回

297

了上海？怎么会住进这栋公寓？

天开始下雨。阿海加快脚步。

已经进入十一月下旬，气温还停留在初秋似的。气候反常，这两天温度上升，格外闷热潮湿，上午出一会儿太阳，中午以后便被云挡住，云下沉一般，天变低了，连着好几天，夜里都会下一阵雨。

雨水太多了，蔬菜烂在地里，菜场的绿叶菜卖成猪肉价。明玉家的佣人阿小每天和菜贩子讨价还价，有时还会争吵，回家来向明玉抱怨。

阿小粗嘎的嗓音给明玉安全感，她喜欢听阿小说话，阿小带来市井的纷扰，没有她，家里会少了很多活力。

丈夫去世后，家里仿佛少了一半人口。丈夫脾气暴躁，经常发怒，但他是干大事的人，他把外面的世界带进家里，让明玉产生错觉，仿佛，她也在参与这世道的变化。

从湖州搬回上海市中心，她反而觉得更冷清。她自己就是个看起来冷清的人。

这是一场中雨，落在梧桐叶上，"哗哗哗"的，有大雨的声势。气温迟迟不下来，梧桐叶还未掉落，才会有雨落树叶的喧哗声。

这一路少见行人，连乞丐都消失了，他们躲进弄堂过街楼下。

这"过街楼"是建在弄堂口上方的房子，楼上住人，楼下通行，可以避风雨。每每雨天，路过有"过街楼"的弄堂，看见满地躺着的乞丐，明玉便会叹息，这城市亏得有"过街楼"。

奇怪的是，今天经过的"过街楼"空无乞丐。街道好像一张绘到一半的画，只有房子和树，还未添上人。是的，街上空寂得古怪，空寂得让她心里发憷。

眼前的一切好像渐渐成了平面：雨，只有声音，并未模糊视线，尽管路灯是黯淡的，房子却格外清晰，清晰得失去立体感，却又不那么确定。

明玉慌张了，她睁大双眼，死死盯着双手拉着车杠、步履不停朝前奔跑的车夫背影，有些瞬间，她几乎以为他也会消失。

明玉相信，关于鬼魂，阿小肯定懂得比她多。

可是阿小晚上回自己房间，她住在隔壁弄堂口搭出的一间只能放一床一桌的棚屋。

经过阿小的棚屋时，明玉很想敲门进去坐一下，却又忍住了。阿小三十不到，小小的个子，为人泼辣，却忠于明玉。她从浙江农村到上海帮佣，除了不会做菜，家务活一把好手，让明玉回到有秩序的生活。

明玉重回上海三年有余。她和阿小相处也已经超过三年，阿小几乎是明玉在上海的半个亲人。

明玉自己住的弄堂没有"过街楼"，弄口有镂空大铁门。白天大铁门打开，夜晚关上，镶嵌在铁门上的一扇小门开着，夜深时上锁。

已经十一点半，大铁门关上了，黄包车只能停在弄堂外。

今天晚上，因为小格林的耽搁，阿海比平时晚了一两个小时回家。明玉给他小费补偿，心里却在暗暗奇怪：她第一次走出海格路的公寓门时看过表，当时九点三刻；送小格林上楼顶多耽搁十多分钟，可她第二次走出公寓时再看表，时间已经流走一小时。明玉像被击打了一下，她是被时间的莫名流逝给惊到了。

她跨进铁铸大门镶嵌的小门，弄口地上的马赛克被雨水冲刷得闪闪发亮，亮得像上了一层玻璃漆。她从来没有发现夜晚的马赛克这么刺眼过，她几乎怀疑自己是否在梦里。今晚金玉的出现，让眼前一切都变得异常。

二

明玉走进弄堂，唱机高分贝音乐声和鼎沸人声一起制造的噪音，让整条弄堂变得闹哄哄的。声音是从她住的楼房传出，明玉才想起今天是礼拜六。周末晚上，是一楼的白俄人玛莎和马克家的派对夜，他们喝酒跳舞，然后打架结束。

明玉居住的这栋楼房，单独屹立在弄堂右侧，前后左右没有挨着房子。玛莎和马克的派对夜，只骚扰到同楼人家，尤其是二楼。

二楼的前楼房间住着白俄契卡，周末夜晚他必定逗留在外，直到凌晨才回家。

明玉住二楼的后楼和亭子间，夹在白俄人中间。

这条弄堂的居民，以白俄人为主，夹杂一两户英国人和海外回来的年轻夫妇。

明玉当初搬进这条弄堂，就是想隔离本地邻居小市民的流言。

她生活态度端庄，言行谨慎，不会给人留下话柄。但戏子出身这件事，成了她一生的心理障碍。

与外国人同住的好处是，有语言隔阂。这是一道阻隔闲言碎语的墙。

其实，白俄邻居不会在意她的出身，即使知道了又如何？他们自顾不暇，为了讨生存，白俄女人不也都纷纷入了风月场？出身好家庭的白俄们，流离失所漂泊他乡，他们的价值观已被现实改变。

明玉的住房面积有点紧，和白俄做邻居也有诸多不便和困扰。楼下玛莎家放纵的周末派对，也许会给孩子带来不良影响。不过，大女儿朵朵很听话，周末总是关起门看书。她担心的是鸿鸿。

鸿鸿这孩子才四岁，已经会说几句俄语。玛莎家经常发生失控事件，她家周末派对夜，醉醺醺的客人们大叫大嚷时破口而出的、酒气浓郁的俄语粗话，只要重复过几次，鸿鸿就能说了。好在他不太明白俄语的中文意思，也没有机会和俄国人对话。

明玉考虑搬家，所以才顶下海格路的公寓房，但希望再延宕几年。她现在的生活很需要阿小，阿小不方便跟着明玉搬迁移动，弄堂口的棚屋是她安身之处，此外，阿小还在玛莎家和环龙路其他一两户人家做小时工。再说，朵朵的钢琴老师就在同楼。三楼的白俄犹太人拉比诺维奇夫妇是音乐家，妻子薇拉和丈夫伊万，在上海教钢琴谋生。女儿每星期上钢琴课不用她陪伴，对于惜时如金的明玉很重要。额外的好处是有音乐环境：楼上的琴声，楼梯对面的琴声，弄堂里的琴声，住到这里，她算领略了俄国人对音乐的热爱。

此时，穿越整条弄堂的喧闹，并未让明玉烦恼，甚至成了一种需求。她今晚受惊于金玉的鬼魂、奇异的街景，她需要人世间的噪音，渴望旺盛的人气，让自己回到现实世界。

走过一楼敞开的房门,透过烟雾,看得到翻倒在地的椅子,有人躺在地上,但并不影响搂着跳舞的男男女女。房间拥挤,他们只能在原地踩舞步,借着舞步接吻抚摸。常常因为吻了、摸了别人的老婆或情侣,便开始打架。

她瞥见玛莎被搂在陌生男子怀里,却没有看见马克。马克身高一米九零,在人群里一眼就能认出来。最近,明玉很少见到他。

这天晚上,明玉第一次羡慕起白俄邻居,这些被上海本地人称为"罗宋人"的白俄,他们流落他乡潦倒后,仍然有能力抓紧时间寻欢作乐。

明玉未在一楼停留,急着上楼进浴室洗沐换衣。弄堂短短一程,她手上撑伞,裙摆和鞋袜仍被雨水溅湿。奇怪的是,头发不过飘到了雨,却也不至于湿成滴水,难道伞不是首先遮住头颅?她几乎怀疑自己刚才没有把伞撑开来。

她进不了浴间,门从里面锁上。浴间灯亮着,透过门上的磨砂玻璃,可看出里面的模糊身影。

这间二楼浴室,是她和契卡两家合用。

前楼的灯暗着,契卡没在家,周末夜晚,他去夜店消磨,不可能在家。

她推开后楼房间门,朵朵半卧在她的小钢丝床上看书,她是个书迷,总是三番五次催着才肯睡。明玉进屋时,朵朵头也不抬,表明她在生气。

儿子鸿鸿已经入睡,七歪八扭地横躺在她和鸿鸿睡的四尺半的棕绷床上,脸上还留着泪痕。

"弟弟又闹了?"

明玉这一问,是让朵朵明白,她已经看出朵朵惩罚过鸿鸿了。

朵朵不响。

朵朵虚岁十二,像个小大人。明玉不在家时,她帮着照看弟弟。她性子急躁,弟弟要是不听话,教训起弟弟疾言厉色一点不心软;把她惹急了,还会动手打弟弟。当然弟弟也不会买账,会还手,于是便有几个来回。最后,弟弟还是要讨饶的。

明玉并不阻止朵朵代替自己惩罚老二,为了自己在家时间太少,得放一些权力给老大管住老二。她告诉朵朵,弟弟太闹可以打几下屁股,但不能打脸。她告诉朵朵,打脸是非常可怕的侮辱。母亲的话让朵朵记起往事,她看到过父亲扇母亲耳光。她因此向母亲保证,绝对不会打弟弟耳光。

但是,明玉很忧虑朵朵的坏脾气。她性情更像父亲,或者说受了父亲坏脾气影响。在她幼年时,经常看到父亲对着母亲发脾气,动辄怒吼摔东西,打母亲的情景更是深深刻印在她记忆中。朵朵因此有点恨父亲,却又无法控制自己的坏脾气。而弟弟又特别缠人,他一岁不到,父亲去世,母亲和姐姐都在小心呵护他,鸿鸿是在娇生惯养的氛围中成长的,格外敏感脆弱,别说打,即使骂他几句,也会哭闹不已。

明玉不想斥责朵朵,她知道,斥责只会让朵朵更加叛逆。这孩子吃软不吃硬,她唯有找各种机会跟女儿讲道理,让她明白,人挨打不仅肉体痛,心里更痛。

此时,明玉没有再说话,顺手整着姐弟俩扔在房间各处的衣服,她几乎忘了还在滴水的头发，事实上，她的头发莫名其妙地干了。

朵朵偷偷瞥了明玉两眼，忍不住发起牢骚：

"今天我给他唱了两小时歌，我会唱的歌都唱完了，他还不睡，我不理他，他就哭，哭了一会儿自己就睡着了。妈，你不在的时候，不知道我们家这个讨债鬼（沪语发音：jū）有多烦人。"

"讨债鬼"三个字让明玉忍俊不禁，这是以前在朵朵吵闹时她说的话。朵朵做了七年独生女，被妈妈捧在手心，小时候比弟弟还难缠。

明玉现在没有心情和朵朵聊弟弟的事，她急着洗澡换衣服，可是浴间有人。显然，楼下玛莎家的客人又来占用二楼浴间。

"你又忘记给浴间上锁？楼下乱七八糟的人上来用马桶，多不卫生！"明玉责备朵朵。

"我刚刚上过厕所，上了锁呢！"朵朵指指门后挂着的一串钥匙。

"浴室里面怎么会有人？"

"是契卡吗？"

"好像是个女人，契卡的房间灯暗着。今天周末，他要到早晨才回来。"

朵朵从床上跳起来，打开房门，冲到走廊门外，她站在楼梯口，几格楼梯下便是浴间。

"妈，你来看，浴间明明上了锁了！"

"是锁着，从里面上锁。"

"你来看，锁明明挂在门上。"

明玉走到楼梯口，她看到浴间门关着，门上挂锁镀着克罗米（铬）的锁柄，在走廊灯光的照射下闪着光亮。

明玉一惊！

"太奇怪了，刚才明明看到里面开着灯，有个人影……"她嘀咕着，又戛然而止，不想吓着朵朵。她边催朵朵上床睡觉，边去拿煮水的大铜吊准备到浴间灌自来水。

老实说，这一刻进浴间她得有些勇气。

"我陪你去，"朵朵觉得母亲的神情有些奇怪，"我正想上厕所呢！"

说着，朵朵已经走下楼梯进了浴间。

明玉把灌满水的大铜吊放在煤气灶上煮着，煤气灶就安在房间门口的走廊上，她从煤气灶旁的料理台上提了两只热水瓶去浴间，先给自己洗头。

朵朵要陪明玉洗头，她等着用脸盆里的温水帮妈妈冲洗头上的肥皂泡沫，平时，这件事由阿小来做。

洗头时明玉询问朵朵练琴的事，朵朵就没好气了。

"你不如直接上三楼问薇拉。"

朵朵最烦母亲问练琴的事，她不太喜欢三楼的钢琴老师。薇拉神情严厉，朵朵能看懂她眸子里一抹不以为然。"你以为练练琴就能成为钢琴家？"早熟的朵朵几乎能听见薇拉神情里无声的责问。

朵朵跟着母亲从湖州的大宅搬进上海弄堂的小房子，家里变得非常局促。母亲整天忙饭店挣生活费，却还要为她付学琴费。她想赶快长大，帮着妈妈一起经营饭店，童言无忌直接说出"等妈妈死了，我就可以当老板娘"的话。明玉大发雷霆，不是因为朵朵说了忌讳的话，而是生气朵朵没有志向，辜负她的期望。她告诉朵朵：自己辛苦成这样，是为了给女儿创造条件，以后有一份体面的职业，即使当不了演奏家，也可以当钢琴老师，这个社会，给女孩子就业机会很少，等等等等。朵朵第一次看到明玉失控，忽然就有了压力。学琴这件事变得自觉了，但她就是不喜欢钢琴老师薇拉。

"如果你要我好好学琴，我要换老师。你又不懂薇拉，她根本看不起我们，她心里很傲慢。"

明玉一惊，撩起湿淋淋的头发看住朵朵，朵朵的神情让明玉明白她不是随口说的。

"我会考虑，给我一点时间。"

朵朵点点头放松地笑了，让明玉放了心。

明玉洗完头，煤气灶上大铜吊里的水也沸腾了。这只大铜吊，至少可以灌满三只热水瓶还多。

明玉用去污粉飞快地擦洗一遍浴缸，给浴缸塞上塞子，一边放冷水同时把铜吊的开水倒进浴缸。蒸汽弥漫在浴缸上，很快就会消失。

明玉此时坐在浴缸温水里，觉得生活好像又回到正常轨道，没有任何异样。

二十五支光的电灯泡照得浴间亮堂堂的，白瓷灯罩和墙上的白瓷砖被阿小擦得雪白。暖色调的灯光里，浴间像一曲明亮的生活颂，是给予明玉快乐的空间。她对墙上的白瓷砖、对抽水马桶和浴缸的喜爱，几乎到了崇拜的地步。

她在日本见识到日常生活的文明设施。从日本回来，她曾跟随丈夫回他老家湖州的小镇住了一阵。虽是一个丝绸业发达的富庶小镇，生活设施传统落后，生煤炉倒马桶，终究不方便也不卫生，她那时像害思乡病一样思念日本。

她对自己的这种"思念"有罪恶感，年幼时温饱都无法满足，听到父母商量着要把自己卖去花船，她逃出苏州来上海，遇上了戏班子……她的人生是一次次地逃离，终于逃离她的底层。

记得自己在丈夫家乡用木桶给三岁不到的女儿洗澡，引来家里女佣围观，女佣把邻居也叫来了。邻居家的婴儿身体痒哭闹不止，她便为邻居示范如何为刚出生的婴儿洗澡。哭闹不已的婴儿，洗过澡便安静了。但是给婴儿洗澡这件事并不容易，明玉每天被邻居恳请去为婴儿洗澡，直到婴儿满月。那一阵子，邻居家有头疼脑热也会来咨询明玉。

明玉在小镇受欢迎，便有阴风吹来，邻里间突然传言她曾做过戏子。在他们的流言里，戏子似和卖身等同。但丈夫并不在意，他是从戏班子将她赎买出来。她视他为恩人，他即使没有给过她幸福，至少将她解救于贫穷。她也没有辜负他，她一路帮衬他，日常生活中没完没了的麻烦，是她在解决。以后，在他最虚弱的时候，她是他的拐杖。

给朵朵换个钢琴老师算什么事？朵朵觉得有人看不起她是好事，这是让她不甘心的动力。

可是……可是，薇拉凭什么看不起朵朵？明玉胸口涌动怒火：她可以受尽窝囊气，却见不得女儿受委屈，尤其是被人轻视。朵朵在温室里长大，没有漂泊没有流亡，从小读书学钢琴，天杀的……你们不过是以前有点钱，咱家朵朵的父亲不也是大户人家出身？那又怎么样，他周围那些曾经的有钱人衰败潦倒时，样子也一样难看，也许更难看。明玉在心里骂着粗话，她在农村长大，又在戏班子混过，她不是不会撒野。在陌生的地方，比方说公交车上，要是有人动手动脚，她会武力反击，一点都不会示弱。然而，在一个笼罩着所谓文明气氛的小社会，她也会收敛成一位淑女。

她心爱的朵朵，脾性和容貌都更接近她父亲，眉宇间的刚毅，有几分男孩子气。儿子鸿鸿却太秀气，朵朵是有点嫉妒鸿鸿女孩般的精致。但是，朵朵弹琴有力度，初学钢琴时老师就赞扬过。那时是一位英国老太太做她的钢琴老师，也是就近找，在同一条弄堂，他们当时住在环龙路的另一头。明玉好像和环龙路有缘似的，连饭店都开在环龙路。

朵朵会有出息的，不一定在音乐方面。明玉现在已经不像前几年，执着地要让朵朵在钢琴演奏上有出息。随着社会更加开放，女孩子的职业机会也越来越广，比方，朵朵也可以去学医。自从朵朵生了一场大病，她便有了让女儿去学医的念头。当然，她会尽快帮朵朵换钢琴老师，绝不能让女儿内心有那么一丝自卑，因为她自己，全身上下浸透了自卑。

明玉擦干身体穿上睡衣吹干头发，心情已经恢复平静。女儿那番抱怨，让她一时忘记海格路的遭遇，潜意识里，是想放在明天再仔细思量。她感到极度疲倦，闭上眼睛的同时已经沉入梦乡。

夜深浓，有人在哭，金玉在哭！不，金玉不会哭，她从来不哭！她在心里自问自答。

然后她听见自己的鼾声，她责备自己，你就是心硬！有人在哭，你睡得打鼾！

接着她发现家里的窗子有破洞，有人从破洞钻进屋，就像黄鳝从泥洞里钻出。她骇得坐起身，听到金玉的声音：

"明玉，你忘记了，你忘恩负义！"被怨恨包裹的声音。

金玉站在床边，眼睛直直地盯着她，明玉害怕得闭住双眼。

明玉心里想，金玉说话总是这么生硬，她演小生，戏里的男人说话却温柔。嘴里在回答金玉："我明天还会去看小格林，不晓得他遇上什么麻烦！你看得比我清楚，给我一点暗示吧！"

金玉的嘴在动，她听不见，一急便醒了，打开灯，窗帘拉得密密实实，刚才是个梦。

她盯视浅绿底色白色花纹的四墙，才能肯定自己睡在上海某一条弄堂自己的房间。

她在半醒之间常常以为自己睡在马路上，睡马路的噩梦跟随她很多年。她因此不让白天的自己停歇下来，所有的努力是不让自己和孩子们回到睡马路的日子。

她看钟，才两点，没了睡意。

楼下的派对已到尾声，梦里听到的哭声是从楼下传来，玛莎在哭，马克在说话，玛莎的声音越哭越响。平时他俩偶尔也会吵，通常是玛莎在斥责，很少听到她哭。明玉坐起身披上衣服打算下楼去劝。

以明玉的处世原则，玛莎家或者说邻居家的吵闹她是不会管的，尤其是夫妻之间吵架。然而今夜，她走出房门走下楼梯进入别人家的纠纷中，更像是为了冲破裹卷住自身的梦魇。邻居生命力旺盛的冲突，驱赶了令她窒息的阴暗。

马克最近经常夜晚出门，今天连自己家的派对都缺席，这是玛莎发火的缘由。

马克说，他有重要的事情，绝对不是玛莎怀疑的与其他女人苟且。马克的中文述说能力差，连他的辩解都是由玛莎转译给明玉的。到底是什么重要事情？现在还不能说！玛莎一边与他吵，一边还要翻译，虽然她的中文也是别别扭扭，还带着点东北口音。这一边争执一边翻译的过程，让明玉觉得有几分荒唐可笑，玛莎也渐渐平静。

玛莎年轻时是个美女，如今四十出头，身材已经发胖。她五官端正如雕像，高高的颧骨，两颊微陷，脸型骨感，有着古典的贵气。旁边的马克，高而瘦，留着络腮胡，几分落魄相。他俩站在一起，不是很般配，是马克配不上玛莎。当然，看起来般配的，未必能成一对，明玉此时想起她的"他"，心里有些感慨。

深更半夜，邻居下楼劝架，玛莎终于意识到自己的哭叫声影响了别人，于是暂时休声。

明玉的心情也转换了，世俗噪音令她暗暗相信驱赶了鬼魂，突然有了踏实感。

她再上床却难以入眠。此时，小提琴声替代了刚才的哭声，是隔壁弄堂的女人在拉琴，女人的房间窗口正对着她家二楼楼梯窗口。女人总是深夜才开始拉琴，背对着关闭的窗口，看不到她的脸。窗口的女人，总是戴着帽沿上有蕾丝装饰的黑色呢绒帽。对面房间墙壁漆成浓郁的紫蓝色，从来不拉窗帘。

阿小说，对面窗口的女人是罗宋人，是神经病。阿小不会追究这个罗宋人为何得神经病。阿小在不同人家做小时工，收集了不少八卦。她上午和傍晚在明玉家，买菜做饭洗衣服打扫房间，照顾明玉未成年的儿女。

明玉搬来上海经营饭店时，金玉已经离世。

她们曾经是戏班子的结拜姐妹。金玉唱《薛仁贵征东》里的薛仁贵时才十八岁，是戏班子的台柱子。

明玉被戏班子收留，才十二岁。她是家中长女，年纪尚幼已具美人坯，母亲原本抱有希望，让她读私塾认字，以后有资本嫁好人家。

她十岁那年父亲去世，十一岁时母亲带她和弟弟改嫁打渔的鳏夫，搬到了船上。明玉十二岁那年，母亲突然和继父商量，准备把她卖去花船，她嗓音好，爱唱歌，又识字，可以多卖几个钱。明玉在水上生活的一年里，目睹花船上的糜烂，她逃走了。

明玉在戏班子做小群演，有天分，格外努力，也会看人脸色，她乖巧得像跟屁虫一样地跟着戏班子最红的金玉，很得金玉欢心。"明玉"是金玉给她取的艺名，明玉拜金玉做干姐姐，是点香磕头，有仪式的。

那时，金玉已经是格林先生的相好。金玉做歌女时和格林先生认识并成了他的情人，那时的格林还是一名海关小职员，但很快从低薪海关下层职员发展成做外贸的商人。金玉是个有主见的女人，一心要进戏班子为自己挣前途。她和格林先生同居后，不再卖唱，让格林先生为她付费拜师学戏曲，从歌女转身成为戏曲演员，如愿以偿唱上了主角，让英国情人为她骄傲。

金玉唱主角，又有个英国男朋友，在戏班子里气焰胜过班主，或者说，班主也要讨好她。

明玉在戏班子讨生活，有强烈的危机感。她害怕被抛回漆黑的街上，学艺刻苦。即使如此还是挨了不少打，班主打，金玉也会打，班主是急于让她上台赚钱，金玉是要她成材。

后来唱《司马相如与卓文君》，扮司马相如的金玉让明玉唱卓文君，那年她才十六岁。

在金玉严厉的指导下，她扮演的角色才有了光彩，渐渐坐稳旦角的位子。这出戏让她赢得与金玉并肩的"双玉"美誉。出去唱堂会时，金玉点名让她做搭档。

有一天她和金玉去饭馆唱堂会，遇到赵鸿庆，她的命运因此发生巨变。

赵鸿庆是同盟会会员，革命党人。他们当时为躲避袁世凯迫害暂居日本。堂会相遇那次，是赵鸿庆回上海参加一个会议，那天是去饭馆和同仁商讨会议议题，便遇上金玉和明玉搭档唱折子戏。

赵鸿庆中意明玉，他给了班主一笔钱，把她从戏班子赎出来。

明玉跟随赵鸿庆去日本定居。她离开上海之前去金玉家道别，金玉向明玉抱怨，和格林先生的关系，耽误了自己的终身大事。

"连你都去了大户人家，我怎么可以比你差？"

金玉就是这么说的。是她成就了明玉，她对明玉讲话不用顾忌。

戏班子的姐妹们都很羡慕金玉，虽然她的外国男朋友不肯和她结婚。是的，他们好了至少五年，看起来没有婚姻前途，但也没有生存忧虑，假如戏班子解散，格林先生会资助她。金玉的人生很容易激发身边小姐妹的野心，明玉也是暗暗把金玉当作自己的人生标杆。

现在，却是明玉先离开戏班子，她对金玉有内疚。

金玉倒是觉得正常。人往高处走，是金玉的座右铭，但她还是没好气地扔给明玉一句话：

"有本事让他娶你。"

那时，金玉已经有了两岁的儿子小格林。

赵鸿庆带着明玉返回日本，在日本报上登了一条结婚告示，请同仁们来家里吃了一顿饭，让明玉作为主妇亮相一下，明玉便成了赵太太。她很快又知道，她是姨太太，赵鸿庆在湖州有个明媒正娶的太太。明玉当然不会计较，她觉得对于自己，已是高攀了。

她没有把"结婚"的消息告诉金玉，怕引起金玉的嫉妒或者嘲笑。金玉棱角尖利的个性，让明玉畏惧。

明玉此时回想，她生命中的两个恩人都很难相处，另一位是她亡夫赵鸿庆。

三

清晨，明玉先赶去店里处理店务。她先要检查刚刚采购来的厨房食材，严格把控食材的新鲜度，这是饭店的声誉保证。

接着，查看饭店的卫生部分。厨房的器皿、客人用的碗碟是否干净，只要手摸一下她就心里有数了，她的手还会摸到橱柜和餐厅的地板角落。待会儿开店之前，厨房人员的工作服、工作帽的整洁程度，侍应生的外观包括头发脸面和手指甲，她都要眼见为实才放心。

饭店的卫生管理，明玉倾尽全力。这是居住日本时，其环境给予她的深刻影响。在国内普遍没有卫生习惯时，她要让自己的饭店环境从干净做起。

明玉的饭店"小富春"，位于法租界的环龙路，与繁华的霞飞路一街之隔。环龙路上住了不少白俄，他们多出身贵族或有钱人家，虽然流落在异乡已经落魄，骨子里的生活习惯还没有完全遗失。霞飞路周边还有其他西方国家居民，对饭店清洁卫生的要求更是远远高于国人。

因此饭店附近的俄国人和其他西方人要上中餐馆，明玉的饭店是首选。名声会一传十、十传百，越传越远，客人们早已不限于周边居民了。三年来，明玉的饭店在饮食界脱颖而出，其干净清洁的美誉超过厨艺。

处理完店务后，明玉去了一趟龙华寺。昨晚的遭遇和噩梦，去龙华寺烧一炷香才能让自己安心。明玉不是佛教徒，对烧香拜菩萨将信将疑。她知道自己太实际，临时抱佛脚——遇到麻烦事，才想到去庙里烧香。

但是，超自然的力量她是可以感受到的。她为难的是，生命中也没有其他通道可以让她匍匐在这力量之前。

以前在戏班子时，新戏开演前，他们都要摆供台，烧香跪拜；女儿朵朵传染到猩红热时，她去求过观音菩萨。金玉知道后不以为然，她告诉明玉，进了寺庙，每尊菩萨都要磕头，不能挑选。信佛，金玉比她虔诚，初一、十五她必去烧香，风雨无阻。

明玉匆匆拜过每尊菩萨，插三支香磕三次头，见功德箱就放钱。她跪在大雄宝殿恳求三世佛帮助小格林，有难关渡过难关，有生死劫避过劫难。

她在菩萨前和金玉对话，向金玉许诺，她不会忘记自己的恩人姐姐，她会照顾小格林，阻止危险近他身。

餐馆午后休息时，明玉带了她认识的中医伤科医生去海格路公寓，欲为小格林诊治。

早晨烧过香，明玉才敢走进海格路的公寓。进到楼房，她仍然不由自主打了个冷战，再次想到，公寓阴气太重。她现在后悔租房前，疏忽了一件要紧事：竟然没有请风水先生来看一下风水。这栋公寓有一套房子属于她。

海格路公寓原本是英资银行大班在世纪初建造的花园住宅，然后被李氏大家族购去，业主是李家小儿子，他聘请美资哈沙德洋行设计，在花园住宅上翻建成地上七层公寓楼出租。

有一天明玉走过海格路，新立起来的公寓楼，其西洋风格吸引住她的目光。那时，公寓正在招租，走进大楼更让她惊艳，内有花园草坪游泳池。她一个晚上就做决定，用金条顶下三楼一套房，把家里老底都贴上了。

年幼时睡马路的经历让明玉觉得房子

比金条更有安全感，房子也要储备，像银行储蓄。再说，好地段的房子只会越来越少，这是她在盘下饭店时领悟的房产经。

她在环龙路上的两间房不甚理想：一间亭子间，一间后楼小房间，两间房的面积加起来不足25平米。海格路公寓的单间面积25平米也不止，内有独立厨房和卫生间。公寓是高档住宅楼，她不舍得自己住，做二房东，将房子转租，没有风险的投资。

明玉有一种奇妙的感觉：公寓楼特有的格局启迪她的憧憬，自己的未来有了令她愉悦的画面。

海格路的公寓楼如同水中孤岛，单独屹立在街边。

公寓楼没有弄堂，出了大楼便是马路，进进出出不再有弄堂邻居的目光，陡然轻松。楼房内，上上下下有电梯，隔断了每层人家，很容易"鸡犬之声相闻，老死不相往来"。事实上，楼房材料坚固厚重，"鸡犬之声"也难相闻，隐私被牢牢守住，流言蜚语没有传播空间。租客多是单身，每个单元成了孤岛。

自由，首先是孤独，这是明玉对"自由"的直觉。

当时明玉选了一条白俄居多的弄堂居住，便是为了躲避中国邻居的闲言碎语。她的戏班子经历，让她在有身份的家庭之中很难安身。

海格路公寓给予她诱人的前景：等孩子们有了自己的家庭，生活变得简单了，她可以搬出弄堂，搬来公寓住，享受清静；她可以像体面的大都市女人，无拘无束过自己想要的生活。"想要的生活"是什么她并不清楚。无拘无束是首要条件，她把自己压抑得太用力。

她顶下公寓房子不久，便转租给丈夫同乡宋家祥的亲戚，从扬州来沪读美术学校的女学生心莲。

昨晚，明玉便是来公寓给心莲送食物。心莲去公园写生，雨后泥地潮湿，她的脚踝崴了。

今天从龙华寺去公寓，明玉是在路上叫的黄包车，她的车夫阿海白天为饭店厨房打杂。

昨晚的事，她原想嘱咐阿海不要对人说，想想不妥，一关照反而让他生疑。她知道自己对小格林的关照让阿海不解，好在阿海不看报。

小格林的名字已出现在今天的《申报》：前上海大班格林先生的儿子戴维·格林在夜总会醉酒与人冲突……这篇报道主要披露夜总会的乱象，小格林只是被提了一下。所以，娜佳没撒谎。但娜佳是白俄，怎么会和小格林有往来？是的，娜佳不会无缘无故助人为乐，明玉觉得蹊跷。

娜佳是楼下邻居玛莎家的朋友。她在夜总会跳草裙舞，忙着挣钱，有野心，为人自私，心肠硬。按照阿小的说法，即使有人倒在面前她也不会伸手扶一把，除非给她钱。明玉并不了解娜佳，娜佳的坏名声是从阿小那里听来。

明玉敲不开四楼公寓的门，小格林不在？

昨晚，小格林看起来伤得不轻，他怎么离开公寓呢？他是否求助父亲，将他接回外滩住所？

这只是明玉的希望，却又知道不太可能。金玉含泪的眸子在明玉眼前晃动，她一定已经看见小格林将要遇到的危险。

明玉在小格林的单元外怔忡片刻。伤科医生在她身旁东张西望，仔细打量并惊叹这栋公寓楼内精致的建筑细节。这位住在华界的中医伤科医生一直考虑搬到租界，却又担心这边的居民比较崇洋，不那么相信中医。

明玉将伤科医生带去三楼探望心莲。

心莲是扬州张姓富商宠爱的幼女，从小跟着父亲来去上海采买购物。女孩子迷恋大都会，中学毕业吵着去上海美术专科学校读艺术。父亲把她托付给嫁去湖州的表姐的儿子宋家祥，让他帮助心莲在上海租房安顿。

受托照顾的远房表妹，顺利地住进了离表哥住处不远的海格路公寓。

宋家祥也喜欢这栋欧式风格的公寓楼，外观气派豪华，内里设施先进。进出租客都是单身，看不到拖家带口充满嘈杂市声零零碎碎的俗世烦扰，最称单身汉宋家祥的心。他也想顶下一个单元，无奈楼里租客已满。

宋家祥出生的湖州小城丝绸业发达，老父是丝绸商人。他从圣约翰大学毕业，专业是经济系。上海报业繁荣，他用老父分给他的名下财产与人合办印刷厂，厂址在法租界，规模虽小却能与时俱进。他做年画、美女广告画、各种商业画的印刷，以及圣诞卡、新年贺卡和生日卡，生意方面稳定。他的客户对象不乏租界外国人和本地西化的国人。当然，他本人也很洋派，对时尚敏感。

宋家祥佩服明玉有眼光、做事果断。三年多前，赵鸿庆去世后，明玉就想在上海发展。她从报上看到饭店转手广告，与家祥商量后，便带了现金接手饭店。她那时就已经租下环龙路的住房。海格路的房子，也因为她下手快才拿到。有时候，他觉得明玉比他还领市面。

明玉和伤科医生在心莲住处遇上来探访的宋家祥。

家祥和心莲异口同声：说曹操，曹操到。心莲刚刚告知家祥，昨晚明玉亲自送来食物。话音才落，明玉竟带医生进门。

心莲感激不尽，笑说，不是她有面子，是表哥宋家祥的面子。

明玉便说，有位朋友的家人受伤，她需要陪医生上门出诊，就在附近，所以顺便来看望心莲。

家祥有些意外，他知道明玉不爱管闲事，除非特别关系让忙碌的明玉离开饭店，带医生出诊。

"也正想看看心莲的脚拆药后肿消了没有。"

明玉的借口却让心莲受宠若惊，她一直崇拜明玉，但明玉像穿着盔甲，难以亲近。

心莲刚到上海，宋家祥便把她带去明玉的饭店"小富春"吃饭。他告诉扬州女孩，在这家餐店可以看到和大世界游乐场不一样的"西洋镜"。心莲进了店才知，家祥表哥口里的"西洋镜"是一种比喻。

于是，心莲第一次看到白人端盘子、向黄皮肤的中国客人鞠躬；也第一次看到，上年纪的中国男人对年轻的白人女侍应生动手动脚，却被一位像是饭店经理的中年中国男人给领走，或者说，将他送出了饭店。

心莲很快注意到，这位中国经理是在一位中国妇人眼色下，与贪色老男人周旋。于是，心莲的目光被这位妇人吸引。

中国妇人站在店堂后方，神情恬淡，姿态端庄，眉眼细致化了淡妆，她的服装也不同凡俗，竟然不穿民国主流服装旗袍。这天她穿一件黑白细格衬衣配黑色西式外套和黑裙。以后，心莲会发现，她的外套裙子几乎都是西式套装，且是单色，黑色藏青浅灰，随着季节变换面料。

素色服饰与妇人稍嫌冷淡的表情相配，她不是那种亮闪闪的漂亮，是看着舒服的好看。她五官清秀，身材因服饰的合身而曲线婉约。事实上，你不会去注意她五官或身材的某一部分，她是一个完整的形象，是经过修剪的简洁，她把自己的形象当作艺术品仔细雕琢。

她仿佛试图不引人注目，却仍然如磁场般散发着磁性，让食客们感受到她的存在，她便是饭店老板娘明玉。

心莲坐在"小富春"才知道自己有多么孤陋寡闻，饭店的场景，老板娘的出众，让她时时感受家乡的封闭和单调。一家小饭店便让她明白这座大都市的丰富多彩，这里的"西洋镜"比大世界的"西洋镜"更有看点。大世界的热闹是市井草根的闹猛，与她的小城气息接近。这里的"西洋镜"更西洋，穿灰色围裙的白人男侍者和头发涂了发蜡梳得精光滴滑的中年经理是充满对比的两张脸，是可以用来创作的模特。而看起来低调却又仔细打扮过的老板娘，让心莲手痒得想立刻把她复制在纸上。

那天，她甚至没有注意到，宋家祥点的菜肴是她家乡饭店的风格，她太熟悉而立刻就忘了。

"这些白人看起来像欧洲人，其实是俄国人。"宋家祥告诉心莲。他经常不失时机给来自小城的表妹作些指导性介绍。

"俄国人不是欧洲人吗？"心莲奇怪了。

宋家祥笑笑，没有回答心莲的问题。

把俄国与欧洲分开，是很多欧洲人的看法，也包括宋家祥。

当年，白俄S将军带着装满难民的兵舰停在靠近法租界的黄浦江畔，引起工部局的惊慌。之后不久，宋家祥订阅的《字林西报》就有报道说，街头出现了白俄乞丐，白种人的优越感神话被一群俄国饿鬼在一夜之间破坏殆尽。

"流落到中国的白俄不少是贵族呢，也许还是王子公主，从新政权逃出来，成了难民。"宋家祥不露痕迹转移话题。他又花了点时间，向心莲解说一番俄国的变迁。他虽然经营工厂，却从名校毕业，读英语报纸，见多识广，表达任何看法都显得胸有成竹，"逃难到中国，一无所有，什么都要干，有技能的，比如那些艺术家，可以教人唱歌弹琴，没有技能只能打些低级工。你要是住弄堂房子，会看到这些穷白男人：磨剪刀做门房。女人到饭店咖啡馆做招待，或者去做舞女，更低档的是做妓女。"

家祥特有的带一点冷淡的优越感。"不过，也难讲，"他朝着那位年轻的白俄女侍应生稍稍抬抬下巴，"她们白天在饭店做，晚上兼职另外的行当也说不定，不管怎么样，在饭店里被客人动手动脚太难看了。"

见心莲尴尬，便又道：

"我们小富春老板娘在这方面管得相当严，宁愿得罪客人，赶走下流坯，饭店档次才会上去。"

"我们小富春老板娘",听起来他俩关系亲密。这位表哥仪表堂堂眼界高,他看明玉时目光里的欣赏倾慕,让心莲涌起醋意。

心莲喜欢表哥,说暗恋也不为过。

家祥比心莲年长一轮,三十岁了却不急着成家,在静安寺附近的愚园路买了一栋小洋楼。

心莲崇拜明玉,也难免有年轻女子的优越感。作为女人,明玉到底还是老了,难道三十岁的女人,在男人面前,比十八岁的自己占上风?

她后来又跟着宋家祥去"小富春",去了又去。白俄侍者、西洋顾客以及洋派的上海人吸引心莲,但她更想去见明玉,她把明玉当作她的追随目标。

心莲渴望成为标准的大城市女人。

明玉是革命党遗孀,容貌不俗,单枪匹马经营饭店,不免流言蜚语。有生客因好奇上门,果然老板娘是美妇人,却不苟言笑,不与生客周旋,安静冷淡。

有人不太服气,她出身戏班子,装什么大家闺秀?却也很少人敢轻易冒犯。据说她在戏班子练过功,有一次遇到醉酒客人非礼,把对方摔在地上。这更像是传说,但她亡夫是国民党元老,在江湖有人脉,应该是真的。

对于宋家祥,领着年轻女孩游走上海是责任,也是乐趣。

但家祥拒绝了心莲要上明玉家拜访的请求,他不说明理由,只是笑着摇头,心下觉得,表妹到底来自小地方,不懂分寸。

伤科医生拆开心莲脚踝绑着的纱布,刮去敷在伤处已经干了的药料,脚踝处发黑,肿却消了。医生说,里面的淤血都吊出来了,一两天就可以下地走路。

心莲佩服得不得了,脚上的伤药便是这位个子矮小貌不惊人的老中医给敷的!她更佩服明玉,因为,明玉有本事把人海茫茫中的神医给找出来。

医生半老头子,对心莲殷勤,想多聊几句,却被明玉催着起身。

"医生还有事,过几日来看你。"

明明是明玉比医生匆忙。

昨天也是,她放下食物,问候几句,不给心莲聊天时间。明玉因为家祥的面子,百忙之中来探望送食物,让心莲内疚,却也有难以言说的压力。

明玉离开时朝家祥使个眼色,家祥立刻起身向心莲道别。

心莲委屈得差点掉泪,本来指望表哥多陪她一阵,这些日子出不了门,把她闷坏了。

她不是没有捕捉到明玉的眼色,他俩之间的关系,心莲一直怀疑有暧昧,此时对明玉的感激被嫉妒冲淡。

四

"正想找你商量点事。"走出房间,明玉对家祥轻声道。家祥点头,没有多问。

两人之间的默契医生也有觉察,他认为他们有一腿,便半垂眼帘,表示可以视而不见。

他俩和医生走进电梯,没有交谈。

一位三十多岁男子站在一楼门厅等候电梯。

电梯下到一楼。他们三人走出电梯，男子进电梯。

一进一出之间，男子的眸子一亮，和明玉的目光对上，彼此一怔。

这天的明玉，黑色西装内衬了一件洋红羊毛衫，是为去庙宇给自己祈福，也为了驱除昨晚的晦气而穿。这洋红色介于红和蓝之间，特别衬明玉白皙的肤色，使她比平日更引人注目。

他的目光被她吸引，在盯视她的第三秒才认出她来。她的脸庞仍然光滑，气质变了，变成另外一个女人，让他下意识地转开目光。

明玉看到他的第一眼就认出了，几乎脱口而出他的名字。三十多岁年纪，脸还不会变形，保持着年轻时的轮廓，虽然时光留下难以描述的痕迹。他目光依然炯炯，低立领的日式中山装，带来日本校园的气氛，一些场景突然清晰，几乎历历在目。

明玉的眼睛有些潮湿。

他年轻时的意气风发被什么东西替代了？多疑，戒备？他转开目光，不愿相认？

他瞥见紧随她的男人，穿一身浅灰色薄呢西装的讲究男子。现在她终于改换门庭，和同龄男人相伴？他想起她突然消失后自己的绝望，他轻视当年脆弱的自己。

他因此疏忽了电梯间里走出第三个人，伤科医生，穿长衫的半老男人。

电梯门又关上，男子上楼了。

伤科医生发出感叹，这楼有气派，里面的人也不平常。

明玉没作声。宋家祥也没有说话。

陌生男人对明玉的凝视，眸子溅出的火花，显然和她的目光有电流，虽然宋家祥看不到明玉的眼睛。如果某一天明玉和这位陌生男人之间发生什么，他一点都不会奇怪，上海并不大，何况是在一栋大楼里。

不过，家祥又相信什么都不会发生，明玉身上有盔甲。有时，你不得不遗憾地发现，她更像一池波澜不起的死水。

此时，他俩坐在霞飞路上一间白俄人开的咖啡馆DD'S。自从1922年，S将军的战舰带来白俄难民，法租界变化惊人。

二十世纪二十年代初，明玉随丈夫从日本回国，在环龙路住了两年多。在这号称法租界的地盘，几乎见不到法国人。环龙路的街道窄，梧桐树比房子高。一街之隔的霞飞路，不过是一条两边有木头房子的跑马道，街上巡逻的，是法国人雇佣的安南裔警察。

就这十年不到时间，霞飞路一跃而成繁华商业街，并且是一条欧陆风的商业街。后来的人一定顺理成章认为，法租界就该是欧陆情调。却不知，给法租界带来欧陆风的，是逃难上海的俄国人。

霞飞路上白俄人开的小商铺，从吕班路一直绵延到亚尔培路，这一段便成了霞飞路的中心段。面包店甜品店有好几家，咖啡馆则多达几十间。此外，珠宝店，呢绒店，饰品店，钟表店，鲜花店，渔猎店，其中黑人皮草店（Blackman's Fur Store）、弗奇药店（Foch Pharmacy）、DD'S咖啡馆、乔治照相馆（George Photo Studio）、复兴饭店（Renaissance Restaurant）、佩拉内衣店（Perla Lingerie Salon）、查卡连兄弟烘焙店（Brothers Chakalian Bakery），都是已经在上海打出名声的名牌店。于是，这一段的霞飞路被上海人称为"小莫斯科"，被白俄人称为"涅瓦大街"，是宋家祥经常到此消磨时光的街区。

如果没有宋家祥带领，明玉不可能去那些咖啡馆，她常走霞飞路，却没有闲暇去了解这条街。DD'S的调调她暗暗喜欢，不曾表露，宋家祥懂她，带她来过几次。

这里的下午，几乎见不到中国人。来咖啡馆的外国人，明玉很难分清谁是英国人法国人或者俄国人，他们三三两两，更像来谈事，而不仅仅是消闲。

也有独自啜饮咖啡的中年男人，让明玉想到住在她家前楼的白俄契卡。契卡孤身在上海生活，他曾经是白俄军队医药官，如今在霞飞路上白俄人经营的"明星大药房"当店员。

以前午休时间，契卡会来DD'S喝咖啡。这里一楼有两台吃角子老虎机，一元可换十只筹码，契卡偶尔也玩一下。他的零钱换成的筹码，被角子机吞得无影无踪，虽然肉痛，还是不死心，盼望有一天发生奇迹：机子里的角子全部吐出来。这样的奇迹只是听说，仿佛从来没有出现过，至少没有出现在契卡身上。

契卡终于放弃老虎机了，他得为周末存些零钱。礼拜六晚上他必须出门找乐子，度过最难捱的夜晚。他必须去酒吧舞厅夜总会，花钱消愁。他还要攒钱等待失散的妻女，但每个月都是"脱底棺材"，没钱存下，常常还要借钱。

这些事明玉是从家里佣人阿小那里听来，阿小周末去玛莎家做清洁，知道不少白俄人的生活状况。是的，即使在同一条弄堂同一栋楼房，由于语言障碍，两国居民之间仍然处于半封闭状态，除了吵架声和音乐声，或者救护车进弄堂，白俄人如何在上海生活，对于许多本地人仍然是个谜。

家祥带明玉去的是DD'S二楼，二楼相对格调高一些，咖啡馆兼西餐厅。大厅中间有小型舞池，晚上有乐队伴奏，食客可以跳舞。家祥说，哪天我们可以晚上过来，我请你跳舞。明玉笑着直摇头，她从来没有跳过舞厅舞。这类娱乐与她的人生没有任何关系。

午茶时间，有年纪不轻的外国女人互相结伴，她们不用上班，衣着考究，来咖啡馆消磨时间。明玉羡慕她们的悠闲，她的人生只有忙碌。像今天这种日子，假如下午有事不能留在饭店，一清早她便去饭店，提前作了周密安排。

咖啡上桌后，宋家祥看着明玉喝第一口咖啡，待她露出笑容，他才端起他的咖啡杯。

明玉并不懂咖啡的好坏，她的微笑是迎合家祥。他在"吃喝"这件事上的顶真一直让明玉暗暗好笑。比如，他认同的好咖啡，希望明玉也认同。每次来DD'S，他都要等明玉喝了第一口咖啡并露出笑容，他才放心喝他自己的咖啡。

喝了半杯咖啡，明玉还未说正事。家祥放下咖啡杯，正想发问，明玉说话了。

"我带医生是去看小格林。他就住在海格路公寓。"

"小格林？"

"我的小姐妹金玉的儿子，和英国人生的混血儿。"

"喔，你说起过，金玉的男人当过上海

312

大班。"

"就是他，我们都叫他格林先生，叫他儿子'小格林'。"

明玉向宋家祥讲述昨天晚上在公寓门口巧遇小格林和娜佳的事，她没有提金玉的鬼魂，只怕讲出来让宋家祥笑话。他那么崇洋的人，不是亲眼看到，不仅不相信，还会轻看明玉，会认为她迷信落后。

她提到《申报》上的消息，宋家祥不订阅中国报纸，他只读英文报纸《字林西报》，算是对曾经引以为傲的圣约翰大学的交待。

"我知道他应该在英国读大学，怎么会在上海？"

明玉没有掩饰她的烦恼，却让家祥不解。

"可能毕业了，或者，没有心思读完，上海夜晚灯红酒绿，诱惑太多。"

明玉点头，若有所思，像在自语。

"看来，小格林是去夜总会才认识娜佳。"明玉询问地看着家祥，"娜佳在夜总会跳草裙舞出名，应该有黑社会背景！"

"当然，那种地方……"

"他和娜佳搞在一起，让我担心。"

"单单因为醉酒和什么人冲突，倒是很正常，就怕有其他纠葛。"

"我正是担心这，好像不是醉酒那么简单……"她想到金玉含泪的脸容，又心跳了，"这孩子胆子一直很小，从前在上海，很乖的男小囡，被命运作弄，变得古怪了。"

她想着发生在小格林身上的绑架案，他的小手指被绑匪切了一截……她去探望金玉，见到了小格林，那年他也就八九岁，金玉让他把残缺的手指给明玉看，小男孩紧紧捏着拳头不肯示人。她为小男孩心痛，心里责怪金玉不该这般没心没肺拿孩子的痛苦示人。

明玉此时想到那个场景，仍然感到心痛，涌起强烈的保护欲，无论如何要帮小格林摆脱危险。

见明玉紧蹙眉头，家祥便道："要是在上海闯祸，赶快离开，回英国才是正道！"

"我也这么想！"明玉对着家祥直点头，心里由衷感叹，"我们总是想在一块。"

"是不是和格林先生联系一下呢？他要是不给儿子钞票，小赤佬没办法在上海混！"

一句"小赤佬"称呼让明玉失笑，什么事情到宋家祥这边好像变得不是什么大事。他万事胸有成竹，生活在自己智慧的判断中，让人想依靠。

可是，事情好像又没有这么简单，为什么金玉的眼神让她心惊肉跳？

明玉的怔忡让家祥产生疑问，她好像有更要紧的关节没有说出来！

家祥招手让侍者续咖啡，明玉说她不能喝了，心有点慌。

"不是咖啡的问题，你心神不宁，不光为了小格林吧？"

宋家祥看着明玉的眼睛问道，目光是严肃的，语气却有几分轻浮。往往，当他说到心里很在意的事情时，语气却变得轻浮。

"刚才，在电梯间门口，看到一个熟人。"明玉吃惊自己头脑和嘴不在一个频道，明明是想说金玉的事。

"电梯间门口？"

"那个穿日本学生装的男人，我和他认识！"

家祥很意外，一时接不上话。

"他应该认出我了，但装着不认识。"

"可能不便相认，他误会了，以为我和你是一家。"

家祥自嘲的口吻。明玉却摇头。

"他见过我丈夫，他是我在日本学校的校友。"

明玉没有意识到，说起日本学校，自己的眼睛在闪闪发亮。

她搭电车去市区大学补习日语，校园热气腾腾，一些中国留学生无心课堂，他们聚在一起，谈论西方自由平等的理念，说出的话都是热血沸腾的大词：民族解放，国家富强……诸如此类。

他属于日本校园中激进的中国留学生团体，在校园演讲时滔滔不绝。同样的政治诉求由他讲述，逻辑清晰言辞犀利，他年轻清瘦的额头因激情洋溢而暴出青筋。她是他的听众，演讲的内容已经耳熟能详，她的丈夫赵鸿庆就是在早期留日期间加入同盟会，是辛亥革命时期的活动家。她被这位校园青年对理想的热烈程度感动。

他们成了朋友，他叫李桑农。他将陈独秀创办的《新青年》杂志塞给她说，是《新青年》率先举起了"民主"和"科学"的大旗。他说，我们一起为民主自由奋斗。

"我们"里包含了她，让她感动。这是她的人生中，第一个与她平等相处的朋友。并非他的那些革命大道理，而是他对她的尊重唤醒了她自身的人权意识。虽然丈夫追随孙逸仙多年，他参加的同盟会在推翻清政府、结束中国两千多年封建帝制的辛亥革命中起了重要作用。但回到家，丈夫却需要妻子顺从和服侍。

她在苏州乡下长大，下农田干活，家务方面只能干些粗活。刚到日本，她做的饭菜口味太差，被丈夫打耳光扔瓷盘。她为自己的愚笨羞愧。为了让丈夫满意，她向房东——上年纪的老妇人学做日本料理，每天学一种做一种，厨艺进步的同时，其他家务能力也在长进。从丈夫渐渐满意的神情，她知道自己成了合格的家庭主妇。

但丈夫的满意度并不意味着她在社会上可以抬头做人。赵鸿庆和他同船去日本的革命党人经常聚会，谈论的话题不外乎中国前景、如何推行孙逸仙的革命纲领……她陪伴丈夫出席那些场所，却被革命党人的妻子们排挤。她低贱的出身让她们怕受玷污似的，同处一室不愿和她说话，连正眼都不瞧她，好像她是透明的。

人生而平等，这么简单的真理，却是通过这位年轻学生与她的相处，给她身体力行的启蒙。

她在学校，在那个年轻人面前，觉得自己是个新人，新鲜有光泽地存在着，他讲的那些大道理虽然隔膜，却让她有一种卷入伟大事业的幻觉。

她的文化水准学识修养比他差了好几个等级，但他无差别地和她谈论他读过的书，他聊伏尔泰、卢梭、华盛顿，崇拜罗伯斯庇尔。他也听她讲述她在读的书，她那时在学日语，读了一些与日本现代历史和文化有关的课外读物，明治维新是他俩热烈谈论的话题。

他擅长从大局看问题，认为明治维新使日本成为亚洲唯一能够继续保持民族独立的国家，扭转了日本民族的历史命运。

而她更关注明治维新带来的文明开化

风潮,她从书中读到:原先,日本人的饮食是米饭、咸菜、酱汤老三样,缺乏营养而发育不良,这和他们信奉佛教有关。六世纪中期,佛教在日本达到鼎盛,为了彻底遵循佛教的清规戒律,日本天武天皇向全国下达了《杀生禁断令》,要求国民不准杀生不能吃肉,导致日本人缺乏营养发育不良而成矮个子。明治维新时代,明治天皇放开杀生令,带头喝牛奶吃牛肉,示范臣民改变饮食结构,日本国民用了七十多年的时间,让身高有了明显提升。

因此明治维新在普及教育的同时,也将西方的生活方式带进日本,改变了日本人的衣食住行。她的女性视角令他惊喜,他直言不讳崇拜中国新女性,她们是开创者,不再沿袭千百年传统女性的道路。她们跟男性一样进校读书关心时政,不再依附男人,是独立的个体,虽然社会和习惯势力仍然在压制她们。她从他的目光中发现自己就是新女性——他的凝视饱含热情和倾慕。

假如说她的青年时代有什么值得回忆的片段,便是与他的相处。然而丈夫的一声断喝,戛然止之。她的新女性角色,只是在校园、在他目光里存在片刻。

现在的她才真的不再依附男人,称得上是独立的个体,她终究没有辜负当年他目光里的自己。虽然她并没有参与任何政治运动,她不过是竭尽全力,让自己和孩子过一份体面的平凡日子。

五

宋家祥第一次听明玉讲起日本。

他回湖州老家时初遇明玉。那时,他们好像刚从日本回来,赵鸿庆带妻女回湖州探望老父。

在湖州时,明玉经常搀着她年幼的女儿沿着河道散步。她穿普通的毛蓝棉布袍子,却非常惹眼。事实上,年轻又好看的女人穿什么都惹眼,更何况她有着不同于周边女人的气质。

她的女儿朵朵,穿有蕾丝花边的白衬衣、红格子短裙,脚上白袜红皮鞋。只是,白衬衣已经起皱有了污渍,脚上的白袜子溅上了污泥,人们很快就会知道,这个上海来的小姑娘顽皮好动。

宋家和赵家是世交,明玉是赵鸿庆的第二房太太。她沉默寡言,迥异于小镇妇人,却也不完全像上海女人。她的打扮和气质、举手投足像被晕染了一种颜色,铺陈在她原生态的中国本色之上,无法完全覆盖,影影绰绰,复杂了一些,却又不同于他见过的日本女子。

所以,在他老家,明玉即使穿中式长袍,欲跟本地女子靠拢,仍然带着异乡色彩。不久,他听到邻里之间有关于明玉低贱出身的流言。然而,进到宋家祥耳朵,流言增添了明玉的传奇色彩。

"你大概听说了,鸿庆年轻时在日本留过学,加入了同盟会;回国后,投身参加辛亥革命,1914年孙逸仙在日本东京召开大会,宣布中华革命党成立,他也去参加了;袁世凯当上临时大总统之后,开始对革命党人士迫害。为了躲避袁世凯的迫害,他们一批革命党人去了日本,住在东京郊外。中间,他回上海开会遇到我,把我带去日本。"

明玉的讲述令宋家祥吃惊。

"喔，真是不简单，你也参与了历史进程！"家祥不由感叹，"虽然早已听说鸿庆兄是同盟会会员，不过，也只是传说，而且是很久以前的传说，并没有把他的身份和大事件联系起来。虽然那时年纪小，对时局现状倒是操了一份心，"家祥"呵呵呵"地笑，仿佛在讥笑当年的自己，很快又敛起笑容，"成年后越来越厌恶混乱的政治现状，到后来……就不再想关心国家，只关心自己……"

宋家祥戛然而止。

我也是……明玉点头在心里应和，是一种深切的共鸣。

他似乎欲言又止。明玉继续道：

"我身在其中，也是后来才慢慢懂，毕竟那时……文化太低……"她突然吞吞吐吐，在犹豫如何述说，"那之前是……是在戏班子讨生活，应该说，鸿庆他……给了我另一种人生，不过当时好像在做梦，好像昏昏沉沉，变化太大了，需要时间去弄清楚……"

这是明玉第一次告诉宋家祥她的人生轨迹，虽然他们已经认识有些年头，事实上，关系早已非同寻常。

她的文化教育在日本速成，甚至发育都是在日本完成的。自从虚岁十五来月经，经期就没有正常过，一年里，有一半时间是在闭经状态。她看起来瘦弱苍白，个子才到丈夫肩膀，有一度他怀疑她不会生小孩。

她讲述自己过于简单，宋家祥不会追问。他和明玉很亲近也很疏远，越是亲近越要保持某种距离。他的处世方式，便是不追问不打听与己无关的任何事，不扰乱内心平静而随波逐流。宋家祥并不给自己立下任何准则，然而身处乱世，内心有"人生几何，譬如朝露"的感叹。

沉默片刻，明玉又道：

"到了日本后，他立刻带我去日本学校注册，先学日语……"明玉顿了一顿，"当时我才十七岁，小时候在私塾读过书，汉字认了不少。"

她此时此刻回想往事，突然有些明白，母亲去私塾做清洁工，其实和私塾老先生有其他交换，老先生才让她进私塾读了两年书。喔，母亲并非不爱她。

"在日本学校读了两年日语，也选修了日本大学对社会学生开的课，希望累积学分，转为本科生，当然，并没有那么容易，鸿庆说，不如在家补习更有效率。"

她的语调低沉，没有掩饰内心痛楚，让家祥暗暗吃惊。

1919年巴黎和谈失败，赵鸿庆和他的革命党同仁——此时已是国民党人——被紧急召回国内，由于当天就要离开日本，他去明玉的学校通知她。

彼时日本校园充满动荡的气氛，学生们站在操场，围成不同的小圈子议论。赵鸿庆一眼就看见明玉，她正在和李桑农交谈，他们脸上充满激情，眼神热烈，让他脸色大变。

他把她带回家，刚进家门，便朝她连扇几大耳光，破口大骂：

"给我跪下，我是让你读书长见识，不是让你去勾搭男人，你戏子本性不改。"

她跪在地上哭喊：

"你侮辱我，把我打死吧！"

她以前对他逆来顺受，无论挨骂还是

挨打，她都不会还嘴。这么激烈的反应倒是让赵鸿庆意外，这才发问：

"你们在谈什么，那么激动？"

她哭得喘不过气来，他以为她不想说，怒火又起，朝她胸口一脚踹过去，她朝后一仰失去意识。

他害怕了，将她抱上床，用指甲抠她的人中。

她醒来后，看到丈夫脸容焦灼。

"中国发生大事，我马上要回国，从今天起，不准去学校，等我回来再作安排。"

她没有作声，躺在床上，睁大眼睛看着天花板。她在回想之前遇到了什么，对，中国发生大事，李桑农也这么说，他告诉她，巴黎和谈失败，北京学生上街了……

丈夫已经出门了，却又回进来，似乎有些不安，他说：

"我还是会给你机会继续读书，你要向我发誓，不再去学校！"

她看着他，没有回答。

他急着赶轮船，等不到她的回答，气哼哼地警告：

"你要是不听我的话，我可以把你赶出家门。不过，我并不希望这种事发生，你也不会再想回到戏班子。"

怎么还有脸面回戏班子？不如去死！那天，她看着镜子中的自己，对自己说。

被丈夫拳头打肿的脸很丑，眼睛四周已经发青。她想，她要么跟他过下去，要么去死。两年多的日本生活，让她脱胎换骨，她不可能回到原来的生活中，回不去了。

她并不是第一次挨打，怎么突然就觉得不可忍受呢？因为有了对比吗？身边这个年轻人，对她尊重有礼，他们几乎每天在校园相遇，然后交谈起来，成了朋友。他向她那么急切热情地阐述自己的政治观点和对中国未来的思考，对她的想法也同样关注和热切。

他们谈论时政，忧国忧民，他把她带到不同的人生境界：她不再卑微，低贱，被恩赐而垂下头生活。他们共同关注比自己人生更重要的大事，同时，年轻的身体彼此吸引。

他眸子里的炙热，她感受到了。她也用同样热诚的目光回应他。

所以，丈夫发怒并非无缘无故，他都看见了。

事实上，她并没有其他想法，假如身体的能量不由自主流淌，她的理性仍然会坚守对丈夫的忠贞。

她没有勇气去死，校园生活赋予人生更多希望和色彩，通过学外语，她看到另一个世界，比她想象得大很多，丰富很多。

而这一切是丈夫带给她，一个有社会地位却脾气暴躁的男人，他把她从社会底层打捞上来，他付钱让她读书，同时对她打骂任意。她想，命运不可能只给你糖吃。

但她已经不是那个只想活下来的小戏子，在日本两年多至少学到了"平等"和"自由"这些词语，她怎么说服自己在一个恩威并施的男人身边过下去？

她突然开始呕吐，每天起床就恶心，没法进食，虚弱得直想躺到床上。她以为自己得了重病，怕自己死在家里，便去告诉女房东。女房东仔细询问后，带她去医院妇产科检查尿液。

怀孕的报告，立刻让内心风暴平息了。

不如说，她找到了留在丈夫身边的理由。当时的徘徊，不就是畏惧离开丈夫以后，未有着落的生活？

接着，李桑农突然找上门。他说，是辗转打听到她的住址。她没有邀请他进家门，丈夫不在家；当然，丈夫要是在家，她更不可能邀请他进屋。

她脸上已消肿，眼睛周围的乌青变成灰色，像一大圈没洗干净的污渍。

他看着她有些发愣，她便告诉说，她摔了一跤，脸撞在家具上。

"所以你就不来学校了？"他笑问，她摇摇头，欲言又止。

在她家门口，他们匆匆聊了几句。是个阴天，天空铅灰色，雨马上要滴下来似的。雨有什么可怕？为何下雨前，总是无谓地担心？回想起来，站在校园时，阳光总是明亮得刺眼，必须眯起双眼。

她不安的神情也影响到他了，他好像刚刚明白贸然上门的不妥。

这天的李桑农，离开校园背景，变回腼腆的年轻后生。他告诉明玉，他马上要回中国。

"从5月4日北京学生罢课游行后，天津、上海、广州、南京、杭州、武汉、济南的学生和工人们也给予支持，他们都上街了！我不能站在这场洪流外面，国内发生翻天覆地的变化，我必须参与进去！"

他又激昂起来，回到了校园状态。

"我是来告诉你，我马上就要回国！"

"我也很想……非常想！……"

她轻轻呼应，眸子亮起来，消沉的情绪被鼓舞。

"我们一起走？明天有船票。"

她愣住，他的召唤却让她冷静下来，她的人生并没有给她冒险的勇气。

"我丈夫……他前几天就回国了，也是为了国内发生的事，他……是同盟会，是革命党人……"

"喔……那他是国民党元老了！"

他嘀咕了一声，因为吃惊而失语一般。

她记不得他们后来是怎么过渡到告别，也许那时心里太乱，而他好像也很乱，突然失去了过往条理清晰的语句。

只记得一个场景。

"你这么年轻，不知道你已经结婚了！"他和她已经说了再见，走出两步回过头又说道，没有掩饰他受到的冲击和失落。

她当即泪如雨下，他站在那里不知所措。

丈夫从国内回日本，给她找了家庭教师，他说："我担心你没见过世面，被人引诱，一失足成千古恨。"

她向丈夫辩解说，那天他看到的情景，是那位学生在告诉她国内发生的大事，他跟丈夫目标一致，因为巴黎和谈失败，和其他中国留学生一起回国参加游行。

赵鸿庆鼻子哼哼，"有些男人就是用这套大道理勾引女人，勾引你这种不经世面的女人。"

她不经世面没法抹去低贱的出身，也无法改变她在丈夫心中的地位。她放弃与丈夫辩解，他们的孩子将要出生。

当然，她不会把那段经历告诉家祥。短暂的失神后，她继续先前的话题。

"家里学……的确效率高，丈夫请来两名家庭教师，上年纪的中国人和日本人，分别教数理化和日语，进程比学校快。"

318

"你丈夫像培养女儿一样，急切地培养你。"

明玉点点头，却说不出话来。

是的，她应该感谢丈夫为她请家庭教师，继续补习日语学习日本文化，学习数理化知识。赵鸿庆希望身边的女人有学识，不至于和朋友们的太太相差太远，她们中不少是大学生，至少受过中学以上教育。

明玉对丈夫的感激多于怨恨。无论如何，她渴望继续读书，在哪里读书并不重要。有了孩子后，她的生活更加忙碌。读书后，她也有能力去分析身边这个男人，他有强烈控制欲，她努力顺从他，也习惯顺从他了。她倾尽全力，做好贤妻良母，让丈夫满意。

她很容易就分清了生活和幻想。思念一下有李桑农的校园生活不影响现实，她可以心无旁骛扮演妻子和母亲角色。每天让自己怀着感恩而不是无奈，这是她给自己的道德底线。

那次告别到现在至少有十一年了，假如以女儿的年龄计算，朵朵虚岁十二了。1919年，丈夫和李桑农先后回国参加五四运动，她便是在那个特殊时期发现自己怀孕了。

十一年后的李桑农，眸子里的热烈变成冷峻，他年轻俊朗的外貌如今变得成熟而有了男子气。

她差一点喊出他的名字，他的神情遏止了她。

李桑农眼中突然闪现的光亮让她明白，他认出自己了，可他没有任何表示。

为何装作不认识？她的身体有一种被绊了一脚渗出冷汗的感觉，心跟着一沉。

在日本校园，他们相处时的兴奋和激动让她怀念。他在她的记忆中，是在生气勃勃的校园背景前，是和充满希望的校园生活连在一起，是他给予自己另一种人生，和自己家庭生活无关的人生。

她后来才有些明白，他来告别时也许也是来告白？他当时表现的腼腆和不自然让她有些忐忑；当他听到她提到丈夫时，先是震惊，然后是受伤的表情，让她难以释怀；他回国后，她内心巨大的失落花了很长时间才平复。

他的消失成了她后来一些年的牵挂。她一直无法面对内心，不敢确认自己也有过爱。"爱"这个词想起来都会让人脸红，她从贫穷中走出的人生仍然是匮乏的，唯有把那段时光珍藏在心里。

六

她沉默时，宋家祥也沉浸在他的惊诧中，因了她人生的传奇性。她在日本受教育，而之前却是在民间戏班子，社会最底层的圈子。他在家乡听到过流言，有人用戏子形容她。他读教会学校，英语思维，对家乡的陈旧观念鄙视。可她之前从来不提过往的任何经历，他虽然不会询问，却忍不住会想，她的过往可能令她不安。

他欣赏不同层次的美女，就像去不同风格的咖啡馆，在那里短暂停留，惬意就好。人生苦短，他不想和任何女人有深的纠缠。

但明玉不是"任何"别的女人，他们之间的相处给他留下悠长的回味。

今天她又给了他新的认识，她果然非

同寻常：从戏班子直接跨入名门；丈夫的革命党人身份，让她一同见证了中国历史重要关头；重点是，她留学日本，却从未显山露水，或者说，她没有读书女性的清高，甚至也没有书卷气，就像她刚才说的，虽然读过一些书，但现在很少有时间看书，几乎忘记自己是读过书的。

宋家祥自诩有绅士风度，Lady First（女士优先）是绅士基本礼仪。但内心深处，不如说是基因里带来的根深蒂固的男性自大，令他几乎不与知识女性有亲密关系。他对她们敬而远之，在她们面前，他的优越感似乎遭受到审视。

明玉从不给他这方面暗示，仿佛她读过的那些书，她会流利运用的另一种语言，被她锁进了箱子；她如今经营饭店，却又没有生意人习气；她给人的印象，就是一个解事的聪慧女人，打扮有女人味，处世有分寸。

然而，刚才遇见的男人似乎刺激到她了，她甚至难以掩饰自己乱了方寸。她一向冷静从容，此时却欲说还休，旁顾左右而言他。他不便追问，却又希望给她安慰。

这男人的打扮和气质，绝对不是普通市民，他像是有一份秘密工作。看起来，这栋楼藏龙卧虎，宋家祥的这一感觉和伤科医生不谋而合，但他不会说出口。

他握住明玉的手，"去我那里困一歇（躺一会儿）。"走出咖啡馆时，他把他的手肘伸给她，她挽住他的胳膊。

有件事搁在她心里，也许搁一辈子，也许某一天会突然不受控制地朝外涌，她很怕自己有一天向家祥倾倒一切。这秘密压在心里，牢牢锁住。锁的分量太重了。

她控制着自己和家祥的往来，她害怕莫名滋长的亲密感，它会摧毁她心中那把锁。

宋家祥看起来儒雅温和，床上能量却令明玉吃惊。他点燃了她的欲望，她是通过和他的性爱，发现自己身体潜藏的激情。

宋家祥告诉明玉，是她让他发现自己男儿本色。在她之前，他只和风月场女人往来。

他还告诉她，他从未有过恋爱。他说，恋爱也是一种能力，他天生缺乏这种能力。

所以，这解释了他和明玉之间从来不抒发情感，他们之间没有这方面气息。

明玉寡情理智，城府很深。她对爱情没有憧憬，认为那是一件昂贵的奢侈品，与她的人生没有关系。与李桑农刚刚萌芽的爱，即使没有遭遇丈夫的干预，也不会发展。她心里很明白，在生存和爱情之间，她毫不犹豫选择生存。

她那时经常自我洗脑，告诉自己，丈夫是恩人，带给她体面的生活，她以服从和侍奉作为报答，就像人们对父母的孝顺。她自己的母亲抛弃她，她把孝心给了夫家。

丈夫去世后，她才开始真正自立，开一家小饭店，解决谋生，也是解放自己，至少，她有了社会角色。

她和宋家祥之间的性爱，缓解了她身体里难以排遣的苦闷，她感到快乐，虽然很短暂，在床上开始，随着性事结束。

他们并没有挥霍两人之间的性爱，几个礼拜发生一次，好像一笔存款，得存够数字才能用似的。

离开床以后，是彼此信任的朋友，她从来不打听他的私生活，对他没有占有欲。

她答应赵鸿庆，不会让儿子改姓，她

也不会再嫁人。说真的，能够嫁的男人，或者说，有谁可以令她心仪，就是宋家祥了。但她并未有嫁给他的奢望。她认为自己配不上他。与宋家祥在一起，不是没有压力，他让她有自卑感。他的绅士风度、他的品位、他对生活的高要求，令她深感难以企及。她仰慕他，却要让自己在心理上尽量与他疏远。

她觉得自己应该知足：儿女成双，女儿的个子都快和她并肩，再过两年来了月事就是少女了。她有自己的事业，虽然不过是一家不起眼的小饭店，可她并不认为仅仅是一门生意，这是她社会生活的空间，她不再是因在家的囚徒。她不需要婚姻。她经历过婚姻，婚姻给她太多痛苦。婚姻跟饭店一样，需要全力以赴经营；却又跟饭店不同，即使全力以赴，也未必能够成功。

宋家祥人生的大部分时光与她的人生并无交集，他有他的天地，声色犬马，是他的单身生活方式。也许有一天，他会结婚，但不是现在。他说过，他对生活贪婪，想要阅尽人间春色。她认为自己不过是宋家祥"春天"地图上一小块版图。她不会因此不快，这是宋家祥的人生，和她无关，她已经得到她需要的一切。

今天，经过方才的冲击，她与家祥抱在一起，她紧紧贴住他身体的每一寸皮肤，他的身体热能驱赶了她内心的空洞。

便是在这个瞬间，明玉有哭泣的冲动，是幸福的稍纵即逝带给她的伤感，接着有了悲哀，她害怕自己爱上他。

完事后，他们会躺在床上聊一会儿，东一言西一句，是些家常话，但眼神之间的碰撞和躲闪，比话语本身更让他们意犹未尽。

这天，明玉特别沉默，于是，家祥也沉默了。

一阵沉默后，明玉才说话："有件事说出来怕你笑话，怕你不相信，我是相信的，今天早晨还去拜了菩萨。"他转过脸看着她，笑了，"你相信的事，我都相信！"

明玉竟然红了脸，这句话比直接说情话还让她动心。

"我看见金玉了，她出现了两次，就在公寓楼里。"明玉描述时，有再一次身临其境的惊悚，她的声调都变了。

宋家祥没有讥笑她关于金玉鬼魂的描绘，他在倾听，明玉的眸子湿了。

"金玉是被父母从浙江乡下卖到北方当妓女的，她倔强刚烈，竟然坐火车逃回上海。金玉遇见格林先生时才十五岁，是个歌女。"明玉第一次聊起金玉的身世，心里在想，她和金玉出生地不同，性情不同，却殊途同归。金玉曾被认为是戏班子最好命的女子。然后，她步金玉后尘，找到可以罩住自己的男人，最终仍是一场空，"你不会想到，做过上海大班的格林先生遇见金玉时，是一个刚来中国不久的海关小职员，是个天主教徒。那时，他在英国已经有女朋友，也是教徒，他来上海前和女朋友订婚了，严格遵守教规，两人之间没有那种关系！"

明玉说"那种关系"当然是指"性关系"，语调仍然冷静客观，她身上总有一种让人无法狎昵的端庄，很难相信她是从戏班子出来的，这是宋家祥此时的感触。

"格林先生到中国后，和女朋友渐渐疏

远,有一天,收到她的分手通知。他在上海本来就很孤单,收到分手信很难过,那天夜晚便没有拒绝英国同事邀请,参加一位中国商人的饭局。以往,这类饭局他不肯参加的原因,是怕有受贿嫌疑,金玉说他那时真的很守规矩。格林先生就是在那次饭局上遇到金玉。金玉是歌女,中国商人安排她来唱堂会。金玉苗条小巧,歌声好听,格林先生立刻被金玉吸引。那天深夜,商人派金玉去了格林先生的住处。格林先生原本守着清教徒的生活方式,不去任何夜店,一个人熬着。所以很难抵挡送上门的中国少女。"

是的,金玉很坦率,她告诉明玉,格林先生和她上床时还是个处男,是她让他感受肉体的美妙。金玉承认,和格林先生之间,最初是买卖关系。她的东方面孔,细弱的身体,害羞的样子……是白种男人想象的完美的亚洲女人,她为了拢住他,对他百依百顺,体贴照顾。

家祥点点头,微微一笑,欲言又止。他想说,英国人到上海不久都变实际了,当然不止英国人,其他的西方人。

"为了和她在一起,他从海关宿舍搬去静安寺寒酸的破房子,付钱把金玉从她老板那里赎出来,让她恢复自由身。"她平躺在床,眼睛看着天花板,仿佛自语,"我和金玉一样,我娘想把我卖去苏州花船,我逃来上海,进了戏班子。鸿庆是我的恩人,他把我救出来,让我过上体面的生活。我一直是感恩的,也尽我所有的力气去回报他。我把他照顾到他不想再讨姨太太,生病后更是一天都不愿我离开。他去世,我并没有特别悲伤,甚至有解脱的感觉,我常常问自己,和他做夫妻十多年,没有产生一点感情吗?说老实话,好像没有!我在想,人吃不饱的时候,一定是有奶便是娘,情感是麻木的。这一点我和金玉很像,她就是我的镜子。我看到金玉冷静地计划自己将来,对格林先生和英国女人结婚的事一点不伤心,因为格林先生答应给她赡养费。我当时想,金玉的心太硬了,两人好了这么久,说分开就分开,只要有钱,什么事都好商量。后来自己碰到事情,和金玉一样,也是先考虑生存……"

"未必,我今天发现你有过喜欢的人。"

宋家祥支起胳膊,一只手撑着脸,看着明玉。

明玉稍稍侧开脸,试图避开家祥的凝视。

"就是因为今天碰见他,心里忽然想起很多事,有些难受。跟他之间,其实什么事都没有发生!"

明玉深深叹了一气。

"有时候,什么事都没有发生,比发生什么事更加难忘。"

宋家祥的话让明玉震动,一时说不出话来。

但问题不在这里。她想说她的难受不是为了那段没有如愿的感情,其实,还没有到"感情"这一步。

"当时在学校与他认识,经常一起聊天。那些日子心情激动,不是为他激动,是聊的话题让人激动,后来想想都是些大话。因为鸿庆的干预,立刻就断了联系……"

明玉流下眼泪,是那次号啕大哭余下的泪。

宋家祥从床头柜的抽屉拿出干净手帕，为她抹去泪水。

明玉捉住他的手放在自己脸上。

"是想起当时，鸿庆对我拳打脚踢，侮辱我的话比他的拳头还让我痛，只因为看见我和他说话，可我还是忍下来了。我当时想，宁愿去死也不能回到戏班子！……我不想死，所以没有勇气离开丈夫，怕再受穷，便忍气吞声。以后全心全意操持这个家，不再出门，让丈夫满意，日子也不难过。所以我才说，金玉是我的镜子，我们都是薄情的人，生存最重要，是穷怕了。刚才看到他，刺激到我了，才想起那些事。"

明玉含泪一笑，是自嘲的笑。她去抱住他，他们的脸贴在一起。明玉此时感触，记忆里的那些时光很虚幻，今天遇到的李桑农属于时光留下的影子。此时相拥的人很真切，她要紧紧拥住这份真切，哪怕是短暂的。

她刚才的伤感，是为年轻时候的自己，那时候一无所有，星星点点的光泽，都会放大，也为自己年轻时的屈辱苟活而难过。

这一刻，她和家祥彼此的爱抚更接近于谈情说爱了，虽然他们并未直接用语言表达爱意。

才四点多，暮色开始笼罩，她突然意识到已经步入初冬，白天越来越短，日历马上翻到十二月了。

"该回店了。"

她向家祥嘀咕，家祥点点头。

趁着宋家祥上卫生间时候，她赶紧从床上起来穿上衣服。他回房间时，她对着他的五斗橱上的镜子理好妆容，仔细涂上口红，脸容即刻有了光泽。

命运安排了一切，比如今天和李桑农的重逢，他的不相认一定有他自己明白的理由，她决定扔在脑后，不再为这烦恼。眼下，小格林的安全是她的心病。

宋家祥回到房间，欣赏地打量整装后的明玉，就像她欣赏家祥的仪表，她也正好在看他。他们彼此欣赏对方的外貌和衣品。"看着舒服很重要！"这是家祥的口头禅，也是明玉内心的标准。

她再一次为自己能够遇上他而感到幸运。尤其是今天，经历了和李桑农的重逢。

真实的感情就在眼前，记忆属于过去。

她仍有忐忑，命运真的这般眷顾她？和家祥在一起，好像样样都对头，除了，她向他隐瞒了最大的事，难道，这是一种平衡？

"今天烧完香又去抽签，签上五个字：欲速则不达。"她好像突然才想起来，"可能让我明白小格林这件事急不得，我想，应该先和娜佳聊一次，把事情弄清楚！"明玉询问地看着宋家祥，"格林先生很顶真，他要是搞不清，不会采取任何行动。"

"我看你心里已经清楚应该怎么办。"

是的，她早晨在庙里，对金玉有过许诺。她当时有个感觉，金玉不会再来找她了，她的信息已经送达。明玉能够做的，便是留意小格林的动向，如果需要采取什么行动，家祥会帮她。

明玉在回饭店的路上想到，她是否多虑了，她放在心里的秘密，以家祥的个性，他知道了又如何？她很难想象他会因此误解她而怨恨她，恨她利用了他。

她却不敢冒这个风险。他是她唯一的

323

知音。她不能失去他这个朋友。

不，不仅仅是朋友，他是她心里最珍视的人，用书里的字来形容，他大概算是"情人"吧？

谈情说爱是双方的，他早就表示，他没有能力和任何人恋爱。她认为这话是说给她听的。

不管他怎么想，她爱他，爱得很深，即使她自己不愿承认。

七

明玉和娜佳住在同一条环龙路上，与热闹的霞飞路一街之隔，却是闹中取静的小街，不通机动车。

早年，她随丈夫从日本回国，便是住在环龙路。

这条路上住了不少留学归来的知识分子。

赵鸿庆去世前，他们从湖州搬回上海，又住回了环龙路。这条街是她最喜爱的上海街道，也是她在这座城市唯一熟悉的街区。

她很庆幸自己三年前找到这条新建的弄堂。弄堂内的建筑被称为新式里弄房，这类建筑虽然脱胎于旧式石库门，但无论外观还是内里装饰，已毫无"石库门"影子。红砖外墙，清水勾缝。一楼客堂，前为天井，后为厨房；后披屋为三层，底层作灶间，上有二楼亭子间和三楼亭子间，亭子间上面设晒台。

所谓的"新式"，在于吸纳了西方的文明生活设备，有煤气灶和卫生间，卫生间内有抽水马桶和铸铁浴缸。

这条弄堂从1号到13号，一条弄堂只有13栋楼。因此每排楼的间距较宽。每栋楼原为一户独用，现在则一栋楼住了几户人家。弄堂居民多是从俄国逃难来的白俄人，一街之隔的霞飞路中段有他们的小店小铺。

白俄人虽然生活拮据，但住房却比华界的本地居民宽敞。居民中有单身汉或同居男女，有孩子的家庭并不多。因此，这条弄堂即使白天也很安静。

弄堂进口五米见方的空地，铺有彩色马赛克。明玉找房阶段，进出好些弄堂看房。她走过这条弄堂，被弄口漂亮的马赛克吸引。

新式里弄房的煤气和卫浴设备，洋溢着新生活风尚。因此，看过新式里弄房子，明玉很难再接受没有煤卫设备的石库门房子。

明玉的饭店与娜佳家相隔不远。

她的"小富春"饭店，位于环龙路与拉都路朝东转角。娜佳住在与环龙路垂直的金神甫路朝西的环龙路上，一条叫"琳达坊（Linda Terrace）"的弄堂。这条弄堂被称为活弄堂，因为可以通向霞飞路。事实上，霞飞路的进口才是弄堂正门。"琳达坊"的房子由俄国人修建，里面的居民也清一色俄国人，还有一座小教堂，造在某一栋楼里，专为"琳达坊"居民服务。

娜佳是夜女郎，白天睡觉，傍晚起床，去夜总会上班前，有时会去明玉的"小富春"吃饭。

明玉惦记着小格林的状况，想着如何从娜佳那儿获得更多信息。她突然意识到，娜佳已经好些日子不来吃饭了。

明玉不清楚娜佳寓所的门牌号码，阿小是知道的，即使不知道她也能打听到。有个阿小在身边，就像订阅了一张街道小报，每天都有八卦新闻。

她在考虑让阿小黄昏时去娜佳寓所跑一趟，请她来店里吃饭。可她并不那么肯定，让阿小去请娜佳来店里吃饭是否妥当。

"娜佳是在'火腿店'上班的女人！"阿小曾经这么定义娜佳。所谓"火腿店"，是指白俄卖淫的夜店。

为什么叫"火腿店"？明玉请教宋家祥。家祥告诉她，"火腿店"是从英语 Ham Shop 转译过来，意指卖大腿。

"我想找娜佳问点事，我发现朋友的儿子跟她搞在一起。"早晨，等女儿和儿子去学校和托儿所之后，明玉与阿小聊起娜佳。

"哟，跟娜佳搞在一起很麻烦，你还是不要管，"提起娜佳，阿小立刻精神上脸，"你晓得哦，现在罗宋人也有黑社会，据说在毕勋路那边有他们的办公楼。"

"黑社会还有办公楼，地址都公开了？"明玉觉得荒谬可笑。

"表面上是一个罗宋人的什么协会，很正当的感觉，暗地里军火都敢卖，和上海黑社会分好地盘，罗宋人的'火腿店'要向罗宋黑帮交保护费！"

"这个你也知道？"明玉吃惊。

"我也是听玛莎说的，她喝了酒什么都会说。"

礼拜天明玉放阿小假，阿小便去玛莎家做清洁。礼拜天的阿小比平时还忙，她要给好几家人家做清洁。她的男人在乡下染上赌博瘾，家里几亩薄田，阿小只得雇人去种，她拼命挣钱，想把寄养在乡下母亲家的两个孩子接到上海读书。

阿小说话掐头去尾，明玉在脑中做了整理，问道："交保护费也很正常，为什么你觉得娜佳很麻烦？"

"她好像不买罗宋人的账，宁愿给青帮交钱。"

"她给青帮交保护费，青帮应该保护她，不是吗？"明玉的饭店、家祥的印刷厂都是给青帮交保护费。

"听说不单单是为保护费的事，她好像有其他事得罪了罗宋人的黑社会。"

"发生什么事了？"

"前两天晚上，有人到夜总会去打娜佳，有个小青年帮她。小青年被打了，那个小青年是外国人，他爹做过上海大班。"

明玉的头都昏了。没错，阿小说的"小青年"正是小格林，是关于他受伤的另一种说法。不知为何，她更相信阿小带来的流言。

"那个小青年，说不定是我朋友的儿子。"

"你有外国人朋友？"阿小很好奇。

"她是中国人，嫁给外国人。"

"命真好啊！"阿小感叹了。

"不见得，她走了……死了！"

"喔……"阿小受惊般的，没了声音。

"我想跟娜佳见个面，先把情况弄清楚……"

"弄不清楚的，娜佳不会跟你说实话的！"阿小用斩钉截铁的语气告诫道。

明玉不响。

见明玉不吭声，阿小不放心了，"你上门去找娜佳？她那里乱七八糟，遇到坏人怎么办？"

"想办法给我传个话给她,说我请她吃饭。"

"她倒是巴不得呢,馋得很,偷她邻居的牛排吃。"

"这个,玛莎也知道?"明玉笑起来,笑了又笑,却笑得苦涩了。

"娜佳邻居家的佣人阿凤跟我熟,他们那幢楼的人家都在一楼公用厨房烧饭。"

"你去过娜佳邻居家?"

"去过几次,娜佳的邻居很厉害,以前跳芭蕾舞,家里的墙上贴了很多画报和报纸上的照片,是她年轻时在自己国家跳舞的照片!很漂亮,像公主!"

"是扮演公主!"

"听说以前家里很有钱,做过公主。"

"有可能!"

明玉禁不住叹息一声,阿小不解地瞥她一眼。

"现在她在一间芭蕾舞学校教课,年纪不小了,至少有五十岁。"

明玉倒是第一次听说,有俄国人办的芭蕾舞学校。

"找机会去一趟她邻居家,看到娜佳告诉她,我请她吃饭!"她顿了一顿,"就当帮我一个忙!"

明玉口气轻描淡写,意味着她心里很看重这件事,阿小已经摸到她的脾性。

"今天下午我去看看吧,要是碰到娜佳,我会告诉她。"

明玉如释重负,穿衣化妆准备去店里。

阿小在拖地板,她想起什么,直起腰双手撑着拖把柄,朝正在化妆的明玉脊背发问:"你说,住在13号的那对男女是兄妹还是夫妻?"

"不晓得,看他们同进同出,像夫妻!"

"他们其实是兄妹!"

阿小加重语气,明玉有些奇怪,

"是兄妹也很正常!"

"他们困一张床呢!"明玉停下化妆,从镜子里看着阿小,阿小也在看她,"你知道,我给他们洗衣裳,他们住在亭子间,床上的被单被子枕套也是我洗,所以我知道他们盖一条被子,一直以为他们是夫妻。"

明玉唇上的口红涂到一半,转过头去看阿小,阿小的长眼睛变成圆的。

"真的,不骗你。我也是那天无意中跟玛莎说起这对夫妻感情真好,隔三差五要我洗床单洗被子,玛莎说他们不是夫妻,是亲兄妹!"

这对男女三十岁左右,进出弄堂像彼此的影子,从来没有分开过。明玉现在回想才明白,他俩让她印象深的原因:两人都是金发都是高个子,女子身材挺拔,男人比她高半头却微微弓着背,仿佛欲和女子齐肩。他们眼帘半垂,看起来害羞而不愿与任何人目光相遇。

"他们就不怕弄堂里罗宋人的议论?"

明玉首先想到人们会怎么看他们。

"罗宋人有议论我们也听不见。再说,弄堂里的罗宋人搬进搬出的,他们互相也不太认识。"

明玉不由点头,为阿小近乎睿智的判断。

她的确经常从阿小嘴里知道,谁谁谁又搬走了,谁谁谁是新租客。弄堂邻居大部分是白俄,但流动也相当快,看到的多是陌生面孔。所以,这些流动的人群根本没有余暇关注别人，彼此没有议论他人的空间。

这对兄妹住在狭小的亭子间，睡在一张床上？对于他们，时世真的艰难到可以不顾伦理吗？明玉只觉得浑身发冷，她厌恶的同时更多是怜悯，看他俩的样貌和气质，应该也是好人家出身，他们的父母地下有知，多么痛心啊？

当天夜晚，明玉比平时早回家，她急于知道阿小是否通知到了娜佳。

"娜佳这段日子好像没有住回家，她越来越神秘了。"

这是阿小带来的消息。

"我关照阿凤了，娜佳要是回来，让她去你饭店，说你要请她吃饭。"

听起来这番转达很突兀，娜佳会奇怪为何突然请她吃饭。但也没有其他办法联系她了，明玉思忖着。

"我今天气死了，"阿小语调高了八度，"契卡好像没去上班，烧夜饭时，有两个罗宋人来找他，我在煤气灶上蒸隔夜红烧肉，走开一歇，没想到其中一只罗宋瘪三掀我们家锅盖，想偷菜吃，我正好走出房间，把他骂了一顿！"

"他倒不怕烫？"

"龌里龌龊的手差点伸进锅子里，我算得当心，做好菜马上拿进房间。"

阿小大声叹着气。明玉家的煤气灶和契卡的煤气灶并排安置在走廊，他家的罗宋客人走过明玉家煤气灶，有时会顺手捞菜吃，这件事契卡也做过。

明玉知道也只能装作不知，契卡是二房东，她不想给他难堪就对了，只是关照阿小把所有的吃食都及时端进房间。吃不完的菜到夜晚才放进走廊的菜橱，菜橱上有一把小小的挂锁。

明玉同情契卡的拮据，有时从饭店带些菜给契卡。

契卡和三楼的拉比诺维奇夫妇随着几千名白俄坐船从海路逃亡，由被人尊称S将军的海军将领斯塔尔克带领。S将军有三十多艘军用船，船上除了沙俄海军官兵和年少士官生，还有从圣彼得堡、莫斯科、波罗的海沿岸逃亡而来手举卢布的白俄难民。是的，这些难民必定有钱，因为船票昂贵到等同天价，谁更有钱谁上船。他们中的很多人原本是想逃往美国，上了船只能听天由命。他们对于路途的遥远、途中发生的种种意外完全没有想象力，或者说，别无选择。

这些难民中便有来自圣彼得堡的拉比诺维奇夫妇，契长和妻子女儿则来自莫斯科。

这三十多条船载着九千多难民，驶往朝鲜元山港，在永兴港受到日本警察阻拦。此时船上环境恶劣：饥饿、疾病和濒临死亡的重病患者还有老人。在西方外交和舆论的压力下，日本当局允许部分老弱病残者上岸，暂居在元山海关的空屋。

当时契卡的妻子感染了肺炎发着高烧，契卡虽然是海军医药官，身边也没有足够的抗生素。妻子和三岁女儿被允许在当地上岸。契卡把发烧的妻子和幼小的女儿送上岸时，他被日本军人拦下来了。这分离如此突然而别无选择，他们甚至没有来得及说些道别的话。离别发生在很多家庭，人们哭成一片，母女俩很快被上岸的人潮淹没。契卡当时头脑空白，他完全不知道后面的命运如何安排。

接着，S将军率舰船驶抵吴淞口，那天是1922年12月5日。这么多俄国军船载着难民停泊吴淞口，令中国官方和租界都非常恐慌。北洋政府很快下了禁令，不准白俄难民登陆。这是更加持久的僵持。船上的环境在恶化，病亡数字在上升。面对严重的人道危机，经过多方协商，中国政府终于同意年少的孤儿士官生和在沪有亲戚朋友的白俄，共一千二百多人在上海登陆，其余的人随S将军分乘12艘条件稍好的舰船前往马尼拉。

契卡和拉比诺维奇夫妇便是这一千二百人中的幸运者。契卡到上海时，随身带了一些钱，他通过俄罗斯同乡介绍，在环龙路的这条弄堂顶下了二楼一层三间房，这是他给家人准备的。

可是，他一直无法和妻子联系上。契卡起先找不到工作，带去的钱很快用完。他接受了这样一个现实，他不能留着空房而让自己过着食不果腹的日子。他留下前楼房间，将后楼和亭子间出租给他的一些同胞。白俄租客是流水的兵，在生存边缘挣扎，进进出出，换了好几拨租客。直到三年前，明玉带着孩子搬进来，换房客的事才算消停。

契卡也终于在霞飞路俄国人开的药房做店员，薪水虽然微薄，加上房租，生存是解决了。但契卡不会照顾自己，或者说，等待妻女的契卡，过着今朝有酒今朝醉的日子。他去夜店消费，常常入不敷出，月底钱用空，饿着肚子回家，经过明玉家的煤气灶，灶头上放着小菜，他忍不住偷吃，有一次，被明玉撞见。

因此，明玉在月底时，会给契卡带些饭店的小菜，同时也紧紧看住自家的菜碗。所有的吃食要么端进房间的餐桌，要么锁进菜橱。好在契卡常常深夜才回，也很少招待客人，今晚的事也是偶尔发生。

明玉不想跟契卡计较，她对阿小说："有你把关，我很放心，好在罗宋人的手没有伸进锅里，否则，这锅菜就送给他们吃了。"

说着，明玉竟想笑，好笑又苦涩。她暗暗感叹，这些外表有些邋遢的白俄男人活得像孩子，不管明天，不负责任，难怪阿小看不起他们。

阿小说："你气量大，偶尔送点菜他会感恩，不能每个月都送，他会觉得应该的，人就怕得寸进尺，我们农村有句老话，一斗米养恩人，一升米养仇人。"

"喔，还有这个说法？"

明玉有些吃惊，仔细一想，不由点头。

"唉，今天真是触霉头，都是坏消息！"

阿小又道，叹息起来。

喔？明玉看着阿小，一阵心跳。

"今天下午，三楼亭子间搬来一个罗宋人，玛莎说他是单身汉，楼上人家拐弯抹角的朋友。"

"你把我吓一跳，以为发生了什么坏事……"

"这也不是什么好事！"阿小有怨言，"单身汉进来，更加不安全了，什么客人都会带进来，你看契卡就知道了……"

"是的，关好走廊门。"

"走廊门应该上锁。"

明玉不作声，到处都装锁，把罗宋人当小偷防，契卡会不高兴。

"今天我去糟坊①买酱油，你知道我看见什么？"

明玉询问地看着阿小。

"两个罗宋男人靠在糟坊柜台边喝白酒，乘着店员转身，便偷柜台上晒在竹匾里的萝卜干吃。"

靠在糟坊柜台边喝酒。这情景她也听家祥描绘过，那也是他来"小富春"吃饭，经过环龙路的糟坊，亲眼目睹的情景。白俄男人喜欢喝酒，却没钱去酒吧，便去糟坊买廉价的劣质白酒喝，糟坊木制柜台高，有点像酒吧的柜台。家祥说，罗宋人在糟坊买了酒立时三刻喝起来，他们半个身子侧靠在糟坊柜台前，手肘搁在柜台上，一条腿曲着，蛮有腔调的，像靠在酒吧柜台前，罗宋人就有本事把糟坊变成酒吧！当时，家祥揶揄道，却也不无惊叹。

"走廊门应该上锁。"

阿小再一次强调。

八

这天夜晚，明玉很难入眠。

从报上获知，东北的形势越来越紧，日本在国际上提出满洲的概念，称东北是满洲人的，不是中国的。

已经有报道，日本关东军士兵端着枪叫喊着冲向东北军兵营，声称演习……

弄堂里多了陌生的白俄面孔。越来越多的白俄人从东北过来，也更加贫穷。他们搬来环龙路，希望在霞飞路一带，找当上老板的俄国同胞讨一份生活。

她此时有些怀念丈夫。

赵鸿庆在日本度过的岁月，几乎覆盖了他的整个青壮年期，他的社会理想源自日本。他在 1927 年去世，东北在 1928 年发生皇姑屯事件——由于奉系政府未能满足日本在"满蒙"筑路、开矿、设厂、租地、移民等要求，奉系军阀首领张作霖被日本关东军谋杀。如果鸿庆在世，怎么面对今天的日本？

明玉是在 1917 年来到东京。她看到的是一个西化的、远比上海更有秩序的东方城市：政府官员穿西服上班，初学教育达到 99% 以上，几乎所有的孩子都进了学校，并且穿上了校服，同时，和服却作为华丽的民族礼服保留下来。

事实上，明玉在日本那几年正逢"大正民主"年代。1912 年，明治天皇去世换儿子继位，改国号大正。由于一战爆发，各国资本被转移到日本，并大量向日本购买商品。日本进入了近代少有的昌盛时期。同时，媒体报纸可以公开谈论政治，言论自由、文化开明，被称为"大正民主"。

明玉记得自己刚到日本时，营养不良，身体瘦弱矮小，月事也不正常，结婚两年未能怀孕。丈夫那时忙于他们那摊子复杂的政治斗争，没有太在意她不能生育一事。

房东太太给她介绍妇科医生，调养一阵后，生理期渐渐正常。那一阵赵鸿庆在中国，等他来东京再见明玉时，欣喜地发现明玉长高了丰满了，有了女人的风韵。

明玉在日本住了五年，不是普通的五年，是恶补文化的五年。

---

① 糟坊，旧时上海的油盐酱醋店，也卖酱菜料酒和廉价白酒。

虽然校园生活才两年，后面几年由家庭教师授课。无疑，她的勤奋加快了课程。更显而易见的获得，是日常生活的耳濡目染。

她太想留在日本了，那里是她做梦都无法想象的美好环境：干净整洁充满秩序感，并且，让她忘记自己的出身。平等，于她宛若天堂。

她因此有了更远的期待，在日本第三年，有了女儿朵朵，她希望朵朵能在日本受教育，她给朵朵订的学习目标庞大又具体。

还未到朵朵三岁生日，丈夫把她们唤回中国。那时，赵鸿庆已在中国一年多。1919年赵鸿庆回国那年，中华革命党正式改组为中国国民党。革命党的秘密组织形式转为公开，赵鸿庆和他的同盟会成员成了国民党元老。

明玉带着女儿朵朵在日本独自生活了两年多，期间丈夫也会去日本短暂住一阵。

赵鸿庆以及相当多从日本回国的革命党人，是党内亲日派。他们早年留学日本，亲眼目睹明治维新给日本带来的新气象：从十九世纪六十年代明治天皇建立新政府开始，进行了近代化政治改革。1905年8月孙逸仙在东京成立同盟会，他们是同盟会会员；1914年5月，孙逸仙创办《民国》杂志也在日本，赵鸿庆是《民国》杂志撰稿人；同年7月，孙逸仙在东京举行大会，正式宣告中华革命党成立。赵鸿庆和同盟会成员是革命党的第一批党员。

从日本回国后的那些年，赵鸿庆和他在同盟会的同志，怀着走明治维新道路的理念，追随孙逸仙推翻满清，虽然建立了中华民国，但军阀混战，面对国内乱局，孙逸仙展开联俄联共之途，一些元老们极力反对无果，他们成了党内保守派，其中一些人渐渐颓靡，包括赵鸿庆。明玉目睹丈夫下倾的革命路暗暗失望，而她与丈夫的家庭生活也充满痛苦。

明玉和女儿1922年回国，才一年不到，日本发生了关东大地震。1923年这场地震，似乎将一切美好都震毁了。受大地震打击，日本国内的军人鼓动民众，让他们认为本国国土太小了，必须对外扩张才能有出路。

明玉回国时，丈夫已经在上海法租界的环龙路租住下来。

这是一条千余米长的小马路，在法租界的核心区域。二十年前的1900年，环龙路还是一条毫不起眼的小河，十年前，租界当局才填河修路。恰好在此后一年，宣统三年的1911年，一位叫"环龙（Vallon）"的法国飞行员带了两架小型飞机，到上海进行飞行表演，不幸因机械故障在跑马厅坠机身亡。租界当局为了纪念他，便将这条刚刚修好的马路，命名为环龙路（Route Vallon）。

填河修路后，环龙路人行道两边种上了梧桐树，因在法租界种植，市民称之"法国梧桐"。明玉后来从英国邻居处获知，这树的学名叫悬铃木，是在英国育成，然后引种到世界各大城市广泛栽培，用作行道树和庭院绿化树。由于生长快速，叶大荫浓，树姿优美，有净化空气的作用，而被称为"世界行道树之王"。

明玉喜爱环龙路的气氛，马路窄而短，不通机动车，格外幽静。街上楼房少，楼层低矮，楼房多为三层，空间形态开放。原先锁住天井的传统高大铁门，以铜铁栅栏门代替，为争取良好的日照与通风，天井的围墙高度被大大降低，封闭的天井变成了开敞式的小花园。

明玉走在这条街上，总觉得几分不真实。街道两边的梧桐树高大粗壮，绿叶浓密，挡住了街边低矮稀疏的楼房，仲春时节，像走在大自然气息浓郁的欧洲小镇，当然，那是她在日本画报上看到的欧洲小镇。

她早年在戏班子讨生活，住在华界破旧的小巷子，房子是随意搭建的棚屋。棚屋之间的过道，狭窄到只能侧身过。大白天，老鼠、蟑螂在狭缝里、行人的两脚中间穿越，夜晚则是跳蚤、臭虫骚扰。

一个城市，分割成不同世界。如果回到过去的生活……不，明玉连想象都不愿有。

环龙路住着国民党元老和共产党人，以及激进的知识分子和作家，后来又陆续搬入流亡到上海的白俄，使租界的这条小街弥漫落拓不羁的浪漫气氛。

赵鸿庆租住的这条弄堂，排列着十几幢两层楼石库门公寓，比那些新造不久的新式里弄房更老一些，也更有私密性。一楼是客堂，前门是被高围墙围住的天井。她搬来之前，和赵鸿庆合住这栋楼的同仁，被粤军首领邀请去了广东，因此这栋楼便由他们一家三口独用。

于是，明玉的小家庭终于安定下来，和丈夫聚少离多的日子结束了。

然而，时局动荡军阀混战，国家的沉浮，任何个人都无法掌控。如果不看报，不听丈夫和朋友们的议论，岁月仿佛仍然静好。早晨醒来，没有变天，没有意外，家门前的马路安静，行人脚步悠闲，眼前的生活仍然按部就班。

对于赵鸿庆来说，住在这条街，如鱼得水，他与住同一条街的政治伙伴聚会很方便，《民国日报》也在这条街，他仍然不时撰稿，去编辑部串门，也常把他的政治伙伴们带来家里吃饭。此时的明玉已是合格的家庭主妇，厨艺也已经不在话下。

明玉回国后几乎所有的时间都花在家务上，女儿三岁了，身边是挑剔的丈夫，即使做个家庭主妇也是有压力的。

在日本时，她读书写作业，是用奔跑的速度。她仿佛在为未来做准备，女人不仅仅做妻子和母亲，她把日本的读书生涯视为馈赠，希望不要辜负上天。

如今，明玉从早上买菜开始，到夜晚给女儿讲故事结束。由于丈夫经常临时约朋友来家里聚餐，明玉得预先准备充足的菜肴，以备不时之需。每天买汰烧，花了大量时间。她并不厌倦家务。不知不觉中，她是用家务补偿回国后的失落惆怅。

当明玉知道，陈独秀的《新青年》杂志编辑部从北京迁回上海，就在他们家弄堂过去几十米的一条弄堂，她特地去这条弄堂走一走。这是一幢二楼二底砖木结构坐北朝南石库门旧式里弄住宅，一栋普通民居，房子的格局与她家租住的房子是同一类石库门建筑。

其时，《新青年》已搬往别处，转为地下。一年前陈独秀被捕时，杂志社也被法租界巡捕房查没。

她站在留下《新青年》足迹的弄堂，

回想当年从意气风发的李桑农手里拿到这份杂志时，自己的热烈憧憬。回想起来，宛若发生在另一个人身上，巨大的失落令她有些失魂落魄。以后，她再也没有进过这条弄堂。

世事难料，她越来越想蜷缩在"家"这一方小天地里。国家不太平，人生也无常，她内心深处有着无法驱散的焦虑。守住这一切，比努力去获得更不易。为家庭忙碌，给了她心安的理由。

夜晚的餐桌边，常常是丈夫和他革命党时期的政治伙伴聚会的开始。

"今晚，请同志们来家里吃饭。"丈夫这般关照。"同志"的称呼，充满志向高远志同道合的意境，令明玉憧憬。她满怀热情，从买到洗到烧，为丈夫的"同志们"准备晚餐。餐桌成了讨论时事的会议桌，这也是明玉和社会接触的窗口。从他们的议论中，她了解到，丈夫和这些早期革命党出身的同志，仍然有着君主立宪走议会道路的愿景。

然而军阀混战的现状，仿佛在嘲笑他们的不切实际。他们在一起总是激愤异常，人人抢着说话，滔滔不绝。从明玉耳朵听来，很多时候是重复的语词，她看到他们已经面露倦意。完成了当年的大目标，满清推翻了！他们在短暂的兴奋后，感受的是失望，他们正进入更长久的迷惘。

她在客人吃饭前，先让女儿吃饱。等招待完客人，孩子睡觉的时间就到了。明玉去哄孩子睡觉，心里惦记着饭桌上的话题。小女孩很敏感，她能感知母亲的急切，愈加欢闹不肯闭眼。不过，客人通常喝酒到深夜。等女儿困倦到睁不开眼睛，她再回到桌边，他们谈兴正酣，明玉觉得，这是她一天的好时光。

作为主妇，她不再像在日本时，受到革命党人妻子们的轻视。男人们现在不带妻子出来，因为常常，聊天后有其他内容，打麻将成了这些革命者忧国忧民后的娱乐方式。不如说，打麻将之前，聊聊国家大事，是精神会餐，为了不辜负年轻时可以写入史册的经历。

如今来的客人也有比较年轻的，总有一两个男性，面对姿色颇丰的女子，目光里有惊艳和倾慕。

那时，明玉才二十二三岁，年轻少妇脸容标致，即使穿着朴素的家居棉袍，素面朝天，仍然光彩照人。何况她是个能干主妇，家居环境舒适，菜肴可口。客人们对明玉赞不绝口。

赵鸿庆的感受很矛盾：他希望太太出色，配得上自己的身份，这便是当年他让明玉在日本读书的缘由，将一穷二白的女孩子改变成腹有诗书的气质女人。他认为，她是他一手改造的，如同他们改造了社会。

同时，赵鸿庆无法忍受太太的出众成为同座男人目光焦点。餐桌上话题聊到高潮时，她双颊酡红眸子里有水光，他能看出餐桌边的男人身体开始骚动。

赵鸿庆脸色就难看了，他甚至等不到客人散去，便向明玉使眼色，让她跟着他去楼上亭子间。

他关上房门，声色俱厉，"我们男人说话，你来掺和什么？"

"觉得自己跟社会脱节了，听你们讨论，我也长了见识。"

"一桌子男人，就你一个女人像话吗？

女人要知道那么多干什么?"

"鸿庆,你们都是明治维新派,讲平等自由,文明开化……"

话未完,丈夫扇了她两记耳光,"你跟我讲大道理?想不想在这个家安生地过日子?"

他的手在她脸颊上立刻留下红肿的手印,她眸子里是惊诧和愤怒。

"我做错什么了?楼下还有客人!"

不知何时,女儿朵朵赤脚站在亭子间门口,惊恐的目光轮流看着母亲和父亲。

从这天开始,只要他走近女儿,她便尖声哭叫。

明玉抱起女儿,带她上前楼的卧室。女儿摸着她脸上红肿的手印,问她:"爸爸是坏人吗?"

她摇摇头。

"他为什么打人?"

她仍然摇头,那一刻,她有抱着女儿冲出家门的冲动。

这个口口声声喊着自由民主口号的人,他在日本接受的新思想新理念,是不投射在女人身上的?在他的脑中,女人好像是另一种人。当他积极投身推翻满清国时,他并没有觉得自己在家里,仍是一个封建王朝的男人?

她似乎是从那时开始,突然对丈夫他们经常讨论的话题,有了怀疑和厌倦。

九

明玉习惯性地把那些可怕的人生片段尘封起来。此时这些片段从尘土中浮现,她仍然有一种锥心的疼痛和羞愧。也许,

她最不能原谅的是自己,为了不再受穷,她宁愿受屈辱。她现在才突然有点明白,为何金玉总是冲撞她,她心里看不起明玉,她曾经责问明玉:

"你为什么这么迁就他?你害怕什么?大不了自己过!你不是已经读过书了?"

明玉在日本读书这件事一直有点刺激金玉,她戏唱得好,英语讲得流利,却不识英文字,汉字也才到扫盲程度。

可是,当格林先生离开她时,她却有能力重新开始自己的人生。以前明玉觉得金玉太精明,她不无得意地告诉明玉,和格林先生同居不久,金玉便让还是海关职员的英国情人为她出资,让她拜师学唱戏。现在回想,是她有悟性,懂得如何自救,她不相信男人,很早就为自己的独立作准备。

而明玉自己,一次又一次地忍让,她读了书,接受了文明熏陶,却没有让自己摆脱屈辱。她明白自己,她比金玉虚荣,她看重自己作为某个有身份的人的太太的头衔,她宁要好看的门面,内里的不堪可以藏起来。

被丈夫扇耳光之后,明玉变得沉默,她本来就话不多,现在更加安静,安静得让赵鸿庆觉得有些不对头。他看看她苍白的面孔,他好像刚刚发现,她脸上的红肿变成青灰色,就像没有洗干净的脸。

"你是不是还在记恨那天的事?我脾气不好,发过了就忘记了。我是不想在家里看着别人对你眉来眼去的,发生什么伤风败俗的事。以后就不在家里聚会了,你不用忙了,家里清静些,你也可以多休息休息。"

这算是他的关心？关心里仍然含着羞辱。

家里的确很清静，明玉好像被关起来了，外面的事情只能通过看报，而不是听活生生的人的声音。赵鸿庆现在不再带朋友回家，而是在外面聚会。她发现丈夫这个人不喜欢待在只有家人的家里，他喜欢热闹，几乎每个晚上都呼朋唤友召集聚会。

家里不请客，白天有了时间。她带女儿去公园散步。

她居住的环龙路的尽头是华龙路（Route Voyron），Voyron 取自法国远征军一位将军的名字。华龙路才几百米长，尽头是公园。公园原名"顾家宅公园"，由法国人设计施工，从世纪初开放后，市民们就习惯称为"法国公园"。

公园白天游人不多，明玉母女从环龙路走到公园才五六分钟。这一路梧桐树连绵到公园，繁茂的树叶在街的半空几乎相连，气温上升的午后，成了一条林荫道。街上的梧桐树和公园里的梧桐树相连，绿色浓郁，给予明玉安慰和愉悦。

她再一次意识到，这一切是从婚姻中获得。她又开始给自己洗脑，丈夫虽然脾气坏，但他没有再娶姨太太，结婚六年来，只要在一个城里，总是会回家的。他不仅把她从穷困中救出来，还给她留学日本的机会，他是她人生中的贵人。她想，人无完人，她不能只得到他的好处，他的暴躁乃至暴力也必须一起接受。

法国公园布局便是法国风格，以中轴对称，花圃低矮，五月，开了不同颜色的花，花卉呈格子状排列。她坐在公园长椅上，想起春天时日本街边开了很多花，所以她给长女起了朵朵的小名。

朵朵在明玉身边闹别扭，要妈妈带她去玩。明玉笑了。

"我们不是在公园里吗？公园就是给我们玩的呀！"

"是你们大人在玩。我没有玩！"

朵朵委屈地哭了。白天的公园只有老人点缀，几乎看不到儿童。

明玉想，把朵朵送去幼稚园，她就有自己的玩伴了。她担心丈夫不会答应。她与丈夫之间几乎没有对话机会。从日本回上海后，明玉发现赵鸿庆的脾气越来越大，也许因为国内的乱局。他和他的同志的政治主张只是空话，失望郁闷，导致她成了他的出气筒。他和她说话是命令式的，还带着不耐烦，她不能有疑问，否则会引来他的脾气。

在日本最后一年，赵鸿庆把两个儿子送到日本读书，生活就由明玉来照顾。他们才比她年轻一两岁，在她面前埋怨过，父亲几乎不跟他们的母亲交谈，很少回家，即使回来，也不过是晃一晃的影子。

明玉想，他说过讨厌明媒正娶的老婆，所以很少回湖州老家。也许，他现在也开始讨厌自己？好像又不是。夜晚在床上，他并没有厌倦她的肉体。

夏天很快就到了，7月14日是法国国庆日，公园内有游园会等庆祝活动，游人络绎不绝。公园门口的华龙路上，小贩们摆出了摊位，这摊位延伸到与华龙路交集的环龙路，两条原本行人稀少的马路，突然游人如织，节日气氛提升了明玉低落的情绪。

公园内搭建了小火车房，朵朵太兴奋

了，小火车房有其他小朋友，他们很快玩在一起。公园门口的棉花糖摊位上，摊主制作棉花糖，很快吸引了这些孩子。他们围着摊主，每一次棉花糖从热炉子上飘起来时，他们都激动得欢呼起来。然后，每个孩子拿着一大捧棉花糖，就像捧着大团云朵。明玉好喜欢孩子们的欢笑。

国庆节当晚放起了焰火，把赵鸿庆都吸引到了公园。那天，第一次，他们一家三口来到公园。看着焰火照亮父女俩的眸子和脸颊，明玉笑了。

在日本时，赵鸿庆常常回上海，襁褓时的朵朵看见他认生会哭，他又最讨厌孩子哭，父女之间疏远。上海这两年，父女每天见面，和女儿有交流了，女儿缠他时，他脸上会有笑容。看得出，比起他和大老婆生的两个儿子，赵鸿庆对女儿的感情还多一点。

国庆后，法国公园的小火车拆了，公园门口的小摊小贩也消失了，棉花糖变成天上的云，没法捧在手里，朵朵很失落，她吵着去见公园里认识的小朋友。

趁着这个机会，明玉问丈夫是否应该送女儿去幼稚园，孩子需要和同龄人玩。

"送去也好，她在家里太闹了，这样的话，白天我也可以在家写点东西。"

原来，赵鸿庆起床后就出门，是躲避孩子的吵闹声，即使他喜欢女儿，也不愿意多花时间和孩子玩。

明玉给朵朵找了一间私立幼稚园。这间幼稚园就在环龙路上，相隔一个街口，设立在弄堂内。幼稚园园长是基督徒，她家拥有一栋楼，一楼就开办了幼稚园。园长说，这间幼稚园是为环龙路上从海外归来的年轻夫妇们开办，这些家庭的妻子们都是职业妇女。园长的话在明玉心里留下回声。

孩子送去幼稚园后，明玉便开始打扫整顿这套已被用脏的房子。她用抹布擦亮蒙上灰的苹果绿漆墙壁，去旧货店淘来橱柜。行李箱里的衣服，终于可以挂到衣橱里；她从日本带回的日本浮世绘风格的小幅线描画可以挂上墙了。矮柜上，日本的备前烧陶器花瓶插上了鲜花。

当晨曦温婉的光亮涌进屋来，她总是一遍又一遍打量欣赏屋里的一切，宛若这是个借来的好地方，不能久留，而要用目光把它留住。事实上，人生几十年也是向上天借来。对于明玉，人生的初始太艰辛，她才懂得珍惜，她是怀着敬畏过好人生的每一天。

家变得悦目，丈夫脸上露出满意的笑容。她试探发问，日本学的知识想要有地方发挥，也许可以去学校做代课老师？丈夫立刻板起脸。

"你把孩子送去幼稚园，是为了你自己可以出门？"

"也可以不出门，在家里办学，一楼客堂间可以做临时教室，让弄堂里的家庭妇女来读书，你也可以给她们讲课，你的思想影响她们，她们会影响自己的老公。"

赵鸿庆觉得这是个好主意。他和他的那些同盟会朋友如今成了国民党里的少数派，他们需要给自己寻找支持者。赵鸿庆年轻时读了不少历史书，知识渊博，常在聚会中滔滔不绝，给女人们上课，不就像玩儿一样？

其实，明玉心里更想开个茶室，小小

的，像日本茶室那么干净，也容易打理，如果自己有收入，经济上独立，也不会在丈夫面前矮一头。

她一直有些吃惊，对于丈夫不用挣钱，靠家里财产过日子，可以这般心安理得。

她也明白，开茶室只是个愿望，很难实现。先把弄堂里的家庭妇女召来再说。

于是她开始给一楼的客堂间做调整，原来的一张方餐桌又添了一张，拼成长餐台，上面铺了白色绣花台布。想象中，女人们围着桌子，读书聊天很温暖。因此又去添了椅子和茶具。到书店买了不少书。

明玉在为家庭课堂准备过程中，发现自己怀孕了。

她的体质很难受孕，怀孕令她又喜又愁，愁的是妊娠反应厉害，每天呕吐，一时间不可能开办学堂。

丈夫也说，现在不要再搞其他事，乖乖养身体，女人的第一责任是让家里人丁兴旺。

说这番话算是赵鸿庆最温和的态度了。明玉还是禁不住失望一下，有些事的确难以理解。在日本时，他出资让她去学校读书，以后又请家庭教师给她各种补习，可以说是给了明玉一次重生机会。然而，她的成长他却视而不见，仿佛她仍然是那个被他从戏班子赎出来的戏子，用钱买来的姨太太。

开学堂的事只能先搁一搁了。明玉全神贯注怀孕的保养。她在日本生女儿时，通过妇产科医生，收集了一些医学普及书，包括女子卫生小册子和育儿书。按照医学书指导，怀孕期间，每天用温水配置0.01％的高锰酸钾水溶液冲洗阴部，后来，这成了她一生的卫生习惯。

她每天从环龙路散步到公园，如今，离开家总是让她有如释重负的感觉。她走在鸟语花香的公园，心里便有了憧憬。她在想如果生个女儿也起个与花有关的小名，蝴蝶为花授粉，就叫蝶蝶，好听上口。如果生儿子，取梧桐树的桐，就叫桐桐，响亮的发音，而梧桐树是环龙路抚慰人的存在。她希望生个儿子，当然，生女儿也同样欣喜。

可是，命运总不会让她安生。在她心情越来越开朗时，发生了一件事。

四岁的朵朵在幼稚园感染了猩红热。幼稚园园长亲自把朵朵送回家。秋天，猩红热在儿童中传播，但人们一时还没有意识到。

朵朵发烧第一晚，明玉按照以往经验先给孩子物理降温，她晚上不敢合眼，隔一小时便给女儿量体温。半夜，朵朵身上出现点状红疹，这孩子婴儿时出过痧子，难道是猩红热吗？儿童的那些疾病，她通过阅读医学书有很多了解，不敢耽搁，立刻带孩子去离家最近的广慈医院挂急诊。

朵朵在急诊观察室待到早晨，转入传染病房。那晚，赵鸿庆零点后才回，明玉给他留了纸条。赵鸿庆喝多了酒，回家倒头便睡，根本没有注意纸条。

清晨，明玉一个人回家，忙着把朵朵的被子拆洗，把她的食具煮沸消毒。等忙完这些，还没有来得及给自己洗头洗澡，丈夫起床了。

当他知悉朵朵得了猩红热住在传染病房时，二话不说，朝着明玉先是两耳光，把自己的手掌扇痛了，便用脚踢，明玉被踢倒在地，他向她吼："你把小孩送到幼稚园，她才传染到毛病。你不想带小孩，想自己享福？你这个贱女人，过上好日子还不知足，我家小孩有个三长两短，我不会饶过你！"

明玉呆在地上，接着疯了一样抽自己的耳光。

赵鸿庆倒是被她的举动惊到了，他跌坐在椅子上喘着粗气。他看到明玉的身下流出血。

明玉流产了。她在医院急诊科做了刮宫手术。在接受手术前，妇产科留过洋的女医生看到她脸上的伤，当着赵鸿庆的面问她："有人伤害你，你可以报警，需要我们帮你拨打巡捕房电话吗？"

明玉摇摇头。

做完刮宫手术，明玉需要在医院留观几小时，乘着赵鸿庆去门口点心店吃东西，她问护士借了剪刀去厕所。借她剪刀的护士，觉得明玉神情异常，跟去厕所。明玉手腕刚割开，被护士及时止住血。

赵鸿庆心里是有悔恨的，却无论如何没法在明玉面前认错。

明玉回家后，拒绝进食。

金玉来探访，进门就对明玉嚷嚷："你女儿还在病房，你就想扔下她不管？我看你男人将来也不会对她负责，肚子里的孩子没有保住，这一个你要好好宝贝她！"

金玉的话把她说哭了，她那颗冰冻的心突然解冻了。

她们没有相拥，连手都没有拉，她们之间很像男人之间，不习惯倾吐各自的秘密和苦恼，也不会说安慰的话。

明玉这般激烈的动作，不仅让赵鸿庆惊吓，也让金玉吃惊，所以她才上门劝解，虽然话不多却很有效。

赵鸿庆告诉金玉，明玉因为流产想不开。但她看到明玉脸上的伤痕就明白了。

金玉离开时，把赵鸿庆叫到门外数落了一通，她说话很不客气。

"你以为你把明玉买回家，是她恩人，却不知道自己捡了个宝？她对你感恩戴德，一门心思要服侍你到死。虽然读了书，就像没读一样，我是说，那些书本没有让她骄傲，还是在你面前低头伏小。你以为有钱就能买到听你话的女人？你去买美玉试试？说不定哪天把你毒死了，你以为我不知道，她也想巴结你，想让你娶她？她态度上太急了点，反把你吓退了！"

这些话，金玉是很后来才告诉明玉的。明玉有疑问，赵鸿庆怎么会去找金玉来劝解。

金玉告诉她，前些年明玉在日本期间，赵鸿庆一个人回上海，会带朋友去大舞台看金玉的戏，戏结束后请她和戏班子其他女演员夜宵。有一阵他和美玉关系亲密，金玉冷眼旁观，她知道美玉沉不住气，她很快就会向男人要钱要地位，而赵鸿庆是保守的男人，不喜欢女人太无顾忌明码标价，加上金玉在旁边泼冷水，两人很快就断了。

"我多半不是为了帮你，是看不惯你家老爷，吃着碗里看着锅里，美玉这个贱女人又这么贪心。我是绝对不会嫁给中国有钱老头，不把女人当人。那个美玉，比你厉害多了！不过为她想，也没有太过分，人家是把青春卖给他呀！你家老头子把你欺负惯了，所以不能接受美玉的放肆。"

别看金玉没有读过书，对人世看得比她透呢！

明玉很意外，丈夫背着她和美玉私通，差点成了好事。仔细一想，这便是他的作风，当年，他不也是背着老婆与自己私通。其实，连私通都不算，他可以公开娶个小妾，搞革命并不影响他过自己的封建小日子。

明玉对金玉充满感激。她知道，金玉嘴硬罢了，她当然为了帮自己而插手美玉和赵鸿庆之间的事。仔细一想，明玉心里真有点后怕，美玉比她年轻好几岁，刁蛮泼辣，一旦进了赵家，哪里会有太平日子？她想，她这辈子欠金玉太多，不知还得清吗？

明玉不会有太长时间沉浸在悲伤中。朵朵出院了。

朵朵在恢复期时身上疹子让她痒得睡不着觉直哭闹，明玉必须不断地为朵朵涂抹"炉甘石洗剂"止痒。她担心这个病会留下诸如心肌炎等后遗症，不敢有一丝放松，每日给孩子弄营养半流汁，并从报纸的广告找到中医师的地址，请他上门为朵朵开汤药，哄着朵朵喝中药。

朵朵完全恢复后，明玉发起了高烧。

这期间，赵鸿庆总算为明玉做了一件好事，他去朋友家借来女佣，做家务照管朵朵，明玉终于可以歇一歇了。

丈夫找来女佣这件事，终究还是平息了她对他的恨。

一星期后，她的烧退了，刮宫后的伤痕也痊愈了。但明玉心里的伤口很深。尽管妇产科医生说，流产的胚胎本身是有问题的，明玉却无法释怀。

明玉很自责。赵鸿庆指责她的话也一直在她耳边响着，这比扇耳光更痛。

"我家小孩"四个字，让她明白丈夫把她和女儿分了界限。孩子是他赵家的人，她则被视作外人。

也许就从这件事开始，她不再把他当作恩人，开始学着不对他唯唯诺诺，如果哪一天，他让她无法忍受，她会走开的。

然而，最强烈的情绪仍是后悔。她后悔把女儿送去幼稚园才传染到猩红热，如果不是传染病让自己过于紧张和劳累，也不会动胎气了。

有些事是不能用这样的逻辑，否则要后悔得头撞墙。金玉曾经这样劝她：一切都是上天安排的，人是犟不过命运的。

朵朵病愈后便没有再去幼稚园。明玉不想让自己的消沉影响女儿。她打起精神做家务，每天下午带朵朵逛公园，手里拿着故事书，一边给她讲故事。母女俩逛遍了公园里每条小径，那些小径幽深，被绿树和花朵环抱，有些片刻，她几乎忘记这是上海。

上海是她的救赎之地，也是她饱尝辛酸的地方。她从苏州逃到上海，在上海街头风餐露宿。进戏班子结束了流浪生涯，另一种艰辛开始。上天让她遇见了赵鸿庆，结束了风雨漂泊的生活。她有了家庭，为何渐渐地，她成了绝望的主妇？

然而，上帝关上门，又开了窗。

女儿患病她流产，却让她发现了一间好医院。医院就是与环龙路相交的金神甫路和马思南路之间的几栋红砖洋房。

她住进医院后才知道，这间医院是远东最大的医院。法国人姚宗李经过三年筹建，1907年医院开业。医院对外的法文名称是圣玛利亚医院，中文叫"广慈医院"，是取"广博慈爱，救死扶伤"之意。她在医院的小册子读到医院的理念：贫富俱收，各视其境遇以付值，犹如现状，富者出其膳费，从无因乏资而被拒绝者，即最贫者，亦得入附设之病床焉，五百病床中三百零二座，供贫人之用，故贫者极乐进广慈医院，药费优廉，看护周到，身心俱泰。

从小儿科到妇产科，明玉觉得，这间医院所有的医生都像菩萨，让她感受何为仁慈。她带女儿出院那天，曾亲眼目睹医院的外科医生从门口马路上抱起因病倒地、身上有血和呕吐物的车夫。"广慈"两字嵌入了这家医院的基因，也成了她在这座城市安身的信念。

幼稚园放学时，明玉带女儿到幼稚园的弄堂口，朵朵看到她认识的小朋友，欢喜地欢呼起来。园长对明玉说，猩红热的传染期已过，朵朵可以来幼稚园了。明玉苦笑摇头，园长看出明玉的为难，微笑点头，不再说什么。

十

一时找不到娜佳，明玉便给格林先生电话，未料格林先生不在上海。接电话的是他家女佣阿金。

"喔，格林先生不在家，他不在上海。"

阿金回答后，明玉听到有个女人和阿金的对话声。

"谁打来的？"

"一个女人。"

"问她是谁。"

"阿金，我是明玉。"

"喔，明玉啊！"

女人那边突然没了声音。想来，这个女人就是美玉了。

"格林先生去哪里了？什么时候回？"

"喔……他……他没说。"

明玉能想象美玉在旁边做着制止阿金回答的手势。她无法判断美玉已经搬去外滩住，还只是去串门。

她心里最大的疑问是金玉对美玉态度的改变，美玉用什么手段让金玉接受她在近旁？

她要找的这两个人，应该随时就可以见到的两个人——格林先生和娜佳，彼此并不认识，却突然像约好，一起消失了。

她以前不想看到娜佳，却不时碰到。娜佳隔一阵会来"小富春"吃饭，她爱吃"小富春"的春卷、小笼汤包和荠菜馄饨。这些小吃，通常是客人正餐后上的点心。娜佳来吃饭，却只吃点心，有时，也会点个炒饭。总之，一个人占了一张桌，消费是晚餐客人中最低的。娜佳才不会在意经理和侍应生的目光。他们不欢迎娜佳这类低消费客人。

明玉才意识到，娜佳已经好几个礼拜没有出现在"小富春"。

清晨，去店里安排完事务，明玉赶回家，把早晨来不及做的家务事完成，顺便把早饭吃了。

这两天阿小去乡下解决纷争，她老公赌博欠钱，家里被债主砸了。明玉给了阿小两个月的工资，仍然担心不够阿小要还的钱。阿小这么能干勤快拼命赚钱，却敌不过老公的输钱。人生总有无法逾越的

"难"摆在你面前。

草蒲包里暖着一锅泡饭，菜橱有阿小带来的咸带鱼，泡饭过咸带鱼，酣畅淋漓，她竟吃了两大碗。明玉自己的饭店，菜肴精致得多，可她却更喜欢阿小自己做的咸带鱼，毛豆炒咸菜这类很下饭的宁波菜。在日本时，早晨就是清水泡饭配酱菜。

明玉说自己保留着小时候的习惯，饭吃得多，小菜吃得少，穷人家的孩子嘛，有米饭饱肚，是人世间最大的幸福。明玉的一顿早餐五分钟就完成，在饭桌上，她一向速战速决。进食是用来饱肚，不是为了享受，这既是童年穷苦养成的习惯，也是如今太忙时间太少。

她收拾完饭桌，开始铺床扫地擦灰，自从阿小帮佣，她很久没有给自己的家做清洁。

她把二楼后房间当卧室，放了两张床和床头柜，她和鸿鸿睡大床，朵朵睡小床。房间门外是走廊，走廊有煤气灶和菜橱，所以吃饭也在后房间了。一张方桌，三把椅子，再置放大衣柜和五斗橱后，房间便放不下其他家具。

三人睡在一间房，两个孩子有安全感，明玉有满足感。

鸿鸿对湖州的大房子没有记忆。朵朵跟着父母住了几年湖州。她说宁愿住上海的小房子，也不要回到湖州的大房子。

"房子里面很大，外面的天地很小。"

这是朵朵对湖州的看法。

女孩子更喜欢上海的繁华。朵朵在教会学校读书，学校教学语言是英语。朵朵说她以后要去美国留学。

亭子间成了起居间，放了梳妆台和单人小沙发，是明玉视为休息的空间。事实上，她根本没有时间待在这间屋子，除了每天出门前，在梳妆台前化个妆。

因此，亭子间更像是朵朵的琴房和书房。钢琴就在这间屋，朵朵每天练琴一小时。写字台也在这间屋，她花更多时间在这里完成功课。

这两间小屋子的墙壁，是淡绿色花纹的粉墙，明玉喜欢的色调。房间即使拥挤，仍然明丽。

这天，明玉在给亭子间的家具擦灰时，把自己心爱的瓷碗打破了。

这只瓷碗是有田烧瓷器，她从日本带回。白瓷搭配手绘蓝色传统日式纹样，是有田烧瓷器特色，明玉十分喜爱。她从日本回国时行李太多，带瓷器不方便，却还是用衣服包了几件带回。

这只瓷碗养着一支袖珍椰子枝，被她当作装饰品放在钢琴上，怕阿小毛手毛脚，由她自己换水。

明玉一向仔细，何况是爱物。自己的失手，比瓷碗损坏还要令她不安。

自从金玉出现在空气中，明玉神志恍惚了。真实的世界在摇晃，变得无法确认。或者说，本来焦点清晰的世界，突然模糊。她一向信任自己的理智，现在产生动摇，她从来不相信鬼魂，现在她再也不会这么肯定说"不相信"了。

小格林不由自主握起的左手，经常在明玉眼前晃动，可怜的混血儿，未出生就被父母嫌弃，童年遭遇绑架。到底什么样的风险在等着他？明玉的焦虑是，她帮得到小格林吗？如何让金玉安息？

这些夜晚，关于金玉的回忆，让她自

省自己的薄情，她内心充满赶快去补偿的急切。

明玉没有意识到，此时她手里在忙，嘴里在自言自语，心里的说话对象是金玉。渐渐地，魂魄好像离开了身体。

瓷碗落地的声音把明玉惊醒，她心里有奇怪的预感，什么事要发生了？

明玉拿着打破的瓷碗去弄堂口找"铅皮匠"修补。

"铅皮匠"在弄堂口一角摆了个修补摊位，大张的白铁皮和铝皮像柔软的镜面，反射的阳光刺向街上行人眼睛，他们眯起双眼，或者举起手掌，试图挡住刺眼的光线。行人经过"铅皮匠"的摊位时，忍不住会停下来，观赏他用大剪刀麻利地剪开"镜面"。

明玉不知道他的姓，跟着大家喊他"铅皮匠"。

"铅皮匠"是个中年人，长了一双凹陷的黑眸，浓眉让眼睛凹得更深，下排牙齿比上排牙齿凸出，使他的嘴也是凹陷的。

阿小在背后讥笑说，"铅皮匠"帮人家修锅子，自己的脸像一张踩扁的钢精锅。阿小讲到"铅皮匠"时用的嗔怪的口吻，却又忍不住夸"铅皮匠"手巧。阿小对"铅皮匠"的态度，常让明玉发笑，她相信他们之间有暧昧。她希望阿小的老公是"铅皮匠"，而不是乡下那个无赖。

"铅皮匠"不仅能修补煮坏的钢精锅子、钢精水壶以及铅桶和搪瓷面盆，也会修补瓷器。打破的瓷器碗碟在他手里变得完整。

明玉节俭成性，常和"铅皮匠"打交道。煮到漏底的钢精锅和水壶拿给铅皮匠，他将锅底和壶底剪去几公分，做新的"底"焊接上。摔成两半的瓷器汤碗，她不舍得扔掉，也让这位"铅皮匠"修补。

修补瓷器是高难度技术活，先在接缝处定点，在点上用金刚钻打孔，然后用钉子固定。这些钉子像微型搭扣，互相紧紧扣牢。

薄薄的瓷器，要在上面钻孔打钉，让人觉得不可思议，因此，这位"铅皮匠"修补瓷碗时，吸引很多路人围观，包括明玉。她对细致的手艺活，是有崇敬的，她自己总是忙忙碌碌，没有时间坐下来，女红方面的活根本拿不出手。

"铅皮匠"修补的瓷碗从不漏水，他手里的活做也做不完。

明玉把破损的瓷碗交给"铅皮匠"修补，禁不住把瓷碗的来历告诉"铅皮匠"，满怀懊恼。

"铅皮匠"说，配这只碗的钉子，手边没有，他得带回家找相配的钉子修补，所以她没法在摊位旁看他补碗。

明玉说，她宁愿不看他修补这只碗，心会一直悬着，因为担心碗在打洞时，被坚硬的金刚钻钻成碎片。

一个礼拜以后，明玉走过弄堂口，被"铅皮匠"叫住，他把修补完成的有田烧瓷碗还给她。

碗上的钉子密密麻麻，造型像枝条，和蓝色花纹融合。明玉握着补过的碗，欣赏不已，简直爱不释手。

不仅是失而复得的惊喜，明玉觉得，这只碗因为工匠的修补手艺，有了格外的价值。她想着，不能再冒打碎的风险，应该把这只碗收藏在箱子里。

她付给"铅皮匠"要价的几倍，仍然有一种自己贪了便宜的愧疚，便絮絮叨叨和"铅皮匠"拉了会儿家常。

此时她才明白，这个被人称为"铅皮匠"的师傅，补瓷器更是他的专长，是从前辈传下的手艺。"铅皮匠"真实的身份应该是锔瓷匠。

给人补碗，费时却又赚不了多少钱。这门手艺应该不是浪费在修补普通的碗！可名贵的瓷器珍品很少有机会出现在弄堂口吧？

明玉感叹着正要离开，转身看到迎面过来的娜佳，惊呼：

"嘿，娜佳，正念着你呢！你去哪里了？"

娜佳有些吃惊地朝明玉勉强一笑作为回答，她看起来很沮丧。

明玉才意识到自己有些失态，她可从来没有对娜佳这么热情。

"你最近没住环龙路吗？"

娜佳收起嘴角一抹笑，目光里有了戒备。

"找我有事吗？"

"我让阿小去找你，想请你吃饭。"

娜佳便又笑了，将信将疑。

"为什么请我吃饭？"

明玉笑笑，没有立刻回答。

娜佳从布袋里拿出一只破损的花瓶，交给"铅皮匠"修补。这是一只青花瓷花瓶，瓶口碎了一片。

"在水槽上磕了一下，"娜佳告诉明玉，所以她才这么沮丧，"是人家送我的礼物！"转脸告诉"铅皮匠"，"这是青花瓷，很贵的！"

是谁送她这么昂贵的青花瓷？明玉在想。却听到"铅皮匠"用上海话在说："是仿青花瓷，不是真的，人家骗伊。"

显然是在对明玉说。

明玉便用上海话回答他："不要告诉伊，弄点麻烦出来。"

娜佳听不懂上海话，她从小生活在东北，说的是东北口音的汉语。

"你们一讲上海话我就听不懂了，上海话太难学了。听起来像日语。"

明玉岔开话题，告诉娜佳，这位"铅皮匠"其实是"锔瓷匠"。

娜佳不懂"锔瓷匠"是什么。

明玉说："是专门修补瓷器的匠人。"

娜佳说："我知道他会修补瓷器，所以来找他。"

为了让娜佳明白"锔瓷匠"的高超技艺，明玉把自己修补过的碗展示给娜佳看。

娜佳被这只修补过的碗吸引，爱不释手。明玉因为娜佳懂得欣赏，对她有了好感。

"补过钉子的碗比原来的碗更值钱，因为，修补得漂亮，需要很高的技术，将来，这样的技术会越来越稀奇，所以这只碗已经超过买来的价钱！"

明玉说着，为"铅皮匠"悲哀了，他为了生存，藏身在铅皮修补锅壶的粗活里，长年累月，细致的绝活也会变得粗糙。你不能为了吃饭去补用来吃饭的碗，这是一门艺术。明玉在日本待过，知道锔瓷手艺的珍贵。

然而，连温饱都不能保证，艺术哪有容身之地？如今遇上乱世，活着就不容易了。

娜佳脸上的愁云倒是被驱散了，便又担心起补碗的价格。

一打听，"铅皮匠"报出的价格似乎超出娜佳的预算，她犹豫了。

"让我再想想……"

明玉接过娜佳破损的瓷器花瓶细细察看。丈夫出生的湖州是浙江有名的富庶小城，城里有两户收藏瓷器的巨富人家，她和丈夫常去参观，得了一些鉴赏力。

这是一款仿得很真的赝品。

明玉此时竟担心娜佳会放弃修补花瓶。

"我觉得值得，我们一人出一半钱，我的意思是，你觉得贵的部分让我来出。"

娜佳吃了一惊，她没有立刻回答，好像在琢磨明玉话中的意思，只怕自己听错了。

见"铅皮匠"不解的神情，明玉笑了，"我实在是想再看一次你的手艺。"

娜佳看看"铅皮匠"，又看看明玉，终于忍不住问道："为什么你肯帮我出钱？"

"我只帮你出一半钱。"

"是啊，为什么呢？"

"怕你嫌贵，放弃花瓶修补。"

"可是花瓶补完是归我的。"

"那当然，是你的花瓶。"

"那你……有什么好处？"

好处是让你帮我找到小格林！明玉在心里说，她笑答，"哪天这只花瓶修补完，先让我欣赏一下作为补偿。行吗，娜佳？"

娜佳懵懂地点点头，花瓶和碎瓷片被"铅皮匠"收起来了。

明玉刚要和娜佳说什么，隔壁弄堂两个中国主妇拿着锅和搪瓷盆近前。

明玉便改变主意，关照娜佳说：

"那我们说好了，今天你去夜总会之前来我店里吃饭，我有事请教你。"

"你要我教你俄语？"

娜佳扬起眉毛惊问，天真的神情。明玉摇摇头直笑，像哄孩子一般对娜佳许诺："你要是今天来，做豆沙春卷给你吃。"

爱吃中国点心的娜佳笑得开心，她的金发被身后"铅皮匠"摊位上大张铅皮反射的阳光罩着，像金属一样发出光的射线。

她们是互相笑着在街上分手。

明玉往后常常想起这一幕，娜佳在笑，她的金发像金属一样反射刺眼的光线，她庆幸，她是和娜佳笑着说"再见"。

然而，"铅皮匠"摊位强烈的光线转瞬即逝，中午以后，阳光竟然消失了，天又阴下来。天气的变化，直接影响饭店的亮度，明玉莫名心烦。

接近傍晚时，天开始下雨，从中雨变成瓢泼大雨。明玉想起那天从海格路公寓回家路上，大雨中奇怪的街景在她眼前晃动，让她有些晕眩。

她把经理叫到办公室，这会儿，她要和经理讨论工作，经理却在替代侍应生的工作，年轻的白俄女侍应生突然辞工。

"她羡慕娜佳在夜总会跳舞赚得多。"经理告诉明玉，"在饭店被人'吃豆腐'又没有额外收入，这是她的原话。"上海籍经理脸上并无特别表情，见多识广让他从不见怪，或者说，这是他的职业面具。

确实有这个说法，在夜总会，客人对舞女动手动脚要付钱的。白肤金发的俄国少女，愿意给人"吃豆腐"，只要客人肯付钱。明玉心里的叹息不会说出口。

"才来上海，居然连'吃豆腐'这种切

343

口也学到了。"她向经理笑着摇头,"也好,少些麻烦。"

自从这位少女来店里做招待,好色的客人多起来,这并非好事,明玉有过担心,只怕时间长了,对店里的名声会有影响。

这女孩是玛莎托来的关系,从哈尔滨到上海才几个月,之前遭遇过什么明玉不太清楚,只知道她到中国时年纪很小,说一口东北话,性格也像东北女孩,直接胆大。她要是步娜佳后尘,将更快抢占高地。

饭店再找个白俄招待并不难,但培训一个够格的侍应生要花时间,明玉是严格的店老板,侍应生对客人体贴周到是首要条件。

她关照经理尽量找有经验的男侍应生,虽然薪资高一些,但业务熟练举止得体很重要。

"巧了,今天遇见娜佳,说晚上来吃饭,给她留了位!"明玉突然想起来,让经理在角落的两人位餐桌,为娜佳放了张"已订座"牌子。

"喔,娜佳是大忙人,她好像有大人物罩着,现在都不来吃点心了,晚上一直有人请客吧?"经理有些意外,不由冷言冷语,他对娜佳这类客人是有偏见的。明玉笑笑,没有接他话。

宋家祥也提起过,娜佳除了在夜总会跳舞,也出堂差。他常和小报记者、电影导演夜晚相聚,出入旅馆叫堂差过夜生活,有机会目睹娜佳夜生活状态。明玉并不见怪,她感同身受娜佳们讨生活的窘迫,她和她们其实是在同一个起点。

"今晚要好好招待娜佳,我有事找她呢!"

明玉关照经理,她走出办公室,站在大厅后面打量了一圈。站在这个位置,她能观察侍应生和客人之间的交流,他们是否让每位客人感到愉悦。

十一

大厅坐了七八成客人,两间包房,都已经订座。

星期一的客人一向比较少,只有这天不需要预定餐桌。

明玉的饭店淮扬菜系为主。被称为"小莫斯科"的霞飞路开了好几间法式和俄式餐馆,中餐馆却屈指可数,没有一间供应正宗的淮扬菜。明玉的餐馆冠以"小富春",便是取自淮扬老字号餐馆"富春茶社"。"富春茶社"创建于1885年,四十多年的努力,已然扬州三春之首。

上海本地居民天然喜欢口味清淡的淮扬菜,"小富春"开在安静的环龙路,名声已经传到霞飞路。

平时的星期一晚上,明玉可以不来店里。这天晚上,通常供应"和菜"(也称套餐),从两人份到十人份,按价格配菜,相对单点便宜,菜也就不那么精致,适合家庭便饭,或者办公室朋友小聚。晚上的包房,也是预先配好的桌头菜,往往是公司同事聚餐。

今天晚上,两间包房提前两天订位,并拒绝定价酒席,也就是客人要求单点。想来包房客人不是普通聚餐,是比较隆重的喜庆或与重要客人相聚,请客的东道主预先点了店里的时价菜也就是价格高的硬菜。这意味着都是些食材新鲜度要求很高的菜肴，明玉便特别上心，早晨和采购员一起去菜场，晚上又特地来店里盯着。

娜佳迟迟不来，也许就像经理说的，她正忙着赴豪宴呢。娜佳的不可靠不守信用，明玉并不意外。她突然觉得自己傻，竟然想从娜佳那里打听小格林的事。她应该明白，以娜佳的处境，即使知道也不会说的。她在夜总会跳舞，与黑社会关系密切，嘴很紧。明玉这时就有些后悔，还不如白天在"铅皮匠"摊位直截了当问她，她没有心理准备，说不定可以套出话来。

这天晚上，两间包房的客人在预定时间也未出现，留下的电话打过去没人接。

"发生这种事的概率很低，尤其是两间包房一起预定又落空，没有发生过。"

经理在嘀咕，预订包房单子都是由他接。

来订包房的客人多是熟客，带亲戚朋友过来，基本上不会失约。奇怪的是，这是位生客，一订订了两间包房，经理告诉他，这两间包房不能打通，预定的客人说没有关系。

好在这天是星期一，包房并不紧张，但准备的新鲜食材没有用在刀刃上，明玉还牺牲了自己的休息时间。对一个开饭店的人来说，这些连损失都谈不上。明玉心里却郁闷得很，还有莫名的忐忑。

八点以后不再有新客人，吃饭的客人也渐渐散去。雨势不大不小，不会立即停止，明玉从办公室拿了备用的油布伞，准备回家。

此时，却来了不速之客。他没有带雨具，从雨中的街上冲进店门，与正出门的明玉撞个满怀。

明玉大吃一惊，撞上来的竟是李桑农。

李桑农脱下有雨滴的风衣，交给迎上前的经理，用手帕擦去头上的水。

"这雨太大了，坐黄包车过来，下车进店才两步路还是淋到雨了。"

他对明玉说，熟人的口吻。经理询问地看向明玉。

"厨师还没有走，先点菜吧。"

明玉掩饰了她的惊讶，像对待普通顾客，态度职业化。

经理瞥了明玉一眼，向李桑农做出"请"的手势，指引他坐到两人位的小餐桌。

正在清洁餐桌的白俄侍应生立即端来热茶和餐具。

李桑农并未入座，他将手帕折叠放回口袋，朝饭店四周打量。

"我其实不是来吃饭，发生了大事……"

他朝明玉身边的经理看去，明玉道："他是店里的经理，如果这件大事跟店里有关系……"

"这件事跟每个中国人都有关系！"李桑农顿然激愤起来，"今天老闸铺①一带，巡捕朝示威学生开枪！"

"什么时候？"

"下午……"

"所以包房客人来不了了！"

经理说道，有释怀的意思，明玉询问地转向经理。

"肯定封路了，住在那一带的人过

---

① 老闸铺：沪语口语，指"老闸捕房"，位于南京路一带。

不来。"

经理的话让李桑农冷笑。

"国人的冷漠总是让我吃惊!"

明玉向经理使眼色,他识相地走开了,留下两个白俄侍应生搞店堂卫生。

"你特地过来有什么事吗?"

她冷漠的口吻连自己都意外,可心跳明明在加速。

明玉引领李桑农在靠门口的餐桌坐下,随时准备起身离去的样子。她似乎刻意不带李桑农进自己办公室,她是没有勇气与他单独相处的。

"你认识戴维·格林?"

李桑农压低声音,她迎住他的目光,突然惊慌了。

"小格林又出事了?"

"今天示威游行他也在,子弹打到他了。"

"他死了?"

"受了轻伤,子弹从他肩膀擦过,皮肤表面的伤,没有伤到骨头。"

"太危险了!"明玉惊叹,"子弹再下去一点,就是肺和心脏。"

"现在在海格路的公寓,"李桑农并没有呼应明玉,继续他的话题,"已经找医生给他包扎,后面几天需要换药,吃吃喝喝等等,麻烦你帮忙照顾,那个地方不想让别人知道。"

"为什么觉得我可以信任?"

这个问题还没有问出来,他就回答了。

"你把名片留在戴维的房间。"

同一时刻她也想到了。

"那天你也去找他?"

明玉发问时,心跳提速几秒。

"喔,可以这么说。"

他犹豫了一下才回答。

"那么,他应该在房间,他故意不开门。"

她盯视李桑农,他却笑而不答。

多少事变就在眼皮底下却无法预知,所以也无法阻止!她在心里对金玉说。

"他那天晚上受伤了,怎么还能去参加游行?"

"伤并不重,只是看上去严重。"

"没想到他还能带伤去游行。"

明玉直摇头,心里的疑问却是:小格林的父亲是英国人,他为何这么积极参加反对外国列强游行?

抬脸与李桑农冷峻的目光撞上。

"哪怕只有一半国人的血,也一样遭受外国人欺负。"

李桑农仿佛在回答明玉内心的疑问。

"中国人也看不起他啊!中国人看不起混血儿,他娘那时候都不敢生他。"

明玉没有意识到自己在反驳李桑农。

"在家里他被他的纯种英国弟弟看不起,他的英国父亲没有平等对待自己的儿子。"

她有点明白了,一定是李桑农在鼓动小格林,他对年轻人有足够的影响力。

"一个混血儿起来反对外国列强,很鼓舞其他年轻人,也最有说服力。"

李桑农激昂的语调令她感叹,他到中年仍然能保持年轻时的激进,对自己认定的目标执着。小格林成了他们反对外国列强的王牌。金玉的泪眼在她眼前晃动,幸好,今天没有死在子弹下!明玉的身体禁不住战栗了一下,内疚与后怕。

"让你照顾他我们比较放心,你和他母亲是小姐妹。"

"喔,他认出我了?那天晚上,他被人扔在海格路公寓门口,还在醉酒中。"

"他倒没有认出你,这个,我们一打听就知道了……"

"我们"听起来很有力道,也有些神秘,他的微笑是自负的。李桑农的姿态让她有压迫感,他的身体里好像住着另一个陌生人。

"这么多年过去,你没怎么变!"

他凝视她,语气是客观的,一时间让她心里涌起波澜,她微微一笑,欲言又止。她想说什么,却又不知道该说什么。她感受到时间带来的深刻隔阂。

他站起身准备离开。

"对了,那天你身边那个人是我们的敌人,所以我假装不认识你!"

"我身边的人?"她回想了几秒钟,惊问,"你是说宋家祥?"

他微微点头,脸上的表情变冷。

"他是我们家多年的朋友,他不认识你。"

她斩钉截铁的语气,好像面对一个明显的错误!

"我们的人和他有过接触,他崇洋,不爱国,是隐藏的汉奸,和黑帮关系很深。"

李桑农是江苏人,沪语有苏北口音,她没有听明白。

"汉奸是什么?"

"出卖民族利益的人。"

"民族利益?"明玉咀嚼着这几个字,不太明白,"宋家祥做了什么坏事?"

"他这种思想倾向的人,不支持我们,必然会反对我们,希望你不要受他影响,也不要告诉他今天我来过,否则,你也会惹上麻烦。"

最后那句话听起来好像带了点威胁?他原本在记忆里是多么热情友善,待她尊重平等。

她凝视他片刻,又转开目光。这张脸有了变化,是脸上的肌肉结构变了,这使他看上去难以接近,他的肤色也比在日本时黝黑。可是那天,她一眼就认出他来。再一次面对这张脸,她却有认错人的尴尬。

她后来冷静回想,他的关照是正常的,假如他和宋家祥之间是敌对关系。问题是,宋家祥这样一个生活享受派,他对咖啡味道是否纯正、蛋糕上的奶油是否新鲜的关心超过对时政的关心。

他当然不会参加任何革命运动,可他也不会去反对什么。他是个连恋爱关系都嫌麻烦的个人主义者,他又为何与李桑农他们为敌?

事实上,宋家祥并不认识李桑农。似乎家祥在明处,李桑农他们在暗处。"他们"属于什么组织?为何与宋家祥为敌?"他们"一直在监视他吗?

明玉心事重重地走在回家路上。雨暴风狂,雨打在树叶和屋顶的节奏不时被风声打断。风声骇然。风把各处未锁住窗框的窗子刮得砰然作响,还有玻璃被撞碎的尖厉的声音、阳台上花盆掉到街上的凶猛的声音。

行走在有沿街房屋的人行道上变得危险,明玉走到柏油马路中间。这条路一向不通机动车,此时连黄包车都没有。

街边的梧桐树在风中摇摆,两边的楼

房也在摇摆似的。明玉走得很慢，仿佛地震时，无法在移动的地面行走。

她举着油布伞，伞大而重，她需用两手撑住粗伞柄。油布伞的分量给她另一种安全感，如果有什么东西砸下来，至少这把结实的油布伞可以抵挡一下。

从饭店到家才几百米，身上早已被雨飘湿，伞挡不住风夹来的雨，雨水更多飘在裸露的小腿，然后流淌进套鞋里，这至少使她明白自己并非在梦里。

老闸捕房一带的马路，血迹都冲干净了吧，她突然联想，浑身起鸡皮疙瘩，脚趾跟着紧缩起来，仿佛踩在正漫上脚踝混着血的雨水中。

她穿着高筒套鞋，一双比她的脚大了几码的套鞋，走在雨水中发出"廓落廓落"的声音，这是店里的备用套鞋，被不同员工穿过。

路上几无行人，幽暗深邃，这样的情景偶尔出现在梦里，也是雨天，她走在漆黑的街上，没有车和人。

金玉说，梦见下雨不是好兆头。此时想起金玉，更加不安，小格林到底又出事了，巡捕怎会知道他的父亲是英国人，曾经的上海大班？巡捕的枪又不长眼睛，太危险了呀！不幸中的大幸，小格林没有被子弹打中要害，简直是死里逃生！她越想越后怕。

她在心里对金玉说，有些事我做不到，我没有透视眼，看不清，更使不出力！你在天上，比我看得清，告诉我，我该怎么做！

问题是，李桑农怎么会认识小格林？这世上就有这么多巧合！她此时想到李桑农，只有烦恼。

这么多年过去，李桑农仍然保持年轻时的激昂，语词是高调的，声音却有些嘶哑，也许经常作演讲的缘故。

她在雨中回想日本校园时代，年轻的李桑农戴眼镜，他的镜片挡不住双眸的热烈纯真。他来东京郊区找她的那个黄昏，铅灰色的天空下，他走在洁净得没有一层灰的街上，浅灰色日式中山装背影单薄。

"没想到你这么年轻已经结婚……"

十多年前的那天，他和她已经说了再见，走出两步回过头又说道，没有掩饰他受到的伤害。令她好些年里想起来都会泪湿。

她那时说不出话来，站在家门口，内心涌起的失落和羞愧，她第一次为自己的婚姻羞愧，她的脸上还残留丈夫暴打的痕迹，耻辱的印记。这之前，她只为自己睡马路乞讨有过羞愧。

她回转身进家门，在卫生间的镜前看见自己眼圈红了，脸上被丈夫扇耳光后的红肿变成乌青。她扑到床上，脸压在枕上，号啕大哭。

后来一些年里，她经常想到他，这个叫李桑农的年轻后生。跟他在一起时，她觉得自己不再卑微，置身在一个美好的环境，过着比她向往的生活更好的一种生活。跟他在一起，她忘记自己是个已婚妇人。

要是和李桑农相处时间更久，她会不会做些让自己后悔的事呢？比如逃离自己的丈夫？她偶尔会自问，然后伴随一阵心跳。

他的身体轮廓大了一圈，是中年人的健壮，有着年轻时没有的力量和自信，以及伴随而来的优越感。和他相处时间越长，越觉得陌生。难道记忆中的李桑农是自己幻想出来的？

雨水飘到脸上是冷的，眼泪流出来是热的，她索性在雨中放声大哭。没关系，她安慰自己，风声雨声覆盖了哭声，没人听得见。她也不知道在哭什么。她已经很久流不出泪水。这哭声属于年轻岁月，她的年轻岁月何其短暂，都留在了日本校园。

哭声震耳欲聋，只持续一分钟而已，她走进弄堂时，脸上的泪水已经擦干。

回到家，阿小还没有离开，她神情激动迎向明玉。

"出事体了！娜佳被人打枪！"

这天傍晚，娜佳在夜总会门口被枪击。次日报纸，有娜佳被枪击的消息，现场没有娜佳尸体。她消失了！

十二

给小格林复诊，明玉第一个念头，便是找一位肯为他出诊的西医外科医生。

明玉虽然熟悉广慈医院，但和医生之间并没有私人往来。找一位可靠的、口风紧的出诊医生，她相信，能帮忙的只有家祥了。

但是，从巡捕枪弹下逃出命的小格林，会不会被家祥再送进巡捕房？

怎么可能？太荒唐了！她很吃惊自己对宋家祥会有这种猜忌，人是多么容易被人影响。李桑农对宋家祥的断言，在她潜意识留下阴影了？

不过，这件事牵涉到李桑农，李桑农对宋家祥如此戒备，其中可能有她不知道的秘密。不怕一万只怕万一，为保险起见，她忍住没有找家祥。为家祥着想，也不应该麻烦他。

去海格路公寓之前，明玉又去了一趟龙华寺。她对着菩萨磕头，更像在对金玉谢罪：她答应金玉要设法保护小格林，他却又出事。

她特地去了一趟霞飞路契卡的西药店，请教当过白军医药官的契卡，在他指导下，她为小格林准备了一只医药箱。药箱内有消毒用的双氧水、红药水、紫药水，消炎药膏和消炎片，以及消毒棉花和纱布。

契卡关照她，要是伤者有热度，说明伤口感染，那就要去医院拿处方药，让医生处理伤口。于是她又买了温度计和酒精。虽然家里也有温度计和酒精棉花，但她不希望把家里的东西带去小格林处。

她顺便给小格林带去店里的俄式午餐，装在有套装盒子的保温饭盒里。罗宋汤土豆沙拉和炸猪排分放在套盒里，另用塑料袋装了小圆面包和黄油。

这俄式餐，是"小富春"根据环龙路的白俄居民推出的简餐。这些白俄居民，在霞飞路开小商铺，午餐外卖，很受他们欢迎。俄式简餐就包括罗宋汤、炸猪排和土豆沙拉。

她家的罗宋汤做了改良，牛肉卷心菜土豆加洋葱，番茄和番茄酱替代红菜头。明玉发现，不管是俄罗斯人还是其他西方人，汤或菜里，只要有番茄或番茄酱调味，一定会受欢迎。

这道本地化罗宋汤一推出便受好评；炸猪排也是十拿九稳成为热门主菜；她的中国厨师做的土豆沙拉，在自制蛋黄酱上也下了工夫。简餐平价，中午的顾客多了一倍，为此她又租了旁边的街面房，专门开出一间俄式简餐厅。十二点到两点是俄式简餐时间，两点以后简餐厅顺理成章供应午茶。

明玉希望自己的人生简单安定，两点一线足矣——饭店和家之间。这短短几百米，她是走了很长一段路才得到。

如何去海格路公寓小格林的房间，明玉费了点心思。路上叫黄包车没什么问题，她是怕碰到楼里扬州女孩心莲。她特地选了中午，心莲在校时间。为防碰到心莲回家，她特意不坐电梯，而是走楼梯去四楼小格林寓所。

这栋公寓楼有着令她畏惧的神秘气息，金玉游魂是从这栋楼开始出现，好像也不仅仅是因为金玉的出现，这神秘中是否包含了太多巧遇？明玉没法解释，唯有去龙华寺烧香，给自己一些底气。

小格林寓所仍然没人应门。他是怎么离开这里的？她感到奇怪并且烦恼。李桑农把小格林托付给她，想来没有其他人可以帮他。假如上一次是李桑农他们不让他开门，这一次，又是什么原因让她扑空？

明玉在想是否把保温饭盒留给三楼的心莲，却又担心女孩会奇怪。两个礼拜过去了，她的脚早就可以走路，上门送食物不太合逻辑。虽然遗憾，她还是要把保温饭盒带走。

明玉走出公寓大门，看见一部黄包车在对马路停下，她朝两边看车准备过马路，她正需要黄包车。

"明玉姐姐，您来看我吗？"

从黄包车上下来的女孩冲着她喊道。

看见迎面而来的心莲，明玉心里直嘀咕：真是天晓得，不想碰到心莲，心莲就来到面前。这就是宿命，你越不想碰的人越容易碰上。

"我去看朋友顺便给你送些吃的。"

明玉顺水推舟，笑着举了举手上的保温盒。

"今天是什么好日子，上午家祥哥哥也来过，我出门时在电梯里遇到他。"

"表哥是你的监护人，他对你有责任啊。"

"他也说他是路过！"

心莲询问地看着明玉，把后面的问题咽下去了。明玉当作没有看见她脸上的疑问，把手里的饭盒递给心莲。

心莲高兴得脸都涨红了，她拉着明玉去她房间坐，明玉没有推辞。店里一堆杂事要处理，心里的疑问让她宁愿花时间和心莲周旋。

心莲要给明玉泡茶，明玉说她更想喝一杯温水，突如其来的口干舌燥。

她看到房间的画架上，有一幅画到一半的肖像，一个和自己有几分相似的东方女子，头发挽在脑后，修长的脖颈，五官清秀，应该说比她本人的清淡更加亮丽一些，所以便成了另一个女人。由于眉眼之间缺失内容，使这张脸漂亮得有些空洞，就像经过颜色加工的照片。

心莲从厨房端着水杯进来，见明玉在打量这幅画便笑了。

"明玉姐姐，我很想让你做我的模特儿，但你那么忙，我只能凭自己的印象来画。"

"如果不要画得这么漂亮，可能更像。"

"你本人更好看，我知道自己没有画出你的神韵，虽然你在我的脑中很清晰，但就是没有办法表达出来。"

心莲烦恼地摇着头。

"画画和厨师做菜一样是技术活，需要多练，不是吗？"

明玉的安慰反让心莲有几分不悦，她用争辩的口吻道：

"画画更高级，不光靠技术，还要有艺术天分，没有天分，怎么练都练不出来。"

明玉点点头，笑笑，心莲就心虚了。

"我是不是自视甚高？"

"年轻的时候应该自视甚高！"

明玉的回答让心莲意外，回味中又有一些佩服。

"恳请明玉姐姐送我一张照片。听家祥哥哥说，你每年都会去照相馆给自己拍一张照片。"

明玉的脸竟红了，心里有些责怪家祥把她的私事都说出来。只见心莲似笑非笑，明玉有点心虚。

"答应我了，是吗？"

心莲追问，明玉只得点头答应。心莲已转话题。

"家祥哥哥来去匆匆的，我看他心神不宁，他从前给我的印象总是那么文质彬彬。"

"文质彬彬的人，也可以来去匆匆啊！"

明玉笑说，询问般地看着心莲。

心莲摇摇头，若有所思。

"我不知道，今天在电梯里看到他好像有点陌生呢。"

"陌生"一说，让明玉吃惊，这也是她的感叹，虽然是对另一人。

"他事情多，这么忙还来看你。"

"我不觉得他是来看我，我下楼时在电梯间见到他。"

"喔？"

明玉迅速地回想一下，记得自己并没有告诉家祥，小格林住几楼。不过，小格林是住在心莲楼上。

"他说他是来看我，但脑子想事按错楼层。"

"这个也很正常，他开工厂还有门店，事情多嘛。"

明玉嘴上这么说，心里却乱了，盘来盘去，仿佛在缠成一团的乱线中找线头。

"对了，电梯间是个有趣的地方，我遇见楼里最帅的男人……"

心莲已经又换话题，她捂嘴笑，脸红了，

"他长相特别，头发和眼珠子是棕色的，眼梢很长，还朝上翘，像中国女人。"

"什么时候遇到的？今天吗？"

明玉脱口而问，心里明白，心莲在电梯间遇见了小格林。

"哈，家祥哥哥问了一模一样的话！"心莲坏笑，"你们跟我一样感兴趣！"

"你形容得比较奇怪！"

"家祥哥哥说不奇怪，是混血儿的缘故。"

明玉没作声，沉浸在她自己的思绪里。

一时冷场，心莲自我解嘲：

"我少见多怪了，在扬州见不到混血儿。"

"你是昨天看见混血儿？"

明玉突然追问，心莲立刻答她。

"大前天下午一点钟左右！"

"记得这么清晰？"

明玉意识到自己问得突兀，刻意地笑一笑。心里算了一下时间，是在游行之前。

"我觉得心跳得厉害，他看着我的时候。"

心莲捂了捂脸。

一见钟情。明玉的脑中跳出这个词。

"这不算一见钟情！"

心莲这句话让明玉一惊，异口同声的感觉，虽然她没有说出口。

她笑望着心莲，有探询的意思。

"我只是爱美色而已。"

心莲的直率倒让明玉有些不自在。

"因为你是画画的。"

"人都爱美色，很多人不承认罢了。"

心莲捂嘴笑，立刻又正色，脸红了。

"明玉姐姐……"这一声称呼郑重，又戛然而止。

明玉目光专注看着心莲，女孩在她注视下，突然忸怩了。

"怎么了？恋爱了？"

她笑问，同时奇怪自己怎么八卦起来？

"我真正想要嫁的人是家祥哥哥！"

明玉心跳了，她发问时，好似有预感。

"喔……"

她突然找不到合适的话去回答心莲。

"今天我忍不住问他，他理想中的太太是什么样的？"

心莲没有说下去，看着明玉，好像在等她回答。

"他回答了吗？"

明玉没有掩饰自己的好奇。

"他说，他是不婚主义……"见明玉神情迷惑，心莲竟有几分得意，"意思是，他信奉的主义是不结婚！"

心莲注意地看着明玉，她好像把自己间离出来，在窥探眼前的谈话对象。明玉突然意识到，这女孩其实更想知道她的心情。

"男人是会变的，现在不想结婚，以后年纪上去了，就想成家了。"她笑看心莲道，"你还年轻，等两年看看，也许那时候他变了。重要的是，你应该让他知道你的心情！"明玉突然正色道，"你的心可不能随便变！"

心莲愣住了，明玉的话令她意外，她终于忍不住问道：

"明玉姐姐，我能看出来，家祥哥哥对你有好感，你就从来没有对他动心吗？"

明玉直摇头。

"我这样的年纪，经历过婚姻，有两个孩子……"

"你看上去很年轻，看不出已过三十岁！"

"你把我说老了，离三十岁还有一些日子。"

明玉笑着摇头。

"对不起噢，我不会看年龄，好像是听家祥哥哥说……"

"家祥是绅士，应该不会在背后谈论我的年龄。"

明玉笑着打断她，心里却有恨意。

心莲突然就红了脸。

"对不起，我在吃姐姐的醋呢！"

明玉从海格路的公寓楼门口坐上黄包车，直接去外滩格林先生的寓所，格林先生回上海了，她辗转从饭店一位英国客人那里获知。

这一路上明玉心情莫名失落，并为自己的失落生着闷气。即使家祥议论过她的年龄又如何？他并不属于她，也许，也不属于任何女人。心莲说想嫁他，也不过是说说而已，用这个话题来刺探另一个女人的心情。明玉很怀疑，真有爱，可以那么随意说出来吗？

然而，这不应该是她要追究的问题！

明玉努力把心思集中到将要面对的更重要的事情上。她没有预先和格林先生约时间，主要是不想让电话接在阿金手里，今天要是见不到格林先生，至少可以见到阿金，她得当面教训一下这个贱人。

她没有记住格林先生靠近外滩寓所的具体号码，不过，北京路上，就几栋洋房，他家的花园在北京路的尽头，离外滩几步之遥，过马路便是公家公园，地理方位很清晰。

金玉搬去格林先生家那年，明玉正准备回湖州照顾赵家老父。她去探望金玉，离开时，她让金玉陪她去公家花园走走，她还没有机会看看外滩呢。

公家花园里不少乞丐，竟混杂一位衣衫褴褛的白人老太婆，明玉当时很吃惊。金玉告诉她，这白人老太必定是白俄，逃难来的。几年前白俄将军带着难民要在上海登岸，当时就有工部局董事担心，说他们要是用完了随身带的钱和珠宝，有一天会在上海乞讨，将损毁白人在中国人眼中的形象。明玉顿起反感，脱口而出：

"工部局的白人，有些来上海时也是穷人。"

"我家那位就是在上海翻身的。"

金玉笑说，明玉就有些尴尬，但金玉并不在意。

"论出身，他们这些英国人法国人都比不上这些白俄，逃难出来的白俄，不是贵族也是有钱人，又怎么样呢？财产被抢了，穷到要讨饭，人家不会因为你做过贵族就看得起你。成则英雄败则寇。明玉，我们都是讨饭出身，做梦都梦不到会过上今天的日子，怎么能不去给菩萨烧香磕头？"

最后一句话带着一些责备，因为明玉不信佛。不过，金玉这人，除了在唱戏方面对明玉严厉，其他事情上从不干预她。金玉有一种艺人特有的脱略，处世态度随意，不好为人师。她没有文化却有悟性，天生是个明白人，她真不是那种放任自己走上绝路的人啊！

明玉站在对马路看着公家花园，呆立良久，平息了心情后，才去按格林先生寓所的电铃。

十三

阿金打开花园铁门，见是明玉，立刻收起笑容，态度冷淡。几年不见，阿金苍老很多，背都有些驼了，才四十出头的人，看起来像个老太婆。她在格林先生家做了多年，俨然像半个主人。

她和金玉之间一直有摩擦。在阿金眼里，金玉只是个情妇，她可以不买金玉的账，也连带对金玉的客人不敬，却对格林先生的英国前妻更尊敬也更忠诚，尽管那位前妻不会讲汉语，和阿金之间语言不通。

格林先生不在家，阿金欲把明玉挡在门口。

"格林先生早上出去后，还没有回来。"

"他去哪里了?"

"他没有讲,再说,他没有必要告诉我去哪里。"

阿金语气不屑。

明玉笑笑,很想抽阿金一巴掌。别看明玉平时温婉周到,对下人该严厉时,绝不留情,遇到粗蛮之人,会毫不犹豫给予教训。

明玉脸上带笑,手臂却用力推开阿金,径直走进客厅。

"我在这里等他!"

明玉已收起笑容,眉峰上扬不怒而威,比起金玉,她更懂得如何与这些势利下人打交道。

金玉脱离苦海早了一些,与英国情人相处未受压,后来唱戏出了名,因此为人比较任性。她原本就是个急性子,耿直倔强,她会跟格林先生吵架,更不把下人放在眼里,所以跟他们打交道不讲策略,常常当着格林先生的面和佣人争执。英国男人觉得金玉不该降低身份去和佣人冲突,他也无法搞清他们之间的是非,因此袖手旁观,让阿金们更加嚣张。

明玉的生活环境完全不同。她受过的气可谓来自四面八方,从身边人到社会上的人际交往。为了日子顺畅,她谨言慎行,城府很深。在丈夫老家,她也遇到佣人们的怠慢,甚至被她们搅局。她却沉得住气,绝不会在丈夫面前和佣人争执。她和她们一起做家务,暗暗观察给她难堪的佣人,一旦被她抓住把柄,绝不留情。这些佣人的结局,通常是通过丈夫首肯,她来出面把人辞退。

明玉用了一年不到时间,摆平大家族里那些下人。

此时,明玉走进客厅,挑选了一张单人沙发坐下,腰背挺直,对脸露不满的阿金吩咐:

"给我倒杯水!"语气陡然严厉起来,"怎么待客,格林先生应该早就教过你了!"

阿金不情愿地倒来一杯温水。明玉拿起杯子仔细看了一下,又"砰"地一声重重放回茶几,水溅到茶几和地上,她厉声呵斥阿金,

"杯子没有洗干净,上面有隔夜水渍,你是欺负格林先生不懂家务,在这里混日子吗?"

明玉也不知为何忽然怒火中烧,是为金玉在这里受到的不平,她的放弃生命,包括对格林先生的怨愤。她心里对这个空间的恨意突然爆发,正好拿阿金出口恶气。

阿金自知理亏,收紧骨头,赶忙拿走这杯水,擦干净茶几和地上的水。不一会儿,端来泡在干净瓷器杯子里的茶水。

"格林先生是英国人,最讲究礼仪,不要再做坍台的事让你的主人丢脸。"

明玉教训道。格林先生正好进门,与他并肩的是美玉,他们一起看到明玉脸上的怒气。

"喔,赵太太,有事吗?"

格林先生先发问,明玉立刻恢复她的没有任何情绪的神情。

"有要紧事,所以,我跟阿金说,我得等到你回来!"

明玉未提阿金的无礼,溜出房间的阿金,在门外偷听后松了一口气,以后,她会对明玉服服帖帖。

明玉锐利地瞥了一眼美玉,却没有和

354

她招呼。

"伊是美玉,也是金玉小姐妹,我以为你们以前认识!"见明玉没有表情,他转脸告诉美玉,"伊是明玉,金玉最要好的小姐妹。"

格林先生说一口上海话。本地话说得流利后,使这位英国人脸上的表情也更接近本地人,有了委顿油滑之色。

明玉朝着美玉微微点一下头,嘴角一丝微笑更像冷笑。

"喔,你就是明玉姐姐!"

美玉好像忘记她们曾经见过,夸张地惊呼,声音变得尖细,令格林先生瞬间有生理上的抗拒,他不自觉地皱了皱眉,明玉捕捉到这个信号。

她伸手与美玉相握,非常有力的一握,一种斗士的气概,这里俨然成了她的战场。刚才来外滩路上,她竟然忘记将在此遇见这个女人。

"我需要和你私下谈!"

明玉转脸告诉格林先生,语气不容置疑。

格林先生把明玉带到他的书房,二楼顶端一间面积最小的房间,显得私密并且暖和。

才几天,冬天悄然侵入。刚才在一楼客厅,明玉觉得寒气从脚尖爬上膝盖,此时走进书房才回暖。

三年未见,格林先生好像又老了十岁。

在落座之前,与格林先生互相凝视片刻,她微微摇头。

"金玉陪伴你这么多年,你也没有和她结婚。"

"你想说明什么?"

格林先生脸色不悦。

"你和美玉结婚了?"

"还没有,是未婚妻。"

"请不要轻易和这个叫美玉的女人结婚,听说,金玉的死和她有关。"

"听说?这很像诽谤,除非拿出证据!再说,我和谁结婚是我的私生活,与你无关,与任何人无关!"

"正在找证据,说不定,你和她结婚的那天便是她进监狱的日子!"

明玉的口吻强硬,格林先生一惊。

"明玉,你以前给我的印象很温和、有礼貌……"

"所以,你该明白我为什么这么气愤?"明玉打断他,"你说得对,要有证据,所以我现在不想多说。"

格林先生目光闪过疑虑,她的话已经在影响他了。

"今天找你是来告诉你小格林受伤的事……"

"那就谢谢了!我已经送他进医院!"

格林先生冷冷的口吻。

"喔,他联系上你了?"

明玉吃惊,她这一问让格林先生意外,语气平缓了。

"他电话我了,说在路上走被流弹打中,昨天傍晚,老闸捕房一带的示威游行,他正好路过……哦,我才知道他回国了!可是,你怎么知道?"

"我不仅知道他受了枪伤,还知道他并不是路人,他在游行队伍里……"

格林先生瞪大双眼,眸子充满恐怖,反应的强烈让明玉意外。

"我想他是受了激进组织的鼓动,为了

355

他的安全，也为了金玉……"

她突然噤声，朝侧面看去，她看到金玉近在身侧，脸色苍白。明玉张着嘴，突然说不出话。

"嘿，赵太太……"

格林先生的呼唤，她才回过神。

"你刚才好像消失了一样！"格林先生惊诧的脸替代了金玉，"有一秒钟我看不到你！"

"刚才……"明玉犹豫了一秒钟，才说，"我觉得金玉在身边，我看到金玉了！"

她希望得到格林先生反驳，他却回答，

"我也看到她了，最近一些日子，常有这种幻觉，我本来不相信有鬼！"

他皱起眉头，好像在质疑自己。

"我记得你是天主教徒。"

"天主教徒？"他自问，然后摇头，"很久不去教堂，我都忘了自己是有信仰的。"

他自嘲的口吻，让她变得诚恳。

"我没有信仰，以前也不相信世界上有鬼魂，最近几次见到金玉！"

"喔，她跟你说话吗？"

格林先生认真发问，明玉缓缓摇头，欲言又止。

"噢不，鬼魂是不说话的……"他笑笑，急于调换话题，"刚才……我们在说……"

格林努力回想之前的话题，脸有焦灼之色。

"小格林参加了反对外国列强的示威游行，你知道，巡捕开枪了。"

"他反对外国列强，不就是反对我吗？"

格林先生奇怪了。

"儿子反对父亲很正常。"明玉回答，用她特有的平淡的、习以为常的口吻，"再说，小格林是混血儿，你也知道，在哪里都被排挤。"

明玉很想说，小格林在自己家也没有得到父亲的宠爱，为了这，金玉很烦恼。她顿了顿，又道：

"金玉那时担心他在英国寄宿学校受欺负……"

"金玉去世后，才送他去英国……"

"他还未去英国，金玉就开始担心了，因为在上海学校他也受欺负。"

格林先生垂下头。对于小格林，他作为父亲，心里的块垒没有消失过。

金玉得知自己怀孕时很恐惧，害怕生下怪胎。格林先生则拒绝成为混血儿的父亲。他那时已经加入上海总会，总会不允许会员和家人有一滴亚裔的血，他的孩子怎么可以是混血儿？

金玉让格林先生把她带去他认识的洋人医生那里堕胎，却遭到医生拒绝。洋人医生告诉格林先生，堕胎是犯法，他将被吊销行医执照。金玉是在恐惧中度过孕期，她和格林先生商量，打算生出"小妖怪"后，把他送去育婴堂。

孩子出生在教会医院，格林先生陪在边上。婴儿离开母体的一刻，金玉惊恐发问：

"他身上长毛吗？他有尾巴吗？"

幸好外国助产师听不懂金玉的上海话。她把婴儿抱给金玉，婴儿面孔红通通的，哭声响亮。助产师欣喜告知，听哭声就知道孩子很健康。这个婴儿和其他婴儿并无二致，身上没有毛也没有尾巴。金玉的焦虑恐惧瞬间消失。

她才给婴儿喂了第一口奶,便向格林先生宣称:

"他是我的男孩!"

看着金玉紧紧抱住男孩,格林先生的胸口却被悔恨堵住,这个中国女人和有一半中国人血的孩子,他们已然结成联盟,将与他的生活永远纠缠,他心乱如麻。

清晨,他走出金玉的家,朝着他的外滩住处走去,晨曦拨开浦江上空的雾霭,对岸遥远的地平线,淡淡的胭红笼罩着浦东的辽阔和荒凉。他没有回家,直接走向对街的公共花园,那里寂静得格外空虚,空虚像浑浊的江水,淹没他,让他透不过气来。

他逃离一般快步离开公共花园,走上空无一人的街道。他六神无主,像游魂在晨雾中飘着。一位锡克巡捕从远处朝他走来,狐疑地打量他,走到近处,见是英国人,立刻恭敬地向他行礼问候。

他顺势上了一部黄包车。车夫问他去哪里,他思量半晌。

"可认识圣家育婴堂?"

准备上路的车夫突然就回头扫了他全身一眼,似乎他身上藏个婴儿。他心虚地摊开双手,抓着车子的两边。车夫的打量,让他有被冒犯的感觉,却也无从发火。

育婴堂关闭的褐色大门旁边,有一个小壁龛嵌进墙中,龛里有一块木搁板,板上放着一只篮子。他看到有个女人手里抱着小包,径直走到搁板前,把小包放进篮子里,然后她伸手拉铃绳。这根铃绳,女人伸手拉时他才注意到。铃绳一拉,里面铃声就响了。他看到那块搁板开始移动,像转圈一样移进墙内,另一只空篮子放在一块搁板上转了出来。女人哭泣着离去。

他清教徒的良心被刺激而醒,他想到,那个被篮子转进墙的孩子,将永远不知道自己的父母在哪里!那个送走孩子的女人,也许一生都在悔恨中度过。

格林先生在育婴堂门口接了小格林。

他在明玉面前没有掩饰此时心中的愧疚,或者说,懊恼。他知道自己骨子里更重视和英国妻子生的儿子。连他的纯种英国儿子也看不起小格林,他比小格林小三岁,上同一所教会学校,却不愿和混血儿哥哥一起上下学。他现在是否要向明玉承认,他有过后悔,在小格林成长阶段,作为父亲,没有在家庭范围内扫除歧视,让两个儿子像真正的兄弟相处。

格林先生把两兄弟送去英国寄宿学校,他看得很清楚,英国那边的校长如何分别对待俩少年。

暑期时,兄弟俩回上海度假。开学前,小格林表示不愿再去英国。他能想象混血儿子在那里遇到了什么,他没有强迫儿子再回英国,而是送他去了上海的美国学校。

小格林功课上不用父亲操心。高中毕业后,考取了英国牛津大学。他倒是愿意去英国读大学,每年暑假都会回上海。格林先生并不知道,第三年,也就是在大学的最后一年,小格林竟然没有回学校。

这一年他住哪里,格林先生当然也不可能知道。格林先生告诉明玉,他其实没法控制小格林,虽然小格林的学费和生活费由格林先生提供,但是,金玉的房产写的是小格林的名字,她有现金留给儿子。小格林不缺钱,他要是需要更多的钱,把

357

房子卖了都有可能。

但他不是没有头脑的人,他和他母亲很像,这是格林先生的看法,他认为小格林比他的弟弟更有现实感,知道有学位才有好工作。

"他可能被一些组织里的人说服,才会留在中国,为了参加运动,包括这次游行。"

明玉推测道。她想到丈夫赵鸿庆和他的同仁,他们不需要赚生活费,家里有遗产,可以做职业革命家。问题是,他们知道自己在干什么,知道如何保护自己,而不像小格林,直接撞到枪口上。

"你说到组织,是什么组织?"

格林先生问,明玉摇摇头。

"我只是猜测……"

"他要是跟激进组织搞在一起,我不再认这个儿子!"

格林先生突然怒气上升。

"他回来找你,你应该高兴,他向你屈服了呀!你是父亲,岂能不帮儿子。我劝你不要戳穿他关于游行一事,你无法估计后面会有什么发生,把他送出国最安全。"

"他要是不听呢?"

"总有办法让他听啊!"明玉神情惋然,语气却胸有成竹,"等他养好伤,再来想办法,随时保持联系。"

明玉把自己的饭店名片递上,格林先生仔细看名片,有些吃惊。

"喔,你开饭店了?"

"是的,饭店开了三年,淮扬菜为主。"

格林先生吃惊之余对她产生敬意,他终究是人生观实际的英国人。

明玉离开时经过客厅,看到美玉和阿金在叽咕,她没有和美玉招呼,声音朗朗地对格林先生道:

"有空过来吃饭!"

必须把小格林送出中国,并且把美玉逐出外滩。明玉在回法租界的路上心里盘算着。

说真的,人要是狠起来,什么事不敢做呢?她在心里说。假使不择手段,还怕达不到目的吗?

明玉这一路人生,风里雨里,步步为营、如履薄冰,很少人能识得真实的她。

十四

明玉丈夫赵鸿庆患肝癌期间皈依佛教,他和明玉在浙江台州的著名寺庙住了一个月,每日诵经。那段日子,宛若与世隔绝。明玉在附近的杂货店只能买到隔了几天的报纸,她是在报纸的讣告版面,看到金玉去世的消息。

明玉太震惊,震惊得无以复加。

就在前几天,她仔细一算,正是金玉去世的那天,那是个阴沉的深秋天,对比前两天的阳光澄澈,就像换了一个季节,她心情变得阴郁,一个人出来散步。她去了寺院旁的梅亭,这里也是她常来散步休闲之地。在梅亭才坐片刻,暮色已经笼罩,好像黄昏提早到来。她穿着厚棉袍裹着厚围巾,仍然抵不住深秋冷到骨头里的山风,她听到有人唤她的名字,那声音就在身后,是金玉的声音。

明玉讶然起身,转过身,没有人,声音也消失了,只有风吹在竹叶上的飒飒声。

她坐回椅子,又听到金玉的声音,在

她身后，叫唤她。就像在四面通风的简陋的化妆间，她还在对镜描眉画唇时，性急的金玉已完成妆容，在她身后轻唤。上台前，她们两人躲在化妆间的三夹板的墙后，在地上尿了一泡尿。

这是金玉的迷信，在演出前，她俩一起在化妆间的墙外撒一泡尿，演出就成功了。

她甚至都能闻到她俩在破棚子的化妆间外热气腾腾的尿骚味。

那天，明玉像是做了个短暂的梦，声音味道都那么真，她站起身时，声音和气味都消失了。她四处寻觅，然后才意识到自己的荒谬，金玉怎么可能来山上寺院，在这黄昏时候？

现在，她把金玉的讣告看了又看。她在山上，无法和格林先生联系，也无法参加金玉的葬礼。她在庙里跪拜，请菩萨保佑，让金玉一路走好。

到底发生了什么事？一定发生了什么！那些日子她每天黄昏去梅亭，坐在那里哭泣，希望金玉出现，希望知道什么原因让她早早离去。

金玉倔强又好胜，她有主见也有行动力，她的人生起伏大，好比无法平静的江面，波浪翻滚。

明玉刚去日本那年，曾给金玉写了好几封信，却没有她的回信。

那时，丈夫为她在一间语言学校注册初级日语班。明玉年幼时只读过私塾，以后并没有学校读书经验，学习能力弱，学一门外语并不容易。心情沮丧时，便会想到金玉，她一直很羡慕金玉跟着英国男人说一口流利英语。她想，金玉没有进学校都能做到，自己要是进学校都学不好，那就是天生的下贱命了！她狠狠逼自己，她想着，回中国后要告诉金玉，她勤奋读书的动力来自金玉。

然而，迟迟没有金玉的信息，明玉心里有不祥预兆。她百般打听才知，金玉没在上海，她去香港了，她的格林先生和英国女人结婚了。

明玉被打击了一下，虽然，这个消息并不意外。

"白种人不会跟中国人结婚的！"金玉不止一次告诉明玉，"他们都有中国情妇，然后找自己国家的女人结婚。"

果然格林先生找了英国女人结婚。

明玉以为两人好了这么多年，还有了儿子，不会说分就分吧。她一直隐隐希望有一天这个英国人会改变心意。

格林先生和英国女人订婚时，金玉的孩子快三岁了，他俩有过一番谈判。与格林先生的优柔寡断相比，金玉的行动能力强很多，她有自己的一套计划：比起在混血儿受歧视的上海，香港的环境对混血儿更宽容，金玉已经了解到香港有专门为混血儿办的学堂，她决定移居香港，生活费用由格林先生每月从汇丰银行寄去。金玉和儿子的移居让格林先生心里的石头落地，只要金玉不出现在他婚后的生活中，他愿意付给金玉丰厚的赡养费。

这些过程，明玉也是后来才知道。

她当时听到金玉被英国情人抛弃，去了陌生城市，免不了兔死狐悲。似乎，金玉的前途也映照出她的前途。

又过了一两年，她听说，金玉在香港待不惯，回到上海，重返戏班子，抢回主角。

几年后，明玉从日本回国，那时的她比过去有了自信。她去见金玉，没想到金玉一句话就把明玉打回原形。

"去日本读书，长见识，挺好！到头来，还不是回到家服侍老公？"

这时候的金玉，在上海的名剧场"大舞台"有了一席之地，她唱主角，排练演出很忙，有了自己的住处，雇了照顾她的阿妈。她不再坐黄包车，而是双人抬的轿子，金玉成功了。但她看起来并不快乐，唱戏排练之余，和戏班子的男演员抽鸦片打麻将，满嘴江湖切口。

明玉和金玉同住上海，却疏远了。女儿只有三岁，她不方便带着女儿与金玉往来，金玉身上的江湖气，她嘴里的切口粗话，让她担心影响自己的女儿。

再说，家务忙得团团转。她被丈夫差遣，家里隔三差五有丈夫同仁聚会，她得做饭菜招待客人。不时还独自带着孩子去丈夫老家，代替丈夫探望年迈的公公。她的人生，完全以丈夫为核心。她来探望金玉，并不是为了姐妹之间相处时的乐趣。金玉一眼就看出，她是出于过去的情分，是完成义务，匆匆来一趟，又急着离去。

金玉看不惯明玉甘当贤妻角色。

"你男人大你二十岁，都可以当你爹了，你就这么心甘情愿服侍他一辈子？"

明玉明白金玉对自己的不屑，围着丈夫转，看丈夫脸色。可金玉不一样，金玉是和外国男人在一起。金玉告诉她，外国男人对自己的女人也像在外面一样，客客气气，常常说"谢谢"。

明玉要面子，从日本回来，最初见到金玉，她闭口不谈家庭生活。

"在日本的确开了眼界，经常听鸿庆他们聊国家大事，读书也让我知道很多。"

"那你应该过得很开心，看你还是耷拉着嘴角，一副苦相。国家大事不能当饭吃，每天还是要在家里过日子，你男人对你好吗？"

金玉一下子就问到要害，明玉有点抵挡不住，支吾起来。

"小时候都是在农田干活，家务不会做，鸿庆过的是好日子，这方面比较挑剔。"

话说得轻巧，眼睛却湿了，她得拼命忍住如潮水般涌上的委屈。

"所以我情愿跟外国人混日子，也不要被中国男人娶回家，做牛做马，打骂由他。"

金玉似乎不用知道细节，对她的婚姻生活洞若观火。其实她早就在想象，明玉是在严厉的家法中熬日子。

明玉心里明白，自己一直在苦心经营婚姻，口口声声感恩丈夫，感恩他把自己从贫困人生解救出来。不过，这婚姻说穿了，是自己的生存之道。

经过日本几年，读了书有了见识，她应该知道，夫妻之间要有爱，他们互相有爱吗？至少她对他没有爱，只有感激和报答。她越来越发现这位拯救她的恩人，也是她最想逃避的施压者。她不过是换了一个环境忍辱负重。夜晚和丈夫同房，让她厌恶，她想起了在家里的噩梦：她的继父也曾经骑在她身上，幸亏被母亲发现，为此他们激烈地打了一架。她是在婚床上才突然明白，母亲为何急着让她离开家。

然而，为了生存，这是她必须付的代价，她在家里受丈夫一人气，好过在社会上被众人践踏。

金玉的冷嘲热讽，让她心堵。她以为，无论她的婚姻多么不自由，她的稳定的夫妇关系在刺激金玉，连她的纯种中国女儿也让金玉羡慕。金玉自己的混血儿子，不管在英语社会还是中国社会，都被人嫌弃，这是金玉最大的心病。

然而，她不得不承认，金玉有自己的舞台，她能主导自己的人生。

格林先生婚姻不幸福，他去找金玉，他们又做回了情人。几年后格林先生离婚，请金玉搬去他的外滩家，金玉并没有立刻答应。

"我又不是家具，他要我搬我就搬？他不知道，我翅膀硬了，我有自己的房子，不用靠他了。"

明玉终于在金玉面前崩溃了，她流产，她自杀未遂，她对自我的极度否定……金玉不是多话的人，她给予的劝告很实在。

"大不了离开他自己过日子，你不是在日本读过书吗？还怕找不到职业养活自己？"

这成了她后来面对丈夫的底气，当她真的做好离开的准备，丈夫反而退让了。

自从丈夫患重病，他们搬去湖州老家，明玉很少去上海，即使去一趟上海，忙着配中药和买各种生活必需品，总是上海的物质更丰富，需要买的东西太多。她想，即使挤出时间去探望金玉，见了面匆匆忙忙，让金玉不快，还不如不去。内心是惧怕金玉没有好话，认为明玉甘当家奴。

明玉很愧疚，她没跟金玉见面太久。

时间越久，越没有勇气去见她。尤其是有了老二以后，她很怕在金玉面前藏不住秘密。

直到此时，明玉才反省自己薄情。她后悔，丈夫得绝症，她应该告诉金玉，金玉对她产生同情，她们的关系才会出现新的平衡。

金玉去世不久，赵鸿庆这边病情也急转直下。他们下山后，她直接将丈夫送去上海的广慈医院，每天家里和医院两头跑。期间，她与格林先生通了电话，他告诉她，金玉吸了太多鸦片，是中毒而死。

然而，她戏班子的小姐妹告诉她，金玉是吞鸦片自杀。

赵鸿庆进医院一个月不到便去世，她和赵家人是在湖州办的丧事。

回到上海，明玉便急着见格林先生。她很难相信，强悍如金玉，怎会轻易放弃人世，她渴望了解金玉离世前的状态。

他们约在一间鸦片铺子见面。这是一间茶馆开的小鸦片铺，只对认识的熟人开放。以前在上海，她跟着丈夫来过几次。

鸦片铺在茶馆二楼。黑黢黢的小房间，两边墙各放两张躺椅，躺椅上放着坚硬的瓷质枕头。两张躺椅中间燃着一盏油灯。

在鸦片铺约见面，是明玉的主张。金玉说过她与格林先生最和谐的时光，是为他烧烟枪陪他吸烟。格林先生告诉金玉，在和英国妻子的婚姻里，没有了这个乐趣，这是他婚姻中巨大失落之一。

她和格林先生并不熟，他们之间需要找个方式交流，鸦片是他们俩都熟悉的通道。短暂的飘飘欲仙，也许能让格林先生解除戒备，说些心里话。

一个年轻女孩端着一只盘子进来，盘上放着烟枪和一些深色的看上去像糖浆似的鸦片烟丸。明玉接过盘子，打发女孩出去，她亲自给格林先生准备烟枪。

明玉即使觉得自己脱胎换骨成了新人，早年染上的嗜好却保留着，这是丈夫带给她的嗜好。他家的大宅子，有一间房安置了鸦片床。

明玉在家里鸦片房学会烧烟，最初是为了控制丈夫去烟铺。金玉告诉她，比起男人去烟铺与烟鬼为伍，还不如在自己家陪他吸烟来得安全。然后，她也在鸦片房里找到麻醉自己的方式。

几年没见，格林先生萎靡得厉害。明玉想，是金玉的离世打击到他。金玉性格刚烈，比她扮演的小生更具男子气，这正是生性软弱的格林先生需要的能量。

漫长的上海冒险岁月，金玉的助力不可或缺。她以本地原住民视角，给了格林先生很多告诫，包括他在一场重病期间，她从上海股市获得消息帮他把股票抛出，逃掉一次最大的破产后果。

他在上海浮浮沉沉，总有她相伴，即使过了几年没有她的生活，心里还笃定着，反正随时可以找她回来。她后来果然就回来了。

在云雾缭绕中，明玉和格林先生没有交谈，他们全神贯注享受片刻的快感。明玉已经很久不吸鸦片，除了偶尔的应酬。丈夫自从进庙诵经，便戒了鸦片。

明玉享受鸦片带来的快感，但也可以让自己忘记鸦片。她对生活态度谨慎，对世间一切保持警戒，任何东西都不会让她真正上瘾。

金玉曾经说，明玉的心很深，像一口深井，你们根本看不透她。

明玉烧第二管烟时，才说话：

"这东西是帮我们忘记烦恼，一直记着金玉的话，一星期抽一次烟，不能再多，鸦片可以让你快乐也可以把你害死！"

"这话是我告诉她的。"

格林先生说，他闭上眼睛，仿佛让自己回到与金玉相处的时光。

"你们西方人做事讲分寸。"

"这是自律。"格林先生沉吟，"你对人生有希望时才会自律。"

"金玉是对人生有希望的人。"

格林先生沉默半响，语调下沉："后来一段时间，金玉经常背着我抽烟。"

"自从我丈夫病重，就一直没有机会去看金玉，到底发生了什么？"明玉看住格林先生问道，"金玉去世后谣言很多，我也不想重复，就想听你说。金玉是在哪里出事的，当时有人在她身边吗？"

"我只能按照警察调查的材料告诉你，因为她是在自己的房子里去世的。"

"她不是早就搬去你在外滩的房子了吗？"

"后来一些年，我们感情很疏远，我们的生活中发生过一件很大的事……"格林先生像被噎住了，他喘息了一下，才又说，"我也没有料到金玉会离开得这么彻底……"

他没有说下去，她能看出，他仍然处在失魂落魄的状态。

"小格林被青帮绑架，实在是天大的事！"明玉轻声道。

格林先生双手捧住自己脸颊，他其实

更想捂脸痛哭一场。

金玉对这个独子是捧在手心里的，她与他英国前妻对子女的态度是两个极端。那一位和自己的孩子每天只打一个照面，她自己都承认，由她照顾还不如给佣人更可靠。

格林先生让自己平复片刻后，向明玉详细述说了小格林被绑架的过程。这个过程，明玉曾经希望金玉告诉她，可是金玉不提，她也不敢随便问。

他们的儿子放学后没有回家，绑匪的字条马上来了。

字条写得很简单，要求付一百万美金，不准报告巡捕，否则撕票。

格林先生和金玉明白，他们得罪过青帮，青帮来报复了。一百万美金，正是格林先生早年侵吞青帮鸦片的价值。这个过节，是格林先生的秘密，他没有告诉明玉。

他只是坦承，在是否报告巡捕这件事上，他和金玉产生分歧，事实证明，他是错的。

格林先生认为相信绑匪不如相信巡捕，说他担心付了钱，孩子仍然遭到撕票下场。其实是他私心里不肯轻易付出巨款。

金玉坚持要他按照绑匪的要求，给他们索要的金钱数额。

她认为格林先生在租界失势，他已经离开了工部局和上海总会，所以青帮才来报复，青帮的人远远多于巡捕，又在暗处。她根本不相信巡捕有能力解救孩子！

一百万美金的代价太大了，他实在不甘心。他想到自己才二十岁就来到落后陌生的远东，含辛茹苦这么多年，牺牲了西方的文明生活，还不是为了赚钱敛财？

再说，当时他手边没有这么多现金，他的财产，除了房产，都投进了股市。

他报告了巡捕房。巡捕房派来的侦探上门搜集指纹。侦探才走，小格林的小手指被切下寄来。

往后，他的梦里经常出现这个场景：金玉从门口拿了一个包裹进来，那是一个肮脏的牛皮纸小包，上面还留有血迹。他在梦里都能觉得自己的血液凝固心脏停跳。然后是金玉尖厉的叫声，就像被人扎了一刀。

收到小格林的断指，格林先生才对巡捕房死心。他花了好几天时间筹集这笔巨款。与他合作多年的商人，其实也是青帮的朋友，借了他一部分钱，银行以他的房产和国外的股票为担保贷给他其余的钱。

钱已转过去，却没有小格林的消息。金玉提出去见青帮头目，他勃然大怒，但也没法拦住金玉。她告诉他，为了儿子，她什么都可以做，如果死能换来儿子。

他没有告诉明玉，他知道金玉上门意味着什么，她当歌手时，曾陪伴过那个青帮混蛋，她刚刚跟着格林先生时，那个混蛋来找过她，被他训斥还给了两巴掌。现在是青帮报复的时候，他要睡金玉，把格林先生羞辱一下。

即使格林先生不说，明玉也完全明白，她只说了一句，"换了是我，也会这么做。做娘的，在这种时候，没有选择，只能豁出去了。"

明玉心里涌起阵阵悲愤，金玉的命运也映照她的命运，她们遭受屈辱的过往，像紧箍咒，绑在头上，在你以为一切都已经过去时，它又来咒你了。

金玉从青帮那里回来,格林先生不置一词。这件事成了他们之间的巨大沟壑。他是不想面对;而她认为他并不在乎,她在他心里仍是那个低贱的歌女。

他并没有告诉明玉,他们的关系自那件事后产生了变化。

"儿子送回来了,小手指缺了一节。金玉说,她咽不下这口恶气。"

她当然咽不下这口恶气,以金玉的个性,她把自己送上门,好像一个跟斗跌回了原地。明玉在心里说。

"金玉变了,变得不可理喻,她冷淡寡言,家里的空气变得阴沉。"

那时,他们已经订婚了,因为订婚,金玉才搬去格林先生的外滩寓所。他们还没有来得及举行婚礼,就发生了绑架事件,人间正常秩序再也回不来了。婚礼这件事不再被提起,他们也没有从法律上正式缔结婚姻关系。

格林先生说,他用了几年的时间才渐渐明白,金玉离他越来越远。他终于意识到,绑架事件后,他们相濡以沫的关系已经成了回忆。

金玉自从搬去外滩,就不再演戏。她困在自己的心狱,唯有鸦片可以释放她的心魔。

格林先生开始去夜总会,他也心情灰暗呀!他要从别的女人身上寻找安慰。金玉并不在乎他去找别的女人,她在家里给自己烧烟枪,吸烟的次数越来越频密。

明玉是在很多年以后才会明白:金玉那时是得了忧郁症。她平时那么强悍有主见,没人想到她会得心理病。忧郁症这个词,在当年他们的认知中是不存在的。

格林先生年轻时来到中国,讲一口金玉风格的沪语,已淡忘他的国家很多语词。语词携带观念,格林先生在东方待得太久,他忙着敛财,距离他的西方文明观念越来越远。他没有听说过弗洛依德,这位奥地利心理学家的著作译成英语时,他已经在上海,正在努力学讲上海话。

他是讲节制的理性的英国人,讨厌无止境地借烟烧愁。金玉为了躲开他的劝阻,常常去自己住处吸烟,在她去世前一个月,她住在自己的房子里,不回外滩了。

十五

小格林被绑架的时候,明玉住在湖州,那年她患肺结核将自己隔离,她是从报纸上看到这个消息的,她没有办法去上海安慰金玉。她曾经提笔想给金玉写信,却又发现此时写任何句子都太轻,没有分量。赵鸿庆在上海警备司令部有人脉,她不敢开口要他帮忙,她知道他憎恨当过上海大班的英国人。

事情过去之后,她又有些后悔,无论如何当时应该跟丈夫提一下,难道他会对金玉的孩子遭难无动于衷?总之,在这件大事上,她一点都没有帮到金玉,这让她心里有愧。

她没有及时与金玉联系,金玉也不知道明玉家发生了什么。肺病痊愈初期,明玉不愿去上海,她避免见任何人。这种疾病产生的自卑,除了同病相怜的病友,一般人是不会有感觉的。明玉偶尔写个明信片问候金玉,也不盼望收到回信,金玉没有阅读和写信的习惯。

以后再去见金玉，她不提绑架的事，明玉也不敢提，坊间的很多传说对金玉的名声是又一次损害，而她又这般倔强好胜。

"金玉去世，医生的诊断是什么？"

明玉问道，沉浸在往事里的格林先生一惊。

他花了好几秒钟，才明白她的问题。

"鸦片过量使用急性中毒，引起呼吸抑止导致死亡。"

"金玉应该不会独自吸鸦片吧？"

"当时，美玉陪在她身边。"

"美玉？你认识美玉？"

明玉非常意外。

"她那时经常来我们外滩的家，后来金玉搬去自己房子，她可能也会去陪金玉。"

明玉蹙眉，心里涌起奇怪的念头。

明玉离开戏班子时，美玉才进来，美玉也是被父母卖进戏班子的，才十三岁。美玉和金玉的年龄相差近十岁。

美玉进戏班子不久，金玉去了香港，她适应不了香港潮湿的气候，主要是受不了寂寞，便又带着孩子搬回上海。

她回上海正遇上戏曲繁荣，进戏班子后唱到了《梁山伯与祝英台》，这出戏让金玉有机会在大舞台驻场。

美玉嫌排戏练嗓子辛苦，不再唱戏，十五岁那年成了班主的情人，管戏班子的剧务。

明玉回国后，曾经听金玉提起过美玉，金玉不喜欢美玉，说她没有其他本事，只会勾引男人。美玉一门心思要找个能养她的男人，她跟着五十岁的班主——比她父亲年纪还大的男人——也是暂时的。金玉说，别看美玉年轻，她非常老练，胆子也大，不知道以后会找个什么样的靠山咧！

"是美玉送她去医院吗？"明玉仔细发问。

"金玉死在家里。"

"是她通知你的？"

"我正在家里，接到她电话……"

他记得当时自己在理书架，不，是把新书放上书架。离开上海总会和工部局后，他给自己制定了一套自我教育的计划。他买了一整排柚木书橱，花大量时间选购书籍。他首先要补历史，中学时他就爱历史。他购买了英国十九世纪历史学家乔治·皮博蒂·古奇等学者的书，收集了英国历史学不同流派的著作，不管是辉格派、托利派或者牛津学派，也买了不少小说。这天他拿到从英国寄来的一批书，有亨利·菲尔丁，丹尼尔·笛福、塞缪尔·理查逊、乔纳森·斯威夫特的书。狄更斯和萨克雷的书中学就读了，他更喜爱毛姆。毛姆的东南亚背景的书写，让他有共鸣。虽然，毛姆的东南亚和他的上海，有很大差别，但是，某种心境有相同之处。这批新书里有毛姆新出版的东南亚旅行随笔以及新出版的长篇小说《面纱》和更早出版的《月亮与六便士》；他也订购了萨克雷和高尔斯华绥的书；他很欣慰狄更斯的书都收齐了。读狄更斯的小说，更像是一次故乡之旅，令他回到年少时的读书氛围。他清贫的家，夜晚，在工厂做工的父亲为了阻止他和姐姐深夜看"闲书"，是的，父亲认为小说是"闲书"，在他自己睡觉前不会忘记把他和姐姐睡房里的电灯泡给拧下来。他离开英国时，母亲已经去世，父亲孤身住在曼彻斯特附近的小镇。他离婚前曾带着英国前妻和他们的儿子回去了一趟，父亲住在老人院，已经认不出他了。

那天，他仿佛有预感，手里翻阅有墨香的新书，并没有往日的喜悦，心里涌动着伤悲，仿佛英国往事触动了自己，然后，就接到了美玉的电话。

"金玉姐姐没有气了！"

"没有……什么？我听不懂。"

"她死了，金玉死了！"

"谁告诉你的？"

"鼻孔没有气了。"

他先电话急救车，接着赶去金玉住处。

"美玉没有给医院打电话吗？"

"她说她不知道怎么打，所以先打给我。"

"医院抢救了吗？"

"医院的救护车到达后，确定她已经死亡。"

"医院确定她的死因了吗？"

"这已经不重要了！"

明玉的连续发问惹得格林先生不悦。

她心里有很多遗憾，金玉最后时刻应该是她明玉而不是美玉在她身边。

明玉递上烧好的第三管烟枪，这一次她没有抽。

格林先生接过烟枪，吸了几口后，心情似乎又松快了。

明玉伺机继续问："你说美玉经常去外滩你们的家，她有什么特别事找金玉？"

"金玉没什么朋友，美玉来陪她聊天，我觉得很好。有时候金玉不在，美玉也会来，所以就和她熟了。金玉去世后，她会来看我，陪我聊天。"

"她跟你聊什么？"

在鸦片烟的掩护下，明玉不顾隐私地追问着，她有一种奇怪和不安的心情。

"都是些戏班子的故事，美玉的性格很阳光，家里的佣人都喜欢她。"

金玉不在家时，美玉在外滩格林先生家逗留是什么意思？听起来，她很受格林先生欢迎。美玉这个心机鬼，她为何花时间在金玉和她的家里？她是否有计划地准备上格林先生的床？

明玉心里存下了疑问。

"在戏班子，金玉的角色很难找人代替，她唱得太好了！"明玉突然转移话题，"她不唱以后，戏班子也被'大舞台'淘汰。"

此时，他们已经吸完烟坐到茶几边。明玉有条不紊用刚煮开的水，在茶盘上用第一泡洗茶的茶水冲洗与紫砂茶壶配套的紫砂茶杯，第二泡茶继续冲洗，第三泡时才把茶倒进茶杯。小小的紫砂茶杯，一杯茶，一口就能喝尽。所以，她得不停地泡茶、倒茶，在格林先生看来，更像是茶艺表演。

"她在舞台上闪闪发亮，有时候，我觉得我更爱舞台上的金玉。"

他因为金玉才会去看戏，虽然未到戏迷程度，至少是个热情的观众。

"她离开戏班子是怕影响你的名声。"

"我知道，她没有做最喜爱的事令她不开心。"

"金玉告诉我，她更希望有安定的生活，所以她心里一直感激你，你们两人很年轻时就认识，在一起这么多年很不容易，她因为你生活有保障，你因为她在上海有了亲人。"

格林先生点点头，无论如何，在他的感情史上只有金玉称得上是爱人。

"奇怪的是，回忆和金玉度过的日子，记得更加清楚的反而是年轻时那段日子，我还没有发达，她还是个歌女，我们住在静安寺租来的破旧的老房子里……"

格林顿了一顿，似乎有些动情，他又道："那时候，金玉每天数钱，那么点钱还要分三份：一份吃饭，一份给自己留，一份给家人。你也知道，她家人把她卖给妓院，她还想着要接济家人。为了这事我们争吵过，我认为，她父母并不老，他们应该为自己的生存负责。后来，金玉带我去她出生的乡下，她家人穿着破烂的衣服，却聚在一起打麻将。金玉问我，如果他们是你的家人，你是否也想拿出点钱帮帮他们？我想说，我不会给他们钱，因为他们有工作能力。但我要理解东方人对原生家庭的牵挂。她生日时我给她礼物，她不要，她要我给她同等价值的钱。她很可爱，给自己留着的那份钱，是为了买一件她喜欢的衣服，等到钱存够了，那衣服已经没有了……"

格林先生哽住了，他在克制内心的起伏。

明玉接着他的话道："我现在回忆和丈夫一起的生活，也都是年轻时的日子，好像每一天都记住了。那时候在日本，刚刚和丈夫一起生活，互相了解很少，我什么都不懂，学家务学文化，觉得自己笨，心里很慌张。丈夫是传统的大男子主义，一直是我在适应他，日子过得很辛苦，常常背着丈夫哭，这么多年来，终于互相磨合，他却走了……"

明玉眼圈红了，丈夫才去世，她心里很多感慨。

格林先生握住她的手，他对她有同病相怜的亲近感。她臂上的黑纱和头上的白花十分刺眼，他立刻又松开她的手，不由深深叹了一气。

"我结婚后，她去了香港，几年以后，听我的佣人说看见金玉了，她在大舞台唱戏。有一天晚上，我和前妻坐马车经过法租界，我还记得那天经过的马路，叫莫里哀路，短短的小马路，安静没人，我和前妻并排坐在马车里，没有任何交谈。路边小楼房有人开着留声机。街道两边的梧桐树遮住了房子，灯光隐隐约约，那时候，会有一种错觉，好像回到了我在英国生活的小镇，"回忆让格林先生的眸子有了光亮，一闪一闪，"我们的马车拐到马斯南路，前面有一顶轿子，在一条弄堂口停下，一个中国女人从轿子里出来，穿着戏服，路灯下我看到她的脸，她是金玉！我的心脏好像停了一下，然后就狂跳起来，我怀疑身边的前妻都能听到我心脏跳动的响声……"格林先生咽了一口唾沫，当年受到的震撼好像仍然留在他的体内，"我那时突然明白，我还是爱着金玉！"

他点点头，仿佛在对过去的自己说话。

"我去买了中文报纸，找到她在'大舞台'演出《梁山伯与祝英台》的广告，我让听差去买了票子。我被她扮演的梁山伯吸引，女人演的男人有着特别的美。我回家后，心神不宁了好几天。有一晚再也忍不住了，赶在戏院散场时去大舞台找她。

"戏院门口的马路上一字排开停着出租汽车、马车和黄包车，人行道挤满各种小吃摊，到现在我还记得茶叶蛋和糖炒栗子的香味。戏院正散场，观众都出来了，我从马车上下来，让车夫等在路边，逆着人潮挤上人行道差点踢翻一只炭炉。我没有等到金玉，观众走光了，戏院都关上大门了。门口的广告牌上明明写着当晚的演出剧目是《梁山伯与祝英台》，写着金玉的名字。我看到前面马路拐角停着几顶轿子，其中一顶是金玉的，我能认出来，颜色喜气洋洋涂着金红两色。我站在路边等着，终于等到金玉从戏院的边门出来。她看到我并不惊奇，好像我每天都在拐角处等她。那天我送她回家，在路上聊的话题有些可笑，她最想知道的是，我当时的英国妻子是不是漂亮？我告诉金玉，结婚时，我觉得她是漂亮的，但现在已经不漂亮了。我向金玉承认，我的婚姻很失败。金玉告诉我，在马斯南路的房子是她自己买下的，一栋西班牙风格的小楼，她可真会挑地段，我以前一直以为法租界混乱破败，没想到里面藏了一些漂亮的小街，轿子也是她自己的，她已经不是过去的金玉，虽然她的外貌还是那么年轻……"

明玉的倾听给了格林先生回忆金玉的机会。他从未和家人以外的什么人聊聊自己的私生活。他在上海几乎没有朋友，生意圈是尔虞我诈的关系。他对明玉有本能的信任，虽然之前他很少见到她，但金玉经常提起她，在他印象中，明玉是金玉唯一信得过的朋友。

那天，他们俩告别时，格林先生说：

"谢谢你花时间听我说话，有空请你周末到我外滩的家坐坐，戴维也在家，他在上海的美国学校读高中，成绩很好，明年毕业后，我要说服他去英国读大学。"

明玉很感慨时间过得飞快，她好些年未见到小格林，她想，是应该去看看金玉的儿子。

当时明玉还在湖州、上海两地跑，她忙着处理丈夫身后事。丈夫的那些股份和利润是大伯在管理，她对赵家的付出大伯看在眼里。由大伯分配丈夫的遗产，包括给丈夫的大老婆以及他们的孩子，大伯还是公平的。她想把属于她的那部分不动产卖给丈夫的大老婆却不那么容易。大老婆拿不出那么多现金。

明玉等不及了，她打算盘下环龙路的饭店，便将不动产抵押给银行，贷款开饭店。从丈夫生病开始，她就对自己的未来有了仔细的筹划。

筹备饭店阶段，她无暇顾及其他。虽然心里想着应该去看看小格林，但一忙还是错过了时机。

她的饭店开张后，有一天她请戏班子的几个小姐妹来饭店吃饭，那次她们自然聊起金玉和美玉，她们告诉明玉，美玉已经搭上格林先生，成了他的情人。

明玉吃惊却也不意外，她不是当时就有预感美玉要睡到金玉的床上去了吗？预感成现实，虽然气愤，也无能为力，毕竟，这是别人的私生活。而格林先生作为英国人，对自己的隐私非常看重，她即使想干预，也没有突破口。

夜深人静时，她偶尔会想到格林先生，那天，他和她交心的谈话，他邀请她去他家坐坐时，眸子里有着渴望，他很寂寞，要是她常去坐坐，美玉还有机会吗？

她被自己瞬间的想象震惊。

十六

进入十二月,气温直线下降,在第一波寒潮到来之前的礼拜天,明玉准备给孩子们洗个澡。

冬天,洗澡成了一件重要的家务事。上海没有暖气,冬天洗澡需要的大量热水,必须由老虎灶送来。即使如此,也很难避免着凉。所以也只能几星期洗一次澡,平时就一星期擦一次身。

为了给孩子洗澡,也顺便给自己洗一下,明玉中午特地回一趟家。她到家时,阿小正在清理浴缸。她用丝瓜筋沾着去污粉,把浴缸狠狠擦洗一遍。夏天以后,浴缸的使用率降低,不是天天擦洗,浴缸有一圈污垢。这污垢让阿小火冒三丈,分明是契卡洗澡后留下的。与契卡合用浴间,契卡却从来不管浴间的清洁问题。阿小不能向明玉抱怨,明玉给她的酬劳比别家高。但阿小对契卡没好气,有几次直接就向契卡抱怨,契卡只是耸耸肩,既不道歉,也不作任何改善。

明玉从抽屉拿出孩子们的换洗衣服,总会想起一些与洗澡有关的往事。第一次回湖州乡下,女儿三岁不到,她在院子的大木桶里给女儿洗澡,引来家里女佣和邻居女佣的观看,她便教她们如何清洗身体,特别关照月事时不能洗盆浴。明玉还教过邻居的年轻母亲,如何为刚满月的婴儿洗澡,教她一只手托着婴儿的脖颈,让婴儿仰卧在水盆里,使婴儿不至于被水呛到,另一只手给婴儿洗涤。这是在日本生女儿时,日本护士教给她的。

老虎灶的伙计用扁担挑来两大木桶开水,第一桶水给鸿鸿和阿小洗。木桶里的开水倒进浴缸,蒸汽像云雾立刻布满浴室,伙计把第一只木桶带走了。这边鸿鸿兴奋得要命,又喊又跳,他的快乐也感染了明玉和阿小,她们笑着一起抓住他,快手快脚帮他脱衣。鸿鸿爱蒸汽害怕热水,把他放进热水时,他便开始哭叫挣扎,等适应热水后,又不肯离开浴缸。便是在这番热闹的抗争中,明玉迅疾地给他涂肥皂擦背,在蒸汽消失前给鸿鸿洗完澡。同时阿小已经在脱衣裤,鸿鸿出浴缸时,阿小进浴缸。鸿鸿对阿小的裸体很好奇,他拨开明玉的头去看阿小,明玉不让他看,他吵着要看,阿小便在浴缸里"咕咕咕"地笑,这是浴间里的快乐时光。

阿小洗完澡,把浴缸洗干净,和明玉一起将第二桶开水倒进浴缸,然后阿小带着鸿鸿去老虎灶还木桶。

第二轮洗浴,朵朵先进浴缸,明玉帮朵朵擦背。这天朵朵告诉明玉,她两个乳房各长了硬块,触碰会痛。明玉摸着女儿乳房的硬块便笑了,她告诉朵朵:

"你的乳房开始发育了,马上就要成为大人了。"

"以后会像你一样吗?"

朵朵问道,明玉衣服脱至棉毛衫,乳房曲线毕露。朵朵转过脸,不愿面对明玉的乳房。

等朵朵穿衣离开时,明玉才从容一个人洗。此时浴缸水温降下来,阿小已为她准备了四只灌满开水的热水瓶,用来给洗澡水加热。明玉岂止满意简直是感激阿小,她的默契配合才令明玉家的生活有序舒适。

朵朵开始发育的胸部，让明玉有一种被惊醒的意外！天哪，女儿马上成少女了，再过两年该来月经了。明玉的十二岁，在流浪乞讨……

她和阿小用洗剩的水洗澡，曾被朵朵嫌弃。阿小便教训她，"生在福中不知福"。明玉从未告诉女儿自己的苦难经历，也许，内心深处，她对自己受过的苦难，伴随苦难的羞辱有羞耻感。

她十四岁零五个月来月经，那天早晨醒来，觉得裤子湿了，还以为自己尿床。当她看见裤子上有血时，害怕得哭起来，以为自己的内脏在出血，以为自己得了怪毛病马上要死去。是金玉把自己的月经带借给她，帮她买来月经草纸，并告诉她关于月经的常识。这些重要的细节，她怎么现在才想起来呢？

她是想着要回报金玉，然而，这回报更像是一种责任，而不是感情。此刻这些细节的回忆，才让她涌起对金玉的缅怀，泪水突然涌出，她拼命用洗澡水泼去脸上的泪水。

洗澡这天，也是明玉让自己放松的日子，她带着鸿鸿睡午觉，梦见店里空空荡荡的，怎么没有顾客呢？她在焦虑中醒来。

原本想在家里休息的她，因为这个梦而改变主意去了店里。却未料到这天晚上，李桑农带了一对宛若夫妻的朋友来"小富春"吃夜饭。

明玉在办公室检查会计账目，经理进来向她报告。

"前两天晚上最后来的那位客人又来了，这次是来吃饭。"

明玉愣了一下，没有听明白似的。

"那天下大雨，他冲进来，你们认识……"

"喔，他要见我？"

明玉打断经理问道，莫名地紧张。

她去海格路公寓扑空，在外滩遇到美玉，与格林先生暗藏锋芒的交谈，这些情景，她回到自己的生活还没有时间细想，此时压力凸现。

"倒也没有提你。"

经理的语气有歉疚，他已经看出明玉的踟蹰。老板娘一向镇定自若，那晚遇到这个客人时，她有些失神。

经理鉴貌辨色，一心想着帮老板娘分担压力。他谨小慎微最怕多事，饭店是他讨生活的地方，老板娘是他的衣食父母，他对她自然有一份"孝心"。

在经理眼里，明玉无所不能，开饭店可以开得太太平平，都是靠她的人脉，据说她死去的丈夫是国民党元老。经理却又知道，老板娘不轻易动用人脉，该交给青帮的保护费她绝对不省。他相信，青帮也未必没有听说她有人脉，对她是另眼相看的。

"我会出去看看。"

明玉回答说，但她没有立刻起身，注意力仿佛仍然在出纳的账本上。她心里有主意了，就等李桑农提出见她的请求，她才去见他。

他们吃完饭结账时，李桑农才问经理，明玉是否在店里？

明玉笑容满面走向李桑农的饭桌，他们互相寒暄之际，经理才拿来账单，明玉顺手拿过账单。

"这顿饭我请，还想添什么？"

她问道，看看桌上六道中等价位的菜，实惠的夜饭，不寒酸也不浪费，菜都所剩无几，看来是真的来吃饭。

李桑农为明玉介绍了这对像是夫妻的青年男女，二十多岁年纪，打招呼时听出是北方人，两人都穿中式长袍，像是才来上海。

明玉为他们点了一道店里招牌甜点，冰糖莲子。莲子在盘中堆成尖，颗颗圆润如珠，明玉示范他们直接用调羹把莲子送进嘴。莲子进嘴后的酥软香甜让两位年轻客人惊艳，尤其是那位女子，美食感动到眼角都湿了，说她从来没有吃到过这么软糯这么甜到心的莲子！

男女客人先离开了。李桑农留下来，他们就坐在餐桌边聊事情。明玉仍然没有请他去她的办公室，她不是故意怠慢李桑农，她仍然没有勇气与他在一个没有旁人的小空间，怕在那样的空间聊起往事而让自己失态。她最近发现自己变得脆弱，或者说，自己的心不是想象的那么死水一潭，没有涟漪，岂止涟漪，连波浪都有可能出现，她的意志要控制自己的心并不那么容易了。

李桑农告诉她，这对男女出身东北，刚从陕北过来。

她一愣，想起丈夫他们对孙逸仙的"联共联俄"主张的失望。

他似乎看出她内心的彷徨。

"国共早已分裂，代价是国民党屠杀共产党，共产党成了地下党。"她一惊，他问她："1927年4月12号发生的事件知道吗？"

她迟疑地摇摇头，有几年她的生活好像与世隔绝。

"我们的不少党员在租界被黑帮杀死，13号早晨，蒋介石的军队在宝山路对请愿群众开枪，死了一百多人。"

"1927年1月我丈夫去世，之前一年他病情严重，没有太关注时局。"明玉需要为自己的立场作些解释似的，"我自己对政党之间的分歧一直也不太关心。做了很多年家庭主妇，丈夫去世后，为了生存，开了这间小饭店。"惭愧的口吻，"你没有变，仍然这么关心中国前途……"

"不仅关心，是要用一生投入民族解放运动！"李桑农的语调仿佛站在广场对着民众演讲。

"是的，对你非常佩服。"明玉点点头，既诚恳又敷衍，因为，她早已不在他的语境。

她很快岔开话题，告诉李桑农，小格林不在公寓，李桑农的回答让她意外，"我们已经知道了！也很感激你真的按照我的指示去做！"

他们竟然监视我了！明玉心里闪过这个念头。

"小格林是我小姐妹的儿子，我当然要帮他！"明玉话中有话，她暗示去看小格林，并非是听李桑农的指示。

他笑笑点点头，看着她说：

"无论如何，我们还是要感谢你的支持，包括今天的晚饭，这两个年轻人来到上海是为中国前途工作，在缺少资金的情况下，至少你可以给他们饭吃。"见明玉不太明白，便补充道，"如果你的店能给他们提供免费伙食？"

"这……不太合适吧，对他们来说

371

也……不太舒服……"明玉顿了一顿，"毕竟普通市民也很少上饭店，他们应该可以自己买菜做饭，比上饭店省不少钱。"

明玉的态度鲜明，直截了当拒绝让两个陌生人来饭店蹭饭。她是店老板，不能开这个头，把饭店当作某个组织的食堂。这是明玉的精明，既不想让自己的饭店成为救济场所，更不想被人监视。

她的坚拒令李桑农有些意外。

"明玉，"李桑农的这声呼唤突然深沉，"现在东北已经是日本人天下，关东军挑衅东北军非常嚣张，日本已经不是我们当年在东京时的日本，日本正被一批好战分子主政，妄想占领中国。"

这些话戳到明玉痛点：一个国家就像一个人，一旦沦落，简直面目全非。时间是腐蚀剂啊！年轻鲜活的生命会腐朽，国家会变色，曾经热爱的日本正在成为中国的敌人，想起来实在痛心。

"我每次听到这一类消息，心情都很沉重……"

她回答他，也说不出更多话来。

"这两个年轻人已经没有个人生活，没有挣钱的职业，完全把自己献给革命事业。"

"如果他们有经济困难，我宁愿借钱给他们。"

"那当然更好啊！革命党早年在日本，也是受到民间组织捐助的。"

明玉开了一张银行支票给李桑农，是她家两个月的开销。

"小饭店，利润也不高，聊表心意吧！"

李桑农内心感激，伸出手欲握明玉，明玉朝他微微摇头，在饭店做这个动作，太不合时宜。

明玉把李桑农送到门外。一部又一部黄包车过来，等在店门外。他们仍在交谈。

"小格林到底去了哪里？"

这是明玉更关心的问题，奇怪的是，对方一直未问起。

"这也正是我们想知道的，了解这件事，你比我们容易，你应该知道他父亲家吧？"

明玉倒是吓了一跳，她去见格林先生他们也知道了？

不太可能，她去外滩时，并没有发现后面有跟踪。心里飞快地判断后，她决定向他撒谎。

"自从金玉走后，就没有去过外滩，那个英国人是否还在上海呢？"

"他很快就会知道，我们已经放消息给英文报纸，昔日上海大班的儿子参加反对列强游行，中弹受伤，"

明玉心想，这么一报道，至少可以让格林先生知道我说的话是实情。

十七

小格林在养伤，之后如何把他弄出上海？老话说，过一过二不过三。他先被人打，之后遭枪击，是否有更大的危险等着他？

明玉很想和家祥商量，并得到他的帮助。

可是现在，连宋家祥都不是她熟悉的家祥。李桑农向她描绘了另一个宋家祥。

她为此烦恼，家祥崇洋是真的，可也不至于出卖民族利益！民族利益具体是什么？她不太明白，李桑农没有向她解释。宋家祥出卖民族利益后，想得到什么？李桑农也同样不作解释。

李桑农说宋家祥和黑帮有很深的关系？黑帮势力最强的当数青帮，在法租界做生意，必须向青帮交保护费。

她认为，宋家祥和青帮搞关系很正常！他和他家族在法租界不仅有印刷厂，还有一些门店。他们生意做得早，为了得到保护，和青帮总会有些往来。

明玉也是通过家祥向青帮交保护费，外面的人却以为她是靠亡夫的人脉。明玉在饭店开张时，请一些元老人物来吃饭，他们中的一些人以前也是她家常客，她希望他们常来吃饭就够了。饭店开张那天，自然也有青帮方面头儿出席，他们由宋家祥帮忙周旋。

宋家祥和青帮关系很深，深到什么程度，她并不想探究，她只认同她了解的宋家祥。可是李桑农那番话还是影响到她了，心里不那么踏实，觉得自己失去了对世事的判断。她莫名地担忧起来，为家祥担忧。

明玉是在丈夫的湖州老家遇到宋家祥的。他们从相遇到关系亲近，有一些年头了。

由于赵家发生了一些变故，明玉有几年住在湖州。

赵鸿庆的祖辈是殷实的丝商之家。他的家乡在太湖南岸水陌交叉的富饶之地，是湖州的蚕桑名镇，这里河流纵横交错，民居沿河分布延展。

赵鸿庆的父亲不仅做丝绸生意，还创办丝绸厂，他的企业由长子继承，所以是和赵鸿庆的大哥一起住。赵父七十九岁那年中风，由大哥家照顾伺候。

赵父的丝绸厂虽由长子继承打理，其中有赵鸿庆的股份，股份是老父分给子女们的，其利润也是根据股份，分给其弟。他们家兄妹四人，两个妹妹是小老婆生，出嫁时妆奁甚富，之后就与娘家无关。

赵家长兄做企业很成功，赵鸿庆全家才得以衣食无忧。他的两个儿子在日本读书后，回国和大伯联手做丝绸买卖。

那一年，赵家长兄的大太太急病去世，家里乱成一团。原先这个家是由大太太管理，在她监管下，赵父被佣人照顾得很周全。自从大太太去世，家里由从不管事的姨太太管理，便乱了。而这位长兄大部分时间住上海，事实上，他上海另有外室和孩子。

混乱中，老父的屁股生了褥疮，赵家大哥要求把父亲送去赵鸿庆家，由他太太帮忙照管。从情理上赵鸿庆很难推脱，毕竟为赵家做了最多贡献的是大哥。

然而，赵鸿庆的大老婆出身富家，不太懂家务事，原先她从娘家带来能干的管家，帮她管理家里一大摊事，如今管家上年纪回乡里养老。老管家一走，她才发现首先的难题是管好佣人。这些年，儿子们离开家，这大老婆也就得过且过，家里各方面都在脱轨。尤其是卫生方面，这大宅十几二十间房，没人住的屋子就不再打扫。于是，尘土潮气夹杂一股霉味，老屋的味道让人难以忍受。赵鸿庆偶尔回家，还以为是自己在城里住惯了，闻不惯家里的味道。

赵父搬来赵鸿庆家时屁股上的褥疮更严重，已经发展到背部。这件事让赵鸿庆明白,他的大老婆根本无法掌控眼前局面。家里佣人宛若群龙无首。老人一来家务重了,有时到饭点,开不出饭来。佣人之间互相埋怨指责,轮流向赵鸿庆告状,要他评理。赵鸿庆哪里搞得清状况,决定让明玉留在老家帮忙照顾。老人的褥疮每天要换药,他知道,这事只有明玉做得好,她仔细又懂点医学知识;佣人们也必须由明玉管理,明玉是个好当家。

赵鸿庆首先狠狠地骂了一通大老婆,用鞭子把佣人挨个抽了一顿,严厉警告他们,从这天起,家里的一切由明玉说了算,明玉可以解雇不听话的人。

赵鸿庆很快又回上海,借故上海有重要工作,私心里是逃避。他过惯了远离日常世俗琐事的生活,老家的乱象眼不见为净。

把老婆孩子留在家乡,一举两得,父亲有明玉照顾让他放心,同时伴随孩子的家务琐事也一并归拢在老家,这也正是当年未娶明玉时的格局:把大老婆和孩子留在家乡,他自己在上海过轻松自在的单身生活。

赵鸿庆娶了明玉后,把她带在身边,是贪恋她年轻的肉体,她的细致体贴让他的家庭生活有了质量。然而,这也只是小家庭生活。如今,需要他管理大家庭时,让年轻太太代他留在老家顶着,是他自私本性的第一选项。女儿那时才五六岁,任性顽皮。他最厌烦小孩在身边,吵吵闹闹的,还缠人,即使喜欢,也只能持续十几分钟,现在把孩子留在老家,他只觉得一身轻松。

明玉是明白他的:"搞革命"动听又抽象,正是他这类男人避开家庭各种难题的借口。"革命"是大事,远离世俗琐碎,没有那么具体啰嗦;一会儿女儿生病,一会儿老婆生病,一会儿老父生病……他实在很头痛这种日常里没完没了的麻烦事。

明玉一向逆来顺受,她不会反对留在湖州照顾老人,这也是回馈赵鸿庆当年对她的拯救。然而,见公公病重如此,她曾提议带老人到上海的广慈医院就诊,赵鸿庆为这个提议发了一场火,认为明玉借故不肯留在镇上。

明玉没有辩解,先吞下这口冤枉气,等赵鸿庆火气消下去后,她准备说他几句。以前,她只会忍,自从发生流产事件后,金玉便给了她忠告:

"你要给你男人一个界限,发脾气到哪一步可以忍受。动手怎么可以忍?你越忍他打得越凶,只会对你越来越坏。你离开他也能活,只要想好退路,就不用怕他了。"

没错,有了退路的打算,心里便有了底气,这底气是可以让丈夫感受到的,他现在好像有所收敛。

这天吃完夜饭,把女儿哄入睡后,她便对丈夫说:

"有什么事可以商量,哪次不是听你的?我也是为爹爹好,你要是觉得不妥当,说不同意就可以了,为什么要发这么大的火?发火很伤肝,对身体不好,你年纪上去,要注意保养。"

赵鸿庆知道,现在的明玉虽然说话仍是轻轻柔柔,但已经不像过去那么好欺负了。她曾让金玉传话给他,他要是不准备和她把日子过下去,她是可以离开的。

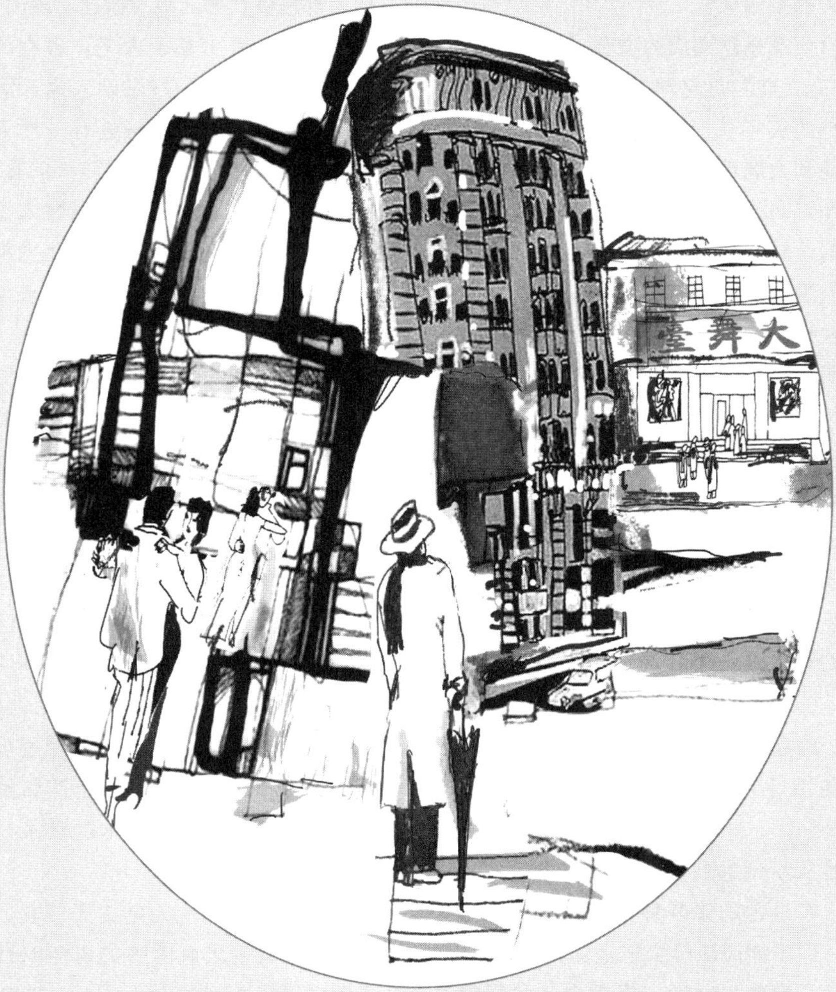
大舞臺

"我的脾气你知道,火气一上来没办法控制。我就对着你发发火,在外面不能发。那个老太婆,我看见她就像看见死人,对死人哪来的火?"

这便算是赵鸿庆的道歉。

"老太婆"是赵鸿庆对大老婆的称谓,她比赵鸿庆年长三岁,是应父母之命结的婚。他和大老婆生了两个儿子,就把她扔在湖州,自己去上海,不再搭理她。在明玉之前,赵鸿庆讨过一房姨太太,那女人的家人隐瞒了她有精神病史,嫁来赵家后不久发病,跳进河里淹死了。

明玉刚从日本回来那年,曾跟随丈夫到老家拜见婆家人。这里有大片明代水乡民居,黑瓦白墙层层叠叠沿河蜿蜒伸展,长板石桥连接两岸,仿佛建筑也蕴含了温婉的江南女性气质。外乡来的旅人会被这独一无二的画面惊艳,可是,明玉很抗拒。小桥流水带来辛酸回忆,她有回到苏州乡下的幻觉。夜晚噩梦又追来,蒙太奇般的片段:在冬天的河边洗衣,两手背长满冻疮……跪在河边的搓衣板上……花船上她被绑住双手,四周是嫖客妓女的欢声笑语……

她从苏州逃到上海,希望永远不要回家,水乡是她的噩梦背景。她能原谅母亲打骂,但不能原谅母亲把她卖钱。

她从噩梦里哭醒,发现自己的眼睛是干的,梦里肉身的疼痛和眼泪是虚无。丈夫在身边鼾声如雷,给她安全感。从天花板垂下的圆形蚊帐像帷幕,在床的四周搭建柔软的墙,与外界隔绝,是另一种保障。她再一次确认,已经远离那些噩梦。但蚊帐也让她感到窒息,雪白、轻薄,却密不透风,她很想撩开帐子深深地透一口气。

丈夫的家乡,是富贵人家的丰润之乡,她的苏州乡下是穷人的水乡,那里的桥和房屋都是破败的,随意搭建,随时会倒塌。

这里有不少私家大宅,各有风格,都是建筑经典。有一户张姓人家,清代三进五间式古建筑风格。一进有一厅五室,每进之间有天井,每进都设防火的直式火巷;也有西式大宅,那是一户刘姓人家,红砖砌成的红房子分为南、中、北三部分,南北建筑融入西欧罗马建筑,与水乡的环境产生反差而相得益彰。

值得参观的豪宅远远不止这两户人家,有些门户没有那么阔大,但建筑精致完美,像绿叶一样烘托着乡里最显赫的楼群。

这些建筑让明玉大开眼界,她深感,贫寒之家是无法想象富贵人家的生活环境的。她景仰的同时也很压抑,压抑来自畏惧,对于豪宅之华贵的畏惧。她这时候反而更怀念日本的生活环境,那种质朴的平民气息,却干净舒爽,纸糊门、榻榻米,需要的材料很少,占有的欲望很低,与空间的关系很亲切。她内心仍然住着一个穷孩子,对生活只有最基本的需求,吃饱穿暖有地方住就够了。

一些豪宅的主人是丈夫朋友,和他一样,曾经有过热血沸腾的青年时代。这个小镇出了好几位革命党人,孙逸仙创建革命党时期的部分经费,是这里的大丝商捐助。

辛亥革命后军阀混战,一方面,孙逸仙的政治主张令他们失望;另一方面,党内的左派们大都很年轻,把他们看成老顽固,参与过改朝换代又如何?如今成了绊脚石，也一样被淘汰！

这些豪门出身的早期激进分子，从小生活在优渥的生活环境中，理想高大，意志脆弱，很容易失望颓废。拥有财产的他们，一旦纵情享受便不能自拔，吃花酒抽鸦片，在民国开放的空气里，沉溺在官能享受中。

赵鸿庆回乡期间非常忙碌，要见乡里友人叙旧，对中国现状抒发情怀和牢骚。在与他同阶层故友往来时，就像回到日本当年，大人家的太太们不欢迎明玉，对她未婚前的经历有各种怀疑和传说。她的年轻容貌已经带了某种印记，她们锐利的目光，一眼便能辨别她是否是同一阶层的人。

这也只是刚从日本回来，明玉伴随丈夫回乡露一下面而已。最初的礼貌拜访后，明玉就不再陪丈夫串门。

直到明玉回乡照顾公公开始，才渐渐感受丈夫故乡的好处。富庶之乡，常开风气之先，不仅有图书馆，还有藏书楼，并且有一所天主教女校。在这里生活下去，还是有些具体目标的，可以让女儿进女校，家务不再缠身后，明玉可以继续自己喜欢的日文书阅读。

乡里的藏书楼设有阅览室对外开放，赵鸿庆回乡的日子，她让丈夫陪伴一起去藏书楼参观，这也多少安慰了她在陌生水乡的寂寞。她和丈夫的关系，便是从这段时间开始得到修复，半分居日子，反而让他们有机会一起共度闲暇时光。

藏书楼存放经部、史部古籍。这些古籍可能丈夫会有兴趣，明玉知道自己完全啃不动。但"书"本身像一件件艺术品，先从形式上给她召唤，敦促她去读点儿书。

其实，丈夫家里收藏了不少现代书籍，包括日文书，读书是方便的。她被家务花去太多时间，在水乡几年，也只能望书兴叹。

在照顾公公的那段日子，为了让自己透一口气，明玉会找时间独自去藏书楼，不是为了看书，而是那个地方给予她精神上的慰藉，光是建筑，便让她学到很多。

她更像是在阅读藏书楼的建筑细节，也被建筑带来的气场感染，这是离开日本之后，最让她感受精神慰藉的时光。

物质本身可以带来潜移默化的影响，在它成为一件艺术品的时候。所以，藏书楼就是一件巨大的艺术装置，面对它，之后回味它，如同含英咀华。

明玉用她的眼睛贪婪地摄入这些建筑奇观，它们如同知识累积在脑中，悄然改变她的身心。明玉从自己一无所有的出身升级，建立了有益于身心的品位，这一切也是渐渐地在她往后的生活里显现其意义。

藏书楼是回廊式的砖木结构，两层楼房中西合璧，共有五十二间藏书房，每间库房地板坚固书架整齐，两面均装有铁皮、玻璃双层窗户。楼房四周墙基用花岗岩砌筑。为了便于晒书，两进房屋中间有三百平米的大天井，平铺方砖不生杂草。凡朝天井的库房安装的是落地长窗，便于通风采光。一楼房间皆用专窑烧制的青砖铺地，青砖离地一尺多高，地下潮气难以上升；层顶高至五米，既通风又隔热。

也许，给予她至深影响的，正是建楼主人在细节上的缜密思虑。往后她装修自己的饭店时，也一直用藏书楼的高标准要求自己，虽然饭店的规模小很多，也不走豪华路线。

藏书楼的园林，就像音乐的咏叹部分，令她身心舒展。这是她第一次置身江南园林，却有熟悉感，因与日本园林有神韵上的贯通。最难忘花园正中的莲花池，初夏莲花开始绽放，秋天是盛期，那大朵饱满的粉色花儿竟让她有"太奢侈"的不安呢！

明玉便是在去藏书楼的路上，遇见宋家祥。她在有青石板的巷子里，在黑瓦白墙的民居中间，看见一个穿白色棉麻西服戴礼帽的男子，令她惊艳的都市男士。

从宋家祥视角，他看到一个清爽秀丽的女子，黑发绾在脑后，用刨花水抹平，不见一丝乱发，衬出白皙年轻的额头，黑眸晶亮，唇红齿白。她身着银灰色棉布宽松袍子，隐约显现线条有致的身材。她沿着青砖墙踏着青砖地轻盈无声行来，他比她的惊艳更甚。

他们之前已经远远相望过，咫尺相遇是第一次。

之前，明玉被丈夫带来婆家探亲时，宋家祥已经住在上海，他偶尔出现在小镇，一身西服引人注目，是个风度翩翩的洋派男子。

此时，在偏僻的小巷子，见明玉渐渐走近，宋家祥停住脚步，待她走到身边时，他脱帽朝她微微倾身，她立刻朝他鞠躬还礼，这是在日本养成的习惯。他们互相致意，却又因彼此多礼而惊讶。毕竟这是中国小镇，尽管富裕，小街上走着的百姓，还是会随地吐痰扔垃圾，见到外来的人，毫不掩饰吃惊和好奇的目光。更过分的，脚步追着陌生的外来者。

"赵太太去藏书楼了？"

面对面时，家祥先招呼问。

"嗯，去阅览室坐了一会儿。"

明玉回答得有些难为情。

"藏书楼人家对乡亲很客气的，连宋版书都能借阅。"

家祥笑说，明玉慌得摇头。

"我古文很浅，线装书看不懂。就是去那里坐坐，喜欢那个地方。"

明玉的坦率，倒是让家祥有些意外。

"那是的，不看书，在藏书楼坐坐也挺舒服。"

他的回答也是那么令人宽慰。

那次相遇，两人简单交流几句，却也不是没有信息量的客套话，真切才会有意犹未尽的感觉吧。明玉想，镇里有他，好像不再是乡下了。家祥想，见过的女人也不少，这一个还是不一样！

由于明玉住在湖州，赵鸿庆回老家待的时间也相对过去更长一些。假如宋家祥也正好回来，赵家会请他和父亲来吃饭。家祥母亲在他三岁时便去世，他成年时跟随已在上海落脚的大哥去沪上发展。家乡有父亲和他的两个姨太太，以及同父异母的两个妹妹。女眷们从来不串门，至少不来赵家串门。

赵家有客人时，赵鸿庆只派明玉和他一起见客，他的大老婆从来不露面。明玉和家祥之间，因为那次小巷相遇，再见面便有了亲切的意味。

赵父在明玉的仔细照料下，伤口每天清洗换药，她规定并监督佣人每天给他翻身的次数，并按照医学书指导，给老人补充大量蛋白质，一天两次给老父喂炖蛋。赵家老大来探望父亲，眼看老人背上和屁股上的褥疮日渐好转，对于明玉的付出都看在眼里。

赵父一年后去世，赵家为父亲办丧事，排场不小。赵父已年近九十，按民俗是白喜事，要请亲友邻居吃豆腐羹饭，镇上名人都来了。宋家是近邻，家祥特地回来参加葬礼。

明玉应赵家大哥邀请，帮助他一起应酬客人维持丧事场面，自然也是最忙的人。忙乱中，她仍旧能感受人群里某个人的目光，她下意识地转过头，便撞见宋家祥的凝视，明玉立刻心跳了。

十八

赵父丧事办完后，明玉终于卸下重担。直到这时，她才注意到自己有低烧，夜晚咳嗽越来越厉害。在日本学到的保健常识——无论去哪里，她都随身携带一本预防和医治常见病的医学书。她从行李箱里找出医学书，先在书里根据自己症状，为自己查病。她怀疑自己得了肺病。去镇上医院要求照X光，果然，肺上有结核病灶。

雷米封①还未发明，肺结核是绝症。

明玉只能为自己叹息，何以命薄如此，才刚刚可以安定下来，却又患上有传染性的绝症。

明玉首先想到，千万不要传染给年幼的女儿，必须让自己如孤岛一般，和周边所有人相隔一段距离。女儿生过猩红热，住在广慈医院的传染病房，连家长都不能探访。当时医生告诉她，"隔离"是阻断传染病的唯一有效方法。她从镇上医院回家

---

① 雷米封即异烟肼，临床上是一种抗结核药。

路上，已经在思虑如何制定隔离措施。

赵鸿庆老家祖屋宽敞，明玉把自己锁进院子另一头，一间孤零零闲置在大院一角的房间。很久以前，这间房给园丁住，有个丫头和园丁有染而怀孕。园丁溜了，丫头在这间屋子上吊，这间房便一直空关。

然而，这件事是发生在赵鸿庆娶大老婆那一年，二十多年过去了，那个角落仍然无人问津。

那间房，佣人害怕单独进去，明玉领头带着两个佣人一起进屋打扫。房间被粉刷了一层白色石灰粉，她又做了装饰，墙上挂了一些画，从镇上挑来长命的绿色盆栽，金鱼缸也搬进来了。这间冷落了很多年的屋子，顿时有了生气。

那时的明玉并不相信有鬼魂。

她让家里园丁在房间外面五米之远加添了栅栏，让佣人们帮她准备了煤油炉、烧水壶、马桶、消毒液和洗浴用品等，以及一箱子四季换洗衣服。吃喝拉撒洗，就在她的禁足地解决。她的每顿饭，是让佣人送到栅栏门外。每天清晨，她把马桶拎到栅栏门外。

为了维持家庭的日常秩序，明玉没有停止管理家务事。她坐在隔离房间，用纸笔事无巨细地安排记录各种事项，交给大太太监控。

明玉患病后，守在老家的赵鸿庆大老婆，曾要求去上海照顾丈夫，却被他骂了一顿。他要她代替明玉管好家和女儿朵朵。

明玉刚隔离那一阵，家里有过失控，大太太管不住佣人，只能向明玉告状。尽

管她内心看不起明玉，到这种时候，也不顾脸面，直接求救了。明玉便指定佣人中最资深也是最凶悍的一位做管家管理佣人，每天单独向她汇报。

明玉为全家制订了每日菜单，荤素、浓淡搭配，从星期一到星期天，每天翻花样，但每周的菜单不变。她让大太太监督厨房的卫生和每日菜单的执行状况，同时，佣人们仍然可以随时向她请示家务杂事。

每星期，明玉让管家把佣人们召集到栅栏前，把他们一星期的工作表现作总结，有奖励有惩罚。当年管理大家庭的经验，明玉后来便用在管理饭店上。

总之，她生病隔离时的隔空指挥，让家中井然有序。赵鸿庆隔几星期回乡一次也都看在眼里，他没有直接说任何好听的话，心里当然也是明白的，庆幸自己眼光好，找了个能干的贤内助。

"贤内助"是乡邻们的赞叹，之前他们对明玉不甚了解，她隔离后对家务事的各种措施，自然会通过佣人们传出来。

宋家祥知悉明玉患肺结核，特意从上海买来进口奶粉，让家里佣人送过去，并附上纸条关照赵鸿庆，这个病虽然没有特效药，但营养和休息很重要，要喝牛奶喝鸡汤。

家祥的关照让明玉受宠若惊。想到他时，明玉心里有一种非常陌生的、可以用温柔来形容的感觉。生病的日子，他走进她的心里了。

赵鸿庆原本被身边的女人照顾惯了，对明玉的病也没有太在意，却见邻居这么重视。他的大哥知道后，也让家人送来昂贵的营养品，长兄因为明玉对老父的细心照顾而对她另眼相看。

男人对身边女人的好处是盲目的，他需要通过周围人的肯定去认同。赵鸿庆是满清过来的男人，他可以跟长三堂子女人调情，却不习惯和身边的女人谈情说爱。仿佛有欲念的爱只能发生在风月场所。

自从和明玉分居，赵鸿庆才意识到她在身边时家庭生活的温润舒适。他并不清楚自己在心理和精神上对于明玉的依赖，早已超过她对他的依赖。

他比明玉年长二十岁，一直认为自己应该死在她的前面，从未有过失去明玉的准备。随着明玉病期的延长，他开始担心了。他不愿守在家陪伴明玉，却愿意为治好她的病花钱。再说，营养上花钱，实在不算大钱。他关照大太太每天炖一只童子鸡给明玉进补。

家里的院子养了一群鸡。这些鸡代表了丈夫的关心，这就够了，他不在身边，明玉反而更自在。

明玉开始劝赵鸿庆再娶个姨太太，她那时的心情是：这病可能好不了，即使不会一下子死，至少很长时间不能和丈夫同房。赵鸿庆五十岁不到，他需要性生活，也需要女人贴身照顾。再说，她还没有为赵家生个儿子。

她在劝解中宣泄心中的郁闷：

"我知道你娶我后，一直被人说闲话，我也没有做出什么让你脸上增光的事。跟着你去日本开了眼界，这些年也不用担心温饱，死了也没有遗憾。要是活下来，就在老家待着打理家务，算是报答你！你找个身体好年纪轻的老婆照顾你，只管在城里忙大事……"

"你就趁病可以乱讲,隔开这么远,打不到你了是吗?"

赵鸿庆半恼怒地制止她,离开了栅栏门,表示不愿再聊这个话题。

明玉对着赵鸿庆口口声声说自己会死,背地里在逼着自己吃营养菜喝中药,她在积极治疗调养自己,要为女儿活下去。她唯一的恐惧是,要是自己死了,女儿会不会像近旁的女人——鸿庆的大老婆,受父母之命、媒妁之言被嫁,与不爱的男人相守,一生郁郁寡欢……

女儿已经六岁半,在上一年级。每天上学放学由家里老保姆接送。女儿每天在学校的午餐也是按照明玉配好的食谱制作,由老保姆中午送去。女儿的健康是放在首位的,其次是对她的培养。

朵朵从四岁开始练琴,钢琴老师就住在环龙路,一个上年纪的英国女士。搬到乡下后,钢琴便跟着运过来,这是一架小型钢琴。买钢琴时,他们住在借来的房子,明玉已经有预见,他们会不断搬家。这里的天主教学校,会弹钢琴的音乐老师也是位英国老太太,朵朵可以去她那里上钢琴课。以前,是明玉陪女儿练琴,她在陪伴过程中也学会了五线谱。明玉隔离后,没法陪女儿练琴。她让丈夫为朵朵买的练习曲都是两套,一套是给自己用。每天朵朵练琴,隔着距离,她能听到琴声,明玉通过读琴谱检查朵朵的琴课。

明玉必须做好自己可能挺不过这场疾病的准备,她最无法放下心的是朵朵。她给丈夫写了很长的备忘录,关于朵朵作为女孩子在发育过程中可能遇上的疾病和麻烦,一一罗列。她要丈夫发誓,朵朵十六岁以后,把她送去日本读书。那时,日本仍然是她向往的国度。

赵鸿庆并不相信明玉会死,她思绪有条理,看起来也没有非常病态。反倒是大老婆瘦得像得了肺痨,让他厌恶。如今,他的心思并不在女人身上。上海频繁的政治聚会令人兴奋,吃花酒抽鸦片,也是和自己的政治伙伴一起。有关时政的讨论争执,比和女人调情更刺激。他的生活没法离开政治,或者说,政治话题是他生活中唯一的话题。他是国民党元老,受民众和党员们尊敬,娶姨太太这种事传出去不好听。再说,和明玉过了这些年,已经知根知底,他不想给自己惹麻烦,娶个不了解底细的姨太太。况且,上海这么一个灯红酒绿的城市,找女人比吃饭还容易。

明玉患病后,他在上海过着单身生活。家里请佣人来打理,终究不如妻子照顾仔细周到。夜晚无聊,他和一些单身汉去开旅馆叫堂差,然后发现自己年纪一把,不受堂差们欢迎,她们的目光追随他身边的年轻人,那些年轻的富家子弟出手比他大方。

他也去长三堂子,发现自己越来越力所不逮,担心倌人之间传来传去,让自己丢脸,也就越来越少去。他绝不会因为健康原因去看医生,最讨厌医院这种地方。他更常约人喝酒,一喝便喝到醉;去鸦片铺抽烟,也常抽到醉。

赵鸿庆没有意识到年纪上去了,他的身体加速度地走下坡路。从年轻时,他的肝功能就有问题,眼白一直有些黄,却也没有放心上。他这种性格,自大自负,讨厌一切俗事,很容易讳疾忌医。

漫长的一年，明玉终于痊愈。她没有回上海，而是继续在水乡疗养，这里空间大，空气好。丈夫现在很少回乡，他抱怨路上太疲累。她看丈夫脸上皮肤发黑，以为他晒了太阳，可那时是冬天，赵鸿庆说他哪里都不去，是不想去，只觉浑身乏力。

明玉去了一趟上海，陪丈夫去广慈医院做检查，丈夫被诊断为肝硬化。在明玉劝告下，赵鸿庆从上海回到家乡养病，一边服中药。

赵鸿庆带病回乡，没有惊动周围的熟人和朋友，男人不喜欢聊生病的事，尤其肝病有传染性，医生要求他的吃喝器皿与家人分开，这让他觉得很没面子。

他那时睡眠不好，一个晚上只能睡两三小时。起床后的第一小时是魔鬼时间，他总是暴躁如雷，任何事都看不顺眼，衣服太厚或太薄，喝水的水温、早餐桌上粥的粘稠度，都成了他发雷霆之火的火苗。

这时候，明玉早就起床，里里外外都已安排收拾。等吃完早餐，赵鸿庆的火气才消。他让明玉陪他去鸦片房吸一口烟，吸烟时，他情绪高，接着是更长时间的消沉。

希望丈夫痊愈的心情，明玉比他本人更迫切，她还指望他痊愈后回上海继续他的"救国事业"。那时孙逸仙刚刚去世，留下遗言"革命尚未成功，同志仍须努力"。元老们又跃跃欲试，能做的也不过是铺开稿纸，阐述他们的救国理论。明玉认为，至少，"救国"这件事能让丈夫充满激情，让日常洋溢着希望，虽然希望本身也是抽象的，但生活变得热气腾腾。明玉还年轻，她内心也是渴望怀着热情生活，虽然她更看重日常的安定和平稳。

赵鸿庆回乡后，与宋家关系更密切。得知赵鸿庆患肝病，宋家祥又给赵家送来营养品，诸如冬虫夏草、西洋参等。这些东西都是和鸡一起炖汤，明玉陪着一起喝鸡汤，她的体重倒是上去了，皮肤更显光滑白皙。

宋家祥要是回乡，会来赵家探访，劝赵鸿庆静心养病，聊的是养生话题，有些话让明玉记了一辈子。

宋家祥说："身体不养好，首先是对不起家人，家人比你的理想重要，你的理想无非是要改造人类，人类第一重要的是自己和家人，所以对不起家人就是对不起自己的理想。"

他是用开玩笑的口吻说这些话，赵鸿庆先是被他逗笑，事后想想觉得不无道理。安静下来，他自己发现，一旦不能参与那些政治活动，对时政的热情也会渐渐消失。原先，最吸引他的是集会或开会的形式，是演讲带来的欢呼声。

"说穿了，'革命'也是一种生活方式，不过是以革命名义不断举行派对。革命者被人包围和追随，会上瘾，很难再回到独处的日子。"

这是宋家祥开的玩笑。他的字典里没有"伟大""崇高"诸如此类的大词，他讨厌大道理。

家祥的到来，仿佛开了一扇窗，让明玉有透气感。家祥上门时总是招呼明玉和他们一起坐。两人陪在赵鸿庆的卧床边，三人聊天，赵鸿庆体力不支，聊了一会儿就在床上盹住了，变成他们两人在聊。但明玉很拘束，她一拘束家祥也拘束起来，聊了几句便成了一问一答。为了找话题，通常是家祥发问，明玉回答，回答得太简短，让家祥接不上话，沉默意外降临……那些片刻的怠忘，让他俩都难忘。

赵鸿庆在家乡住了一年多，回上海做了一次复查。几天以后，明玉去医院拿丈夫的检查报告，同时带了自己的尿液去妇产科要求做验孕检查。肝功能报告出来，病情未见好转。医生认为，这肝硬化不是好转的问题，而是可能恶化，要求赵鸿庆作随访。同时，明玉的尿液报告是阳性，她怀孕了。

明玉没有把医生的话告诉任何人，包括赵鸿庆本人。也没有告知怀孕一事。她这次的妊娠反应不那么严重，只是夜晚容易困倦，正可以陪丈夫卧床。直到肚子里的孩子四个月快要显形了，她才告知丈夫。她是趁着他们在鸦片房，把怀孩子的事说出来。那时赵鸿庆沉浸在鸦片制造的幻觉中，短暂的快感，即使让他现在去死，他大概也没有任何畏惧。

家里要添个孩子？他哈哈哈地笑了，似乎不太相信。他拍拍明玉的肚子。

"看不出来嘛？你可不要骗我！"

他的话让明玉一惊，但他很快昏昏沉沉，进入吸食鸦片后的沉睡中。

随着病情加重，丈夫完全屈服于身体，每天都要去鸦片房吸烟，给自己减轻疾病的感觉。

有一天他看着明玉微微隆起的肚子，好像第一次发现。

"你肚子里长东西了？"

"长了个小孩子。"

明玉勉强挤出笑容。

"我怎么不知道？"

"早就告诉你了！你一吸烟什么都不记得！"

他想了想，摇摇头，有些不满。

"生孩子也不挑个时候，现在要你一心一意照顾我，怎么就弄个孩子出来？"

"家里添丁是高兴事，孩子可以让保姆带，我仍旧一心一意照顾你！"

他没有再说什么，去了鸦片房。

在鸦片房，明玉为他烧烟枪，一管不够，再吸一管，他沉浸在鸦片的幻觉里。鸦片带来的快感很快就过去，接着他会沉睡，他已经失去判断事物的能力，也已丧失性能力，他们早就没有性生活。

是的，孩子不是赵鸿庆的。无论怎么担惊受怕，她都要把孩子生下来。所以，不仅丈夫需要鸦片房，明玉也需要鸦片房。她给丈夫烧鸦片，让鸦片帮他麻醉，除了疾病的折磨，其他的事，他都不再关注。

往后想起来，她觉得自己简直近于疯狂地在制造一个骗局。

十九

明玉开始考虑搬家了。住小镇原是权益之计，以为让丈夫养养病，吃吃中药，就能恢复健康。医生告知的结果完全相反。更迫切的是，她怀孕了，无论如何，必须把孩子生在上海的医院。从医院验孕回来那天，明玉有了搬回上海的念头，只等过了有流产风险的三个月，保险一点是五个月，再实施搬家。这段时间，她搬家的计划越来越具体，开始作各种准备。

明玉以为要花些时间说服丈夫搬回上

海，没想到赵鸿庆立刻就同意了。环龙路的房子还在，离大医院近，看病和用药都方便。这时候的他正遭受肝痛折磨，每天靠吸鸦片止痛。他不愿见任何人，只要明玉陪在身边，大太太和佣人们并不清楚他的病严重到什么地步。

这次回上海，明玉带上女儿和湖州女佣，她心里明白丈夫的病只会越来越严重。他们应该不再有机会住回小镇，因此这又是一次大搬家，其中包括把女儿的钢琴再搬回来。

对于大费周章把女儿钢琴搬来搬去这件事，赵鸿庆又发了脾气，难道朵朵将来要靠钢琴吃饭吗？

"有必要花这么大成本培养女孩子，将来还不是嫁人生孩子？看看你自己，在日本拼命读书，回来还不是一个家庭妇女！"

"我要弹钢琴，我不要做家庭妇女。"

没想到朵朵抢着回答，虽然她平时练琴并不那么勤奋。

赵鸿庆再专横，对女儿毫无办法。明玉把女儿搂在怀里，女儿是她的宝藏，她在为母亲说话。很多年以后，长大了的朵朵才会告诉明玉，她曾经一直希望自己是男生，妈妈受爸爸欺负时，她可以挡在妈妈面前，帮妈妈和爸爸对打。

虽然住回上海，赵鸿庆并不愿意定期去医院复诊，西医的医疗检查设备给他带来恐惧感。他更愿意看中医，中医诊所不给他压力，他们的虚实理论很抽象，从不让病人直面受损的内脏。

事实上，西医对于肝病也没有特效药。中药不管有没有用，至少可以给赵鸿庆以心理安慰。这种时候，明玉还是在为丈夫着想。只要不再和赵鸿庆同房，她就不会对他心生恨意，愿意为他做所有的事。

明玉的肚子越来越大，赵鸿庆仿佛视而不见，他现在只关注验血单上的肝功能指标。他也几乎没有食欲，明玉买来的各种补品他难以下咽，它们堆在他的床头柜，仍然给他安慰，过几天吧，过几天就能吃了。求生的欲望随着病情加重更加强烈。

自从搬回上海，赵鸿庆体乏腿软，楼下客堂间便成了他的卧房。中医强调不能有房事，所以明玉便住到楼上亭子间，楼上朝南大房间是朵朵和保姆的卧室。

宋家祥知道他们搬来上海便来探望。他白天来访时，朵朵上学去了，佣人买菜去了。家里的安静有着无法回避的凝视感。是的，宋家祥的到来让明玉不自在，她甚至都不愿与他有视线接触。借故身体不适，在他和丈夫闲聊时，明玉去了楼上亭子间。她躺在床上，心脏的"怦怦"跳动，的确让她有不适感。

她开着房门能听到楼下的谈话声，她听见宋家祥在问：

"明玉要紧吗？要不要去看医生？"

"没事！她刚才还好好的，大着肚子不好意思见客罢了。"

明玉顺产生了个儿子，还未满月，楼上那位去南方的朋友突然回来了，还带来同居女友。这房子原本是这位朋友的，他常年借给赵鸿庆，几乎让他们忘记房主会回来。

朵朵和保姆搬到楼下，房主答应让明玉在亭子间住到满月。看来得赶紧另找房子。

这段时间赵鸿庆焦虑不堪，又要朝明

玉撒气，再一次埋怨不该在此时生孩子。明玉不得不跟楼上房主商量，他是赵鸿庆革命党时期的战友，不会太为难他们，便让明玉又多住了一个月。

孩子满月后，明玉立刻出门找房，彼时，环龙路新建了几条弄堂，找房子不太难。契卡那层楼便是那时找来的。

明玉抱着婴儿、带着朵朵搬去那里，她把湖州佣人留给赵鸿庆。在搬家那天她在楼里遇到了阿小，两人交谈几句，便互相认同。一切仿佛命运安排，她立刻雇阿小帮她照顾婴儿。

这一次，只是把部分家具搬往环龙路的另一条弄堂，但是搬钢琴又折腾了一番，她再一次庆幸当时买的是小尺寸钢琴。钢琴放在亭子间。阿小告诉明玉，三楼住着一对白俄夫妇，他们以教钢琴为生。

明玉立刻拜访楼上人家。那对白俄夫妇面相严肃，两人都不苟言笑。明玉不太喜欢他们拒人千里的样子，但对于朵朵，学琴方便是第一选择。

赵鸿庆要明玉在身边陪伴，可明玉还在喂奶，不得不两头跑，两条弄堂隔三四百米，来去也要二十几分钟。明玉跑来跑去其实有些累，但她心里充满感恩。她现在不是感恩丈夫，而是感恩上天，让她找到住房，让她碰到阿小，让她把复杂混乱的局面给理顺……不，要紧的是：她把婴儿生下来了，丈夫认同了，没有出其他乱子，她渡过难关了。

此时婴儿已经两个月，没有办满月酒。忙乱中谁也没有想到办酒这件事。搬家前，婴儿满月后，宋家祥曾上门探望，他带来进口的婴儿奶粉和婴儿玩具。赵鸿庆看宋家祥想得这么周到，认为他喜欢小孩子，便让明玉把婴儿给他抱抱。

明玉从童车里抱起婴儿欲给宋家祥，他下意识地朝后退去，立刻又凑近身看婴儿，他双手背在身后，好像怕明玉把孩子塞给他抱。明玉便向赵鸿庆使眼色道：

"毛毛头要吐奶，把宋先生一身笔挺的西装弄脏了怎么办？"

她瞥了宋家祥一眼，他正好也在看她。她立刻转开脸，抱着婴儿去楼上喂奶了。

在楼梯上，她听见丈夫在说：

"原来你也是喜欢孩子的，赶快结婚去生一个吧！以你的条件，找女人还不是一大把在手里挑？"

宋家祥"呵呵呵"地笑。

"我是不婚主义，看人家小孩都是好玩的，轮到自己就怕了，我怕负责任，天底下最大的压力，是对孩子负责。"

婴儿百日时，名字还没有起，明玉先给了他小名：鸿鸿，取丈夫中间的字，又与红红谐音，图个吉利。

婴儿一岁未到，赵鸿庆的病急转直下，他住进广慈医院，经过繁复的检查和会诊，确诊是肝癌。

医院最好的手术医生是法国人，他愿意接诊赵鸿庆，给他动手术。赵鸿庆拒绝手术。明玉本来要瞒住他，无奈他不听从医嘱，只得把病情如实相告。哪知，赵鸿庆更不愿意手术了，他相信民间的说法，癌细胞不能动刀，一动刀就扩散。

面对死期已近，赵鸿庆希望皈依佛门。他选择了杭州天台县五峰山南麓的天台寺，这座著名寺庙，赵家前两辈曾捐过款。赵鸿庆在天台寺完成皈依仪式后，希望住在庙里每天跟着住持诵经，住持为他提供了住房。

赵鸿庆住进寺庙，明玉当然也要陪伴。好在婴儿已经断奶，明玉可以把他留在上海。考虑到阿小晚上要住回家，同时还在为弄堂其他人家洗衣服，所以，她把湖州佣人也留在上海。朵朵八岁半了，可以自己上下学，也能做些简单家务。

明玉心里明白，赵鸿庆不可能长期住寺庙。他需要定时去医院就诊配药，包括止痛药。

赵鸿庆现在一刻都离不开明玉，不仅是日常起居上的照料，心理上也返老还童了。他需要身边有肉身的温暖，就像婴儿手心里要抓住可以依赖的手。

第一次去台州寺庙，明玉竟被寺院疏朗朴素的气场震撼。这里是佛教"天台宗"发祥地，却并未修缮得金碧辉煌，褐黄色的山墙斑驳爬满青苔藤萝，四山环抱中，一派隐世古刹的冷僻风范。

他们夫妇来到天台山，正逢秋收季节，寺院晾晒稻谷金黄，有着世俗的生气，悦目又亲切。山门外大片稻田，已收割的稻谷连秆成束立桩在地里，夹杂一方又一方等待收割的稻田，丰收景象喜人。

住持说，天台寺僧人垦荒种粮自给，是从南朝寺院初建时便立了这个传统，拢在寺院旁装稻谷的竹篓，也是一代又一代传下来的。

明玉一时间竟想落泪，感叹自己身世。出身农家的明玉，却常常饥不果腹。这样的太平日子她从前无法想象。

明玉操心事多，无法沉浸在与世无争的佛门。她牵挂婴儿，失魂落魄，就像把命根子交给了别人。她便四处找房子，想着，不如把婴儿和湖州保姆带上山。附近倒是有农家，但卫生方面很难保障。

明玉在强烈的不安中，清晨瞒着丈夫回了一趟家，临走时，去请求住持帮她转告丈夫。住持看出她对丈夫的畏惧，笑说，他现在不会再有火气了。

这一路交通极其不方便，她差不多花了一整天才到上海。那天晚上婴儿果然有些发热，她带他去广慈医院的小儿科挂急诊。放在以前，朵朵遇上这样的发热，她不会这么紧张。在日本时，小儿科医生告诉她，孩子发热很正常，发一次热，就长大一点。她对老二特别紧张，这已经成了神经质，从怀他开始，心里就没有踏实过。

明玉回到寺庙，果然赵鸿庆并未发脾气，只说了一句，"终归是孩子比我重要。"

那天，他抬眼看明玉，目光里有一股锋芒，竟让她有些发憷。这目光太奇怪了，还不如朝她发脾气呢！

这天以后，赵鸿庆和她有些疏远，不再像前一阵，每时每刻要她在身边。明玉没来由地不安了。

寺院里有一棵老梅树，隋朝时便种下，树高近十米，胸径粗，冠幅阔，虽然部分主干已腐朽，半倚院墙之上。春天时鲜艳的花蕊此时掉尽，老虬枝盘旋格外苍凉。秋天的这一角有萧瑟之意，香客进来探一探又离去。

傍晚，山上无人，丈夫常在这时辰打盹，明玉便来六角梅亭静坐。一天中没有这一刻，她觉得自己会崩溃。

这些天丈夫被肝痛折磨，抽鸦片的人，

吃止痛药加倍都不够量。他很少言语，目光阴沉痛苦。她希望时光赶快流逝，如果他迟早要走，就不要耽搁，活着也不过是在感受疼痛和绝望。是的，她暗暗希望丈夫快点走。

夜里，明玉在梦中和丈夫对话，她对丈夫说：

"有些事我要是不说，你永远不会知道，我还是想告诉你，因为你现在没有力气打我了……"

接着，她就说不出话来，她张着嘴，就醒了。

这个梦重复了几次，令她心神不宁，她看着躺在床上似睡非睡、不再有力气发脾气的丈夫，当他的眸子在半合的眼皮里盯着她时，她得用意志遏止自己逃离的冲动。

回想这段日子，从知道自己怀孕到儿子出生，她奇怪自己竟然可以镇定如常地面对他。这天大的秘密，只有她自己扛着，让她怀孕的人都不知道。

那天，他们是在去嘉兴的船上相遇。

明玉去上海为赵鸿庆配几味湖州缺货的中药。从他们的镇去上海，先要坐船到嘉兴，然后换乘沪杭铁路。

明玉在船上遇到宋家祥，他不定期回乡探望父亲。这一年，他几次来赵家探望鸿庆，与明玉见面的次数比以往频密，是熟人了。家祥并没有说起何时回沪，明玉则是临时决定去上海。船上巧遇，明玉后来回想，觉得是天意。

他们在路上没有机会聊天，人多嘴杂，明玉还有些晕船。她知道自己会晕船，上船前不敢吃东西，一上岸晕眩的感觉立刻消失。他笑说上了岸就不晕，是典型的晕船症。下船后坐火车，渐渐有饥饿感。火车上有卖零食，家祥问她想吃什么，她摇头。家祥便说不如留着肚子到上海吃大餐，她竟笑着点头，连谢绝的客气话都忘了说。

到上海已是傍晚，他们去了霞飞路上的西餐馆。

那是一顿名副其实的大餐，是她往后人生一直难忘的晚餐。即使她后来开饭店，有机会请客也被人请，这顿晚餐仍然鲜明于所有的晚餐之上。

那次晚餐，他们两人喝了一瓶红酒。之后，他把她送回旅馆。到了旅馆后，他反而醉了，在她套房的沙发上喝了一杯茶，原想休息一下，却睡着了。

当晚如一张白纸，按照家祥的说法，什么都记不得。

当然，也什么都不会发生，因为，他睡得像昏迷。

她喝过酒，路上疲累，见家祥沉睡，不忍心喊他，自己和衣去躺在床上，竟一夜睡到天明。

宋家祥醒来时，还以为在自己的寓所。当他意识到自己竟在明玉的旅馆沙发上睡了一晚，为自己的失礼不安了。明玉还在睡，他蹑手蹑脚去浴间用厕，顺便用水抹了脸，准备偷偷溜走。他回到房间，明玉已经醒了，她看着他，没有特别的表情，就像日常中面对家人……

他们后来一起回忆这段过程。他是怎么到她床上的？这个瞬间，在他记忆中是空白，他这么描述。奇怪的是，明玉也想不起来了，好像那个瞬间，她和他一起失去了知觉。

她只是选择性失忆罢了。她隐约记得那一刻，她看着他，在他准备离开时，她说，不用那么急！

说这话时，很平淡，没有特殊的情绪。他在她的床边坐下，他们之间的亲近，好像由来已久。

她并不后悔自己越轨，她一向理智谨慎，做任何事都先考虑后果。然而，那个早晨，她的理智没有约束住自己，她对自己感到陌生，那是另一个陌生的自己。

他们俩当时都是慌乱的，欲望一泻千里，就像飞蛾扑火，不容理智插足。至少她是处在失控状态下，好像被施了魔法。

当她知道自己怀孕时，竟有惊喜。她的潜意识里，不认为自己会怀孕。她结婚后，从未有避孕措施，只担心自己怀不上孩子。在日本第三年，才怀上朵朵。又过了三年，才怀上第二胎，却流产了。之后，再也没有怀上孕。当时医生就告知，刮宫后，可能会留下不孕后果。

她不顾后果要把孩子留下来，如果当时，以宋家祥在上海的人脉，让他找医生堕胎是办得到的。

不，她未有过堕胎的念头。这是她和家祥的孩子，她怎么舍得放弃？她才明白，在宋家祥和丈夫之间，她其实更愿意和家祥有个孩子。他年轻健康，好像不仅仅是生理上的原因。她得承认，她对他有爱！她从未对丈夫有这感觉。

此外，想到朵朵将有个妹妹或弟弟，她长大以后面对社会将不再孤单，她为朵朵高兴。

但是，她没有告诉宋家祥，她怀上了他的孩子。

她将如何向丈夫交代？唯一可能产生疑心的人便是丈夫。自从她病愈后，接着他回老家养病，他们好久没有性生活了，他身体衰弱，失去性欲，当然也失去了性能力。她想象如何象征性地和他试着做爱，却为自己感到羞耻。有过和家祥的性爱，再也无法与丈夫肌肤相亲。

他们不是每天要去一次鸦片房吗？他吸烟后会有些兴奋，她给他按摩，让他产生错觉，似乎他们仍然有性生活。她拿着烟枪躺在他身边，他根本不知道她并没有和他一起吸烟。肚子里有孩子，她在鸦片房里把烟戒了。而丈夫烟醉后，完全记不得自己有过什么举动。

不同于在旅馆的冲动，这之后她的行为是有计谋的，往日累积的压抑，仿佛找到宣泄口。她对丈夫没有任何内疚，她并且作了最坏的打算，某一天，他脑子清醒过来，把她赶出去……

她忍不住仔细回想可能的破绽，比如在鸦片房，当她把怀孕消息告诉丈夫后他的反应——他好像表示过担心。

"这孩子能存活吗？我现在体质那么差？"

"医生说过，胚胎有问题就会流产，看天意吧！"

这是她的回答，冷静得很，肚里的胎儿可有可无似的。他冷漠，她就不能太起劲，她得迎合他的态度，而他已经没有任何情绪，疾病好像吸走了他的七情六欲。

他们之前只是分床睡，之后便分房睡。

她知道丈夫的肝病有传染性，她很仔细地作着隔离，把丈夫的碗筷杯子，每餐后都煮沸消毒，他的衣物也是分开清洗。

他去世前一个月因无法忍受肝痛，终于答应住进医院。

住院之前，明玉特地去抱来婴儿给他看。他只是潦草地看了婴儿一眼，与己无关的麻木冷淡。这倒很像赵鸿庆的反应，以前生朵朵时，他对还是婴儿的女儿也是毫无感觉，连抱都不愿意抱她。就像一个不喜欢小动物的人，对这一团软绵绵的小肉身，简直避之不及。

明玉越来越懂丈夫，这是一个缺乏爱的能力的男人。千百年来，传统给有社会地位的男人套上"一本正经"的面具，这面具渐渐渗进血液，变成基因，他只是继承了前几辈男人的基因而已。她从未见他有过"爱"，或者，"温柔"的表情。

赵鸿庆去世前两天，他要求明玉帮他擦身，擦身时要求她帮他自慰，他勃起一秒钟又软下来。

"你说，谁会相信我还能生小孩？"

他松弛的眼皮折叠起皱纹，被皱纹遮住大半的眸子看着她时，令她害怕。但她挺住了，她直视他，答非所问。

"你想见儿子？我去把他抱来？"

"医院空气不好，毛毛头，太小了……"

他说"毛毛头"时有一丝怜悯。

她流眼泪了。他伸出手帮她抹去眼泪，从未有过的温情举动，她的泪水更汹涌。

"你为什么把孩子送出去住？"

他忘记是他要她把孩子送到另一处住，嫌孩子哭闹。事实上，家里也太挤。

"想让你安静休息。"

她只能这么回答。

"明玉，把你娶回家我不后悔，我的后半生还算过得称心。我不管这孩子是谁的……"

他喘着气，她握住他的手，她仍然无法告诉他，这孩子是谁的。

"鸿庆，你想说什么？"

"你要向我发誓，不能让他改姓……"

这是他留给她的最后一句话。

当天夜晚，赵鸿庆在医院去世。

二十

明玉下楼经过玛莎家，房门虚掩，玛莎坐在靠门的椅子上抽烟，听见明玉下楼，立刻起身开门，邀请她进屋坐。想来，玛莎是在等明玉下楼。

明玉看出她有话要说，没有推辞。

玛莎让明玉坐在外间的单人沙发上，沙发面前的茶几上放着插在花瓶里的鲜花，一只玻璃碟子，放了几颗糖果。

玛莎的一楼房间是直统套间。前半间朝南摆放床和衣橱权作卧室。后半间，也就是进门的外间，成了起居室。开派对时里间卧床被屏风隔开，但客人一多，从外间涌到里间，他们觉得屏风碍事，便把它收起来靠在墙边。于是，卧床成了临时沙发，有人喝醉了会躺到床上。到那时，玛莎也是醉的，任凭客人"拆家棚"。次日，自有阿小来收拾，每个礼拜天阿小去玛莎家做清洁。

平常日子，玛莎总是把家收拾得漂漂亮亮：双层窗帘，厚实的粗麻窗帘打开后，白色细纱窗帘底边从中间撩起束在窗帘绳上，成了漂亮的装饰；花瓶里插着黄色玫瑰，配着苹果绿的油漆墙面，西式白木橱柜，房间色调非常和谐。这成套白木旧家具,是玛莎从旧货店收集来,复古又时尚,提升了一间普通居民房的品质。

玛莎出生于圣彼得堡有产者家庭,逃难出来穷困潦倒了好些年,生存有了着落,她便开始捡拾她熟悉的点点滴滴。

她和马克在苏联十月革命后,随着一大批难民从西伯利亚转向远东,从陆地进入中国东北。

马克出身平民,学过珠宝设计。俄国内战时被征兵,做过白卫军下级军官。玛莎父亲是珠宝商,十月革命时自杀去世。他俩新婚期间逃往中国,在哈尔滨开过面包店,有一些积蓄,以后又一起坐船到上海,颠沛流离中没有要孩子。

他们到上海不久,正逢大批白俄在黄浦江下船,同胞们为讨生活,低价出售随身带着的首饰和珠宝,玛莎和马克正是珠宝内行,与时俱进地开了一间一门面的古董店,以买卖帝俄时代的首饰和珠宝为主,顾客对象是租界的西方人和上海本地人。

一楼有公用厨房,玛莎夫妇入住后,把厨房改成住房,租给了同胞贝叔叔。贝叔叔是犹太后裔,黑头发大喉结,瘦成一把骨头,深棕色眸子凸出,半张的嘴里舌头在抖动,还是个跛脚,他为白军作战时受过重伤。在孩子们的眼里,他的长相接近漫画里的鬼。刚搬来时,朵朵和鸿鸿都很怕他,时间长了,他和孩子们成了好朋友,弄堂里,只有贝叔叔有足够耐心和孩子们周旋。明玉跟着孩子喊他贝叔叔,贝叔叔姓贝尔格曼,却很少有人记住他的名字。他夜晚睡在弄堂门房间,白天给隔壁弄堂幼稚园打杂。

玛莎在一楼只有一平米的后天井搭了玻璃天棚,后天井与套房外间相连,安装了煤气灶水龙头和水槽,权作厨房。玛莎最近又在前门的大天井加盖天棚,准备出租。

最近两年,白俄难民陆续自哈尔滨南下,这些难民一贫如洗。有人沦落了,有人发达了。但总体是朝下倾。明玉心中感慨,这种时候常会想到金玉的话:逃难出来的白俄,不是贵族也是有钱人,又怎么样呢?财产被抢了,穷到要讨饭,人家不会因为你做过贵族就看得起你,成则英雄败则寇。

此时,玛莎的家安静极了,她们坐在外间的一对单人沙发上,房间的墙上挂了两小幅水彩画,靠墙的低矮橱柜上放着一架旧唱机,柜子里有几十张黑胶唱片。

玛莎坦率告知,家里有这些唱片,才能开派对。上门的客人,有些并不认识,他们要带酒或者食物,也会付些小钱。这是听阿小说的。

"今天有客人吗?"

明玉打量精心装饰的房间不由发问:

"客人就是你,我在等你呢。"

玛莎说,没有玩笑的意思。

看见明玉的目光落在柜子里的唱片,玛莎便问:

"想听什么音乐?"

明玉收回目光,摇头回答:

"玛莎,我没有时间听音乐,你有什么事要我帮忙?"

玛莎问:"你知道娜佳出事了吗?"

明玉说:"前两天报纸已经登了,真为她难过,那天白天还见到她。"

玛莎说:"你可能不知道,我和娜佳的

妈妈是朋友，我们在哈尔滨一起过过苦日子。"

明玉并不意外，这条弄堂，甚至这条环龙路上的白俄居民，多多少少都有些关联，他们不外乎是从东北过来，或者直接从S将军靠岸黄浦江的逃难船上下来，他们背后庞杂的亲友网有各种交集。

"虽然娜佳现在离开我们很远，"玛莎有些叹息，"我说，她现在不太理我们。不过，我还是想拜托你，你在开店，认识的人多，能不能帮我打听娜佳的消息，我晓得她肯定没有死，要是死了，应该有尸体的！"

说着，玛莎流眼泪了，一边断断续续叙述她们的故事。

玛莎和娜佳的母亲在哈尔滨共过患难。

他们是最早一批逃到中国的白俄流亡者，1918年，博罗金将军率第一团和莫尔恰诺夫将军率领的第三团，夹杂着军队家室和平民，拖家带口，进入中国境内珲春，辗转到哈尔滨和东北各地。

娜佳的母亲出身贵族，从小学芭蕾，嫁给一位军官，跟着部队驻防，成了家属而不是专业舞者。娜佳五岁开始跟着母亲学芭蕾，却在八岁那年进入逃亡生涯，那年她父亲在内战中阵亡。

来到哈尔滨以后，娜佳母亲水土不服，长时间拉肚子，她无法忍受贫病交困的生活，开始酗酒，在某个深夜饮酒过量诱发心脏病身亡。母亲去世时，娜佳十五岁，她跟着玛莎来到上海。

玛莎说，娜佳急着挣快钱，去夜总会跳草裙舞，心里有个黑洞。玛莎就是这么形容，"黑洞，娜佳心里有黑洞。"

玛莎只能讲简单的中文，当她说出"黑洞"这个词时，明玉以为她用错了词。

"黑洞？你是说，一个洞，黑的洞？"明玉问道。

"一个洞，太深了，所以看进去是黑的。"

玛莎解释得很清楚，她没有用错词。明玉暗暗吃惊，很少听到有人用这么抽象的语言，去形容一个人的内心。

"娜佳心里有许多恨，恨她父亲去打仗，恨母亲带她离开俄国，恨自己是一个俄国人！"

玛莎说到"恨"这个词时，也是恶狠狠的。明玉几乎觉得，她是在诉说自己的恨。

"娜佳可怜，她喜欢过一个人，她想离开跳舞，离开上海，和喜欢的人一起走得远远的。她想错了，所以，她还恨自己。"

"为什么？"

"那个人自己走了，走得远远的，娜佳伤了心。"

"喔……"

"后来，那个人又回来，娜佳说已经晚了，他们没有办法在一起，那个人不自由，娜佳也不自由，他们没有办法。"

"那个人是谁？"

"我不认识。"

"为什么说他们不自由？"

"那个男孩比娜佳年轻，还没有能力赚钱养活自己，据说他父亲非常看不起我们俄国人……"

"所以，不是他不肯，是他没有能力带娜佳一起走。"

玛莎点头称是，然后总结般地说道：

"娜佳说他们的故事很复杂,我不会明白,所以我也不想明白。我只知道娜佳心里有许多恨,她心里有个黑洞。"

玛莎仿佛无法找到更多的词语解释娜佳。

明玉觉得有些冷,单人沙发,只有她一人坐着。什么时候玛莎离开了?她不安地起身。

玛莎从厨房出来,手里端着托盘,托盘里托着一杯白葡萄酒、一杯咖啡以及牛奶罐和方糖罐。

她把咖啡端给明玉,酒是给自己的。

"我不是酒鬼!"玛莎向明玉解释,"心里烦,我才想喝酒!"

明玉的咖啡杯托碟放了两块曲奇,这些西式小点心都是从霞飞路俄国人的面包房购得,玛莎只去俄国人商店买东西,她正努力让自己过回她熟悉的日子。

比起玛莎的生活方式,明玉虽安居乐业,在日常起居上是潦草的。她从未在家里给自己煮咖啡,甚至也不曾泡一杯茶喝。她忙于饭店的事,即使不那么忙,也没有享受生活的习惯。在夫家有过的那些讲究,随着丈夫去世而消失,她毫无障碍地过回她熟悉的简单节俭的生活。

"我很喜欢你的两个孩子,他们纯洁,像我们俄罗斯的白雪。"

明玉笑笑,不知如何回应这类浮夸的赞美。她倒是严格管教大女儿朵朵,除了学校功课,业余时间要练琴要学女红,不让她浪费一点时间;在道德方面,更是看得很紧,学校到家的路途需要走多少时间,她都算好了,让阿小监督;玛莎家开派对时,不准朵朵和鸿鸿在玛莎家打开的房门前停留。

"看到你女儿,我会想到娜佳,她过去,很久以前,其实也不太久,她来上海之前,也跟朵朵一样纯洁。"

玛莎有些哽咽。明玉不响,安静地等她说下去。

"我管不住她,对不起她的妈妈。"

"不要这么想,她是大人,明白自己在做什么。"

"她小时候过得好,她不能忍受穷。"

"谁都不能忍受穷!"

明玉的口吻意外地强硬,心里涌起反感,她出身贫苦,也一样不能忍受穷。她马上又明白自己太敏感,把话题转到娜佳。

"我看得出,娜佳很要强,她只想靠自己!"

明玉很奇怪自己有这般斩钉截铁的态度,就像和谁在争执。

玛莎点点头,她已经平静下来。

"在中国生活要靠自己挣钱,娜佳明白这个道理,她也很努力,只是……不能太急,不能看到钱……就像一只虫扑到火里……"

没错,玛莎是想说"飞蛾扑火"。明玉笑笑点点头,她还是很佩服她的语言能力。

"其实我丈夫也是很喜欢钱的!"玛莎仍然一字一句费力表达,"我也喜欢钱,但没有他那么喜欢,他们都说我丈夫坏,因为,他脑子好,会做生意,上海人就说他坏,说他坏就是说他聪明,对吗?"

明玉又是不置可否地笑笑,和玛莎对话不容易,她不晓得该怎么回答。

事实上,玛莎并不需要明玉回答。

"我说我丈夫坏,不是说他脑子好,我

392

的意思,他对我不是聪明,是不好,到上海以后,他变了!"

话题的突然转向,让明玉尴尬。她并不想听家长里短,这类让自己为难的话题。

玛莎起身去橱柜拿香烟,感觉上她打开话匣子,要倾吐一番。她给明玉递烟,明玉谢绝。玛莎并不奇怪,她认为明玉规矩本分没有什么情趣,却不知明玉此时很想抽一口鸦片。

明玉开饭店后不再去烟铺,她的饭店有自己的烟房,但不是为自己,是为她需要应酬的客人。理智上她也是想戒掉这恶习。丈夫在世时,她为了陪他才学会吸大烟。他离世后,有一阵她几乎上瘾。不过,她能控制自己,她的潜意识充满警觉,不会让自己沉溺。任何一种沉溺,不管物质还是感情,她都很防范。

玛莎深深吸了一口烟,徐徐突出,她吸烟时享受的感觉,让明玉相信,她是个很容易沉沦的人。事实上,在明玉眼里,这些罗宋人时时刻刻准备放弃,放弃挣扎放弃煎熬,周末派对是他们沉沦的仪式。

玛莎从小接受的教育和教养,在漫长的漂泊和无序中正渐渐失落。然而,比起她的丈夫,比起周围的罗宋男人,玛莎仍然在努力守住她在俄国的生活方式。

"上海是我们马克的天堂,他玩得真高兴,晚上忘记要回家。"

玛莎突然说道。

金玉的男人也说过这样的话:上海是天堂,男人的天堂。她的格林先生来上海前是个胆小谨慎的天主教徒,在上海住久了,不去教堂去妓院了。那时候,金玉为了小格林绑架事件,与格林先生闹得很僵,格林先生便去妓院解闷。

"礼拜六晚上家里的派对他缺席,礼拜中间,晚上出去三四次……"

玛莎说她又气又无奈,因为无法离开马克,因为他们在霞飞路上的古董店的合同上写着夫妇两人的名字,并且,店铺需要两人一起经营。她需要生存,他也需要生存,所以,她和马克都不愿意离婚。

"我有时真想把他杀了!"

玛莎说着把烟蒂用力捻在烟缸里,抬脸打量自己的屋子。

"我喜欢我这里的家,可是我又恨上海。马克是在上海变心的,上海属于男人、属于马克,不属于我。"

说着,玛莎呜咽了,明玉一时不知怎么安慰她。明玉平时没有机会和女人谈心,她不习惯和任何人聊私生活。明玉想到玛莎喜欢泡澡,为了安慰玛莎,明玉劝她去二楼浴间泡一下热水澡,她交给玛莎二楼浴间的钥匙。玛莎立刻又高兴了,就像把糖果给哭泣的小女孩,明玉觉得眼前所有的事都因为这把钥匙而变得荒唐。

二十一

娜佳被枪击,然后失踪,邻人们不知她的死活。

如果死了,就会有尸体出现。玛莎语言有限,反而直接道出血淋淋的可能性。

阿小带来各种传说,这种时候,阿小听到的传言比报纸消息还多。明玉忙于饭店那摊琐事,见到阿小才又回到更加结实的日常中。阿小为她开了一扇窗,她在饭店这个小空间给自己周身砌了一道墙,没有这墙，就像没有穿外衣。

阿小个子矮小、皮肤晒得黝黑，常年省吃俭用而有些营养不良。可是，阿小在明玉眼里是个有力气的女人，有阿小在身边她会比较踏实，也只有阿小值得信赖和依靠。

阿小告诉明玉，娜佳是被俄国黑帮报复，因为她倚仗青帮势力不肯交保护费给俄帮。阿小又说，俄帮头子要包养她，她没答应，她只为青帮服务，她已经是青帮的人了。

"上了贼船下不来了。"

这是阿小的总结，明玉一个劲点头。

明玉说："楼下的玛莎因为娜佳的事很悲伤。"

阿小说："娜佳的母亲和玛莎的母亲是表姐妹。"

明玉没想到阿小知道得比她多。

"昨天玛莎特地让我去她家坐坐，她很烦恼，我看除了娜佳的事，更多是为马克烦恼，她说马克现在晚上经常出门。"

"她没有告诉你吗，马克有个舞女相好，也是罗宋人。"

"喔！"明玉吃惊，"她没讲，只是说，上海是男人的世界，马克玩得很开。玛莎说了，她不会离婚的，马克也不想离婚。"

"马克不可能和舞女结婚，不过，他和舞女交往是要花钱的。"

"玛莎把钱看紧就行了。"

"玛莎倒是管住钱了，她现在担心，不知马克从哪里弄钱给舞女，在做犯法的事都说不定。"阿小压低嗓音，用气声。

"那倒是挺难办的，怪不得玛莎哭了一场。"明玉此时想起来，转了话题，"入冬了，不用担心玛莎上来泡冷水澡避暑，没必要锁浴间，除了星期六晚上他们家开派对。"

"玛莎花样多得很，她跟你装可怜，还不是为了上来用我们的浴间！"

没想到阿小得出这么个结论，明玉不同意。

"她说的那些事跟洗澡没有关系，都是女人，给她一点方便吧。"

"你心太好！"阿小不以为然，"这些罗宋人做事不负责任，大冷天的，不是担心她来洗澡，担心她来用我们二楼的抽水马桶，一楼的厕所又小又臭。"

阿小的担心不无道理，卫生间是她在打扫。

二楼浴间加锁是阿小提议。玛莎高大丰满，夏日午后，忍受不了上海潮湿的暑热，趁着明玉不在家，她上二楼卫生间泡冷水澡，还带上一杯白兰地，香烟和烟缸也一并带入。

玛莎在冷水浴缸至少躺两小时，她庞大的肉身很快升高自来水温度，中间还要换几次冷水。

玛莎长时间占用浴间，阿小要上厕所便去敲门，玛莎欺她是佣人不理。

明玉为这事和玛莎有过交涉。一楼有自己的抽水马桶，房管条例写得很清楚，每层楼面的卫生间其他楼层人家不得使用。

这条例很难约束玛莎。一楼没有配置装浴缸的卫生间，楼梯下有一间极小的厕所，只够安放抽水马桶和洗手盆。这类房子格局，应该是一栋楼住一家人，厨房间在一楼。晾衣服的晒台在三楼屋顶。

遇上高温天，玛莎上二楼浴间泡冷水

澡，阿小来明玉家干活，便会有上不了厕所的问题。玛莎毫无顾忌开足龙头大放凉水，也令阿小气愤，这水表每层楼是分开的，玛莎分明在揩油贪便宜。

明玉本来并不在意，只要玛莎不影响明玉和家人用卫生间，偶尔上来洗个澡，她也是可以睁一只眼闭一只眼的。但是泡冷水澡降温有点过分了，她又气又好笑，这是玛莎不识相，毫无顾忌用不属于她的卫生设备。因为影响阿小，明玉就不答应了。对于阿小，浴间被占用，不仅无法如厕，也无法干洗洗刷刷的活，耽误她的时间。阿小还要去别家干活，后面的时间都排好了。

明玉便同意阿小在浴间门外加一把挂锁，她说，不用每时每刻上锁，阿小来干活前上锁，周末晚上一楼有派对时，为防止客人上楼使用卫生间，也要锁门。

现在，因为向玛莎重新开放浴间，惹得阿小不快。

"那就……过两天再锁。"

明玉的妥协，让阿小嘴角漏出一丝笑，她心里得意明玉终究听她的话。

明玉的生活离不开阿小照顾，她认为阿小是佣人中的不二人才。她脑子好，手脚又快，做事利落。也只有阿小能忍受明玉的洁癖：房间的角角落落不能有灰尘，她的手指会伸到家具的暗缝检查清洁度。

明玉告诉阿小，她无法克服自己的洁癖。她没有告诉阿小，是她心里有个过不去的坎，她好像必须在如此一尘不染的空间，才能和那个破烂不堪的过去隔绝。她把洁癖带到饭店，她的饭店因此受欢迎。

"我才知道娜佳是被玛莎夫妻带到上海的。"

明玉继续刚才的话题。

"到底谁带谁喔！"阿小呵呵冷笑，"娜佳是个人精，根本不把玛莎放在眼里，背后说玛莎又老又丑，马克都嫌弃她了。别看玛莎这把年纪，她也是喜欢玩的，现在要靠娜佳带她，可是娜佳觉得，带着个半老太婆玩很坍台，她现在常常躲着玛莎！娜佳自己倒是玩疯了，玩出事了！"

明玉摇头，什么事情到阿小那里都变得简单直接。阿小把娜佳看成坏女人，她怎么能想象娜佳并不是生来就"坏"。再说，她的所谓"坏"并没有害街坊邻居，她靠自己挣钱，靠自己的身体。这，不是阿小可以接受的道德，女人去风月场讨生活，她绝对看不起，无法原谅。

明玉需要花些时间，用一些细节去说服阿小，娜佳过去也是被父母捧在手心里长大，父亲死在苏联红军枪下，她和母亲流落到中国，成了一无所有的穷人。母亲忍受不了，像男人一样喝烈酒，喝成了酒鬼，死得很不体面，所以娜佳要拼命赚钱。

不过，明玉又知道，这类故事根本进不了阿小的耳朵。阿小也在过苦日子，每天睡觉之外的时间都在干活，赚的血汗钱，一半在帮老公还赌债。上海没有地方住，孩子放在乡下让自己的老母亲带，还要提心吊胆，怕被赌疯了的老公卖掉。家里几亩薄田没人种，阿小要出钱雇人做农活。阿小的生活一点不比娜佳她们容易，她怎么会同情娜佳为了生存去做皮肉生意呢？

明玉突然想到，不知道阿小是否晓得自己是戏班子出身，阿小也一样看不起戏子。

"你不觉得罗宋人身上有一种破罐子破摔的味道?"

阿小问明玉。

破罐子破摔?明玉在心里重复这几个字,不得不说,阿小常有生动的比喻。在明玉眼里,一样是穷,罗宋人"穷"得有风格,他们今朝有酒今朝醉,有一种颓废自毁倾向。她对着阿小苦笑。

"你比我更了解他们。"

"我都没见过几个认认真真过日子的罗宋人。"

"三楼那对夫妇还可以吧。"

"我跟他们不熟,你不说,我都快忘记楼上这家人了。"

楼上拉比诺维奇夫妇在家里教钢琴,整天琴声不断,阿小竟然已经听而不闻。

"其实玛莎也算是认真过日子,"见阿小的表情,明玉赶紧加了一句,"除了喜欢上楼用我们的浴间,为人太大大咧咧,其他方面,比那些罗宋男人有分寸,心也善良,为娜佳的事都流眼泪了。"

"娜佳还有什么事,让玛莎流泪?"

阿小表示吃惊。

"玛莎说,娜佳有过男朋友,想跟人家好好过日子,但对方是英国家庭,不肯接受她……"

"为什么不接受?都是白皮肤黄头发外国人!"

阿小倒是来气了,显然为娜佳不平。

"罗宋人是穷人,可能那个英国家庭看不起罗宋人,再说娜佳的职业不怎么上台面。"

"人家娜佳出身贵族好哦!这里的英国人,上海人都知道,本来都是穷瘪三,到上海淘金,也做过很多不上台面的事,他们倒有资格看不起人家富了几代的人?"

阿小这番话让明玉刮目相看,她走东家串西家地给人做活时听了不少信息,比普通的上海市民还有见识呢!所以,和阿小聊天不会觉得无聊。

"那个和娜佳好过的男人再也不理娜佳了?"

阿小这时倒又操心起娜佳来了。无论如何,娜佳是在阿小的生活圈子内,她可以评判指责这个圈子里的任何人。一旦有外面的人介入,她本能地要去维护圈子里的人。

"玛莎说他比娜佳年轻,被父亲送出国留学,他还算有良心,回来找娜佳,娜佳说太晚了。"

"那就是娜佳不对了……"

阿小又开始她的道德评判。明玉的思绪却飞出去了,英国父亲,出国留学,这不是小格林的背景吗?那天晚上,娜佳送小格林回家,绝不是无缘无故。

一时间,纷繁的情节线在明玉脑中清晰起来。

二十二

明玉打电话约宋家祥午茶。

自从李桑农出现,宋家祥的面目变得模糊起来。

她一向觉得家祥与世无争,温吞水性格,拿他和自己的亡夫相比,或者,和年轻时的李桑农比较,家祥身上没有任何慷慨陈词的激昂气息。假如年轻时遇上家祥,她大概不会被他吸引。年轻女子或多或少会有"英雄"情结,过于冷静的男人,不会吸引她们。

她曾经庆幸是在成熟之年遇见宋家祥,有阅历后才会看懂家祥作为优质男人的一面。她和家祥之间首先是知己,心平气和聊心事,心平气和做爱。他们之间的性,是身体需求,不是情感抒发,假如有一天和他分手,她认为自己不会痛苦。

但现在,痛苦已经偷偷潜入她的心。当李桑农向她画出宋家祥的另一副面孔,于她完全陌生的面孔时,她因无法认同而烦恼,这烦恼令她开始想象,也许有一天他们不得不分手。这想象令她郁闷。

她对自己说,应该相信自己的眼光和感觉。李桑农的标准和她不一样,也许,他把不愿意支持他们的人都视为敌人,把亲近西方的人都看成汉奸。

她现在有点惧怕李桑农,她怕见到他,他的面容覆着冷冽的色感,令她陌生和不安。但是,他对宋家祥的描述已经在她心里留下阴影,她今天去见家祥时竟有些忐忑。

她向家祥谎称去南京路先施公司买东西,希望约在南京路一带。她是想离自己的饭店远一点,不要和宋家祥一起出现在霞飞路,其实,是在提防李桑农看到他们在一起。

他们约在南京西路和慕尔鸣路转角的面包房碰头。这是一家俄国人新开的小面包房,里面只有两张桌子,桌上铺了雪白的台布,一面墙上挂了两幅俄罗斯的风景照,另一面墙有几行漂亮的花体字俄文。小店格外精致幽静,像一间家庭客厅。

白俄经理过来招呼,他会讲几句英语,虽然口音很重。家祥向明玉介绍说,这位经理以前在圣彼得堡大学读哲学,他的店墙上装饰的花体俄文是一些名人的格言,包括柏拉图、苏格拉底、奥古斯丁等。

以宋家祥的标准,这家面包房的罗宋面包非常地道,是经理的夫人烘焙的。午茶时间供应的咖啡和蛋糕,也是她精心准备的。家祥认为,以主妇的心态招待客人,厨艺更用心,这才是小店的珍贵品质。

这家店的生意多在上午,下午出奇的安静。

距离他们上一次约会,才三个礼拜。

明玉和家祥很少特地出来约会,常常因为其他事情碰面才会约在咖啡馆。特地约会这件事,在他们之间产生了障碍,他们并非一般意义上的"情人"。或者说,他们彼此都认为,对方并没有把自己当作情人。

家祥点了黑咖啡和起司蛋糕。他说,吃起司蛋糕一定要配黑咖啡而不是加了牛奶的拿铁咖啡。两种极端才能互相映衬,黑咖啡更香更苦,起司蛋糕更浓郁更甜。

这些吃吃喝喝细节,对于宋家祥,如同某种原则,绝不能含混,是他的生活态度。这样的人,怎么会卷入复杂的政治关系中?明玉在心里自问。

明玉不爱吃蛋糕,她小时候几乎没有吃过任何甜食,家里太穷,连白砂糖都不曾进门。因此她成年后,有一度从来不碰甜食,也拒绝吃菜里放糖的本地菜。去日本以后,她才学会吃甜品。

和家祥一起午茶,除非他力荐的蛋糕,她才会尝一点。所以平时,家祥通常只点一块蛋糕,她尝一口就够了。但在这么一家小店，家祥不仅点了两份蛋糕，还买了面包，体贴地给小店多一些生意。

明玉在家祥鼓励的目光下，勉为其难吃了一口蛋糕，用咖啡咽下，才开始说她的心事。

"我这两天为了小格林的事，有点心烦！"

她注意地看了一眼家祥，家祥没有什么特别表情。

"小赤佬跑到啥地方去了？"

"前几天参加反对列强游行，被巡捕子弹擦伤。"

这件事既然已经见英文报纸，她就直说了。家祥吃惊。

"他怎么也会跑进游行队伍？这次游行弄到巡捕开枪，是上海的大事，报纸电台都在报道！"家祥大摇其头，"小赤佬在想啥，反什么外国列强，自己爹爹是英国人！真是莫名其妙！"

"金玉已经预见他的危险，所以来找我……"

明玉并没有意识到，她的话让家祥发憷。他静默片刻问了两句最现实的问题。

"他现在在哪里？你怎么知道？"

明玉踟蹰了一下，才答："是娜佳那里来的消息，他们关系不一般，现在两个人都消失了！"

她胡乱编的谎话，要是仔细探询有很多漏洞，但家祥似乎也没有心思去搞清。

"听起来有些复杂，他爹知道吗？"

明玉点头，无奈地笑笑。

"我去了一趟外滩，小格林受伤后自己打电话给他爹，被他爹送去医院，现在在养伤。格林先生告诉我，小格林有金玉留给他的房子，在经济上无法控制他，所以也难管住他。感觉上，他没有想管的意思，他认为小格林已经是成人了。说到底，他一向就不那么在乎小格林。"明玉有些气愤，"小格林受伤，他是有责任的。"

"帮我想想办法，把他弄出上海，送到国外去。"她恳求地看着家祥，"金玉留下的独苗，他要是遭到不幸，我对不起金玉。"

家祥握住明玉的手，看着她，"你的事就是我的事，不要着急，等他养好伤，你和他老爹保持联系，通过他了解小格林有什么打算，他要是不肯离开上海，再想办法，让他离开上海，不难！"

家祥的胸有成竹，让明玉如释重负，感激得竟有落泪的冲动。

"还有一件事，我心里也很纳闷，"在喝咖啡的家祥，猛一抬头瞥一眼明玉，让明玉心里一颤，"我在格林先生的家，看见美玉。"

"也是你们戏班子的人？"

"你认识她？"

"我怎么会认识？"家祥笑了起来，"听名字就知道是艺名，金玉明玉美玉。"

家祥这一笑，即刻驱散刚才那一瞥带给明玉的莫名紧张。

于是明玉把对美玉的怀疑一五一十说给家祥听。

"有什么办法让格林先生知道，金玉的死，美玉是有责任的。"

"最容易的方式便是直接告诉他你的怀疑。"

"英国人要求给证据。"

"虽然没有证据，可以告诉他美玉的人

品,只要撒过一次谎,他就不会信任她了,只要心里产生疙瘩,这关系就会有裂缝,这裂缝会越来越大,最后美玉自然会被赶出他外滩的家。"

这一番逻辑推理,却在明玉心里留下另一片阴影。

从面包房出来,他们一起去了家祥的寓所。

家祥说:"不见你还好,见到你就想了。"

这也是明玉的感受,只要见面,她就有生理反应。今天,她对他的渴求似乎更加强烈。

在宋家祥家门口,他从口袋里摸出钥匙皮圈开门时,他们已经抱在一起,以至他的钥匙怎么也对不准钥匙孔。钥匙掉在地上,他也顾不得捡,索性热烈地吻了一阵,干旱逢雨露的感觉,就像分别太久的情人?

他们难道不是情人?有性爱,谈得来,彼此信任,仅仅因为没有言语上的谈情说爱?

往后想起来,明玉内心有块垒:她和家祥之间,什么都能聊,唯独不聊他们之间的关系。他们彼此信任,人生中很多困难她只找他商量,却没有告诉他,她为他怀了孩子。

他们进了他的卧室后,便飞快地脱衣上床,家祥的身体远比他的性情刚烈,当他进入她的身体时,她涌起的快乐和满足让她对他充满感激。

他们之间的第一轮性交总是有些迫不及待,之后才会去浴室洗澡,然后开始更加从容的第二轮。

每次见面,明玉都必须确认自己在安全期。自从和他怀孕后,她才明白,以前怀不上孕,多半是丈夫那边的问题。

所以,她非常小心,从床上起来立刻冲进浴间清洗。家祥浴室有一小瓶高锰酸钾是她以前带过来的,是她家里必备的常用消毒药,这是当年从日本带回的卫生习惯。每次和家祥性爱后,她都要用高锰酸钾把自己的阴道冲洗干净。内心深处,她对家祥的性生活是有疑虑的,他夜晚常和朋友去风月场消磨。但她又明白,家祥这么一个道地的个人主义者,很懂得自我保护。

果然,家祥的浴室里放着一排灌满开水的热水瓶,似为她清洗准备的。他跟明玉一样,对于两人见面后可能发生的事情已有期待,或者说,他们彼此都有期待,不是一般的期待,是热烈期待。

"你不知道你自己,你的身体一直被你的脑子控制着,不和你上床,还以为你是性冷淡呢!"

重新回到床上。家祥会在床上发出这类感叹,此时他俩身上还带着香皂的香味,皮肤被水清洗后的清凉润滑。

他们侧身朝一个方向躺,家祥从明玉的身后抱住她,他的手轻轻握住她的乳房,他的腹部紧紧贴住她的背和臀,她能感觉他的下体又开始膨胀。

"跟做交易的女人性交最没意思,她们的性高潮是装出来的。你这样的女人是珍品,平时看起来保守冷淡,到了床上是一团火。"

他们并肩仰卧在床上。她的头很自然地就靠在他的肩膀,脸颊贴在他的身上。

欲望平息后情感渗漏出来，她感到满足的同时有莫名惆怅，她很怕自己爱上他。事实上，她早就爱上他了。

随着他们之间性爱次数的累积，互相的配合度更高，她也更放松。如今她在高潮后，会跌入莫名低谷，他会不会不告而别离开她？她将如何自处？

谁能预见，有一天会突然出现李桑农？他对于宋家祥的诋毁，她越来越觉得这是诋毁，比起李桑农，她更了解宋家祥，或者说，她宁愿相信和她有肌肤之亲的这个人。在她眼里，这个人见多识广，懂得生活，有教养尊重女人。他可能只爱自己，绝不肯为国捐躯；他甚至不关心时政，玩世不恭，在历史嬗变的缝隙中自得其乐；他花心无疑，夜晚出入风月场所。但这一切并不影响她和他的亲近，无论是一起喝咖啡，还是性爱，每一片刻的快乐是真实的。他们之间没有必须互相忠诚的契约，因为没有契约，才让他们相处时，可以心无旁骛，一晌贪欢？

明玉常常思虑他们的关系，却无法找到匹配的语词。语词总是无法企及人间的复杂。

然而，她心里还是有拂不去的阴影，李桑农仍然具有某种影响力。她希望自己和宋家祥保持距离。这次虽然是她约的宋家祥，心里有个声音提醒自己，不要和他上床，却同时，又忍不住计算自己是否在安全期。这种矛盾，令她和宋家祥上床，更有一种豁出去的激情，给予宋家祥惊喜，他的性爱也前所未有地激烈。

她在漫无边际的冥想中沉入睡眠，家祥也在睡。他睡得太沉打起了呼，她醒来时，有一瞬间以为身边睡着丈夫。

她有亲吻他的冲动，又克制住了。时间不早了，不能耽溺于性爱中，冷静下来时，不安感又出来了。她觉得自己身上有着别人无法识破的不道德。每次高潮过后，他们都会像现在这一刻，小睡一会，常常是她先醒来，看见自己与家祥赤裸着躺在床上，她会试着从别人的视角看自己。

这时，她会回想和家祥的第一次。

他们在湖州的船上巧遇，一起坐船到嘉兴，然后转乘火车。这一路，他们聊得并不多，她晕船，上了火车才开始聊天，她记不得聊了什么，只记得心情因为松弛而愉悦，面对这个男子不再感到拘束。

在夫家时，她是贤妻角色，家祥来做客，是和丈夫赵鸿庆聊，她则负责泡茶送点心。即使在家祥招呼下，也只是略坐一下，敷衍几句。

有几次她送孩子上学，回来路上遇到家祥，他们只是点点头，不太合适互相交谈，小城镇，八卦的目光盯着呢，这使他们俩比一般的异性见面更不自在。后来家祥解释说，是因为他心里已经有了"坏念头"。

那天到上海时，已经晚饭时间，家祥邀请明玉吃饭，她竟没有拒绝。他带她去霞飞路吃西餐之前，她先去旅馆办入住手续，环龙路的房子长时间不住，需要彻底打扫，所以回沪住一两晚，就住旅馆了。

她在旅馆换下湖州穿的宽松棉布袍子，换上适合上海穿的相对时尚的西式短裙和衬衣。正是初秋，她的淡褐色西短裙配奶黄色的丝绸衬衣，明丽优雅。她没怎么化妆，只在唇上涂了口红。

家祥也回了一趟家，换了一套米白色棉麻西装。

他们并肩站，和谐好看，是一对璧人，所以，走进西餐店时，引来客人们赞赏的目光。客人几乎清一色西方人，连招待的侍应生都是金发白肤。走进这样的店需要勇气，如果不是家祥引领，她大概不敢也不会有机会进西餐馆用餐。家祥告诉她，这些侍应生是白俄人。当时的她也未有过想象，未来自己会开饭店，并且也请了白俄人当侍应生。

那天吃牛排，家祥点了红酒。一瓶酒都喝光了，家祥说自己喝多了，微醺的感觉。她喝得和他一样多，却没有一点醉意。平时她几乎不喝酒，喝了才知道自己酒量好。

家祥送她回旅馆，她邀请他进房间坐一会儿。那会儿，他好像醉意发作，她想给他泡茶解酒。他还未喝茶，就睡了，睡在旅馆的沙发上。她虽然没有醉，的确也喝多了，和衣躺到床上立刻入睡。

早晨，他起床后如厕，打算离去前，她醒了，假如她装睡，他就离开了。他见她看着他，便向她道歉：

"对不起，失态了！"

她没说话，笑看着他。

他们的目光突然产生了火花，他走过去拥抱她。身体相触时，她才感受到饥渴。他问她可以吗？她后来才知道他是在问，她是否在安全期。她向他点点头，她忘记有安全期这回事，她在婚后几年才怀上孕。第二胎流产后，她认为自己不再有怀孕可能。

仿佛长久的期待终于实现。他们的"第一次"包含了三次高潮，他们在床上待了一整天，也许心里都以为这是第一次也是最后一次。

如此酣畅淋漓的性爱，她突然怀疑也许会怀孕；然后产生渴望，渴望再一次怀孕。那时，以及后来确认怀孕，她都是处在失控状态，可能的风险不再考虑，身败名裂也是活该！难道她想报复过往的苟且偷生？

她掐断了回忆，轻轻起身穿衣服，准备离去。

宋家祥醒了，他看着明玉问：

"哪天我们可以一起吃晚餐？想带你去吃法国大餐。"

明玉点点头，朝他嫣然一笑。家祥的问话仿佛在应和她刚才的回忆，那次之后，他们再没有机会一起去西餐馆吃大餐。丈夫去世后，她忙着开饭店，晚上是她的工作时间。

"小格林的事就拜托你了！"

"你要和他英国老爹保持联系，小赤佬受伤后，脑子可能清爽一些了。"

明玉便笑了，心里再一次涌起对眼前这个男人的爱意。

他们之间有几秒钟的静默。

"朵朵好吗？"家祥突然发问，明玉还未答，立刻又问，"鸿鸿越来越皮了吧？"

明玉都听得见自己的心跳声了。

眨眼，孩子已过四岁生日。鸿鸿满月后，家祥来探望过，之后再没有见过孩子。赵鸿庆去世，他反而没有机会上门。

他从来没有怀疑过吗？明玉不得不这么揣测。然而，家祥看到的是一个面目模糊的婴儿。现在的鸿鸿，五官越来越接近明玉，清秀的男孩，脾性是热的，既不像明玉，也不像家祥，至少，明玉眼中的家祥是个冷静的男人。

问题是，那天之后她怀孕，虽然肚子完全隆起已经是五六个月后了，如果他稍稍测算一下，应该是可以推算出孕期时间表与他们做爱时间的关系，但男人在这方面多半茫然无知，何况他是个单身汉，没有经历过生孩子的事。

他与她关系亲密，却从未提出把她的孩子带出来一起玩。明玉想，他不结婚，也是怕有孩子吧？往往，像他这么极端自我的人，最怕被自身之外的其他麻烦事拖累。上海不乏这类懂生活情趣却不去结婚生子的男人。其实，暗暗地，明玉羡慕这类人，她一直生活在压力下，丧失了情趣。

二十三

鸿鸿出麻疹，明玉不得不留在家里照顾病孩。

每个孩子都要经历一次出麻疹。明玉庆幸朵朵在日本出的麻疹，当时才八个月断奶不久，免疫力发挥作用，因此才发了一晚上烧，脸颊上出了一片疹子，很快就好。

鸿鸿的麻疹比朵朵厉害多了。他高烧发到四十度，身上的疹子从耳后扩散至面部、颈部、躯干、四肢、手心及足底，整个人被疹子裹住。

明玉想到，仿佛有神启、从来不过问孩子的家祥，前两天竟然问候起孩子来。她此时希望家祥陪伴在身边，突然对自己打算一辈子瞒着家祥的念头产生了怀疑。

半夜，她猛然惊醒，去摸鸿鸿额角，烧好像退了，但衣服被退烧时的汗水湿透。此时月亮亮得不用开灯，她从枕边拿起准备好的干净衣服给鸿鸿换上。床头柜有水银体温表，亮闪闪的，床边好像有人，明玉转过脸，月光照着床边人，是金玉，她看着明玉，询问的目光。

"金玉？我明明记得你已经死了！"

明玉被自己的话吓了一跳，身体一颤，醒了。她去开亮电灯，床边没人，鸿鸿在她身边沉睡，她摸摸他的额角，额角不烫，她能判断，孩子此时体温正常。

那么，刚才是在梦里，自己是在梦里醒来，金玉坐在床边……现在，应该不是在梦里吧？她坐起身，想确认自己是否还在梦里。

"妈，你怎么还不睡？"

睡在对面小床的朵朵突然睁开眼睛，从枕上抬起头问道。明玉披衣起身。

"我想上一趟浴间，你去吗？"

朵朵一溜烟起身。

"我小便很急，我先去。"

朵朵衣服也不披，已抢在明玉前面，开房门下楼梯进浴间。明玉拿起朵朵的棉袄追到浴间，门被朵朵锁上了。明玉担心吵醒邻居，轻轻敲门责备朵朵。

"快开门，把衣服穿起来，要着凉了。"

浴间门打开，只开了一条缝，她看见的是金玉。

"咦，刚刚进浴间的不是朵朵吗？"

明玉问道。金玉把食指放在嘴边嘘了一声，让明玉噤声。门又关上了。门里面有多人说笑声。怎么回事？

她发现自己和金玉已经站在化妆间外，

接着，她跟随金玉绕到化妆间背后的墙，一堵破墙。她们蹲在破墙边尿尿。她小便很急，却尿不出来，她对金玉说，我想回到自己的浴间小便，金玉不见了。

明玉完全清醒过来，是早晨五点，比平时早了半小时，她是尿急而醒。

鸿鸿仍在沉睡，她摸摸他的额角，没有热度了，衣服也没有湿。此时朵朵在小床上沉睡，被子大半掉在地上。

明玉披上棉袄起身给朵朵盖被子，然后去浴间解决内急，酣畅淋漓中梦里的情景让她此时后怕，要是在梦里不都尿在床上了？

她回到床上又躺了一会儿，回想梦里金玉的脸容，突然怀疑半夜见到金玉坐在床边，并非在梦里，她当时摸到鸿鸿的衣服都湿了，她的确给鸿鸿换了衣服，瞧，鸿鸿的湿汗衫就扔在床边的地上。

此时明玉心里乱了，经过两次似梦非梦，让她无法分辨真实和梦。

无论如何，金玉的出现，不管是否在梦里，都让明玉无法平静。

小格林被卷入政治斗争，是性命攸关的事，现在又去向不明。她昨天给格林先生打电话获知，小格林已经离开医院，他没有回家，也不在金玉的住处。唯一庆幸的是他还没有卖金玉的房子。卖房子不是卖金银首饰，他哪有这个能耐，这是格林先生的看法。所以，他并不着急，小格林过几天又会回来。

明玉却不放心了，她担心小格林又被李桑农安排去干什么危险的事，可她也无法告诉格林先生关于李桑农和他的组织，租界是要取缔共产党组织的。

家祥说过，把小格林弄出上海并不难。现在，先要把他找到。她很焦虑自己被孩子和饭店困住，完全没有头绪，又不是侦探，怎么找？对了，侦探！这个被自己呼唤出来的角色，突然让明玉有了思路，她可以通过侦探找小格林；之后，才能实施第二步，劝他离开中国，或者用强制手段把小格林送出中国。

早晨七点半，朵朵上学时，阿小来了。平常这个时辰阿小已经到了一小时，明玉则去饭店了，厨房师傅采购回来，她要检查食材，督查饭店营业前的准备工作。她通常八九点钟回家一次，吃早饭，同时向阿小交代家事。这两天鸿鸿生病，规律被打破了。她让阿小也睡得晚一些再来。

明玉告诉阿小她昨晚的混乱状况，梦境和现实难以分清。

"死了几年的老朋友最近一直出现。"

"有什么事放不下？"

"她儿子不太安分，在英国读书读到一半，回来了。那天游行时，他正好经过，被巡捕子弹打伤了。"

"他妈妈托梦给你，她的小孩有危险，要你帮忙。"

阿小的确古怪精灵，毫不知情的状况下居然有这样的联想。

"他不小了，都快二十了吧！"

"在他妈心里还是个小孩，男人要等结婚了才算长大。"

阿小不乏至理名言。明玉笑了，阿小却一本正经告诫：

"阿姐，你有得等了，等儿子结婚，你才放下心来。"

"我想起来还是心跳，明明醒过来了，

去上厕所，浴间锁住了，我敲门后，开门的是我死去的朋友。"

明玉把话题又兜回来。

"可能不是梦，浴间真有人，你看错了！"

"别开玩笑，我真被你吓着了！"

明玉拍拍胸口，神情没有玩笑的意思。

"是真的，我正要告诉你，"阿小的神情突然紧张，她去关拢房门，声音即刻变成气声，"我正要告诉你，契卡的房间躲着一个女人。"

"契卡的房间？"

明玉指指契卡的房间，以为听错了。阿小在拼命点头。

"契卡从来不带女人回家，再说，这两天我都在家。"

"是前两天，你去饭店以后，楼里很静，我在走廊擦煤气灶，听到契卡房间有人走动，我明明看见契卡出去了。"

"你的意思是，这两天她还在？"

"这两天你们在家，声音多了，听不见契卡房间里的声音了。"

"这女人上厕所我应该知道啊！"

"她可能白天睡觉，晚上起来。"

她回想昨晚，浴间门锁住了，她敲门后，门打开，她看到的是金玉。不，这是梦，朵朵抢在她前面进了浴间……

早晨她问过朵朵，朵朵说，她有起夜，是自己一个人上厕所。明玉仔细回想，出声道：

"昨天晚上我是跟着鸿鸿节奏，他睡我也睡，朵朵说她看书到很晚才睡，想上厕所，浴间门锁上了，她等了很久觉得奇怪，因为契卡不会占用浴间太长时间。她说她忍不住下楼梯到浴间门口，从磨砂玻璃能看到里面的影子，感觉是个女人，因为个子比契卡矮。她说等不及，回房间又睡着了，然后尿急又醒了，再看浴间，已经没有人，但地上很湿，有人洗过澡，你知道契卡冬天不在家里洗澡，他上公共浴室洗的，不是吗？"

阿小听了，就有些怔忡。

"你说你半夜去浴间门锁上了，你敲门后，有个女人开门了。"

"是啊，是我死去的朋友，所以，是在梦里。"

"不一定是梦。"

"你是说，我没有做梦，那个女人是契卡的客人，我看错了？"

明玉笑起来，阿小凝重的神情让她觉得好笑。

"我在想这个女人为什么白天不出现、晚上出现？我问你，她从浴间里出来和你说什么？"

"她？你说谁？"

"昨天半夜那个女人。"

"昨天半夜那个女人？"明玉又一惊，"你别吓我！哪里有女人。"

"你不是说她开门了？"

"那是梦里面的人。"

"后来呢？"

阿小追问，声音都变了。

"后来……后来我……也记不得了……"

明玉吞吞吐吐的，她是不想说出戏班子那些情景。

"我觉得你是记得的，你不肯告诉我。"

阿小的话倒是把明玉骇了一跳。

"谁会记得梦里的事？"

404

"你前面的事倒是记得清清楚楚。"

是啊，前面的事非常具体有细节：她拿着朵朵的棉袄去追她，走廊灯照着楼梯非常安静，她当时还在想楼梯窗口对面的白俄女人怎么没有拉琴？走神之间，右脚在楼梯上拐了一下，她差点尿出来的感觉还记得。浴间门被朵朵锁上了，她害怕吵醒邻居，轻轻敲门，责备朵朵不该锁门。接着门开了，探出金玉的头，金玉烫着长波浪，穿着时髦的高开衩的织锦缎旗袍。然后，场景和面孔就模糊起来，好像镜头摇晃了。突然她和金玉已经在破旧的化妆间门外，她们穿着繁复的古装戏服，她把拖泥带水的戏服往上拉，然后跟着金玉蹲下身，她们在化妆间外面撒尿，她拼命往上拉戏服，怕尿液溅在戏服上。她的小腹尿涨发痛，却怎么也尿不出来。

她醒过来后，一阵后怕，要是拉出来呢？当然不会，尿急的梦做过很多次，在梦里找马桶，总是因为各种原因而没有机会撒尿。却是第一次梦到，和金玉在化妆间外撒尿，那情景太真切了：她和金玉互相偷笑，有恶作剧的快感，手拽着戏服往上拉，怕被尿液溅到的烦恼……

"你要是遇上鬼，会觉得像做梦，说不定这个女人不是契卡家里的客人。要不，你去问问他？"

阿小的提议荒唐，明玉意识到，是她们谈论的话题荒唐。

"这不能随便问，契卡会不开心，觉得我在探听他家的秘密……"

明玉噤声，好像听见契卡的房门开了。他的房门铰链好久没有上油，开合时有"吱嘎"声。她示意阿小，两人屏声静气，听见有人从走廊经过她家房门，下楼梯，去了浴室，并关上浴间门。

明玉不由开房门去瞧契卡的房间，门紧紧关着。以往，契卡要是上厕所，并不关房门。

契卡目前是单身，他带女人回来很正常，为什么要躲着邻居呢？

"我想起来了，昨天晚上，我是被走廊里脚步声吵醒，刚才的脚步声很像昨天半夜的脚步声，不太像契卡的脚步。"

明玉说着便走出房门，走到楼梯口，朝浴间看去。

"阿小你过来……"

明玉站在楼梯口招呼阿小，脸色都变了。

她们看见浴间门半开，两人面面相觑。

"刚才明明听到关浴间门的声音，你应该也听到了？"明玉问阿小。

"可能她进去一下又走了。"原本对八卦起劲的阿小突然失去了劲头，人都变蔫了似的。

明玉反而来劲了，她走下楼梯，推开浴间门，看见地上有水迹。

"是洗澡时从浴缸溅出来的水吧？"

明玉嘀咕，跟在身后的阿小却吃惊。

"咦，我刚才明明把地上拖干净了。"

明玉更吃惊了，才一会儿，不会超过一分钟，不管是谁，都不会有时间在浴缸里洗澡吧？

"你刚才说朵朵半夜上厕所也看见地上有水迹？"

明玉一愣，然后关照阿小，"不要告诉朵朵，她都不敢上厕所了。"

"放个痰盂在房间吧，晚上不要到浴间

去。"阿小提议,叹息道,"你们这条弄堂就是缺少人气,阴森森的!每户人家都只有两三人,礼拜六晚上,玛莎家来客人,才算有人气。平常日子,晚上都看不到什么人在弄堂里走来走去,白天也看不到小孩玩,这些白俄人都不生小孩。"

"他们年纪偏大,生不出小孩了。"明玉回答得一本正经,阿小便笑了。

当天夜晚,明玉带鸿鸿早早睡上床,一边竖起耳朵想要听听隔壁契卡家动静,倒是等到了契卡家的客人,一个叫弗拉基米尔的侏儒,契卡家的常客。

她听到走廊脚步声,立刻从床上跳起来,开房门正看到弗拉基米尔把她家煤气灶开关打开,被明玉一声呵斥立刻又把开关关了。

这个侏儒看不出年龄,也许三十也许四十,上唇留了两撇小胡子,身高比四岁鸿鸿还矮一些。他与契卡关系密切,经常上门。

明玉家的煤气开关是微型手枪型,弗拉基米尔每次经过她家煤气灶都会停下来开开关关玩几下。有一次他忘记关煤气,整个走廊里是煤气味,幸亏阿小在家。为此,阿小和侏儒吵起来,因为侏儒不承认他动过煤气开关,契卡站在侏儒一边训斥阿小对他的客人不礼貌。

这一次侏儒玩煤气开关被明玉活捉,她拉着他去敲契卡的门,私心里还想看看房间里的情形。

契卡打开门,见明玉抓着侏儒的手,吃惊地瞪大蓝眼珠。

明玉先瞄了一下房间,契卡的房间并没有女性住宿的痕迹。

她招呼契卡到走廊煤气灶旁,把侏儒玩煤气开关的动作又演示了一遍。她打开煤气开关,立刻冲出一股刺鼻煤气味,契卡赶忙捂住鼻子。

"他玩我家煤气开关的事发生不止一次,如果不是我及时发现会出人命,这是放毒,我可以报警。"

明玉的表情语气都显得严厉,契卡第一次领教,赶忙道歉。明玉并没有立刻接受他的道歉,她说:

"你很难保证你这位客人是否还会做这种事,因为,这已经不是第一次了。上次我不在家,他玩煤气开关,没有关煤气就进你房间了,幸亏阿小在,没有酿成大祸。他当时不承认还跟阿小吵,阿小跟你告状,你骂阿小不懂礼貌,我希望你明天向阿小道歉。"

契卡一口答应。明玉又道:

"走廊的门必须上锁!这是为了安全,已经有陌生人进出我们的走廊。还有,你这位客人进走廊,不管谁给他开门都可以看着他,不让他碰煤气开关。"

为了让契卡听懂上海话,明玉尽量用短句陈述。

走廊门上锁这件事,明玉曾担心契卡嫌麻烦不肯答应,这个情形下他不得不同意。

三年处下来,明玉知道如何与白俄邻居打交道,白俄人的生活习惯不同,虽然常出状况,但可以直接告知,即使当时有争论也没关系,他们不会放在心里,不影响以后的和睦相处,所以,明玉才会把话说得这么直接。

隔了两天,阿小带来弄堂消息。

"一号一楼人家不是住了两个白俄女人吗,一老一少。她们半夜听到有人敲门,老女人胆子大,起来去开门,门外没有人,她看到有个女人从弄堂飘过……"

一号那栋楼是边套,侧墙对着弄堂,有人从弄堂经过,她站在后门口是看得到的。

"她看到的女人是从弄堂外进来还是出去?"

"从弄堂外面进来,朝里面飘过去。"

"为什么说飘过去,要么走,要么跑?"

"你不知道吗?鬼没有脚,它们就像风刮起一张纸,飘过来飘过去的。"

明玉便笑起来,用食指点点阿小,嘲笑她,"要死啊,就像你看到过一样。"

阿小正色道:"我当然看到过,乡下人少鬼多,它们是从窗子飘进房间,你关窗也关不住。"

明玉一个激灵抖了抖,她想起那天晚上,梦见金玉从窗外飘进来。

"后来呢?"

"什么后来?"

"鬼进了房间怎么办?"

"跟你一样,开了灯,就不见了。"

"我没有真的开灯,是在梦里开灯。"

明玉纠正阿小,但阿小完全听不进,她坚信明玉遇到鬼。

二十四

鸿鸿出麻疹那几天,明玉除了早晨去饭店作些例行的检查之外,其余时间便在家照顾儿子。

偏偏她不在饭店的晚上,先后来过李桑农和格林先生。

李桑农不会无缘无故来店里,他又有什么事要麻烦她?他一来,就给她带来压力。

她遗憾没有遇到格林先生。

格林先生告知小格林莫名消失后,明玉又去过海格路。为了避免遇到心莲,她特地夜晚去。她站在海格路上,能看到小格林所住单元的房子窗口,如果灯黑着,都不用上楼。

那天晚上灯亮着,她便上楼了。按铃后,没有人回答。她心想,只有两种可能:房间里没人;或者,房间里有人,故意不开门。为何不开门?仔细一想,明玉害怕起来。她没有多逗留,立刻离开了公寓楼。

格林先生是和他的中国商业伙伴赵先生一起来饭店晚餐。其实更像是赵先生带他过来,那位赵先生爱美食,几次光顾"小富春"。

他们过来这天,赵先生告诉中国经理,他之前就提议带格林先生来"小富春"吃饭,都被他谢绝。这位英国人来上海很多年,他不太喜欢上中国饭店,是嫌中国饭店不够干净和安静。

有一天格林先生把明玉给他的饭店名片出示给赵先生,才知道这是赵先生推荐过的饭店。

"小富春"的文明程度让格林先生意外,他向中国经理用了"文明程度"这些词,经理不太听到用这样的词来形容饭店。赵先生在一旁解释说,格林先生对饭食的味道不那么敏感,却敏感于饭店的环境和干净程度。

"小富春"不仅窗明几净,环境装饰混

杂西式日式和民族风。明玉在装修上花了本钱：咖啡色柚木做墙顶；护墙板是同色柚木；浅褐色的水曲柳打蜡地板；配上等距离四方形日本灯罩；餐桌上台布和杯盘碗碟都是颜色花色成套，艺术美感体现在所有细节上。

明玉知道，格林先生只要来过一次，一定会再次光顾。

果然，几天以后，格林先生独自来用午餐，为他服务的是一位中年白俄侍者。

白俄侍者穿着店里的制服，银灰色中式褂子配一条同色同料棉布围单，头上一顶小圆帽兜住头发。他五官瘦削，那管鹰钩鼻特别醒目，使他看起来更像戏中的某个反面角色，不过，这只是国人的刻板印象。

这位有着犹太人鲜明标志的白俄侍者让格林先生有了感触，他想起好些年前的一个夜晚，他当时还在工部局，接到另一董事的电话，那位董事语气紧张，连连嚷着出事了！原来黄浦江开进一队俄国军舰，军舰上有很多平民是从布尔什维克政权下逃出来的避难者。

那天晚上他们在电话里议论这些难民的出路，工部局董事忧虑的是俄国难民的狼狈境遇将会降低西方人在东方人心目中的地位。格林先生经历过贫寒岁月，对难民不无同情。但现实很具体，这些难民上岸以后，将以什么为生？他们在上海能做什么？穷困潦倒将是他们的未来命运：给人看门还是拉黄包车，或是给黑帮做打手？假如之前过着优渥的日子，体力活做不动怎么办？最简便最直接的便是去讨饭。女人的出路也许比男人多，也更不堪。

放下电话，格林先生回想当年模样穷酸的自己，他对自己说，贫苦出身的人才有冒险精神，因为不怕失去。没有失去的恐惧，你才不会消沉。

那些夜晚，格林先生经常站在他外滩家的阳台上，俄国战舰停泊在黄浦江等待中国政府裁决；江面上来自西方的白色客轮灯火璀璨，隐隐传来音乐和欢声笑语，俄国战舰悄无声息灯火黯淡，如同甲板上面容模糊的男女老少的命运，他看不清他们的脸，他也不想看清，直视苦难是需要勇气的。

他的英国儿子坐在房间地上搭积木，突然"哇"地一声哭开来。他走进房间，儿子爬起来朝他扑去，嘴里嚷着："怕！怕！"他抱起儿子，拍着他安慰着，却不知他怕什么。儿子在他怀里安静下来，他抱着儿子走回阳台，想让他看黄浦江。此时，他才听到隐约传来甲板上的哭声，喔，是儿子先听到了哭声，才害怕得哭起来。儿子咧着嘴又要哭了，他把儿子抱回房间，关上阳台门，世界突然寂静了，儿子也安静下来了。那时候，他的英国妻子和女友去北京旅行，他已经知道她们是情人关系。他不想作任何努力，只等着妻子向他摊牌。

隔着阳台玻璃门，他指着黄浦江上的俄国战舰告诉儿子：

"那是王子和公主坐的船，他们从很远的地方过来，实在太远了，船上的灯一个一个地坏了，上帝眷顾他们，留了最后一盏灯，没有让它坏，这盏灯指引他们，让他们逃到上海来了。"

儿子问："他们为什么逃来上海呀？"

他说："野兽在追他们。"

儿子又哭开了,抽泣着说:"我要……王子……公主住……住到我们……家里……"

那些夜晚,他去大舞台看金玉的演出,他坐黄包车从法租界金玉的家回来,黄包车沿着法租界外滩直奔公共租界。码头上已不见俄国军舰,下船的难民们已融入上海的人流里了。他在想,他们如何生存?

很快,格林先生便在路上看见俄国人在乞讨。以后,在金玉住的弄堂里,他看到过衣衫褴褛的俄国男人肩上扛着长条凳,一头挂着水桶,污黄的水里浸着磨刀石,另一头挂着工具箱,嘴里喊着走音的上海话,"销刀——磨剪刀……"

此时,格林先生看着白人侍应生对中国顾客点头哈腰,心中有些不是滋味。他很少进中国餐馆,这是第一次看到中国餐馆的俄国侍者。离婚前他的英国妻子带儿子到号称"小莫斯科"的霞飞路上,看见白俄侍应生在俄国餐馆招待中国人,大受刺激,回家迁怒于丈夫。她认为,工部局应该把这些穷白人赶出租界,甚而赶出上海。他当时很吃惊,对于她赤裸裸表达出一种由自私出发的残忍。

无论如何,格林先生应该明白,白俄侍者干净的饭店制服显示了比"磨剪刀"更安稳的人生。

午间的这份俄国简餐比中国著名菜系的扬州菜更对格林先生口味,这是明玉早就认知的现实,西方人的舌头品味不出扬州菜的清淡鲜美。

格林先生当然不是第一次吃俄餐,但这份俄式简餐的土豆沙拉却结合了上海口味,沙拉里混合了豌豆和少量鸭梨和香蕉,咀嚼时水果特有的清香和脆甜混合在奶味浓郁的土豆里,作为前菜让格林先生开胃而心情舒畅。罗宋汤浓郁的番茄酸,格林先生喜爱。番茄在他的食谱里是不可或缺的配菜。因此在中国菜里,他最爱吃番茄炒蛋。主菜炸猪排,格林先生从未在其他俄餐店里吃过。这款炸猪排端出时香味撩人,一口咬下去齿间的油酥感和肉质的嫩滑多汁,仿佛味觉快感也会刺激荷尔蒙似的。蘸料竟是英国"伍斯特沙司",上海人称为辣酱油,俄国侍者告诉他,这是炸猪排的点睛之笔。格林先生惊喜中有了乡愁,几乎错觉这是为他特意配的蘸料。

午餐后,明玉过来打招呼,对于格林先生的再次光临,明玉掩饰了内心惊喜,适度地表达欢迎。

"真高兴在我的饭店见到你。"

格林先生却显得局促不安,想起上次在他家,最后让明玉不快离去,此时即使想道歉,也已经不适合再提起这个话题。

明玉见他沉默,便问他是否对午餐满意。

"Perfect(完美)!"格林先生脱口而出,然后摇着头好像在否定什么,"我找不到哪句上海话表达我的感受,我想我以后会成为常客。"

格林先生竟像喝了酒,两颊发红。

明玉请格林先生去楼上的小茶室喝咖啡。楼上有包房,但这间小茶室并不对外公开,是明玉用来接待特殊的客人,比如丈夫在国民党的旧日同僚、工商界名人,诸如此类。她却从未用这间茶室招待李桑农。

进入这间精致幽静有私密感的小茶室,

格林先生受宠若惊之外还有不可名状的羞怯。是的，格林先生年轻时自卑又害羞，这些年他在东方意外地出人头地，自卑和羞怯被自负和傲慢替代，今天的这一刻原本的那个"旧我"突然冒出来，让他百般不自在。

"刚才服务我的白俄人年纪也不小了。"格林先生扯开话题，掩饰自己的心情。

"以前是军人，跟着S将军的兵舰到上海。"

"你的中餐店怎么会招俄国侍应生呢？"

"他是我邻居契卡介绍来的。也不完全是帮邻居忙，从生意上考虑，环龙路上住了不少白俄人，都在霞飞路开店。"

"我想，要让他们跟中国人一样勤快并不容易？"

"家里等着开销，会让他们变得勤快，他叫鲍里斯，在上海娶了个中国老婆，他是老来得子，孩子才三岁，老婆在家门口的杂货店帮忙，一边带孩子。"

"他这个年龄没有一技之长，找工作不容易。听老赵说，你店里本来还有个漂亮的白俄女孩。"

"做了几天就走了，以后也不打算招年轻的白俄女孩，她们太不稳定，培训要花精力，工作方面刚熟练，却要走了。"

格林先生深以为然，直点头。

"有个叫娜佳的女孩你知道吗？"

明玉突然问道，她目光锐利地看住格林先生。

格林先生茫然地摇摇头。

"她是个白俄女孩，好像和你儿子交往过。"

"你是说戴维吗？"

"戴维被枪打之前的有个晚上，是娜佳把他送回海格路上的公寓。"

"这是怎么一回事，我没有听懂。"格林先生摇头表示困惑。

明玉把那天在海格路公寓门口遇上小格林的场景叙述了一遍。

格林先生紧蹙双眉微微点头，然后恍然大悟的神情。

"两年前，戴维暑假回来，开学前他突然提出转学回上海的圣约翰大学，我当然不会同意，除非他给我充足的理由。他便告诉我喜欢上一个女孩，以我那时的心情，我其实很高兴他有喜欢的女孩，他性情孤僻，在中国的环境里长大却不受欢迎，能够找到心爱的人，我应该支持他。所以我提出建议，不如带女孩一起去英国读书，她在英国的读书和生活费用我可以支持。戴维说，她是不可能再回学校的，然后才坦白，她在夜总会跳舞，是俄国人。我马上明白那是个什么性质的女孩了，我告诉他，这样的女孩子不仅仅是靠跳舞拿收入，她们有其他交易。他不肯相信，然后我们争执起来，我告诉他，假如他不回英国拿到学位，我的遗产他是得不到的。戴维一怒之下当晚离家，我当时心里很焦虑，因为即使他得不到我的遗产，也能生活，他母亲给他留了房子和钱，在经济方面，我对他没有太大束缚力，虽然他在英国的费用是我在支付。奇怪的是，隔了几天，在他必须出发回英国的前一天，他回来了，他告诉我他改变主意，要回英国去了。我当然不认为是我的威胁起作用，我想，是女孩那边发生变化⋯⋯这个女孩，可能就是那位娜佳？"

明玉的思绪跟着格林先生的叙述奔跑，他猛然停下就像刹车，也让她的思绪跟跄了一下。她怔忡片刻才回答：

"白俄女孩，在夜总会，就是娜佳了。"她肯定地点头，想了一下说道："戴维参加游行中枪弹的当天夜晚，娜佳在夜总会门口也被人打枪，目前下落不明。"

"你认识她？"

"她也是我邻居的朋友，他们很为她担心，在找她。"

"喔……"

格林先生蹙紧眉头，仿佛要理出头绪。

"你知道，戴维的小学和初中都在上海的教会学校就读。小学时，交过一个出生在俄国的小朋友。那时他在学校很孤独，因为长得像中国人，他的英国和美国同学都喊他中国佬。"格林先生的眸子里有了悲伤，好像此时他才体会到混血儿子那时候的寂寞。"他们看不起他。戴维被绑架以后，出名了，学校同学都知道他了，他却吓坏了，变得更自闭。那个有俄国血统的孩子主动接近他，和他说话，把他的故事告诉他。那孩子出生在圣彼得堡，爸爸是法国人，戴维从他那里知道，俄国有许多雪，俄国男人喜欢喝酒……"格林先生突然叹了一气，"这孩子跟我小时候很像，胆子小自卑害羞，学校里的事，都是他母亲问出来的，金玉担心他在学校受欺侮，每天在饭桌上问长问短。"

沉默片刻，格林先生又道：

"是的，金玉放心不下他，我能想象，她在天上多么不安。"

这最后一句话悲戚得让明玉眼睛都红了。

二十五

"想不想吸一口？"

明玉突然问道，她站起身，走到房间里侧打开门。

这间小茶室里面还套着一间房，格林先生竟然没发现，这间房有一扇通向里间的门。

里间房很小，但两面墙有窗，摆着两张躺椅、一张橱柜，明玉从橱柜里拿出鸦片烟具。

这间房被当作鸦片房使用，平时都锁着，甚至店里的服务员都没有意识到这间房的存在，除了经理。

经理知道明玉偶尔会用这间房。一些她需要应酬的关系，包括她丈夫那边的人脉，在政府部门担任职位的某个老友，吃完饭喝了茶，兴致高时，明玉陪他们吸一口烟。经理心知肚明，从不传话。饭店经营上总会遇上一些意想不到的麻烦事，明玉从来不说。当她请某些人来吃饭吸烟，那就是要解决一些燃眉之急，消防方面、卫生方面、税务方面。有些事，你做得再好，遇上贪官，还是要打点。爱酒的给他敬酒，爱烟的给他吸烟，总之，再麻烦的人，你只要给他制造迷醉的氛围，就迎刃而解了。

此时，因为金玉的话题，明玉悲从中来，她自己想吸一口烟了。

进入这隐秘的鸦片房，格林先生有获得意外馈赠的惊喜。他很久不吸烟了，自从金玉去世，他去过几次鸦片铺，总不如在自己家和最亲近的人一起吸烟更有安全

411

感。美玉曾经试着为他烧烟，可是她烧烟动作笨拙、吸烟状态粗俗，无法复制金玉制造的迷幻气氛，反而令格林先生堕入失去金玉的悲哀。人和人的契合，真是千奇百怪。不能说，他爱金玉是因为他们一起吸烟时的快感，可这一刻的好感觉成了往后空虚日子的深刻记忆。

明玉从橱柜里拿出收藏仔细的鸦片和鸦片器具。

她点起烟灯，把灯火捻大一些，往烟针上用烟丸做烟模，然后把鸦片移到火上。

格林先生怔怔地看着明玉动作熟练地烧烟枪。那些往事在小格林被绑架之前，从未让他心安过：在禁止鸦片买卖时，他却通过鸦片买卖咸鱼翻身。

那一年关于禁止鸦片买卖，工部局有过多次讨论。董事会达成协约中有一条："对吸食鸦片者提出起诉与本董事会认为有权维护的个人自由原则完全相悖。"

但情势并未按照工部局董事的意愿发展。

英国领事告诫，孙逸仙和中国政府对鸦片贸易持反对态度，为了把中国拉到英国这一边，有必要对鸦片问题采取断然措施。工部局的同僚在议论，如果禁烟令出来，眼下在上海还很便宜的鸦片很可能在一夜之间身价百倍。

格林先生那时已经在破产边缘，他手持的大量股票因欧战爆发一落千丈，他把汽车卖了，已经准备抵押房产，并且开始想象自己在工部局董事会议桌边的位置将成空位，他和妻子孩子，跟着一群穷困潦倒的欧洲人，被送上开往欧洲或美洲的客船统舱。

工部局内部的议论给了他启迪。他之前已经从上海商人老赵那里获知，有一大批卖给青帮的鸦片，因中间商被人暗害，而落进英国海关官员手里。这位私吞鸦片的官员曾是格林先生在海关时的上司，为人阴险，当年，是他把格林先生踢出海关。如今，他怕被青帮追杀而躲在乡下。

胆小谨慎的格林先生第一次铤而走险，他找到隐匿在乡间的官员，用银行贷款从他手里低价买进这批鸦片，同时立刻加入上海鸦片商联合会。

当中国终于加入协约国参战时，英国同意完全停止鸦片贸易。中国政府高价买下鸦片商会囤积的鸦片，在黄浦江的东岸烧毁这批鸦片，地点就在公共租界对面。

在这次高价收购中，格林先生净赚百万美金。

焚烧鸦片的黑烟在黄浦江面冲天而起，格林先生和他的同僚站在上海总会的顶层观看，这些来到上海后才发达的西方巨商们在议论，无论怎么禁，鸦片是烧不光的，许多鸦片被藏起来了，中国官员在参与经营。在这个腐败的国家，都是官员在带头做违法买卖。

风很快吹散浓烟，散得这么快，就像中国刚刚出台的政策。

然而，你以为烟消云散了，却突然乌云密布，小格林被青帮绑架。格林先生私吞的鸦片，青帮怎会轻易放过？

烟针上的鸦片丸儿的香味出来时，就可以吸了。明玉把烧好的鸦片装进烟枪斗，递给格林先生。他像接受贵重礼物一样，脸上充满感激。

"很久没有吸了！"他说道，咬住烟枪，

深深吸了一口。

明玉通过金玉，目睹一个来自英国偏僻小镇的底层青年一步步发达起来。

格林先生最初因为廉洁奉公被排挤出海关，却因祸得福，被中国商人老赵说服，联手做出口贸易发了财；接着跟随老赵炒起了股票，那几年里格林先生的股票翻了好几倍，他发财了。

接着，他在工厂和铁路码头等交通企业投资，并争取加入上海总会。进入总会他可以结交外国领事和大班以及银行家们。可是上海总会不允许会员有种族混淆，他不被允许和中国女人结婚，甚至不能和中国人自由社交，总会会长明确告诉他，总会像一个家庭，不能是乌合之众。

格林先生答应上海总会，绝不和中国女人结婚。他那时仍然爱金玉，他在上海没有亲人，金玉给他归宿感。但他明白，只要不把金玉带去社交场合，没人会来干预，这是公开的秘密，其他英国人也有中国情妇。

金玉支持他加入上海总会，认为这是一种社会地位，可以给他增光。她深谙白人世界规则，也曾告诉明玉，她不指望格林先生娶她。

娶一位英国妻子，也是他进入上海总会的砝码。格林先生匆忙走进婚姻，买了外滩豪宅作为婚房。他如愿以偿，终于被上海总会接纳，进而成了工部局董事。

格林先生的婚姻却不幸，他的英国妻子是同性恋。他在天主教家庭长大，对同性恋这个群体几无了解。新婚时，妻子的性冷淡让他郁闷，以为她跟他一样，都是在保守的英国文化中浸润成长，对肉体欢愉有抵触。他带妻子吃大餐看美国电影去夜总会，他以为，比伦敦还要时髦的上海将打开他妻子的眼界和头脑。

然而夜晚的婚床成了他和妻子的噩梦。他们结婚时妻子已经怀孕，生完孩子，她告诉他，她厌恶性行为，他不得不放弃婚内性生活。

他去妓院解决性欲。为了在上海总会和工部局的地位，他得维持婚姻，毕竟这是一个表面看起来还挺体面的婚姻。他的妻子有艺术鉴赏力，是个古董收藏家，她帮他提升了生活品位。家里开派对，他的西方客人们对他家里墙上挂的画、博古架上摆放的古董赞不绝口。

他的可笑的婚姻再一次把他扔进孤独的黑屋子，就像他刚来上海，住在海关宿舍忍受的孤独。他开始怀念与金玉情投意合的日子。她是他年轻岁月的温暖回忆，陌生的异域因为她的陪伴而让他坚持下来，才有后来的成功。

自从在路上见到金玉后，他便去"大舞台"找她，他们开始秘密往来。

然后有一天，他撞见英国妻子与女友在他们的卧房做爱，再不离婚，连这个英国妻子都看他不起。

与英国妻子离婚后，格林先生让金玉和他们的儿子搬去他的外滩住宅。倔强的金玉不肯搬家，她认为，等他找到合适的白种女人，他还会结婚，将再一次让她从他的生活里消失。

他和金玉订婚后，金玉才带着儿子搬去外滩格林先生的住所，这成了格林先生的丑闻。年底的工部局票选，他失去选票，不得不让出工部局董事席位。对于上海总会,他也违背了自己的诺言——绝不和中国人通婚,而被上海总会除名。

事实上,离开工部局和上海总会,并不完全因为和金玉的关系。那一阵国际形势越来越动荡,上海总会和工部局内部的西方人代表各自国家利益,政治关系复杂,格林先生无所适从,他想做回纯粹的商人。

他希望可以自由地过自己想过的日子,他失败的婚姻也让他醒悟,人生是自己的,不能为那些规则牺牲自己的快乐。在他打算和金玉结婚时,他们的孩子戴维·格林遭到绑架。

百万美金价值的鸦片被他中途拦劫,青帮要来清算的。早些年他为金玉已经和青帮结下梁子。那时候,金玉是歌女,需要向青帮交保护费,同时她是青帮某个头目的应召女郎。认识格林先生以后,金玉不再交保护费,当然也和青帮头目翻脸了。直到格林先生失去社会地位,不再是赫赫有名的上海大班,青帮才来报复。

金玉后来说,她命里不该有婚姻,订了婚,还没有来得及结婚,就出了祸事。小格林虽然回家了,她却性情大变。他以为她无法原谅他当时的错误决定,却不知她遭受失去孩子的巨大恐惧、被青帮的侮辱,仿佛一场重疾,落下病根。他们俩都是这场灾祸的受害者,却无法沟通,渐行渐远。

"我和两个孩子关系都疏远,金玉一直认为我更宠爱和英国前妻生的孩子,英国前妻认为我只关心和金玉生的儿子,其实,都不是。只能说,我在做父亲方面很失败,我没有得到他们的信任。"

明玉的安静,令格林先生有倾吐欲望。

"最近两天还是没有他的消息吗?"

"还没有。只有发生什么坏事,他才会主动找我,所以,没有消息就是好消息。"

明玉点点头,心里的焦虑并没有流露。

"戴维快二十岁了,是成年人,我不能干预他。我暗暗希望他已经回英国。还有一年他就毕业了,他自己知道文凭在英国的重要性,没有好文凭就没有好工作,在这方面他倒很像他母亲,比较实际。"

明玉欲言又止。

"喔,我想跟你道个歉,那天,美玉没有礼貌。"

"对不起,格林先生,"美玉的名字让明玉一股怒气升腾,"有些话说出来,可能你会不想听,但如果不告诉你,我对不起金玉。"

明玉尽量把话说得平静,格林先生询问地看着她。

"听说,金玉去世前一个礼拜,美玉的外婆突然在家昏迷,是她打电话给救护车。"

明玉停下来,看看格林先生的反应,他却一脸茫然。

"我记得你告诉我,金玉去世那天,美玉在她身边,是美玉电话你,等你赶到时,金玉已经没气了。当时我问你,为什么美玉不把她送去医院,你告诉我,美玉说她不知道怎么打电话给医院,她只有你家电话。"

"你想说什么?"

格林皱起眉头,他不是不高兴,而是不解。

"我想说,美玉耽误了金玉,她应该直接打电话给医院。"

"她不知道医院电话，很多中国人遇到这种事，只会找家里人。"

"她外婆突然昏迷，是她打电话给医院的！"

"这个，你怎么知道？"

"我以前不知道，后来碰到戏班子小姐妹，是她们无意中说起。"

"这跟金玉的事有什么关系？"

明玉心头火起，格林先生好像突然听不懂上海话。

"金玉当时昏迷，她应该立刻打电话给医院叫救护车，而不是电话你，等你赶过去已经晚了。"

"即使她当时做错了，或者说，她当时的决定不够聪明，我也没有权利怪罪她。"

"她不是不够聪明，她很聪明，聪明过分，这是坏，知道吗？"

"这是你的看法，不是我的看法！"

格林先生"霍"地起身，明玉却没有动，这个反应在她意料之中。

"金玉的事过去三年，很难追究，我只是担心你受她骗，美玉在社会上关系复杂，她和青帮某个头不是一般的关系。"

提到青帮，格林先生一怔。他站立片刻，才拿起帽子。

"谢谢你提醒，我还有事告辞了。走前我也要告诉你我的想法，我知道你会站在金玉立场，反对我和其他中国女人结婚……"

"我没有资格反对！"明玉打断他，"美玉不是其他中国女人，是我们戏班子的女人，她的品行有问题，结婚是大事，要是她卷进黑社会，会给你带来麻烦。"

明玉担心美玉嫁与格林先生，就像担心一只白蚁进入房子地基，某种邪恶也会进入这个家，不仅给格林先生带去麻烦，也会影响小格林的人生，至少她将侵害小格林的利益。

格林先生离开时不太开心，不完全生明玉的气，而是有些沉重。明玉相信，她的一番话会给他带去影响。就像家祥说的，尽管没有证据让他相信什么，但有些话会在他心里留下阴影，会影响他原先的判断。

想到家祥，一股热流在身体里滚动，她不明白自己为何变得不平静，他们平静相处的日子已经不短了，从哪一天开始对他动情了？

她有些害怕自己心情动荡，假如他那边无动于衷？是的，她认为自己配不上家祥：十七岁之前的人生太低贱，又做了他人多年姨太太，过往是无法擦去的，自己应该知道分寸，不要靠近不属于自己的地盘。她从家祥的视角看自己：理性谨慎，懂人情世故，给男人安全感，可靠的朋友。没错，她得自己去收拾已经开始跨越边界的感情了。

她为自己悲哀，到中年才开始有爱的渴望和感受力。年轻时感情是麻木的，在生存路上慌不择食，对爱情没有想象力。和李桑农之间，是向往他带来的新世界，是与抽象的非个人的理念结合的气氛，其中不包含身体的欲念。他被她吸引，或者说互相吸引，彼此并无了解，是印象式的美好图景，看起来很灿烂，其实很虚幻，说没就没了。年近三十才动情，那情是从身体深处长出来的，不到一定时候，是不肯冒头的，一旦冒出来，就难遏止了！是否像老话形容的，老房子失火，一发不可收拾了呢？

明玉要是去思虑和宋家祥的关系，心情会消沉。

二十六

奇怪的是，这些日子，天天大晴天，金玉的幽灵没有出现。明玉怀疑，"幽灵"是自己想象出来的。

中午，心莲带着一群女同学来"小富春"吃俄式简餐。女孩子们穿着校服——银灰蓝的素色棉袍，黑鞋白袜，不一样的身材，或纤弱或婴儿肥。青春便是美，走进店里，宛若携带彩虹，整个店堂都亮起来。客人们的目光追随她们，眸子被少女们照亮。经理把她们带进简餐厅，小小的简餐厅立刻显得很满，充满热能。

看到白俄侍者讲有口音的上海话，年轻女孩都笑了。她们七嘴八舌与他对话，阵阵欢笑声。"小富春"的简餐厅像在开派对，笑声吸引明玉的注意。

明玉走进简餐厅，才发现心莲。

心莲见到明玉，一边和明玉招呼，一边对她的同学介绍连带炫耀。

"她是明玉姐姐，这家店老板娘，好美，是不是？是不是？"

女学生们发出一片赞叹，惊喜的目光紧紧盯着明玉。这天的明玉，穿黑白细条西式毛料套装，西装修身，卡腰窄袖，内衬白色高领羊毛衫。穿汉装的女孩们像面对时装界模特一样，崇拜的目光。

明玉面对少女们，心情也像天气一样晴朗。她朝她们微笑，而平时，在自己店里，她从来不笑，让人敬而远之，也因此阻止了一些男性客人的轻薄。

"明玉姐姐上次带给我的炸猪排、沙拉还有罗宋汤，太好吃了！跟同学们一说，她们都要来吃！重要的是，让她们看看我画的偶像和真人的差距，"心莲转向女生们问道，"怎么样？"

她们便捂嘴笑，一个胆大的女孩评论说：

"差距有点大，你只画出眉眼，没有画出气质……"

于是又是一片笑声。她们的年轻和无忧无虑让明玉涌起羡慕和嫉妒。

此时她们的套餐都已经上齐，她们贪婪地盯着面前的餐盘，却又不好意思当着明玉面动刀叉。

"炸猪排要趁热吃，吃完再聊。"

明玉也急于离开，招呼完她们便从简餐厅走回大厅。接着她又被其他熟客喊住，一圈客人应酬下来，才坐回办公室，经理进来告诉她：

"你的朋友等在外面，实在腾不出位子了。"

餐厅玄关有一排等位的椅子，坐着李桑农和他的两位朋友。明玉便去和李桑农打招呼。

"以后，你预先电话我，我给你留位。"

说话间，侍应生给他们端来茶水。

"没事，我们路过，听说有吃俄式简餐。"

李桑农意味不明地一笑。他这天带来的朋友也是一对男女，年龄也在二十五六岁，穿着考究，男人西装领带皮鞋锃亮外套黑呢大衣；女人穿麻葛面料铁锈色暗花旗袍配中跟皮鞋，厚厚的海芙绒大衣。像中上阶层的已婚夫妇。

明玉想起李桑农的另一对年轻朋友，他们后来没有再来。明玉现在有些后悔，当时斩钉截铁阻止他们日后来蹭饭的表态，是否太"商人"了？

他们说话间，女孩们已经吃完从简餐间出来。

心莲看到李桑农愣了一下，她吃惊的表情被明玉看到。心莲与明玉对到目光，于是明玉趁着送客走到心莲身边，她看出心莲有话说。

"明玉姐姐，你也认识他？这个人我看到过两次，有一次是和那位混血儿一起，我们三人坐一部电梯，他们两人是认识的，等电梯时他们在交谈，见我过来，就不说了。我当时觉得有些奇怪，所以便记住他了。"

"这是什么时候的事？"

"前一阵，也有几个礼拜了。"

明玉心算一下，是自己遇到小格林之前的事了。

"明玉姐姐，拜托你为我介绍一下，通过这位叔叔可以认识混血儿，我很想让混血儿做我模特儿。"

明玉收起笑容，神情严肃了。

"心莲，记得你住进来时，我有过关照，不要和楼里的人有往来，尤其是单身男人，很不安全！"

心莲一惊，原本带点儿玩笑，此时被明玉提醒，才意识到自己有些轻浮，脸红了。

尴尬时，经理来请明玉接电话，明玉很快又微微一笑，朝心莲和她的同学们招招手进店了。

李桑农他们是中午最后一批客人，明玉打完电话，在办公室忙了一阵，估计他们这边已经吃得差不多，她才去见他们。

李桑农指着他的这对朋友问明玉：

"还记得他们吗？"

"刚才人多嘴杂，还没有听见你介绍呢！"

"上两个星期刚来过，你忘记了？"

李桑农得意地笑起来。

"要是来过，我不可能忘记。"

明玉的回答令这对男女和李桑农一起大笑，看到女人笑时露出有宽缝的门牙时，明玉就认出来他们了，她笑着直点头。

"换了衣服和发型，我完全认不出了，还在想，你怎么又带一对差不多年龄的朋友？"

"饭店老板娘应该是记性最好的人，连你都认不出，他们的换装很成功。"

李桑农不无自负，笑声更响。

餐厅客人已经走空，李桑农的这对朋友也先离去了，李桑农好似有话跟她说。她吩咐侍应生给李桑农泡了一杯绿茶，拿来一包老刀牌香烟。她注意到上次在门口说话的一会儿工夫，李桑农就抽了两根烟。

李桑农也没有推辞，打开香烟壳子，抽出一根烟，欲给明玉点烟，她摇摇头。

"我不抽香烟，以前生过肺病。"

"喔，那我不抽了，呛到你不好。"他关上打火机盖子，把含在嘴里未点燃的烟放回烟盒，"现在身体还好吗？"

他问道，声音和目光突然变得温和，甚至带了点温情。

"恢复得不错，谢谢你！"

那声问候和目光，让明玉心里起了一阵涟漪。她提高声调，改变话题。

"小格林有消息吗？他的枪伤好了吗？"

"没有他的消息。报纸已经报道过，一个前上海大班的儿子，也加入反对列强的游行。"

她一时无语。

"对了，你说找我有事？"

"有些秘密应该让你知道！"

明玉一阵心跳。

"什么秘密？"

"刚才那对朋友，并不是夫妻也不是情人，他们是同志关系，是共产党员，地下工作需要他们装扮成夫妻。"

他为什么轻易向我透露这些秘密，不是前几天还说，国民党政府在抓捕共产党？

"这些事你不应该让我知道。"

明玉不悦，她对共产党没有偏见。碍于亡夫是国民党，她不想参与政党之间的复杂关系。

"告诉你，说明我们信任你！"

我们？她一阵心跳，没有接他的话。

"你把饭店经营得这么好，说明你有能力，是可以为地下党做些事……"

"我做小生意，不想卷入政治活动。"

"你以前很追求进步，你身上有一种很纯真的本质，因为你也是穷苦人出身，你应该支持帮助穷人翻身的共产党。你丈夫虽然出身商人家庭，但他有理想有追求，作为国民党元老，也曾经和共产党合作，为推翻帝国主义作斗争。"

"你也知道我丈夫去世好几年，我出身穷人家庭，知道贫穷可怕，所以我首先要靠自己挣生活费，我的饭店也给其他穷人一份工作……"

"你的朋友在影响你。"

"我的朋友？"

"那位开印刷厂的宋先生。"

明玉一惊，询问地看着李桑农。

"为什么说他影响我。"

"他也说过这句话，他说，我是个生意人，不想卷入政治活动。"

"可能，做小生意的人都有这种想法，生意倒闭要饿肚子，职业革命家应该理解生意人的难处。"

后面一句话，明玉是在心里说。她承认自己变了，人不可能一直年轻。她跟丈夫不同，他可以一边吃家产一边革命，以至去世时，属于他的那份家产也消耗得差不多了。她要活得体面，得靠自己挣钱。衣食无忧时，她也愿意去参加社会活动。

"他可能不想惹麻烦，不想让自己的印刷厂倒闭。"

"大家都这样想，中国怎么会进步呢？"

"饭店要是利润好，我可以再捐一些钱，其实现在还是在持平阶段，前期的投资还没有收回。"

"有钱出钱，有力出力，你有现成的地方，有时候我们需要有开会的地方……"

"你们来吃饭，是顾客，我不管的，但是不要告诉我你们为什么来吃饭。"

明玉只能这么暗示，她内心是同情李桑农所奉献的理想，但饭店安全于她是第一位的。

"你知道，饭店是公共场所，各种身份的客人都有，开会有风险。万一有国民政府耳目，你也知道他们明察暗访厉害。"

"是啊，耳目很多，据说军统地区负责人经常出入俄国人餐厅。"

她一惊，因为她正想说，也许去白俄

人的餐厅更安全。

"我知道你们楼上有包房……"

李桑农直视她的眼睛,她笑笑。

"是的,如果你们来订包房,我们不会拒绝。"

"有你这句话我就放心了。"

李桑农点点头,神情严肃,目光透着冷冽。

"希望我们今天说的话对任何人都保密,包括你的朋友宋先生,现在我们已经在一条船上,泄漏出去会给你带来危险。"

明玉又一惊,她笑笑,装作不在意。

"我想我已经表过态,不参与政治,你们来吃饭,是顾客,我当然欢迎,其他我都不想知道。"

"可是刚才,我把我们的身份都告诉你了,从政府角度看,你是知情不报!"

"喔,有这么严重吗?"明玉笑问,心里非常压抑,话语也带刺了,"我们之间说话,没人听到,关于你们的身份,我完全可以不知道。"

"我只是把政治斗争的残酷性告诉你。"

明玉不响。她迷茫地看着李桑农。

"为什么非要把我推到危险的境地,我一个开饭店的小百姓,给自己挣口粮,只想过太平日子……"

"是敌人不想让你过太平日子,中国形势会越来越糟糕。日本不再是你我印象中那个开明的意气风发的国家,它膨胀了!自大了!开始走上邪路了!要是你关心时事的话,你应该知道东三省情势紧张,日本关东军在挑衅中国东北军,战争一触即发,只怕整个中国将被拖入灾难。"

她的心情也沉重,似乎日本的变化给她的打击更甚。

"其实,我们当年以为的意气风发,正是它自我感觉太好变得膨胀的时候,这些年来,日本的扩张野心更加赤裸裸,露出丑恶的面貌。"

李桑农走后,她在自己办公室发了一阵呆,他总是给她带来震荡,虽然如今更多是压力。

关于他过去的形象,在她的记忆里越来越模糊。然而,刚才他瞬间表现的温情竟仍然富于冲击力。

她为此更加郁闷,她知道他是不能靠近的。

小格林现在去向不明,她想着要托家祥去找侦探了。

二十七

鸿鸿的麻疹虽已痊愈,生病后更娇气了,她答应儿子早些回家。

她家的楼房门口簇拥着几个白俄邻居,楼里传来哭闹声。

一楼的房门虚掩,是玛莎家的哭闹声。今天是星期二,怎么会那么热闹?

房间里的人在扔东西,尖利刺耳的器皿破碎声。玛莎在哭,马克在吼,阿小在劝。朵朵和鸿鸿站在楼梯口一脸兴奋,鸿鸿嘴里学样,吐出一串串俄语粗话。

明玉关照朵朵把鸿鸿带回房间,朵朵很想看热闹,但妈妈的话是不能不听的。鸿鸿并不怕妈妈,他害怕姐姐拉他耳朵。

明玉推开玛莎家虚掩的房门,里面何止狼藉,玛莎和丈夫扭在一起,阿小无法扯开他俩。

明玉进门，和阿小一起先把马克推开，她把玛莎带到她家亭子间。阿小不用吩咐，去明玉的卧室给鸿鸿脱衣上床。

"他居然……居然在外面给娜佳包旅馆，契卡也有份……"

明玉听糊涂了。

"这么说，娜佳活得好好的？"

明玉的问题悬在空气里，因为楼下的房门"砰"的一声，马克出门了，玛莎要去追他。

"不用追，他会回来的！"

明玉镇静的语气止住了玛莎，她递给玛莎一杯温水，等着她冷静下来。

有人上楼，亭子间的门开着，可以看见是契卡。玛莎眨眼间冲到门外，一把抓住契卡胸前衣领，这怒气是有多么汹涌，让明玉一时看呆。

玛莎嘴里吐出一串串俄语，激愤时人们通常只说母语。

契卡有些慌张，很快又平静了，现在轮到他说话，明玉才发现契卡说俄语时语速飞快，胸有成竹，仿佛一个内向的人突然奔放多话。

玛莎的怒气在契卡的叙述中渐渐转为疑惑，然后，她问他答，虽然听不懂他们的对话，但语态明玉还能看懂。

玛莎和契卡仍然站在亭子间门口的楼梯转弯处说话，此时显然没有明玉的事了，明玉上卧室去替换阿小。

把玛莎带到楼上是为了劝架，明玉不想知道玛莎他们的纠纷。白天与李桑农的一番谈话让她满腹心事，只想一个人静一静。

对付鸿鸿睡觉是件麻烦事，她进房间只见阿小正使劲把鸿鸿按在床上，小男孩双腿蹬着被子。朵朵也已经上床，正在看书，只要阿小在，她完全可以置弟弟的吵闹于度外。

见到妈妈进屋，鸿鸿才安静下来。

阿小正迫不及待要把玛莎屋里发生的事告诉明玉。

"他们是为娜佳吵！"

"娜佳为什么不回家，去住旅馆？"

"娜佳的确得罪了罗宋黑帮，是他们开的枪，好在伤不重，打在大腿外侧，没伤到骨头。她自己家也回不去了，二房东是罗宋人，不想得罪罗宋黑帮，那间房租给了另一家罗宋人。她的旅馆费用是马克和契卡给她付。玛莎怀疑他们和她有一腿。"

"喔，她至少安全了。"明玉倒是为娜佳松了一口气，"玛莎多心了吧，他们都是娜佳的长辈。"

"我看玛莎发火大半是马克为娜佳花钱。"

阿小冷笑，有点幸灾乐祸。

"娜佳也不能一直住旅馆。要对付白俄黑帮很简单，付钱给青帮，让他们保护她。"

"以前青帮是她靠山，她要是不去夜总会，青帮不会帮她，她现在在养伤。"

"如果玛莎心痛马克为娜佳付钱，不如把娜佳接到自己家养伤。"

"那倒是好主意，玛莎最怕寂寞，不过，要是娜佳住过来，我们的浴间时时刻刻要锁。"

"锁也没有用，契卡可以给她钥匙。"

"你提醒我了，说不定前两天娜佳来过，她来洗澡了。"

"那么，深更半夜飘过弄堂的，不是鬼，是娜佳？"

明玉问阿小。阿小一愣，但她马上又指正。

"娜佳不是在旅馆吗？为什么深更半夜跑来洗澡？"

"那种小旅馆没有浴室，她又不想让玛莎和我们知道，所以晚上过来。"

然而，阿小宁愿相信那个女人是鬼。

"她身上有伤不能洗澡。"

明玉想想也对。她虽然这么推测，心里将信将疑，包括娜佳住旅馆的理由也不过是她的一种说辞。

隔了一天，阿小又带来消息：

"娜佳好像参加了一个组织，这个组织都是俄国人，他们想离开上海，回他们的国家。"

"什么组织？"

阿小摇着头，她也说不清。

和归国有关的组织？明玉觉得耳熟，她想起来，曾经从报上读到过一则新闻，是关于一个刚成立不久的白俄人俱乐部，这个俱乐部的口号是：回到祖国去。

这是个政治性组织，娜佳怎么会参与到他们中间呢？据报道，俱乐部成员都很年轻，是在流亡中长大的一代。再一想，娜佳不就是他们中间的一分子？她七岁跟随母亲来到中国，然后成了孤儿。

渴望回母国，是孤儿们的情感寄托吧？明玉对娜佳陡生同情，她并不是个只爱钱的夜总会女郎。

"这件事玛莎怎么说？"

明玉问道，阿小便拍着自己的脑袋：

"我终于搞清楚，玛莎不是因为吃醋和马克吵，是因为马克也想回国，玛莎坚决不同意，她说，她绝对不回去，死也要死在上海！说马克回去是在找死。"

"奇怪了，前两天玛莎还说她不喜欢上海，说上海是马克的上海，马克喜欢上海的夜生活。"

"玛莎说她不喜欢上海，是因为马克在上海变坏了。她说上海是她第二个家乡，她回去会被杀头，因为她家是有钱人。马克的家不是有钱人，但是他跟有钱人结婚，也是敌人，所以他也会被惩罚，坐牢杀头都有可能。玛莎说他不应该受娜佳影响，娜佳太年轻，不懂事，马克今年四十八岁，他年纪难道活到狗身上了？"

阿小鹦鹉学舌般地学玛莎的口音，明玉便笑了。

她得找玛莎聊一下。

早晨明玉去饭店时，玛莎还未起床。下午，明玉抽空直接从饭店去霞飞路上玛莎的珠宝店找她，这一路过去十分钟都不到。

玛莎的珠宝店只有一间门面，十五平米左右，L型的柜台。玛莎的父亲年轻时是珠宝匠人，后来做起珠宝生意。玛莎流亡中国时带出一些珠宝，并从俄国同胞那里低价收购不少家传珍宝。因此，她的珠宝店是卖二手珠宝和首饰，有古董价值，当地殷实的上海本地人家，喜欢她的古典珠宝。

柜台内一角有个小小的工作台，马克在珠宝店负责珠宝加工。因此这张工作台的桌面包有薄铁皮，桌子边缘高出桌面，桌子上方的墙上有铁制挂钩，可以悬挂工具。桌上和墙上 mini（迷你）尺寸的工琳琅满目，包括各种型号的锉刀、锯子、钳子、锤子以及焊具等，还有一些工具明玉看不懂，满满升起对于马克手艺的敬意。

马克年轻时是玛莎父亲的学生，从制作匠人开始，然后到学校进修设计。和玛莎恋爱时，马克赠与她的珠宝是他自己设计制作的，玛莎的订婚戒指、项链和挂件都是马克精心创作的珠宝作品。年轻时的马克是用他的才华捕获玛莎的心。

在上海开珠宝店，马克便顺势做起戒指项链等首饰的加工业务。上海小康人家女孩赶时髦，嫌母亲传给的项链戒指太老式，又不能任性去买自己中意的昂贵首饰，便来找马克修改，把样子过时的首饰改成流行样式。马克的珠宝加工，是玛莎珠宝店不可缺少的进项。

刚过中午，店里没有客人。本来明玉想约玛莎去隔壁的小咖啡馆坐一会儿。马克不在店里，玛莎走不开。

玛莎请明玉坐在珠宝店喝咖啡。虽然店堂小，竟然还能在靠里的角落放一张小圆桌，两把椅子，桌子的上方有一盏灯，桌上小花瓶插了两枝康乃馨。显然，这桌椅是为客人准备的，让他们在购买首饰时，有从容的时间鉴赏审视。

玛莎请明玉在客人椅子上坐下，她去准备咖啡。明玉才发现工作台旁边有个凹进去的暗间，有洗水瓷盆和小小的料理台，放着咖啡壶、咖啡杯等器皿。呵，俄国人就是比中国人懂生活，明玉暗想。

她虽然多次经过玛莎的店，却是第一次进到里面。

店堂虽小，玛莎还是作了装饰。墙上挂了几帧小幅的俄罗斯风景照片，小圆桌上、马克的工作台这面墙，挂着马克的《珠宝鉴定师》和《首饰设计师》证书，证书镶嵌在精致的镜框里，上面是花体俄文和英文字。

玛莎用托盘托出两人的咖啡，小小的咖啡杯有托碟，碟上有两小块曲奇饼干，糖罐里有方糖。

明玉笑说："这咖啡喝得讲究。"

玛莎问："什么叫讲究？"

还真不好回答。明玉想了想才答："就是……哪怕是一件很小的事也要认真做。"

玛莎似懂非懂点点头，"做生意不能马虎。"

明玉笑笑转了话题。

"马克去哪里了？"

"回家去睡午觉，昨晚上没有睡。"

吵架是前晚的事，昨天晚上并没有听见他们在吵。

"昨天晚上，他在外面喝酒，很晚回来。我跟他好好地聊了一下，最近，他的脑子有问题。"

"喔？"

"他这么大年纪，却听娜佳瞎吹吹，瞒着我参加一个俱乐部。一群想回国的人，常常聚在一起开会，研究来研究去，研究苏联，有什么用？我们在外面，不晓得里面的事。他每天回家很晚，还以为他找女人，其实，还不如去找女人。"

玛莎的蓝眸有了怒意。可是，明玉却对娜佳刮目相看，无论回国对不对，反正，她不再是那个不择手段赚钱的脱衣舞女。

"娜佳现在在哪里？"

"他们不肯告诉我，躲在小旅馆，有人要弄死她！"

"为什么?"

"俄国人里面,有人非常恨这个俱乐部,他们找黑帮破坏这个俱乐部,娜佳太积极了……"

那么,娜佳是为俱乐部的事被俄帮报复?明玉思忖。

"我昨天非常耐心,不跟马克发火,我慢慢地说给他听,很多事情他可以忘记,我忘不了,红军胜利后,父亲为了不连累我,自杀了……"

明玉很震动,像玛莎这种富裕家庭因为政权更替,而家破人亡,和她从小因贫困而颠沛流离相比,是更加残酷的打击,这是天堂到地狱的可怕落差。

"我也有责任,关心马克太少,我才知道男人比女人更想家,想那个他长大的地方,想看到他熟悉的邻居。马克觉得寂寞,他不是真的想回国,他去那个俱乐部,是去找他的乡亲……你知道,斯拉夫男人,没法离开故乡……"

明玉并不了解斯拉夫男人。她想说,我们在自己国家也一样觉得寂寞,假如本来是朋友,却因为政治主张不同成了敌人……

这些话要跟玛莎解释清楚并不容易,明玉的心情被另一个更实际的思虑转移:娜佳被枪击,看来与小格林的事之间并没有直接关系。她稍稍放下心了。

可转念一想,事情并非这么简单。在她的人生经历中,往往在你以为没有事的时候,事情就发生了。

"契卡呢?契卡怎么说?"

"契卡是不会走的,他还在等他的太太和女儿……"

"以为他已经放弃等……"

明玉想到契卡周末晚上常常玩通宵,清晨才回家。

"契卡有时候会找其他女人,年轻漂亮的女人,男人都喜欢,他也喜欢娜佳,但不一样。他说,没办法跟其他女人成家,要是太太和女儿突然回来了怎么办?"

"娜佳也在说服契卡吗?"

"对,她用那套苏联政府的宣传,是苏联领馆在宣传,只有他们年轻人相信,说什么红军原谅了白军,不会找他们算账。契卡怎么肯相信呢?好容易逃出来,回去才傻呢!"

"你觉得娜佳真的会回去吗?"

"难说,要看她身边的朋友,她其实很容易受人影响,也许在俱乐部里找到了爱情,有人说她有男朋友了,是俱乐部的头儿。"

喔,这信息太重要了!小格林跟娜佳应该没有关系了,那么,他去哪里了?潜藏的危险到底是什么?看来,必须雇侦探找到他。

回到店里,她立刻电话家祥,约了见面时间。

这晚,明玉在回家路上,想着白天里玛莎说的话,她很难判断俄国人到底该不该回国,却第一次深切地同情起娜佳,她的母亲是在东北去世的,东北是她的伤心地。她美好的童年留在自己的国家,所以她想回国。

明玉也为玛莎忧伤,她看起来很坚强,甚至有些没心没肺,但讲到父亲时她的蓝眸布满阴霾,变成了灰色,她这辈子是不可能回去了。

明玉想到自己的家，自从母亲去世，她不再给家里寄钱，也从不回家探望，她的童年不堪回首。她没有离开故土，可内心跟这些流亡者一样空虚，比他们更空虚，她连"回去"的念头都没有。她跟这些白俄一样，像无根的浮萍随波逐流，跟着生存走。

二十八

明玉执意请宋家祥吃西餐，餐店也是她选。就在霞飞路690号，是白俄的"茹可夫餐厅"。明玉没有选更有名气的"特卡琴科兄弟"咖啡餐厅，这家餐厅与"茹可夫餐厅"几步之遥，是上海第一家花园大餐厅，也是霞飞路上最大的欧式餐厅。晚餐时间，能看见全副戎装的前沙皇军官在等位，门口却躺着俄国乞丐。

明玉认为太有名的餐店，对于宋家祥已没有任何惊喜。

"茹可夫餐厅"才开张不久。明玉是通过她饭店的侍应生鲍里斯获知，这家餐厅特殊的广告方式——用菜单做广告。茹可夫是老板名字，由于他每天在俄文报纸《上海柴拉报》刊登当天菜单，并接受电话订座订餐，在白俄人群中有知名度。她相信，自信到在报上发布菜单的程度，这菜肴一定富于饭店特色。

鲍里斯在《上海柴拉报》上看到茹可夫的菜单，涌起乡愁，他拿来报纸给明玉翻译，更像是借此抒发内心的感触，店里只有老板娘懂他。

鲍里斯告诉明玉，茹可夫菜单里有俄罗斯的传统家乡菜，他家的厨师是乌克兰人，而红菜汤来自乌克兰，所以，他家的红菜汤最道地。此外还供应俄罗斯腌鱼、肉冻和抓饭，都是平价菜。

鲍里斯带妻子和孩子去茹可夫餐厅吃过一次。鲍里斯成长于白俄的中产家庭，年少时，每个周末，父母带他和哥哥去餐厅晚餐。鲍里斯说，上饭店消费的确不是他现在的生活方式，但他实在是被茹可夫在俄文报上刊登的家乡菜单给引诱了，他也想让中国妻子尝尝他的家乡菜。

鲍里斯让明玉记住了茹可夫餐厅，他对传统家乡菜那份向往中的伤感尤其打动明玉，她想着找机会去那家餐厅吃一顿正宗的俄国大餐，他们的主菜在鲍里斯的解说下，听起来很下功夫，是高档菜，鲍里斯说他吃不起。所以，明玉才有信心请宋家祥去这家餐厅。

这天的菜单，明玉已经预先从《上海柴拉报》的早报版面得到，当然是通过鲍里斯的翻译。有红菜汤和酸黄瓜汤；前菜有小牛舌头、鱼肉冻、什锦蔬菜；主菜有烤鲟鱼（在鱼子酱汁和蔬菜中烤整条鲟鱼）、羊腿（用蔬菜填塞羊腿，配咸菜）、填馅鸭子。有不同的鱼子酱，包括鲑鱼子酱、黑鱼子酱、鲟鱼子酱等。

她知道宋家祥爱美食，口味的接受度很广。

这天是明玉的大生日，她三十岁了。她以前几乎不过生日，三十岁的生日，也没有打算特意庆贺。她觉得自己生命渺小到不值得庆贺，这一路过来好像一直在爬坡，多是艰辛和疲累。她对自己也有很多失望，年轻时有过的愿望成了空想，常常觉得自己辜负了在日本的读书时光。

选在这天，只能说是巧合。她对自己的借口是正好要找家祥谈小格林的事。她通过报纸的广告栏，看到有不止一家私家侦探社。找哪家侦探社、如何和侦探谈，她希望听听家祥的意见，顶好由他出面找侦探。她担心自己上门，侦探会对她有各种误解。

　　聊这类事原本没有必要专门去西餐馆。吃大餐的事，家祥提过几次，她记在心里，却总是腾不出时间。这些日子，夜里总是很难入睡，睡不着时，便会回想与家祥相处的细节，身体就湿润了。她在自慰中，进入浅睡，半梦中的高潮似乎比真实的高潮还强烈。

　　最近两次，和家祥见面都是她提出。思虑他俩的关系，明玉有困惑，为何他们的往来如此谨慎？她已经回到单身，也不住在小城，没有人会在意他们的关系。问题仍然是在家祥，她想象，也许他更喜欢他们之间这种若即若离的关系。

　　这种关系不能深入去想，因为无法想通。明明两人之间可以畅所欲言，对彼此的身体也已经这么熟悉。他是她儿子的父亲，她却无法告知。没有人知道这件事，也没有人阻拦她把这件事告诉家祥。她迈不出这一步，她是担心家祥因此和她疏远，他说过不止一次，他不要家庭，更不要孩子，他负不起父亲的责任。

　　冬天，家祥的行头更考究。他走进餐厅脱下藏青呢大衣交给侍者，他穿浅灰色法兰绒西装，配红黑条纹领带。喔，太隆重了！看到他的第一眼，明玉有惊艳感。家祥是美男子哟！她好像第一次发现。因为，当他出现在店堂时，四周的白俄客人黯淡下去了。明玉竟有些自愧不如，他身边应该站一位美丽时髦的年轻女郎。

　　"没想到你……穿得……这么考究！"

　　她其实想说，他今天特别英俊。

　　"平时你的晚上好像都不属于你。第一次和你晚上出来，所以今晚要好好珍惜。"

　　明玉的脸都涨红了。

　　等餐时，家祥拿出一件礼物，一枚精致的翡翠蝴蝶胸针，用贵金属为底托，在翡翠周边镶嵌碎钻和彩色宝石。

　　"明玉，祝你生日快乐！"

　　明玉太吃惊了！

　　"你怎么知道？瞒你真难！"

　　"我想，今天一个平常日子，你执意要请我，那一定是个特殊日子，想想你不会在其他事情上出花头，那就是生日了。"

　　明玉抿嘴笑直摇头。

　　"太为难我了。"

　　"明玉，"家祥这声呼唤竟让明玉起了一身鸡皮疙瘩，"我们认识这么些年，我还从来没有机会送你什么。"

　　明玉轻轻叹息一声，为他的周到，为自己难以拒绝他特地准备的礼物。

　　"这枚胸针是专为你平时爱穿的深色西装配的，东挑西拣，终于找到合适的。"

　　家祥为她的生日准备礼物的确花了心思，礼物不能重，不给她负担，又要让她喜欢。不过，要是他知道今天是明玉的大生日，他大概会后悔这礼物又太轻了。他们之间并未交流过确切的年龄。明玉脸上肤色光滑，容貌年轻，看起来未过三十；但以她的理性和城府，应该不会太年轻，可能已过三十。

　　今天晚上明玉的黑呢大衣里面是一件

枣红色薄呢旗袍，她的旗袍是为出客准备。她平时不爱穿旗袍，太束缚了，必须正襟危坐。她太忙，在饭店要帮忙做杂事，生活中属于手脚不停的人。旗袍好像是为在家享福的太太们设计的。

她的衣服多是单色调，很容易配这款胸针，足见家祥很了解她的穿衣风格。

为了家祥的心意，明玉立刻佩戴胸针，翡翠主色调彩色蝴蝶造型和枣红旗袍格外相配。家祥欣赏的目光，令她忍不住站起身，说要去照一下镜子。

明玉欢喜的语调，她身上从未有过的天真气息，给了家祥"送对礼物"的成就感。

她站在餐厅局促的洗手间，对着半身镜子欣赏良久，好像第一次发现，一枚胸针可以给服装画龙点睛，甚至，她脸上肤色也亮起来。

明玉看见镜子里的自己，双眸突然盈满泪水，此时伤感如潮涌。她好像才意识到，自己作为女人，从未得到来自异性的礼物。

她不佩戴任何首饰。结婚时，他们在日本，丈夫忙着参加政治活动，没有心情关注个人生活。回国后，丈夫仍然在为他的事业奔波。她本人也没有这方面的奢望，能够嫁给赵鸿庆过衣食无忧的生活，已经很满足，满足到每天在感恩。首饰是奢侈品，即使赵鸿庆要买给她，她大概也会婉转拒绝。人生如履薄冰，不能太贪，只怕要得多，失去得也多。

事实上，她不是不明白，她未被丈夫用心对待。在日本，读了书开了眼界，她开始发现自己人生的巨大缺陷：她的人生没有爱，她生活在不平等的关系里，她更像是丈夫的丫头，而不是他的爱人。

此时得到礼物的一刻，这颗心也卸下了武装，曾被裹上盔甲的那块柔软的地方，有了疼痛。她以前的人生是为了活下去，是苟活。没有爱的人生，太可怜了。

明玉说她不懂西餐，要家祥帮她点菜。家祥说，我们不用分食，一起吃，除了汤以外。

明玉特地点了乌克兰红菜汤，家祥点了放酸奶油的酸黄瓜汤，他说，酸是俄式菜的一大特点。前菜是鱼肉冻，鱼子面包片，煎牛肉里脊配醋渍蘑菇。主菜的量大，两道足够：在鱼子酱汁和蔬菜中烤出来的整条鲟鱼，另一道是填了蔬菜的羊腿。

俄式菜在西餐中属味道浓烈，家祥说他喜欢，只要他喜欢就够了！明玉自己却食不知味，心情仍在动荡中。

这唯一一次的生日餐，她后来回想，竟想不起这些菜的滋味，也记不清餐店的环境，或者说，这家餐店和其他俄式餐店、她和家祥去过的那些咖啡馆西餐馆都变成模糊的背景，只有家祥本人的面容像一张占据整个屏幕的特写。

那晚，直到喝餐后咖啡时，他们才开始聊明玉关心的话题。明玉提起娜佳参加"归国俱乐部"一事，对此，家祥给予的信息更多，他阅读的英文报纸，报道得比较详细。

"驻上海的苏联领馆起了推动作用，为白俄们画了一幅苏维埃的美好图景，你说的归国俱乐部，可能就是'归国者联合会'，会员人数好几百人。他们联名上书苏联政府，请求入籍回国，同意悔过自新。

是的，据说入籍回国是要写悔过书的。"家祥"呵呵"冷笑，"可是老一代白俄，尤其是白俄有产者和白军军官，他们表示，宁愿投黄浦江而死，也不投降布尔什维克。"

"我的邻居玛莎就是这个态度，可是她的丈夫却想回国。"

"是的，这个联合会动摇了不少俄国人继续流亡的决心，'回到祖国'的口号对于年轻白俄，更有感染力，他们的童年在俄国度过，家境富裕过得无忧无虑。以后，跟着父母流浪，颠沛流离，家乡对于他们是童年的记忆，很多年以后，成了'幸福生活'的幻觉，这些年轻白俄的回国激情，正在削弱白俄反对苏维埃的阵营。"

家祥的这番议论，让明玉明白他是同情流亡者的立场。

她不会把李桑农议论他的话告诉他。

"这个联合会在法租界登记，但他们的活动被监视，白俄报纸也抨击这些'异党分子'，一些沙皇坚定拥护者，已经开始用暴力去阻止……"

"你这一说，更加肯定，她是被自己的俄国同胞打枪的！所以，玛莎很担心娜佳，她说娜佳是组织者之一，她现在都不能回自己家，住在小旅馆……"

"的确有生命危险，如果娜佳过于积极，成为他们的攻击目标。"

"没想到夜总会脱衣舞女成了政治活动家。"

明玉不无佩服。

"娜佳她们这些女孩子是这个社会受侮辱最深的一群人，沦落到卖身的地步，在俄国度过的那几年是她这一生中的天堂日子，她以为回苏联便能回到过去的好日子，"家祥直摇头，"她不懂，那里已经不是她的故乡。"

明玉对娜佳从佩服转为担心，家祥说得没错，从国内报纸也能得到这类信息：十月革命建立的苏俄政权，与沙皇以及拥护者的利益是根本敌对的，新政权清除异己非常无情。

"这么说来，小格林和她不是一个圈子的。"

"看起来是这样，不过他们在政治上激进的态度倒是一致的。"

话题便转到小格林。家祥说，先去打听一个可靠的侦探所，然后再想第二步。他让明玉去格林先生那里弄一张小格林的近照。

他们离开餐馆时，家祥突然说起自己的印刷厂。

"最近厂里有点不太平，有年轻工人背着我帮地下组织印传单。"

明玉吃惊地"喔"了一声。

"反对国民政府的后果是把我的厂关门。"

是否应该把李桑农的话告诉家祥，她皱紧眉尖思索着，"怎么办呢？"

"其实很简单，把捣乱的人开除就是了，我得亲自去查。"

"怎么查？"

"半夜去厂里看看。"

"让门卫去查吧！"

"怕他们串通。"

"假如真有这样的事，你也要谨慎处理。"

明玉突然就担心了。

宋家祥摇头叹息。

"我们这代人很倒霉，生在乱世，满清倒台后，也没有太平过！军阀混战刚刚结束，这一边在到处撒传单开地下会组织游行，那一边在培养特务到处抓人。我一向不问政治，可是政治会来找你，我知道厂里有地下党人，事情弄大了，我也跟着倒霉，我在考虑哪天干脆把印刷厂关了。"

"关厂以后……"

明玉吃惊，几乎接不上话。

"没事的，做回我老家本行，买卖丝绸的本钱还是有。"家祥笑了，"明玉，想开点，找机会让自己快乐。我总觉得好日子不会太久，东三省那边时局很紧，打起来，战争要是蔓延到全国，上海也不会太平，当然不是现在，我是说以后，日本的野心大得很。"

原来家祥并非不关心时局，他只是不想关心。

晚餐最后的话题有些沉重，仿佛为了弥补有些下沉的气氛，家祥提议去附近的DD'S，那里晚上有乐队，可以跳舞。

"你难得晚上出来，我很想带你跳一支舞，我们可以早点走。"

DD'S他们去了好几次，都是下午，那时家祥就提议过了。明玉说她不会跳舞，家祥说，都是四步舞曲，是慢舞，不用学，跟舞曲轻轻摇摆就是了。

离开餐馆时已经九点，明玉答应过鸿鸿早点回家，她竟没有犹豫就和家祥去了DD'S，她把儿子忘记了一会。就像那年在旅馆，她在某一刻放纵自己，忘记了现实世界。

夜晚的DD'S气氛迥异于白天，布鲁斯舞曲节奏舒缓音调低沉，忧郁而慵懒，舞池的魔球灯光在营造幻觉。

她被家祥领上舞池时，紧张得手脚冰凉。

在家祥的带领下，明玉跟着舞曲节奏摇晃，她的身体从紧张到松弛，渐渐地，完全依偎着家祥，这样的依恋甚至在床上都不曾有过。

她的脸埋在家祥的胸口，泪水再一次湿润她的双眸。她觉得自己在做梦，不肯醒来的梦，因为，这样的场景不应该发生在她的人生。

她自己的人生只有含辛茹苦。

她不知道，自己在为后面的日子制造回忆画面。

离开DD'S，已经超过十一点，鸿鸿已入梦乡。朵朵却气哼哼的，她好像已经知道，母亲晚回家并非为了工作，明玉的神情里藏着心虚和不安。

二十九

一九三一年的春节前夕。

年前的清洁是大事。除了家里和店里大扫除，寒冬腊月的洗澡也是一件事。像往年一样，腊月二十三小年下午，明玉带着阿小和两个孩子去浙江路的龙园盆汤女子浴室洗澡。

每年春节前夕，她都要带孩子们去浴室洗澡，唯有浴室洗，才能洗彻底，这时候的浴室分外拥挤，要排队等候。

女子浴室在二楼，一楼是男子澡堂。二楼的账房、堂倌、擦背都由女性担任，扦脚匠也是女人。鸿鸿才四岁半，允许被带入女浴室。

女浴室的淋浴间是大统间，互相没有遮拦，蒸汽厉害。从卫生角度，明玉更愿意来洗淋浴。可是这里无遮无拦，蒸汽浓得透不过气，鸿鸿会害怕，朵朵更抗拒一大群人赤裸相对。明玉买的是盆浴房票子，担心不卫生，自己还带了消毒水。

就像在家洗澡次序，她和阿小先帮鸿鸿洗，然后阿小洗，之后阿小便带鸿鸿去外面休息间等候。为此她们还自带了点心和杯子，浴室有供应开水。

为鸿鸿洗澡已经像打了一仗，鸿鸿又笑又哭的，因为不用怕着凉，先让他闹腾一阵。出了浴缸，小家伙已经耗尽力气，很快在躺椅上睡了。趁着休息间隙，明玉为阿小叫了扦脚匠给她扦脚上的鸡眼。

明玉为朵朵洗头擦背，她穿着内衣，虽然已经完全被蒸汽和汗水湿透。但明玉从未在儿女面前裸体。朵朵就像年幼时，仍然有着对公共浴室的恐惧和兴奋，这里热闹喧哗，雾气腾腾。每次进盆浴间，她也跟鸿鸿一样，因为蒸汽太浓发出尖叫声。洗完澡浑身发热，肚子也饿了，妈妈预先准备的清蛋糕和面包，吃起来格外香甜。

春节前夕，往往也是上海气温最低的日子，天晴时温度低至零下，更多日子是阴冷，常常遇上雨夹雪，两个孩子的手上都生冻疮了。在公共澡堂是一年一度最酣畅淋漓的清洗，明玉跟孩子们一样兴奋。整个冬季累积的阴冷和污垢，全部沉没在充沛的热水里，连手背上肿胀的冻疮都消肿了。

明玉没有劳驾擦背师傅，就像她不愿意在女儿或阿小面前裸露身体。她在自己带去的毛巾上，擦厚厚的肥皂，一手握着毛巾上端，一手握着毛巾下端，交叉着在背上使劲搓洗。

明玉后来回想，她可是把自己好好洗了一下，虽然她并不知道，这很像为自己走上另一段旅程作的准备。

以往他们洗完澡，在浴室休息间的躺椅上躺个一两小时，直接在浴室叫点心吃。这一次没有时间了，明玉和格林先生约好，要去他家拿小格林照片。从浙江路去外滩不太远。所以她准备了蛋糕和面包等点心，让两个孩子和阿小在回家路上的黄包车上吃。

以后回想，这好像是命运安排，她无意间，让孩子们和阿小避免了一次风险。

生日餐之后，她还未见到家祥，他为印刷厂的事去了一趟外地，也是这两天才回。

事情看起来很顺利。家祥出城之前他们通过一次电话，他已联系了侦探社，给明玉留了侦探社地址，让她拿到小格林照片后直接寄给侦探。明玉在电话里顺便邀请家祥，"小富春"今年要办年夜饭，她请家祥大年夜到饭店，和她以及孩子们一起吃年夜饭，家祥一口答应。

格林先生刚从英国奔丧回沪。明玉昨天才和格林先生联系上。他的父亲去世了。他回去奔丧期间，顺便去了小格林就读的牛津大学，小格林没有在学校，显然还留在中国。

因此，他对明玉提到通过侦探社找小格林并不反对，他现在开始担心儿子了。因为父亲的去世，格林先生心里那块冷硬的角落，被自己流往内心的泪水泡软了。

他们昨天在电话里约好，次日格林先

生带照片过来，顺便在"小富春"午餐。今天上午，格林先生打电话来店里，说他可能长途飞机累了，突然觉得乏力没有食欲，想改天到店里用餐。明玉不想再拖了，她下午去浙江路的浴室，离外滩很近了，便提出去他家拿照片，格林先生说他非常欢迎。

从浴室出来，明玉在门口叫了两部黄包车，一部送阿小和两个孩子回家，一部带她去外滩格林先生寓所。

到了外滩寓所后，为了可以马上赶回饭店，明玉让黄包车夫在门口等她。

给她开门的是阿金的丈夫，园丁阿黄。

"格林先生在休息，他知道你会来，让我去叫醒他。"

他把明玉让到客厅坐下，问她是否想喝茶。明玉在浴室蒸了很多汗出来，此时正口渴，便让阿黄给她倒一杯温水。

她一气喝了大半杯水。

格林先生带着小格林的照片下楼，他周到地将照片放进白信封里，贴上了邮票。明玉把信封放进包里，打算待会儿回家路上弯去邮局，把照片寄给侦探。

明玉见格林先生脸色苍白，瘫坐在沙发上，看起来很虚弱。

"我可能发烧了，浑身发冷。"

明玉上前摸了一下格林先生额角，额角发烫，以她的经验，至少三十九度。

"你发高烧了，我带你去医院！"

明玉这么一说，格林先生立刻拿起沙发旁矮柜上的电话机，给他的家庭医生怀特拨了电话。在电话里他们交谈了好几分钟。

在这个空隙，明玉从阿黄那里得知，阿金今天也不舒服，躺床上爬不起来。另一个年轻女佣阿菊不在家，她是阿金侄女，她们一起回了一趟乡下。阿金前两天才回来，阿菊因家里有事，可能今天晚些时候到家。

"美玉去了哪里？"

"她和阿金一起去乡下玩，前两天回来后，她去娘家了，奇怪的是，她应该知道格林先生已经回中国，没有见她回来。"

明玉摇头，格林先生回了一趟国，家里完全失序。

此时已经黄昏，在等待医生的过程中，格林先生让阿黄去厨房拿点心给明玉吃。阿黄端来一碟绿豆糕。这绿豆糕让格林先生脸上有了笑容，他说，绿豆糕是阿金从乡下带来的，很好吃。

明玉不喜欢甜食，但她不想辜负格林先生的好意，此时她的肚子出奇地饿，是的，每次从浴室出来，胃口都特别好。因此，她一连吃了两块绿豆糕，又喝了两杯温水。

格林先生有些坐不住，但仍然出于礼貌硬撑在沙发上。怀特医生终于到了，他给格林先生量了体温，竟发烧高达华氏105度。阿金也在发烧，高达华氏103度。

医生说，应该有护士过来照顾格林先生，但今天晚上不可能找到，他希望明玉留下来做护理，半夜高烧起来时给他吃降温药，如果温度降不下来，用冰袋敷额角。

怀特医生能说流利的汉语。他告诉明玉，第一种可能只是流感，目前正是流感季节。第二种可能，他踟蹰了一下，才说，也不排除其他传染病，他已从工部局获知，上海附近郊区有伤寒症流行，冬天没有农

430

活，村民聚在一起机会多，并且，从小年以前就在准备过年食物，这病便是聚集性的传染病。

他指示阿黄去附近药房买些冰袋和消毒液，并关照他将厨房的吃喝器皿用水煮沸。因为，即使流感，也是要做好消毒。

"刚才你好像说起，佣人去乡下才回来？"

格林先生点点头，他连说话力气都没有，好像每分钟都在虚弱下去。

怀特医生说，伤寒症是一种传染性很强的肠胃道疾病，却是从发高烧开始。由于家里佣人去过乡下，目前，格林先生家里三餐是阿金在做，所以并不排除感染伤寒症的可能。问题是伤寒症需要做血常规检查，和细菌培养。按照白细胞数量来判断病情，另外再通过血培养、骨髓培养、粪便培养等方式来判断病情，如果找出伤寒杆菌，确诊是伤寒病人，要住隔离病房。

但是，怀特医生并不认为需要马上去医院。

"这病没有特效药，抗菌退热，医院也是这一套。如果去医院被确诊，医院要向工部局卫生部门报告。"

他让格林先生自己选择，是否上医院。

格林先生说他暂时不想上医院。

怀特医生从药箱拿出针剂，给格林先生注射，拿了几颗药交给阿黄，让他给阿金服下。并告诉格林先生，由于他同时也为阿金做诊疗，所以要提高诊疗费。

明玉给饭店经理电话，告诉他，她今晚和明天白天可能去不了饭店，在陪一位病人。她告知经理，上海目前又开始流行瘟疫，这一次是伤寒症，危险性等同于霍乱。由于这病是肠胃道疾病，她关照经理去药房买消毒液和酒精，厨房和餐厅做消毒，服务员用酒精擦手等等。总之，不能让客人感染到。同时，她又关照经理，任何人找她都不要提起医院一事，只告知她有事离开一下。

明玉让经理派人去她家转告阿小和女儿，她在医院陪伴生病朋友，何时回家不知道。明玉心里有莫名忐忑，不知哪里发生了问题？对了，她才吃过阿金从乡下带来的糕点，喝过他家杯子装的水，现在又很渴，她只能忍着。

半夜里，格林先生烧得更厉害，冰袋好像放到炭炉上，很快就化了。当他出现抽筋症状时，明玉吓坏了，知道这是高烧引起，非常危险，必须送他去医院。

她知道上海有一家"西人隔离医院"，在靶子路上，两年前，上海流行过霍乱，弄堂里有一位英国租客感染到，便是被送往那里。

但是格林先生昏昏沉沉，已经说不出话来，明玉担心和西人医院之间可能语言不通，她便打电话给广慈医院，要求派救护车。

她幸亏叫了救护车，车子到达时，格林先生已经休克。

在急诊科，明玉把英国医生的怀疑告诉医生，也诉说了阿金的状况，包括她刚从乡下回来一事。明玉知道，给医生的信息越多越能帮助医生诊断。

格林先生做了血常规检查，报告出来后医生初步确诊格林先生得了伤寒症。但是否有伤寒杆菌，需要作进一步细菌培养。

由于格林先生病情发展很快，医院发

出了病危通知。

他身边没有可通知的家属，病危通知只能由明玉自己收下。明玉从未遇到病危通知这种事，她一时不敢离开。格林先生躺在观察室床上打点滴。

夜晚的急诊病人络绎不绝，有人在走廊等候时呕吐。

明玉这时想起阿金，如果格林先生真得伤寒症的话，阿金也一定是了。她从医院打电话到格林先生寓所，铃声响了很久，阿黄睡意蒙眬来接电话。明玉问他阿金情况如何，他说她在睡觉。明玉要他给阿金量体温，他说他弄不来，让阿菊来弄，她刚到家不久，因为坐的长途车在路上抛锚。

于是，阿菊被叫来听电话。明玉告诉阿菊，格林先生可能得了传染病，阿金病情和他一样，因此他们在家必须和阿金隔离。明玉关照，明天必须把阿金送去天津路的时疫医院，那家医院是瘟疫期间专门收治中国人的，不用担心费用，是为穷人开设的医院。

明玉放下电话，开始担心自己也有可能得病，因为她吃了阿金带来的食物，喝了他家的水，那只玻璃杯是否干净都不能肯定了。

她安慰自己，假如得病是可以去时疫医院的，毕竟，那是一间为瘟疫开放的慈善医院。广慈医院的诊疗费不菲，虽然为穷人可以斟酌减免费用甚至免费，但自己还不在穷人行列。

即使在这种时候，明玉还是习惯性地先在经济上考虑，她节省惯了，不想在自己身上花太多钱。关于时疫医院的信息，明玉是收集过的。因为前些年，尤其是一九二六年，上海曾遭遇严重的霍乱侵袭，明玉出于不安全感，把报纸上有关瘟疫和时疫医院的信息都作了专门的剪贴本。

那年，染病者吐泻不止，脱水而亡。正值炎夏，病人粪便中的霍乱弧菌污染水源后，蔓延的洪水污染河道，使疫情扩散到苏浙皖三地。而赵鸿庆已经从上海回到湖州养病，一家人住在水城，明玉心情很紧张，每天看《申报》了解疫情。

当时上海已建立好几家为瘟疫流行开设的医院，称为"时疫医院"。有西藏路时疫医院、天津路时疫医院、沪城时疫医院、闸北两处时疫医院以及虹镇时疫医院、南市时疫医院，提篮桥华德路口的中国时疫医院，连青帮杜月笙都捐资在小浜路创建高桥时疫医院。

这些时疫医院是上海民间所办，是被瘟疫所逼。第一家时疫医院，便是天津路这家。

一九〇八年，上海流行"白喉"，感染者成百上千，死亡病例不断上升，当时工部局设在市区北隅的医院，根本无法应对社会上如此之多的感染者。此时中国红十字会创始人之一的沈敦和与商界领袖朱葆三出面联络各界，开办了第一家时疫医院，最初设立在宁波路安康里，隶属红十字会，次年迁至天津路316号。医院的全名"中国红十字会时疫医院"，民众简称"天津路时疫医院"。医院的经费主要由社会募集，每当资金不足时，会登报募款。所以医院自创办起，以"普济贫病"为宗旨，在瘟疫流行时开院，时疫肃清闭幕，医院也聘请国外专家对时疫进行诊治。

一九一〇年，发生在东北的鼠疫波及

上海，那年十月，虹口一带发生鼠疫，工部局卫生处人员赶往现场，强行竖起一层"铅皮隔离围墙"，并出动巡捕，强令疫情周边的居民、店铺迁出居所，进民宅每家每户进行消毒。隔离区人们大为恼火，逐渐发展成为华界民众对列强侵占主权的指控，一时间引发数千人阻挡检疫，工部局消毒药水车也被砸毁，巡捕弹压，逮捕了闹事者，酿成一场大规模华洋冲突，被称为"清末检疫风潮"。

为了平息这场检疫引起的过激对抗，沈敦和向华人各界公开演讲，论说"治安不可扰，主权不可损，医院成立不可缓"。他和商界精英与租界当局谈判，提案由中国人自设一座传染病医院，由华人医院自聘医生进行医疗，负责华人感染患者的隔离和就诊。工部局鉴于疫情蔓延迅速，要求华方在极短时间内将医院建成，时间为四天。幸得在沪广东人张子标以三万三千元的价格让出自己在宝山境内所建市值四万元的补萝居花园，作为中国公立医院的院址。中国公立医院因此在工部局限定的期限内建成。在沪绅商纷纷捐款，十天内查疫八千余户，检疫风潮平息。

这些信息当时让明玉感到激动，她甚至很后悔没有利用在日本的时间学医。

报上刊登时疫医院的建立过程，明玉现在回想还心存感念，想着哪天有钱也要捐助。然后她就惭愧了：瘟疫期间，时疫医院床位一定紧张，她怎能去占用应该给穷人的资源？

此时，她手上还拿着小格林的照片，不如赶快从邮箱递给侦探。明玉问前台护士借了笔和纸，给侦探留言，让他尽快找到小格林并转告：其父可能传染了伤寒，此时病危，住在广慈医院。她在纸条上留了自己和家祥的联系方式。

她把照片和纸条封在信封里，写上侦探社的地址，去医院门口找邮筒。路灯不太亮，她似乎走了一段长路才找到，借着路灯，勉强看清邮筒开筒时间：一天两次，第一次开筒时间是上午八点。这样的话，侦探当天就能收到照片，想到这一点她松了一口气。

她走回医院时，觉得路程更远似的，双腿有些无力。不过，她终于还是看到了医院大门，然而，还要过一个街口。此时她有些发冷，摸自己的额角，好像有些热，但也没有太烫，心里嘲笑自己因害怕传染而敏感过度。

她腿脚发软，扶着墙终于走到广慈医院门口。从门口到大厅之间没有东西可扶，她觉得自己站不住了，她赶忙倚在大门口的墙边，朝地上滑去。

三十

明玉虚弱得只能睁半张眼皮，她看到一片白，白色天花板和墙壁，似乎比她家浴室的白瓷砖还要白。她喜欢白色，白色是洁净的标志。她沉浸于这一片白，无力时，任凭自己下沉。

有一度，她忘记自己是谁，也完全没有对孩子的牵挂。她独自沉浮在白色中，很轻盈也很解脱。

当她完全清醒，已经是一个礼拜后。她经历了生死临界，可自己不太记得。她听到护士说，你已经脱离危险。

她终于可以半卧在床喝流质，然后发现枕头底下有一张纸，上面歪歪扭扭写了一行字：

家祥，鸿鸿是你的孩子，把他抚养成人，明玉拜托！

这应该是自己的遗嘱，她甚至记不得是何时写下，字意却显得清醒而清晰，这的确是自己唯一不能安宁的心情和意愿。在高烧意识模糊时竟然写下自己的意愿，仿佛从未丧失理智，仿佛已经短促地想象过自己离世后，才四岁半的鸿鸿的处境。

并且这张写遗嘱的纸上留了家祥的地址和名字，只有在自己已经死去的状况下，这遗嘱才会到达家祥手里。

她突然有了模糊的记忆，她好像在熔炉里躺着，时睡时醒，有个声音告诉她，你得了伤寒，高烧退不下去，你可能挺不过去了。她已经耗尽心力，很想永久睡下去，只是，有一件事没有了却。她在回想，拼尽全力睁开眼睛，身体却朝下坠去……

她似乎在不同的空间转悠：

许多脚在眼前移动，她躺在街上，热得喘不过气来。她记得自己是在冬天从家里逃出来的，这么快就变成夏天了？家祥戴着口罩和帽子朝她俯下身，她闭上眼睛，不想让他认出自己。她是躺在街上的乞丐，让家祥嫌弃，还不如去死。

拥挤的人群，她的头抵在陌生人的腰间，胸口被陌生人的臀骨挤压得透不过气来。好像在苏州去上海的船上，她躲在一大家子人中间，逃票上船。她看见家祥穿着白色亚麻西装，她赶快低下头，不要被他看见。有个屁股对着她的脸放屁，声音很响，喷出一股来苏尔消毒水味。金玉不知何时就在身边，她们一起蹲在人群里撒尿，她们裸着下身，没有一点害羞。这一次终于可以尿尿了。她对自己说，这不是梦，可以的。果然，尿出来了，溅在戏服上，没有尿骚臭，是来苏尔消毒水的味道。

她被人牵着手，是父亲牵着她，她希望一直被父亲牵着。她被他牵到陌生人的家，父亲告诉她，家里没有米，要饿死了，可以把她换米。她想逃，却发现那个陌生人她认识，他是赵鸿庆。她发现自己在生煤炉，怎么也点不着火，赵鸿庆说，宋家祥来做客。他看见锅子里是生米，把锅子朝她砸去。她醒了，她想起来，赵鸿庆是她丈夫，有一阵他经常揍她，为什么事？她努力回想，她得记住做错了什么。

她挨打时，见家祥远远地站着，她转过身，希望他没有看到，然后发现，那人是李桑农。李桑农向她走来，她向他使眼色，让他离开，否则她被丈夫揍得更凶。

她听见金玉在问，你为什么不逃？她说，忍一忍就过去了。逃出去也会被人揍，继父揍她，戏班子的班主揍她，他是用鞭子抽。忍一忍吧，忍一忍就……她没有说完，她看到家祥，她突然感到羞耻，家祥从来不为难她，却让她有很深的自卑。

为什么每次最狼狈时，就看见家祥，他让她有耻辱感呢？

她从一个梦转到另一个梦，她的喉咙干得发不出声音。

有时候，是另一个场景，她在电话间，她搂着鸿鸿，鸿鸿很闹，哭得震耳欲聋。

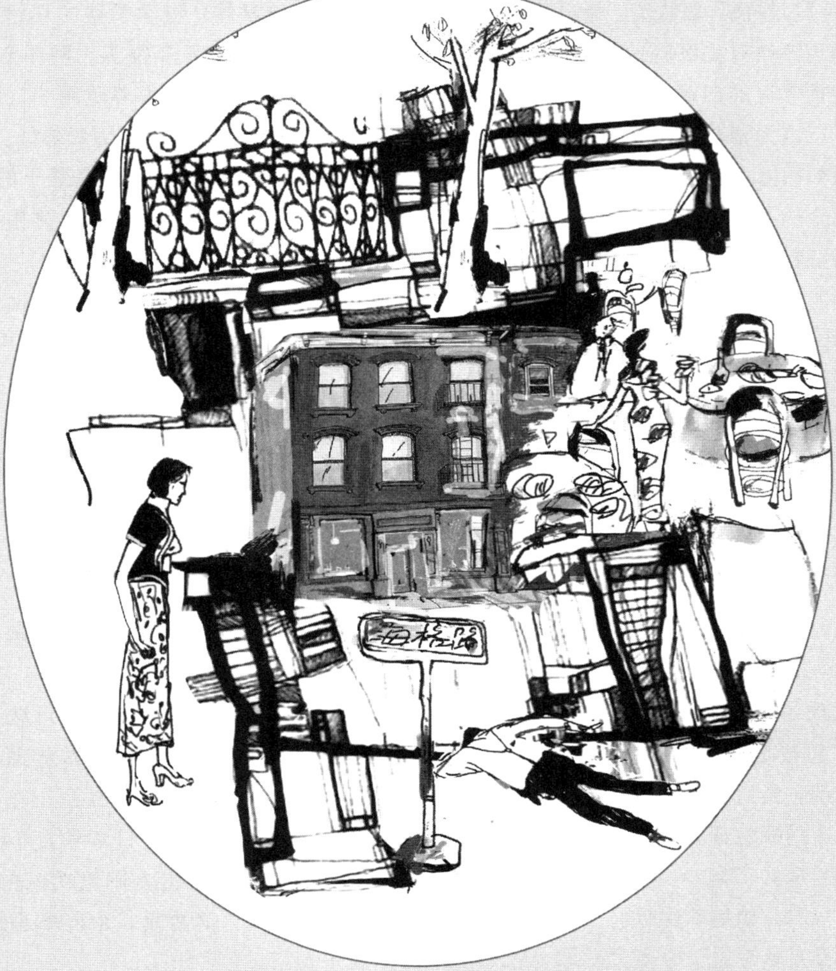

她很焦虑，必须给家祥拨电话，但是，她的手指不听使唤，每一次都会拨错电话……

明玉的伤寒症，来势更凶猛。她在广慈医院门口昏倒，被收治。她以后才知道，那天的天津路时疫医院的病人已经超出负荷，包括邻近的西藏路时疫医院。不幸中的大幸，因为格林先生病危，她留在了医院，假如回家，她可能就传染给了孩子们。

阿金的乡下老家在流行伤寒症，她带来的绿豆糕成了传染源。

法租界工部局要求所有登记在册的开业医师、助产士和医疗机构在遇到疫病时，有义务在第一时间、以专用邮筒向工部局卫生处处长通报，并将传染病患者的住所、收治疫病患者的医疗机构、周围的人和易感人群列入消毒范围，任何人都不准阻挠防疫部门执行消毒措施。

明玉虽然是从格林先生家传染到，但消毒人员还是去她家消毒。阿金并未被丈夫送去医院，消毒人员去格林先生家消毒时，发现了她。那时，阿菊也有了症状。她们一起被送去隔离中心。阿金病情重，起起伏伏，最后竟然被救回来了。

明玉的病危通知由饭店的中国经理收下，然后通知了阿小。阿小冲到医院探望明玉，当然，她见不到明玉。

朵朵写给母亲信中说：

"我会每天练琴，等妈妈出院后，我要为妈妈弹一首柴可夫斯基的《四月——松雪草》，这是钢琴老师给我的功课，妈妈出院后我可以弹给您听。自从妈妈生病，薇拉对我和气多了，她才告诉我，她的儿子在俄国内战中去世。我不想换老师了。契卡和玛莎、马克，他们都很关心你，让我代他们问好。阿小做家务，我照顾弟弟，每天给他讲故事，我有时还是要骂他，但我不会打他。我以前非常恨爸爸打你，我发现恨他的时候，也学了他的坏行为，这些日子，我想了很多很多。阿小告诉我，你以前也很苦，所以你尊重阿小，对她平等。阿小说她要尽她的能力对你好。"

明玉有些吃惊，她在戏班子的经历，阿小是知道的。然而经过死里逃生，这实在不足挂齿。

朵朵折了一千只纸鹤，送去医院。明玉才想起自己曾经给朵朵讲睡前故事时，向女儿描绘过日本的习俗，家人为病中亲人折一千只纸鹤祈福。这习俗，她是在学日语和日本文化时了解到，好像是室町时代开始的，已经有好几百年了。鹤在日本文化中的象征意义也是受中国文化"龟鹤延年"的影响，所以折千纸鹤有长寿的意思。折一千只纸鹤用线穿起来叫做"千羽鹤（せんばづる）"。

经过这场大病，她仍然记得这几个日文字。不，所有学过的日语都能说，但已经不像当年，可以脱口而出了。这一千只纸鹤，让她已经淡忘的日本和青年时期的自己又复苏了。她也有阳光明丽的时候，虽然极其短暂。而梦里，为何都是最绝望的日子？

朵朵的千纸鹤给予明玉很深的安慰。朵朵和她感情很牢，自从看见父亲打母亲，朵朵内心开始和父亲疏离，这份疏离转换成与母亲的更加亲近。在还未有鸿鸿的七年里，明玉全力呵护朵朵，也为她的未来充满忧虑。很多次，在对赵鸿庆极度失望

436

和怨恨中,她有离家出走的念头,为了朵朵而又放弃。她曾经经历的贫穷和屈辱不能让朵朵遭受,她要在朵朵身上实现自己没有过的奢望:朵朵要有温饱无虑的生活,要有父母俱全的家庭,要得到完整的教育,要没有任何自卑地长大成人。

然而,她在那封短短的遗嘱中没有提朵朵,因为不用对朵朵担忧?她在潜意识里明白朵朵坚强有主见,她已经为女儿打好基础,她相信朵朵将比自己有出息得多。

明玉躺在床上回想自己的梦,那个叫李桑农的年轻人也曾出现在梦里,就像一个剪影,是个吸引人的剪影。虚弱的身体会自己过滤,它只想保留让她愉悦的画面。

有一个人,她尽量克制着不去想他。是的,为何宋家祥没有出现?他仿佛已经远离她了,没有他的任何音讯,即使医院阻止任何人探询,至少还把留言和探访名字转给她,其中却没有家祥的名字。她住院两个星期了,情理上也应该有只言片语带给她。她寄出的小格林照片,应该有侦探方面的消息,家祥也应该来联系她。假如他去饭店找她,经理知道,他们两人是乡亲关系,家祥又是饭店熟客,他不可能向家祥隐瞒她的病情。

她奇怪为何梦里充满他的影像,远而模糊。梦里的自己,一直想躲避他。她清醒后回想,家祥是她内心企望的伴侣,却又深知配不上他。她的出身令她在他面前有无法克服的自卑,以至在梦里,她一直设法逃开他,她不想让他看到她没有尊严的过去。

她出院那天,从医院打电话给饭店经理询问家祥有否联系她。经理告诉她,没有宋家祥的消息,倒是有个女孩子,以前和宋家祥一起来店里吃饭,叫心莲,很着急找她。

明玉的心脏一阵狂跳。

宋家祥死了,死在他自己的印刷厂,就在她送格林先生去医院的那个晚上,那个黑暗的夜晚。法医推断他死于凌晨,正是她发病倒在医院门口的时候。

那个白天他从外地回来,夜深,他去厂里,在车间的印刷机旁被人从后面袭击。他倒在地上,后脑勺砸到水泥地。由于宋家祥独身,因此他受伤而一夜未归无人获知,他被耽误了。直到早班工人上班,才发现他,送他去医院时,已经死亡。

关于家祥遭到袭击和受伤去世的消息,登在《申报》上。这些报纸,心莲都保留了。

明玉见到心莲时,她的眼睛还肿着,心莲在明玉面前又哭了,家祥出事至今已经十几天,她每天都要哭一场。

宋家祥的律师联系到明玉,宋家祥留了遗嘱:他把印刷厂属于他的股份留给明玉和两个孩子,他的小洋楼留给鸿鸿。她非常震惊,问律师,这份遗嘱何时签署?

律师告诉她,宋家祖父骤然去世,没有留遗嘱,致使儿辈为争遗产不和。宋家父亲在已经成家立业的三十岁,便写了遗嘱备份,以后随着家庭人口和财务变化,作些修改。他也要求子女们在三十岁就写遗嘱。宋家祥虽然没有婚姻,他在三十岁那年,也就是一年前,写了遗嘱。

明玉在律师面前没有忍住自己的泪水,这之前她只是夜深独自流泪。是的,家祥心知肚明鸿鸿是他的孩子,他见过婴儿时的鸿鸿,他一定在鸿鸿身上看到某个只有他能看懂的特征。或者,家祥仅仅为了爱,他心疼明玉独自抚养孩子,并且知道明玉最操心年幼的鸿鸿?

无论出于哪一种原因,只有一种最真实,他对她的情意。

尾声

这场让上海死去一千四百多人的伤寒症,却让某些难题迎刃而解。

格林先生作为前上海大班感染伤寒症的消息,通过医院报告工部局之后,登在了英文报纸《字林西报》上。不过,小格林未必看报。

侦探找到他了。小格林去医院探访父亲未果,但他不再玩消失。

格林先生和阿金、阿菊躲过劫难,美玉死了。她回华界娘家期间,夜晚出门找人打麻将,凌晨时不适,在坐黄包车回家的路上昏迷,从车上滚到街上。那时华界已经有瘟疫的传言,黄包车夫吓得逃走,街上当时行人稀少,也没人敢碰她。

美玉的死令明玉五味杂陈,她原本希望格林先生离开美玉,然而不是以这样的方式。她曾经对美玉是否及时送金玉去医院有过很深的怀疑,她现在死了,能说是为金玉抵命吗?不能啊!明玉此时对她有怜悯,即使她的确使过坏心眼。

格林先生出院时,疫情还未结束。小格林在父亲出院后,听从他的劝告,回英国了。

小格林和娜佳有过短暂的恋爱,他回国是想挽回与娜佳的关系,那时娜佳正热心于组织归国俱乐部,对小格林冷淡。小格林则被李桑农说服参加他们的政治活动,也许他想做些英勇的事,让娜佳对他刮目相看。他住在旅馆那阵,正在设法卖金玉的房子。小格林希望资助娜佳和她的归国俱乐部,虽然他已经知道娜佳有了男朋友。由于疫情,卖房的事被耽搁了。

九·一八事变后,明玉用了两年时间准备离开上海,她把饭店盘给中国经理和他的合伙人,卖了家祥留给鸿鸿的房子。1933年秋天,通过格林先生的人脉,明玉带着孩子们去美国旧金山落脚。

明玉临走前,把阿小介绍给格林先生当他的管家。阿金已年老,得了伤寒后,她的体力远不如从前,回乡下去了。阿黄留在格林先生家,阿菊不太能干,格林先生日常起居有些凌乱,有了阿小后,家里渐渐秩序井然。

卢沟桥事变后,很快,炸弹也扔到了上海。明玉在美国注视着上海,想着家祥的话,战争要是蔓延到全国,上海也不会太平。"不幸生在乱世",家祥的墓碑上刻着这句话。

太平洋战争爆发后,格林先生和其他属于日本"敌国"的西方人被日军关进集中营。明玉在美国报纸上看到这么一张照片:上海的西方人排着歪歪扭扭的队伍,被驱往集中营。在她眼里,这些西方人的整体形象有些异样。然后她明白了,他们都提着自己的行李箱,她第一次看到西方人自己提行李箱。她同时还看到另一张照片:一个西方人,也许是英国人,蹲在地上,在扣行李箱,日本军人抬腿朝他踢去。

她很震惊。在上海时,这些西方人高

高在上，她只见过他们尊贵的样子。然而，她无法不为格林先生担心，他是她唯一认识的西方人，是金玉儿子的父亲，对于他可能遭受的迫害，她像担忧自己的亲人一样，为他担心。

再后来，从报上获知，西人的朋友可以送食品和药物进集中营。她给格林先生寄了几次包裹，通过阿小拿到集中营。

抗战胜利了。她在报上看到中国陆军总司令何应钦上将接过日本递交的投降书，代表中国政府接受日本投降。她看到上海市民欢迎盟军舰队的游行照片，也看到失学的学生示威游行的照片。

此时朵朵早已是两个孩子的母亲。她和丈夫在医学院认识，夫妇双方都拿到医生执照，有自己的诊所。自从母亲死里逃生，朵朵便暗暗发誓未来要当一名医生。她皈依了基督教，每个礼拜去中国教堂为教徒们弹奏福音歌。鸿鸿有广泛的兴趣，爱运动不爱读书，他进了州立大学，读工程专业。

明玉在美国旧金山开饭店维持生存，但不复有"小富春"的精致唯美。美国唐人街的中国饭店环境都是粗糙的，饭店客人重食物不重环境，那里完全没有上海的时髦风气。明玉的海派餐馆也入乡随俗。其实，是她不再有当年的心情和追求。

抗战结束后的一九四五年底，明玉回了一趟上海，住进海格路公寓。那套公寓曾经租给一对影视演员，他们后来分手了。公寓的钥匙由阿小保管，她回来时阿小已为她把公寓房间打扫干净。阿小每星期来为她做一次清洁。

明玉曾经向往住在这间公寓，过上自由的无拘无束的生活。这一年明玉虚岁四十六了，她好像忘记自己有过的憧憬。自从家祥逝去，她就像在黑夜行走，不再朝前看，只关注脚下正跨出去的每一步，为了不让自己跌倒。

阿小告诉明玉：环龙路旧宅三楼的拉比诺维奇夫妇在抗战开始不久也去了美国；玛莎夫妇偶尔开一次派对，不像过去那么有规律；契卡带女人回家住，显然他不再指望与妻女团圆。他们都没有娜佳的消息。

明玉在环龙路转角的饭店变成一家街道食堂，每天早晨卖大饼油条豆浆粢饭糕，中午和晚上卖面点，已经完全看不到原先那间精致的"小富春"的影子。

上海街上有不少乞丐。以前也有不少乞丐，但现在她看到有些乞丐不像是职业乞讨。在闹市的人行道上，穿长衫的成年人跪在地上向行人鞠躬，人们来来往往熟视无睹。

西方女人在商店前的街上卖盘子和其他家用器皿。街道上有维持治安的军警。仍然有锡克警察。

在另一条街，她看到银行门口人行道拥挤，路边有不少货币兑换商。这是以金融领先的上海特有的景象。

明玉去外滩探望格林先生，她特地从南京路步行过去。

她虽然在上海住了好些年，却极少有机会逛南京路。隔了这十多年，走在南京路上，猛然有从未离开的感觉。

南京路依然车水马龙，似乎更热闹了，也许她在狭小的唐人街待得太久。电车在路中央蜿蜒，一路发生叮叮当当的声音，竟让她涌起类似乡愁的伤感。她在旧金山几乎不去回想上海，异地像雾霾挡住回望的视线。此时的电车铃声，让她站在上海街头思念着上海。

小汽车一部接一部，街道有点堵。前方路中央竖立的庆祝"二战"胜利的拱门，上面是代表胜利的大写的"V"，大新公司高高挂着三层高的蒋介石画像，维纳斯香烟的巨幅广告同样触目。

外滩的古典建筑仍然给她震撼，黄浦江畔成片的小舢板就像一个水上村庄，游轮在江中心劈浪前行。

格林先生坐在轮椅上，狱中几年，他的身体被毁。因为久住潮湿的牢房，膝关节坏了。他佝偻着背，头发成钢灰色，无论脸或身体，都只是一副骨架。

格林先生和英国太太的儿子威廉斯在上海的英国银行上班。他结婚了，有了一子一女。他们和格林先生一起住在外滩。

小格林大学毕业后从英国去了美国，美国是移民国家，所以，他不用再为自己是混血儿而羞愧。他住在旧金山，明玉的餐馆成了他的食堂。心莲也去了旧金山，她说她要一辈子追随明玉。命里注定心莲又见到了小格林，他俩结婚了。明玉终于为小格林放下了心，她去唐人街的小寺庙烧香，告慰金玉。

金玉不再出现。明玉常在梦中见到她，她们坐在窗前的沙发上聊天，这样的景象，好像从未在真实的生活中出现。

在格林先生的外滩寓所，明玉和他面对面坐着，他们喝着阿小煮的咖啡，不时地聊上几句，断续的，碎片的，说什么不重要，重要的是，彼此还活着。

格林先生并没有回英国打算。

"我二十岁到上海，在这里生活了四十年，我觉得自己已经是上海人。英国变得很陌生，我回不去了，以后死了，就葬在上海。"

可对于明玉，是否回到上海生活，却很难作出决定。

宋家祥离世，上海成了明玉的伤心地，她走在霞飞路上泪流满面。

在美国，她又觉得，这只是一个她将要离开的地方。

明玉住在海格路公寓期间发生了一件事：一个据说曾经留学日本的单身男士被怀疑是汉奸，从海格路的公寓顶层跳楼了。因为这件事，她从报纸上又知悉，之前这栋公寓楼有个影星也是以这个方式结束自己的生命。

"阿姐，这栋楼的风水不好！真的，就是给我白住，我都不要住。"这是阿小的看法。

两个月以后，明玉回美国，因为她不想关闭美国的饭店，饭店是她的生存之道。

海格路的房子还保留着，至少这给她回上海的念想。

一九四九年中国政权更替后，格林先生拿到了回英国的通行证，那是一张三个月有效的证件，他拖到最后一个月，却在准备启程时，突发心脏病去世。他葬在上海，算是实现了自己的心愿。

一九五〇年，鸿鸿读了五年工程本科终于毕业，在底特律的汽车厂找了一份工作。海格路的公寓房子已被收为国有。

有一天明玉在图书馆读到一篇文章，这是一篇描述石原莞尔的文章。这名关东军作战参谋、"九·一八"事件的主要策划者，早年曾支持辛亥革命。正是此人，用了一年多时间，在中国各地搜集情报，形成了"征服支那"的欲望和构想。

这篇文章激起明玉想要深入研究日本历史的冲动。她在经营饭店的这些年里，断断续续用了好几年时间在社区大学读完英语系。她可以转去美国州立大学读本科，选修日本近代史和日本现代史课。她后面的人生终于有了目标：通过系统学习和研究日本历史，去解释为何日本会产生石原莞尔这一类人物。

明玉把饭店交给鸿鸿打理。鸿鸿不喜欢工程专业，他跟家祥一样爱好美食，重视生活品质，把经营饭店当作事业。他让中国餐馆走出旧金山唐人街，走到加州的其他城市，做成了连锁饭店。

明玉在研究日本历史的同时，回忆起她当年生活过的日本，重新去认识自己的亡夫赵鸿庆，一位投身推翻满清的早期革命党人，直至去世仍然相信中国要走日本明治维新的道路，而他在个人生活中却是个保留着满清旧习的男人。

她点点滴滴在做笔记，历史帮助明玉理性思考经历过的时代。然而，汹涌的情感在内心起伏，泪水模糊了她的眼睛，她不得不放下笔。是的，思念家祥的浪潮常常向她涌来，她静静地坐着，让泪水流淌。

明玉用英语写了一本书，放下笔的那一天，她六十岁。

（特约编辑：吴　越）

图书在版编目（CIP）数据

收获长篇小说.2020.秋卷 /《收获》文学杂志社编.
-- 上海：上海文艺出版社，2020
ISBN 978-7-5321-7780-6
Ⅰ.①收… Ⅱ.①收… Ⅲ.①长篇小说－小说集－中国－当代 Ⅳ.①I247.5
中国版本图书馆CIP数据核字(2020)第163973号

名誉主编：李小林
主　　编：程永新
副 主 编：钟红明　王　彪

发 行 人：毕　胜
策　　划：李伟长
责任编辑：李　霞　陈　蕾　林潍克
封面设计：木　森
插　　图：李　筱
特约法律顾问：王　嵘　光　韬

书　　名：收获长篇小说.2020.秋卷
编　　者：《收获》文学杂志社
出　　版：上海世纪出版集团　上海文艺出版社
地　　址：上海绍兴路7号　200020
发　　行：上海文艺出版社发行中心
　　　　　上海市绍兴路50号　200020　www.ewen.co
印　　刷：苏州市越洋印刷有限公司
开　　本：710×1000　1/16
印　　张：27.75
插　　页：2
字　　数：559,000
印　　次：2020年10月第1版　2020年10月第1次印刷
I S B N：978-7-5321-7780-6/I.6179
定　　价：55.00元
告 读 者：如发现本书有质量问题请与印刷厂质量科联系　T：0512-68180628